LEILA MEACHAM

STURMTAGE

ROMAN

DEUTSCH
VON SONJA HAUSER

GOLDMANN

Die Originalausgabe erschien 2016 unter dem Titel »Titans«
bei Grand Central Publishing, Hachette Book Group, New York.

Dieses Buch ist auch als E-Book erhältlich.

MIX
Papier aus verantwortungsvollen Quellen
FSC® C014496

Verlagsgruppe Random House FSC® N001967

1. Auflage
Taschenbuchausgabe August 2018

Umschlaggestaltung: UNO Werbeagentur München
Umschlagfoto: Jacket design by Anne Twomey
Jacket illustration by Alan Ayers
Redaktion: Irmi Perkounigg
Satz: omnisatz GmbH, Berlin
Druck und Bindung: GGP Media GmbH, Pößneck
Printed in Germany
ISBN: 978-3-442-48767-7
www.goldmann-verlag.de

Besuchen Sie den Goldmann Verlag im Netz

In liebevollem Gedenken
an die Paläontologin Sara Lynn Leck Robbins,
eine unersetzliche Freundin

Der Zufall ist Gottes Methode,
anonym zu bleiben.

Altes Sprichwort

PROLOG

Leon Holloway beugte sich von dem Stuhl neben ihrem Bett aus über seine erschöpfte Frau, die nach neun Stunden anstrengender Wehen matt, die Augen fest geschlossen, die Haare gebürstet und das Gesicht gewaschen, auf frischen, sauberen Laken ruhte.

»Millicent, möchtest du die Zwillinge jetzt sehen? Sie müssten gestillt werden«, fragte Leon leise und strich seiner Frau über die Stirn.

»Nur einen«, antwortete sie, ohne die Augen zu öffnen. »Zwei sind mir zu viel. Entscheide du, welcher. Gib den andern der Hebamme, die kann ihn diesem ach so gütigen Arzt überlassen. Der findet schon ein gutes Zuhause für ihn.«

»Millicent …« Leon wich zurück. »Das kann nicht dein Ernst sein.«

»O doch, Leon. Ein Kind halte ich aus, aber keine zwei. Tu, was ich dir sage, sonst ertränke ich sie beide.«

»Millicent, Liebes, bestimmt überlegst du es dir noch anders.«

»Mach, was ich dir sage, Leon.«

Leon erhob sich schweren Herzens. Seine Frau hatte die Augen nach wie vor geschlossen, ihre Lippen waren aufeinandergepresst. Weil er wusste, dass sie verbittert genug war, ihre Drohung wahrzumachen, verließ er das Schlafzimmer und ging nach unten in die Küche, wo die Hebamme die schreienden Zwillinge gewaschen und in ein Tuch gewickelt hatte.

»Sie haben Hunger«, erklärte sie vorwurfsvoll. »Dass eine frisch gebackene Mutter zuerst sich wäscht, bevor sie ihre Kleinen stillt, erlebe ich zum ersten Mal. Ich würd mir die beiden gern selber an die Brust legen, Mr Holloway. Genug Milch hab ich bei Gott. Haben Sie was dagegen?«

»Natürlich habe ich nichts dagegen, Mrs Mahoney«, antwortete Leon. »Ich wäre Ihnen sogar dankbar, wenn Sie eins der Kinder stillen. Meine Frau meint, sie kann nur eines füttern.«

Mrs Mahoney, deren Vorfahren aus Irland stammten, verzog verächtlich das Gesicht. Ihre prallen Brüste zeugten davon, dass sie vor Kurzem ihr drittes Kind geboren hatte. Sie konnte die hochmütige Frau mit den rotgoldenen Haaren dort oben nicht leiden, die sich so viel auf ihre Schönheit einbildete. Am liebsten hätte sie ihrem Mann erklärt, was sie von ihrer kalten, herzlosen Einstellung gegenüber den Kleinen hielt, von denen das Zweite zugegebenermaßen unerwartet gekommen war, doch im Moment ging es erst einmal darum, dass das Kind gestillt wurde. Also knöpfte sie das Oberteil ihres Kleids auf. »Gut, Mr Holloway. Welches?«

Leon schloss die Augen und wandte ihr den Rücken zu, weil er nicht wissentlich auswählen wollte, welcher Zwilling sich an der Brust seiner Mutter sattsaugen durfte, während der andere sich mit der Milch einer Fremden begnügen musste. »Ich überlasse es Ihnen, ob Sie die Position der Kinder verändern«, sagte er zu der Hebamme. »Gleich zeige ich auf das Kleine, das Sie nehmen sollen.«

Nachdem er gehört hatte, wie die Hebamme seine Anweisung ausführte, deutete er mit dem Finger über seine Schulter. Als er sich umdrehte, sah er, dass es das später geborene Kind, für das er hastig ein löchriges Tuch als Bett und Zudecke geholt hatte, war, das von Mrs Mahoney gestillt werden würde. Leon nahm das andere auf den Arm. Sein Schwesterchen saugte bereits hungrig an der Brust der Hebamme. »Bin gleich wieder da, Mrs Mahoney. Bitte gehen Sie nicht. Ich habe noch etwas mit Ihnen zu besprechen.«

TEIL EINS

NATHAN

EINS

Barrows-Farm nahe Gainesville, Texas, 1900

Der Morgen des Tages, an dem sich Nathan Holloways Leben für immer veränderte, begann wie jeder andere. Zak, der Deutsche Schäferhund, den er als Welpen gerettet und aufgezogen hatte, weckte ihn, indem er mit seiner warmen Zunge über Nathans Gesicht leckte. Nathan wischte es sich ab und schob ihn weg. »Hör auf damit, Zak«, flüsterte er, um seinen jüngeren Bruder, der in seinem eigenen Bett auf der anderen Seite des Zimmers schlief, nicht zu wecken. Die Sonne würde erst in einer Stunde aufgehen, und in dem Raum war es dunkel und kalt. Nathan zitterte in seinem Nachthemd. Er hatte Unterwäsche, Hemd und Hose wie jeden Abend, bevor er ins Bett ging, auf einem Stuhl in der Nähe abgelegt, damit er am Morgen leise hineinschlüpfen konnte. Randolph musste erst in einer Stunde aufstehen, und Nathan würde es bitter bereuen, wenn er seinen Bruder störte.

Socken und Schuhe in der Hand, den Hund hinter sich, trat Nathan hinaus auf den Flur und setzte sich auf eine Bank, um sich anzuziehen. Von der Küche drang der Geruch von frisch gebratenem Speck mit Zwiebeln, Kartoffeln und warmen Brötchen mit Butter und Marmelade herauf. An einem kalten Morgen vor einem Tag voller Arbeit gab es zum Frühstück nichts Besseres als Speck mit Zwiebeln, dachte Nathan. Zak, dem keine Bewegung und kein Gedanke seines Herrn entgingen, wedelte mit dem Schwanz. Schmunzelnd kraulte Nathan ihn hinter den Ohren.

Nathans Mutter wendete am Herd den Speck. Sie hatte die Haare zu einem ordentlichen Knoten geschlungen und trug eine frische Schürze um den schlanken Leib. »Guten Morgen, Mutter«, begrüßte Nathan sie verschlafen und hastete an ihr vorbei zur Außentoilette. Anders als seine Schwester, das Prinzesschen, waren die Männer sogar im Winter angehalten, morgens nicht den Nachttopf zu benutzen, sondern ihr Geschäft draußen zu verrichten. Hinterher wusch Nathan sich immer im Vorraum der Küche, wo es warm war und in einem Krug heißes Wasser wartete.

»Hast du deinen Bruder geweckt?«, erkundigte sich seine Mutter, ohne sich zu ihm umzudrehen.

»Nein, er schläft noch.«

»Er hat heute eine wichtige Prüfung. Gut, dass du ihn nicht gestört hast.«

»Wo ist Dad?«

»Er holt frisches Brennholz.«

Als Nathan seine Jacke zuknöpfte, trat sein Vater mit einem Arm voller Holz, das sie im Herbst gehackt und aufgestapelt hatten, durch die hintere Tür ein. »Guten Morgen, Sohn. Hast du gut geschlafen?«

»Ja.«

»Prima. Du hast einen harten Tag vor dir.«

»Ja.«

So redeten sie jeden Morgen miteinander. Seit Nathan zwei Jahre zuvor die Schule abgeschlossen hatte, waren alle Werktage hart, doch das störte ihn nicht. Er liebte die Farmarbeit, war gern draußen, meist allein, nur er und der Himmel und das Land und die Tiere. Nathan nahm die angezündete Lampe, die sein Vater ihm reichte, und hob einen verwaschenen Mehlsack, einen Milcheimer und ein Handtuch vom Boden auf. Zak folgte ihm hinaus und verrichtete sein Geschäft im dunklen Wald, dann trotteten Nathan und der Hund zum Stall. Das Licht der Laterne wies ihnen den Weg.

Die Kuh Daisy begrüßte sie muhend aus ihrer Box. »Hallo, altes Mädchen«, sagte Nathan. »Gleich geht's los.« Bevor Nathan einen Hocker heranrückte und das Tor zu ihrer Box öffnete, leuchtete er mit der Lampe die Winkel der Scheune aus, um sicher zu sein, dass in der kalten Märznacht kein ungebetener Gast dort untergekrochen war. Es kam durchaus vor, dass man einen Landstreicher auf dem Heuboden vorfand oder bei wärmerem Wetter eine Schlange zusammengerollt in einer Ecke entdeckte. Einmal hatte sich ein verletzter Fuchs im Werkzeugschuppen verborgen.

Nachdem Nathan sich vergewissert hatte, dass sich in der Scheune niemand versteckt hielt, hängte er die Lampe auf und öffnete das Tor der Box. Daisy trottete heraus und geradewegs zum Futtertrog, wo sie sich über ihr Frühstück hermachen würde, während Nathan sie molk. Doch zuerst wischte er Haare und Schmutz von den Flanken des Tiers, damit sie nicht in die Milch fielen, holte den Eimer aus dem Sack und reinigte die Zitzen mit dem Handtuch. Schließlich stellte er den Eimer unter das pralle Euter der Kuh, und Zak setzte sich neben ihn, um auf den ersten Spritzer warmer Milch zu warten.

Daisy ließ sich nur von Nathan melken und wehrte sich gegen alle Versuche der anderen Familienmitglieder. Als Nathan die Hand auf ihre rechte Seite legte, stellte die Kuh bereitwillig das Bein nach hinten, damit er mit der Arbeit beginnen konnte. Wenn Nathans Vater oder seine Geschwister es probierten, bewegte sie sich nicht von der Stelle, und einer von ihnen musste ihr Bein nach hinten drücken, während sie laut protestierend und zitternd den Kopf hin und her warf. »Du bist der Einzige, der richtig mit ihr umgehen kann«, sagte Nathans Vater oft zu ihm.

Das war nicht nur Nathan, sondern auch seinem Bruder und seiner Schwester recht, die zwei beziehungsweise drei Jahre jünger waren als er. So konnten sie beide länger schlafen und mussten nicht bei rauem Wetter noch vor Sonnenaufgang zur Scheune, während Nathan diese Zeit allein genoss. Der Geruch des Heus und die Wärme der Tiere machten ihm besonders im Winter gute Laune für den Tag.

Nach dem Melken legte er den Deckel auf den Eimer und stellte ihn hoch, sodass Zak nicht darankam, fütterte und tränkte die Pferde und führte die Kuh zum Tor, damit sie zum Grasen hinauskonnte. Allmählich ging die Sonne auf und warf ihren goldenen Glanz auf die braunen Felder des Barrows-Landes, auf dem schon bald der erste Frühlingsweizen sprießen würde. Das Anwesen hieß immer noch die Barrows-Farm, benannt nach Generationen von Männern, in deren Besitz sie sich seit 1840 befand. Liam Barrows, der Vater von Nathans Mutter, war der letzte Erbe dieses Namens gewesen. Liams zwei Söhne hatten das Zeitliche gesegnet, bevor sie erben konnten, und so war der Grund an seine Tochter Millicent Holloway gegangen. Nathan wusste, dass die Farm eines Tages ihm gehören würde. Sein jüngerer Bruder Randolph war, da klüger als Nathan, für Größeres und Besseres bestimmt, und seine schöne Schwester Lily, die bereits von den Söhnen der Wohlhabenden in Gainesville, Montague und Denton, sogar von jungen Männern aus Orten jenseits der Grenze auf dem Indianerterritorium, umworben wurde, würde heiraten. »Ich werde später kein Kattunkleid mit Küchenschürze tragen«, hörte Nathans Familie oft aus ihrem Mund.

Auch damit hatte Nathan kein Problem. Er kam gut mit seinen Geschwistern aus, ohne zu ihnen zu gehören. Sein Bruder und seine Schwester standen einander sehr nahe, fast wie Zwillinge. Sie hatten die gleichen Träume – sie wollten reich und wichtig sein – und konzentrierten sich auf dasselbe Ziel: von der Farm wegzukommen. Mit seinen fast zwanzig Jahren wusste Nathan bereits, dass Reichtum für ihn bedeutete, dort glücklich zu sein, wo er war, die Dinge zu tun, die er gern tat, und mit dem zufrieden zu sein, was er hatte.

Weswegen seine Gedanken sich an jenem Morgen, als er die Scheune mit dem Milcheimer in der Hand verließ, auf nichts weiter richteten als auf den heißen Speck mit Zwiebeln und die Butterbrötchen, die auf ihn warteten, bevor er sich aufmachte, den Zaun an der südlichen Weide zu reparieren. In der Küche nahm seine Familie bereits Platz. Wie immer setzten seine Geschwister sich auf die Stühle rechts und links von ihrer Mutter am einen Ende des Tischs und er neben seinen Vater am anderen. So saßen sie, solange Nathan zurückdenken konnte: Randolph, Lily und seine Mutter die eine Gruppe, er und sein Vater die andere. Wie vieles war das so gewesen, ohne dass es ihm jemals wirklich aufgefallen wäre, bis spät an jenem Nachmittag ein Fremder auftauchte.

ZWEI

Die schnell sinkende Sonne im Rücken, verstaute Nathan Hammer, Säge und Nägel und machte sich mit Werkzeugkasten und Brotzeitkorb auf den Heimweg. Die Sandwiches mit extra viel Speck und Zwiebeln, die seine Mutter ihm mit Gewürzgurken, Tomaten und einem gekochten Ei in den Korb gepackt hatte, waren längst verzehrt, und er freute sich schon aufs Abendessen, das ihn bei seiner Heimkehr erwartete. Doch es würde noch eine Weile dauern, bis er am Tisch Platz nehmen konnte, denn zuvor musste er Daisy melken. Immerhin hatten Randolph und Lily vor Sonnenuntergang die Pferde, Schweine und Hühner gefüttert.

Am Ende des Tages kehrte er immer gern nach Hause zurück. Seine Mutter, eine gute Köchin, sorgte dafür, dass sie alle nicht vom Fleisch fielen, und Nathan genoss die Gespräche bei Tisch und die Gesellschaft seiner Familie, bevor er schlafen ging. Schon bald würden seine Geschwister das Elternhaus verlassen. Der siebzehnjährige Randolph, der noch die Highschool besuchte, hatte bereits eine Zusage der Columbia University in New York City, wo er nach dem College Jura studieren wollte. Und seine sechzehnjährige Schwester würde bestimmt in den folgenden ein oder zwei Jahren heiraten. Wie die Abende sich gestalten würden, wenn sie nicht mehr da wären, wusste er nicht. Nathan trug nicht allzu viel zu den Unterhaltungen bei. Wie sein Vater wurde er nur selten nach seinen Ansichten gefragt und sprach auch nicht von sich aus darüber. Er lauschte lieber stumm, gab den vierten Mann bei Karten- oder Brettspielen (seine Mutter machte nicht mit) und brachte frisches Holz herein, schürte den Kamin oder füllte die Tassen mit heißer Schokolade. Obwohl er wie die Uhr über dem Kaminsims in der Küche kaum wahrgenommen wurde, fühlte er sich als Teil der Familie.

Zak trottete neben ihm her, wenn er nicht gerade durch einen Schwarm Tauben oder einen Hasen abgelenkt wurde, dem er hinterherjagen musste. Nathan sog die kühle Märzluft ein, die am frischesten nach Sonnenuntergang war, wenn sich der Wind gelegt hatte, und stieß sie mit einem Gefühl der Befriedigung wieder aus. Er hatte einen guten Tag hinter sich. Sein Vater würde sich freuen, dass er es geschafft hatte, den gesamten südlichen Zaun zu reparieren, und sich die Ausgaben für das zusätzliche Holz gelohnt hatten. Manchmal waren sie sich nicht darüber einig, was mit dem vorhandenen Geld erledigt werden sollte, doch sein Vater berücksichtigte immer das Urteil seines Sohnes und ließ ihm oft seinen Willen. Mehr als einmal hatte Nathan Leon zu seiner Mutter sagen hören: »Der Junge hat einen Blick fürs Wesentliche, so viel steht fest.« Worauf seine Mutter meist nur die Nase rümpfte oder »Hmm« murmelte. Aber Nathan war klar, dass sie sich zurückhaltend verhielt, damit er keine Flausen bekam.

Als bestünde diese Gefahr wie bei seinen Geschwistern! Nathan hielt sich für absolut durchschnittlich. Abgesehen von seiner Körpergröße, seiner kräftigen Statur und seinen merkwürdig blaugrünen Augen war nichts an ihm bemerkenswert. Bisweilen dachte er ein wenig bedauernd, dass er wohl ziemlich genau in der Mitte gestanden haben musste, als der Herrgott außergewöhnliche geistige Fähigkeiten, Begabungen, Persönlichkeiten und Schönheit verteilt hatte, während sein Bruder Randolph und seine Schwester Lily ganz vorne dran gewesen waren. Er fügte sich ohne Hadern in sein Schicksal, denn was nützten einem ein hübsches Gesicht und ein einnehmendes Wesen schon beim Anbau von Weizen und der Führung einer Farm?

Nathan befand sich gute dreißig Meter von den ersten Gebäuden entfernt, als er einen Zweispänner bemerkte, der an dem Pfosten vor dem weißen Holzhaus seiner Eltern festgemacht war. Er kannte die beiden rassigen Vollblüter und die teure Concord nicht. Niemand in Gainesville besaß eine Kutsche mit solchen Pferden. Nathan vermutete, dass der Eigentümer ein reicher Verehrer von Lily war, der über die Bezirksgrenze von Denton oder Montague hergekommen war. Einige Männer hatte sie ein paar Monate zuvor bei dem kleinen Ball kennengelernt, den die Patentante ihrer Mutter, die wohlhabendste Frau im Ort, zur Einführung von Lily in die Gesellschaft veranstaltet hatte. Nathan fragte sich, warum der Gast so spät am Tag und mitten in der Woche auftauchte, um ihr den Hof zu machen. Seinem Vater würde das nicht gefallen, auch wenn er in dieser Sache nicht viel zu sagen hatte. Im Hinblick auf Lily hatte Nathans Mutter das letzte Wort, und die ermutigte Lilys reiche Verehrer.

Nathan lenkte seine Schritte gerade in Richtung Scheune, als jemand den Kopf zum Fenster der Kutsche herausstreckte. Er gehörte einem Mann mittleren Alters, der, sobald er Nathan entdeckte, die Tür öffnete und heraussprang. »Junge!«, rief er Nathan zu. »Bist du der Bursche, dessentwegen wir hergekommen sind?«

Ein Ire, offenbar der Lenker der Kutsche, dachte Nathan und drehte sich um, als erwartete er, dass der Mann einen anderen meinte. Dann wandte er sich ihm wieder zu und fragte: »Meinst du mich?«

»Ja.«

»Das kann ich mir nicht vorstellen.«

»Geh mal lieber rein. Er hat's nicht gern, wenn man ihn warten lässt.«

»Wer hat's nicht gern, wenn man ihn warten lässt?«

»Mein Boss, Mr Trevor Waverling.«

»Nie was von ihm gehört«, brummte Nathan und stapfte weiter in Richtung Scheune.

»Warte!«, rief der Mann und hastete ihm nach. »Du solltest wirklich reingehen, Junge. Mr Waverling verschwindet erst wieder, wenn er dich gesehen hat.« Der Kutscher holte Nathan ein. »Mir ist kalt, und mein Hintern sagt Grüß Gott zu meinem Magen. Ich hab seit dem Frühstück nichts mehr zu beißen gekriegt«, jammerte er.

Trotz der Verzweiflung des Mannes, seines schmucken Cut, seiner gestreiften Hose und seines Zylinders, die dem Fahrer einer solch edlen Kutsche angemessen waren, fand Nathan ihn komisch. Obwohl der Kerl nicht gerade klein geraten war, wirkten seine Beine im Vergleich zu seinem sonstigen Körper kurz. Sein runder Bauch schien übergangslos auf seinen Oberschenkeln zu ruhen, und seine Ohren und seine irisch roten Haare standen wirr unter seinem Hut hervor. Er erinnerte Nathan an einen Clown, den er einmal in einem Zirkus gesehen hatte.

»Tja, Pech gehabt«, sagte Nathan. »Ich muss jetzt die Kuh melken.« Er fragte sich, wer dieser Mr Waverling war und warum er mit ihm sprechen wollte. Wenn es dringend gewesen wäre, hätte sein Vater bestimmt den Farmhelfer zu ihm geschickt.

Der Kutscher eilte zum Haus, während Nathan zur Scheune weitermarschierte. Noch bevor er sie erreichte, hörte er, wie Randolph Daisy einen Klaps gab. »Halt still, du verdammtes Vieh!«

»Was machst du da?«, rief Nathan erstaunt darüber, dass Randolph und Lily versuchten, Daisy zu melken, von der offenen Tür aus.

»Wonach sieht's denn aus?«, zischte Randolph.

»Mach Platz«, wies Nathan ihn an. »Das ist meine Arbeit.«

»Lass ihn machen«, flehte Lily ihren Bruder an. »Ich schaff's nicht, ihr Bein festzuhalten.«

»Das geht nicht«, entgegnete Randolph. »Dad hat gesagt, wir sollen ihn ins Haus schicken, sobald er hier auftaucht.«

Nathans Geschwister sprachen in Nathans Gegenwart oft in der dritten Person über ihn. Bei Spielen redeten sie über ihn, als säße er nicht mit ihnen am Tisch. »Was er wohl für Karten hat?«, fragten sie. »Glaubst du, er kriegt meinen König?«

»Macht Platz«, wies Nathan seine Geschwister noch einmal an. »Ich gehe erst hier weg, wenn ich Daisy gemolken habe. Ruhig, altes Mädchen.« Er strich mit der Hand über die bebenden Flanken der Kuh. »Nathan ist da.«

Als Daisy laut muhte, wichen Randolph und Lily erschreckt zurück. In Farmangelegenheiten hatte Nathan nach seinem Vater das Sagen.

»Wer ist Mr Waverling, und warum will er mich sprechen?«, erkundigte sich Nathan.

Die Geschwister sahen einander an. »Keine Ahnung«, antworteten sie unisono, und Lily fügte hinzu: »Aber er ist reich.«

»Als er aufgetaucht ist, hat man uns rausgeschickt«, erklärte Randolph. »Mutter und Dad und der Mann brüllen sich deinetwegen an.«

»Meinetwegen?« Erstaunt zog Nathan ein wenig zu heftig an Daisys Zitzen. Wer würde sich seinetwegen schon anbrüllen? »Mehr wisst ihr nicht?«, fragte er. Der neben ihm wartende Zak wurde mit einem dicken Milchstrahl, der direkt in seinem offenen Maul landete, belohnt.

»Nein, aber wir glauben … dass er dich mitnehmen will, Nathan«, antwortete die zierliche Lily, stellte sich hinter ihren älteren Bruder, schlang die Arme um ihn und schmiegte sich Schutz suchend an seinen Rücken. »Ich hab Angst«, fügte sie leise hinzu.

»Ich auch«, pflichtete Randolph ihr bei. »Nathan, du hast doch nichts angestellt, oder?«

»Nicht dass ich wüsste«, sagte Nathan. Der Mann wollte ihn mitnehmen? Was hatte das zu bedeuten?

»Was für eine alberne Frage, Randolph«, schalt Lily ihren Bruder. »Nathan hat noch nie was angestellt.«

»Das ist mir klar, aber ich musste trotzdem fragen, weil der Mann wichtig zu sein scheint«, erwiderte ihr Bruder. »Mutter hat fast der Schlag getroffen, als sie ihn gesehen hat. Und Daddy hat uns sofort aus dem Haus geschickt. Weißt du, wer das sein könnte?«

»Nein«, antwortete Nathan verwirrt. »Wie sollte ich?«

»Keine Ahnung. Er scheint dich zu kennen. Und du siehst ihm irgendwie ähnlich.«

Als sie ein Geräusch hörten, drehten sie sich um. Ihr Vater, der die Scheune betreten hatte, räusperte sich. »Nathan«, sagte er mit trauriger Stimme, »bitte komm ins Haus, wenn du mit dem Melken fertig bist. Randolph, du und Lily, ihr bleibt hier.«

»Aber ich muss Hausaufgaben machen«, protestierte Randolph.

»Die können warten«, erklärte Leon und wandte sich zum Gehen. »Trinkt die Milch, wenn ihr Hunger habt.«

Als Nathan mit dem Melken fertig war und Daisy wieder in ihrer Box stand, verließ er die Scheune, und seine Geschwister blickten ihm beunruhigt nach. Inzwischen hatte sich die kalte Dämmerung vollends herabgesenkt. Nathans Vater war auf halbem Weg zum Haus stehen geblieben, um auf ihn zu warten. Nathan fiel auf, dass der Zirkusclown wieder in die Kutsche geklettert war. »Was ist los, Dad?«, erkundigte er sich.

Plötzlich presste sein Vater die Hände aufs Gesicht.

»Um Himmels willen, Dad!« Weinte sein Vater etwa? »Was ist los? Was ist passiert?«

Da trat ein groß gewachsener, schlanker, attraktiver Mann auf die Veranda, wo er, das Licht aus dem Haus im Rücken, kurz verweilte, bevor er die Stufen herunter auf sie zukam. Er trug einen Mantel aus feiner Wolle und wirkte selbstbewusst. Nathan schätzte ihn auf über vierzig. »Ich bin passiert«, erklärte er.

Nathan musterte ihn von oben bis unten. »Wer sind Sie?«, fragte er und blickte in seine meergrünen Augen, die so sehr den seinen ähnelten.

»Ich bin dein Vater«, antwortete der Mann.

DREI

Nathan legte stirnrunzelnd den Kopf schief. »Wie bitte?«

Der Mann hob die Hände, als wollte er eine Menge zum Schweigen bringen. »Es tut mir leid, dass ich es dir so mitteilen muss. Ich hatte auf eine … weniger überraschende erste Begegnung gehofft, aber du bist mein Sohn, Nathan. Mr Holloway …«, er deutete auf Leon, »… ist nur dein Stiefvater. Ich bin dein leiblicher Vater.«

Nathan, der nichts von Gewalt hielt, hätte dem Mann vor Wut fast mit der Faust in sein attraktives Gesicht geschlagen. Für wen hielt er sich, dass er einfach hier auftauchte und eine Behauptung aufstellte, die seinen Vater zum Weinen brachte, etwas, das Nathan noch nie erlebt und nicht für möglich gehalten hatte? Am liebsten hätte er eine Mistgabel aus der Scheune geholt und damit den Fremden in seine Kutsche und vom Hof getrieben. Warum hatte sein Vater das nicht getan?

»Sind Sie aus einem Irrenhaus entsprungen, Sir?«, fragte Nathan ohne seinen angeborenen Respekt vor älteren Menschen. »Wenn nicht, täuschen Sie sich gewaltig.« Er deutete auf Leon, der sich abwandte, um sein tränennasses Gesicht mit dem Ärmel seiner Jacke abzuwischen. »Dieser Mann da ist mein Vater.«

»Er hat dich aufgezogen, aber du bist mein Sohn«, beharrte der Fremde. »Deine Mutter kann das bezeugen. Wollen wir drinnen weiterreden? Vor dem warmen Kamin würde ich mich wohler fühlen.«

»Ich werde überhaupt nichts mit Ihnen besprechen. Meinetwegen können Sie sich den Hintern abfrieren.« Nathan, der kräftiger und größer als sein Vater war, trat vor Leon. »Verschwinden Sie von unserem Grund und Boden.«

»Sohn … Nathan«, sagte Leon und putzte sich die Nase mit einem großen Taschentuch. »Du musst ihm zuhören. Er hat recht. Gehen wir lieber rein.«

Nathan rührte sich nicht von der Stelle. »Daddy …« In seiner Panik redete er seinen Vater wieder wie als kleiner Junge an. »Was behauptet er da?«

»Er behaupet, dein Vater zu sein, Sohn, und der ist er tatsächlich.«

In Nathans Ohren klangen diese Worte wie das Knallen einer Büchse. Leon legte ihm besänftigend eine Hand auf den Arm. »Es tut mir wirklich leid, dass du … die Wahrheit erfahren musst.« Ihm versagte fast die Stimme.

Der Fremde machte Anstalten, den anderen Arm von Nathan zu nehmen, doch Nathan schüttelte ihn ab und wich vor beiden Männern zurück. Über die Schulter blickte er zu seinen Geschwistern hinüber, die besorgt die Köpfe zur Scheune herausstreckten. Er war ihr großer Bruder, ihr Beschützer, eine Konstante in ihrem Leben. Nichts war jemals passiert, das ihren Glauben an ihn erschüttert hätte. Obwohl Nathan wusste, dass es Aufgabe seines Vaters gewesen wäre, die beiden zu beruhigen, rief er: »Alles in Ordnung. Ihr müsst nicht mehr lange da drinbleiben. Redet Daisy gut zu. Sie ist nervös.«

»In Ordnung«, antwortete Randolph unsicher. »Aber … du holst uns bald?«

»Versprochen«, sagte Nathan.

Daraufhin setzten sich die drei mit Zak in Bewegung, der die Anspannung spürte und nahe bei Nathan blieb. »Ich sehe, dass du deinen Geschwistern ein guter Bruder gewesen bist, Nathan«, erklärte Trevor Waverling.

»Ich bin es immer noch«, erwiderte Nathan.

»Du scheinst ein feines Gespür für Zwischentöne zu haben«, bemerkte Trevor.

Nathan, dessen Mund sich trocken anfühlte, schwieg. *Zwischentöne*? Wer war dieser Mann, und warum widersprach sein Vater ihm nicht? Als der Mann Nathan und seinem Vater an den Stufen zum Haus mit einer höflichen Geste den Vortritt ließ, spielte Nathan mit dem Gedanken, die Tür hinter sich zuzuknallen und zuzusperren.

Seine Mutter saß auf dem harten viktorianischen Sofa im vorderen Zimmer, das nur genutzt wurde, wenn Besuch kam. Nathan blieb verwundert stehen, weil er ihr Gesicht noch nie so kalt und fahl und ihre Augen noch niemals so dunkel gesehen hatte. Ohne auf ihn und seinen Vater zu achten, richtete sie ihren funkelnden Blick auf den Mann hinter ihnen. »Mach schon, Leon, bringen wir es hinter uns«, wies sie ihren Gatten an.

Nathan sah hilflos von einem zum anderen. »Würde mir bitte jemand erklären, was los ist?«

»Gern«, antwortete Trevor Waverling. »Vor vielen Jahren – fast einundzwanzig, um genau zu sein –, hatten deine Mutter und ich ein ... Stelldichein ...«

»Bei dem du mich vergewaltigt hast, du Hurensohn«, kreischte Nathans Mutter.

»Millicent, ich habe nichts Derartiges getan. Du hast es genauso gewollt wie ich.«

»Bitte«, flehte Leon. »Hört auf damit! Der Junge muss nicht alle schmutzigen Einzelheiten hören. Es ist entsetzlich genug für ihn, erfahren zu müssen, dass ich nicht sein Vater bin.« Er sah Nathan an, und wieder traten ihm Tränen in die

Augen. »Dieser Mann ist dein Vater.« Leon deutete matt auf Trevor.

»Das liegt auf der Hand.« Trevor trat zu Nathan. »Schau uns doch an. Abgesehen davon, dass ich deutlich älter bin als du, könnten wir Brüder sein – wir sind gleich groß, haben einen ähnlichen Körperbau und die gleiche Augenfarbe. Die haben wir von meiner Mutter. Sie ist noch am Leben und kann es gar nicht erwarten, dich kennenzulernen … deine Großmutter.«

Nathan wich vor ihm zurück. Das schmale Gesicht des Mannes, seine hohen, markanten Wangenknochen, sein schlanker, durchtrainierter Körper waren ihm seiner Ansicht nach überhaupt nicht ähnlich. »Ich glaube Ihnen nicht«, sagte er. Dann schaute er voller Angst zu seiner Mutter hinüber, um sich zu vergewissern, dass der Mann sich einen schlechten Scherz erlaubte, doch ihr Blick blieb auf den Fremden gerichtet. Also wandte er sich seinem Vater zu, und als er seine Miene sah, sank ihm der Mut. »Dad …?«

»Er sagt die Wahrheit, Nathan. Du bist nicht mein Sohn … jedenfalls nicht mein leiblicher. Deine Mutter war bei unserer Hochzeit schwanger. Von diesem Mann.« Leon nickte in Richtung des Fremden. »Deine Mutter kann bestätigen, dass er recht hat.«

»Aber ich wusste nicht, dass sie schwanger mit dir war, sonst wäre ich schon früher hergekommen, Nathan. Das schwöre ich bei Gott«, versicherte Trevor Waverling.

Schockiert sank Nathan auf einen der Stühle mit dem hübschen geblümten Muster, auf denen er bis dahin nur selten gesessen hatte, und blickte seine Mutter an. »Mutter, sagt er die Wahrheit?«

»Nur insofern, als du sein Sohn bist. Alles andere ist gelogen. Er hat mir seinen Willen aufgezwungen. Ich war nicht dazu bereit, wie er behauptet, und er wusste schon früher über dich Bescheid. Bereits vor Längerem hat mir der Leiter der Poststelle verraten, dass man ihm Fragen über den älteren Holloway-Jungen gestellt hat. Damals warst du um die vierzehn, Nathan. Dieser Mistkerl hat jemanden geschickt, um herauszufinden, ob es sich lohnt, Anspruch auf dich zu erheben. Er hat sich nicht die Mühe gemacht, selbst zu kommen.« Sie bedachte Trevor mit einem hasserfüllten Blick. »Letztes Jahr hat mir dann eine deiner Lehrerinnen erzählt, dass ein Fremder sie kurz vor deinem Abschluss angesprochen und gefragt hat, wie du bist. Ob du dich in der Schule gut schlägst. Ob du klug bist. Und solide. Der Mann hat ihr erklärt, dass er wegen Stipendien fürs College Erkundigungen über Schüler einzieht.«

Leon spitzte die Ohren. »Warum hast du mir das nicht gesagt?«

»Weil du die Lage vermutlich noch komplizierter gemacht und dem Jungen verraten hättest, dass sein Vater nach ihm sucht. Wie hätten wir dann einen Skandal vermeiden können?«

Trevor bedachte Millicent mit einem verächtlichen Blick. »Du hast nur an den möglichen Skandal gedacht? Wie typisch für dich, Millicent.«

»Erspar mir deinen herablassenden Tonfall, Trevor Waverling! Glaube mir, dieser Mann …«, Millicent deutete auf ihn und wandte sich an Nathan, »… wäre jetzt nicht hier, wenn du dich als Enttäuschung erwiesen hättest. Dann hätte er das Problem Leon und mir überlassen.«

Nathan erschrak über den Zorn seiner Mutter, die die Lippen so fest zusammenpresste, dass sie die Farbe verloren. Plötzlich begriff er, warum er, seit er alt genug war zu erkennen, dass seine Mutter ihn anders behandelte als seine Geschwister, diesen merkwürdigen Schmerz spürte. Weil er sie liebte und achtete, hatte er sich geweigert, ihn wahrzunehmen. Er war der Älteste. Von ihm erwartete man mehr als von den anderen, und er wurde seltener gelobt. Jetzt war ihm alles klar. Er erinnerte sie an den Mann, den sie hasste, an den Mann, für den sie, das ahnte Nathan, tief in ihrem Inneren nach wie vor etwas empfand.

VIER

Nathan hob den Blick zu dem Mann, dessen entfernte Ähnlichkeit mit ihm selbst er nicht leugnen konnte. »Wieso sind Sie hier?«

Trevor Waverling straffte die Schultern, deren Breite durch seinen maßgeschneiderten Wollmantel betont wurde. »Um Anspruch auf dich zu erheben. Um dich mit nach Hause zu nehmen, wenn du das möchtest.«

»Und warum?«

Wie schnell diese Frage von Nathan kam, überraschte Trevor. »Warum?«, wiederholte er. »Weil ich dich gern um mich hätte, deswegen. Ich möchte dir ein besseres Leben ermöglichen, als du es hier hast.«

»Für mich gibt es kein besseres Leben als dieses.«

Trevor trat einen Schritt näher zu ihm. »Woher willst du das wissen, Nathan? Du kennst nur diese Farm. Ich bin ein wohlhabender Mann und würde gern mein Glück mit dir teilen. Wenn sich alles auf die richtige Weise fügt, setze ich dich als Erben ein …«

»Und wenn nicht?«, fragte Nathan. »Feuern Sie mich dann als Erben?«

Wieder schien Trevor um eine Antwort verlegen zu sein. »Leider verläuft unser Gespräch nicht günstig. Ich scheine dir den falschen Eindruck zu vermitteln. Ich würde mich gern unter vier Augen mit dir unterhalten und dir von mir erzählen … was ich dir bieten könnte …«

Nathan erhob sich abrupt. »Das interessiert mich nicht. Dies hier ist mein Zuhause, und das sind meine Eltern. Mit Ihnen gehe ich nirgendwohin.«

Trevor hob flehend die Hände. »Nathan, bitte. Möchtest du nichts über deinen Vater erfahren?«

»Wollten Sie denn zuvor etwas über Ihren Sohn erfahren?«

»Nein, das wollte er nicht!«, zischte Millicent.

»Na schön!«, meinte Trevor ungeduldig. »Ich gebe alles zu. Ich habe Nachforschungen über dich anstellen lassen. Das muss man in meiner Position machen. Aber ich versichere dir, dass ich nichts von der Schwangerschaft deiner Mutter wusste, als ich sie verlassen habe. Davon habe ich erst erfahren, als einer meiner Vertreter vor sechs Jahren durch Gainesville gekommen ist und mir erzählt hat, dass er in einem Gemischtwarenladen einen Jungen gesehen hat, der mir wie aus dem Gesicht geschnitten ist und eigentlich nur mein Sohn sein kann. Er hat mich im Scherz gefragt, ob ich mal eine kurze Affäre in Cooke County gehabt habe.«

Millicent protestierte lauthals und wollte widersprechen, doch Leon hinderte sie daran. »Ganz ruhig, Millicent«, ermahnte er sie leise. »Nathan muss sich anhören, was der Mann zu sagen hat.« Millicent sah ihren Mann erstaunt an und verstummte mit einem trotzigen Blick.

Trevor fuhr fort: »Also habe ich einen Angestellten, dem ich vertraue, hierhergeschickt, damit er sich über die Sachlage informiert. Er hat dich fotografiert …« Trevor zog seine Brieftasche aus der Innentasche seines Mantels, nahm ein Foto heraus und reichte es Nathan. Das Bild zeigte ihn neben dem Zaun an der Straße. Nathan erinnerte sich, dass ein Mann ihn eines Nachmittags gefragt hatte, ob er ihn vor dem wogenden Weizenfeld ablichten dürfe. Er sei Fotograf und mache Fotos für die Zeitschrift *Progressive Farmer*.

»Als er mir das Bild vorgelegt hat, war mir sofort klar, dass du mein Sohn bist«, sagte Trevor und nahm das Foto wieder an sich. »Mit vierzehn habe ich genauso ausgesehen wie du. Ich bin damals nicht gekommen, um dich zu holen, weil … Wie hätte ich das tun können? Du hast noch die Schule besucht und warst offenbar glücklich und zufrieden bei deiner Mutter und … dem Mann, den du als deinen Vater erachtet hast. Das wollte ich nicht kaputt machen. Aber ich hielt es für mein Recht und meine Pflicht, mich dir ein paar Jahre nach deinem Highschoolabschluss vorzustellen, und so habe ich bis heute, bis zu deinem zwanzigsten Geburtstag, gewartet.«

Nathan sah ihn mit großen Augen an. *Heute war sein Geburtstag?* Der zwanzigste Geburtstag war ein wichtiges Datum für einen Jungen. Nun, da er nicht mehr zur Schule ging und ein Tag wie der andere war, da nur der Wechsel der Jahreszeiten die wichtigen Ereignisse markierte, hatte er ihn tatsächlich vergessen.

Wie seine Familie. »Woher wissen Sie, dass heute mein Geburtstag ist?«, fragte er den Fremden.

»Ich habe den Eintrag im Geburtenregister des Bezirksgerichts überprüfen lassen.«

Leon wandte sich Millicent zu. »Hast du einen Kuchen für ihn gebacken?«

»Das habe ich … vergessen. Ich hab nur daran gedacht, dass heute Waschtag ist …«

»Und der Tag, an dem du das Kleid für Lily fertig haben wolltest, für das Fest, zu dem sie in Denton eingeladen ist«, fügte Leon mit kühler Stimme hinzu.

»Gott, Millicent!« Trevor bedachte Millicent mit einem vorwurfsvollen Blick. »Nun wird mir klar, wie die Dinge hier laufen. Nathan muss schuften wie ein Lohnarbeiter, während du Kleider für deine Tochter nähst und jeden Penny sparst, um deinen anderen Sohn auf die Columbia University schicken zu können.« Er sah aus, als würde er gleich vor Millicent ausspucken. Sie verschränkte die Arme und drehte den Kopf verächtlich zum Kamin.

Leon wandte sich an Nathan, der verblüfft über die bitteren Eröffnungen gelauscht hatte. »Es bricht mir das Herz, das zu sagen«, meinte Leon, »aber es kann nicht schaden, wenn du dir anhörst, was der Mann dir mitzuteilen hat, Nathan. Schließlich ist er dein Vater.«

Wieder machte Trevor eine flehende Geste. Seine Hände waren groß und kräftig, glatt und gepflegt. »Können wir uns irgendwo unter vier Augen unterhalten?«

Verblüfft, verwirrt und verletzt stammelte Nathan: »Nein. Meine Geschwister sollen ins Haus kommen. In der Scheune ist es kalt, und mein Bruder muss in unserem Zimmer lernen.«

»Dann gehen doch wir beide in die Scheune«, schlug Trevor vor. »Bitte, Nathan.«

Nun hatte der Fremde bereits zum zweiten Mal »bitte« gesagt, was einem Mann wie ihm bestimmt nicht leichtfiel, dachte Nathan, der sich desorientiert fühlte wie in einem Schneesturm. »Nicht heute Abend«, antwortete er. »Ich brauche Zeit, um mir alles, was ich gehört habe, durch den Kopf gehen zu lassen. Dann sehen wir weiter.«

Trevor wirkte enttäuscht. »Wahrscheinlich darf ich nicht mehr verlangen. In deiner Lage würde ich das Gleiche tun. Also gut.« Er öffnete seine Lederbrieftasche ein zweites Mal, steckte das Foto hinein und nahm seine Visitenkarte heraus. »Darauf steht alles, was nötig ist, um dich mit mir in Verbindung zu setzen, sobald du dazu bereit bist. Das ist meine Büroadresse, oder …«, er zog einen Stift heraus und schrieb etwas auf die Rückseite der Karte, »… du kannst auch an meine Privatadresse schreiben. Wie du siehst, befinden sich beide in Dallas. Du darfst gern in mein Büro kommen, oder wenn dir das lieber ist, treffen wir uns in Gainesville. Falls du das möchtest, komme ich auch noch einmal hierher.«

»Nicht hier, Trevor«, mischte sich Millicent mit finsterem Blick ein. »Niemals mehr auf dem Grund und Boden meiner Familie, ist das klar? Wenn ich dich jemals wieder hier sehen sollte, erschieße ich dich.« Sie sah Nathan an. »Und bring den Hund raus, Nathan. Du weißt, dass er nicht ins Haus darf.«

Nathan wandte sich seiner Mutter zu. Ein Fremder tauchte bei ihnen auf und gab sich als sein Vater zu erkennen, und ihr waren nur ihr Hass auf diesen Mann und die Tatsache wichtig, dass der Hund ihres Sohnes nicht ins Wohnzimmer durfte. Sie interessierte sich kein bisschen für sein Entsetzen, seine Verwirrung und seinen Schmerz. Plötzlich wurde Nathan zusätzlich zu den anderen Erkenntnissen dieses Tages noch etwas klar: Seine Mutter liebte ihn nicht. Sie hatte ihn nie geliebt und würde es auch niemals tun. Unter seinem Blick änderte sich Millicents Gesichtsausdruck. Sie schien zu ahnen, dass sich seine Einstellung zu ihr unwiderruflich gewandelt hatte. Nathan klopfte auf seinen Oberschenkel. »Komm, Zak, alter Junge.«

Seine Eltern und der Fremde ließen Nathan widerspruchslos ziehen. Ihnen war klar, dass der Junge nicht mehr mit ihnen reden wollte. Nathan trat hinaus in die Dämmerung, ohne zu merken, wie beißend kalt die Luft sich auf seiner Haut anfühlte. Sein Hunger war verschwunden, und obwohl er nur seine dünne Arbeitsjacke trug, spürte er nicht, wie frostig es geworden war. Der Kopf des Fahrers tauchte aus dem Fenster der Kutsche auf, in die er sich der Kälte wegen geflüchtet hatte. »Kommt mein Chef bald?«, fragte er.

»Er hat keinen Grund, noch länger zu bleiben«, antwortete Nathan, ohne seine Schritte zu verlangsamen.

Randolph und Lily hatten sich unter eine Pferdedecke im Stroh verkrochen und abwechselnd aus dem Eimer mit der Milch getrunken. »Ihr könnt wieder ins Haus«, teilte Nathan ihnen mit, bevor ihm die Stimme versagte.

Lily schlug die Decke zurück und eilte zu ihm. »Nathan, was ist los? Wer ist der Mann im Haus?«

»Keine Ahnung.«

»Warum ist er hier?«, wollte Randolph wissen.

»Wegen einer Familienangelegenheit«, antwortete Nathan.

Lily sah ihn unsicher an. »Was hat er mit dir angestellt?«

»Er … hat etwas kaputt gemacht, das sich nicht mehr reparieren lässt.«

Nun merkte Nathan, dass er die Visitenkarte des Fremden in der Hand hielt. Als er einen Blick darauf warf, brannte sich der Name Trevor Waldo Waverling in seine Netzhaut ein. Erst jetzt kam ihm zu Bewusstsein, dass er kein Holloway war. Diese Erkenntnis erschütterte ihn so sehr, dass er weiche Knie bekam und sich an einem Pfosten festhalten musste. Tränen traten ihm in die Augen, es schnürte ihm die Kehle zu. Er war ein Waverling. Das Blut des Mannes, der sich seit seiner Geburt um ihn gekümmert hatte, der ihm das Laufen, das Lesen, das Reiten und die Farmarbeit beigebracht hatte, das Blut des Mannes, den er liebte und dem er nachzugeraten glaubte, pulsierte nicht in seinen Adern.

»O Gott, du weinst ja«, rief Randolph entsetzt aus.

Lily legte die Hand auf Nathans Arm und fragte: »Nathan, was ist los?«

»Lass ihn in Ruhe, und geht ins Haus, Kinder, das Abendessen wartet«, wies Leon Randolph und Lily von der Tür aus an.

Randolph stieß einen Seufzer der Erleichterung aus. »Endlich«, sagte er. »Müssen wir die Milch mit reinnehmen?«

»Wenn ihr welche zum Abendessen wollt, schon.«

Randolph ergriff den Henkel des Eimers, während Lily sich auf die Zehenspitzen stellte und ihrem großen Bruder einen Kuss auf die Wange drückte. »Es kommt schon alles wieder in Ordnung«, murmelte sie und folgte Randolph aus der Scheune.

FÜNF

Aber es würde nicht in Ordnung kommen. Niemals mehr, das wusste Nathan. Leon schlurfte, die Hände in den Taschen seines Arbeitsanzugs, mit hängenden Schultern auf ihn zu. »Mir fehlen die Worte«, murmelte er. Von draußen waren Hufgetrappel und das Quietschen der sich entfernenden Kutsche zu hören. Vermutlich, dachte Nathan, war der Mann mit der Kutsche gekommen, weil er erwartet hatte, ihn gleich mitsamt seinen Siebensachen mitzunehmen. Sonst wäre er bestimmt mit dem Zug angereist.

Nathan fuhr sich achselzuckend über die Augen. »Für dich ist das sicher genauso schlimm wie für mich.«

Leon stellte zwei Eimer umgedreht auf den Scheunenboden. »Weil ich einen Sohn verliere wie du den Vater? Keins von beidem trifft zu, Nathan, das musst du mir glauben. Verwandtschaft ist keine Sache des Blutes, sondern der Gefühle. Du bist mein Sohn. Der wirst du immer sein. Und ich werde immer dein Vater sein. Nichts auf der Welt – kein Anspruch eines anderen Mannes – wird daran etwas ändern.« Leon nahm ein Tuch aus der Tasche seines Arbeitsanzugs und schnäuzte sich, weil ihm wieder Tränen in die Augen traten.

»Trotzdem …«, sagte Nathan und setzte sich auf einen der Eimer. »Die Wahrheit verändert die Dinge, nicht wahr?«

Leon nahm auf dem anderen Eimer Platz, während Zak sich wachsam zwischen sie stellte. »Nur die Dinge, nicht die Gefühle.«

Nathan reichte Leon die Visitenkarte. »In welcher Branche ist er tätig?«

Leon las laut vor: »WAVERLING TOOLS – im Maschinenbau. Er sagt, dass sein Unternehmen Werkzeug und vor allen Dingen Maschinen für Bohrungen nach Wasser und Salz herstellt.«

»Wovon ich keine Ahnung habe.«

»Er hat erzählt, dass er zweimal verheiratet war und geschieden ist, dass er ein Kind hat, eine geistig zurückgebliebene Tochter namens Rebecca. Sie ist zwölf und lebt bei seiner Mutter – deiner Großmutter. Er ist sechsundvierzig.«

»Glaubst du, dass er Mutter vergewaltigt hat?«

Leon gab Nathan die Visitenkarte zurück und verlagerte das Gewicht, um das Taschentuch in seinen Arbeitsanzug zu stecken. »Ich denke, deine Mutter glaubt es. Mit Sicherheit werde ich es wohl nie wissen. In ihrer Jugend war sie die größte Schönheit von Gainesville und Denton. Als hübsche einzige Tochter von wohlhabenden Eltern und Liebling ihrer reichen, kinderlosen Patentante war sie schrecklich verwöhnt und wuchs in der Überzeugung auf, dass sie einfach alles bekommen könnte, und genauso zieht sie nun Lily groß. Ich hab mich in der vierten Klasse in sie verliebt, als sie mit der Schule angefangen hat. Sie war das hübscheste kleine Ding, das ich je gesehen hatte. Ich hab ihr die Bücher getragen und dafür gesorgt, dass niemand sie belästigt. Ich war wie ein großer Bruder für sie. Mir konnte sie alles anvertrauen. Mit achtzehn habe ich auf diesem Hof für ihre Eltern zu arbeiten angefangen. Ich hab miterlebt, wie die Jungs in ihrer Schulzeit hier Schlange standen und ihr nach dem Internat zur Farm gefolgt sind, aber sie hat sie alle auf Distanz gehalten, bis Trevor Waverling im Ort aufgetaucht ist. Er muss damals so um die fünfundzwanzig gewesen sein.«

Nathan hörte davon zum ersten Mal. »Was hat ihn nach Gainesville geführt?«

»Seine Tante. Sie hat ihm ein Geschäft für Sättel und Zaumzeug, das sie von ihrem Mann geerbt hatte, hinterlassen. Aber Trevor war nicht interessiert daran, einen Laden in einem kleinen Ort wie Gainesville zu führen, also ist er nur so lange geblieben, bis er verkauft war.«

»Und da hat er Mutter kennengelernt.«

Leon stand auf und zündete die Lampe in der Scheune an. »Ja. Ich hab ihn lediglich zwei- oder dreimal gesehen. Er war wirklich ein fescher Bursche. Die Damen waren anscheinend ganz vernarrt in ihn, aber er hatte nur Augen für deine Mutter, behauptet sie jedenfalls. Er ist ihr nicht von der Seite gewichen, bis der Laden verkauft war, und hat sich dann, als sie schwanger war, aus dem Staub gemacht. Da ist ihr Daddy zu mir gekommen. Kein anständiger Mann würde sie nehmen, hat er gesagt.« Leons Versuch, spöttisch zu grinsen, schlug fehl. »Wortwörtlich.«

Nathan hatte den Vater seiner Mutter nicht gemocht. Liam Barrows hatte keine Zeit für seinen ältesten Enkel gehabt und ihn weggescheucht wie eine lästige Fliege, aber Nathan hatte seinen Großvater hauptsächlich deswegen nicht leiden können, weil er seinen Schwiegersohn wie einen Lohnarbeiter behandelte. Die Ereignisse des Tages erklärten, warum. Er war in Nathans zehntem Lebensjahr gestorben, und seine Großmutter war ihm bereits ein Jahr später ins Grab gefolgt. Danach hatte Nathans Mutter die Leitung der Farm übernommen.

»Meinst du, er wusste wirklich nicht, dass Mutter mit mir schwanger war?«, fragte Nathan.

Leon zupfte einen Strohhalm aus einem Heuballen und steckte ihn in den Mund. »Ja, das glaube ich ihm. Ich denke zwar, dass er nichts unternommen hätte, wenn er's gewusst hätte, aber mit ziemlicher Sicherheit hatte er keine Ahnung.«

»Wie kannst du dir da so sicher sein?«

»Weil deine Mutter es auch erst zwei Monate, nachdem Trevor weg war, gemerkt hat.«

»Sie hasst ihn also, weil er sie nicht geheiratet hat, Kind hin oder her?«

»So sehe ich es jedenfalls.«

»Dass eine Frau einen Mann all die Jahre hasst, wenn sie den besten aller vorstellbaren Ehemänner und drei ordentliche Kinder hat …«

»Trevor Waverling war der Einzige, den deine Mutter nicht haben konnte. Darüber ist sie nie hinweggekommen. Meiner Ansicht nach musste er sie nicht vergewaltigen. Seinetwegen musste sie einen Mann heiraten, der ihr gesellschaftlich unterlegen war, und die Frau eines Farmers werden, was bedeutete, dass ihr Leben völlig anders verlief als geplant. Das hat sie ihm nicht verziehen.«

Und sie hatte einen Sohn zur Welt gebracht, den sie nicht wollte, dachte Nathan. Allmählich begann alles Sinn zu ergeben. Nun erklärte sich, warum seine Mutter immer seinem Blick auswich und sie ihn nur von der Seite ansprach. Er schaute zum offenen Scheunenfenster hinaus, durch das der erste Stern am Abendhimmel zu erkennen war. So schmerzlich das auch sein mochte: Nathan musste seinem Vater zustimmen. Er war nicht das Resultat einer Vergewaltigung, obwohl er es, so, wie seine Mutter ihn behandelte, gut und gern hätte sein können. »Ich frage mich, warum der Mann ausgerechnet jetzt hier auftaucht«, bemerkte Nathan.

Leon kaute an dem Strohhalm. »Könnte gut sein, dass das, was er sagt, stimmt. Vielleicht wünscht er sich tatsächlich einen Erben.«

Nathan zog seine Jacke enger um den Leib. »Er kommt zwanzig Jahre zu spät. Außerdem habe ich den Eindruck, dass ihn noch etwas anderes antreibt.«

»Warum findest du nicht einfach raus, was?«, schlug Leon vor.

Nathan sah ihn erstaunt an. »Warum sollte ich das? Ich will nichts über den Mann erfahren. Wie du richtig festgestellt hast, bist du mein Vater. Wozu brauche ich ihn?«

Leon rutschte unruhig auf seinem Eimer herum, für Nathan ein sicheres Zeichen dafür, dass ihn etwas beschäftigte, worüber er nicht reden wollte. »Was ist, Dad?«

Leon spuckte den zerkauten Halm aus. »Gut, Sohn, du sollst die ganze Wahrheit erfahren. Wenn alle Schläge gleichzeitig kommen, können die Wunden schneller anfangen zu verheilen.«

»Wie meinst du das, Dad?«

»Die Farm, Nathan. Du wirst sie genauso wenig erben wie ich. Das war mir klar, als ich deine Mutter geheiratet habe. Sie wird an Randolph und Lily gehen.«

Nathan sprang von dem Eimer auf. »*Was? Warum?* Die haben doch keine Ahnung von der Farmarbeit, und sie hassen den Hof. Sie werden ihn verkaufen!«

»Ich weiß das, du weißt es, und Millicent weiß es auch, aber das ist ihr egal.«

Nathan sank verblüfft auf den Eimer zurück. »Wie kann sie nur? Ihr ist klar, wie sehr ich die Farm liebe, dass ich ganz dafür lebe, dass ich mich nirgendwo sonst wohlfühlen würde.«

»Das ist nicht wichtig, Sohn. Ich wünschte, ich könnte dir etwas anderes sagen, weil sie deine Mutter ist, aber deine Liebe zu der Farm rührt sie nicht. Sie will sicher sein, dass für Randolph und Lily gesorgt ist, und deshalb …« Leon kaute auf seiner Lippe.

Nathan bekam eine Gänsehaut. »Was, Dad?«

»Deshalb schreibt deine Mutter die Farm zum Verkauf aus. Sie möchte sie los sein und ein Haus in Gainesville gekauft haben, bevor Randolph aufs College wechselt.«

»Himmel!« Wieder sprang Nathan ungläubig auf und fuhr sich mit der Hand durch die Haare. »Und was wird aus dir, wenn sie sie verkauft?«

»Sie sagt, ich kann entweder für die neuen Eigentümer arbeiten oder bei ihr in der Stadt leben.«

Nathan wurde schwindlig. Fast spürte er, wie der Boden sich unter seinen Füßen bewegte. Plötzlich brach seine solide, sichere Welt in sich zusammen, und alles, woran er geglaubt, worauf er vertraut und was er geliebt hatte, lag in Trümmern. Er presste die Hände gegen die Schläfen. »Wir sind ihr völlig egal, stimmt's?«

Leon stieß ein freudloses Lachen aus. »Nein, Millicent macht sich schon etwas aus uns, Sohn, aber an Randolph und Lily liegt ihr mehr. Ich bin nicht wichtig. Lass uns lieber über dich sprechen – über diese Chance, die das Schicksal dir da eröffnet.«

SECHS

»Chance?«

»Ja, die, die Trevor Waverling dir bietet«, antwortete Leon. »Ich würde mir wünschen, dass du sie ergreifst, weil es hier für dich keine Zukunft gibt. Das muss auch dir klar sein.« Wie aufs Stichwort stieß Daisy ein tiefes, trauriges Muhen aus, und die beiden Ackergäule wandten ihnen aus ihren Boxen mit gespitzten Ohren die Köpfe zu. »Heute musst du einige ziemlich sperrige Brocken Wahrheit verdauen, Sohn – zu viele für einen zwanzigsten Geburtstag, aber so ist es nun mal.«

Erneut sank Nathan erschöpft auf den Eimer. »Wie lange weißt du schon, dass Mutter mir die Farm nicht vermachen will?«

»Erst seit zwei Wochen, als ich eine Kopie ihres Testaments entdeckt habe. Da der Hof seit mehreren Generationen im Besitz ihrer Familie ist, bin ich bis dahin davon ausgegangen, dass sie ihn euch dreien vererben wird. Dass du ihn führen und den Ertrag mit deinen Geschwistern teilen würdest.«

»Mit meinen *Halb*geschwistern«, korrigierte Nathan ihn, den es nun nicht mehr wunderte, dass er sich nie so ganz verwandt mit ihnen gefühlt hatte.

»Ich habe Millicent wegen dem Testament zur Rede gestellt«, fuhr Leon fort. »Wir haben uns schrecklich gestritten. Immerhin hat sie den Anstand besessen, sich deswegen zu schämen, und gesagt, eigentlich will sie zu ihren Lebzeiten nichts an der jetzigen Situation verändern, wenn sich keine finanziellen Engpässe ergeben. Da ist mir klar geworden, dass sie vorhat, die Farm irgendwann zu verkaufen.«

»Hast du sie gefragt, was dann aus mir werden soll?«

Leon strich ihm übers Knie, wie stets, wenn er überlegte, wie er ihm etwas Unangenehmes mitteilen sollte, und die Kummerfalten gruben sich noch tiefer in sein wettergegerbtes Gesicht. »Ja. Sie hat geantwortet, wenn der Verkauf vor ihrem Tod stattfinden würde, könntest du mit deinem guten Ruf bei jeder x-beliebigen Farm eine Anstellung finden. Man würde dich mit Handkuss nehmen, dich wahrscheinlich gleich zum Verwalter machen.«

Nathan hatte das Gefühl, sich bewegen zu müssen, um diese Neuigkeiten zu verdauen. Also trat er zu Daisy und tätschelte ihre Flanke. Fast alles, was er wusste, hatte er von der Natur gelernt. Er musste an den klaren blauen Bach denken, den er als Kind so sehr geliebt hatte und über dem Schmetterlinge und Kolibris herumgeflattert waren. Am Ende war der Bach ausgetrocknet, lediglich eine Vertiefung im Sand war geblieben. Nathan erinnerte sich, wie er traurig an seinem trockenen Bett gestanden und sich gefragt hatte, wie die schönsten und wichtigsten Dinge auf Erden so einfach verschwinden konnten. Wie jetzt. Noch am Morgen war er mit dem Gedanken zur südlichen Weide gegangen, wie glücklich er sich schätzen konnte, das tun zu dürfen, was er gern tat, auf dem Land, das er liebte, und dass am Ende des Tages eine wunderbare Familie und ein schönes Zuhause auf ihn warteten. Doch weniger als zwölf Stunden später hatte sich all das so schnell aufgelöst wie der Morgennebel bei Sonnenaufgang.

Nathan setzte sich wieder auf den Eimer. »Wann wolltest du es mir sagen?«, fragte er Leon.

»Sobald ich gewusst hätte, wie ich die Weichen für dich stellen könnte. Ich wollte nicht noch etwas vor dir geheim halten.«

»Noch etwas?«, wiederholte Nathan, der hellhörig geworden war.

Leon errötete bis unter die Spitzen seiner sandfarbenen, schütter werdenden Haare. »Vergiss es. Das hat nichts mit dir zu tun, also bohr nicht weiter nach.«

Das glaubte Nathan ihm nicht. Warum hatte Leon etwas vor ihm geheim gehalten, wenn es nichts mit ihm zu tun hatte? »Wie wolltest du die Weichen für mich stellen?«, erkundigte er sich, überzeugt davon, dass das, was seinem Vater da fast herausgerutscht wäre, durchaus mit ihm zu tun hatte und dass er es ihm ein andermal würde entlocken können.

»Ich hab ein bisschen Geld für dich beiseitegelegt, von dem deine Mutter nichts weiß. Der alte Sawyer hat vor, in den nächsten Jahren seinen Grund zu verkaufen, und ich spiele mit dem Gedanken, ihm zu sagen, dass ich gern eine Anzahlung leisten würde, sobald es soweit ist. Ich stehe auf gutem Fuß mit der Bank und würde mir den Rest leihen. Dann könnten wir beide weitermachen wie bisher, auf unserer eigenen Farm. Deine Mutter könnte uns, wenn sie möchte, begleiten. Ansonsten …« Leon zuckte mit den Achseln. »Es liegt bei ihr. Mehr kann ich nicht tun, Sohn.«

Nathan schüttelte den Kopf, und wieder erschien das Bild von dem ausgetrockneten Bach vor seinem geistigen Auge. »Warum machen wir das nicht einfach?«, fragte er. »Ich hab auch ein bisschen Geld von meinem Lohn gespart.«

Leon beugte sich zu ihm hinüber. »Weil du jetzt bessere Möglichkeiten hast, Nathan. Wir wissen nicht, was die Zukunft bringt. Du hast gerade gelernt, dass man sich niemals sicher sein kann. Zwei Wochen lang habe ich auf ein Wunder gehofft, dass deine Mutter auf ihr Gewissen hört und es sich anders überlegt mit dem Verkauf der Farm. Ich habe nicht geahnt, dass das Wunder in Person von Trevor Waverling auftauchen würde.«

»Ich mag ihn nicht«, stellte Nathan fest.

»Das ist kein Grund, ihm nicht zuzuhören, Sohn, und sich nicht anzusehen, was er dir zu bieten hat. Er hat recht: Du kennst nur diese Farm.«

»Und ich will auch nichts anderes kennenlernen.«

»Dann …«, Leon schlug sich auf den Oberschenkel, »… sorg dafür, dass dies tatsächlich der einzige Ort ist, den du kennen möchtest. Beweise dir selbst, dass du für nichts anderes geschaffen bist als für die Farmarbeit. Vergewissere dich, dass du wirklich nichts mit Trevor Waverling zu tun haben willst. Glaube mir, Sohn, wenn du es jetzt nicht rausfindest, wird der Tag kommen, an dem du es bereust, nicht zu wissen, was es da draußen noch gibt.«

Nathan nickte. »Wie Mutter«, sagte er.

»Sie denkt an nichts anderes.«

Nathan warf noch einmal einen Blick auf die Visitenkarte. »Wirst du, wenn ich zu ihm fahre, mir seine Vorschläge anhöre und sie mir nicht gefallen, immer noch bereit sein, eine Anzahlung für Mr Sawyers Grund zu leisten?«

»Ja, versprochen, Sohn.«

Nathan streckte ihm die Hand hin. »Du wirst immer mein Vater sein, Dad. Einen besseren könnte ich mir nicht wünschen.«

Leon ergriff sie. »Und ich mir keinen besseren Sohn.«

Als sie sich im Schlafzimmer auszogen, sagte Leon: »Ich habe Nathan von deinem Testament erzählt, Millicent. Er hat ein Recht, davon zu erfahren.«

Seine Frau, die am Frisiertisch saß, warf ihm im Spiegel einen scharfen Blick zu. »War das wirklich nötig? Bestimmt hasst er mich jetzt.«

»Er hasst dich nicht, Millie, altes Mädchen. So ist der Junge nicht. Aber ich könnte mir vorstellen, dass er nicht mehr das Gleiche für dich empfindet wie früher. Hoffentlich merkt er nicht, dass er dir nichts schuldet.«

Millicent verzog den Mund. »Vermutlich wirst du dafür sorgen, dass er es merkt.«

»Nein«, entgegnete Leon und schlüpfte aus seinen Schuhen. »Du solltest mich besser kennen. Aber in Zukunft werde ich ihm nichts mehr vormachen. Keine Sorge, Nathan wird niemandem erzählen, was er heute erfahren hat. Er schämt sich genauso sehr wie du. Schätze, du wirst Lily und Randolph nicht sagen, dass Nathan nur ihr Halbbruder ist, oder?«

»Natürlich nicht. Welchen Sinn hätte das?«

Leon lächelte süffisant. »Gut. Willst du Nathan nun auch noch das letzte Geheimnis enthüllen?«

Millicent wirbelte herum. Sie hatte ein Nachthemd an, ein langes weißes Gewand mit Spitzenbesatz an Kragen und Ärmeln. Die Haare, die sie tagsüber zu einem Knoten geschlungen trug, ergossen sich nun über ihre Schultern. Keine einzige graue Strähne durchzog ihre erdbeerblonde Mähne. Mit ihren einundvierzig Jahren war Millicent Barrows nach wie vor die schönste Frau, die Leon kannte, und beim Anblick ihrer Schönheit schlug sein Herz noch immer schneller.

»Ganz bestimmt nicht, und komm du ja nicht auf die Idee, es ihm zu verraten, Leon Holloway. Du hast mir versprochen, den Mund zu halten. Schlimm genug, dass Nathan jetzt über seinen leiblichen Vater Bescheid weiß. Er hätte keinen Grund zu schweigen, wenn er erfahren würde, dass wir seine Zwillingsschwester weggegeben haben. Denk nur, wie sehr dieser

Skandal Lilys Aussichten auf eine gute Heirat und Randolphs auf eine Zukunft als Anwalt mindern würde.«

»In solchen Dingen hast du ja Erfahrung«, sagte Leon. »Aber um eines klarzustellen, Millicent: *Du* warst diejenige, die die Schwester des Jungen weggegeben hat. Ich werde nicht zulassen, dass du die Wahrheit darüber verschleierst.«

Obwohl Millicent abwinkte, wirkte sie besorgt. »Du hast mir *versprochen*, unser Geheimnis niemals zu verraten, Leon. Und ich werde dich bis zum Tag meines Todes an dieses Versprechen erinnern. Du hast dein Wort noch nie gebrochen, und meine Gefühle für dich würden sich sehr verändern, wenn du es jemals tätest. Meine Gefühle für dich sind dir doch noch wichtig, oder?«

Leon seufzte. »Ja, Millie, altes Mädchen, leider.« Er trat hinter sie und begann, ihre Schultern zu massieren. »Musst du denn nie an sie denken? Wo sie ist, ob es ihr gut geht, ob sie glücklich ist, wie sie aussieht?«

Millicents Blick, der auf den Spiegel gerichtet blieb, wurde unsicher. Sie schloss die Augen und entspannte sich unter Leons Händen. »Ich versuche, nicht daran zu denken. Was hätte das für einen Sinn?«

»Ja, was für einen Sinn hätte es?« Plötzlich überkam Leon ein Gefühl der Aggressivität, und er ließ die Hände unter die Arme seiner Frau gleiten und kniff ihr in die Brüste. »Ich bin immer noch wahnsinnig nach dir, trotz deiner schwarzen Seele«, murmelte er. »Lass uns etwas dagegen unternehmen.«

SAMANTHA

SIEBEN

Fort Worth, Texas, 23. März 1900

Samantha Gordon blickte den langen, von Kerzen erhellten Tisch entlang auf die Gäste, die gekommen waren, um mit ihr ihren zwanzigsten Geburtstag zu feiern. Darunter befanden sich frühere Klassenkameradinnen und die Söhne und Töchter der Nachbarsrancher mit ihren Eltern, alle langjährige Freunde der Gordons. Samantha wäre es lieber gewesen, wenn das Essen in Las Tres Lomas de la Trinidad stattgefunden hätte, mit den Rancharbeitern, doch ihre Mutter war der Meinung gewesen, dass der rustikale große Raum des Hauptgebäudes nicht feierlich genug für einen so wichtigen Anlass sei. »Herrgott, Neal«, hatte Estelle zu ihrem Mann gesagt, der sich auf Samanthas Seite schlug, »so, wie ich unsere Tochter kenne, würde sie das Fest am Ende noch in der Schlafbaracke veranstalten, und die Gäste würden sich ihr Essen vom Proviantwagen holen müssen.«

Obwohl Samantha über die Übertreibung ihrer Mutter geschmunzelt hatte, wusste sie, dass diese gar nicht so falschlag. Doch als sie nun all die vertrauten Gesichter sah und dem Lachen und den Erzählungen über amüsante Episoden aus ihrer Kindheit lauschte, erkannte Samantha, wie schön es war, am Geburtstag von Menschen umgeben zu sein, die sie schon ihr ganzes Leben lang kannten. Die Viehtreiber kamen und gingen. Nur Grizzly, der Ranchkoch, und Wayne Harris, der Vorarbeiter, waren bei ihnen, seit man Samantha im zarten Alter von vier Tagen in die Arme ihrer Eltern gelegt hatte.

Um den langen Tisch drängten sich zwanzig Personen. Jedes Jahr lud Estelle Gordon einen Gast mehr ein, sodass die Zahl immer den Lebensjahren ihrer Tochter entsprach; sie schob Tische zusammen und rückte Möbel, um alle in ihrem Stadthaus unterbringen zu können. Bestimmt wäre Samanthas Mutter enttäuscht gewesen, das zu hören, aber ihre Tochter hatte beschlossen, ihren Geburtstag zum letzten Mal so zu feiern. Mit einundzwanzig wurde man allmählich zur alten Jungfer, und genau die Zukunft sah Samantha vor sich. Der einzige Mann, den sie geheiratet hätte, saß der einzigen jungen Dame gegenüber, die dieses Jahr allein gekommen war, einer atemberaubenden Schönheit, die bestimmt seine Frau werden würde.

Doch im Moment errang Anne Rutherford nicht gerade Pluspunkte bei Sloan Singleton, dem Nachbarrancher der Gordons und Samanthas Spielkameraden aus der Kindheit. Sloans attraktives Gesicht wirkte ähnlich mürrisch wie das von Samanthas Vater am anderen Ende des Tischs. Anne ließ sich gerade über ihre Theorie aus – die auf »eigenen Beobachtungen« beruhte –, dass nicht nur die Farbe der Haare und Augen, sondern auch gewisse menschliche Eigenheiten, Charaktereigenschaften, Schwächen und Neigungen der Herkunft zuzuschreiben seien. »Vermutlich erklärt das meinen Hang zum Dienst am Mitmenschen«, schloss sie mit einem strahlenden Lächeln für jenen Gast, der durch sein Lob für ihre wohltätige Arbeit die Diskussion in Gang gesetzt hatte. »Meine Großmutter hatte immer ein Herz für die Benachteiligten.«

Und du stehst seit jeher gern im Mittelpunkt, dachte Samantha, die es freute, dass Sloan Annes Äußerungen über das Thema Herkunft in Anwesenheit von Samantha und ihren Eltern missbilligte. Samantha konnte nichts auf ihre eigene

Herkunft zurückführen, weil sie adoptiert war, was Anne sehr wohl wusste.

Adoptiert. Der Ausdruck hatte sie nie beschäftigt. In ihrer Kindheit hatten ihre Eltern und Verwandten sie vor dem Stigma bewahrt. Weiße Kinder wurden von Indianerstämmen »adoptiert«, die sie entführten. Waisen wurden von Verwandten »aufgenommen«. Diese Kinder galten als Sozialfälle, sie waren nie ganz Teil der Familie, in der sie lebten.

Doch Samantha war von Anfang an nicht nur Teil der Familie gewesen, sondern ihr Mittelpunkt, um den sich das gesamte Dasein ihrer Adoptiveltern drehte. Sie hatte erst mit sechs Jahren erfahren, dass sie adoptiert worden war, als Ella, eine Cousine ihrer Mutter, die sich zehn Jahre lang nicht hatte blicken lassen, aus New York City zu Besuch kam, um das neu gebaute Stadthaus der Gordons zu bewundern. Damals, im Jahr 1886, florierte die Rinderzucht, in der Samanthas Vater in North Central Texas eine wesentliche Rolle spielte, und Fort Worth hatte sich nach der Not des Bürgerkriegs, dem Wiederaufbau, den harten Wintern und Dürren als »Königin der Prärie« etabliert.

Der Wohlstand ihres Vaters und die relative Sicherheit der Stadt hatten Samanthas Mutter dazu veranlasst, die Errichtung eines Hauses dort zu verlangen, wo ihre Tochter die Schule besuchen und »der kulturellen Seite des Lebens näher sein« konnte. Das hatte ihre Mutter, wie Samantha sich erinnerte, ihrer Cousine Ella erklärt, als diese aus dem Erste-Klasse-Abteil des Wagens der Texas and Pacific Railway gestiegen war.

»Wen haben wir denn da?«, hatte Cousine Ella das schüchterne kleine Mädchen gefragt, das hinter den Röcken seiner Mutter hervorlugte. »Woher hat sie nur diese erdbeerblonden Haare?«

Daraufhin hatte ihre Mutter schützend die Hand von Samantha genommen. »Das ist Samantha, unsere Tochter.«

»Tochter? Ich dachte, du kannst keine Kinder bekommen, Estelle.«

Ohne Samanthas Hand loszulassen, hatte ihre Mutter sich bei Cousine Ella untergehakt. »Ja, das stimmt«, hatte sie mit gesenkter Stimme bestätigt. »Darüber unterhalten wir uns weiter, wenn wir zu Hause sind.«

So hatte Samantha allmählich begriffen, dass sie nicht das *leibliche* Kind ihrer Eltern war. Der Himmel hatte sie ihnen geschenkt, was sie, so behaupteten sie, noch besonderer für sie mache. Trotzdem sprachen Freunde und Angehörige niemals von der Adoption, um potenziell unangenehme Situationen zu vermeiden, sodass die Tatsache im Lauf der Zeit fast in Vergessenheit geriet. Doch Samantha vergaß nie, wessen liebende Hände sie vor einem möglicherweise schrecklichen Schicksal bewahrt hatten.

Nun begann Todd Baker, ein früherer Klassenkamerad von ihr, den sie seit dem Kleinkindesalter kannte und der soeben sein Studium an der Jackson School of Geology der University of Texas abgeschlossen hatte, die Gruppe mit Episoden aus der Simmons Preparatory School in Forth Worth zu unterhalten, wo Samantha, das einzige Mädchen in den naturwissenschaftlichen Kursen, die Jungen »das Fürchten gelehrt« hatte. Bis dahin hatte sie kaum auf das Gespräch geachtet, das von genetischen Theorien zur Geologie gewechselt war.

»Was genau ist Paläontologie, Samantha?«, erkundigte sich Anne Rutherford gerade. Samantha war klar, dass diese höfliche Frage dazu dienen sollte, Sloans Gunst wiederzugewinnen. Der Versuch schlug fehl, denn seine Miene verdüsterte sich weiter. Alle Gesichter bis auf das seine und die ihrer Eltern wandten sich ihr zu. Samanthas besonderes Interesse am Studium der Erdgeschichte mittels Gestein, Fossilien und Pflanzen war ein Thema, bei dem sich das Paar, das sie aufgezogen hatte, unwohl fühlte.

Sie beantwortete die Frage mithilfe eines Satzes aus einem früheren Lehrbuch. »Dabei handelt es sich um das Studium von Lebensformen, die in vorgeschichtlicher Zeit existierten.«

»Und die lassen sich anhand von alten Steinen und Fossilien bestimmen?«, wollte Anne mit skeptisch gerunzelter Stirn wissen.

»Ja, so verwunderlich das auch klingen mag«, erklärte Samantha. »Seit mehr als einem Jahrhundert entnehmen Geologen dem Gestein bemerkenswerte Belege für die Entwicklung der Erde. Man könnte sagen, dass sie die Vergangenheit dokumentieren.« Samantha wandte sich einer jungen Frau zu. »Marcia, erzähl uns doch von deiner Reise nach San Francisco«, forderte sie sie auf, verärgert darüber, dass Todd ein weiteres Thema angeschnitten hatte, von dem er wusste, dass es ihren Eltern unangenehm war.

Marcias Antwort hörte Samantha nur mit halbem Ohr, weil sie über Sloans verständnisvolles Augenzwinkern nachdachte, mit dem er auf ihr Ablenkungsmanöver reagierte. Sie wandte den Blick aus Angst davor ab, dass er ihr Erröten richtig deuten würde. Dies war das einzige Geheimnis, das sie je vor ihm gehabt hatte: ihre Gefühle für den früheren Jungen, der sie durch ihre Kindheit begleitet hatte und mittlerweile zum Mann herangereift war. Sie war dazu verdammt, eine alte Jungfer zu werden, daran bestand kaum ein Zweifel. Wie würde sie jemals einen anderen Mann lieben können, wenn ihr Herz Sloan Singleton gehörte?

Dr. Donald Tolman las den Brief laut, den er gerade geschrieben hatte. Die Worte zu hören, statt sie stumm zu lesen, verlieh ihnen mehr Gewicht. So konnte er sich besser in die Lage des Mannes versetzen, an die er sie schicken wollte. Wie würde er sich fühlen, wenn er Neal Gordon wäre, der diesen Brief las? Würde er ihn zerreißen oder verbrennen, ohne dass jemals jemand etwas von seinem Inhalt erfuhr? Oder würde er ihn wegschließen, sodass er nach seinem Tod bei seinen Papieren gefunden würde? Würde er ihn Mrs Gordon zeigen? Samantha? Nein, er glaubte, mit Sicherheit sagen zu können, dass Neal Gordon, jener raue, harte Rancher mit der großen Schwäche für seine Adoptivtochter, Samantha den Brief niemals zeigen würde. Neal Gordon war als Mensch bekannt, der das, was ihm gehörte, eifersüchtig hütete, und nichts beschützte er wachsamer als die junge Frau, die er als sein eigen Fleisch und Blut aufgezogen hatte.

Dessen war sich Donald Tolman sicher, denn er hatte das Leben der Gordons und des kleinen Mädchens mitverfolgt, das er zwanzig Jahre zuvor bei ihnen gelassen hatte. Er hätte sie sofort zur Rede gestellt, wenn sie sich nicht als die anständigen, fürsorglichen, kinderlieben Menschen erwiesen hätten, für die er sie hielt. Über sie hatte er sich bei seiner Schwester, die in Fort Worth gelebt hatte, einer Freundin von Estelle Gordon, informiert. Sie war gestorben, ohne von dem kleinen Bündel zu erfahren, mit dem ihr Bruder die Gordons eines Mitternachts Ende März überrascht hatte. Als seine Hebamme Mrs Mahoney mit dem verschmähten Zwilling, einem entzückenden kleinen Mädchen, zu ihm gekommen war, hatte er sofort gewusst, wo er es unterbringen konnte. Es hatte keinen Papierkram gegeben. Damals, im Jahr 1880, war die Registrierung von verwaisten oder ausgesetzten Kindern an der Grenze von Oklahoma nicht sonderlich intensiv betrieben worden. Er hatte die Kleine direkt den Gordons gebracht, ohne die Behörden einzuschalten.

Nun jedoch wollte er sich nicht von dieser Welt verabschieden, ohne einen Hinweis auf die Herkunft des Kindes zu hinterlassen für den Fall, dass sich später jemand dafür interessierte, höchstwahrscheinlich Samantha selbst. Sie wusste, dass die Gordons nicht ihre leiblichen Eltern waren. Wie hätten sie die mit ihrer dunklen Haut und den grobknochigen Körpern, das genaue Gegenteil ihrer hellhäutigen, zierlichen Tochter mit den Haaren, die die Farbe eines herbstlichen Sonnenuntergangs hatten, auch sein können?

Dr. Tolman las den Brief noch einmal stumm, um sicher zu sein, dass er keines der wenigen Details, die er kannte, vergessen hatte. Er hatte die Namen der Eltern als Leon und Millicent Holloway angegeben und Samanthas Geburtsort als deren Farm, obwohl er nicht wusste, wo genau sie sich am Red River befand, und trug Bridget Mahoney als anwesende Hebamme ein. Laut Aussage von Bridget hatte sie ihre Schwester in Gainesville besucht, die ebenfalls Hebamme war. Weil diese gerade bei einer anderen Geburt geholfen hatte, als sie zur Farm der Holloways gerufen wurde, war Bridget für sie eingesprungen. Soweit Dr. Tolman das beurteilen konnte, war Bridget verschwiegen, weswegen abgesehen von den Gordons nur er selbst, Mrs Mahoney und die Holloways wussten, dass Samantha nicht erwünscht gewesen war. Seine Hebamme hatte das Kind zu ihm nach Marietta im Oklahoma-Territorium gebracht und ihm lediglich verraten, dass die Mutter sich weigere, es zu stillen. Dr. Tolman beschloss, das in dem Brief nicht zu vermerken. Vielleicht waren die Eltern des Kindes nicht in der Lage gewesen, dafür zu sorgen, und hatten der Hebamme vertrauen müssen, dass sie ein gutes Zuhause für ihre Tochter fand. Er selbst war so froh darüber gewesen, den Gordons ein normales, gesundes Kind präsentieren zu können, dass er Mrs Mahoney nur wenige Fragen gestellt hatte, und die Gordons hatten ihrerseits noch weniger von ihm wissen wollen. Einem geschenkten Gaul schaut man nicht ins Maul. In dem Brief schrieb Dr. Tolman, er besitze keine weiteren Informationen, bis auf die, dass das kleine Mädchen zusammen mit einem Zwillingsbruder zur Welt gekommen sei.

Nachdem Dr. Tolman sein Gewissen solchermaßen beruhigt hatte, befeuchtete er die Gummierung des Umschlags mit der Zunge und verschloss den Brief. Das Postamt befand sich nicht weit entfernt. Er schluckte zwei Tabletten, trank ein Glas Wasser, nahm seinen Gehstock und machte sich auf den Weg.

ACHT

Am fünften Tag nach ihrem zwanzigsten Geburtstag erwachte Samantha aus einem Albtraum, den sie jahrelang nicht mehr gehabt hatte. Darin war sie ein kleines Kind, das weitab von jeder Zivilisation vor der Tür eines dunklen, abweisenden Hauses in einer verlassenen Mondlandschaft ausgesetzt wurde. Mit rasendem Puls und trockenem Mund, noch den Schrei in den Ohren, der sie geweckt hatte, blinzelte sie in die Realität der Morgensonne, die zwischen den Seidenvorhängen in ihr im französischen Stil gehaltenes Schlafzimmer schien und die mit einem Rosenmuster geschmückte Tapete, die eleganten Möbel und das Himmelbett, in dem sie lag, erhellte. Ihre wohltuende Wärme empfand sie wie das beruhigende Lächeln eines Engels. Alles in Ordnung. Du bist im Haus deiner Mutter. In Sicherheit. Als sich ihr Puls normalisierte, vergrub sich Samantha tiefer in die Daunen des Bettzeugs, und die Schrecken des Traums verflüchtigten sich.

Anne Rutherford und Todd Baker hatte sie es zu verdanken, dass der Albtraum sie wieder heimsuchte – Anne deswegen, weil sie bei Samanthas Geburtstagsfeier ihre Gentheorie aufgebracht hatte, um darauf aufmerksam zu machen, dass Samantha keine Herkunft vorzuweisen hatte, und Todd, weil er Geschichten über ihre Laborexperimente in der Schule zum Besten gegeben hatte. Aufgrund dieser Gespräche hatte ihre Mutter tags zuvor im Tea and Crumpets gefragt: »Bedauerst du jetzt, da du zwanzig bist, irgendetwas, Schatz?«

Es war typisch für Estelle Gordon, dass sie sich potenziell schmerzlichen Themen indirekt annäherte. »Irgendetwas« bezog sich auf die Frage, ob Samantha ihre Berufswahl bereue. Bedauerte sie es, zu Hause geblieben zu sein, um zu lernen, wie man eine Ranch führte, statt Naturwissenschaften am Lasell Seminary for Young Women in Massachusetts zu studieren? Und dachte sie jemals über ihre leibliche Familie und ihre Wurzeln nach?

»Nein, Mutter, ich bereue nichts«, hatte Samantha geantwortet. »Ich würde mit keiner anderen tauschen wollen.«

Damit meinte sie ihr Zuhause, ihre Eltern und ihr ganzes Leben. Samantha war dafür bekannt, nicht um den heißen Brei herumzureden. Wenn man keine ehrliche Auskunft wollte, fragte man sie lieber nicht. Ihre Mutter hatte sie über den Rand ihrer Teetasse hinweg mit einem zufriedenen Lächeln angesehen.

Samantha überlegte, ob ihren Vater, der sich allein auf der Ranch aufhielt, während sie die Woche rund um ihren Geburtstag wie jedes Jahr bei ihrer Mutter in Fort Worth verbrachte, ebenfalls die Frage beschäftigte, ob Samantha mit zwanzig irgendetwas bereute. Aus Stolz und vielleicht auch, weil er insgeheim Angst vor der Antwort hatte, erkundigte er sich nicht, aber das bedeutete nicht, dass er nicht darüber nachgrübelte, ob sie so glücklich war, wie sie es hätte sein können, wenn die Dinge sich anders entwickelt hätten.

Verdammte Anne und verdammter Todd, dass die beiden sie dazu gebracht hatten, darüber nachzudenken, ob Samantha etwas bereue! Denn das tat sie wirklich nicht. Das Bild des kleinen Mädchens in ihrem Albtraum und das Entsetzen, das es in ihr auslöste, genügten, ihr klarzumachen, wie glücklich sie sich schätzen konnte. Im Gesicht ihrer Mutter las sie wie in einem offenen Buch. Es lag auf der Hand, dass Todds

Schilderungen die Erinnerung an damals geweckt hatten, als die Gordons ohne Wissen Samanthas zum Direktor der Simmons Preparatory School gerufen worden waren. Samantha hatte man aus dem Biologieunterricht geholt und ebenfalls ins Büro des Direktors geführt, wo bereits ihre Eltern und Mr Latimer, der Fachbetreuer für die Naturwissenschaften und ihr Lieblingslehrer, vor seinem Schreibtisch saßen. Seinerzeit war sie mit sechzehn kurz vor dem Schulabschluss gestanden.

»Warum haben Sie uns herbestellt?«, erkundigte sich Neal Gordon beim Leiter der Schule. »Gibt es Probleme mit unserer Tochter?«

Der Direktor sah schmunzelnd den Fachbetreuer an. »Nein, überhaupt nicht«, antwortete er und schob den Gordons über seinen Schreibtisch hinweg einen Brief zu. »Das Lasell Seminary for Young Women in Massachusetts bietet Ihrer Tochter einen Studienplatz in Naturwissenschaften an.« Er wandte sich seinem Kollegen zu. »Mr Latimer haben Sie es zu verdanken, dass die Hochschule Samanthas Lebenslauf mit der Auflistung ihrer überdurchschnittlichen schulischen Leistungen erhalten hat. Sie müssen nur noch das Anmeldeformular ausfüllen, um es offiziell zu machen, Samantha.«

Samantha erinnerte sich, wie sie mit schlechtem Gewissen den Brief abgefangen hatte, bevor er in die Hände ihrer Eltern gelangen konnte. Sie wusste, dass diese prestigeträchtige, höchst angesehene Institution bekannt war für ihren radikalen und innovativen Ansatz in der Ausbildung junger Frauen, besonders auf dem Gebiet der Naturwissenschaften. Und sie hatte die Karriere von Annie Montague Alexander verfolgt, einer ehemaligen Lasell-Studentin, deren paläontologische Arbeiten international anerkannt waren. Da sie die Bestürzung ihrer Eltern spürte, las Samantha die begeisterte Antwort auf Mr Latimers Bitte um Aufnahme nur kurz und schob den Brief und das beigefügte Anmeldeformular dann über den Schreibtisch zurück.

Die beiden Lehrer sahen sie fragend an. »Miss Gordon, vielleicht möchten Ihre Eltern den Brief lesen«, schlug der Direktor vor.

»Es ist meine Entscheidung, ob ich ins Lasell Seminary will, und ich schlage das Angebot aus«, sagte Samantha. »Darf ich nun in den Unterricht zurück?«

Mr Latimer richtete den Blick verblüfft auf die Gordons. »Mr und Mrs Gordon, Ihre Tochter ist die brillanteste Schülerin, die ich je unterrichtet habe. Sie ist die geborene Naturwissenschaftlerin. Bestimmt ermutigen Sie sie, diese Chance, ihrer Berufung zu folgen und ihre Begabung in den Dienst der Welt zu stellen, zu ergreifen, nicht wahr? Es handelt sich um eine seltene Gelegenheit, die sich ihr nicht noch einmal bieten wird, sobald sie aus der Schule ist.«

Neal Gordon stand auf und streckte Estelle seinen Arm hin. »Meine Tochter weiß selbst am besten, was sie will«, sagte er. »So haben wir sie erzogen, und wie sie richtig bemerkt, ist es ihre Entscheidung.«

Später am Tag trat Mr Latimer auf Samantha zu. »Miss Gordon – Samantha –, ich flehe Sie an. Bitte geben Sie Ihren Traum, Wissenschaftlerin zu werden, nicht Ihrem Vater zuliebe auf. Sie wissen doch, wie sehr Sie die Forschung und die Beschäftigung mit Pflanzen und Tieren lieben.«

»Wozu ich in Las Tres Lomas genug Gelegenheit haben werde, Mr Latimer, und Interesse ist kein Traum. Meine Entscheidung ist getroffen.«

»Ihr Vater hat sie für Sie getroffen.«

»Ich liebe die Ranch. Die Arbeit liegt mir im Blut.«

»Wie kann das sein? Sie lieben die Leidenschaft Ihres *Vaters* für die Ranch, nicht Ihre eigene. Wenn ihm eine Kette von

Süßwarenläden gehören würde, hätten Sie dasselbe Gefühl der Loyalität ihm gegenüber.«

»Vermutlich«, gab sie zu. »Aber Süßigkeiten würde ich nicht so sehr lieben wie die Rinder.«

Danach hatte Mr Latimer kaum noch ein Wort mit ihr gewechselt.

Todds Geburtstagsgeschenk für sie waren zwei Eintrittskarten zum Vortrag eines angesehenen Paläontologen gewesen, der über strukturelle und sedimentäre Aspekte von Fossilschichten als Hinweis auf potenzielle Ölvorkommen sprechen wollte.

»Ist das als Aufmerksamkeit oder als Provokation gedacht, Todd? Und was hätte beides für einen Sinn?«, hatte Samantha ihn später unter vier Augen gerügt, als alle anderen zu Eis und Kuchen in den Salon gewechselt waren.

»Keinerlei Sinn. Ich dachte nur, du würdest gern auf dem Laufenden bleiben. Die Suche nach Erdöl wird die nächste große Herausforderung der Archäologie, Sam. Ginny und ich wollen zu dem Vortrag, und mein Chef wird auch da sein. Ich möchte, dass meine Zukünftige ihn kennenlernt und erfährt, womit ihr Geologengatte sich beschäftigt. Du könntest einen Freund mitbringen, dann wären wir zu viert.«

Sie hatte ihm die Karten zurückgegeben. »Danke, Todd, aber ich habe keine Ahnung, wen ich fragen könnte. Du und Ginny, gönnt euch den Spaß mit einem anderen Paar.«

Später hatte sie die Tickets auf dem Tablett für die Visitenkarten im Eingangsbereich gefunden.

Todd, der seit zwei Jahren Geologie studierte, war genauso aus der Fassung gewesen wie Mr Latimer, als er erfuhr, dass sie ihren Studienplatz nicht annehmen wollte. Und sie hatte ihn nicht davon überzeugen können, dass es ihre eigene Entscheidung war.

»Deine Eltern geben dir das Gefühl, dass du es ihnen *schuldig bist*, Sammy!«, hatte er ausgerufen.

»Das bin ich auch!«, hatte Samantha erwidert. »Wenn du gesehen hättest, was ich gesehen habe …«

Sie hatte die Lippen zusammengepresst. Niemals würde sie jemandem verraten, was sie dazu gebracht hatte, zu ihren Adoptiveltern nach Hause zu laufen und sich dankbar in ihre Arme zu werfen.

»Was hast du gesehen?«, hatte Todd gefragt.

»Egal«, hatte sie geantwortet.

Samantha würde die Szene nie vergessen; später hatte sie sogar Albträume davon gehabt. Damals war sie zehn Jahre alt gewesen. Ihre Lehrerin an der Sonntagsschule, eine wohlmeinende Frau, hatte es für eine gute Idee gehalten, armen Kindern, die ihre Eltern verloren hatten oder ausgesetzt worden waren, Körbe mit Weihnachtsleckereien zu bringen, und eine Fahrt zum Waisenhaus von Millbrook organisiert. An einem grauen, kalten Sonntagmorgen waren sie in ihren warmen Mänteln, die weihnachtlich geschmückten Körbe in der Hand, in einen Wagen gestiegen und hatten sich auf den Weg gemacht. Samantha hatte nie das hässliche, abweisende Haus vergessen, das am Ende eines schlammigen Feldwegs in Sicht gekommen war. Karge, baumlose Felder hatten sich meilenweit rund um das düstere Gebäude erstreckt, über dessen Eingang ein Schild mit der Aufschrift »Zuflucht für die Heimatlosen« prangte.

Schon beim Eintreten war Samantha dicht bei der Lehrerin geblieben. Der erste Eindruck, den sie nie wieder vergessen sollte, war ein ranziger Geruch, überlagert von Gestank nach gekochtem Kohl, gewesen. Der zweite war die schockierende Erkenntnis, dass der äußere Schein trügen konnte. Die Leiterin des Heims, die auf sie zueilte, um sie zu begrüßen, hätte mit ihren rosigen, runden Apfelwangen und ihren grauen Haaren, die zu kessen Zöpfen rund um ein freundliches Gesicht geflochten waren, gut und gern die Frau des Weihnachtsmannes sein können. Auf den ersten Blick wirkte sie wie der Inbegriff von Nettigkeit, bis Samantha auffiel, wie schnell ihre fröhlichen Augen eiskalt werden und ihr lächelnder Mund sich in eine Stahlfalle verwandeln konnten. Samantha entging weder der Schlüsselbund an ihrem Gürtel noch der spitze Metallstab in ihrer Tasche, noch, wie die Kinder unter der Berührung ihrer Hand zusammenzuckten, mit der sie ihre Zuneigung demonstrieren wollte. Die Sonntagsschullehrerin hatte sie auf dem Heimweg als sehr nette Frau bezeichnet, und Samantha hatte sich gewundert, wie leicht Erwachsene sich täuschen ließen.

Eines der verhärmten Gesichter war Samantha beim Verteilen der Körbe aufgefallen, das eines kleinen Mädchens in ihrem Alter. »Danke«, hatte das kleine Mädchen mit einem scheuen Blick aus haselnussbraunen Augen gesagt, als Samantha ihm den Korb reichte. Am liebsten hätte Samantha geweint. Die Kleine hatte wie die anderen Kinder hungrig und unterernährt ausgesehen. Ihr schmales Gesicht sowie die Ärmchen und Hände schienen gewaschen zu sein, allerdings nicht gründlich genug, um den Schmutz langer Vernachlässigung zu entfernen. Die blonden Haare waren schlaff und fettig heruntergehangen, und unter ihren Fingernägeln hatte sich Schmutz befunden.

»Gern geschehen«, hatte Samantha geantwortet. »Wie heißt du denn?«

»Susie«, hatte das kleine Mädchen gesagt. »Und du?«

»Samantha. Ich komme wieder, Susie.«

»Das hoffe ich, Samantha.«

Doch Samantha war nicht wiedergekommen, weil ihre

Mutter ihr einen weiteren Besuch im Waisenheim verboten hatte und sehr verärgert gewesen war über das Projekt der Sonntagsschullehrerin. Wütend war sie auch auf ihren Mann gewesen, der den Ausflug in ihrer Abwesenheit erlaubt hatte.

»Ich denke, inzwischen hat sie vergessen, dass sie nicht unser leibliches Kind ist«, hatte Samantha ihren Vater zu seiner Verteidigung zu ihrer Mutter sagen hören.

»Samantha mag es vergessen haben, aber wie kannst du glauben, dass diese gemeine, überhebliche Anne Rutherford es je vergessen wird? Anne hat Samantha auf dem Heimweg gefragt, ob sie weiß, was ihr erspart geblieben ist. Ich hatte gehofft, dass Samantha *niemals* erfahren würde, wie ihr Leben ausgesehen hätte, wenn sie nicht zu uns gekommen wäre.«

»Was sollen wir also antworten, wenn Samantha nach ihren Eltern fragt und wissen möchte, wie sie bei uns gelandet ist? Denn das wird sie, Estelle. Solche Fragen stellt ein adoptiertes Kind. Wir müssen ihr die Wahrheit sagen. Dass ihre Eltern sie nicht wollten und weggegeben haben. Die Wahrheit wird sie bei uns halten, Estelle. Wenn ihre Eltern nach ihr suchen sollten, wird sie nicht zu ihnen gehen, sondern bei uns bleiben.«

»Nein, wir werden ihr die Wahrheit nicht sagen. Wir lassen sie in dem Glauben, dass ihre Eltern tot sind«, hatte Estelle erwidert. »Warum sollten diese grässlichen Leute überhaupt nach ihr suchen? Der Arzt hat uns doch erklärt, dass sie sie nicht wollten. Neal, du musst aufhören, Angst davor zu haben, dass wir sie verlieren. Unsere Liebe zu ihr, nicht die Wahrheit, wird Samantha bei uns halten.«

»Ich werde die Angst einfach nicht los, dass sie eines Tages hier auftauchen und sie uns wegnehmen, Schatz. Blut kann stärker sein als ein gerichtlicher Beschluss, der besagt, dass sie uns gehört … stärker noch als Liebe.«

Samantha, die nach dem Besuch im Waisenhaus völlig aus

der Fassung gewesen war, hatte das Gespräch ihrer Eltern zusammengekauert vor der Tür zur Bibliothek des Ranchhauses belauscht. Bis dahin hatte sie einfach angenommen, ihre leiblichen Eltern seien gestorben. Es war ihr nie in den Sinn gekommen, dass sie lebten und sie weggegeben hatten, weil sie sie nicht wollten. Noch entsetzter darüber, wie ihr Schicksal hätte aussehen können, hatte sie sich in ihr Zimmer zurückgezogen, bevor die Menschen, denen sie ihr Leben verdankte und die sie so sehr liebte, sie entdeckten. Sie mussten sich keine Sorgen machen, dass sie mit ihren leiblichen Eltern gehen würde, wenn diese auftauchten. Nein, sie würde weglaufen und sich verstecken, bis sie verschwunden wären.

Mit ihrer Kinderschrift hatte Samantha Susie einen Brief geschrieben, in dem sie ihr erklärte, dass man ihr verboten habe, sie wieder zu besuchen. Den hatte sie einfach »An Susie« adressiert, in der Hoffnung, dass es im Waisenhaus von Millbrook nur ein Mädchen dieses Namens gab. Ob sie den Brief erhielt, hatte Samantha nie erfahren. Als sie dann zum dreizehnten Geburtstag Pony, ein Quarter Horse, geschenkt bekommen hatte, war ihr erster Ritt in Richtung Waisenhaus gegangen, um Susie zu besuchen. Susie sei nicht länger bei ihnen, hatte die Leiterin mit dem freundlichen Gesicht ihr mitgeteilt. Sie sei im vorangegangenen Winter an Tuberkulose gestorben.

NEUN

Bedauerte sie irgendetwas? Nein, abgesehen vielleicht von Sloan Singletons Vernarrtheit in Anne Rutherford. Samantha rückte ihre Kissen zurecht, um sich noch ein paar Minuten ihren Gedanken hinzugeben. Todd Baker und seinesgleichen besaßen weder den familiären Hintergrund noch die Erfahrung, um zu verstehen, weshalb die Zukunft Samantha Loyalität abverlangte. Todd war der Sohn des Direktors der AddRan Christian University in Waco, knapp einhundertfünfzig Kilometer südlich von Fort Worth, und in einem liberalen Elternhaus aufgewachsen, in dem alle vier Kinder von Geburt an dazu ermutigt wurden, ihrer Berufung zu folgen. Seine Eltern kamen nicht aus der Gegend. Sie waren fünfzehn Jahre nach Ende des Bürgerkriegs von Pennsylvania nach Texas übergesiedelt, wo Professor Baker die Leitung des gerade erst gegründeten AddRan Male and Female College im später berühmt-berüchtigten Hell's-Half-Acre-Viertel von Fort Worth übernommen hatte. Neal und Estelle Gordon hingegen waren wie ihre Eltern vor ihnen in Texas geboren und aufgewachsen. Todd hatte keine Ahnung von der innigen Beziehung der Männer vom Schlag ihres Vaters zu dem Land, das ihre Vorfahren besiedelt und gegen alle Angreifer verteidigt hatten. Todds Vater hätte von seinen Kindern niemals erwartet, dass sie in seine Fußstapfen traten, während in der Welt der Neal Gordons die Nachkommen von Geburt an dazu erzogen wurden, ihren Vätern nachzufolgen.

Außerdem war Todd Baker nicht wie Samantha in dem Wissen aufgewachsen, dass sie, wenn da nicht die Menschen gewesen wären, die sie so liebevoll aufgezogen hatten, durchaus Susie hätte sein können. Samantha schuldete ihnen tatsächlich etwas, und damit war das Thema für sie erledigt. Sie war die einzige Erbin all dessen, wofür ihre Eltern gearbeitet hatten. Zu studieren und einen Abschluss in Naturwissenschaften zu erwerben – in Paläontologie, um genau zu sein – wäre ein Verrat an ihnen, ihrer Fürsorge und Großzügigkeit gewesen. Was würde aus Las Tres Lomas de la Trinidad, den drei Hügeln des Trinity, werden, wenn der mächtige Eigentümer starb? Samanthas Vater würde sein Leben nicht in dem Wissen beschließen, dass all seine Opfer und seine Arbeit vergebens waren und das Land seiner Familie bei seinem Tod in andere Hände fiele, dafür würde Samantha sorgen. Keine andere Leidenschaft rechtfertigte das.

Als sie sechzehn war, hatte Todd sie gefragt, ob sie sich jemals Gedanken über ihre leiblichen Eltern mache, wer sie seien, wo und ob sie überhaupt noch lebten. *»Natürlich nicht!«*, hatte sie entsetzt ausgerufen.

Doch das entsprach nicht ganz der Wahrheit. Um ihren fünfzehnten Geburtstag herum ereignete sich etwas, das dazu führte, dass Samantha vorübergehend das wenige, was sie im Alter von zehn Jahren über ihre Adoption mitbekommen hatte, infrage stellte. Sie katalogisierte gerade in ihrer Werkstatt ihren Fund des Tages, als sie vor dem Fenster einen Laut hörte. Dort erblickte sie eine Mutterkuh, die sich, ihr kleines Kalb neben sich, vor Schmerzen krümmte. Samantha rannte hinaus. Ihr war klar, dass das Tier einen Holzapfel verschluckt hatte, der so tief in seinem Schlund steckte, dass es daran erstickte. Da die sterbende Hereford-Kuh sich weit von der Herde entfernt hatte, überlegte Samantha, ob sie ihr Kalb nicht bewusst zu ihr geführt hatte.

»Meinst du, sie hat mir ihr Kalb gebracht, damit ich mich darum kümmere?«, wollte Samantha von dem langjährigen zuverlässigen Vorarbeiter der Ranch Wayne Harris wissen. Hastig half er ihr, für das Kalb eine Milch-Brei-Mischung zuzubereiten, die es aus einer »Bananenflasche« – so genannt wegen seiner gebogenen Form – trinken konnte. Dabei handelte es sich um einen Glasbehälter mit jeweils einer Öffnung an beiden Enden, die eine, kleinere, für einen Gummisauger, die andere, größere, für das Einfüllen von Futter. Der Behälter eignete sich hervorragend zur Fütterung von mutterlosen Kälbern und war den unpraktischen und unhygienischen Vorrichtungen früherer Zeiten weit überlegen.

»Würde mich nicht wundern«, antwortete Wayne. »Man darf den Mutterinstinkt nicht unterschätzen, weder beim Menschen noch beim Tier.«

Samantha horchte auf. Die Worte ihres Vaters – *Ihre Eltern wollten sie nicht, sie haben sie weggegeben* – ließen ihr, auch wenn sie sie in den hintersten Winkel ihrer Erinnerung verbannt hatte, keine Ruhe. Plötzlich schoss ihr ein Gedanke durch den Kopf, den sie nie zuvor gehabt hatte. Was, wenn ihre leiblichen Eltern wie die Mutterkuh durch Umstände, auf die sie keinen Einfluss hatten, gezwungen gewesen waren, sie wegzugeben? Viele Gründe waren denkbar … Armut, Krankheit, zu viele Nachkommen. Unter Umständen lag es gar nicht daran, dass ihre leiblichen Eltern sie nicht gewollt hatten; möglicherweise waren sie einfach nicht in der Lage gewesen, für sie zu sorgen. In harten Zeiten war es für Eltern gar nicht so unüblich, ihre Kinder am Straßenrand zurückzulassen, weil sie hofften, dass jemand vorbeikäme und ihnen ein gutes Zuhause gäbe. Vielleicht fehlte sie ihren leiblichen Eltern, und sie hätten gern gewusst, dass sie geliebt wurde und gut versorgt war.

»Wayne, weißt du irgendetwas über meine Geburt?«, erkundigte sie sich bei dem Vorarbeiter. Ihren Eltern hatte sie niemals Fragen gestellt, die »für ein adoptiertes Kind ganz normal« waren.

Er reagierte vorsichtig. »Könnte ich nicht behaupten, Sonnenschein. Ich erinnere mich nur, wie man uns eines Morgens gesagt hat, dass die Gordons mitten in der Nacht ein kleines Mädchen bekommen hätten.«

»Warum mitten in der Nacht? Musste das denn geheim gehalten werden?«

»Wenn's ein Geheimnis gewesen wär, hätte man die Neuigkeit doch wohl nicht gleich am nächsten Morgen überall herumposaunt, oder? Warum fragen Sie?«

»Reine Neugierde.«

»Wär gut, wenn Ihre Neugierde unter uns bliebe. Ihre Eltern haben dafür vielleicht kein Verständnis.« Er sah sie von der Seite an. »Ist Ihnen klar, was ich meine?«

Wayne hatte recht. Ihr Vater hätte sich bedroht und verraten gefühlt, ihre Mutter zurückgewiesen. Sie hätten Samanthas Neugierde als Unzufriedenheit gedeutet, und das wollte Samantha auf keinen Fall.

»Ja«, antwortete sie und kraulte das Kalb, das mit dem Saugen fertig war und nach seiner Mutter schrie, hinter den Ohren. »Wayne, der kleine Kerl soll nie verkauft werden. Er wird hier auf der Ranch bleiben und darf so viel Gras fressen, wie er will.«

»Könnte mir vorstellen, dass Ihr Vater da ein Wörtchen mitzureden hat, Sonnenschein. Er neigt nicht dazu, Gras und Wasser ohne Gegenleistung zu geben, und der Kleine hier würde Geld bringen.«

»Er wird Verständnis haben.«

Ihr Vater hörte ihr schweigend zu, musterte sie hinter seinem massiven Eichenholzschreibtisch hervor eingehend und räusperte sich dann. »Gut, Samantha. Dann machen wir es so. Aber wie willst du ihn in der Herde erkennen?«

»Ich male die Spitzen seiner Hörner rot an.«

»Willst du dem Vieh am Ende auch noch einen Namen geben?«

»Ja. Ich nenne ihn ›Saved‹.«

Ihr Vater nickte schmunzelnd. »›Gerettet‹, ein guter Name. Ich sage den Jungs Bescheid.«

Damals hatte Samantha das letzte Mal über ihre Herkunft nachgegrübelt. Mit fünfzehn war sie fast schon erwachsen gewesen. Sie erinnerte sich, dass sie gedacht hatte, ihre leiblichen Eltern würden nun nicht mehr nach ihr suchen. Ihr Leben war geregelt. Sie hatte Eltern und wünschte sich keine anderen. Neal Gordon brauchte sich keine Sorgen zu machen, sie zu verlieren.

Nun beobachtete Samantha, wie sich das Licht der Sonne in ihrem Schlafzimmer ausbreitete. Nein, sie bedauerte nichts. Las Tres Lomas de la Trinidad war ihre Bestimmung, auch wenn sie keine Blutsverwandtschaft mit den Gordons verband. Die weite Landschaft, wo der Wind frisch und ohne Hindernisse wehen konnte und es nur nach Natur roch und klang, diente ihr als riesiges Labor, das ihr zahllose Gelegenheiten für wissenschaftliche Forschungen und Analysen bot. Für Land und Vieh zu sorgen erforderte paläontologische Kenntnisse. Samantha hatte eine Außenwerkstatt mit den wichtigsten Geräten zur Überprüfung von Wasser, Boden, Gras und sogar Tierurin und -kot sowie die Saat für die Futtermittelproduktion eingerichtet. In diesem Arbeitsraum bewahrte sie Steine auf, die die texanische Geologie dokumentierten, und ihre wachsende Sammlung der alten Zeugnisse aus dem Meer, die sie bei der Erledigung ihrer täglichen Arbeiten auf der Ranch entdeckte. Es stand fest, dass Zentraltexas vor Millionen von Jahren mit Wasser bedeckt gewesen war, und in Las Tres Lomas fanden sich wahre Schätze von prähistorischem Meeresleben. In einem Regal ihres »Labors« lagen das Fragment eines Schildkrötenpanzerfossils, der versteinerte Abdruck eines Seeigels, die erhaltene Spitze eines Hornteils, das möglicherweise einem Mammut gehört hatte, und ihr Prunkstück: der vollständige Abdruck einer Jakobsmuschel, über den sie beim Rollen der Heuballen gestolpert war.

Auf dem Rücken eines Pferdes, inmitten von Rindern und Viehtreibern, fühlte sie sich wohl, und als ihrem Vater auffiel, dass sie auch finanziell Weitblick besaß, wurde sie zu seiner unentbehrlichen Partnerin in geschäftlichen Dingen. Eines Tages hatte Samantha gehört, wie er zu ihrer Mutter sagte: »Wir können uns glücklich schätzen, Estelle. Der Herr hat uns mit Sam wirklich alle Wünsche erfüllt. Kein Farmerssohn hat einen besseren Kopf oder bessere Hände für die Leitung einer Ranch als unsere Tochter.«

Samantha hatte ihre Hände betrachtet. Sie waren klein mit schmalen, spitz zulaufenden Fingern und kaum wahrnehmbaren Knöcheln. Einer ihrer Lehrer hatte bemerkt, ihre Form sei »wie geschaffen« dafür, Pflanzenteile unter ein Mikroskop zu schieben und Gesteinsproben unter der Lupe zu untersuchen. Sie hatte erwidert, ihre Hände eigneten sich ebenso gut dazu, Kühen mit Prolaps zu helfen.

»Kühen mit Prolaps? Was um Himmels willen ist das denn?«

»Ein Prolaps passiert meist zur Zeit des Kalbens«, hatte Samantha erklärt. »Wenn die Kuh bei der Geburt die Gebärmutter mit herausdrückt. Sie hängt dann aus ihrem Körper, manchmal bis herunter zu den Sprunggelenken. Wenn das geschieht, muss der Uterus gereinigt und wieder in die Kuh zurückgeschoben werden, sonst verblutet sie. Der Vorarbeiter meines Vaters findet, dass meine Hände genau die richtige Größe für diese Arbeit haben.«

»Ach … interessant«, hatte ihr Lehrer gemurmelt und war blass geworden.

Bei der Erinnerung daran schmunzelte Samantha.

ZEHN

Samantha schlug die Decke zurück. Sie hatte genug Zeit vertrödelt, wie ihr Vater sagen würde, und musste zur Ranch. Viele der Kühe kalbten zum ersten Mal und brauchten mehr Beistand als die erfahreneren. Außerdem war es das Monatsende, und da mussten Rechnungen bezahlt und die Buchführung erledigt werden.

Sie schlüpfte in die Arbeitskleidung, die sie für die Ranch mitgebracht hatte: eine Baumwollhose, ein langärmeliges Flanellhemd, eine Lederweste und hohe Stiefel. Als Samantha ihre »Blue Jeans«, die der Farbe wegen so hieß, zuknöpfte, stellte sie sich die missbilligende Miene ihrer Mutter vor. Estelles Meinung nach hatte »Levi Strauss nie vorgehabt, dass Frauen seine mit Kupfernieten besetzten Arbeitshosen anziehen«. Ob ihre Mutter vergessen hatte, dass sie selbst in den frühen Jahren, in denen sie noch ihrem Mann auf der Ranch zur Hand gegangen war, Männerhosen getragen hatte?

Aus dieser Zeit wollte ihre Mutter viele Dinge vergessen. Sie war die Tochter eines Kleinbauern gewesen, als Neal Gordon 1867 um sie warb, sie noch im selben Jahr heiratete und zu Mrs Neal Gordon machte. Die Gordons gehörten praktisch dem Landadel an. Der Patriarch von Las Tres Lomas de la Trinidad war 1820 in die Region, damals noch eine Provinz von Mexiko, gekommen und hatte eine Ranch aufgebaut, die er mit der örtlichen Rinderrasse der Longhorns bestückte. 1867 hatte Neal mit seinem Vater und seinen beiden jüngeren Brüdern bereits die Anfänge dessen besessen, was später eine der größten Ranches von Central Texas werden sollte, aber bis er es zu Wohlstand brachte, sollten noch fast fünfzehn Jahre vergehen. Komantschenüberfälle und der Wiederaufbau nach dem Bürgerkrieg forderten ihren finanziellen Tribut, und in jenem Jahr fielen Neals Vater und seine beiden unverheirateten Brüder einer Gelbfieberepidemie zum Opfer, die von der Küstenstadt Galveston nach Texas eingeschleppt wurde. Was bedeutete, dass Estelle mit anpacken musste. Erst nach dem Ende der bewaffneten Auseinandersetzungen mit den Indianern und dem Wiederaufbau, als die Texas and Pacific Railway nach Fort Worth kam, hatte Estelle begonnen, das Gutsherrinnendasein zu führen, von dem sie seit jeher träumte. Da war sie mit ihren sechsunddreißig Jahren bereits mittleren Alters gewesen.

Samantha war schon lange klar, dass sie, das kleine Mädchen, das sie bei sich aufgenommen und aufgezogen hatte, stellvertretend für sie das große Leben führen sollte. Estelle Gordon, die als Kind arm und alles andere als hübsch gewesen war, würde durch Samantha erfahren, wie es gewesen wäre, schön und anmutig zu sein, feine Kleidung zu tragen und die weiblichen Lustbarkeiten zu genießen, nach denen sie sich in ihrer Jugend gesehnt hatte. Samantha wusste um diese Seite ihrer hageren, grobknochigen Mutter und tat ihr Möglichstes, um ihre Träume wahr werden zu lassen.

Eine Weile hätte Samantha sich gewünscht, sich in zwei Töchter aufspalten zu können, eine für ihre Mutter und eine für ihren Vater, doch irgendwann war ihr klar geworden, dass sie nur eine sein konnte, und so verlor Estelle Gordon die Tochter, die sie lieber in Seide und Spitze gesehen hätte als in Leder und Jeans. In der Zeit, als ihre Eltern beide in Las Tres Lomas gelebt hatten, war es nicht zu einem Loyalitätenkonflikt gekommen, aber sobald ihre Mutter in die Stadt gezogen war und die Ranch nur noch gelegentlich aufsuchte, hatte Samantha angefangen, sich hin- und hergerissen zu fühlen. Ihre Mutter wollte, dass sie ihren Platz in der Gesellschaft einnahm, ihr Vater, dass sie das Handwerk lernte, mit dem sie sich ihren Lebensunterhalt verdienten.

»Sie ist die Erbin von Las Tres Lomas, Estelle. Begreifst du denn nicht, dass Sam nur lernen kann, wie man eine Ranch führt, wenn sie *hier* ist?«

»Hier wird sie vor der Zeit alt. Das Land wird ihr die Jugend rauben. Wie mir«, fügte Estelle hinzu.

»Du bist so hübsch und jung wie an dem Tag, an dem ich dich kennengelernt habe, Schatz«, erwiderte ihr Mann. »Was redest du da?«

»Neal! Du bist nicht nur stur, sondern auch blind!«

»Ich sage ihr, sie soll Hut und Handschuhe tragen, wenn sie draußen auf der Weide ist.«

Anfangs hatte ihre Mutter noch gehofft, dass Samantha in der Simmons Preparatory School eine Liebe zur Stadt entwickeln würde, doch das war nicht geschehen, und so hatte Estelle sie widerwillig ziehen lassen. Samantha war erleichtert gewesen. Sie war nur bis zu einem gewissen Grad zu Kompromissen bereit und wollte nicht in der Stadt mit ihren schlammigen Straßen, den unebenen Bürgersteigen aus Holz, den Abwässern in den Rinnsteinen, den betrunkenen Cowboys, die sich in den Samstagnächten wilde Schießereien lieferten, der mangelnden Frischwasserversorgung und den Fliegen leben. Im Sommer umschwirrten sie in dichten Trauben das Obst und das Fleisch in Lebensmittelläden und Lokalen. Sie waren eine solche Plage, dass die Angestellten Zeitungsstreifen an Besen klebten und damit über die Tische wedelten, um die Biester von den Speisen fernzuhalten.

An jenem Morgen hätte Samantha ihre modische dreiteilige Reitkleidung mit Zylinder und Schleier getragen, in die sie immer für den Ritt zum und vom Stadthaus schlüpfte, doch die war für den Damensattel gedacht, und sie wollte mit Pony, ihrem Quarter Horse, zur Ranch zurückkehren. Außerdem erwartete sie dort harte Arbeit, für die sie geeignete Kleidung tragen musste.

Samantha hielt die Haushälterin auf, die ihrer Mutter das Frühstückstablett bringen wollte. »Überlass das mir, Mildred«, sagte sie.

»Sie sind aber ganz schön früh auf den Beinen, Miss Sam. Wollen Sie schon aufbrechen? Weiß Ihre Mutter Bescheid?«

»Ich bin mir nicht sicher. Deswegen möchte ich mit dem Tablett zu ihr … um es ihr sanft beizubringen.«

Die Haushälterin ließ den Blick über Samanthas abgetragene Arbeitskleidung wandern. »In den Sachen können Sie's ihr nicht sanft beibringen«, erklärte sie. »Sie hat gehofft, dass Sie wenigstens noch zum Mittagessen bleiben.« Mildred war halb Indianerin, halb Weiße. Ihre Mutter war 1864 bei einem Komantschenüberfall entführt und von einem Krieger geschwängert worden. Die Texas Rangers hatten sie und die sechsjährige Mildred 1871 gerettet und zur Familie von Samanthas Mutter zurückgebracht. Als junge Frau war Mildred als Küchenhilfe nach Las Tres Lomas gekommen, Samantha war damals zwei gewesen. Und beim Umzug in das Stadthaus in Fort Worth hatte Estelle Mildred als Haushälterin mitgenommen.

Samantha ergriff das Tablett mit dem mittlerweile vertrauten Gefühl, zwischen zwei mächtigen Eichen zu stehen. »Das geht leider nicht, Mildred. Sagst du bitte Jimmy, dass er Pony für mich satteln soll?«

Ganz schön früh. Es war nach acht. Auf der Ranch hätte sie um diese Zeit schon längst mit ihrem Vater gefrühstückt und mit der Arbeit begonnen. Bestimmt erwartete er sie bereits ungeduldig, aber auch froh darüber, dass Estelle wie jedes Jahr in der Woche um Samanthas Geburtstag die ungeteilte Aufmerksamkeit ihrer Tochter hatte genießen können.

Das glückliche Lächeln Estelles, als Samantha mit dem Frühstückstablett eintrat, verschwand, als sie ihre Arbeitskleidung sah. »Ich kann dich nicht überreden, noch einen Tag zu bleiben?«

Samantha stellte das Tablett auf dem Schoß ihrer Mutter ab. »Du weißt, dass das nicht möglich ist. Die Jungs brauchen meine Hilfe bei den Färsen, und heute Nachmittag muss ich die Buchführung erledigen. Daddy erwartet mich.«

Estelle breitete die Serviette über ihr Nachthemd. »Tja, wir dürfen deinen Vater nicht enttäuschen, nicht wahr?«

»Mutter …« Samanthas Seufzen warnte Estelle davor, alte Diskussionen aufzurollen.

»Ich weiß, ich weiß«, gab Estelle sich geschlagen, hielt die Hand auf den Deckel der Silberkanne und goss dampfenden Kaffee in eine Tasse. »Aber zu Vater muss ich dir noch etwas sagen, bevor du gehst.«

Samantha rückte einen Stuhl heran und legte ihren Hut aufs Bett. Würde ihre Mutter das rasselnde Geräusch erwähnen, das sie bei der Geburtstagsfeier aus der Brust ihres Vaters gehört hatten, das seit Jahren ab und an zu vernehmen war und das Neal Gordon als normal einschätzte für einen Mann, dessen Lunge von einem Komantschenpfeil getroffen worden war? »Um was geht's?«

»Um Sloan Singleton.«

»Sloan Singleton?«

Estelle blies auf den heißen Kaffee, um ihn zu kühlen. »Schau mich nicht so an, als würdest du nicht wissen, von wem und was ich spreche.«

Samantha zwang sich zu einem neutralen Blick. »Mutter, ich fürchte, ich weiß tatsächlich nicht, was du meinst.«

»Will er diese oberflächliche Schauspielerin heiraten?«

»Woher soll ich das wissen?«

»Redet ihr zwei denn nicht miteinander?«

»Wir haben uns schon lange nicht mehr unterhalten.«

Estelle nippte an ihrem Kaffee. »Genau das haben dein Vater und ich befürchtet.«

»Was?«

Estelle stellte ihre Tasse vorsichtig auf der Untertasse ab. »Dass ihr zwei euch entfremdet habt. Neal sagt, du lädst ihn nicht mehr zum Abendessen ein und schlägst deinerseits Einladungen zum Triple S aus. Das öffnet Anne Rutherford Tür und Tor, Samantha. Sie wird die Gelegenheit nutzen und dich verdrängen. Sie hat's auf Sloan abgesehen und will ihn sich als Ehemann angeln.«

Samantha spürte, wie die Luft aus ihrer Lunge wich. »Meinst du nicht, dass sie ihn sich nicht auch dann angeln würde, wenn Sloan und ich noch eng befreundet wären? Sloan hat nie andere als brüderliche Gefühle für mich gehegt.«

»Gute Freunde werden die besten Eheleute, Samantha, und du und Sloan, ihr seid wie füreinander geschaffen. Das kannst du nicht leugnen. Welche andere schöne Frau kennt er schon, die so für die Rancharbeit geeignet ist wie du? Gütiger Himmel! Anne Rutherford kann doch den Hintern von einer Kuh nicht von einem Schweinerüssel unterscheiden.« Estelle rührte Zucker in ihren Kaffee und verzog das Gesicht. »Seth Singleton, Gott hab ihn selig, wird sich im Grab umdrehen, wenn sein Sohn dieses selbstverliebte Prinzesschen zur Frau nimmt. Seit deiner und Sloans Kindheit waren dein Vater und Seth sich einig, dass ihr zwei heiratet und die beiden Ranches zusammenführt.«

»Das muss mir entgangen sein«, sagte Samantha spöttisch und auch ein wenig erstaunt über diese Information. »Und Sloan auch.« Sie nahm die Kaffeetasse ihrer Mutter und trank einen Schluck, weil sie plötzlich einen trockenen Mund hatte. »Ist Daddys Hauptsorge nicht eher, dass ich überhaupt nicht heirate, wenn das mit Sloan nichts wird?« Sie fügte lieber nicht hinzu: *Und die Erben nicht zur Welt bringe, die er sich so sehr wünscht?*

Estelles gebräunte Wangen wurden rot. All die Gesichtscremes, die es jetzt gab und die sie sich ohne Weiteres leisten konnte, hatten die Wirkung der jahrelangen Sonneneinstrahlung auf ihre Haut nicht beseitigen können. Estelle war beunruhigt. »Welcher andere Mann käme denn noch infrage, Samantha?«

»Du meinst, welchen anderen Mann gibt es überhaupt, über den es sich lohnt nachzudenken?«, entgegnete Samantha.

Estelle seufzte. »Warum mussten Lawrence Hendrick und Tom Bedford sich unbedingt zum Militär melden und in diesem Spanisch-Amerikanischen Krieg umbringen lassen, in dem die Vereinigten Staaten sowieso nichts zu suchen hatten? Wer kennt schon Kuba? Die Jungs hätten sich um dich geprügelt.«

Samantha schob ihren Stuhl zurück und stand auf. »Ich bin erst zwanzig, Mutter, keine alte Jungfer. Es könnte durchaus noch ein passender Kandidat für mich auftauchen.«

»Klingt ungefähr so zuversichtlich wie das letzte Zwitschern eines sterbenden Vogels. Du liebst Sloan Singleton, gib's ruhig zu.«

Samantha nahm ihren Hut. »Und wenn schon. Er wird wahrscheinlich Anne heiraten, und wer könnte es ihm verdenken? Sie ist attraktiv, und er ist überzeugt davon, dass die Schönheit ihres Herzens der ihres Körpers in nichts nachsteht. Vielleicht stimmt das sogar – zumindest für ihn.«

»Mein Gott! Anne Rutherfords Schönheit ist rein oberflächlich, nicht wie deine, die aus der Seele herausstrahlt. Und ihre ganzen noblen Projekte …« Estelle strich mit energischen Bewegungen Butter auf eine Scheibe Toast. »Die sind nur Mache, damit es aussieht, als wäre sie allen anderen überlegen. Man möchte meinen, dass jemand mit so viel gesundem Menschenverstand wie Sloan Singleton nicht auf so etwas hereinfällt. Seiner Mutter, Gott hab sie selig, wäre das jedenfalls nicht passiert.«

Samantha küsste ihre Mutter auf die Wange. »Du hast Anne niemals verziehen, dass sie Miss Sims vorgeschlagen hat, mit ihrer Sonntagsschulklasse das Waisenhaus von Millbrook zu besuchen, als ich zehn war«, erklärte sie.

»Das werde ich auch nie. Anne hat das absichtlich gemacht, damit du dich schlecht fühlst.«

»Und das ist ihr gelungen. Aber jetzt muss ich los. Danke für das wunderbare Geburtstagsfest und die schöne Woche.«

»Ich hoffe, du hattest Vergnügen daran«, sagte Estelle mit einem zweifelnden Blick. »Mich hat's jedenfalls gefreut, dich hier zu haben. Es wäre mir recht gewesen, wenn einer der Jungs dich mit einem Wagen von der Ranch abgeholt hätte. Ich mache mir jedes Mal Sorgen, wenn du allein zurückreitest. Die Viehtreiber, die mit den Herden in die Stadt kommen … das sind alles Krawallmacher, und sie kennen dich nicht.«

»Im Sattel bin ich sicherer als in einem Wagen, Mutter. Pony ist schneller als andere Pferde, und wie du weißt, kann ich ganz gut mit dem Gewehr umgehen.«

Samantha sah, wie sehr ihre Äußerung ihre Mutter beunruhigte. Machten Mütter sich immer Gedanken über das Wohl und die Sicherheit ihrer Kinder? Würde sie jemals selbst in diese Lage kommen?

Mildred trat zu Samantha, als diese vor dem Spiegel im

Eingangsbereich ihren Hut festband. »Holen Sie noch die Post für Ihren Vater vom Postamt ab? Und was wollen Sie damit machen?« Die Haushälterin reichte ihr die Tickets, die Todd Baker Samantha zum Geburtstag geschenkt hatte.

Samantha nahm Mildred die Karten aus der Hand. Der Vortrag würde in elf Tagen stattfinden, an einem Samstag, an dem sie einer Taufe am Sonntag wegen ohnehin in der Stadt wäre. Sie kannte niemanden, dem sie die Tickets hätte geben können. Wer außer einem Naturwissenschaftler hatte schon Interesse daran, einen Paläontologen darüber reden zu hören, wie sich Öl mithilfe von Fossilien aufspüren ließ?

Ein Blick auf die Karten verriet Samantha, dass Todd ziemlich viel dafür bezahlt hatte, weswegen es schade gewesen wäre, sie verfallen zu lassen. Bei ihrem nächsten Aufenthalt in Fort Worth würde sie sich mit der Simmons Preparatory School in Verbindung setzen. Vielleicht würde ein naturwissenschaftlich interessierter Schüler oder Lehrer hingehen wollen. »Ich lasse sie hier«, antwortete Samantha und legte die Tickets in eine Schublade der Garderobe.

ELF

Pony, der gesattelt auf sie wartete, warf ungeduldig Kopf und Mähne hin und her, um zu signalisieren, dass er endlich aus seiner Box herauswollte. Eine ganze Woche lang hatte er nicht mit den Rindern arbeiten können. »Er freut sich schon drauf wegzukommen, Miss Sam«, bemerkte der alte Stallbursche Jimmy. »Halten Sie die Zügel gut fest, wenn Sie in die Stadt reiten. Was das dort heutzutage für ein Betrieb ist! Ich weiß noch, wie ruhig es früher in Fort Worth war, da hat sich sogar mal ein Panther zu einem Schläfchen in den Ort verirrt.«

Samantha schmunzelte. Wie oft schon hatte sie Jimmy, der seit ihrer Kindheit bei den Gordons war und den ihr Vater als »ein bisschen schwer von Begriff, aber ziemlich gut mit Pferden« bezeichnete, von jenem Zwischenfall in seiner Jugend erzählen hören, nach dem Fort Worth den Spitznamen »Panther City« erhalten hatte. Weil die Viehzüchter nach dem harten Winter 1873 Probleme gehabt hatten und die Gleise der Texas and Pacific Railway etwa fünfzig Kilometer vor Fort Worth endeten, war es in der Stadt so ruhig geworden, dass der *Dallas Herald* berichtete, ein Anwalt habe einen Panther auf den Stufen zum Gerichtsgebäude schlafen gesehen. Eigentlich war das als Spott des wohlhabenden Rivalen Dallas gedacht gewesen, doch die Bürger von Fort Worth hatten den Panther achselzuckend als Symbol ihrer Unbezwingbarkeit erkoren.

»Versprochen, Jimmy, ich halte sie gut fest«, sagte Samantha und stieg auf. Gott, wie wunderbar es sich anfühlte, wieder im Sattel zu sitzen und bequeme Kleidung zu tragen! Nach dem kalten Winterregen der Nacht war es ein klarer, sonniger Morgen; eine erste Ahnung des Frühlings lag in der Luft. Samantha hätte sich am liebsten gleich auf den Weg zur Ranch gemacht, statt noch zu dem neu erbauten Postamt auf der anderen Seite der Stadt reiten zu müssen. Außer am Freitag, wenn der Briefträger bereits morgens seine Runde im Viertel ihrer Mutter machte, wurde die Post erst am späten Nachmittag ausgeliefert. Das moderne Gebäude, der ganze Stolz der Stadt, hatte einen bequem erreichbaren Gemischtwarenladen verdrängt, von dem man Briefe und Pakete zu allen Tageszeiten hatte abholen können. – Eines der zahlreichen Zeichen des Fortschritts, welcher der nun nicht mehr länger verschlafenen Stadt Fort Worth gemischte Segnungen brachte. Samantha ärgerte sich an diesem Morgen, an dem sie eigentlich in Eile war, genauso sehr über den langen Weg wie die Nachbarn. Sie tätschelte den muskulösen Nacken des Pferdes. »Bald geht's nach Hause, Pony.«

Auf dem Weg in die Stadt, auf dem sie die gepflasterten Straßen und neu errichteten Gebäude registrierte, kehrten Samanthas Gedanken zu der überraschenden Eröffnung zurück, dass ihr Vater und Seth Singleton gehofft hatten, sie und Sloan würden heiraten. Sie hatte Seth Singleton immer als eine Art Onkel betrachtet, da ihr Vater Sloan wie einen Neffen behandelte. Von frühester Kindheit an hatte die geschwisterlose Samantha den fast vier Jahre älteren Sloan als großen Bruder gesehen, nichts weiter. Es überraschte sie weniger, dass ihr die romantischen Hoffnungen ihres Vaters für sie entgangen waren, als dass ihr Vater Sloans Mangel an romantischem Interesse an ihr nicht bemerkt hatte. Die Zusammenführung von Las Tres

Lomas de la Trinidad und Triple S würde niemals stattfinden, weil die Tochter von Neal Gordon kein Feuer der Leidenschaft in Sloan Singletons Brust entfachte.

Was nicht weiter schlimm war, dachte Samantha. Das mit ihr und Sloan war eindeutig keine gute Verbindung, denn im Lauf der Zeit hatte sich gezeigt, wie unterschiedlich ihre Meinungen und Überzeugungen waren. Vorurteile hatten sich herausgebildet. Wenn das Schicksal Sloan eine normale Jugend erlaubt, wenn es ihm Zeit genug gegeben hätte, erwachsen zu werden, wäre der flachsblonde Junge, den sie auch im Stimmbruch, trotz der Akne und der Wachstumsschübe insgeheim geliebt hatte, vielleicht nicht so hart und unnachgiebig geworden. Der unerwartete Tod von Seth Singleton hatte seine Jugend abrupt beendet; als einziger Sohn hatte er mit siebzehn Triple S übernehmen, Haushaltsvorstand werden und die Verantwortung für seine beiden älteren unverheirateten Schwestern übernehmen müssen.

»Er hat das Zeug zum Rancher, aber er muss sich noch beweisen«, hatte Samanthas Vater über ihn gesagt, daran erinnerte sie sich. »Es wird nicht einfach, Männern, die mehr als doppelt so alt sind wie er, Befehle zu geben oder Entscheidungen zu treffen für eine Ranch von der Größe des Triple S. Der Junge wird sich seine Sporen verdienen müssen, und er wird bei Gott Mühe haben, seinen älteren Schwestern zu zeigen, wer der Herr im Haus ist. Nach dem Tod ihrer Mutter haben sie schalten und walten können, wie sie wollten.«

Und Sloan hatte bewiesen, dass er das Zeug zum Rancher besaß. Unter Anleitung von Samanthas Vater hatte er die Zügel von Seth übernommen und sie nicht mehr aus der Hand gegeben. Mit seinen fast vierundzwanzig Jahren, seiner tiefen Stimme, der frischen Haut und seiner beachtlichen Größe von fast eins neunzig galt Sloan als einer der angesehensten und einflussreichsten Rancher im Staat, und seine Schwestern Millie May und Billie June wussten nun, wer das Sagen hatte. Samanthas Einstellung Sloan gegenüber hatte sich zu verändern begonnen, als er Billie June, der jüngeren seiner Schwestern, verbot, sich weiter mit einem seiner Ansicht nach ungeeigneten Mann zu treffen.

»Ihn hält es nie lange an einem Ort, Sam, und er ist fünf Jahre jünger als Billie June«, hatte Samanthas Vater Sloans Reaktion verteidigt. »Außerdem hat der Mann keine gesellschaftlich anerkannte Möglichkeit, sich seinen Lebensunterhalt zu verdienen.«

»Mr Chandler sagt, Daniel Lane ist der beste Helfer, den er je hatte.«

»Helfer von einem Schmied? Was ist das schon?«

»Er empfiehlt sich als fleißiger Arbeiter. Claude Chandler ist nicht leicht zufriedenzustellen.«

»Daniel Lane hat keine Bildung und keine Herkunft. So einen Mann hätte Seth bestimmt nicht als passend für eine seiner Töchter erachtet. Sloan hatte recht, ein Machtwort zu sprechen.«

Ein Machtwort? Wie konnte es richtig sein, wenn ein Bruder »Macht« über die Gefühle einer Schwester besaß? Wie konnte es richtig sein, wenn ein Mann überhaupt Kontrolle über eine Frau ausübte? Schließlich befanden sie sich im zwanzigsten Jahrhundert. Erkannte Sloan, der sich so bereitwillig die neuesten Methoden der Viehzucht aneignete, denn nicht, dass auch die Bedingungen für die Frauen sich änderten? Der Bürgerkrieg hatte die weiblichen Angehörigen der Haushalte gezwungen, Verantwortung und Entscheidungen zu übernehmen, die bis dahin ihre mittlerweile gefallenen Ehemänner getroffen hatten. Und diese Freiheit und Unabhängigkeit breitete sich nun, so las Samantha, vom Haushalt auf andere

Gebiete wie das Gerichtswesen, den Journalismus, die Geologie, die Medizin und das Ingenieurswesen aus. Frauengewerkschaften entstanden, und die Suffragettenbewegung hatte starken Zulauf. Im ganzen Land trat an die Stelle der »idealen« die »neue Frau«, die sich gegen die männliche Vorherrschaft auflehnte.

Überall, nur nicht in Fort Worth, wie es schien.

»Aber Billie June liebt ihn«, hatte Samantha widersprochen.

»Das macht nicht den geringsten Unterschied, Samantha, also vergiss es.«

Ja, Anne Rutherford war in der Tat die richtige Partnerin für Sloan Singleton, dachte Samantha. Sie gab sich damit zufrieden, sich in seinem Glanz zu sonnen, forderte für sich selbst nur, dass ihr Beitrag zu seinem Status durch ihre guten Werke sichtbar wurde, und hatte keinen eigenen Kopf. Anne würde eine wunderbare Ehefrau, Mutter, Herrin des Hauses, Organisatorin von Wohltätigkeitsveranstaltungen und Gastgeberin sein. Samantha hingegen sah sich selbst in keiner dieser Rollen ganz aufgehen. Sie war sich sehr wohl der Hoffnungen ihres Vaters bewusst, dass sie einen Mann wie Sloan heiraten würde, jemanden, der sich mit dem Ranchwesen auskannte. Allerdings meinte er, sie wisse nicht, dass er die Ranch zwar an sie übergeben, jedoch erwarten würde, dass ihr Mann, jemand wie Sloan Singleton, diese mit ihrer Erlaubnis führte. So wurden die Dinge in Texas nun einmal gehandhabt. Samantha hingegen war entschlossen, die Sache als Erbin von Las Tres Lomas anders anzugehen. Wenn sie schon dazu erzogen wurde, Neal Gordons Platz einzunehmen, würde sie das nur auf Augenhöhe mit einem ebenbürtigen Partner tun. Das war ein weiterer Grund, warum es mit Sloan niemals funktionieren würde.

Der Gestank des Schlachthofs von Fort Worth stieg ihr in die Nase, als Samantha Pony vor dem neuen Postamt festband. Die Ladies' Society, als deren Sekretärin ihre Mutter fungierte, hatte den Stadtrat gedrängt, das Postamt weiter südlich zu errichten, wo die besseren Wohngebiete lagen, doch die für den Schlachthof Verantwortlichen und die Vertreter der Swift, Armour und Libby's-Fleischfabriken, die sich bald in Fort Worth ansiedeln wollten, waren siegreich aus der Diskussion mit der Post der Vereinigten Staaten hervorgegangen. Sie behaupteten, ein schneller Zugang zur Post sei wesentlich für ihr Geschäft.

Samantha fiel die sorgfältige handwerkliche Ausführung der Ringe auf, an denen man die Pferde festmachen konnte. Sie waren geschmückt mit dem Symbol der Stadt, dem ruhenden Panther. Daniel Lane, ein Künstler seines Fachs, hatte sie in der Schmiede, für die er arbeitete, entworfen. Samantha fragte sich, ob Billie June Singleton diese Ringe kannte. Seit ihr Bruder dem Techtelmechtel mit Daniel Lane in einem öffentlichen Showdown vor dem versammelten Ort ein Ende gemacht hatte, kam sie nicht mehr oft in die Stadt.

»Sie lebt jetzt ziemlich zurückgezogen«, hatte Samanthas Mutter in einem Gespräch über den Skandal bemerkt, der sich ereignet hatte, als Daniel Sloans Schwester im vergangenen Juli zu den Feiern zum Vierten Juli begleitete. »Schade. Daniel Lane wird vermutlich der einzige Verehrer bleiben, den die hausbackene Billie June je haben wird, aber natürlich war es eine Provokation für ihren Bruder, als sie vor der ganzen Stadt mit dem Helfer vom Schmied aufgetaucht ist. Sie hätte es besser wissen müssen.«

»Sloan hätte es besser wissen müssen«, hatte Samantha erwidert.

Auch Mildred hatte sich zu dem Thema geäußert. »Der

junge Sloan sollte mal lieber aufpassen mit dem Schmied. So was vergisst Daniel Lane nicht. Nichts wurmt Menschen mehr als eine öffentliche Demütigung. Der Herr von Triple S hat sich's selbst zuzuschreiben, wenn der Mann sich irgendwann an ihm rächt.«

Bis zum heutigen Tag zuckte Samantha ob der Erinnerung an Sloans öffentliche Drohung gegenüber Daniel Lane und Billie June vor ihren Freunden und Nachbarn und den Leuten aus der Stadt bei den Feiern zum Unabhängigkeitstag zusammen. Als Billie June ihren Picknickkorb auspackte, war Sloan hinter der Familienkutsche zu Pferd eingetroffen, begleitet von seinen beiden kräftigsten Ranchhelfern, furchterregenden Zureitern, vor denen die Leute einen Heidenrespekt hatten. Sloan war ganz ruhig abgestiegen und auf die ausgebreitete Decke zugegangen. Ohne ein Wort an seine überraschte Schwester und Daniel hatte er das Brathühnchen, die scharf gewürzten Eier und die Limonade wieder in den Korb gelegt, die Decke genommen und alles seinen Begleitern gereicht. Dann hatte er Billie June mit finsterem Gesicht die Hand hingestreckt und Daniel mit einem vielsagenden Blick angesehen, der keinem der Anwesenden entging.

Billie June hatte, rot bis unter die mausbraunen Haare, die ausgestreckte Hand ignoriert, war zur Kutsche marschiert, deren Tür vom Fahrer aufgehalten wurde, und hatte, sobald sie drinnen saß, die Vorhänge an den Fenstern mit einem Ruck zugezogen. Noch immer schweigend, hatten Sloan und sein Ranchhelfer wieder ihre Pferde bestiegen, und dann waren sie alle in Richtung Triple S verschwunden. Daniel Lane und die Zeugen des Vorfalls hatten ihnen mit offenem Mund nachgesehen. Alle wussten, dass die unerschrockene Billie June nicht aus Angst vor ihrem Bruder, sondern wegen Daniel Lane in die Kutsche eingestiegen war. Widerstand hätte schlimme Folgen für ihren Geliebten gehabt. Sloan Singleton hatte öffentlich die Muskeln spielen lassen.

»Sloan hat Billie June davor gewarnt, sich mit Daniel Lane zu treffen, und getan, was er tun musste, um von ihr gehört zu werden«, hatte Samanthas Mutter Sloan verteidigt, den Mann, der einst als Kind auf ihrem Schoß gesessen war. »Wir wissen alle, was für eine Nervensäge Billie June ist.«

»Nicht mehr«, hatte Mildred widersprochen.

Das Postfach von Samanthas Vater war zum Bersten voll. Ein Angestellter, der dabei war, Briefe zu sortieren, half ihr, es auszuräumen. »Gut, dass Sie heute vorbeischauen, Miss Sam«, sagte er. »Seit fast einer Woche ist niemand da gewesen, jetzt hätte nichts mehr reingepasst.«

»Kein Wunder«, bemerkte Samantha. »In der Zeit, in der die Kühe kalben, können wir keine Arbeitskräfte entbehren.«

Samantha ging die Post nach Rechnungen durch, die ihr Vater ihr ohnehin geben würde, ohne sie zu öffnen, weil sie sich um ihre Begleichung kümmerte. Es waren hauptsächlich Zeitschriften über das Ranchwesen, doch sie entdeckte auch einige Briefe; einer von einem Freund ihres Vaters, der mit ihm im Bürgerkrieg in Hood's Brigade gedient hatte, außerdem ein schweres cremefarbenes Kuvert von einem Arzt mit der Aufschrift »vertraulich«. *Vertraulich?* Von einem Arzt? Wieder stieg die Angst in Samantha auf, die sie empfunden hatte, als sie den rasselnden Atem ihres Vaters bei ihrem Geburtstagsessen hörte, obwohl das kaum wahrnehmbare Kopfschütteln ihrer Mutter ihr signalisiert hatte, dass sie sich keine Sorgen machen müsse.

Der Arzt hieß Donald Tolman, und als Absender war auf dem Brief eine Postfachadresse in Marietta im Oklahoma-Territorium angegeben. Samantha kannte weder den Namen noch den Ort. Vielleicht war auch dieser Donald Tolman ein alter Kamerad aus der Armee, aber was wollte er jetzt, fünfunddreißig Jahre nach Ende des Kriegs, von ihm? Und warum hatte er das »Vertraulich« dick mit schwarzer Tinte geschrieben und unterstrichen? Beunruhigt verstaute Samantha das Bündel Briefe in ihrer Satteltasche und trieb Pony zum Galopp an, um rasch zur Ranch zu gelangen.

ZWÖLF

Samantha erreichte gerade die Kreuzung zwischen den Weiden von Las Tres Lomas und Triple S, als sie hörte, wie sich ihr von hinten jemand im gestreckten Galopp und mit dem Ausruf *»Samantha, warte!«* näherte. Der Klang dieser Stimme ließ ihr Herz höher schlagen. Samantha brachte Pony zum Stehen, um auf Sloan zu warten, obwohl sie der Sache mit dem Brief von Dr. Tolman so schnell wie möglich auf den Grund gehen wollte.

Während Sloan auf seinem Vollblut heranpreschte, fragte Samantha sich, ob er sich der Hoffnungen seines Vaters für ihn bewusst gewesen war. Als Seth Singletons Sohn hatte er Zurückhaltung gelernt. Ein Junge, der sich seinen Platz in der Welt harter, manchmal auch gerissener und rücksichtsloser Männer eroberte, musste seine Gedanken und Gefühle verbergen. Außerdem begegneten Samantha und er sich nicht mehr wie früher. Die gemeinsamen Streiche der Kindheit gehörten der Vergangenheit an.

»Ja, Sloan?«, begrüßte Samantha ihn, als er sie erreichte.

Das hörte sich so kühl an, dass Sloans blaue Augen sich verengten. Wenn jemals ein Mann so ausgesehen hatte wie ein Viehzüchter dieser Gegend, dann Sloan Singleton. Groß gewachsen, schlank und kerzengerade wie der Pfeil eines Komantschen, wettergegerbt und braun wie ein Flusskiesel, hätte man ihn nie für etwas anderes gehalten als für das, was er war: für einen Sohn der Weiden.

»Das klingt aber frostig«, bemerkte er.

»Tatsächlich? Tut mir leid. Ich bin in Eile, und mir gehen ziemlich viele Gedanken im Kopf herum.«

Sloan verlagerte das Gewicht auf dem Sattel. »Zum Beispiel?«

Eine solche Frage hätte Samantha früher einmal, als sie einander noch alles sagten, ohne zu zögern beantwortet. Sie lächelte halbherzig. »Ich hab keine Zeit, dir das zu erklären.«

Sloan trug einen Anzug. Samantha erinnerte sich, dass an jenem Morgen das monatliche Treffen der Geschäftsleitung der Bank stattgefunden hatte, deren Vorsitzender Sloan war. Die Bank gehörte Noble Rutherford, dem Vater von Anne. »Du kommst gerade von eurer Sitzung«, stellte sie fest. »Hast du nicht wie sonst hinterher mit Anne gegessen?«

»Dazu hatte ich heute keine Lust. Ich habe bei deiner Mutter vorbeigeschaut, um zu fragen, ob du mit mir im Worth essen möchtest, aber Estelle hat gesagt, du wärst schon weg.«

Samantha ließ sich ihre Überraschung nicht anmerken. Sloan hätte lieber mit ihr als mit Anne zu Mittag gegessen? Als ihre Mutter das hörte, hatte sie bestimmt einen Freudentanz aufgeführt. »Tut mir leid, dass wir uns verpasst haben, aber Mutter hat dir bestimmt erklärt, dass ich zurück zur Ranch muss. Daddy erwartet mich.«

»Hast du wenigstens Zeit, dir meine Entschuldigung dafür anzuhören, dass Anne bei deiner Geburtstagsfeier dieses heikle Thema angeschnitten hat?«

»Nicht nötig, Sloan.«

»O doch. Ich glaube, sie wollte Eindruck schinden und hat sich nicht überlegt, wie du und deine Eltern das Thema aufnehmen würden.«

Natürlich war es Absicht gewesen, dachte Samantha, aber ein verliebter Mann erkannte das eben nicht. »Mach dir darüber keine Gedanken. Ich fand das Gespräch interessant. Wenn das alles war …«

»Nein, da wäre noch etwas«, sagte Sloan und stellte sich ihr mit seinem Pferd in den Weg. »Es geht um Billie June. Sie ist immer noch wütend auf mich.«

»Nach fast einem Jahr? Das tut mir leid.«

»Ich kann ihr einfach nicht begreiflich machen, dass ich so handeln musste. Anders hätte ich sie nicht daran hindern können, sich weiter mit diesem Daniel Lane zu treffen.«

Er wollte mit Samantha reden wie früher, die sah, dass ihm die Auseinandersetzung mit Billie June zu schaffen machte. Sloan liebte seine Schwestern. Billie June und Millie May, fünf beziehungsweise sieben Jahre älter als er, waren nach dem Tod ihrer Mutter, als Sloan vier war, Muttersatz für ihn gewesen. Doch die Mädchen, besonders Billie June, hatten Seth auch immer wieder Kummer gemacht. Seine Töchter setzten sich für fast alles ein, wogegen ihr Vater war: für die Prohibition, das Frauenwahlrecht, den Tierschutzverein. Die Liste ihrer aufrührerischen Aktionen waren Fort-Worth-Familienlegende. Einmal hatten die Mädchen sogar Seths teuren Bourbon in den Trinity geleert. Ein andermal hatten sie zwei Suffragetten zur Flucht verholfen, die wegen Friedensstörung festgenommen worden waren, und wieder ein andermal hatten sie einen Auftritt von Wild Bill Hickok gestört, der die Pferde in seiner Wild West Show ihrer Meinung nach schlecht behandelte. Sie befreiten Tiere, die dem Vieh gefährlich werden konnten, aus Fallen, ließen andere frei, die für die Hundemeute bei den berühmten Jagdfrühstücken des Triple S gefangen worden waren, brachten ihren Vater bei Abendeinladungen in Verlegenheit, indem sie Ansichten äußerten, die denen der Gäste widersprachen, und ergriffen ein ums andere Mal Partei für kontroverse Persönlichkeiten.

Zu Lebzeiten seines Vaters hatte Sloan sich nicht eingemischt. Und auch als Haushaltsvorstand hatte er weiter seine Strategie des Laisser-faire verfolgt – bis zu der Affäre Billie Junes mit Daniel Lane.

Sloan hatte niemanden, mit dem er über persönliche Angelegenheiten wie die Sache mit seiner Schwester reden konnte. Neal Gordon stimmte uneingeschränkt dem Vorgehen seines Schützlings zu, die möglicherweise einzige Gelegenheit, die sich Billie June je zur Heirat bieten würde, zunichtezumachen, und im Triple S waren keine Vertrauenspersonen wie Grizzly oder Wayne Harris beschäftigt. Anne Rutherford verehrte ihn wie einen König, und da Könige sich Untergebenen nicht anvertrauten, stand Sloan Singleton praktisch allein da; er hatte niemanden, der sich seine Sorgen anhörte und unvoreingenommen dazu Stellung nahm.

Außer Samantha.

»Hältst du mich deswegen für einen Mistkerl?«

Pony, der nach Hause wollte, kaute ungeduldig an seiner Trense. »Willst du ein Ja oder ein Nein hören?«, erkundigte sich Samantha.

»Du kennst mich gut genug. Ich will die Wahrheit. Von dir bekomme ich sie wenigstens, auch wenn sie manchmal schmerzt.«

»Hätte es denn keine andere, weniger öffentliche Möglichkeit gegeben, dem Freund deiner Schwester gegenüber deine Missbilligung auszudrücken?«, erkundigte sich Samantha. »Es war sehr mutig von Billie June, mit Daniel Lane zu dem Picknick zu gehen. Sie hat es getan, um ihre Liebe zu ihm zu demonstrieren.«

»Sie hat's getan, um mir die Stirn zu bieten.«

»Ich bezweifle, dass sie dabei überhaupt an dich gedacht hat.«

»Verdammt, Sam …« Sloan schob seinen Stetson in den Nacken, sodass ihm eine Strähne seiner sonnengebleichten Haare in die Stirn fiel. »Billie June weiß ganz genau, dass Dad es ihr nie erlaubt hätte, sich mit jemandem wie ihm zu treffen. Er ist ihrer nicht würdig.«

»Woher willst du das wissen?«

»Ach, Sam! Was könnte ein Mann wie Daniel Lane an meiner Schwester denn anderes attraktiv finden als ihr Treuhandvermögen? Lane ist ein gut aussehender Bursche, mehrere Jahre jünger als Billie June, und besitzt keinen Cent, während Billie June … ich will ja nicht unfreundlich sein, aber sie ist nun wirklich keine große Schönheit.«

»Deine Schwester ist klug, witzig und interessant, Sloan. Vielleicht besitzt Mr Lane die Intelligenz, hinter die hausbackene Fassade zu blicken.« Anders als du, der du nur Augen für das Dekolleté von Anne Rutherford hast und nicht erkennst, wie schwarz ihr kleines Herz ist, dachte Samantha.

Sloan sah sie entgeistert an. »Wenn du ihn so einschätzt, bist du genauso blind wie Billie June.«

Samantha tätschelte beruhigend Ponys Hals. »Möglicherweise bist *du* mit Blindheit geschlagen, Sloan.«

Sloan blickte sie nachdenklich an. »Ich hatte gehofft, dass du mir beipflichten und sie zur Vernunft bringen würdest.«

»Ich kann nichts gegen einen Mann sagen, den ich nicht näher kenne. Wenn ich irgendjemanden zur Vernunft bringen muss, dann dich. Du kannst dich glücklich schätzen, Geschwister zu haben, Sloan. Ich wünschte, ich hätte welche.«

»Du rätst mir also, mich mit Billie June zu versöhnen?«, fragte Sloan enttäuscht und zog seinen Hut wieder in die Stirn. »Das kann ich nicht, wenn ich ihr dann die Erlaubnis geben muss, sich mit Daniel Lane zu treffen. Ich tue, was mein Vater getan hätte: Ich versuche, sie vor Verletzungen zu bewahren.« Er lenkte sein Pferd noch ein Stück näher. »Warum so wehmütig? Du hast einen Bruder, Sam. Mich. Ich bin dir immer ein Bruder gewesen und werde es weiter sein. In den letzten Jahren hatte ich nur deshalb nicht so viel Kontakt zu dir, weil ich irgendwie Herr der Lage bleiben musste. Triple S beansprucht sehr viel Zeit …«

»Und Anne«, fügte Samantha ein wenig zu schnell hinzu.

»Ja.« Als Sloan sie fragend ansah, tätschelte Samantha noch einmal Ponys Hals, um Sloans Blick auszuweichen. Sloan besaß die unheimliche Fähigkeit, ihre Gedanken zu lesen.

»Du musst mir nichts erklären. Manchmal wird Las Tres Lomas Daddy und mir fast zu viel, obwohl wir zu zweit sind.« Sie richtete sich auf. »Ich muss weiter. Bitte denk über meine Worte nach, Sloan. Billie June fehlt ihr Bruder.«

Sie wollte Pony gerade die Sporen geben, als Sloan leise »Sam …« sagte.

»Ja, Sloan?«

»Es ist mein Ernst, dass ich mich wie dein Bruder fühle. Das glaubst du mir doch, oder?«

»Ja, Sloan.«

DREIZEHN

Dies war der Moment, den sie bei der Heimkehr am meisten liebte: Wenn Pony den kleinen Hügel erklomm, von dem aus sich ein weiter Blick über das Ranchgelände von Las Tres Lomas de la Trinidad bot. Fast jedes Mal erfasste sie ein Gefühl des Stolzes beim Anblick der Weiden voller Vieh, der Korrale und Koppeln, des großen Ranchhauses mit seinen Nebengebäuden und der Zuflüsse des Trinity River, die sich durch die Täler zwischen den drei kleinen Erhebungen schlängelten, von denen die Ranch ihren Namen hatte. Nur fast jedes Mal, weil es auch Zeiten gab, in denen dieser Blick von der Anhöhe eher herzzerreißend als atemberaubend war, in »braunen Frühjahren«, in denen kein einziger Regentropfen fiel und alle Bachläufe austrockneten. Gern hätte Samantha mehr Zeit gehabt zum Innehalten, um die Frühlingsfrische des väterlichen Reichs an jenem strahlenden Morgen nach dem nächtlichen Regen genießen zu können, an dem das Grün der Felder und die rotbraunen Rücken der wohlgenährten weidenden Hereford-Rinder sie beinahe blendeten.

Doch sie hatte keine Muße. Samantha wusste, dass sich Sorgen am besten vertreiben ließen, wenn man der Wahrheit, egal, ob positiv oder negativ, auf den Grund ging. Die meisten Sorgen beruhten auf Ungewissheit, und sie konnte mit allem umgehen, sobald diese beseitigt war. Unter Umständen würde sie ihren Vater ein wenig bearbeiten müssen, um ihm zu entlocken, was in dem Brief von Dr. Tolman stand, aber am Ende würde sie es schaffen, da war sie sich sicher. Anders als seiner Frau konnte er seiner Tochter nichts verheimlichen. *Wenn man Estelle etwas verrät, bekommt sie sofort Panik*, sagte er gern, *aber bei dir, Sammy-Mädchen, ist das anders. Ich danke Gott jeden Tag für deinen kühlen Kopf und deine Verschwiegenheit.* Möglicherweise zerbrach Samantha sich den Kopf wegen nichts und wieder nichts – und *machte aus einer Mücke einen Elefanten*, wie ihr Vater ebenfalls zu sagen pflegte –, und der Brief war tatsächlich von einem alten Kameraden von der Armee. Doch warum hatte der Verfasser ihn eigens mit dem Vermerk »Vertraulich« versehen und das Wort mit schwarzer Tinte unterstrichen?

Samantha hörte, wie die Glocke die Ranchhelfer um ein Uhr zum Trail Head, dem Speisesaal von Las Tres Lomas, rief, als sie Pony auf das Gelände der Ranch lenkte und vor dem Hauptgebäude festmachte. Das Tier war unruhig, kaute an seiner Trense, schnaubte. Die lauten Geräusche von Männern, Pferden und muhendem Vieh in den Geburtspferchen drangen ungefähr einen Kilometer weit herüber, und Pony wollte wissen, warum er nicht hinüberkonnte. »Bald, Pony, bald. Versprochen«, sagte Samantha und kraulte ihn zwischen den Ohren, während sie die Post aus der Satteltasche holte. Dies war der einzige Teil seines Kopfs, an dem das Quarter Horse sich streicheln ließ.

Samantha traf ihren Vater in der Bibliothek im Wohnbereich des Hauses an. Am einen Ende war der Tisch mit Geschirr und Besteck für zwei Personen gedeckt. Sie würden im Haupthaus zu Mittag essen, nicht mit den Arbeitern im Trail Head, stellte Samantha erleichtert fest. Die kalbenden Kühe brauchten rund um die Uhr Beistand, und so kamen die Männer in Schichten herein und setzten sich, nach Blut und Plazenta riechend, an den Tisch. Samantha ertrug den Geburtsgeruch zwar in den Ställen, jedoch nicht beim Essen.

»Samantha!«, dröhnte Neal Gordons Stimme aus seiner breiten Brust, die sich allmählich mit einer dicker werdenden Taille zu vereinen begann. Trotzdem war noch immer seine körperliche Kraft zu spüren, die ihn unter den mit Vieh und Pferden, Lassos und Gewehren arbeitenden Männern zu einer Legende gemacht hatte. Er ging mit ausgestreckten Armen um seinen Schreibtisch herum. »Ich hab mich eigens für dich gewaschen, also lass dich von deinem alten Vater umarmen. Ich hatte dich schon früher erwartet.«

Er roch nach Ivory-Seife und frisch gebügelter Baumwolle und trug statt seiner Arbeitskleidung eine Wollhose mit Bügelfalte und ein weißes Hemd, das am Kragen von einer Bolo-Tie und einer Silberspange mit dem Zeichen von Las Tres Lomas de la Trinidad zusammengehalten wurde.

»An der Kreuzung ist mir Sloan begegnet; wir haben uns eine Weile unterhalten. Er war nach seiner Vorstandssitzung in der Bank auf dem Weg nach Hause«, berichtete Samantha.

Interesse und ein Funken Hoffnung glommen in Neals Augen auf. »Gut! Ihr habt schon ziemlich lange keine Gelegenheit mehr zum Reden gehabt. Dieses Rutherford-Mädchen hat ihn bei deiner Geburtstagsfeier mit Beschlag belegt. Was sagt er denn?«

»Ach, das Übliche.« Samantha reichte ihm die Post und suchte in seinem wettergegerbten Gesicht nach Anzeichen für eine Erkrankung, ohne welche zu entdecken.

»Du hättest ihn zu Grizzlys Grillsteak einladen sollen. Es hätte mich gefreut, ihn zu sehen.«

»Der Gedanke ist mir gar nicht gekommen«, gestand Samantha. »Habt ihr viele rausholen müssen?«

Neals Gesichtsausdruck sagte: *Der Gedanke hätte dir aber*

kommen sollen, bevor er ihre Frage beantwortete. Sie meinte den riskanten Vorgang, das Kalb aus dem Bauch der Mutterkuh zu ziehen, was oft Samantha mit ihren kleinen Händen machte. »In deiner Abwesenheit zum Glück nur ein paar«, antwortete Neal. »Bis jetzt sind alle gesund und kräftig zur Welt gekommen. Wie geht's deiner Mutter?« Er legte die Post auf den Schreibtisch und setzte seine Lesebrille auf. Samantha hatte die Briefe so geordnet, dass der von Dr. Tolman ganz unten lag. Die Reaktion ihres Vaters darauf würde ihr verraten, ob irgendetwas nicht in Ordnung war. Wenn sie ihn direkt fragte, wie es ihm gehe, würde sie keine ehrliche Antwort erhalten. Bestimmt würde er noch auf dem Sterbebett mit »Gut« antworten.

»Wahrscheinlich fühlt sie sich jetzt einsam«, sagte sie. »Sie hat sich an meine Gesellschaft gewöhnt.«

Neal verzog das Gesicht. »Keiner zwingt sie dazu, einsam zu sein. Es ist ihre Entscheidung. Würd's dir was ausmachen, das Feuer zu schüren, während ich die Post durchgehe? Es ist immer noch ziemlich kalt.«

Samantha machte sich mit dem Schürhaken an die Arbeit, während sie ihren Vater beobachtete, wie er die Zeitungen und Zeitschriften auf einen Stapel legte und die Rechnungen, um die sie sich kümmern würde, auf einen anderen. Als er den Brief von dem Soldaten aus dem Bürgerkrieg erblickte, rief er überrascht aus: »Sieh an, da schreibt mir doch glatt ein alter Kamerad vom First Texas Infantry Regiment. Hoffentlich steht nicht drin, dass er bald stirbt. Ach, und was ist das …?«

Neal schob die Brille hoch und hielt den Brief näher vors Gesicht. Vielleicht, dachte Samantha, bildete sie sich das nur ein, aber sie hatte den Eindruck, dass er unter seiner tiefen Bräune blass wurde.

»Wie ich sehe, ist ein Schreiben von einem Arzt mit dem

Vermerk ›Vertraulich‹ dabei. Verschweigst du mir etwas, Daddy?«

Er sah sie erstaunt an. »Wie meinst du das?«

»Bist du krank?«

»Gütiger Himmel, nein!« Neal lachte schallend. »Wenn ich krank wäre, würde ich zu unserem alten Doc Madigan in der Stadt gehen. Mit mir ist alles in Ordnung. Mir ist es nie besser gegangen. Nein, der Brief ist von einem ... Tierarzt. Die nennen sich inzwischen auch ›Doktor‹. Wahrscheinlich beantwortet er meine Anfrage über Zecken, die ich ihm vor einiger Zeit geschickt habe. Er hat ein Mittel gegen die lästigen Viecher entwickelt, davon war in einem Artikel die Rede. Wundert mich, dass er überhaupt reagiert.«

»An einen solchen Artikel erinnere ich mich nicht.«

»Vermutlich weil du ihn nicht gelesen hast.«

Sein schroffer Ton sagte Samantha, dass das Thema für Neal Gordon damit beendet war. Sie solle nicht weiterbohren; das signalisierte er ihr gegenüber nur selten. Nun machte sie sich tatsächlich Sorgen. Sie studierte jeden Artikel über die Viehzucht, den er las, damit sie darüber diskutieren konnten. Und in keiner der Zeitschriften hatte sie über ein Mittel gegen Zecken gelesen, das ein Dr. Donald Tolman entwickelt hatte. Warum las er ihr den Brief nicht vor, wenn es darin tatsächlich um das ging, was er behauptete? Und warum hatte er sich in einer gesundheitlichen Frage an einen Arzt in einem kleinen Ort im Oklahoma-Territorium gewandt? Marietta lag einige Kilometer landeinwärts vom Red River und war nicht gerade die erste Adresse, die man von Las Tres Lomas aus aufgesucht hätte.

»Wahrscheinlich willst du dich frisch machen, also lauf nach oben. Ich lasse uns in der Zwischenzeit was zu trinken einschenken«, schlug Neal vor. »Bis zum Essen ist noch ein bisschen Zeit. Ich möchte etwas mit dir besprechen.«

Er wollte sie los sein, damit er den Brief allein lesen konnte, dachte Samantha. Egal. Falls er ihr das Schreiben nicht zeigte, wusste sie ja, wo ihr Vater seine privaten Dokumente aufbewahrte und wo der Schlüssel zu der Schublade war. Sie musste auf jeden Fall herausfinden, warum er ein Geheimnis um den Brief machte.

Während Samantha sich im Bad Hände und Gesicht wusch, betrachtete sie sich im Spiegel über der Waschschüssel. Fand Sloan sie auch nur im mindesten attraktiv? Sie konnte sich an kein einziges Kompliment aus seinem Mund erinnern. Natürlich waren ihre Haare ihr größter Pluspunkt, aber sie hatte auch klare, wohlgeformte graue Augen, und ihre Nase war klein und kess. Sie hatte reine Haut und eine gute Figur, alles an ihr war ansehnlich, doch im Vergleich zu Anne wirkte sie wie ein Sperling neben einem Pfau.

Die leichte Niedergeschlagenheit, die sie seit dem Erwachen aus ihrem Albtraum am Morgen plagte, wuchs sich zu einer großen dunklen Wolke aus. *Hab niemals Angst vor deinen Gedanken und Gefühlen, egal, wie erschreckend sie sein mögen*, hatte ihr Vater ihr geraten. *Stell dich ihnen wie jeder anderen Bedrohung. Sieh sie dir genau an. Beschäftige dich mit ihnen. Find raus, wo sie herkommen, was sie in deinem Kopf und deinem Herzen machen. Dann wirst du sie früher oder später verstehen.*

Und das tat sie. Die Lebenserwartung für Frauen lag 1900 bei achtundvierzig Jahren, und sie hatte bereits fast die Hälfte dieser Zeit hinter sich, ohne irgendeine Möglichkeit, den Kurs, den ihr Schiff steuerte, zu verändern. Der Brief von Dr. Tolman schürte eine Angst in ihr, mit der sie sich bisher bewusst nicht beschäftigt hatte. Ihre Eltern wurden älter und würden eines Tages sterben, und dann müsste sie eine der größten Ranches in Central Texas leiten, was nicht unbedingt ihren eigenen Wünschen entsprach. Der Mann, den sie liebte, würde eine andere heiraten, und sie machte sich keine großen Hoffnungen, dass sie noch einem anderen begegnen würde, der in der Lage wäre, ihr Herz zu gewinnen.

Dann war es eben so, dachte Samantha und trocknete sich die Hände ab. Sie würde alles so nehmen, wie es kam, und das Beste daraus machen. Überraschungen konnten sich immer ergeben. Das Meer des Lebens blieb ständig in Bewegung.

Als sie in die Bibliothek zurückkehrte, reichte Neal ihr ein Glas Sherry und setzte sich mit seinem Bourbon in seinen »Papa-Bär«-Stuhl, wie Estelle ihn nannte, während Samantha wie stets an dem einen Ende eines tiefen Ledersofas Platz nahm. Sie schaute zum Schreibtisch hinüber, konnte darauf aber keinen der Briefe entdecken. Samantha würde warten, bis ihr Vater selbst darauf zu sprechen kam.

»Worüber wolltest du mit mir reden?«, erkundigte sie sich.

»Bei unserer Pokerrunde am Montagabend hat Buckley Paddock mir von einer Weizenfarm in Cooke County mit knapp sechzig Hektar Fläche erzählt, die zum Verkauf steht. Buckley sagt, dass das Inserat des Eigentümers ab nächstem Montag in der *Gazette* erscheinen wird. So, wie es sich anhört, liegt die Farm nicht allzu weit von La Paloma entfernt.« Buckley Paddock war der Herausgeber der *Fort Worth Gazette*, auf dem Grund von La Paloma war ein Teil der Herde von Las Tres Lomas untergebracht.

»In welcher Richtung liegt sie, und wie viel soll sie kosten?«, erkundigte sich Samantha.

»Im Norden«, antwortete Neal. »Der Preis steht nicht in der Anzeige.«

Samantha wusste, warum seine Augen leuchteten. Las Tres Lomas hatte fünftausend Stück Vieh auf viertausend Hektar Land in Cooke County. Das Ganze wurde von einem Vorarbeiter geleitet, der schon sein halbes Leben lang für die

Gordons arbeitete. Das Camp befand sich etwas mehr als zehn Kilometer vom Red River entfernt, über den sich die Herde für den Transport zu den Schlachthäusern von Kansas gut zu den Laderampen der Missouri-Kansas-Texas Railroad in Marietta treiben ließ. Hinderlich war lediglich die dazwischen liegende Getreidefarm, die den direkten Zugang zum Fluss blockierte; das Vieh musste einen Umweg von mehr als fünfzehn Kilometern um die Farm herum machen. Samantha war noch nie in La Paloma gewesen, weil die Unterbringung dort sich nicht für Frauen eignete.

»Es könnte sich um den Grund gleich neben dem unsern handeln«, erklärte Neal. »Vor Jahren, als ich La Paloma erworben habe, wollte ich dem Eigentümer, einem mürrischen alten Kauz, sein Land abkaufen. Wie hieß er noch gleich?« Er dachte kurz nach. »... Barrows. Liam Barrows, aber er hat gesagt, die Farm befindet sich seit den Zeiten vor der Staatsgründung im Besitz seiner Familie, und seine beiden Jungs würden dafür sorgen, dass das auch so bleibt. Ihm war's egal, dass ich mit der Herde einen Riesenumweg machen muss.«

»Klingt nach guter Nachbarschaft«, lautete Samanthas Kommentar. »Und was schlägst du vor?«

»Dass wir ... dass du dir die Sache ansiehst. Das kann nicht schaden. Buckley meint, die Farm würde nicht lange auf dem Markt bleiben. Die Einzelheiten erfahren wir am Montag aus der Zeitung. Ich schlage vor, dass wir uns sofort per Telegramm mit dem Eigentümer in Verbindung setzen und einen Termin vereinbaren, um uns den Grund anzuschauen. Du kannst mit dem Zug nach Gainesville fahren.«

Samantha fragte nicht, warum er sie schicken wollte, warum er das nicht selbst erledigte. Die Antwort wäre ihm peinlich gewesen. Neal Gordon schämte sich dafür, dass er die Enge eines Zugabteils nicht ertrug. Ein Ritt zu der Farm würde fast drei Tage in Anspruch nehmen, und wenn er dort ankäme, wäre sie vielleicht schon verkauft.

Samantha hielt die Idee für interessant. Obwohl ihr Vater beim Landkauf nicht immer ein gutes Händchen bewiesen hatte, war er im Jahr 1890 so klug gewesen, zu den mehr als fünfundsechzigtausend Hektar Weideland von La Paloma einhundertsechzig Parzellen zu erwerben, wo er einen Teil seiner Herde dauerhaft unterbringen konnte. Vor dem Kauf hatte man, wenn die Sommerhitze von Central Texas das Grasland austrocknete, dreitausend Stück Vieh von Las Tres Lomas in Richtung Norden nach Cooke County treiben müssen, damit alle genug zu fressen fanden.

Wenn wir jetzt nicht zugreifen, Estelle, hatte Samanthas Vater bei einer Familiendiskussion einmal gesagt, *ist es in ein paar Jahren vielleicht zu spät. Die Preise werden steigen, und zwischen hier und unseren Sommerweiden werden schneller Zäune hochgezogen, als der Ahorn im Herbst Blätter verliert. Es wird nicht mehr lange dauern, bis der Weg nach Norden für unser Vieh versperrt ist, und was machen wir dann? Du weißt, dass wir im Sommer nicht die ganze Herde mit dem Gras von hier ernähren können, und so bald wird kein Grund in der Nähe zum Kauf angeboten werden, der unser Problem lösen würde.*

Neal hatte die Oberaufsicht über die Finanzen der Ranch, doch Samantha machte die Buchführung, und so war es ihre Aufgabe, Advocatus Diaboli zu spielen, wenn es um die Ausgaben ging. Ihr Vater, der es darauf abgesehen hatte, ein Titan unter den Viehbaronen zu werden und Las Tres Lomas de la Trinidad zu einer der größten Ranches in Texas zu machen, musste manchmal ein wenig gebremst werden, besonders wenn er einen hohen Betrag auf der Bank wusste – auf der Cattleman's Bank, nicht der Rutherford City Bank.

»Es wird alles davon abhängen, wie viel die Farm kosten

soll und ob der Eigentümer etwas dagegen hat, dass sie in ein Durchgangsgebiet von der Ranch zum Markt umgewandelt wird«, erklärte sie. »Ich würde nicht wollen, dass Las Tres Lomas seinen bisherigen Charakter verliert.«

Silbia, die mexikanische Haushälterin, die sich um das Haupthaus kümmerte, kam herein, um zu verkünden, dass *la cena* – das Essen – serviert sei. Sie bereitete Frühstück und Abendessen für *el patrón* und seine *hija*, seine Tochter, zu, doch die Mittagsmahlzeit wurde von Grizzlys Küche ins Haupthaus gebracht, wenn der Chef und seine Tochter nicht mit den Ranchhelfern aßen.

»Ah, Grizzlys Grillsteak«, sagte Neal und erhob sich. »Hoffentlich hat er genug Bratensauce mitgeschickt.«

Samanthas Vater wirkte alles andere als krank, er schien sich vielmehr auf ein köstliches Essen zu freuen, aber als sie aufstand, fiel ihr Blick auf den Kamin, und ihr Herz setzte einen Schlag lang aus. Denn dort war soeben die verkohlte Ecke eines cremefarbenen Briefs aus der Glut gefallen.

NATHAN

VIERZEHN

Fünf Tage nach seinem zwanzigsten Geburtstag betätigte Nathan am späten Nachmittag eines strahlenden, frischen Mittwochs die Klingel am Stadthaus seines Vaters, das sich in einem guten Wohngebiet an einem Nebenfluss des Trinity River in Dallas, Texas, befand. Der Droschkenkutscher, mit dem er vom Bahnhof hergekommen war, hatte die Adresse auf der Rückseite von Trevors Visitenkarte, die Nathan ihm zeigte, sofort erkannt. »Ja, das ist in Turtle Creek«, hatte er festgestellt und skeptisch Nathans Arbeitsjacke und ausgeblichene Jeans gemustert. »Willst du da arbeiten?«

»Mein Vater wohnt dort«, hatte Nathan geantwortet.

Nun öffnete eine schwarze Bedienstete mit weißer Rüschenhaube und spitzenbesetzter Schürze über einem dunklen Kleid die Ebenholztür mit dem glänzenden Messingklopfer. »Lieferanten nach hinten«, erklärte sie mit einem stirnrunzelnden Blick auf die Tasche zu Nathans Füßen.

Nathan nahm seine Kappe ab. »Ich bin kein Lieferant. Mein Name ist Nathan Holloway, und ich bin Mr Waverlings Sohn. Er hat mich gebeten, ihn aufzusuchen.«

Der Bediensteten blieb der Mund offen stehen. Es dauerte eine ganze Weile, bis sie sich wieder fing. »Hat man so was schon gehört? Verschwinde, sonst rufe ich die Polizei.«

»Wenn Sie das machen, bekommen Sie's mit Mr Waverling zu tun. Ich warte hier, bis Sie ihn in seinem Büro anrufen und ihm sagen, dass ich seine Einladung angenommen habe.«

Die Bedienstete wich mit großen Augen zurück und schloss die Tür. Nathan, der hörte, wie das Schloss einrastete, setzte seine Kappe wieder auf und nahm auf den Stufen vor der Tür Platz, um zu sehen, welche Wirkung der Anruf in Trevor Waverlings Büro zeitigen würde. Leon hatte ihm geraten, seinem Vater schriftlich mitzuteilen, wann und wo er ihn aufsuchen würde.

Geh zu seinem Büro, nicht zu seiner Privatadresse, hatte Leon gesagt. *Soweit ich mich erinnere, hat er dir das nicht angeboten. Stell dich als Nathan Holloway aus Gainesville, Texas, vor und erklär, dass du einen Termin mit Mr Waverling hast. Erwähn nichts davon, dass du sein Sohn bist. So bringst du weder dich selbst noch jemand anders in Verlegenheit, wenn es … heikel werden sollte.* Er hatte Nathan des Weiteren geraten, seinen einzigen Anzug anzuziehen. *Das zeugt von Respekt*, hatte er gemeint.

Nathan hatte sich alles angehört und Leons Rat missachtet. Er war Trevor Waverlings Sohn. Wenn er sich sofort als solcher zu erkennen gab, glaubte Nathan, schneller herausfinden zu können, ob Waverlings Ansinnen, Anspruch auf ihn zu erheben, tatsächlich ernst gemeint war. Hintereingänge waren nicht Nathans Sache. Wenn sein Vater ihn für gut genug hielt, ihn in sein Büro einzuladen, war er bestimmt auch gut genug, um in Alltagskleidung vor seiner Haustür aufzutauchen.

Nathan nahm eine Ausgabe von Jack Londons *Der Sohn des Wolfs* aus seiner Jackentasche. Seine wenige Freizeit verbrachte er lesend, und das Geld, das er abzweigen konnte, investierte er in Bücher, die er in einem Gemischtwarenladen in Gainesville kaufte. Er hielt es nicht aus, untätig herumzusitzen wie Lily, und hatte auch nicht so viel Stoff zum Träumen wie seine Schwester, weswegen er die Welt über gebrauchte Ausgaben von Klassikern, Groschenkrimis, Western oder Ritterromanzen kennenlernte, über die er bei seiner einsamen Arbeit nachdachte.

»Hallo.«

Nathan wandte sich der Kinderstimme zu, die ihn gerade begrüßt hatte. Er war so in die Geschichte über die unerbittliche Wildnis von Alaska und den Goldrausch am Klondike vertieft gewesen, dass er keine Schritte gehört hatte. Zuerst dachte er, sein Gehirn spiele ihm einen Streich. Zwischen den blauen Hortensien, die die Stufen flankierten, lugte der Kopf eines kleinen Mädchens mit einem Band im Haar hervor, das die gleiche Farbe hatte wie die Blüten. Die Kleine blinzelte ihn mit ihren tiefbraunen Augen unter langen Wimpern schüchtern an.

Nathan legte sein Buch aufgeschlagen weg. »Hallo«, sagte er lächelnd. »Wer bist du denn?«

»Ich bin Niemand. Und du? Bist du auch Niemand? Dann passt du gut zu mir. Aber sag nichts, sonst werden wir verjagt von hier!«

Nathan erhob sich von der Stufe. Die Worte der Kleinen kamen ihm bekannt vor. Er war sich sicher, sie schon einmal gehört zu haben. Plötzlich erinnerte er sich. Es handelte sich um eine Strophe aus einem der Gedichtbände, aus denen seine Schwester seiner Familie eines Abends laut vorgelesen hatte. »Wahrscheinlich könnte man mich einen Niemand nennen«, antwortete er dem Mädchen.

»Wie langweilig, ein Jemand zu sein!«, zitierte die Kleine weiter. »Wie dumpf, wie der Frosch den lieben langen Tag seinen Namen quakt dem bewundernden Sumpf!«

Die Kleine war wohl nicht ganz richtig im Kopf, dachte Nathan. Leon hatte erwähnt, dass Trevor Waverling eine geistig zurückgebliebene Tochter habe. Ihr Blick hatte etwas Entrücktes, sie sah ihn mit großen Augen an, ohne ihn wirklich wahrzunehmen, und ihre Lippen zuckten unwillkürlich, als zöge ein unsichtbarer Marionettenspieler daran.

»Wie heißt du?«, fragte er.

Die Frage verwirrte sie. »Rebecca!«, antwortete sie nach kurzem Zögern.

Er streckte ihr die Hand über die Hecke hinweg hin. »Ich heiße Nathan.«

Sie ergriff seine Hand und schüttelte sie. »Nathan … Bist du auch Niemand?«

»Vermutlich für die Leute, die sich für wichtig halten«, sagte er.

Da hörte Nathan das Geräusch von Metall auf Fliesen, und wenig später trat durch das Spalier am Eingang eine ältere Dame mit Gehstock. Der Duft eines teuren, blumigen Parfüms stieg ihm in die Nase.

»Du bist also tatsächlich gekommen«, begrüßte sie ihn.

Nathan nahm die Kappe ab. »Ma'am?«

»Ich bin deine Großmutter Mavis Waverling«, erklärte die Frau. »Wie deutlich zu erkennen ist. Du hast meine Augen.« Sie musterte ihn und trat näher. »Natürlich auch die von deinem Vater, aber in seinen fehlt etwas, das die deinen haben. Wie ich sehe, hast du Rebecca schon kennengelernt.« Sie legte ihrer Enkelin den Arm um die Schultern. »Rebecca, Liebes, das ist dein … Bruder.« Sie blickte Nathan an. »Macht's dir was aus, wenn wir das mit dem ›halb‹ unter den Tisch fallen lassen?«

»Nein, überhaupt nicht«, antwortete Nathan.

Rebecca machte große Augen. »Mein … Bruder?«

»Ja«, sagte Nathan. »Du bist meine Schwester.«

Rebecca wandte sich ihrer Großmutter zu. »Er ist auch Niemand«, stellte sie stolz fest. »Dann passt er gut zu mir. Aber sag nichts!«

»Keine Sorge«, flüsterte Mavis Waverling ihr verschwörerisch ins Ohr.

Das also war seine Großmutter, dachte Nathan. Sie sah aus, als wäre sie einem Kasten mit Blumen entsprungen, die, obwohl sie im Speicher vergilbten, noch immer elegant wirkten. Vermutlich war sie einmal sehr, sehr hübsch gewesen. Nathan hatte sie sich vorzustellen versucht, ob sie Gemeinsamkeiten hätten. Er hatte sich hauptsächlich ihretwegen auf den Weg gemacht. Sie mussten tatsächlich verwandt sein, denn sie hatten die gleiche Augenfarbe und -form, nur dass sich um die ihren feine Fältchen zogen. Abgesehen davon fielen ihm an dieser zierlichen kleinen Frau mit den durchscheinenden weißen Haaren – sie überragte kaum die Hortensien hinter ihr – keine Ähnlichkeiten auf. Ein merkwürdiges Gefühl überkam ihn, als ihm bewusst wurde, dass in seinen Adern das gleiche Blut floss wie in den ihren. »Sie sind … Du bist … meine Großmutter?«, stotterte er.

»Ja. Wir haben viel nachzuholen, nicht wahr? Gehen wir rein. Dein Vater ist schon auf dem Weg hierher; uns bleibt noch ein bisschen Zeit, uns bekannt zu machen. Komm, Rebecca, Liebes.«

Sie traten hinter der Hecke hervor, das Mädchen so schmal und die Frau so zerbrechlich, dass er meinte, sie umblasen zu können. Doch die Kleine sprang mit der Kraft der Jugend, und ihre Großmutter schritt so energisch aus, dass Nathan fürchtete, sie zu beleidigen, wenn er ihr seinen Arm anböte. »Ist das dein ganzes Gepäck?«, erkundigte sich Mavis und tippte Nathans Tasche mit ihrem Gehstock an.

»Ja, Ma'am«, antwortete er.

»Sieht nicht so aus, als wäre darin genug Platz für Wechselkleidung.«

»Ich habe nicht vor, lange zu bleiben.«

»Warten wir's ab. Natürlich schläfst du bei uns.«

»Nein, das geht nicht, Ma'am. Auf dem Weg hierher bin ich an einer Pension vorbeigekommen.«

»Unsinn. Ich lasse dir ein Gästezimmer herrichten. Kein Enkel von mir übernachtet in einer Pension. Rebecca, lauf und sag bitte Lenora, sie soll uns Tee und Sandwiches in den Salon bringen. Dein Bruder sieht aus, als hätte er Hunger. Vergiss dein Buch nicht, Nathan.«

Da er es für zwecklos hielt zu widersprechen, nahm Nathan Buch und Tasche und folgte den beiden schmalen Gestalten in ihren hübschen pastellfarbenen Kleidern ins Haus. Sie hatten ihn sicherheitshalber draußen empfangen, für den Fall, dass er sich als ungeeignet erwies, hineingebeten zu werden, das war ihm klar. Offenbar hatte er den Test bestanden. Doch als er die Ebenholztür hinter sich schloss, fragte er sich, worauf er sich da einließ, ob er diesem Ort auch problemlos wieder entfliehen könnte.

FÜNFZEHN

Es war das größte Haus, das Nathan jemals gesehen hatte, vergleichbar nur dem eleganten Domizil, das Lily eines Tages als Gattin eines reichen Mannes zu bewohnen hoffte. »Setz dich neben mich, damit du das Teewägelchen gut erreichen kannst, Nathan, der Damast hält das schon aus. Deine Hose ist sauber genug«, sagte Mavis und nahm den Platz vor dem sanft vor sich hinglimmenden Kaminfeuer ein, wo sie offenbar immer saß. »Wie schön, wieder einen Waverling in Arbeitskleidung in meinem Salon zu haben. Dein Onkel, mein anderer Sohn, war auch so ein Bursche. Ich wünschte, du hättest ihn kennenlernen können. Hier ist ein Bild von ihm.« Sie deutete auf das Porträt eines Mannes, der seinem weltläufigen Bruder überhaupt nicht ähnlich sah, auf dem Kaminsims. Am anderen Ende des Marmorsimses, an weit weniger prominenter Stelle, befand sich ein hübsch gerahmtes Foto von Trevor.

»Ist er … tot?« Nathan fragte sich, ob irgendwo auch ein Bild von Mavis' Mann, seinem Großvater, stand.

»Er ist vor drei Jahren gestorben«, antwortete Mavis. »Sein Tod wurde bis heute nicht aufgeklärt, aber das ist eine Geschichte, über die wir ein andermal sprechen sollten.« Eine große getigerte Katze sprang von einem mit Stickereien verzierten Polstersessel auf einen anderen Stuhl und von dort aus auf Nathans Schoß. »Sieh an, sieh an«, bemerkte Mavis. »Rebecca und Scat scheinen dich zu mögen, und die beiden sind gute Menschenkenner. Runter da, Scat, bevor du meinen Stock zu spüren bekommst.«

Die Katze schaute sie an, gähnte und rollte sich in Nathans Kappe zuammen, bevor er sie in die Tasche stecken konnte. Nathan musste lachen. »Macht nichts. Er ist immerhin schön warm. Die Sache mit deinem Sohn tut mir leid. Waren er und … mein Vater deine einzigen Kinder?«

»Ja. Ich habe keine Töchter. Dass mein Sohn nicht mehr ist, tut auch mir sehr leid, das kannst du mir glauben. Er hieß Jordan. Rebecca hat ihn abgöttisch geliebt. Jordan hat sie mit der Dichtkunst vertraut gemacht. Deshalb zitiert Rebecca ständig irgendetwas. Er hat ihr jeden Abend aus seinem Gedichtband vorgelesen. Ah, da ist ja Lenora mit dem Tee. Lenora, das ist mein Enkel Nathan. Er wird eine Weile bei uns bleiben. Richtest du bitte das blaue Zimmer für ihn?«

»Guten Tag«, begrüßte Lenora Nathan mit einem kurzen Knicks und einem skeptischen Blick, der darauf hindeutete, dass sie an seiner angeblichen Identität zweifelte. Er signalisierte ihr mit einem Nicken und einem Achselzucken, dass sein Besuch nicht seine Idee gewesen war.

»Ich werde versuchen, niemanden zu stören«, versprach er.

»Stör mich, so viel du möchtest«, entgegnete Mavis. »Die Störungen, die ein Mensch verursacht, lassen Rückschlüsse auf seine Persönlichkeit zu. Lenora, nimm Scat in die Küche mit, damit der Junge in Ruhe seine Sandwiches essen kann, und behalt Rebecca eine Weile bei dir. Ich möchte mich unter vier Augen mit Nathan unterhalten. Nathan, gib dir was auf deinen Teller. Wie magst du deinen Tee?«

»Schwarz, danke«, antwortete Nathan und nahm, obwohl er einen Bärenhunger hatte, aus Höflichkeit nur zwei der winzigen Sandwiches. Seine letzte Mahlzeit war das Abendessen am Vortag gewesen. Nach dem Melken hatte er nicht gefrühstück, um den Zug nach Dallas um halb acht Uhr morgens zu erreichen. Leon hatte ihn zum Bahnhof gebracht und ihm dort einen Dollar zugesteckt.

Fürs Frühstück, hatte er gesagt. *Kauf dir unterwegs Eier mit Speck. Es wird eine lange Fahrt nach Dallas.* Aber da Nathan nicht gewusst hatte, was ihn in der Stadt erwartete, hatte er das Geld zu seinem wenigen Ersparten in seine Socken geschoben.

Mavis reichte ihm den Tee und legte weitere Sandwiches auf seinen Teller. Sie wusste, was junge Männer brauchten, dachte er. Vermutlich war sie ihren Söhnen eine gute Mutter gewesen, auch wenn sie den, der noch am Leben war, nicht so zu mögen schien wie den Verstorbenen.

»Lass dir von Rebecca erzählen«, sagte Mavis. »Hat Trevor seine Tochter dir gegenüber erwähnt?«

»Er hat kurz mit meinem Stiefvater über sie gesprochen«, antwortete Nathan.

»Aha. Sie ist die Tochter, die er mit seiner ersten Frau hat. Wegen Rebecca hatte seine zweite Gattin Angst, Kinder mit ihm zu bekommen. Nach Trevors erster Scheidung habe ich meine Enkelin zu mir genommen. Trevor wohnt ebenfalls hier; das Haus gehört wie alles andere mir. Aber ich schweife ab.« Mavis machte mit ihren schmalen Fingern eine wegwerfende Bewegung. »Die Kleine leidet unter einer Nervenkrankheit. Die Ärzte meinen, dass sie geistig vermutlich immer auf dem Stand einer Acht- oder Neunjährigen bleiben wird. Wie dir aufgefallen sein dürfte, ist ihre Ausdrucksweise begrenzt, doch sie kann alles nachplappern, was sie hört oder liest, und für jemanden, der so zurückgeblieben ist wie sie, kann sie ziemlich gut lesen und schreiben.«

»Ich finde, es gehört ein ziemlich wacher Geist dazu, für wechselnde Situationen passende Gedichtzeilen zu finden«, bemerkte Nathan.

»Ja, das möchte man meinen.«

Da war zu hören, wie sich die Haustür öffnete und rasch wieder schloss, dann schnelle, feste Schritte und schließlich Lenora, die zur Tür eilte. »Mr Waverling, ich dachte, Benjy würde Sie nach hinten bringen!«, rief die Bedienstete aus und wurde von einem lauten *»Daddy!«* sowie dem schnellen Getrippel kleiner Füße unterbrochen.

»Nicht jetzt, Rebecca!«, wurde sie gerügt. »Bring sie zurück, Lenora. Ich rede später mit ihr.«

»Ja, Mr Waverling.«

»Da kommt mein zweiter Sohn und Vater emeritus«, bemerkte Mavis trocken.

Die Doppeltür zum Salon flog auf. »Nathan! Was für eine Überraschung!«, rief Trevor Waverling aus und marschierte mit ausgestreckter Hand auf ihn zu. Nathan stand auf, um sie zu ergreifen. In dem überschwänglichen Empfang seines Vaters erkannte er den eindeutigen Versuch, seine Verärgerung darüber, ihn in seinem Salon vorzufinden, zu verbergen. Wo war nun der väterliche Enthusiasmus, den er auf der Farm zur Schau gestellt hatte? »Ich dachte, dir ist klar, dass du in meinem Büro vorsprechen solltest.«

»Ich bin lieber hierhergekommen«, entgegnete Nathan.

»Zum Glück«, mischte sich Mavis ein. »So haben wir uns schon ein bisschen unterhalten, ein Vergnügen, das mir möglicherweise versagt geblieben wäre, wenn er zu dir ins Büro gekommen wäre, Trevor.«

»Nun ja … Wie ich sehe, hast du bereits deine Großmutter kennengelernt und … Rebecca?«

»Ja, er hat deine Tochter gesehen, Trevor«, antwortete Mavis.

»Dann weißt du ja jetzt, dass dies ein interessanter Haushalt ist. Wo wirst du übernachten?«

»Hier«, erklärte Mavis. »Dein Sohn schläft im blauen Zimmer, bis Nathan uns nicht mehr erträgt.«

Trevor sah seine Mutter verständnislos an. »Hier?«

Nathan, der spürte, wie er rot wurde, hob verlegen die Hände. »Ich wollte heute Abend den Zug zurück nehmen, nachdem ich Ihr Büro aufgesucht und meine … Großmutter und Schwester … kennengelernt hätte, also macht euch bitte nicht die Mühe, mir ein Zimmer herzurichten.«

»Du bist also nur hergekommen, um dich hier umzusehen«, bemerkte Mavis. »Sehr schlau, aber das wirst du in einem Tag nicht schaffen, Nathan, und es macht uns keine Mühe, dich bei uns unterzubringen.«

»Bin ganz deiner Meinung«, sagte Trevor, der sich mittlerweile gefangen hatte. »Du kannst auch morgen früh nach Hause fahren, wenn du unbedingt zurückwillst. Ich möchte dir die Fabrik zeigen, und zu Mittag essen wir in der Stadt. Du musst also nicht auf uns warten, Mutter.«

»Aber abends esst ihr hier, Trevor«, entgegnete Mavis.

»Komm, Nathan«, forderte Trevor seinen Sohn auf. »Lass dir von deinem Vater das Familienunternehmen zeigen. Ich hoffe, dann wird dir klar, dass du die Fahrt nicht umsonst gemacht hast.«

Als Nathan sich an seine Großmutter wandte, um ihr für ihre Gastfreundschaft zu danken, fiel sein Blick auf seine Tasche. »Die musst du nicht mitnehmen, Nathan«, sagte Mavis. »Ich lasse sie in dein Zimmer bringen.«

Nathan setzte seine Kappe auf. »Bis dann.« Er verabschiedete sich mit einem Lächeln. »Danke für den Tee und die Sandwiches.«

»Wenigstens das Essen ist gut hier«, stellte Mavis fest.

»Ach, Mutter …«, seufzte Trevor. »Komm, Nathan.«

Nathan folgte seinem Vater, dessen breite Schultern in einem Maßanzug steckten, aus dem Raum. Als er zu Mavis zurückblickte, sah er einen sehnsüchtigen Ausdruck in ihrem feinen Porzellangesicht, doch nach wem oder was? Mitleid mit ihr ließ ihn zögern. In diesem Haus herrschte tiefe Feindseligkeit, dachte er, doch auch Liebe – sie waren wie zwei Tiger, die in einem Käfig umeinander herumschlichen. Welcher würde den anderen anfallen? Welcher würde sich durchsetzen? Und warum interessierte ihn das plötzlich?

SECHZEHN

Auf dem kreisrunden Platz vor dem Stadthaus wartete dieselbe Kutsche mit den Vollblutpferden, die zur Farm der Holloways gekommen war. Auf dem Kutschbock saß der Zirkusclown. Der Ire sprang behände herunter, und als er die Tür des Fahrzeugs öffnen wollte, bemerkte er erstaunt Nathan.

»Benjy, das ist Nathan«, sagte Trevor mit einem Blick auf seinen Sohn. »Ihr seid euch letztes Mal nicht offiziell vorgestellt worden.«

Benjy nickte. »Guten Tag. Und der Familienname, Sir?«

Als Trevor zögerte, antwortete Nathan: »Holloway.«

»Freut mich, Ihre Bekanntschaft zu machen.« Benjy zog seinen Zylinder.

Peinliches Schweigen senkte sich über das Innere der Kutsche, das nur vom Knarren des Leders unterbrochen wurde, als Trevor und Nathan einander gegenüber Platz nahmen. Nathan war noch niemals in einem solchen Gefährt gesessen. Weil er sich das aber nicht anmerken lassen wollte, betrachtete er die feinen Schnitzereien und Samtverzierungen nicht genauer. Beim Losfahren bemerkte Trevor: »Du willst also fürs Erste Holloway genannt werden.«

»Vermutlich wollen Sie das«, erwiderte Nathan.

»Deinetwegen, finde ich, sollten wir das Ganze langsam angehen. Ich möchte dich nicht drängen, Teil einer Familie, eines Unternehmens oder eines gesellschaftlichen Umfelds zu werden, denen du nicht angehören möchtest.«

»Oder für die ich mich nicht geeignet halte«, ergänzte Nathan.

»Ich denke an das Gespräch bei unserer ersten Begegnung, Nathan, in dem du klargemacht hast, dass du dort, wo du lebst, zufrieden bist, deine gesellschaftliche Stellung nicht verbessern und mich nicht näher kennenlernen möchtest.«

Nathan nickte. »Das ist wahr«, pflichtete er ihm ein wenig verlegen bei.

»Du hast mir allen Grund gegeben anzunehmen, dass du meine Vaterschaft genauso wenig herausposaunen möchtest, wie ich dich deiner Ansicht nach als meinen Sohn vorstellen will, also interpretiere meine Rücksichtnahme auf deine Gefühle bitte nicht als Snobismus«, bemerkte Trevor.

Nathan war versucht, sich zu entschuldigen, ahnte jedoch, dass besagter Snobismus der Grund war, warum Trevor Waverling ihre verwandtschaftliche Beziehung noch nicht allgemein bekannt machen wollte. Er wünschte ihm viel Glück bei der Geheimhaltung, denn ein Blick in ihrer beider Augen genügte, um die Wahrheit zu sehen. Deshalb sagte Nathan, ohne auf Trevors Hinweis einzugehen: »Also bleibe ich fürs Erste einfach nur Nathan, und Sie sind … Mr Waverling?«

»Ja, ich denke, das ist das Beste«, antwortete Trevor. »Wir können die Katze immer noch aus dem Sack lassen, wenn alles gut läuft und du dich entschließt, Teil der Familie und des Unternehmens Waverling Tools zu werden.« Trevor bedachte ihn mit einem eindringlichen Blick. »Und das hoffe ich, Nathan.«

»Bisher habe ich noch nichts über meinen Großvater gehört. Ist er tot?«

»Er ist vor fünf Jahren gestorben, danach hat mein Bruder Jordan Waverling Tools geführt. Zwei Jahre später ist Jordan ertrunken, und ich habe die Leitung übernommen.«

»Aber das Unternehmen gehört Ihnen nicht, stimmt's?«

Als Trevor schwieg, wurde Nathan plötzlich klar, warum er so dringend einen Erben brauchte. Sein Vater hatte keine anderen Nachkommen als ihn und Rebecca, und Nathan vermutete, dass Trevors Bruder Jordan kinderlos gestorben war. Doch warum jetzt und warum er? »Von wem weißt du das?«, fragte Trevor.

»Von Ihrer Mutter. Sie sagt, dass alles ihr gehört. Vermutlich meint sie damit auch das Unternehmen, nicht wahr?« Als Nathan sich vorbeugte, bemerkte er die ordentlich gepflasterten Straßen, über die die Kutsche fuhr, die beeindruckenden Gebäude, an denen sie vorbeikamen, den dichten Verkehr, durch den sich auch etliche glänzende Automobile quälten, überhaupt die geschäftige Energie dieser Stadt Dallas. »Finden Sie nicht, Sie sollten Ihre Karten aufdecken und mir erklären, warum ich hier bin, Mr Waverling? Von ungefähr wird Ihr Wunsch, sich mit Ihrem Sohn zu vereinen, nicht kommen.«

Trevor wurde rot, dann brach er unvermittelt in Lachen aus. »Nathan, du bist mir schon einer. Du scheinst ein schlauer Bursche zu sein.«

»Legen Sie Ihre Karten auf den Tisch, Mr Waverling«, wiederholte Nathan. »Wenn nicht, steige ich auf der Stelle aus dieser Kutsche aus, gehe zu Fuß zurück zu Ihrem Haus, hole meine Tasche und verschwinde.«

»Ich hoffe wirklich sehr, dass es dazu nicht kommt«, sagte Trevor. »Denn deine Großmutter mag deine Tasche.« So etwas wie Hochachtung blitzte in seinen meergrünen Augen auf. »Gut, Nathan, aber nicht hier. In meinem Büro können wir uns ungestört unterhalten. Dann kannst du entscheiden, ob du gehen oder bleiben möchtest. Einverstanden?«

»Einverstanden.«

Die Maschinenfabrik Waverling Tools befand sich in einem Gewerbegebiet mit direktem Zugang zur Southern Pacific Railroad. Der Rauch aus den Schornsteinen und der Geruch von Mietställen verstärkte die Hässlichkeit der Laderampen, Lagerhäuser und Gießereien, die sich entlang der Eisenbahngleise dahinzogen. Am Morgen hatte Nathan einen Zeitungsartikel gelesen, in dem stand, dass Dallas dabei sei, eine Industriestadt zu werden und in der Herstellung von Werkzeug, Baugeräten und Maschinen die Führungsposition im Südwesten zu übernehmen. Er hatte sich gefragt, inwieweit Waverling Tools zur Erfolgsstatistik beitrug. Offenbar ziemlich viel, dachte er, als er das imposante zweistöckige Gebäude sah, vor dem die Kutsche hielt. Das Steingebäude war in einigem Abstand zu seinen Holznachbarn errichtet und hob sich von ihnen so deutlich ab wie der Kleine Lord von einer Bande Straßengören. Beim Bau des Firmensitzes von Waverling Tools hatte man Wert auf Ästhetik gelegt. Ein hoher schmiedeeiserner Zaun schützte einen Springbrunnen, einen mit Cannastauden gesäumten, gepflasterten Weg und einen gepflegten Rasen vor den Rädern von Kutschen und Pferdehufen sowie den Papierfetzen, die vor den anderen Fabriken lagen. Über dem kunstvoll gestalteten Eingang stand in goldenen Lettern auf dunkelblauem Grund WAVERLING TOOLS, während bei den Nachbarunternehmen lediglich grobe Holzschilder an Pfosten genagelt oder in den Boden gerammt waren.

»Ist das die Fabrik?«, erkundigte sich Nathan.

»Das Bürogebäude«, antwortete Trevor. »Die Produktionsstätte befindet sich dahinter.« Er zog ein tulpenförmiges, an einer Schnur befestigtes Gerät heran und sprach hinein. »Benjy, bitte bring uns nach hinten.«

Nathan bemühte sich, nicht beeindruckt zu wirken. Was für

eine erstaunliche Vorrichtung, dachte er. Damit konnte man durch ein Rohr mit dem Kutscher reden, ohne aussteigen zu müssen! In was für eine Welt er doch in Dallas geraten war! An jeder Ecke entdeckte er etwas Neues, Großes und Großartiges.

Während der Fahrt hatten Nathan und sein Vater nur wenige Worte gewechselt, doch irgendwann fragte Nathan: »Wie war mein Großvater? Wie hieß er?«

Trevor schien erfreut darüber, dass er das wissen wollte, und seine Miene wurde weicher. »Mein Vater? Sein Name war Edwin. Du erinnerst mich an ihn. Vom ersten Augenblick an. Deine …«, er drehte eine Hand, als könnte er das Wort, das er suchte, aus der Luft greifen, »… ruhige, selbstbewusste Art. Er war hart, aber gerecht, als Mensch nicht gerade einfach. Fast alle, auch seine Söhne, hatten Angst vor ihm oder, besser gesagt, Respekt. Er war verschlossen. Abgesehen von seiner Liebe für meine Mutter drang kaum jemals etwas nach außen.«

»Freut mich zu hören«, sagte Nathan. »Sie ist eine wunderbare Frau. Im Salon konnte ich kein Bild von ihm entdecken.«

»Weil er sich nur selten hat ablichten lassen. Er war nicht eitel. Die wenigen Bilder, die von ihm existieren, befinden sich in ihrem Schlafzimmer.«

Zu seiner Überraschung empfand Nathan so etwas wie Stolz, dass einige seiner Charakterzüge offenbar von seinem Großvater väterlicherseits stammten. Auch er behielt seine Gefühle gern für sich, *stille Wasser gründen tief*, wie Lily gern sagte, und drängte sich nie in den Vordergrund. Nathan hätte interessiert, ob Trevor Waverling seinen Vater geliebt hatte. Das hätte ihm viel über den Mann verraten, der ihm gegenübersaß.

Doch Trevor hatte nichts mehr über die Familie erzählt,

und sie waren schweigend weitergefahren. Trevor hatte nur hin und wieder eine Bemerkung über die Stadt gemacht oder Nathan voller Stolz auf eine Sehenswürdigkeit oder ein Zeugnis des Fortschritts hingewiesen. »Dallas ist die bevölkerungsreichste Stadt in Texas«, hatte er Nathan mitgeteilt, »und eines Tages wird das hier eine Metropole sein, die sich mit den Großstädten im Osten messen kann. Denk an meine Worte.«

Sie stiegen an der hinteren Seite des Gebäudes aus. Als Benjy die Tür der Kutsche öffnete und Nathan neugierig musterte, fragte dieser sich, wie lange der kurzbeinige Ire bereits für seinen Vater arbeitete und welche Familiengeheimnisse er kannte. Nathan spürte, dass die beiden ein sehr enges Verhältnis hatten, weniger aus gegenseitiger Loyalität als deswegen, weil Benjy über Trevors Leichen im Keller Bescheid wusste.

SIEBZEHN

Nathan hörte das Klappern einer Schreibmaschine, als sie den hinteren Flur zu den Büros betraten. Der Fahrer blieb bei der Concord-Kutsche. »Wie wollen Sie meine Anwesenheit erklären?«, erkundigte sich Nathan bei Trevor.

»Ich bin der Chef. Ich muss nichts erklären«, antwortete Trevor. »Ich werde dich als jemanden vorstellen, den ich unter meine Fittiche genommen habe.«

»Ein Landei wie mich? Für einen Stadtmenschen wie Sie klingt das nicht sonderlich plausibel. Und weswegen bin ich hier?«

»Das werde ich nicht ausführen. Wenn sie dich sehen, machen sich meine Leute sehr schnell einen Reim auf die Sache. Und wenn du bleibst, wirst du ohnehin rasch nicht mehr wie ein Landei aussehen.«

»Diese … Stelle, die Sie vermutlich für mich im Sinn haben, wenn ich mich zum Bleiben entschließe … Werde ich da nicht jemandem, der sich Hoffnungen darauf macht, auf den Schlips treten?«

Trevor sah ihn erstaunt an. »Du bist ein kluger Kopf. Ja, es gibt tatsächlich zwei Angestellte, die sich Chancen auf diese Position ausrechnen, aber sie sind nicht blutsverwandt mit mir wie du. Du bist der Einzige, der als mein Erbe infrage kommt.«

Inzwischen hatten sie eine Doppeltür erreicht, neben der sich ein kleines Büro mit der Aufschrift SEKRETÄRIN an der Tür befand. Die Tür stand offen, und eine Frau hob erstaunt den Kopf von der Arbeit, als sie Nathan bemerkte. Am anderen Ende des Flurs schienen einige größere Büros mit einem Empfangsbereich zu liegen.

»Ich kann ja verstehen, dass es für das Unternehmen ein Problem ist, keinen Erben zu haben, aber wieso bin ich Ihrer Ansicht nach die Antwort auf dieses Problem? Sie wissen schon lange von meiner Existenz. Warum bin ich jetzt plötzlich als Ihr Nachfolger gefragt?«

Trevor seufzte. »Darüber möchte ich mit dir sprechen. Aus diesem Grund habe ich dich gebeten herzukommen.« Er drückte die Tür auf. »Fühl dich wie zu Hause. Ich sage meiner Sekretärin, dass sie uns Kaffee bringen soll.«

In Trevors Abwesenheit begutachtete Nathan die Einrichtung des väterlichen Büros. Das teure Holz, das geschmeidige Leder, die dicken Teppiche, die Samtvorhänge und das Telefon auf seinem Schreibtisch zeugten von einem angesehenen und gut gehenden Unternehmen. Warum wollte Trevor Waverling das alles mit einem Sohn teilen, den er nicht kannte und wahrscheinlich auch nicht kennen wollte, mit einem Sohn, dem man auf den ersten Blick ansah, dass er unehelich war? Er hätte noch immer genug Zeit gehabt, einen legitimen Erben zu zeugen und großzuziehen. Nathan bewunderte gerade von dem großen Fenster aus den Ausblick auf den Trinity River, den Trauerweiden und schattenspendende Zypressen säumten, als sein Vater zurückkam.

»Ich gehe manchmal zum Angeln hinunter«, bemerkte Trevor. »Hinter den Bäumen befindet sich ein kleiner Steg.«

Nathan wandte sich zu ihm um. »Alles sehr hübsch«, stellte er fest. »Aber warum bin ich hier?«

Trevor deutete auf den Stuhl vor seinem Schreibtisch und nahm selbst dahinter Platz. »Du hast mich aufgefordert, meine Karten auf den Tisch zu legen, Nathan, und das tue ich. Ich werde dir nichts vorenthalten.«

Das wird sich erweisen, dachte Nathan, der seinen Vater im Verdacht hatte, nicht allzu offen zu sein. »Ich bin ganz Ohr«, sagte er.

Trevor tippte mit einem Finger gegen seine Lippen, als überlegte er, wie er anfangen solle. »Ich beginne am besten in der Zeit, als noch keine Wolke den Himmel von Waverling Tools trübte«, erklärte er schließlich. »Mein Bruder und ich haben für unseren Vater gearbeitet, der dafür sorgte, dass wir von der Pike auf alles über das Unternehmen lernten. Ursprünglich haben wir Bagger, hauptsächlich Farmmaschinen, hergestellt, später auch Geräte, um nach Wasser und Salz zu bohren. Das war sehr einträglich. Es gab immer genug Arbeit, besonders als die Eisenbahn in die Stadt kam. Die Männer von Waverling Tools wollten alle mithelfen, das Unternehmen in einer Stadt, die Texas in das neue Jahrhundert führen sollte, voranzubringen. Dann starb urplötzlich mein Vater. Er hat sich an einem Hühnerknochen verschluckt und ist vor unseren Augen erstickt. Seitdem ist in unserem Haus kein Hühnerfleisch mehr serviert worden.«

Ein Klopfen an der Tür signalisierte, dass die Sekretärin das Tablett mit dem Kaffee hereinbringen wollte. »Stellen Sie's da hin, Jeanne«, wies Trevor sie an.

Nathan entging der verstohlene Blick der jungen Frau nicht, als sie das Tablett abstellte und den Raum verließ. Wahrscheinlich würde der Bauernbursche, den Mr Waverling mitgebracht hatte, in ihrer Mittagspause mit der Buchhalterin aus dem Büro gegenüber, dessen Tür offen gestanden hatte, Thema Nummer eins sein. Trevor schenkte ihnen Kaffee ein. Erst als Nathan seine Frage, ob er Zucker wolle, mit einem Kopfschütteln verneinte, fuhr er fort.

»Mein Vater hat niemals etwas dem Zufall überlassen und immer alles sorgfältig geplant. Die Verträge des Unternehmens waren samt und sonders juristisch hieb- und stichfest und seine geschäftlichen Unterlagen in Ordnung.« Trevor schwieg kurz, und seine Miene verdüsterte sich. »Bis auf das eine Dokument, das nach seinem Tod das wichtigste wurde.«

Nathan hatte gerade einen Schluck Kaffee genommen, den er nun überrascht hinunterschluckte. »Sein Testament?«

Trevor nickte. »Ja, sein Testament. Er hatte eines gemacht, doch darin hinterließ er alles meiner Mutter – das Haus, sein Vermögen, das Unternehmen, einfach alles. Er hatte es kurz nach ihrer Heirat verfasst, als noch keine Kinder da gewesen waren. Edwin Waverling war nicht mehr dazu gekommen, es zu ändern.«

»Was bedeutet, dass Ihre Mutter die Finanzen kontrolliert«, stellte Nathan fest, dem auffiel, wie sehr Trevor Waverlings Situation der seines Stiefvaters ähnelte.

»Genau.«

Nathan schüttelte verwirrt den Kopf. »Und was hat diese Familiengeschichte mit mir zu tun?«

»Dazu komme ich noch, Nathan. Geduld. Du wolltest doch, dass ich alle Karten auf den Tisch lege, oder?«

Nathan lehnte sich mit seinem Kaffee auf dem Stuhl zurück, und Trevor fuhr fort. »Mein Bruder und ich waren enttäuscht, doch im Wesentlichen änderte sich nichts. Mutter hat Jordan die Leitung des Unternehmens übertragen, aber er und ich waren uns in den meisten Dingen einig …«

Nathan hob eine Hand, um ihn zu unterbrechen. »Moment! Warum hat Ihre Mutter Sie übergangen und Ihren Bruder als Leiter des Unternehmens eingesetzt? Warum wollte sie nicht, dass Sie sich die Führung teilen?«

Trevor betrachtete, die Finger um das Porzellan gewölbt, seinen Sohn über den Rand seiner Tasse hinweg. »Du bist wirklich ein kluger Kopf, das muss ich dir lassen, Nathan.« Er stellte die Tasse ab, ohne zu trinken. »Bei dir werde ich aufpassen müssen, was ich sage.«

»Ich will nur die Wahrheit hören«, erklärte Nathan. »Mir sind schon genug Lügen aufgetischt worden.«

»Ja, das stimmt«, pflichtete Trevor ihm bei. »Hier also die Wahrheit, Nathan. Zu der Zeit, als mein Vater gestorben ist, war meine Mutter nicht gut auf mich zu sprechen. Jordan war ohnehin immer ihr Liebling gewesen, obwohl sie mich deswegen niemals ungerecht behandelt hat, aber ich hatte den Bogen definitiv überspannt. Ich hatte zwei skandalöse Scheidungen von Frauen hinter mir, die sie von Anfang an nicht mochte, und dann war da noch Rebecca …« Trevor runzelte die Stirn. »Ich muss zugeben, dass ich meiner Tochter nicht der Vater bin, den meine Mutter gern für sie hätte …«

Nathan musterte ihn. Was Trevor gerade gesagt hatte, war bestimmt nicht leicht zuzugeben gewesen. »Obendrein haben Jordan und ich uns wegen der Ausrichtung des Unternehmens fast in die Haare gekriegt«, erzählte Trevor. »Er wollte weiter nach Wasser und Salz bohren, ich hingegen nach Öl. Mir war klar, dass das Unternehmen sich irgendwann darauf umstellen würde, doch er war strikt dagegen. Er hat behauptet, das könnten wir uns nicht leisten, es sei zu riskant. Das Automobil würde niemals die Pferdekutsche ersetzen. Mutter war seiner Meinung. Dann hat er sich mit einer beträchtlich jüngeren Frau verlobt, und ich sah schon kommen, wie sie alle neun Monate einen neuen Erben in die Welt setzten und ich an den Rand gedrängt würde. Mutter war fest entschlossen, das Unternehmen jemandem zu übergeben, der weitere Erben zeugen konnte.«

»Und warum konnten Sie das nicht?«, fragte Nathan.

»Weil ich zu dem Zeitpunkt geschieden war und nicht die Absicht hatte, wieder zu heiraten – jedenfalls nicht so bald. Ich war dreiundvierzig. Damals habe ich mir noch eingeredet, dass es da draußen eine Frau gäbe, die mein Herz für immer gewinnen könnte …«

»Mit anderen Worten: eine Frau, der Sie treu bleiben könnten«, führte Nathan den Satz für ihn zu Ende.

»Wenn du es so ausdrücken möchtest«, meinte Trevor trocken. »Jedenfalls wäre es für ein weiteres Kind ohnehin zu spät gewesen …«

Trevor verstummte, und er wirkte traurig. Nathan, der ahnte, dass sein Vater zu einem schmerzlichen Teil der Geschichte gelangt war, hakte nach. »Hat Jordan geheiratet, und hat seine Frau Erben zur Welt gebracht?«

»Nein. Er ist eine Woche vor der Hochzeit ertrunken.«

Nathan war schockiert; plötzlich wurde ihm klar, warum Trevor ihn hergebeten hatte. »Und so haben Sie die Leitung von Waverling Tools übernommen, ohne einen Erben präsentieren zu können«, stellte er fest.

Trevor wich seinem Blick nicht aus. »Da kommst du ins Spiel«, sagte er. »Meine Mutter hat den Bericht des Privatdetektivs über dich entdeckt. Zu dem Zeitpunkt war sie gerade besonders schlecht auf mich zu sprechen und hat gedroht, das Unternehmen zu verkaufen. Nur dass mein Vater mich immer gemocht hatte, brachte sie davon ab. Als sie dann von dir hörte, hat sie mich losgeschickt, dich zu holen, und mir gedroht, mich zu enterben, wenn ich dich nicht ermutigen würde zu kommen und es mit dem Unternehmen und der Familie zu versuchen.«

Nathan hatte die Wahrheit wissen wollen und sie erfahren. Erstaunt stellte er fest, wie verletzt er darüber war. Noch eine

Verletzung nach all den anderen, dachte er. »Dann haben Sie also von meiner Existenz gewusst und mich nur hergebeten, um Ihr Erbe zu sichern.«

»Nicht nur das Erbe, Nathan, sondern das Unternehmen, das mein Vater – dein Großvater – aufgebaut und geliebt hat. Er würde sich im Grab umdrehen, wenn es jemals verkauft würde, insbesondere deshalb, weil er mit Sicherheit meinen Plänen dafür zugestimmt hätte. Ich möchte dich an meiner Seite wissen, Nathan. *Er* würde dich an meiner Seite wissen wollen. Glaub, was du möchtest. Ich könnte es dir nicht verdenken, wenn du mich verachtest, aber ich war wirklich der Ansicht, ich hätte nicht das Recht, Anspruch auf dich zu erheben, als ich von deiner Geburt erfuhr. In allen Berichten hieß es, dass es dir gut geht, doch dann hat meine Mutter mir das Ultimatum gestellt, und mir blieb keine andere Wahl, als dich aufzusuchen und mich dir als dein Vater zu erkennen zu geben. Egal, was du von mir und meinen Motiven hältst: Du bist mein Sohn, und eines Tages könnte das alles hier dir gehören.«

Am liebsten hätte Nathan ihn in seinem eigenen Saft schmoren lassen, aber dann musste er an die zerbrechliche Frau und das schmale kleine Mädchen in dem Haus in Turtle Creek denken und wie merkwürdig zart er sich ihnen verbunden fühlte. Seine Großmutter hatte aufrichtig erfreut über sein Kommen gewirkt.

»Ich kann nicht glauben, dass Ihre Mutter Ihnen Ihr rechtmäßiges Erbe vorenthalten und sich den Wünschen ihres Mannes für Sie widersetzen würde«, sagte Nathan. »Warum sollte sie das tun?«

Trevor rückte mit seinem Stuhl vom Schreibtisch weg, als bräuchte er für sein nächstes Geständnis Raum, und als fürchtete er, dass Nathan sich auf ihn stürzen würde. Er verschränkte seine kräftigen, manikürten Hände und legte sie auf seine breite Brust. »Weil sie glaubt, dass ich für den Tod ihres anderen Sohnes verantwortlich bin«, antwortete er.

ACHTZEHN

Nathan verschluckte sich an seinem Kaffee. »Und stimmt das?«, fragte er prustend.

»Ob ich verantwortlich bin für den Tod meines Bruders? Natürlich nicht!«, rief Trevor aus. »Es war ein Unfall, und ich trauere genauso um Jordan wie meine Mutter. Es gibt kaum eine Stunde des Tages, in der er mir nicht fehlt. Wir waren nicht nur Brüder, sondern auch beste Freunde, Vertraute, Jagd- und Angelkumpel.« Trevors meergrüne Augen nahmen einen bekümmerten Ausdruck an.

»Welchen Grund könnte Ihre Mutter haben, Ihnen nicht zu glauben?«, erkundigte sich Nathan.

Trevor rückte zu seinem Schreibtisch zurück und nahm die Tasse mit dem inzwischen kalt gewordenen Kaffee in die Hand. »Darüber möchte ich heute nicht mit dir reden. Doch mich trifft keine Schuld, egal, was sie glaubt.«

»Vielleicht möchten *Sie* nicht darüber reden, aber mich interessiert es«, beharrte Nathan. »Ich werde nicht für einen Mann arbeiten, dessen Mutter denkt, dass ihr Sohn seinen Bruder umgebracht hat. Warum kann sie nicht an Ihre Unschuld glauben?«

»Wegen ihrer Grundeinstellung mir gegenüber!«, antwortete Trevor. »Natürlich bin ich verantwortlich für meine Handlungen und Entscheidungen, die ihre Meinung zu untermauern scheinen. Doch die Dinge sind nicht immer, wie sie auf den ersten Blick aussehen, Nathan, nicht einmal für eine Mutter. Wenn dir das als Auskunft nicht genügt, lasse ich dich von Benjy zum Haus bringen, wo du deine Tasche holen kannst, um zum Bahnhof zu fahren und zur Farm und zu dieser Frau zurückzukehren, deren Mutterliebe für dich nicht mal einen Fingerhut füllen würde. Aber du sollst wissen, dass deine Großmutter auf dich zählt. Damit will ich dich nicht verführen hierzubleiben. Ich hätte nur ihretwegen gern, dass du es wenigstens versuchst. Ich selbst sollte bei deiner Entscheidung keine Rolle spielen.«

»Wenn ich tatsächlich an Bord komme, haben Sie eine größere Chance, dass Ihre Mutter Ihnen alles hinterlässt, oder?«

»Sie hat klargemacht, dass ich dich retten, eine Vater-Sohn-Beziehung aufbauen und dich in das Unternehmen einführen soll, damit du Teil davon wirst. Ich soll es versuchen, und wenn es mir nicht gelingt …«

»Sieht's schlecht für Sie aus«, führte Nathan den Satz für ihn zu Ende.

»Es sei denn, ich kann ihr beweisen, dass ich meinen Bruder nicht umgebracht habe, aber wie dir aufgefallen sein dürfte, bleibt mir dafür nicht mehr viel Zeit.«

Nathan stellte Tasse und Untertasse auf den Schreibtisch. »Ein ganz schönes Schlamassel, was?«, fragte er.

Trevor verzog den Mund zu einem Lächeln. »Wieder einmal hast du den Nagel auf den Kopf getroffen. Und, wie sieht deine Entscheidung aus? Benjy und deine Tasche, oder willst du bleiben und dir von mir alles zeigen lassen?«

»Ich brauche Zeit zum Nachdenken.«

Trevor erhob sich. »Der Raum steht dir zur Verfügung. Ich muss ohnehin mit meinem Vorarbeiter reden. Es wird ungefähr eine halbe Stunde dauern. Reicht das für eine Entscheidung?«

»Ja.«

Als Trevor weg war, schenkte Nathan sich aus der Kanne frischen Kaffee nach und trat mit der Tasse in der Hand aus dem Gebäude, um zum Fluss zu spazieren. Im Freien fiel ihm das Denken leichter. Er spürte die Sonne warm durch seine Arbeitsjacke, aber in der Luft lag noch immer eine Ahnung vom Winter. Der Wind trug die Abgase der Fabriken herüber, die in der Sommerhitze bestimmt unerträglich wurden, wenn mit Volldampf produziert wurde. Der Gestank sprach dagegen, dass er blieb. Ihm war die Landluft lieber, die der Körper gern atmete.

Und hier würde er ziemlich viel schlechte Luft einatmen müssen, dachte Nathan. Damit meinte er nicht nur die von den Fabriken. Fast konnte er die Worte Leons hören, die auf seine Situation passten: *Schau dir das Holz genau an, bevor du's kaufst, sonst kracht dir das Haus, das du daraus baust, eines Nachts über dem Kopf zusammen.*

Doch Leon würde ihm zum Bleiben raten. *Was hast du schon zu verlieren?*, würde er sagen.

Nur Zeit, musste Nathan zugeben, und sonderlich viel würde er durch eine Rückkehr nach Gainesville nicht gewinnen. Eigentlich hätte er »nach Hause« sagen sollen, aber als Zuhause konnte er die Farm nicht mehr sehen. Er hatte über Leons Plan, den Grund des alten Sawyer für sie beide zu erwerben, damit sie ihn gemeinsam bestellten, nachgedacht und war zu dem Schluss gekommen, dass das nicht gut für seinen Stiefvater wäre. Leon war über fünfundvierzig, zu alt, um die Verbindung zu Frau und Kindern zu kappen, sich zu verschulden und mit einer Farm einen Neubeginn zu wagen, der sich auszahlen mochte oder auch nicht. Nathan konnte nicht zulassen, dass er das für einen Jungen, der nicht einmal sein Sohn war, tat.

Was letztlich bedeutete, dass Nathan kein Zuhause mehr

besaß, und in Dallas bot ihm sein leiblicher Vater ein Dach über dem Kopf und obendrein Verwandte. Vielleicht machte er sich etwas vor, aber auch er hatte den Eindruck, dass seine Großmutter und seine kleine Schwester ihn brauchten. Bei seinem Vater war er sich da nicht so sicher. Nathan hatte sich innerlich darauf eingestellt, ihn nicht zu mögen und ihm nicht zu vertrauen, war jedoch in den wenigen Stunden, die er in seiner Gesellschaft verbracht hatte, in seiner Überzeugung erschüttert worden. Die Sache mit seinem Bruder Jordan fand Nathan traurig. Konnte Nathan Trevor glauben, wenn dieser behauptete, ihn treffe keine Schuld am Tod Jordans? Und wäre auch Nathans eigenes Leben in Gefahr, wenn er sich bei Waverling Tools gut machen, seine Großmutter, die die Schlüssel zum Himmelreich in Händen hielt, beeindrucken und sich für seinen Vater als Rivale um das Erbe entpuppen würde?

Der Gedanke, möglicherweise selbst durch Trevor Waverling bedroht zu werden, brachte ihn kurz aus der Fassung. Vor den Körperkräften dieses Mannes Angst zu haben war nicht schwer. In seinem Büro hatte Nathan einige Fotos auf einem Bücherregal bemerkt – nicht unbedingt verborgen, aber auch nicht auffällig platziert –, von seinem Vater in Boxhandschuhen und kurzer Hose, als er noch jünger gewesen war. Auf einem schmalen Messingschild am unteren Ende des Rahmens stand MITTELGEWICHTSCHAMPION / DALLAS AMATEURBOXWETTBEWERB / 1876. Nathan, der sich schon gefragt hatte, wie sein Vater als Stadt- und Büromensch so durchtrainiert sein konnte, rügte sich selbst wegen seiner Sorge. Er hatte zu viele Nick-Carter-Detektivgeschichten gelesen und griff viel zu weit vor, wenn er sich bereits als Anwärter auf die Waverling-Krone sah. Im Moment konnte er sich nur schwer vorstellen, in einer stickigen Maschinenfabrik zu arbeiten oder in einem Büro hinter einem Schreibtisch zu sitzen, wo er nicht richtig Luft bekäme. Er war ein Mensch, der die Natur liebte und brauchte.

Außerdem würde er nirgendwo hingehen, wo Zak nicht willkommen war, und Nathan bezweifelte, dass sein Deutscher Schäferhund sich mit der getigerten Katze seiner Großmutter vertragen und in ihrem Haus voll zerbrechlicher Dinge wohlfühlen würde.

Als Nathan den Steg erreichte, ging er bis zu dessen Ende, das weit ins Wasser hinausreichte. War Jordan Waverling hier gestorben? Nathan betrachtete den breiten, tiefen Fluss. Neben dem Steg schaukelte ein großes, unter einer Hülle verborgenes Boot mit eingezogenen Rudern auf den Wellen. Hatte sich der Unfall … oder das Verbrechen … auf diesem Boot abgespielt? Seine Großmutter hatte gesagt, sie würde sich ein andermal mit ihm über den rätselhaften Tod ihres Sohnes unterhalten. Wenn Trevor nicht dabei war, würde sie Nathan vermutlich Einblicke in die Geschichte der Familie gewähren, dachte er. Ob er sie hören wollte, wusste er allerdings nicht.

Aber wohin sollte er sonst gehen? Nathan blickte übers Wasser, trank seinen Kaffee aus und fasste einen Beschluss. Zak würde das Zünglein an der Wange sein. Wenn sie bereit waren, seinen Hund unterzubringen, sodass Nathan und Zak zusammen sein konnten, würde er bleiben. Wenn nicht, würde er nach Hause fahren, Zak holen und mit ihm nach Kalifornien aufbrechen.

Wieder im Büro, sah Trevor Waverling seinen Sohn stirnrunzelnd an. »Der große Deutsche Schäferhund, den ich kenne?«

»Ja. Er frisst ziemlich viel.«

»Und er schläft in deinem Zimmer?«

»Ja, neben meinem Bett.«

»Meinst du, er könnte Rebecca Angst machen?«

»Das weiß ich nicht. Meiner Halbschwester Lily gegenüber ist er freundlich.«

»Wie verträgt er sich mit Katzen?«

»Versessen ist er nicht gerade auf sie.«

»O Gott, Nathan …« Trevor fuhr sich mit der Hand durch die ergrauenden, ordentlich geschnittenen Haare. »Ich weiß, dass Mutter sich nicht auf deinen Vorschlag, getrennt von uns zu wohnen, einlassen wird. Sie erwartet, dass du bei uns im Haus lebst, Teil der Familie wirst. Das gehört zu der Abmachung, die sie mit mir getroffen hat. Aber mit einem Hund? Musst du ihn denn unbedingt mitnehmen? Kannst du ihn nicht auf der Farm lassen, wo er frische Luft und Platz zum Herumlaufen hat?«

»Nein, ich muss Zak bei mir haben.«

»Und wenn wir diese … Forderung nicht erfüllen, fährst du nach Hause zurück?«

»Ja.«

»Dann wird meiner Mutter nichts anderes übrig bleiben, als ihn ins Haus zu lassen, doch ich warne dich: Sie mag Hunde nicht.«

»Zak weiß, dass er im Salon nichts zu suchen hat.«

Trevor betrachtete Nathan eine ganze Weile schweigend. »Gibst du eigentlich jemals nach?«

»Nicht bei Dingen, die mir wichtig sind.«

»Und ist dir immer klar, was wichtig ist?«

»Für mich, ja. Ich habe eher Probleme mit den Ansichten anderer Leute.«

Trevor schüttelte den Kopf. »In dieser Hinsicht bist du ganz Edwin Waverlings Enkel. Wir werden sehen, welche Gemeinsamkeiten du sonst noch mit dem Gründer von Waverling Tools hast.« Trevor legte Nathan den Arm um die Schultern und schob ihn zur Tür seines Büros. »Möglicherweise wirst du feststellen, dass du hierher gehörst«, sagte er.

NEUNZEHN

Nathan war froh, dass ihn ein Nachbar zur Barrows-Farm mitnahm, der am Bahnhof eine Kiste Hühner abgeholt hatte. Ohne den Nachbarn hätte Nathan dreieinhalb Kilometer vom Bahnhof durch Gainesville und dann weitere acht zur Farm laufen müssen. Zak erahnte seine Rückkehr, bevor der Wagen durchs Tor fuhr, und rannte ihm entgegen. Weil sein aufgeregtes Bellen die Hühner erschreckte, bedankte Nathan sich bei dem Farmer und sprang vom Wagen, um zu Fuß zum Haus zu gehen.

Zak warf ihn in seiner Freude über seine Rückkehr fast um. Nathan war vier Tage weg gewesen, das erste Mal überhaupt, dass er sich von der Farm entfernt hatte. Er hatte sich gefragt, was es für ein Gefühl wäre, die weiten Felder wiederzusehen, bei deren Bestellung er seit der Kindheit mithalf, das hübsche zweistöckige Haus in einem Wäldchen schattenspendender Bäume, die Scheune, den Schweine- und Hühnerstall, den Obstgarten und die Weiden. Er war in dem Glauben nach Dallas gefahren, sein Herz zurückgelassen zu haben – ein gebrochenes Herz, das sich nirgendwo sonst einfügen würde. Nun wurde ihm klar, dass er seine Arbeit nur deshalb so gern verrichtet hatte, weil er davon ausgegangen war, einmal Eigentümer dieses Landes zu werden. Dass dem nicht so sein würde und nie so geplant gewesen war, verursachte ihm nach wie vor ein flaues Gefühl im Magen, aber es veränderte auch seine Sichtweise. Der Anblick der braunen Felder, in die er mit seinen eigenen Händen den Frühlingsweizen gesät hatte, rührte ihn nicht. Sie riefen ihn, ihren früheren Pfleger und Freund, nicht, wie er es sich immer vorgestellt hatte. Ein Gefühl der Entfremdung überkam ihn wie damals, als der Vater seiner Mutter mit Randolph und Lily eine Kutschfahrt unternommen und ihn zurückgelassen hatte. »Für dich ist kein Platz!«, hatte sein Großvater ausgerufen, als sie losgefahren waren, und Nathan hatte sich wie ein Außenseiter gefühlt, der nicht zur Familie gehörte. Auch die braunen, kerzengeraden Ackerreihen empfingen ihn wie einen Fremden. *Geh nur*, blinzelten sie in der spätnachmittäglichen Sonne. *Hier ist kein Platz mehr für dich.*

Als Leon aus der Scheune trat und ihn entdeckte, eilte er ihm entgegen. Der Anblick versetzte Nathan einen Stich. Leon würde ihm am meisten fehlen.

»Ich hab Zak bellen hören, da wusste ich, dass du wieder da bist. Schön, dich zu sehen, Sohn. Wie ist es gelaufen?« Leon schob Nathan in die Scheune, um dessen Entscheidung unter vier Augen zu besprechen. Es war fast Zeit fürs Abendessen, und der köstliche Geruch von Brathähnchen stieg ihnen in die Nase. Randolph und Lily machten bestimmt am Küchentisch Hausaufgaben, und seine Mutter stand am Herd. Nathan schnürte es die Kehle zu.

»Du kommst gerade recht zum Melken«, sagte Leon. »Daisy freut sich schon auf dich.«

Die Kuh, die am Futtertrog stand, hob den Kopf und begrüßte Nathan mit einem Muhen. Nathan legte seine Tasche auf den Boden und machte sich an die Arbeit.

»Du willst es also probieren«, stellte Leon fest, nachdem Nathan ihm von den Ereignissen der vergangenen vier Tage erzählt hatte, von den Leuten, denen er begegnet war, und seinem Eindruck von ihnen.

»Ja. In zwei Tagen holt Benjy mich mit der Kutsche ab. Im Zug dürfen keine Hunde mitfahren. Ich lasse alles zurück bis auf Zak und was in meine Tasche passt.«

»Hoffentlich nimmst du auch ein paar Erinnerungen an uns mit. Bitte lass dir die vielen guten nicht von den Ereignissen der letzten Zeit verderben.«

Erinnerungen, die auf falschen Annahmen basierten, dachte Nathan, sprach seine Gedanken jedoch nicht aus, um Leon nicht zu verletzen. »Ich sollte Mutter wohl mitteilen, dass ich gehe«, erklärte er und führte Daisy nach dem Melken zurück in ihre Box. »Wie wollen wir es Randolph und Lily beibringen?«

»Wir haben ihnen nur gesagt, dass du nach Dallas gefahren bist, um ein Angebot zu prüfen, das dir der Mann in der Kutsche mit dem seltsamen kleinen Fahrer gemacht hat«, antwortete Leon. »Natürlich waren sie überrascht. Randolph wollte wissen, ob du noch für etwas anderes als die Farmarbeit taugst.«

Nathan grinste. »Sieht ihm ähnlich.«

»Lily hat geweint.«

»Klingt ganz nach ihr. Werden sie je erfahren, dass wir nur Halbgeschwister sind?«

»Deine Mutter würde im Erdboden versinken, wenn das herauskäme.«

»Hm«, brummte Nathan. »Typisch Mutter.«

Millicent sah sie vom Herd aus an, als sie den Raum betraten, wandte hastig den Kopf ab und rührte weiter in ihrem Topf. »Du bist zurück«, begrüßte sie ihn. »Mach dich frisch. Es ist genug Essen da, auch wenn wir dich nicht erwartet haben. Kinder, legt die Bücher weg, und Lily, deck den Tisch.«

Lily sprang von ihrem Stuhl auf. »Nathan!«, rief sie aus und umarmte ihn. »Du hast uns gefehlt! Erzähl, was du in

Dallas gemacht hast. Wie ist die Stadt? Ist sie groß – größer als Oklahoma City?«

Randolph wirkte verärgert darüber, dass er von seinen Büchern weggeholt wurde. »Hast du dich dort verlaufen?«

Nathan teilte ihnen erst nach dem Essen mit, dass er sie verlassen werde. Lily reagierte mit einem Aufschrei; Randolph war erstaunt darüber, dass jemand seinen Bruder für etwas anderes als die Farmarbeit beschäftigen wollte. »Du wirst in einer Fabrik arbeiten, die Geräte für Ölbohrungen produziert?«, wiederholte er ungläubig.

»Er wird *in leitender Position* für ein *Unternehmen* arbeiten, das nach Öl bohrt, Randolph«, korrigierte Leon ihn. »Das ist ein Unterschied.«

»Mr Waverling ist der Ansicht, dass die wirtschaftliche Zukunft von Texas im Erdöl liegt«, erklärte Nathan. »Deshalb will er in diese Branche expandieren. Sein Unternehmen stellt bereits Geräte für die Ölfelder her, und er experimentiert mit einer neuen Art Bohrer, die die Gesteinsschichten leichter aufbrechen könnte als die bisher für Bohrungen nach Wasser und Salz gängigen.«

»Das sind böhmische Dörfer für mich«, meinte Randolph.

»Das Ölfeld, das drüben in Washington County entdeckt wurde, hat einen Boom im Oklahoma-Territorium ausgelöst«, bemerkte Leon. »Vielleicht wirst du eines Tages hier in der Nähe, gleich jenseits der texanischen Grenze, bohren.«

»Möglich«, sagte Nathan. »Ich weiß noch nicht, welche Funktion ich in dem Unternehmen haben werde. Mr Waverling scheint für mich eher geistige als körperliche Arbeit vorzusehen, aber egal, was es sein wird: Es muss eine Tätigkeit im Freien sein.«

Randolph verzog spöttisch das Gesicht. »Wie kann die Ölförderung etwas anderes als körperliche Arbeit sein?«

»Beim Aufspüren von Öl ist auch geistige Arbeit nötig, Randolph«, erklärte Nathan geduldig. »Mr Waverling möchte, dass ich ihn am Samstag zu einem Vortrag über Paläontologie begleite. Der Redner wird erläutern, nach welcher Art von Fossilien man Ausschau halten muss, wenn man nach Öl sucht.«

Während des gesamten Gesprächs blieb Millicent stumm, und auch ihre Miene verriet nichts über ihre Gedanken. Nathan hatte befürchtet, dass sie ablehnend auf den Namen Waverling reagieren würde, aber er wollte Trevor in Anwesenheit von Leon keinesfalls »Vater« nennen. Am Ende erhob sich seine Mutter, um das Geschirr zu spülen, und fragte: »Dann verlässt du uns also in zwei Tagen?«

»Ja. Mit der Kutsche brauchen wir drei Tage nach Dallas. Mr Waverling möchte, dass ich am Samstag dort bin, um mit ihm den Vortrag besuchen zu können.«

»Dann wasche ich morgen früh lieber deine Jeans, damit sie trocken wird«, meinte Millicent. »Du kannst nicht in einer schmutzigen Hose dort auftauchen.«

»Danke.«

Nathan erwähnte lieber nicht, dass im Schrank des blauen Zimmers in Dallas, das von nun an ihm gehören würde, drei neue Anzüge und ein halbes Dutzend Hemden hingen. Auf dem Boden standen zwei Paar »Stadt«schuhe sowie neue Stiefel, und die Schubladen waren mit originalverpackter Unterwäsche gefüllt. Sein Vater hatte ihm angeboten, seine alte Kleidung verbrennen zu lassen, doch Nathan wollte sich nicht davon trennen. Er verstaute sie, sodass er sie zur Hand hätte, falls er sie jemals wieder brauchte. Obwohl Nathan klar war, dass es sich bei dieser letzten freundlichen Geste seiner Mutter nur um eine Art Kopftätscheln handelte, war er darüber gerührt. Auf keinen Fall wollte er ihr das Gefühl nehmen, sich noch mit ein wenig mütterlicher Zuneigung von ihm verabschiedet zu haben.

In den folgenden beiden Tagen wärmte die Sonne den Boden, und am letzten Morgen in seinem alten Zimmer sah Nathan vom Fenster aus einen grünen Hauch auf den braunen Feldern. Aus der Küche stieg der Geruch von brutzelndem Speck mit Zwiebeln und Brötchen herauf. Als Nathan sich vom Fenster abwandte, stellte er zu seiner Überraschung fest, dass Randolph bereits wach war und ihn von seinem Bett aus beobachtete. »Du wirst uns fehlen, Bruder«, sagte er leise.

Nathan zerzauste ihm die Haare. »Schlaf noch ein bisschen weiter.«

Er zog sich im Flur an und ging ohne ein Wort an seine Mutter durch die Küche hinaus in den Stall. Mitten im Melken legte er die Stirn an Daisys Flanke und begann zu weinen.

Die Kutsche mit den Vollblutpferden traf kurz vor Mittag ein. Randolph und Lily hatten sich unter Protest zur Schule aufgemacht. Sogar Randolph hatte gejammert, er wolle zu Hause bleiben, um sich zu verabschieden, doch Nathan war erleichtert gewesen, dass seine Mutter es nicht erlaubte. »Es wird so schon schwierig genug für euren Bruder«, hatte sie gesagt. »Verschwindet.«

Dann war es Zeit, in die Kutsche zu klettern. Der aufgeweckte kleine Ire, der sich den Bauch mit Brathähnchen, Kartoffelbrei und Buttermilchkuchen, dem Abschiedsessen Millicents für ihren Sohn, vollgeschlagen hatte, hielt die Zügel bereits in der Hand. Millicent, Leon und Nathan traten auf die Veranda. Zak, der schon in der Kutsche saß, schaute durch das offene Fenster heraus.

Es herrschte eine fast mit Händen greifbare Spannung. Millicent, die den Blick abgewandt hielt, rieb ihren Hals, Nathan starrte seine Füße an, und Leon holte sein Taschentuch hervor. *Du kannst jederzeit nach Hause zurückkommen,* hatte Leon Nathan bei einem ihrer Gespräche unter vier Augen in der Scheune gesagt. *Wenn du dich in Dallas nicht wohlfühlst, können wir immer noch die Sache mit dem alten Sawyer machen.*

Doch Nathan war klar, dass er niemals mehr nach Hause zurückkehren würde. Seine Zeit auf der Farm war vorbei. *Gut zu wissen*, hatte er Leon geantwortet. Nun streckte er Leon auf der Veranda die Hand hin. »Auf Wiedersehen, Dad. Danke für alles. Du warst der beste Vater, den man sich wünschen kann.«

»Du hast es mir leicht gemacht«, entgegnete Leon und putzte sich die Nase.

Nathan wandte sich seiner Mutter zu. »Auf Wiedersehen, Mutter. Deine Kochkünste werden mir fehlen.«

Millicent antwortete mit einem kleinen Lächeln. Dann glättete sie eine Seite seines Kragens, und einen sehr kurzen Augenblick lang spürte Nathan ihre Fingerspitzen an seinem Hals. »Pass auf dich auf«, sagte sie.

Als die Kutsche losfuhr, winkte Nathan aus dem Fenster und lehnte sich dann in die Lederpolster zurück, ohne noch einmal zurückzublicken. Zak sprang winselnd zu ihm auf den Sitz. »Alles wird gut, mein Junge«, beruhigte Nathan ihn und schlang einen Arm um ihn. Doch tief in seinem Inneren wusste Nathan, dass das lange dauern würde.

Vom Bett aus beobachtete Leon, wie Millicent ihre Ellbogen mit einer Creme aus einem Tiegel auf ihrer Frisierkommode einrieb. Ihr Gesicht, das sie nur selten Sonne und Wind aussetzte, hatte sie bereits mit der öligen Mischung gepflegt. Durch die monatliche Zuwendung aus dem kleinen Treuhandvermögen ihrer Eltern konnte sie sich solch persönlichen Luxus erlauben. Den Rest legte sie für Randolph und Lily beiseite.

»Du hast es gar nicht erwarten können, die Anzeige in die Zeitung zu setzen, stimmt's, Millie?«, fragte Leon. »Wieso hast du gedacht, dass er nicht zurückkommen will?«

»Warum sollte er? Hier wartet nichts mehr auf ihn, und das weiß er.«

»Ich bin froh, dass du es Nathan vor seiner Abreise nicht gesagt hast. Das war anständig von dir.« Leon klang sarkastisch.

»Welchen Sinn hätte das gehabt?«

»In welche Zeitungen hast du die Anzeige gesetzt?«

»In die *Fort Worth Gazette* und den *Dallas Herald*.«

»Und sie erscheint am Montag?«

»Ja, zwei Wochen lang jeden Tag. Länger ist nicht nötig. Die Farm wird schnell verkauft sein.«

»Ich hoffe nur, dass der Junge den *Dallas Herald* nicht liest.«

Seine Frau kommentierte seine Äußerung nicht. Nach langem Schweigen, während Leon die hypnotischen Bewegungen ihrer Finger beobachtete, fragte er: »Was denkst du, Millicent?«

Millicent schraubte die Cremedose zu und nahm ihre Haarbürste in die Hand. »Wie kommst du auf die Idee, dass ich etwas denken könnte?«

»Die Luft in diesem Zimmer ist so schwer von deinen Gedanken, dass ich kaum noch Luft zum Atmen habe.«

»Ich tue das Richtige, Leon – für uns alle«, sagte Millicent und begann, mit forschen Bewegungen ihre Haare zu bürsten. »Daddy wollte nie, dass die Farm an Nathan geht, das weißt du. Ich könnte mich nicht über seine Wünsche hinwegsetzen und sie ihm hinterlassen, und seine anderen Enkel interessieren sich nicht dafür. Wenn ich das Zeitliche segne, würden Randolph und Lily die Farm sofort verkaufen. Und dann würde Nathan in der Luft hängen, weil er zu alt wäre für einen Neuanfang wie dem, den Trevor ihm bietet. Im Moment werden Höchstpreise für Farmen gezahlt. Was passiert beim nächsten Tornado, der nächsten Dürre oder Flut, die bestimmt irgendwann kommen? Außerdem wirst du allmählich zu alt, um die Farm zu führen, besonders jetzt, wo Nathan dir nicht mehr helfen kann.«

»Wen versuchst du zu überzeugen, Millicent?«

Millicents Miene verhärtete sich, und sie bedachte Leon mit einem wütenden Blick. »Wir brauchen das Geld *jetzt*, Leon, begreifst du das nicht? Das College ist teuer. Randolph benötigt für Columbia eine neue Garderobe, und ich kann Lilys Sachen nicht ewig selber nähen. Sie soll Kleidung vom Schneider haben …« Millicent legte eine Hand an ihren Hals, wie immer, wenn ihr die Worte fehlten, und wandte sich wieder dem Spiegel zu. Nachdem sie eine Weile weiter ihre Haare gebürstet hatte, sagte sie leise: »Er ist ein guter Junge, Leon, das habe ich nie bestritten. Aber ich habe dich schon bei seiner Geburt gewarnt, dass ich mich wahrscheinlich nie für ihn würde erwärmen können. Wie könnte ich das auch, wenn er … ihm so ähnlich sieht?«

»Seine Ehrlichkeit und sein Anstand hätten dich für ihn einnehmen können«, entgegnete Leon.

Millicent schüttelte verärgert den Kopf. »Ich weiß, ich weiß, aber woher er die hat … Bestimmt nicht von seinem Vater …«

»Vermutlich von seiner Mutter.«

Millicent legte die Bürste weg. Leon erwartete fast, dass sie sie nach ihm werfen würde, doch sie blickte nur in den Spiegel. Er fragte sich, wen oder was sie darin sah. »Ja, bei dem Vater und der Mutter muss man sich wirklich fragen, woher er all das hat«, pflichtete sie ihm bei. »Ich hoffe nur, dass er dort glücklich wird …« Sie drehte die Petroleumlampe herunter, und im Zimmer wurde es dunkel. »Ich meine das ernst, Leon, das schwöre ich vor Gott.« Die Matratze senkte sich ein wenig unter ihrem Gewicht. »Erwarte dir heute Nacht nichts von mir. Ich bin nicht in der Stimmung.«

»Ich auch nicht«, sagte Leon.

SAMANTHA

ZWANZIG

Nachdem Samantha gesehen hatte, dass Dr. Tolmans Brief im Kamin zu Asche zerfallen war, hatte sie keine rechte Lust mehr auf Grizzlys Grillsteak. Nun würde sie niemals erfahren, was in dem Schreiben gestanden hatte. Aber es gab mehr als eine Möglichkeit, Dinge zu erfahren. Eher beiläufig bemerkte sie: »Dem Appetit nach zu urteilen, mit dem du dein Steak verspeist, Daddy, scheint dein Freund von der Armee nicht im Sterben zu liegen.«

»Ganz im Gegenteil«, sagte Neal und säbelte ein Stück von seinem tellergroßen Sirloin-Steak herunter. »Cody und seine Frau haben gerade ihren Gemischtwarenladen in Charlotte, Virginia, mit großem Gewinn verkauft und wollen aufs Land ziehen, Pferde züchten. Das war schon damals, als wir in der Armee gedient haben, ein Traum von ihm, und jetzt, so viele Jahre später, wird er tatsächlich wahr. Er teilt mir seine neue Adresse mit.«

»Und was hat Dr. Tolman in seinem Brief gegen Zecken empfohlen?«

Neal löffelte mehr Bratensauce auf seinen Kartoffelbrei. »Nichts, was uns nützen würde. Er beschreibt ein Mittel, das sich besser eignet als das Präparat von Robert Kleberg, aber ich bleibe lieber bei Bobs Kohl-Teer-Mischung. Was sich für die King Ranch eignet, dürfte auch gut genug für Las Tres Lomas sein.«

Seine Antwort klang plausibel, doch warum hatte er den

Brief vernichtet? Möglicherweise hatte das nichts zu bedeuten, aber der Eimer neben dem Kamin, in dem Abfallpapier zum Anzünden gesammelt wurde, war voll. »Warum stand auf dem Umschlag der Vermerk ›Vertraulich‹?«, fragte Samantha.

»Weil er nicht wollte, dass Hinz und Kunz den Brief liest und ihm seine Idee klaut. Er möchte ein Patent auf das Zeug anmelden.«

»Bin ich denn Hinz und Kunz?«

Neal legte klappernd sein Besteck weg. »Der Brief war die Zeit nicht wert, die du zum Lesen gebraucht hättest, und auch das Produkt taugt nichts, Sam, das ist alles. Du wärst entsetzt gewesen über den Preis, den er verlangt, und das Präparat hörte sich gefährlich für die Kühe an. Es war irgendwas mit Karbolsäure. Ich habe den Brief in den Kamin geworfen.«

Vielleicht war das tatsächlich alles, dachte Samantha, obwohl ihre Zweifel nicht völlig zerstreut waren, weil ihr Vater so verärgert über ihre Fragen wirkte. Neal Gordon, der seine Entscheidungen nur ungern lange diskutierte, lenkte das Thema auf die Farm, die in Cooke County zum Verkauf stand.

»Buckley sagt, sie hat ihre eigene unterirdische Quelle, ein großes Haus, einen Garten und einen Obstgarten«, erklärte er. »Vielleicht könnten wir sie sogar von einer bloßen Zwischenstation für die Herden in eine kleinere Version von Las Tres Lomas verwandeln, die ansehnlich genug für deine Mutter und dich wäre, um Gäste zu empfangen. Es muss ja nicht der gesamte Grund zu einer Transitstrecke für die Rinder werden. Wir könnten dort unser eigenes Viehfutter für Zeiten der Dürre anbauen, und du könntest mit neuen Grassorten experimentieren. Bestimmt würden sich sogar ein Silo und Scheunen rentieren.«

Samantha hatte Neal Gordon Jahre nicht mehr so begeistert erlebt. Seine Augen leuchteten, sein Gesicht wirkte rosig gesund. Sie hörte kein Rasseln in seiner Brust und konnte keinen offensichtlichen Anlass zu Sorge über seinen Gesundheitszustand erkennen. In seinem Kopf war der Kauf bereits beschlossene Sache. Er freute sich über die Vorstellung, eine weitere voll ausgestattete Ranch mit den Annehmlichkeiten von Las Tres Lomas sein Eigen zu nennen: mit einem Haupthaus, einer echten Schlafbaracke und einer Ranchküche, Innentoiletten, elektrischem Licht, fließendem Wasser, vielleicht sogar einem Telefon – das es in Las Tres Lomas noch nicht gab, weil die Warteliste im Gebiet um Fort Worth lang war. Eine zweite Ranch würde Neal einen Schritt näher an die Erfüllung seines Traums, ein Titan unter den texanischen Ranchern zu werden, heranführen.

Samanthas Vater verdrängte gern die Erinnerung an seine Landsammlerjahre, als er jedes noch so kleine an seine Ranch angrenzende Stück Grund erworben hatte, das zum Verkauf stand. Wie jetzt waren das Zeiten voller Brunnen, grüner Weiden und gesunder Herden gewesen – »grüne Jahre«, wie er sie nannte. *Kauf Land, wenn du's kriegen kannst*, hatte seine Maxime gelautet. Doch dann waren die »braunen Jahre« gekommen, Jahre der Dürre, in denen die meisten Wasserquellen und das gesamte Grasland von Central Texas ausgetrocknet waren, und eine Finanzkrise, die »Panik von 1893«, hatte die Vereinigten Staaten heimgesucht und mit Hypotheken belastete Ranches wie Las Tres Lomas in Bedrängnis gebracht. Trotz ihrer Jugend war Samanthas Erinnerung an diese Zeiten lebhafter als die ihres Vaters, und sie hatten sie vorsichtig gemacht, sodass sie sogar jetzt noch, da sie schwarze Zahlen schrieben und die Hypothek längst abbezahlt war, nur ungern unnötig Geld ausgab. Sie glaubte fest daran, dass man möglichst hohe Schutzwälle gegen finanzielle Katastrophen errichten musste.

»Deine Tochter hält das Geld stärker zusammen als ein Korsett die Taille einer Debütantin, Schatz«, hatte Neal zu Samanthas Mutter gesagt.

»Aha, nun ist sie also plötzlich *meine* Tochter. Vielleicht hat Samantha einfach nicht die tiefen Sorgenfalten auf dem Gesicht ihres Vaters und die ernsten Gespräche bei Tisch vergessen, als wir kurz vor dem Bankrott standen. Samantha versucht nur, das zu bewahren, was Neal Gordon so hart erarbeitet hat, damit sie diese Sorgenfalten nie wieder sehen muss.«

Der vorwurfsvolle Blick und Tonfall Estelles hatten deutlich gesagt, dass Neal sie fast in den Ruin getrieben hätte. Sein Eifer, einer der größten Grundbesitzer von Texas zu werden, hatte ihn dazu verleitet, immer mehr Weideland für seine permanent wachsenden Herden zu erwerben. Am Ende hatten die Gordons viel Grund, aber kaum Geld besessen. Neal hatte seine Lektion gelernt, doch es war nach wie vor sein Traum, das unverwechselbare Brandzeichen von Las Tres Lomas de la Trinidad – zwei T, flankiert von einem Paar kleinerer L – in ganz Texas zu sehen. Er wollte ein Titan werden.

»Was ist ein Titan?«, hatte die zehnjährige Samantha ihren Vater gefragt, als dieser ihr zum Geburtstag ein Buch über griechische Mythologie schenkte. Die Göttersagen waren in seiner Kindheit – und auch später noch heimlich – seine Lieblingslektüre gewesen.

»Titanen waren Götter, die einmal über die Welt herrschten«, hatte Neal geantwortet. »In dem Buch kannst du alles über sie nachlesen. Heutzutage beschreibt das Wort mächtige Menschen mit großem Einfluss.«

»Und du möchtest ein Titan werden?«

»So Gott will.«

Ihre Mutter hatte die Augen verdreht.

Als Samantha ihre Serviette faltete und sich vom Tisch erhob, kam ihr der Gedanke, dass der Wunsch ihres Vaters sich erfüllen würde, wenn sie und Sloan heirateten und ihre beiden Ranches zusammenlegten.

Da Neal seinen Arbeitstag auf ihren Vorschlag hin beendet hatte, überließ sie ihn nun, schläfrig vom Bourbon und der schweren Mahlzeit, seinen Zeitungen und einem Schläfchen und ritt auf Pony zu den Geburtspferchen, wo sie Wayne Harris, den Vorarbeiter der Ranch, anzutreffen hoffte. Vermutlich war es die Wissenschaftlerin in ihr, die keine Ruhe gab. Ihr Vater wirkte gesund, hatte jedoch ein vertrauliches Schreiben von einem Arzt erhalten. Es war untypisch für ihn, ihr den Brief nicht zu zeigen, und noch untypischer, ihn zu verbrennen. Sonst bewahrte er private Schreiben monatelang auf, bevor sie in der Kiste zum Anschüren landeten.

Keine Jahreszeit auf der Ranch war aufregender als das Frühjahr, wenn die neuen Kälber zur Welt kamen, aber auch psychisch und physisch anstrengender für Mutterkuh, Kalb und Ranchhelfer. Bestimmte Pferche waren für gebärende Kühe reserviert, sodass man die Geburten überwachen und im Fall von Schwierigkeiten Beistand leisten konnte. In diesen Wochen war Wayne für jene Pferche verantwortlich, und er rettete immer wieder Kühe und Kälber aus lebensbedrohlichen Situationen, oft mit Unterstützung von Samantha. Bereits zehn Minuten später traf Samantha ihn bei einer solchen Rettungsaktion an.

»Schön, dass Sie kommen, Sonnenschein«, begrüßte er sie. »Ihre Hilfe können wir gut gebrauchen. Eine der Färsen hat Probleme.«

»Wird sie's schaffen?«

»Schwer zu sagen. Dem Kalb geht's auch nicht gut.«

Die Kuh, deren Kopf von zwei Männern festgehalten und deren Beine zusammengebunden waren, damit sie nicht unvermittelt aufsprang, brachte ihr Kalb tot zur Welt und verblutete selbst eine Stunde später. Erschöpft von der deprimierenden Arbeit machten sich Samantha und Wayne mit ihren dreck- und blutverschmierten Stiefeln, Jeans und Hemden auf den Weg zum Wassertank, um sich zu waschen.

»Man muss die Arbeit auf der Ranch schon wirklich mögen, um sich so was auszusetzen«, bemerkte der Vorarbeiter, als er sein Hemd auswrang. »An den traurigen Anblick werde ich mich, glaube ich, nie gewöhnen.«

Samantha schätzte Waynes Einfühlungsvermögen, obwohl er den Eindruck machte und im Ruf stand, ein Mann zu sein, den man lieber nicht ohne Grund provozierte. Er war nicht sonderlich groß, aber drahtig, und sein durch die jahrelange Arbeit auf der Ranch und mit den Cowboys gestählter Körper ließ ihn größer erscheinen. Für Samantha sah er immer gleich aus, weder jung noch alt, einfach zäh und widerstandsfähig wie Eichenholz. Sie erachtete ihn und Grizzly als ihre besten Freunde.

»Zum Glück habe ich nicht so viel von Grizzlys Grillsteak gegessen«, seufzte sie. »Ist in meiner Abwesenheit alles gut gelaufen?«

»Rawbone hat sich letzten Samstagabend im Saloon in White Settlement in einen Streit verwickeln lassen, und ich musste ihn aus dem Gefängnis holen. Ihr Pa hat die Kaution für ihn gezahlt und zieht sie ihm vom Lohn ab. Abgesehen davon ist nichts Außergewöhnliches vorgefallen.«

»Findest du, dass mit Daddy alles in Ordnung ist? Ich meine gesundheitlich?«

Wayne hob eine Augenbraue. »Soweit ich das beurteilen kann, schon, Sonnenschein. Warum fragen Sie?«

Samantha schüttelte das Wasser von Armen und Händen, um sie zu trocknen. »Mutter und mir ist bei meiner Geburtstagsfeier aufgefallen, dass Daddys Atem rasselt. Ihrer Ansicht nach wird sich eines Tages der Komantschenpfeil bemerkbar machen, den er in jungen Jahren in die Lunge gekriegt hat. Außerdem …«, Samantha rollte die Ärmel herunter, »… hat er einen Brief mit dem Vermerk ›Vertraulich‹ von einem Arzt im Oklahoma-Territorium erhalten und ihn in den Kamin geworfen, bevor ich ihn lesen konnte. Das finde ich verdächtig. Ich dachte, das Schreiben könnte die Antwort auf eine Frage über seinen Gesundheitszustand beinhalten, aber Daddy behauptet, ein Veterinär hätte ihm Auskunft über ein Zeckenmittel gegeben, auf das er in einer Zeitschrift aufmerksam geworden ist.«

»Das können Sie ihm ruhig glauben, Sonnenschein«, sagte Wayne und knöpfte sein Hemd zu. »Neal hat mir den Artikel gezeigt, und wir waren uns einig, dass das Zeug nichts für uns ist. Vielleicht macht es den Zecken den Garaus, aber die Kuh geht dabei auch ein.«

Samantha seufzte erleichtert. »Gott sei Dank.«

»Allerdings hat den Artikel kein Arzt geschrieben.«

Samantha sah ihn mit großen Augen an. »Bist du sicher? Kein Dr. Tolman aus Marietta im Oklahoma-Territorium?«

»Klar bin ich mir sicher. Der Artikel war von einem Rancher in Denton County.«

»O Gott, Wayne.« Samantha stemmte die Hände in die Hüften; Verärgerung vermischte sich mit Sorge. Ihr Vater hatte sie also geschickt angelogen.

»Nicht wütend sein auf Ihren Dad, Sonnenschein. Möglicherweise hat er einen guten Grund, diesen Brief vor Ihnen geheim zu halten. Grizzly weiß bestimmt mehr. Ihm kann Neal nichts verheimlichen, so sehr er sich auch anstrengt.«

»Dann muss ich wohl Grizzly einen Besuch abstatten«,

sagte Samantha. »Du erwähnst doch Daddy gegenüber nichts von unserem Gespräch, oder?«

»Meine Lippen sind versiegelt. Ich seh mal nach, ob die Zeitschrift noch irgendwo rumliegt. Vielleicht ist sie bei mir in der Schlafbaracke.«

Samantha nahm den Sattel von Ponys Rücken und ließ das Quarter Horse in der Koppel frei, bevor sie sich auf den Weg zu dem lang gezogenen Holzgebäude machte, in dem sich Küche und Speiseraum des Ranchkochs befanden. Über dem Eingang war TRAIL HEAD ins Holz gebrannt, benannt nach dem Endpunkt eines Viehtriebs. Grizzly überwachte ein gut aufeinander eingespieltes Team von vier Männern, die ihm halfen, dreißig Cowboys dreimal am Tag, sechs Tage die Woche mit Essen zu versorgen. Am Sonntag, seinem freien Tag, mussten die Rancharbeiter ohne ihn zurechtkommen. An diesem Tag grillten sie für gewöhnlich eine Rinderseite über dem offenen Feuer, und die Geschickteren kochten dazu Bohnen und buken Brötchen und Obstkuchen. An den Sonntagen besuchte Grizzly die Kirche in der Stadt, genehmigte sich ein Essen im Speisesaal des Metropolitan Hotels und half am Nachmittag freiwillig im Witwen- und Waisenheim der Freimaurer, das im Jahr zuvor, also 1899, erbaut worden war. Erst am Sonntagabend tauchte er wieder auf der Ranch auf und las beim Licht einer Lampe auf einem Stuhl an seinem Fenster.

Samantha traf ihn in seinem kleinen Büro neben der Speisekammer an, wo er seine monatliche Buchführung erledigte. Aufgrund seiner geringen Körpergröße und seiner kräftigen Statur wurde er oft verspottet, dass er fast so breit wie hoch sei, aber wer das sagte, hielt sich lieber außerhalb der Reichweite seines Nudelholzes. Als Samantha in die Tür trat, hob er stirnrunzelnd den Kopf, doch als er sah, wer ihn aufsuchte, verschwand das Stirnrunzeln sofort.

»Sonnenschein!«, rief er aus und stand auf, um sie zu umarmen. »Nachträglich alles Gute zum Geburtstag! Wie war das Fest? Ihr Pa hat uns bloß erzählt, dass Sie so schön waren wie ein Sonnenaufgang im Frühling.«

»Ehrlich gesagt war es dieses Jahr nur so lala, Grizzly.«

Grizzly sank mit einem mitfühlenden Grinsen auf seinen Stuhl zurück. »Sind Sie traurig, weil Sie zwanzig geworden sind?«

Samantha schmunzelte. »Wie weißt du das?«

»Weil Sie eine Frau sind, die grade zwanzig geworden ist.«

Und unverheiratet, dachte Samantha. Obwohl das Grizzly nur recht war, der Veränderungen hasste. Was, wenn der Mann, den sie heiratete, sich hier wichtigmachte und alles durcheinanderbrachte? Grizzly rümpfte die Nase und musterte sie. »Sind Sie schon in den Geburtspferchen gewesen?«

»Ich bin zu Wayne raus, um mit ihm zu reden, und musste gleich helfen. Wir haben Mutterkuh und Kalb verloren.«

Grizzly verzog bedauernd das Gesicht. »Oje.«

»Und jetzt möchte ich mit dir reden.«

»Klingt ernst. Worüber?«

»Über Daddy. Ist dir irgendetwas aufgefallen, oder hat er etwas gesagt, das darauf hindeutet, dass es ihm nicht gut geht?«

Grizzly presste seine fleischigen Lippen zusammen. Nach kurzem Nachdenken antwortete er: »Nein, nichts. Was meint Wayne?«

»Das Gleiche, aber ich mache mir trotzdem Sorgen, weil er mich angelogen hat, als ich ihn nach einem Brief von einem Arzt mit dem Vermerk ›Vertraulich‹ gefragt habe.«

»Was stand in dem Brief?«

»Er hat ihn ins Feuer geworfen, bevor ich ihn lesen konnte.«

Grizzly lehnte sich auf seinem Stuhl zurück. »Hm, das ist nicht gut. Von wem war der Brief?«

»Von einem Dr. Donald Tolman aus Marietta im Oklahoma-Territorium.«

Grizzly stieß einen Seufzer der Erleichterung aus. »Gott sei Dank, Ihrem Vater fehlt nichts, Samantha, Schätzchen. Der Brief war von dem Arzt, der Sie in die Arme von Ihrem Pa und Ihrer Ma gelegt hat!«

EINUNDZWANZIG

Grizzly machte ein entsetztes Gesicht, und Samantha sah ihn mit offenem Mund an. Dass er sich verplappert hatte, wurde ihr erst allmählich klar.

Samantha wiederholte: »Der Brief war von dem Arzt, der mich entbunden hat?« Sie erinnerte sich, dass ihre Mutter damals, als Samantha im Alter von zehn Jahren an der Tür zur Bibliothek lauschte, einen Arzt erwähnt hatte.

Grizzly fuchtelte mit den Händen, als wollte er ein aufgebrachtes Publikum beruhigen. »Still!«, zischte er, blickte zur offenen Tür, stand auf und wackelte mit dem für klein gewachsene, korpulente Männer so typischen Gang hin, um sie zu schließen, damit niemand von der Küchenmannschaft, von der die meisten Männer ohnehin nur Spanisch verstanden, lauschen konnte. Dann watschelte er zurück und sank wieder auf seinen Stuhl am Schreibtisch, wo er seinen Kopf an den Schläfen mit den Fingern umfasste. »Was habe ich getan?«, jammerte er. »Wenn Ihr Pa das hört, weiß er, dass ich den Mund nicht halten konnte. Dann sieht er mich als Verräter, und das wäre schrecklich.«

»Woher kennst du diesen Dr. Tolman?«

Grizzly bedachte sie mit einem betrübten Blick. »Bitte, Samantha, vergessen Sie den Namen und was ich Ihnen gerade erzählt habe.«

»Das kann ich nicht, aber ich gebe dir mein Wort, dass das, was du mir sagst, unter uns bleibt.«

Grizzly sah sie entsetzt an. »Mehr werden Sie mir nicht entlocken.«

»Woher kennst du diesen Dr. Tolman?«, wiederholte Samantha. »Hast du ihn in der Nacht, in der er mich hierhergebracht hat, gesehen?«

»Woher wissen Sie, dass es Nacht war?«, fragte Grizzly in scharfem Tonfall.

»Das hat Wayne mir gesagt – schon vor Längerem. Und dass er sonst nichts über diese Nacht weiß.«

»Ich auch nicht.«

»Bitte, Grizzly. Es macht doch nichts, wenn ich es erfahre.«

Grizzly verschränkte die Arme vor der Brust. »O doch, wenn Ihr Pa das rausfindet.«

»Das tut er nicht. Ich habe genauso viele Gründe, über unser Gespräch Stillschweigen zu bewahren, wie du. Er hat mich wegen diesem Brief angelogen und ihn ins Feuer geworfen, vergiss das nicht. Und offenbar hat er dir das Versprechen abgenommen, den Mund zu halten. Er will nicht, dass ich etwas über Dr. Tolman erfahre, und irgendwie kann ich das verstehen. Ich ahne, wie er sich fühlen würde, wenn er den Verdacht hätte, dass ich mich für die Umstände meiner Geburt interessiere.«

Grizzly sah sie mit einem scharfen Blick an. »Und warum interessiert Sie das so plötzlich?«

Samantha runzelte nachdenklich die Stirn. »Keine Ahnung. Erst heute Morgen habe ich gedacht, dass Daddy und Mutter nun wirklich nicht mehr fürchten müssen, meine leiblichen Eltern könnten auftauchen. Davor, dass sie mich holen könnten, hatten sie – besonders Daddy – immer Angst. Wogegen ich bis auf das eine Mal, als ich Wayne mit fünfzehn gefragt habe, ob er etwas über meine Herkunft weiß, keinen Gedanken darauf verschwendet habe. Bis zu der Sache mit dem Brief.« Samantha sah den Koch flehend an. »Ich würde nichts mit der Information anfangen, Grizzly. Warum auch? Ich würde nur gern erfahren, was du weißt, das ist alles. Dann wäre ich zufrieden und würde nie mehr davon anfangen. Bitte, mein Freund!«

Grizzly seufzte resigniert. »Der Arzt hat Sie mitten in der Nacht hergebracht, da waren Sie grade mal ein paar Tage alt. Ich habe die Kutsche gehört. Keine Ahnung, warum. Normalerweise schlafe ich tief und fest wie ein Murmeltier, aber in der Nacht war ich wach. Zum Glück, denn Ihr Vater hat gegen meine Tür gehämmert. Er brauchte Milch, wusste aber nicht, wo der Schlüssel zum Eisraum war. Sonst hätte ich bis zum nächsten Tag nichts erfahren.«

Der Koch schwieg kurz, als überlegte er, ob er weiterreden solle.

»Und dann?«

»Ihr Pa hat stolz wie ein Spanier verkündet: ›Wir haben ein Baby, Grizzly.‹ Ich hab sofort kapiert, was los ist, und ihm gesagt, er soll zurück ins Haus gehen, ich bringe die Milch schon.«

»Was ist danach passiert?«

»Ich hab die Milch ins Haupthaus gebracht. Der Arzt hatte so ein Gerät zum Füttern dabei und hat Ihren Eltern gezeigt, wie man's benutzt, wie man die Milch warm macht und so. Er hat ein bisschen Honig reingegeben. Gott, war das ein Anblick, Sie nicht größer als eine Männerhand, und Ihre Eltern ganz aus dem Häuschen vor Freude. Ihre Mutter hat immer wieder gesagt: ›Danke, Dr. Tolman.‹ Deswegen weiß ich den Namen von dem Mann.«

Samantha, die mit großen Augen lauschte, versuchte, sich die Szene vorzustellen. »Hat dieser Arzt noch etwas anderes gesagt?«

»Kein Sterbenswörtchen, Sonnenschein, das schwöre ich. Er ist hier aufgetaucht, hat Sie abgeliefert und ist wieder verschwunden. Mehr weiß ich nicht, und wenn's nach Ihrem Pa geht, ist das mehr, als Sie wissen dürfen. Deswegen hat er den Brief vernichtet. Er möchte Ihnen keinen Hinweis auf Ihre Herkunft geben. Das sollten Sie in Ihren hübschen Kopf reinkriegen und Ruhe geben.«

»Ich habe nicht die Absicht, das Thema weiterzuverfolgen, Grizzly, sondern bin froh und glücklich, dass mit Daddy alles in Ordnung ist. Aber … Warum hat Dr. Tolman ihm geschrieben? Was stand in dem Brief?«

Erneut seufzte Grizzly. »Das sind genau die Fragen, die Sie in Schwierigkeiten bringen können. Eins führt zum andern, und bevor Sie sich's versehen, stecken Sie in einem Schlamassel, aus dem Sie nicht mehr rauskommen.«

Samantha stand auf und schlang die Arme um die breiten Schultern des Kochs. »Keine Sorge, Grizzly. Ich bohr nicht weiter nach. Meine Wurzeln, meine Familie und die Menschen, die ich liebe, sind hier. Ich brauche keine anderen.«

»Freut mich zu hören«, sagte Grizzly, nicht wirklich überzeugt, hievte sich von seinem Stuhl hoch und nahm seine riesige Schürze, das Zeichen seiner Autorität, vom Haken. Dann zog er sie an und drehte sich um, damit Samantha sie zuschnürte. »Vergessen Sie niemals, junge Dame: Ihr Daddy liebt Sie mehr als sein Leben, doch unzerstörbare Bande gibt es nicht. Gegen manche Dinge kommt selbst bedingungslose Liebe nicht an, zum Beispiel gegen das Gefühl, dass das Vertrauen enttäuscht wurde. Für ein adoptiertes Kind, das zwanzig wird, ist es ganz natürlich nachzufragen, woher es kommt, wer seine leiblichen Eltern sind, ob sie noch leben, aber ich rate Ihnen, Wort zu halten und die Sache auf sich beruhen zu lassen.«

Hatte Grizzly auf diesem Gebiet Erfahrung? Es klang so. Bestimmt hatte Grizzly einen Vornamen, doch den wusste Samantha nicht. Von Verwandten war nichts bekannt. Er bekam keine privaten Briefe und hatte auch niemals jemanden als Mitglied seiner Familie vorgestellt. Kaum mehr als ein Junge, war er vom Vater ihres Vaters als Helfer des Ranchkochs angeheuert worden und lebte seitdem in Las Tres Lomas. Man vermutete, dass er keine Angehörigen hatte oder von ihnen im Stich gelassen worden war. Obwohl das niemals laut ausgesprochen wurde, betrachtete Grizzly die Gordons und Wayne Harris als seine Familie und die Ranch als sein Zuhause. Samantha hatte sich nie gefragt, wie er so ganz allein nach Las Tres Lomas gekommen war, glaubte nun aber, dass er Waise gewesen oder verlassen worden war.

Als Grizzly sich ihr mit einem warnenden Blick zuwandte, zog Samantha ihn am Bart, um sich über seine unnötige Sorge lustig zu machen. In der Liebe ihrer Adoptiveltern fühlte sie sich so sicher wie in einem Haus mit starken Grundfesten und Mauern, doch würden die Balken einem Sturm trotzen?

»Keine Sorge, Grizzly, ich behalte deine Worte im Kopf«, versprach sie ihm. »Aber jetzt muss ich mich frisch machen und mich an die Bücher setzen.«

Ihr Vater saß an seinem Schreibtisch in der Bibliothek, als Samantha nach unten zurückkehrte, nachdem sie sich umgezogen hatte. Mittlerweile war es draußen wärmer geworden und das Feuer im Kamin des großen Raums heruntergebrannt. Als Samantha am Kamin vorbeikam, bückte sie sich und nahm den Fetzen cremefarbenes Briefpapier heraus, das den Flammen entgangen war. Obwohl die Worte darauf nicht zu erkennen waren, hatte sich der Name von Dr. Donald Tolman unauslöschlich in ihr Gedächtnis eingeprägt.

Weil Neal Gordon kein geduldiger Mensch war, wusste Samantha, dass das Leben mit ihm bis zum Montag, wenn Jimmy die Morgenausgabe der *Fort Worth Gazette* zur Ranch brachte, nicht leicht sein würde. Inzwischen beschäftigten sie so viele Helfer, dass Samantha und er zwar nicht mehr bei der Alltagsarbeit mitwirken, diese aber überwachen mussten. Sie und ihr Vater teilten sich die Aufgaben und arbeiteten in Schichten, was bedeutete, dass sie jeden Tag lange im Sattel saßen, doch hinterher dachte Neal nur an Montag. Er lief unruhig im Haus herum, trottete in die Küche, störte Samantha in ihrer Werkstatt. »Was ist das?«, fragte er und ergriff ein dunkelbraunes Objekt, das wie ein Stein aussah. Samantha nahm es ihm aus der Hand.

»Ich weiß es nicht«, antwortete sie. »Das hab ich am Windy Bluff gefunden. Zuerst habe ich es für einen Stein gehalten, aber es handelt sich wohl eher um den versteinerten Knochen von einem Tier, das vor Millionen von Jahren hier gelebt hat. Siehst du die kleinen Kanäle für die Blutgefäße?«

Neal betrachtete das Objekt genauer. »Woher weißt du, dass das kein Stein ist?«

»Das verrät mir mein Mikroskop. Weil Central Texas früher einmal von Wasser bedeckt war, sind in dem Gebiet viele Fossilien erhalten. Die Leute aus der Gegend bringen mir ständig irgendwelche Tierknochen zum Analysieren.«

»Freut mich, dass du in Zeiten wie diesen ein Steckenpferd hast«, meinte Neal mürrisch. »Ich wünschte, ich hätte auch eines.«

Samantha tätschelte ihm lächelnd die Wange. »Sagst du mir nicht immer, ich soll nicht zu gespannt auf den morgigen Tag warten, weil der noch früh genug kommt?«

Neal zuckte mit den Achseln. »In diesem Fall nicht früh genug. Was, wenn die Farm morgen schon verkauft ist?«

Am Montag brachte Jimmy endlich die *Fort Worth Gazette*. Neal bat Silbia, einen Ranchhelfer zu Samantha zu schicken und diese von der Weide zu holen, auf der sie die Wiedervereinigung der neugeborenen Kälber mit ihren Müttern überwachte und beobachtete, welche Kühe ihre Jungen nicht annahmen. Neal hatte den Anzeigenteil der Zeitung bereits auf seinem Schreibtisch ausgebreitet, als sie den Raum betrat. Bei der Farm handelte es sich tatsächlich um den Besitz der Barrows, denn in der Anzeige hieß es, »ein Vertreter der Barrows-Farm« werde sich mit Kaufinteressenten in Gainesville treffen und sie zu dem Land fahren, das zum Verkauf stand. Kontaktaufnahme und Organisation könnten per Telegramm über die Western Union erfolgen.

»Halleluja!«, rief Neal aus. »Ich fahre gleich heute nach Fort Worth und schicke ein Telegramm, damit sie wissen, dass ich mich für die Farm interessiere. Ich muss sowieso mit deiner Mutter sprechen. Der Verkäufer kann die Antwort an sie senden, und Jimmy kann sie uns bringen.«

Dann warteten sie drei Tage, bis Jimmy mit ziemlich wichtiger Miene das Telegramm brachte, das er, so teilte er Silbia mit, »Mr G« persönlich geben müsse.

Die Haushälterin stieg die Treppe zum Dach hinauf, wo sie eine große Glocke betätigte, deren Klang fast auf der gesamten riesigen Ranch zu vernehmen war und die hauptsächlich genutzt wurde, um Versammlungen einzuberufen. Silbia zog dreimal an dem Seil, das vorher vereinbarte Signal dafür, dass das Telegramm eingetroffen war. Neal und Samantha, die gerade etwa drei Kilometer entfernt herausfinden wollten, welches Tier einen jungen Ochsen angegriffen und getötet hatte, hörten die Glocke. »Es ist da, Sam!«, rief Neal aus.

Zu Hause riss Neal Jimmy das Telegramm aus der Hand und stieß einen Freudenschrei aus. Dann reichte er es Samantha, die las, dass ein Vertreter der Barrows-Farm sich in vier Tagen um zwei Uhr mit Neal Gordon im Bahnhofscafé von Gainesville treffen wolle. Neal schnaubte verächtlich über den hochtrabenden Ausdruck »Vertreter«. Warum nannten sie nicht einfach den Namen der Person aus dem Barrows-Clan, mit der sie verhandeln würden? »Pack deine Sachen, Sam«, sagte er. »Sieht ganz so aus, als würdest du als *Vertreterin* von Las Tres Lomas de la Trinidad zur Barrows-Farm fahren.«

ZWEIUNDZWANZIG

Somit war es beschlossene Sache. Zu klären blieb nur noch, wer Samantha als Zofe – oder besser gesagt Leibwächterin – begleiten würde. Samantha erklärte, sie benötige keine Leibwächterin, doch ihre Eltern ließen sich nicht erweichen. Eine Frau gab ein leichtes Ziel ab, zwei jedoch wirkten abschreckend, besonders wenn beide mit der Waffe umgehen konnten. Billie June und Millie May kamen in die nähere Auswahl, weil die Schwestern gute Schützinnen waren, doch am Ende wurde entschieden, dass Mildred mit Samantha fahren würde. Die furchteinflößende Miene der Haushälterin zeigte eventuellen Angreifern, dass mit ihr nicht gut Kirschen essen war, dass sie möglicherweise ein Messer im Strumpfband trug und nicht zögern würde, es zu verwenden. Neal glaubte fest, dass ein Blick auf Mildred genügen würde, jeden potenziellen Übeltäter in die Flucht zu schlagen.

Die Frauen würden den Acht-Uhr-Zug nach Gainesville nehmen, dort, sofern sie pünktlich waren, gegen Mittag ankommen und sich um zwei Uhr mit dem Farmer treffen. Da davon auszugehen war, dass die Fahrt zu dem Besitz und die Besichtigung mehrere Stunden in Anspruch nehmen würden, buchte man eine Übernachtung in Gainesville. Bei einer Rückreise noch am selben Tag würden die Frauen erst spät in der Nacht eintreffen – »wenn sich Räuber herumtrieben«, gab Estelle zu bedenken, die ohnehin nicht sonderlich begeistert von der Idee war. Ihrer Ansicht nach sollte Neal fahren.

Er konnte ja die ganze Strecke bis nach Gainesville schlafen, sagte sie. Die Frauen würden in einem Harvey-House-Hotel unterkommen und im angeschlossenen Restaurant essen, einem Etablissement einer ganzen Kette von Unterkünften, die entlang der Eisenbahnlinien erbaut wurden und für ihre sauberen Zimmer, das gute Essen und den hervorragenden Service bekannt waren. Samantha benutzte das Telefon der Singletons im Triple S, um Zimmer in dem Hotel zu reservieren.

Als sie den Hörer auflegte, spürte Samantha jemanden hinter sich, und als sie sich umdrehte, sah sie Sloan Singleton an der Tür zu dem großen Raum lehnen. Ihr Herz setzte einen Schlag lang aus – weil er sie überrascht hatte, entschuldigte sie ihre Reaktion. Um diese Tageszeit hatte sie ihn nicht im Haus erwartet. Millie May und Billie June waren zum Einkaufen in der Stadt, und die Haushälterin, eine freundliche kleine Mexikanerin, die schon bei den Singletons gearbeitet hatte, als Sloan noch zu klein war, um die Keksdose zu erreichen, hatte Samantha hereingelassen.

»Du hast doch nichts dagegen, oder?«, fragte Samantha und deutete auf das Telefon an der Wand. »Consuela hat's mir erlaubt.«

»Wie kommst du denn auf die Idee, dass ich etwas dagegen haben könnte oder du überhaupt fragen musst? *Mi casa, tu casa* – immer«, antwortete Sloan.

Nicht immer, Sloan, dachte Samantha. Was für ein absurdes Wort: »immer«. Dieses Haus würde nie ihr gehören. Sobald Sloan heiratete, wäre Anne Rutherford die Herrin, und sie würde niemals mehr einen Fuß hineinsetzen. Zu ihrer Bestürzung merkte sie, dass ihr Tränen in die Augen traten.

»Was ist denn los, Sam?« Sloan war mit zwei Schritten bei ihr und fasste sie an den Schultern.

»Nichts.« Sie erstarrte, weil sie wusste, wie er reagieren

würde, wenn sie plötzlich mit ihren wahren Gefühlen für ihn herausplatzte. Zuerst wäre er verlegen darüber, dass die alte Freundin, die für ihn lediglich so etwas wie eine Schwester war, ihn liebte, und dann würde er Mitleid empfinden, weil er ihre für ihn schmeichelhaften Emotionen nicht erwidern konnte. Und das würde er ihr vermutlich überaus höflich mitteilen. Sie würde nicht zulassen, dass er sie mit seinen blauen Augen anblickte wie einen stolzen Krüppel.

»Das sehe ich«, bemerkte Sloan und ließ die Hände sinken. »Was ist passiert?«

Ja, was *war* los mit ihr, dass sie so plötzlich in Tränen ausbrach? »Es ist nur … einer von diesen Tagen.«

»Ach so«, sagte er verständnisvoll und ein wenig verlegen. Für einen Mann, der mit Schwestern aufgewachsen war, konnte »einer von diesen Tagen« nur eines bedeuten.

»Mir gehen viele Dinge im Kopf herum«, erklärte sie.

»Aha. Traurige Dinge?«

»Ja.«

»Zum Beispiel?«

Da war sie wieder, die Frage, die er ihr schon an der Kreuzung gestellt hatte, und wie dort dachte Samantha, dass sie es ihm früher einmal verraten hätte. Sie hätte ihm gestanden, dass sie deprimiert darüber war, zwanzig Jahre alt zu sein mit der Aussicht, eine alte Jungfer zu werden. Sie hätte ihm von dem Brief im Kamin erzählt, davon, wie sie von dem Bild eines unerwünschten kleinen Mädchens verfolgt wurde, das ein Arzt um Mitternacht Fremden gebracht hatte, und von ihrem unvermittelten illoyalen Drang zu erfahren, warum sie nicht erwünscht gewesen war. Doch damit hätte sie riskiert, dass Sloan den wahren Grund für ihre Niedergeschlagenheit erkannte.

»Ich weiß nicht, wie ich es erklären soll«, antwortete sie und wischte sich die Tränen mit dem Handballen weg.

Sloan zog ein Tuch aus seiner Gesäßtasche. »Hier«, sagte er. »Es ist frisch. Weißt du, dass ich dich bisher nur ein einziges Mal habe weinen sehen?«

Sie tupfte ihre Tränen weg und versuchte zu lächeln. »Das liegt daran, dass ich bisher nicht viel Anlass zum Weinen hatte.«

»Damals schon.«

»Ach. Und wann soll das gewesen sein?«

»Als du mit Pony zum Waisenhaus geritten bist und erfahren hast, dass das kleine Mädchen, das du dort mit zehn kennengelernt hattest – Susie, hieß sie, glaube ich –, gestorben war.«

Samantha sah ihn mit großen Augen an. »Das weißt du nach so vielen Jahren noch?«

»Manche Dinge vergisst man nicht so leicht. Willst du verreisen?«

Samantha erklärte ihm den Zweck ihrer bevorstehenden Fahrt nach Gainesville. »Du hättest mich fragen sollen, ob ich dich begleite«, meinte Sloan.

Sie schmunzelte. »Was würde Anne davon halten?«

»Wieso sollte sie das kümmern?«

Samantha gab ihm das Taschentuch zurück. Gott, konnten kluge Männer begriffsstutzig sein! »Möglicherweise hätte sie etwas dagegen gehabt, Sloan. Frauen sind solche Dinge nicht egal.«

»Das wäre dumm von ihr gewesen. Anne weiß, wie viel du mir bedeutest.« Er drückte ihren Arm. »Ich muss jetzt los, aber bitte versprich mir, auf der Fahrt vorsichtig zu sein, ja?«

Wieder kamen ihr die Tränen. »Ja, ich passe auf«, sagte sie.

Als Samantha auf Pony kletterte, glaubte sie, immer noch Sloans warme Hand auf ihrem Arm zu spüren. Er hatte das Haus durch die Küche verlassen, nahm sie an, doch als ihr

Quarter Horse durchs Tor hinaustrottete und sie zurückblickte, sah sie, dass Sloan zur Tür des Ranchhauses gekommen war, um ihr nachzuschauen.

»Du weißt, worauf du achten und welche Fragen du stellen musst«, sagte Neal, bevor Samantha aufbrach. Schon bald würde ein Ranchhelfer sie und ihren Koffer in einem von Las Tres Lomas' Ranchwagen nach Fort Worth bringen. »Vergewissere dich, dass es auf der Farm tatsächlich eine unterirdische Quelle gibt. Sieh dir das Haus genau an, stell fest, ob die Gebäude, Korrale und Zäune wie beschrieben sind. Du musst dem alten Kauz Liam Barrows oder dem Sohn, der die Farm vielleicht mittlerweile führt, nicht erklären, wofür wir sie wollen, aber versuch rauszufinden, warum sie sie verkaufen. Wenn der Preis stimmt und alles so ist, wie wir es uns erhoffen, kannst du sagen, dass der Vertrag aus unserer Sicht so gut wie unter Dach und Fach ist und Neal Gordon so bald wie möglich den Scheck schicken wird.« Als es Zeit wurde, sich zu verabschieden, half er Samantha mit den Worten auf den Wagen: »Gib dem Kleinen einen Kuss von mir und sag deiner Mutter, dass sie sich keine Sorgen um dich machen soll.«

»Ich könnte genauso gut versuchen, einen lospreschenden Stier mit einem Geschirrtuch abzuwehren, Daddy«, entgegnete sie. Mit dem Kleinen meinte er das Kind, dessen Taufe Samantha am Sonntag beiwohnen wollte.

»Sie haben Post, Miss Sam«, teilte Mildred ihr mit, als sie bei ihrer Mutter eintraf. »Sie ist in der Garderobenschublade. Zwei von den Briefen sehen aus wie Einladungen zu Festen von Mr Baker und Miss Warner, und eine Nachricht von Barnard Laird ist heute Morgen per Boten überbracht worden. Er bittet Sie, sich so schnell wie möglich bei ihm zu melden. Es klang dringend.«

Samantha fragte sich, wieso sie Barnard Laird, einen früheren Klassenkameraden, der zwei Häuserblocks entfernt wohnte und gut mit Todd Baker, aber nicht unbedingt mit ihr befreundet war, so dringend anrufen sollte. Samantha entfaltete die Nachricht und las, Barnard habe von Todd erfahren, dass er ihr zwei Eintrittskarten für den Vortrag eines Paläontologen am Samstagabend geschenkt habe, die sie nicht nutzen wolle. Würde Samantha sich von einer trennen? Er interessiere sich für das Thema, weil er wie Todd glaube, dass Öl das Gold von Texas werden würde. Und könne sie das Ticket zu seinem Haus bringen lassen? Als Dankeschön würde er sie gern zu einem geeigneten Zeitpunkt in ein gutes Restaurant ihrer Wahl einladen.

Samantha faltete den Zettel wieder. Natürlich würde sie ihm eine Eintrittskarte geben, doch dann hatte sie immer noch eine. Sie würde sie Jimmy für Barnard mitgeben mit dem Vorschlag, einen Freund mitzunehmen. »Mildred, ruf doch bitte bei den Lairds an und sag ihnen, dass die Karten bald kommen. Ich muss erst einmal Mutter begrüßen.«

»Sie ist nicht gerade guter Laune, Miss Sam.«

Das Bild von dem auf sie zupreschenden Stier tauchte vor Samanthas geistigem Auge auf.

Estelle saß an ihrem Schreibtisch, an dem sie jeden Samstagvormittag ihre Korrespondenz erledigte. Als Samantha sich zu ihr hinabbeugte, um sie auf die Wange zu küssen, deutete ihre Mutter auf zwei Zugfahrkarten auf dem Beistelltischchen. »Die habe ich gestern gekauft«, erklärte sie. »Dabei bin ich mir vorgekommen, als würde ich Fahrscheine in die Hölle erwerben. Dass dein Vater seine Tochter der Gefahr von Eisenbahnräubern und Entführern aussetzt! Außerdem sind nach wie vor Komantschentrupps unterwegs. Sie könnten Mildred wieder entführen.«

»Das sollen sie mal versuchen«, entgegnete Samantha lachend. »Gainesville ist nicht die Hölle, Mutter. Niemand wird mich entführen, und ein Überfall auf den Zug von Fort Worth nach Gainesville lohnt sich nicht, weil er nur Personen befördert.«

Estelle senkte den Kopf und betrachtete sie über ihre Lesebrille hinweg. »Es gibt für alles ein erstes Mal, meine Liebe. Was, wenn diese Anzeige der dreiste Versuch ist, hübsche junge Frauen wie dich in eine Falle zu locken, und du einfach verschwindest? So etwas hat man schon gehört.«

Samantha öffnete die beiden Briefe, um sich vom Gejammer ihrer Mutter abzulenken. Es handelte sich in der Tat um Einladungen ihrer Freunde Todd Baker und Ginny Warner zu Feiern vor ihrer Hochzeit. »Ich bezweifle, dass der Eigentümer der Farm das beim Aufgeben der Anzeige im Sinn hatte. Bestimmt rechnet er mit einem Mann als Gesprächspartner«, erklärte sie. »Und höchstwahrscheinlich ist ihm der Name Neal Gordon nicht unbekannt.«

Estelle fuhr ungerührt fort: »Neal hat nicht alle Tassen im Schrank. Dass ein erwachsener Mann Angst vor einem Zugabteil hat, ein Mann wie dein Vater, der sich sonst vor nichts fürchtet … Ich werde vor Sorge fast umkommen, bis du wieder daheim bist. Dein Vater auch, aber der hat nichts Besseres verdient.« Sie warf einen Blick auf die Einladungen, die Samantha ihr reichte, und fragte: »Was schreibt Barnard? Ich war oben, als die Nachricht gebracht wurde.«

Samantha sagte es ihr und entschuldigte sich dann mit der Begründung, dass sie Jimmy mit den Eintrittskarten für den Vortrag losschicken müsse. Als sie die Tickets mit einem Zettel, auf den sie ihren Vorschlag notiert hatte, in einen Umschlag steckte, dachte sie: Warum gehe ich eigentlich nicht selbst zu dem Vortrag? Barnard fand sie ungefähr so aufregend wie aufgekochte Milch, aber mit ihm den Samstagabend zu verbringen, war immer noch besser als die Gesellschaft ihrer besorgten Mutter. Außerdem musste Samantha zugeben, dass sie sich durchaus für die Ausführungen des Redners darüber interessierte, wie sich Öl mithilfe von Fossilien aufspüren ließ. Also formulierte sie den Text auf dem Zettel neu.

Kurz darauf rief Barnard an, der entzückt darüber war, dass sie es sich anders überlegt hatte und den Vortrag selbst besuchen wollte. Er würde sie um sechs Uhr mit der Familienkutsche abholen. Und wenn sie Lust dazu hätte, konnten sie sich anschließend mit Todd und Ginny im Worth treffen, wo er das Vergnügen haben würde, sie wie versprochen zum Essen einzuladen.

DREIUNDZWANZIG

Der Vortrag sollte im Hörsaal des Polytechnic College stattfinden, das 1891 von der Methodist Episcopal Church ins Leben gerufen worden war, um den Methodismus zu fördern. Der Campus befand sich sechseinhalb Kilometer östlich von Fort Worth und bezeichnete sich selbst als sicher vor Hell's Half Acre, dem berühmt-berüchtigten Mekka der Spieler, Prostituierten und Gesetzlosen, die dem Stadtrat ein Dorn im Auge waren. Das College lockte immer wieder angesehene Gastredner und ein großes Publikum an. Als Samantha und ihr Begleiter eintrafen, wimmelte es im Vorraum zum Hörsaal bereits von Menschen, und Barnard reckte den Hals, um nach Todd und Ginny zu suchen.

»Da drüben sind sie«, sagte er kurz darauf und deutete auf eine Gruppe mitten in der Menge.

Todd Baker und Ginny Warner plauderten mit zwei Männern, die Samantha aufgrund ihrer körperlichen Ähnlichkeit und ihrer Augenfarbe, eines bemerkenswerten Blautons, den sie beim Näherkommen bemerkte, für Vater und Sohn hielt. Im Moment sprach der Ältere der beiden. Als sie und Barnard sich zu ihnen gesellten, fiel sein Blick auf Samantha, und er verstummte mitten im Satz. Todds erfreuter Ausruf, dass Samantha nun doch erschienen sei – noch dazu mit seinem besten Freund –, kaschierte die Reaktion des Mannes. Todd sagte: »Mr Waverling, darf ich Ihnen meine besten Freunde Samantha Gordon und Barnard Laird vorstellen? Sam, Barnie, das sind Mr Trevor Waverling und sein Sohn Nathan. Mr Waverling ist der Inhaber der Maschinenfabrik, für die ich arbeite.«

Samantha reichte den Männern erstaunt über das Interesse des älteren Waverling an ihrer Person die Hand. Der war zu sehr Gentleman, um sich etwas anmerken zu lassen. Doch sein Sohn hatte Mühe, sie nicht anzustarren. Barnard wandte sich an den älteren Mann. »Von Todd weiß ich, dass Ihr Unternehmen in Richtung Ausrüstung für Ölbohrungen expandieren will, Mr Waverling. Das ist bestimmt aufregend.«

»Das ist es tatsächlich«, bestätigte Trevor, der sich, wie Samantha meinte, eher zögernd wieder dem Thema widmete, über das sie bei ihrem und Barnards Auftauchen offenbar gesprochen hatten. Samantha zog sich innerlich aus dem Gespräch zurück, um nachzudenken. Vielleicht war ihre Gefühlslage der vergangenen Wochen schuld an der Idee, die ihr im Kopf herumging, aber es erschien ihr durchaus wahrscheinlich, dass jemand sie eines Tages ansehen und sagen könnte: »Sie kommen mir irgendwie bekannt vor, besonders die Farbe Ihrer Haare. Sind Sie mit Soundso verwandt?« Eine beiläufige Bemerkung bei einer zufälligen Begegnung – *Sie erinnern mich an* –, und schon konnte sich die Neugierde, vor der Grizzly sie gewarnt hatte, zu dem unbedingten Bedürfnis auswachsen, mehr zu erfahren.

Da signalisierte ein Gongschlag, dass der Vortrag bald beginnen würde, und als sie sich trennten, um ihre jeweiligen Plätze aufzusuchen, hatte Samantha kurz Zeit, mutig zu Trevor Waverling zu sagen: »Ich hatte den Eindruck, dass Sie mich zu kennen glauben, Mr Waverling. Habe ich recht?«

»Die Farbe Ihrer Haare erinnert mich sehr an jemanden, den ich einmal kannte.«

»Hoffentlich angenehme Erinnerungen.«

»Unvergessliche«, sagte er und entfernte sich.

Samantha war merkwürdig enttäuscht. Was hatte sie sich von der Frage an diesen Mann erhofft und warum? Sie hatte Grizzly ihr Wort gegeben, der Sache mit ihrer Herkunft nicht weiter nachzugehen. Wieso hatte sie Mr Waverling darauf angesprochen?

Barnard streckte ihr den Arm hin, und sie folgten Todd und Ginny zu ihren Plätzen. Die Waverlings saßen mehrere Reihen vor ihnen, in der Nähe des Podiums, sodass Samantha ihre Köpfe im Blick hatte, ihre breiten Schultern und hin und wieder das schmale Profil des Vaters mit den markanten Wangenknochen und das breitere des Sohnes, während sie den Ausführungen des Redners lauschte.

Er stellte sich als Fachmann für das Auffinden von Gestein mit fossilen Brennstoffen vor. Dabei handle es sich um energiereiche Substanzen mit Kohlenwasserstoffen, erklärte er. Fossile Brennstoffe bildeten sich, wenn Meerestiere oder -pflanzen verendeten und die sterblichen Überreste in einer Schutzhülle aus Sand, Kalkstein oder organischem Material wie zum Beispiel Vulkanasche bewahrt blieben. Im Lauf der Zeit – über Tausende, Millionen von Jahren – härteten Hitze und Druck diese Sedimenthülle zu Gestein, in dem die abgestorbenen Organismen eingeschlossen seien, die Öl oder Gas bilden konnten. Seine Arbeit als Paläontologe bestehe darin, solche ölproduzierenden Phänomene unter der Erdoberfläche aufzuspüren, zu analysieren und über seine Erkenntnisse zu berichten. Warum? Weil Amerika im folgenden Jahrzehnt immer abhängiger von Öl und Gas werden würde, das nötig sei, um Transportmittel anzutreiben, Häuser zu beheizen, Strom zu erzeugen und Fabriken mit Energie zu versorgen.

Samantha lauschte skeptisch. Sie hatte sich in der Schule

mit Paläontologie beschäftigt, um mehr über die Tiere und Pflanzen zu erfahren, die einst die Erde bevölkert hatten. Sie erinnerte sich noch gut an ihre Aufregung bei ihrer ersten Analyse eines sedimentären Gesteins, in dem die Überreste eines Tieres verrottet waren, sodass sich ein Hohlraum gebildet hatte. Mineralien waren in diesen Hohlraum gesickert und in der Form versteinert, die ehemals das tote Tier darin gehabt hatte. In ihrer Schulzeit hatte man den Prozess der Versteinerung um seiner selbst willen studiert, nicht um die Taschen von Investoren zu füllen, die mit Öl Geld machen wollten.

Sie war froh, als der Vortrag zu Ende war und sie im Restaurant des Worth saßen, des besten Hotels am Platz, in dem sich auch das teuerste Restaurant des Orts befand. Während Samantha auf ihren Fasan wartete und an ihrem Wein nippte, lauschte sie ohne großes Interesse der Diskussion der anderen über den Vortrag. »Erdöl wird an die Stelle der Landwirtschaft als Hauptmotor der Wirtschaft dieses Staates treten, denkt an meine Worte«, führte Todd soeben aus, als Samantha bei einem zufälligen Blick über die Schulter Trevor Waverling und seinen Sohn an der Rezeption entdeckte. Sie vermutete, dass sie über Nacht blieben und nicht mehr den Zug zurück nach Dallas nahmen. Als Todd fertig war, machte sie ihn darauf aufmerksam, dass sein Chef sich im Hotel aufhalte, und fragte ihn, ob er ihn und seinen Sohn nicht zu ihnen an den Tisch bitten wolle, doch als sie sich noch einmal umwandte, waren die Waverlings verschwunden.

Der neunte April war ein Montag. »Der Tag der Narren«, verkündete Estelle beim Frühstück. »Genau das richtige Datum für diese närrische Mission, auf die dein Vater dich schickt, Samantha.«

Samantha wechselte einen vielsagenden Blick mit Mildred, die bereits für die Zugfahrt in weniger als zwei Stunden gekleidet war. Die Haushälterin schenkte gerade die letzte Runde Kaffee ein, wobei eine Kleiderschürze die Bluse und den Rock ihres grauen Reisekostüms schützte, das sie eigens für diesen Anlass erworben hatte. Sie war noch nie zuvor mit dem Zug gefahren und hatte auch noch niemals eine Nacht in einem Hotel verbracht. Mildreds sonst stets gleichmütige Miene verriet einen Hauch von Erregung bei der Aussicht auf dieses Abenteuer und Belustigung über die Prophezeiungen ihrer Herrin.

»In den April schickt man die Leute am Ersten, Mutter«, entgegnete Samantha.

»Ja, das ist der erste Tag der Narretei«, ereiferte sich Estelle. »Warum dein Vater glaubt, wir bräuchten noch eine weitere Ranch, ist mir ein Rätsel.«

»Er möchte ein Titan werden.«

»Das kann er vergessen. Robert Kleberg und Dan Waggoner wird er niemals das Wasser reichen können.«

»Er muss es versuchen.«

Estelle bestand darauf, sie zum Bahnhof zu begleiten, und brachte durch ihre Fragen, die sie erst stellte, als sie schon in den Zug kletterten, noch mehr Unruhe in die Aktion. Hatte Samantha ihre Derringer in der Handtasche? Hatte Mildred die Sandwiches und die hart gekochten Eier eingepackt? Hatten die jungen Frauen daran gedacht, ihre Fächer mitzunehmen? Hatten sie das Riechsalz dabei? Ihre Bücher?

Dann saßen sie endlich in einem Erste-Klasse-Abteil der Missouri-Kansas-Texas Railroad, die liebevoll »Katy« genannt wurde. Mildred betrachtete mit der tiefen inneren Ruhe, die der Rasse ihres Vaters eigen war, durchs Fenster die vorbeiziehenden Landschaften, doch nach einer Weile fiel ihr auf, wie still Samantha war. Die Tochter ihrer Herrin schien diesem Abenteuer ziemlich gleichgültig gegenüberzustehen.

»Was ist los, Miss Sam? Sind Sie traurig?«

»Ich denke nach, Mildred«, antwortete Samantha.

»Denken Sie nach, oder planen Sie etwas?«

Samantha sah sie erstaunt an. »Dir entgeht wohl nichts, Mildred. Ja, wahrscheinlich könnte man sagen, dass ich etwas plane. Sobald wir unseren Auftrag in Gainesville erledigt haben, werde ich dich eine Weile allein lassen.«

Mildreds dunkle Augen nahmen einen argwöhnischen Ausdruck an. »Was haben Sie vor?«

»Ich mache einen kleinen Ausflug.«

»Ohne mich? Ich soll nicht von Ihrer Seite weichen, Miss Sam.«

»Ich will dich nicht mit hineinziehen. Wenn du nicht Bescheid weißt, kannst du auch nicht gefeuert werden.«

Mildred rutschte unbehaglich auf ihrem Sitz herum. »Miss Sam, Sie machen mir Angst, und das ist gar nicht so leicht.«

»Ich möchte dich nur bitten, meinen Eltern nicht zu verraten, dass ich einige Zeit verschwunden war.«

»Ich werde ihnen gar nichts verraten und Ihnen nicht von der Pelle rücken, egal, ob Ihnen das recht ist oder nicht, also können Sie mir auch sagen, was Sie vorhaben.«

Samantha zögerte. Sie konnte Mildred genauso vertrauen wie Grizzly und Wayne. Gerade die als Kind von den Komantschen entführte Mildred würde verstehen, warum Samantha diese Gelegenheit nutzen musste. Samantha wandte sich der Haushälterin zu. »Schwör mir, dass das unter uns bleibt.«

Mildred presste nach Komantschenart eine zur Faust geballte Hand gegen ihre Brust. »Ich schwöre es.«

»Ich werde mit der Fähre über den Red River ins Oklahoma-Territorium fahren und in Marietta einen Arzt aufsuchen.«

VIERUNDZWANZIG

Der Zug tuckerte fahrplanmäßig in den Bahnhof, sodass die beiden Frauen genug Zeit hatten, die Koffer in ihre Zimmer im Harvey House zu bringen, das vom Bahnhof aus gut zu Fuß erreichbar war. Sie verzichteten aufs Mittagessen, weil sie im Zug die mitgebrachten Sandwiches und gekochten Eier verspeist hatten. Samantha informierte sich über den Fährenfahrplan, der an der Rezeption aushing, und arrangierte, dass sie am folgenden Morgen pünktlich um neun Uhr zur Fähre gebracht würde. Das, was sie in Marietta zu erledigen hatte, würde nicht viel Zeit erfordern. Sie würde ins Hotel zurückkehren, ihren Koffer holen und den Zwei-Uhr-Zug nach Hause erreichen können.

Samantha wusste nicht, was sie stärker beschäftigte: dass La Paloma nach ihrem Besuch der Barrows-Farm möglicherweise eine Passage zum Red River haben würde oder dass der Mann, mit dem sie sich treffen wollte, etwas über ihre Herkunft wusste. Vermutlich Letzteres, dachte sie schuldbewusst. Die Frauen wählten einen Tisch in dem kleinen Bahnhofscafé, von dem aus sie durchs Fenster die Straße im Blick hatten, auf der sich der Vertreter der Barrows-Farm höchstwahrscheinlich nähern würde.

»Haben Sie eine Ahnung, wie der Mann von der Barrows-Farm aussieht?«, erkundigte sich Mildred.

»Schätze, ich werde ihn erkennen«, antwortete Samantha. »Er wird sich suchend umschauen und in Eile wirken, weil er spät dran ist.« Seit sie am Tisch saßen, waren bereits mehrere potenzielle Kandidaten eingetreten, die jedoch samt und sonders Reisende abgeholt hatten. Samantha warf einen Blick auf ihre Taschenuhr. Verärgert stellte sie fest, dass es schon zehn Minuten nach der vereinbarten Zeit war.

Da weckte das Rattern einer vor dem Fenster haltenden offenen Kutsche ihre Hoffnung, dass der Mann von der Barrows-Farm eingetroffen war, doch das Fahrzeug wurde von einer Frau gelenkt. Samantha und Mildred beobachteten, wie sie ausstieg. Sie war zierlich, hielt sich kerzengerade und bewegte sich schnell. Ein Kattuntuch und ein Strohhut mit breiter Krempe, den sie tief in die Stirn gezogen hatte, verbargen ihr Gesicht fast ganz. Sie trug eine Jacke, deren Ärmel in ihre Arbeitshandschuhe gesteckt waren, und Stiefel, die bis zu ihrem Rocksaum reichten. Samantha beobachtete fasziniert, wie sie hereinmarschierte. Drinnen blieb sie stehen und schaute sich in dem Raum um. Dabei presste sie die Lippen verärgert darüber zusammen, dass sie den Reisenden, den sie abholen wollte, nirgends entdecken konnte. Wenige Sekunden später kehrte sie nach draußen zurück, wo sie sich so zum Warten auf eine Bank setzte, dass ihr Hut durchs Fenster zu sehen war.

Samantha und Mildred, die die hochmütige Frau amüsierte, wechselten schmunzelnd einen Blick. »Ihr Mann weiß sicher, wann er den Mund halten muss!«, bemerkte Mildred.

Eine Stunde verging, in der sich das Café bis auf eine laute sechsköpfige Familie und zwei Frauen leerte. Auch die Frau mit dem Hut war mit ihrer Kutsche wieder verschwunden. Samantha bekam ein flaues Gefühl im Magen. Wenn der Mann nicht auftauchte, wäre ihr Vater untröstlich. Nach weiteren zwanzig Minuten, in denen der Vertreter der Barrows-Farm nicht erschien, überlegten Samantha und Mildred, was sie tun sollten. Nun glaubten sie beide, dass die Farm verkauft oder vom Markt genommen worden war und der Eigentümer nicht die Höflichkeit besaß, sie zu informieren. »Trotzdem kann ich hier nicht einfach weg, ohne zu wissen, was los ist«, sagte Samantha. »Daddy erwartet von mir, dass ich der Sache auf den Grund gehe.«

Sie stand vom Tisch auf und erkundigte sich beim Bahnhofsvorsteher, der auf einen Kaffee hereingekommen war, ob er den Weg zur Barrows-Farm kenne. Natürlich, antwortete er und erklärte ihn ihr. Mit Mildred im Schlepptau kehrte Samantha daraufhin zum Hotel zurück und bat den Kutscher, der sie am folgenden Tag zur Fähre bringen sollte, sie zur Farm zu fahren. Während Samantha Ausschau hielt nach dem Schild an der Kreuzung, das die Grenze des Barrows-Grundes markierte, kamen sie an fruchtbarem Land vorbei. Nicht weit von dem Schild entfernt entdeckte sie einen Mann in Arbeitskleidung und Stoffkappe, der gerade entnervt auf ein bockiges Maultier vor einem Pflug in einem Feld mit frischem Weizen einredete.

»Bleiben Sie hier stehen«, bat Samantha den Kutscher. »Ich möchte mit dem Mann da reden.«

Der Fahrer lenkte die Kutsche zum Zaun, und Samantha stieg aus. Der Mann im Feld wandte sich von Maultier und Pflug ab und kam mit großen Schritten auf sie zu, die zu seinem trotz des Ärgers über das Maultier offenen, freundlichen Gesicht passten. »Kann ich Ihnen helfen?«, rief er ihr zu, bevor er sie erreichte.

»Guten Tag«, rief Samantha zurück. »Ist das die Barrows-Farm?«

»Ja.«

»Sind Sie der Eigentümer?«

Der Mann, der gerade seine Kappe abnehmen wollte, hielt in der Bewegung inne und erstarrte.

Meine Haare, dachte Samantha. Er staunte wie alle, die sie zum ersten Mal sahen, über ihre Haarfarbe.

»Nein«, antwortete der Mann. »Ich bin nur ein Farmhelfer.«

»Ich war heute in der Stadt mit dem Eigentümer der Farm verabredet, um mit ihm über ihren Verkauf zu sprechen, aber er ist nicht erschienen. Ist die Farm noch zu haben?«

»Und wer sind Sie, Miss?«

»Samantha Gordon. Ich bin für meinen Vater Neal Gordon hier. Er hatte per Telegramm ein Treffen mit einem Vertreter der Barrows-Farm im Bahnhofscafé vereinbart. Wissen Sie etwas darüber?«

»Leider nein. Mir sagt man nicht viel.« Der Mann rückte seine Kappe zurecht. »Ich weiß nur, dass die Farm schon verkauft ist. War ziemlich schnell weg.«

Enttäuscht meinte Samantha: »Das habe ich mir schon gedacht, als niemand aufgetaucht ist.« Sie blickte zu den Reihen frischer junger Weizenstängel hinüber, die vor ihr stramm standen wie eine Armee. »Ich kann verstehen, warum sie so schnell einen Käufer gefunden hat. Trotzdem danke. Ich gebe meinem Vater Bescheid.«

»Machen Sie das. Ich wünsche Ihnen noch einen guten Tag.«

»Ich Ihnen auch.« Samantha kletterte wieder in die Kutsche.

Leon blieb am Zaun stehen, bis sie nicht mehr zu sehen war. Kurz zuvor war Millicent ebenfalls hier vorbeigekommen, in derselben üblen Laune, in der sie sich auf den Weg gemacht hatte – wütend wie eine Bärin mit Zahnweh. Sie benutzte die Kutsche nur selten, weil sie, wenn sie die Zügel hielt, keine Hand für ihren Sonnenschirm frei hatte. Deswegen war sie davon ausgegangen, dass er als »Vertreter der Barrows-Farm«

mit Neal Gordon verhandeln würde, doch Leon wollte mit dem Verkauf der Farm nichts zu tun haben. Also war Millicent fuchsteufelswild, zum Schutz gegen die Sonne von Kopf bis Fuß vermummt, losgefahren, um sich mit dem Absender des Telegramms zu treffen.

»Der verdammte Kerl ist nicht aufgetaucht«, hatte sie geflucht.

»Tja, dann hat's wohl nicht sollen sein«, hatte Leon erwidert.

Davon war Leon jetzt fest überzeugt. Offenbar wollte es das Schicksal nicht, dass der Vater der jungen Frau, die gerade eben hier gewesen war, die Barrows-Farm erwarb. Bei dem Gedanken bekam Leon eine Gänsehaut. Jesus, Josef und Maria! Bei ihrem Anblick hatte er geglaubt, Millicents verlorene Tochter vor sich zu haben. Aber so übel würde ihnen das Schicksal nicht mitspielen, so gemein würde es nicht sein, dass es sie zu ihnen zurückführte, um unwissentlich die Farm zu kaufen, auf der sie zur Welt gekommen war. Doch einen Moment lang, die Haare …

Leon hatte kurz nach der Geburt der Zwillinge ohne Millicents Wissen die Fähre über den Red River genommen und war nach Marietta im Oklahoma-Territorium gefahren, wo Bridget Mahoney für einen Dr. Tolman arbeitete. Als er die Hebamme fragte, was aus dem kleinen Mädchen geworden sei, hatte sie geantwortet: »Sie und Ihre Frau haben das Recht verwirkt, etwas darüber zu erfahren.« Aber Dr. Tolman hatte sich seiner erbarmt.

»Ich habe sie einem Rancherehepaar in der Nähe von Fort Worth gegeben. Bestimmt geht es ihr dort gut.« Mehr hatte Leon ihm nicht entlocken können.

Einige Jahre später hatte Leon sich in Fort Worth dabei ertappt, wie er überlegte, ob eines der kleinen Mädchen im Alter von Nathan, denen er auf der Straße begegnete, seine Tochter sein konnte, denn so sah er sie – als sein eigen Fleisch und Blut, genauso wie Nathan für ihn immer sein Sohn sein würde. Ein Kind musste nicht von einem Mann gezeugt worden sein, um ihm zu gehören, solange es Teil seines Herzens und seiner Seele war. Das war die einzige Verbindung, die zählte.

Leon konnte sich denken, was in dem Bahnhofscafé geschehen war. Beide Parteien hatten einen Mann erwartet. In Neal Gordons Telegramm hatte nichts davon gestanden, dass er seine Tochter schicken würde, und Millicent hatte nicht gewollt, dass ihr Name in der Anzeige erwähnt wurde. Schließlich konnte man nicht wissen, wer auftauchen würde, wenn es sich bei der Verkäuferin möglicherweise um eine Witwe handelte, die rasch die Farm ihres verstorbenen Ehemannes loswerden wollte.

Der Schock über die Haare der jungen Frau hatte Leon dazu gebracht zu lügen, was er nur selten tat. Leon konnte es sich selbst nicht so recht erklären. Er wusste nur, dass er die Farm nicht an eine junge Frau veräußert sehen wollte, deren Haare vermutlich die Farbe von denen seiner Tochter hatten, und die, obwohl ihr hübsches Gesicht und ihre Figur keine Ähnlichkeit mit denen von Millicent hatten, durchaus von ihr geboren worden sein konnte. Er wandte sich wieder Pflug und Maultier zu. Bei genauerem Hinsehen war das Wirken des Schicksals bei den Ereignissen dieses Nachmittags nicht zu leugnen. Wenn der alte Mopey Dick, wie Leon sein Maultier nannte, nicht wieder eine seiner Launen gehabt und sich geweigert hätte, sich von der Stelle zu rühren, wäre Leon zu dem Zeitpunkt, als die Kutsche vorbeigekommen war, auf der nördlichen Weide gewesen.

FÜNFUNDZWANZIG

Am Abend des neunten April kleidete sich Neal Gordon für seinen einmal monatlich montags stattfindenden Pokerabend, ohne zu ahnen, dass damit die längste Nacht seines Lebens begann. Eigentlich hatte er vorgehabt, satt und zufrieden wie ein kleines Kind zu schlafen, weil seine Welt kaum jemals rosiger ausgesehen hatte als jetzt. Die neugeborenen Kälber, mehr als erwartet, waren gezählt, fast alle kräftig und gesund, und auch die Herbstsaison versprach, gut zu werden. Rindfleisch verkaufte sich zu Höchstpreisen. Eine Bestellung über fünfhundert Stück Vieh war vom Vorsitzenden der Fort Worth Dressed Meat and Provision Company eingegangen, eine weitere über zweitausend Stück von der U. S. Army, und andere Großaufträge wurden erwartet. Die Weiden hatten nie üppiger und grüner geleuchtet, die Wassertanks waren bis obenhin gefüllt, und auch der Trinity floss breit dahin. Wenn es Neal nun noch gelang, die Farm in Cooke County zu erwerben, wäre es des Glücks fast zu viel.

Die Nachricht, die seine Euphorie zunichtemachte, kam gegen Ende des Abends, als die Herren bei Tabak und Bourbon in der Bibliothek gerade den größten Spaß hatten. Am Kartentisch saßen Neals engste Freunde: W. A. Huffman, Vorsitzender der Handelskammer; Jason Laird, Leiter der Fort Worth Union Stockyards und Inhaber der Texas Land and Cattle Bank; Buckley Paddock, Herausgeber der *Fort Worth Gazette* sowie Sloan Singleton.

Jason Laird, der Vater von Barnard, bemerkte: »Du wirkst sehr zufrieden, Neal. Scheinst ein gutes Blatt zu haben. Was ist nur aus deinem gefürchteten Pokerface geworden?«

»Lass dich von dem Gesicht nicht täuschen, Jason. Wahrscheinlich hat er gar nichts«, meinte Buckley. »Das zufriedene Grinsen bedeutet nur, dass er glaubt, er hätte einen Grundstückskauf in Gainesville County unter Dach und Fach.«

»Bitte erklär das mal näher«, bat W. A.

»Sag's du ihnen, Sloan«, forderte Neal ihn auf. »Ich versuche mich auf meine Karten zu konzentrieren.«

Also erläuterte Sloan die Sachlage, und Neal ergänzte, die Zigarre zwischen den Zähnen, seine Ausführungen, ohne den Blick von seinen Karten zu wenden. »Der Deal ist erst dann besiegelt, wenn Samantha ihn bestätigt. Ich hatte vor ein paar Jahren eine kleine Meinungsverschiedenheit mit Liam Barrows, dem Eigentümer der Farm. Mit ein bisschen Glück hat er die vergessen oder muss seinen Besitz so dringend verkaufen, dass er sie absichtlich vergisst. Er oder seine Söhne. Ich bezweifle, dass Liam noch lebt.«

»Nein, tut er nicht«, erklärte Buckley und warf einige Chips in die Mitte des Spieltischs. »Und soweit ich weiß, seine Söhne auch nicht. Die Tochter will die Farm verkaufen, eine gewisse Millicent Holloway.«

Neal, der gerade selbst Chips setzen wollte, hielt in der Bewegung inne, lehnte sich zurück und nahm die Zigarre aus dem Mund. »Wer, sagst du?«

Buckley wiederholte: »Millicent Holloway. Sie hat das Telegramm geschickt und für die Anzeige bezahlt, also gehe ich davon aus, dass ihr die Farm gehört.«

Sloan saß neben Neal. »Weckt der Name unangenehme Erinnerungen, Neal? Du siehst aus, als wärst du einem Gespenst begegnet.«

Neal, der spürte, wie es in seinem Brustkorb zu rasseln begann, trank hastig einen Schluck Bourbon. »Ja«, antwortete er und rang sich ein schiefes Grinsen ab. »Aber egal. Das ist Schnee von gestern. Ich hab mal eine junge Frau gekannt, die so hieß. Sie ist gestorben.«

»Dann kann ich verstehen, wieso du plötzlich so unruhig bist«, meinte Buckley und klopfte mit dem Finger auf den Tisch. »Noch eine Karte.«

Neal schob dem Herausgeber der Zeitung eine Karte hin. Dabei war er sich sehr wohl bewusst, dass Sloan ihn besorgt beobachtete, und er wich seinem Blick aus. Der Junge kannte Neals Fähigkeit, wenn nötig, um den heißen Brei herumzureden. Zum Glück kehrte die Farbe, die aus seinem Gesicht gewichen war, als er den Namen Millicent Holloway gehört hatte, nun wieder zurück. Gütiger Himmel! Er hatte Samantha also geradewegs zum Ort ihrer Geburt und zu ihren leiblichen Eltern geschickt. Bei dem Gedanken wurde ihm übel. Würden Mutter und Tochter einander instinktiv erkennen? Dass es so etwas gab, hatte er schon gehört. Würde in ihrem Gespräch eins zum anderen führen und schließlich … zur unvermeidlichen Enthüllung? Diese Aussicht trieb ihm den Schweiß auf die Stirn.

Sloan berührte seinen Arm. »Neal? Alles in Ordnung? Dir scheint nicht gut zu sein.«

»Doch, doch, alles okay, danke, Sloan.« Er sah die älteren Anwesenden, die mehr Erfahrung mit dem weiblichen Geschlecht hatten als sein junger Schützling, mit einem wissenden Lächeln an. Sie durften ihn nicht für krank halten und sein Haus nicht zu früh verlassen, weil er dann den größten Teil der Nacht allein wäre. »Ich habe nur gerade an etwas denken müssen.«

»War sie hübsch, deine Millicent?«, erkundigte sich Jason Laird.

Gesicht und Körper seiner Tochter tauchten vor Neals geistigem Auge auf. »Ja, sogar sehr«, antwortete er und schnippte einen Chip auf den Tisch. »Ich erhöhe um fünf.«

Es war Mitternacht, als die Honoratioren von Fort Worth die Kutsche, die sie aus der Stadt zur Ranch von Neal Gordon gebracht hatte, bestiegen. Sie residierten alle nur ein paar Häuserblocks voneinander entfernt in eindrucksvollen Domizilen. Sloan Singleton, der Einzige, der in Neals Nachbarschaft wohnte, verabschiedete die anderen mit ihm auf der Veranda. »Neal, sei ehrlich«, sagte er. »Ist wirklich alles in Ordnung?«

Sloan gehörte zu den wenigen Menschen, die seine Gedanken erahnten, obwohl Neal sich selbst nicht für einen komplexen Menschen hielt. Für ihn waren die Dinge für gewöhnlich entweder schwarz oder weiß, er kannte keine Grautöne und kein Wenn und Aber. Er und Sloan waren nicht mehr länger Mentor und Schüler. Mittlerweile hatte der Junge sich selbst etwas aufgebaut, und sie waren, wenn schon nicht wie Vater und Sohn, so doch wie Onkel und Neffe, die sich gleichberechtigt ziemlich nahestanden. Das wurde ihm klar, als Sloan, der ihn überragte und breitere Schultern hatte als er, neben ihm im Mondlicht verharrte.

»Möglicherweise stehen große Veränderungen bevor«, antwortete Neal, »und ich frage mich, ob ich in der Lage bin, damit fertigzuwerden. Ich schließe nicht gern Kompromisse. Morgen werde ich mehr wissen; darüber hinaus will ich im Moment nichts verraten.«

Sloan nickte, obwohl er mit der Antwort sichtlich unzufrieden war. Sie hatten beide Grenzen, die man nur mit Erlaubnis überschreiten durfte. »Und Samantha. Ist mit ihr alles okay?«

Neals Magen verkrampfte sich. »Soweit ich weiß, schon. Hast du Grund zu der Annahme, dass es anders sein könnte?«

Sloan zögerte kurz. »Sie ist neulich bei mir gewesen, um zu telefonieren, und hat plötzlich zu weinen angefangen. Es waren nur ein paar Tränen, aber ich mache mir Sorgen. Samantha weint sonst nicht.«

»Das stimmt«, pflichtete Neal ihm bestürzt bei. »Hat sie dir erklärt, warum?«

»Sie hat behauptet, dass ihr viel im Kopf herumgeht ... traurige Dinge.«

»Zum Beispiel?«

»Das konnte ich ihr nicht entlocken. Wir reden nicht wie früher miteinander. Samantha vertraut mir nichts mehr an.«

Neal blickte zu den Sternen hinauf. Natürlich nicht, du Dummkopf! Sie liebt dich, und du bist verliebt in eine Puderquaste! »Tja, du bist ein vielbeschäftigter Mann, Sloan. Du leitest eine große Ranch, hast zahlreiche Verpflichtungen und trägst Verantwortung ... und hast auch noch andere Interessen.«

»So viel ist nie zu tun, dass ich keine Zeit für Samantha hätte, wenn sie mich braucht. Sie kann jederzeit mit allem zu mir kommen. Bitte sag das Samantha noch einmal, wenn sie wieder da ist, ja? Ich habe das Gefühl, dass sie es vergessen hat. Sie ist mir wichtig. Das war immer so und wird so bleiben.«

»Das bezweifle ich nicht. Und sie auch nicht«, erklärte Neal, der das Bedauern in Sloans Stimme gehört hatte. »Du und Samantha, ihr seid stets wie Geschwister gewesen, Sloan. Als ihr Vater und weil ich dich gern mag, hatte ich gehofft, dass ... nun ja, dass die Sache mit euch beiden enger würde.«

Sloan zog seinen Hut tiefer in die Stirn, um sich auf den Weg zu machen. Sein Vollblut, das am Geländer der Veranda festgebunden war, schnaubte leise, weil es Zeit für Stall und Futter war. »Ich auch, aber es sieht fast so aus, als hätten sich unsere Gefühle füreinander nicht so entwickelt. Wenn ich keine Angst haben muss, einen sterbenden alten Mann zurückzulassen, möchte ich mich jetzt verabschieden.«

»Keine Sorge«, versicherte Neal ihm. »Gute Nacht, mein Junge.«

Er hätte Sloan gern noch eine Weile bei sich behalten, aber es war spät, und Sloan wollte am folgenden Tag einen Teil seiner Herde zu einer anderen Weide treiben und würde vor dem Morgengrauen aufbrechen müssen. Neal spielte mit dem Gedanken, überhaupt nicht zu Bett zu gehen. Bis zum Sonnenaufgang waren es nur noch sechs Stunden, und er würde ohnehin eine Stunde davor aufstehen. Welchen Sinn hatte es, schlaflos im Bett zu liegen und sich die schlimmsten Dinge auszumalen? Dass Samantha ihn morgen Nachmittag, wenn er sie mit Estelle vom Bahnhof abholte, in völlig neuem Licht sehen würde. Sie würde sensibel und sanft sein, wie es ihrem Wesen entsprach, aber auch direkt und gerecht, wie er sie erzogen hatte. *Mutter und Daddy, ich muss euch etwas sagen. Auf der Barrows-Farm habe ich meine leiblichen Eltern kennengelernt. Was für ein Zufall …!*

Wie es danach weitergehen würde, wusste der Himmel allein. Neal war lediglich klar, dass er seine Tochter nicht mit anderen Eltern teilen konnte, ohne dass sich ihr Verhältnis änderte. So war er einfach nicht gestrickt. Wenn er sein ganzes Herz und seine ganze Seele in etwas legte, musste es ihm allein gehören. Man konnte nicht Diener zweier Herren sein, das hatte er bereits mit sechs Jahren begriffen. Damals hatte er einen streunenden Hund am Straßenrand aufgelesen, zur Ranch gebracht und liebevoll aufgepäppelt, doch der Hund war dem Sohn des Vorarbeiters nachgelaufen. »Nimm ihn. Er gehört dir«, hatte Neal zu dem Jungen gesagt und dem Hund nicht einmal mehr den Kopf getätschelt. So war es seitdem immer gewesen. Obwohl er diese Einstellung als schrecklichen Makel empfand, den Estelle kannte und tolerierte, konnte er nicht über seinen Schatten springen.

Das bedeutete nicht, dass er nicht bis zum letzten Atemzug für das kämpfen würde, was ihm gehörte, aber was war, wenn Samantha ihre Liebe ab jetzt aufteilte? Das wäre das Ende für ihn. Er konnte sich nicht vorstellen, zu den Leuten, die sie weggegeben hatten, zu sagen: *Nehmt sie. Sie gehört euch*. Und wie würde Estelle reagieren?

Er blieb auf der Veranda, bis das Klappern der Hufe von Sloans Pferd nicht mehr zu hören war. Was hatte Samantha im Triple S zum Weinen gebracht? Neal hatte sie in ihrem ganzen Leben nur ein paarmal weinen sehen, und nach ihrer Kindheit überhaupt nicht mehr. Sie hatte anders als Estelle, die laut und hemmungslos schluchzte, stets leise geweint, und ihr Stolz und ihre Selbstbeherrschung hatten ihm einen Stich versetzt, aber auch seine Hochachtung geweckt.

Bei der Rückkehr ins Haus erinnerte Neal sich an einmal, als Samantha mit fünf Jahren tatsächlich in Tränen ausgebrochen war. Estelle war krank, hatte Fieber, eine Grippe gehabt. Ihre alte Haushälterin, Mildreds Mutter, hatte raue Finger, dick wie Hanfseile, die sich gut zum Kneten von Teig und Klopfen von Steaks eigneten, aber nicht allzu sanft waren, wenn sie die Haare eines kleinen Mädchens kämmten und flochten. Neal hatte Mrs Swift dabei beobachtet und sie aufgefordert aufzuhören, worauf seine Tochter sich ihm stoisch, ohne einen Laut der Klage, aber mit tränennassen großen grauen Augen, zuwandte. Bis zum heutigen Tag glaubte er, die Welle der Zärtlichkeit zu spüren, die ihn damals überspült hatte, und die Bewunderung für ihre Tapferkeit. Er hatte Mrs Swift in die Küche beordert und sich selbst daran gemacht, die rotblonden Haare seiner kleinen Tochter in Ordnung zu bringen, sie auf einen Hocker zwischen seinen Knien gesetzt, eine Elfe auf einem Seerosenblatt im Schatten eines Bergs. »Du ziehst nicht so fest, oder, Daddy?«, hatte Samantha gefragt, und er hatte geantwortet: »Ich würde lieber sterben, als meiner Kleinen Schmerz zuzufügen.«

Und das stimmte.

Mit brennenden Augen begann Neal, in der Bibliothek aufzuräumen, was Silbia am Morgen sicher überraschen würde. Er lüftete und leerte Aschenbecher mit feuchten Zigarrenenden in den Abfall, nahm Essensreste vom Tisch und wischte ihn sauber, nachdem er Teller und Gläser in die Küche gebracht und in eine Schüssel mit Seifenwasser gelegt hatte, damit sie am folgenden Tag gespült werden konnten, kehrte den Boden und räumte die Pokerkarten weg. Die Uhr schlug drei, als Neal die Stufen zu seinem Zimmer in der Absicht hinaufstieg, sich eine Wanne mit heißem Wasser einzulassen. Doch stattdessen trat er auf den Balkon hinaus, rückte einen Stuhl ans Geländer, auf das er die Füße stützte, zündete sich eine Zigarre an und verbrachte den Rest der Nacht damit, die Sterne zu betrachten.

SECHSUNDZWANZIG

Am folgenden Morgen brachte der Droschkenkutscher sie pünktlich zur Anlegestelle der Fähre. »*Damit* sollen wir den Fluss überqueren?«, fragte Mildred entsetzt und deutete auf das grobe Holzfloß im rostbraunen Wasser, das von dicken, auf beiden Seiten des Red River an Bäumen festgemachten Seilen daran gehindert wurde, stromabwärts zu treiben. Der einzige Zugang bestand aus Holzplanken, die in dem roten Schlamm kaum zu erkennen waren. Samantha betrachtete bedauernd ihre handgenähten hellbraunen Schuhe mit dem gestickten Blumenmuster. Egal, dachte sie. Wenn die Fähre sie der Wahrheit näherbrachte, war das die Schuhe und ein paar Unannehmlichkeiten wert.

Nach endlosem Warten, bei dem Samantha sich Sorgen machte, dass sie nicht rechtzeitig zum Zwei-Uhr-Zug zurückkommen würden, durften die Passagiere endlich an Bord. Sie und Mildred fanden einen Stehplatz zwischen Handelsware, Gepäck, Kisten mit krähendem Federvieh und einem Maultiergespann. Der »Kapitän« war ein groß gewachsener, stämmiger Mann, der das Floß mit einer langen Stange lenkte. Da die Frauen den durchweichten Seilabsperrungen, die ein Überbordgehen verhindern sollten, nicht trauten, stellten sie sich mit den anderen Passagieren, die ähnliche Ängste hatten wie sie, so weit wie möglich in die Mitte.

»Verraten Sie mir nun endlich, warum wir Leib und Leben riskieren, um diesen Arzt aufzusuchen?«, rief Mildred Samantha über den Wind hinweg zu, als sie sich in Bewegung setzten.

»Nein«, antwortete Samantha.

»Weiß er, dass Sie kommen?«

»Nein.«

»Wissen Sie, wo in Marietta er wohnt?«

»Nein.« Auf dem Brief von Dr. Tolman war lediglich eine Postfachnummer angegeben gewesen.

Mildred blies die Backen auf. »Und wie wollen Sie ihn dann finden?«

»Überlass das mir«, sagte Samantha.

Es war einfach. Der Droschkenkutscher in Gainesville hatte ihnen erklärt, dass auf der anderen Seite des Flusses Kollegen von ihm darauf warteten, Passagiere ins etwa acht Kilometer entfernte Marietta zu bringen. Samantha hatte ihn gefragt, ob er ein Hotel in dem Ort kenne. Das Wayfarer Inn, hatte er geantwortet, es gebe nur eines. Daneben befinde sich ein Restaurant. Wunderbar, hatte Samantha gedacht. Sie würde Mildred dort absetzen, wo sie sich etwas zu essen bestellen konnte, während sie selbst zu dem Arzt ging. Der Geschäftsführer des Hotels wäre sicher in der Lage, ihr die Adresse zu nennen, denn in einer Kleinstadt wie Marietta kannte jeder jeden.

Nachdem Samantha und Mildred das Floß über Holzplanken ähnlich denen auf der anderen Seite verlassen hatten, stiegen sie wackelige Holzstufen zu einer großen Lichtung hinauf, die als Wartebereich für die Fähre diente. Hier schlenderten die Menschen herum oder saßen auf Bänken, und Droschkenfahrer warteten mit ihren Kutschen auf Kundschaft. Die beiden Frauen stiegen in eine ein und machten sich auf den Weg nach Marietta.

Der Geschäftsführer des Wayfarer Inn sagte ja, natürlich

könne Samanthas Begleiterin in der Hotelhalle warten, und ja, er wisse, wo Dr. Tolman gewohnt habe – »als er noch lebte«.

Ungläubig fragte Samantha: »Wie bitte?«

»Der gute Doktor ist vor ein paar Wochen gestorben.«

Schockiert und enttäuscht sank Samantha auf den Stuhl neben Mildred, die vorsichtig nachhakte: »Verraten Sie mir nun endlich, was das alles soll? Vielleicht kann ich ja irgendwie helfen.«

Benommen antwortete Samantha: »Dr. Tolman war der Arzt, der mich zu meinen Adoptiveltern gebracht hat. Vermutlich hat er mich auch entbunden. Er war mein einziger Hinweis auf meine Herkunft.«

»Oh.« Obwohl Mildreds Gesicht keinerlei Regung verriet, war ihr das Mitgefühl anzumerken.

Samantha sah sie an. »Du weißt nicht, wie es zu meiner Adoption gekommen ist, Mildred?«

»Nein, Miss Sam. Jetzt verstehe ich, warum ich Ihnen schwören musste, Ihren Eltern nichts von diesem Ausflug zu sagen. Es würde sie umbringen, wenn sie davon erfahren, aber Sie dürfen keine Angst haben, ihnen damit Unrecht zu tun. Ihre Neugierde ist ganz natürlich. Mir ist es in der Gefangenschaft genauso gegangen. Selbst wenn meine Mama es mir nicht gesagt hätte, wär mir tief in meinem Innern klar gewesen, dass ich nicht da hingehöre, wo ich geboren bin.«

»Das ist nicht der Punkt, Mildred. Ich fühle mich zugehörig. Ich würde nirgendwo anders und bei keiner anderen Familie sein wollen. Ich weiß nicht einmal so genau, warum ich mehr über meine Herkunft herausfinden möchte. Vor Dr. Tolmans Brief habe ich keinen Gedanken darauf verschwendet.«

»Was für ein Brief?«

Samantha seufzte. »Unwichtig. Jedenfalls ist das hier eine Sackgasse.«

»Vielleicht doch nicht«, meinte die Haushälterin.

Samantha wandte sich ihr überrascht zu. »Wie meinst du das?«

»Möglicherweise ist noch jemand in der Praxis des Arztes, der zur Zeit Ihrer Geburt da war und etwas weiß, eine Krankenschwester oder eine Hebamme. Meinen Sie nicht, dass wir's versuchen sollten, wenn wir schon mal da sind?«

Samantha sprang auf. »Mildred, du bist ein Genie.« Sie eilte noch einmal zur Rezeption. Fünfzehn Minuten später ließ sie, ermutigt durch die Information, die sie vom Geschäftsführer erhalten hatte, Mildred mit ihren Koffern in der Hotelhalle zurück und ging die wenigen Häuserblocks zu Dr. Tolmans Praxis zu Fuß. Seine Tochter war von Oklahoma City angereist, um Haus und Praxis für den Verkauf vorzubereiten und seine persönlichen Dinge zu entfernen, bevor sein Nachfolger eintraf. Samantha fand das rustikale Holzhaus mit dem weit heruntergezogenen Dach ganz leicht. Es stand neben einem ähnlichen Gebäude mit einem »Zu verkaufen«-Schild im Vorgarten – vermutlich Dr. Tolmans Domizil, dachte Samantha. Das Arztschild vor der Praxis war mit Trauerflor geschmückt.

In dem kleinen Wartezimmer hielt sich abgesehen von einer Frau mittleren Alters, die hinter dem Empfang mit einem großen Besen den Boden fegte, niemand auf. Sie hatte ein Tuch um die Haare geschlungen, die Ärmel ihres Kleids hochgekrempelt, trug eine große Schürze um ihren stämmigen Leib und sah Samantha mit dem freundlich-fragenden Blick an, mit dem man Fremde mustert. Samantha zögerte. Dr. Tolmans Tochter, vermutete sie. Wie sollte sie ihr Kommen erklären? »Guten Tag, Madam. Ich bin Samantha Gordon.«

»Schön für Sie.« Die Augen der Frau blitzten schelmisch. »Ich bin Eleanor Brewster.«

»Dr. Tolmans Tochter?«

»Ich sage nichts, solange ich nicht weiß, wer mich das fragt und warum.«

Ein wenig verblüfft, aber auch von der Frau eingenommen, informierte Samantha sie: »Ich habe Grund zu der Annahme, dass Ihr verstorbener Vater mich entbunden hat. Ich wurde zur Adoption freigegeben und weiß, dass Dr. Tolman mich zu den guten Menschen gebracht hat, die meine Eltern wurden.«

Eleanor Brewster stellte den Besen weg und wischte die Hände an ihrer Schürze ab. »Ach. Das ist aber nett, dass Sie vorbeischauen, um mir das zu sagen. Seit der Beerdigung höre ich nur Lobeshymnen auf meinen Vater.« Sie ließ Samantha in den Empfangsbereich. »Kommen Sie doch rein, und setzen Sie sich. Ich wollte mir gerade einen Kaffee kochen.«

Eine Tasse Kaffee später, nachdem Samantha den Anlass ihres Besuchs erklärt hatte, wusste sie, dass Eleanor Brewster ihr nicht helfen konnte. Sie war in Oklahoma City aufgewachsen und zum Zeitpunkt von Samanthas Geburt zwölf Jahre alt gewesen. Ihr Vater war 1878 allein zu dem kleinen Vorposten Marietta im Indianerterritorium Oklahoma gekommen, um die Chickasaw Nation medizinisch zu versorgen. Eleanor Brewster erinnerte sich nicht, dass ihr Vater etwas von einem kleinen Kind erwähnt hätte, für das er eine Adoption arrangiert hatte. »Aber«, fügte sie hinzu, »selbst wenn, wüsste ich das vermutlich nicht mehr. Es gab so viele Geschichten darüber, wie Dad ein neues Zuhause für Waisen und ausgesetzte Kinder gefunden hat.« Die Patientenakten befänden sich noch in seiner Praxis, erklärte Eleanor. Sie konnten sie ja gemeinsam durchgehen.

Samantha sah auf ihre Taschenuhr. Sie müssten sich beeilen, sagte sie, weil sie die Fähre nach Gainesville erreichen wolle, um den Zwei-Uhr-Zug nehmen zu können. Ohne die

Uhr aus dem Auge zu verlieren, durchforsteten sie daraufhin die Akten mit den Namen und Daten der Mädchen, die Ende März 1880 zur Welt gekommen waren. Sie fanden vier, deren Geschichten Eleanor jedoch kannte. Eines der Mädchen war gestorben, drei lebten noch im County. »Den Namen erkenne ich«, sagte sie und zeigte auf die Unterschrift von Bridget Mahoney auf den Geburtsurkunden. »Bridget war Dads Hebamme. Sie hat Dad zu allen Terminen begleitet, war unverzichtbar für ihn. Wenn Dad Sie entbunden hat, war sie mit Sicherheit dabei.«

Samanthas Herz machte einen Sprung, doch Eleanor wirkte enttäuscht. »Leider«, erklärte sie, »ist Bridget während des Goldrauschs um 1889 mit ihrem Mann nach San Francisco gezogen.«

»Wissen Sie, wie ich sie postalisch erreichen kann?«, erkundigte sich Samantha.

»Leider nein, aber lassen Sie mir doch Ihre Adresse da, dann kann ich mich mit Ihnen in Verbindung setzen, falls ich mehr erfahren sollte.«

Inzwischen war es Zeit zu gehen. Eher um Eleanors Bemühungen anzuerkennen als aus Hoffnung, dass sich daraus tatsächlich etwas ergeben würde, schrieb Samantha ihr die Adresse ihrer Mutter in Fort Worth auf. Die Frauen verabschiedeten sich mit einer herzlichen Umarmung voneinander. »Schätzchen«, sagte die Tochter des Arztes, »ich möchte Ihnen einen Rat geben: Wenn Sie sich dort, wo Sie jetzt sind, wohlfühlen, sollten Sie sich nicht nach grüneren Weiden umsehen.«

»Stimmt«, pflichtete Samantha ihr bei, die ein merkwürdiges Gefühl des inneren Friedens und der Erleichterung durchströmte, als hätte sie gerade ein Buch mit einem sehr schönen Schluss fertig gelesen. Sie hatte alles in ihrer Kraft

Stehende getan und konnte nach Hause zurückkehren. Dies war das Ende der Geschichte.

»Herrgott, Neal! Wenn du dich nicht endlich setzt, läufst du noch die Sohlen deiner Schuhe durch. Du bist auf den Beinen, seit wir hier sind«, stöhnte Estelle auf der Bank am Bahnsteig. »Sonst bin ich doch immer diejenige, die sich Sorgen macht.«

Neal spähte, ohne ihr eine Antwort zu geben, in die Richtung, aus der der Zug aus Gainesville kommen sollte. Er musste jede Minute eintreffen, und Samanthas Gesicht würde ihm alles verraten. In der Sekunde, in der sie aus dem Zug stieg und ihn ansah, würde Neal wissen, ob ihm Himmel oder Hölle bevorstand. Er hatte mit sich gerungen, ob er Estelle auf den dunkelsten Tag ihres Lebens vorbereiten solle, sich dann jedoch, einer persönlichen Regel folgend, die sich schon oft als klug erwiesen hatte, fürs Abwarten entschieden: Leg nie deine Karten auf den Tisch, bevor du nicht die deines Gegners kennst. Manchmal konnte man bluffen, doch diesmal, fürchtete Neal, war das nicht möglich.

Der Zug fuhr dampfend und pfeifend in den Bahnhof ein, und Estelle gesellte sich, bereits die Abteilfenster absuchend, zu Neal, der mit den anderen Anwesenden darauf wartete, dass sich die Türen öffneten. Neal hatte einen bitteren Geschmack im Mund. »Da sind sie!«, rief Estelle aus, als sie die rotgoldenen Haare von Samantha unter der Krempe ihres Frühlingshuts entdeckte. Samantha erwiderte Estelles Winken hinter dem Fenster, und Neal sank der Mut. Ihrem Gesicht waren Verzweiflung, Kummer und Enttäuschung anzusehen. Neal wartete, bis Estelle sie umarmt und sich wieder von ihr gelöst hatte.

»Hallo, Tochter«, begrüßte er sie leise, als er an der Reihe war, kaum in der Lage, überhaupt etwas zu sagen, weil es ihm die Kehle zuschnürte.

Mit Grabesstimme verkündete Samantha: »Tut mir leid, Daddy, aber die Farm war bereits verkauft, als wir hingekommen sind.«

Neal machte den Mund auf, doch kein Laut kam heraus.

»Neal, beherrsch dich«, ermahnte Estelle ihn und tätschelte seine Schuler. »Es ist nicht Samanthas Schuld, dass jemand anders schneller war.«

»Der Mann hat sich nicht mal die Mühe gemacht zu erscheinen«, sagte Samantha, »aber ich habe mich vergewissert, dass die Farm tatsächlich verkauft ist. Ich habe mich mit einem Feldarbeiter der Barrows unterhalten, der hat's bestätigt.«

Neal starrte Samantha ungläubig an. Schließlich sagte er: »Du hast also nicht persönlich mit dem Eigentümer gesprochen?«

»Der hat's nicht mal für nötig gehalten, sich mit uns zu treffen«, erklärte Mildred.

»Tut mir leid«, wiederholte Samantha. »Ich sehe, wie enttäuscht du bist.«

»Du machst dir keine Vorstellung«, entgegnete Neal mit rauer Stimme und drückte sie fest an sich.

NATHAN

SIEBENUNDZWANZIG

Trevor Waverling betrachtete in seinem Büro die Anzeige im *Dallas Herald* der vergangenen Woche. Wie war das möglich? Es handelte sich um die Barrows-Farm, und Millicent wollte sie verkaufen. »Was ist dein größter Wunsch?«, hatte Trevor Nathan während eines Rundgangs durch die Fabrik gefragt. Ohne zu zögern hatte sein Sohn geantwortet: »Eines Tages die Farm meiner Mutter zu kaufen.« Trevor hob den Blick von der Zeitung. Verdammtes Weib! Wie oft musste Millicent Holloway ihrem Sohn noch das Herz brechen?

Trevor drehte sich mit seinem Stuhl dem Fenster zu, durch das er seinen persönlichen Abschnitt des Trinity River in der Aprilsonne glänzen sah. Die Zeitung trug das Datum 2. April – ein Tag nach dem, an dem man andere in den April schickte. Doch das war kein dummer Scherz, obwohl Trevor sich das gewünscht hätte. Sollte er dem Jungen die Zeitung zeigen? Trevor studierte jede Woche die Annoncen, um sich einen Überblick darüber zu verschaffen, welche Landbesitzer bereit waren, ihren Grund für Bohrungen nach Öl zu verpachten. Er notierte die Einzelheiten und verfolgte mit, welche Pachtangebote nach ein paar Wochen verschwanden und welche in der Verkaufsabteilung auftauchten. So bekam er ein Gefühl für die Gegenden, nach denen die meisten Ölbohrfirmen die Fühler ausstreckten. Die Anzeigen stammten hauptsächlich von Farmern im Oklahoma-Territorium, die wegen des dortigen Ölbooms reich zu werden hofften, aber die Spekulanten interessierten sich mittlerweile auch für Gebiete in Montague und Gainesville County. War die Barrows-Farm bereits verkauft oder für Öl- oder Gasbohrungen verpachtet? Welches Angebot würde Millicent gefallen? Wenn sie den Grund als Farm verkaufte, würde sie sofort bares Geld dafür bekommen, aber unter Umständen verpachtete sie ihn lieber für weniger, weil sie hoffte, deutlich mehr zu verdienen, wenn dort Öl gefunden wurde. Trevor vermutete, dass sie sich für den Spatz in der Hand entscheiden würde.

Sollte Millicent Holloway doch in der Hölle schmoren für das, was sie Nathan angetan hatte! Der Junge hatte ihm von ihren Plänen, die Farm zu verkaufen, erzählt, weil sie mit dem Geld ihrem anderen Sohn den Start ins Leben erleichtern und ihrer Tocher die Einführung in die Gesellschaft ermöglichen wollte, wenn sie nach Gainesville zogen. *Gesellschaft?* In Gainesville, Texas? Nathan ahnte nicht, dass sie die Farm, gleich nachdem er fortgegangen war, zum Verkauf angeboten hatte. Nun, der Verlust seiner Mutter würde der Gewinn seines Vaters werden.

Welch seltenes Glück ihm diesen Jungen und den Hund beschert hatte! Nathan fiel nicht auf. Fast vergaß man, dass er da war, bis er sich tatsächlich entfernte, und dann wurde die Leere, die er hinterließ, sehr deutlich; das hatte Trevor in den wenigen Tagen, die er zu Hause auf der Farm gewesen war, gemerkt. Seine Tochter war untröstlich gewesen.

Humpty Dumpty fiel tief hinab, und nicht mal des Königs Männer und all seine Pferde konnten ihn retten vorm Grab, hatte sie immer wieder vor sich hin gesagt und war, verzweifelt die Hände an den Kopf gepresst, durchs Haus gelaufen. Trevor hatte sie zu beruhigen versucht. *Alles wird gut, Liebes*, hatte er mindestens hundertmal gesagt. *Nathan kommt zurück.*

Doch sie hatte weitergejammert. *Humpty Dumpty fiel tief*

hinab, und nicht mal die Männer des Königs und all seine Pferde konnten ihn retten vorm Grab ... Der Reim hatte Trevor in der Abwesenheit des Jungen in den Ohren geklungen, und er hatte mit seiner Tochter gelitten, die ihren Vater als König sah und ihn für allmächtig hielt. Was würde mit Rebecca geschehen, wenn Nathan auf der Farm blieb und der König Humpty Dumpty nicht retten konnte?

Trevor hatte das Gefühl, dass er auf die wachsende Zuneigung seiner Mutter zu Nathan eifersüchtig sein sollte, doch das war er nicht. Im Gegenteil: Sie freute ihn. Die Dinge entwickelten sich besser als erhofft. Sie hatte ihren Enkel – den zukünftigen Erben –, und sein Vater war dabei, eine Beziehung zu ihm aufzubauen. Trevor Waverling musste sich keine Gedanken mehr darüber machen, ihr zu beweisen, dass ihn keine Schuld am Tod seines Bruders traf, und Mavis Waverling würde das Unternehmen nicht mehr verkaufen wollen. Ganz abgesehen davon war es schön zu beobachten, wie entspannt, friedlich und zufrieden ihr altes, hübsches Gesicht an den Abenden wirkte. Vor dem Eintreffen von Nathan hatte Trevor sie nur selten lächeln sehen, und ihr Lachen hatte er Jahre nicht mehr gehört.

Vor Nathan. So nannte Trevor die Vergangenheit jetzt. Vor Nathan hatte er sich nach der Arbeit abends meist mit Leuten zum Essen getroffen, Sport getrieben oder seinen Klub aufgesucht, doch seit Nathan da war, kam er mit dem Jungen nach Hause, um seiner Mutter zu zeigen, dass er sich bemühte. Nun saßen sie nach der Mahlzeit wie eine Familie zusammen – er, seine Mutter, sein Sohn, seine Tochter, der Hund und die Katze. Weil sie eine zweite Bedienstete eingestellt hatten, die Lenora zur Hand ging, wirkte auch Lenora zufriedener.

Der Junge besaß eine erstaunlich schnelle Auffassungsgabe.

Trevor hatte ihm seinen Vorarbeiter Jamie Foster zur Seite gestellt, der meinte: »Ihrem Sohn muss man nichts zweimal sagen.« Aus dem Mund des sonst eher wortkargen Jamie war das ein ziemlich großes Lob. Noch hatte Nathan keine bestimmte Aufgabe, noch war es wichtiger, dass er sich mit den Abläufen in der Fabrik, der Infrastruktur und den Geschäften des Unternehmens vertraut machte, denn die Stangenbohrer, Bohreinsätze und Maschinen, die es produzierte, kannte Nathan nicht von der Landwirtschaft. Außerdem stellte der Junge gerade fest, dass die Buchhaltung eines Unternehmens weit aufwendiger war als die einer Farm.

Zur Erklärung von Nathans Herkunft pflegte Trevor, wenn er ihn vorstellte, dem Jungen auf die Schulter zu klopfen und das Gleichnis vom verlorenen Sohn zu zitieren: »Mein Sohn war verloren und ist wiedergefunden worden«, sagte er und ließ es dabei bewenden. Das erntete Stirnrunzeln und fragende Blicke, aber da Trevors Freunde, Kollegen und Angestellte um seinen Ruf als Frauenheld wussten, nahmen sie Nathan als Ergebnis einer kurzen Liaison hin. Was er ja auch war. Alle schüttelten ihm die Hand und begrüßten ihn freundlich, obwohl mancher Trevor hinter dem Rücken des Jungen vielsagend zuzwinkerte, während andere Nathan übertrieben höflich behandelten.

Bereits nach einer Woche wusste Trevor, welche Position Nathan am Ende einnehmen würde. Der Junge würde sich dagegen sträuben, Vollzeit in einer Fabrik zu arbeiten, und noch weniger gern würde er die Abläufe bei Waverling Tools hinter dem Schreibtisch erlernen. Er gehörte ins Freie. Also würde Trevor Nathan zum Vertreter des Unternehmens machen, der Pachtverträge für Ölbohrungen aushandelte, wenn sie so weit wären, selbst Bohrungen durchzuführen. *Landmen* hießen solche Leute, eine andere offizielle Bezeichnung gab es für sie nicht. Der Beruf war so neu wie die Ölindustrie und erforderte keine spezielle Ausbildung, nur Erfahrung, doch die zu erwerben, kostete Zeit und Mühe. Geologen waren dafür zuständig, mögliche Erdöl- und Erdgasvorkommen aufzuspüren, während der *landman* mit dem Eigentümer des Grundes über die Bohrrechte verhandelte. Abgesehen von der Fähigkeit, mit Menschen umgehen zu können, musste der *landman* wissen, wie man Verträge formulierte und las und öffentliche und private Dokumente recherchierte, um Eigentumsverhältnisse zu klären. Diese Dinge würde Nathan lernen, und dass der Junge gut mit Leuten umgehen konnte, wusste Trevor.

Trevor lehnte sich auf seinem Stuhl zurück, um nachzudenken. Sollte er Nathan von der Anzeige erzählen? War es besser für ihn, wenn er jetzt davon erfuhr oder später? Die Neuigkeit würde ihn tief verletzen, aber bestimmt würde er das nicht zeigen. Andere Jungen würden vermutlich ihre Mutter verfluchen, doch das lag Nathan fern. Schließlich hatte Millicent ihm das Leben geschenkt, und die Hochachtung davor wäre Nathan immer wichtiger als sein Zorn auf sie.

Jetzt war der richtige Zeitpunkt, nicht später, beschloss Trevor. Er hatte Nathan versprochen, mit offenen Karten zu spielen, und Nathan hatte ihm angedroht, mit Zak nach Kalifornien zu gehen, wenn Trevor ihn anlog oder ihm etwas verschwieg.

Anfangs hatte Trevor diese Drohung nicht beeindruckt, aber in den vergangenen dreizehn Tagen hatten sich die Dinge verändert, und inzwischen besaß die Vorstellung, dass der Junge wieder aus seinem Leben verschwinden könnte, für ihn die Wirkung eines gut platzierten rechten Hakens in die Magengrube. Trevor zog an einer Schnur, die eine Glocke im Büro seiner Sekretärin erklingen ließ. Als sie sein Zimmer betrat, sagte er: »Jeanne, bitte schicken Sie Nathan zu mir. Er hat heute Morgen das Haus vor mir verlassen, also muss er in der Fabrik sein.«

»Ja, Sir, er ist hier. Ich habe ihn gesehen, als ich Jamie die Ladebescheinigung für die aktuelle Lieferung nach England gebracht habe, da war er mit Jamie zusammen.«

Trevor hob die Augenbrauen. Wieso brachte Jeanne die Ladebescheinigung höchstpersönlich seinem Vorarbeiter, wenn Jamie diese normalerweise in ihrem Büro abholte? Nur für ihren Chef verrichte sie Botengänge, scherzte sie gern. Trevor ahnte, was hinter der ungewohnten Aktion steckte. Seine Sekretärin, die jung und alleinstehend war, hatte ein Auge auf Nathan geworfen, doch das würde ihr nichts nützen. Seine Großmutter hatte andere Pläne für den Sohn des Chefs. Als Jeanne weg war, streckte Agatha Beardsley, seine langjährige Empfangsdame, die Nathan ebenfalls mochte, den Kopf herein. »Zwei Männer würden gern mit Ihnen sprechen, Mr Waverling.«

»Wer?«

»Der Geologe Todd Baker und …«, Miss Beardsley warf einen Blick auf ihren Notizblock, »… ein Daniel Lane. Er ist Eisenwarenhändler und arbeitet derzeit für einen Schmied in Fort Worth. Er kommt wegen der Stellenanzeige.«

»Geben Sie den beiden Kaffee, und sagen Sie ihnen, sie sollen warten. Ich muss mit Nathan reden.«

Nathan erschien fünf Minuten später. Als er eintrat, hatte Trevor den Eindruck, noch nie jemanden gesehen zu haben, der sich so unwohl im Anzug, aber so wohl in seiner Haut fühlte. Diese Beobachtung bestärkte ihn in seinem Beschluss, ihn hinauszuschicken und nicht an einen Schreibtisch zu setzen.

»Du wolltest mich sprechen?«, fragte Nathan, den Trevor inzwischen gebeten hatte, du zu ihm zu sagen, nicht mehr »Mr Waverling«.

Allerdings redete Nathan ihn nach wie vor nicht mit »Vater« an. Es würde sich weisen, wie sein Sohn künftig mit ihm umgehen wollte. »Ich muss dir was zeigen«, sagte Trevor, schob ihm den *Dallas Herald* hin und legte den Finger auf die Anzeige. »Ist das die Farm, für die ich sie halte?«

Nathan las schweigend. Lediglich ein zuckender Muskel in seinem Gesicht verriet seine innere Anspannung. »Sie hat keine Zeit verloren«, meinte er schließlich.

»Es tut mir leid, Nathan.«

»Mir auch. Gibt's sonst noch was?«

Trevor hätte ihm gern etwas Tröstendes gesagt, aber das ließ Nathan, der eine emotionale Mauer um sich errichtete, nicht zu. Mitgefühl würde er als Übergriff interpretieren. Kurz empfand Trevor so etwas wie Groll, doch dann erkannte er, dass dies die Frustration eines Vaters über seine Unfähigkeit war, seinem Sohn zu helfen. »Ja«, antwortete er. »Geh doch bitte an den Empfang und schick mir Todd rein, ja?«

»Gut.«

Trevor drehte sich wieder dem Fenster zu. Ein weiterer Sargnagel für Millicent und ein weiterer Weg zurück nach Gainesville, Texas, blockiert. Wunderbar.

ACHTUNDZWANZIG

Guter Junge, Zak, guter Junge«, rief Benjy, als der Deutsche Schäferhund ihm einen Stock zurückbrachte, den der Ire für ihn geworfen hatte. Es war Mittag, Spielzeit für Zak, während die Fabrikarbeiter den Inhalt ihrer Metallhenkelmänner auspackten, den sie unter den Bäumen verspeisten, und sich an dem freudigen Herumtollen des Hundes in der frischen Luft und an der Sonne des kühlen Apriltages erfreuten. Nathan, den Lenora jeden Tag mit einem üppigen Lunchpaket losschickte, befand sich unter ihnen. Ob er die dicken Sandwiches aß oder nicht, hing davon ab, ob Trevor ihn zu einem Geschäftsessen bat oder nicht. Doch die großzügig bemessenen Fleisch- und Brotscheiben verkamen nie, weil Benjy sie sich mit seiner eigenen Ration einverleibte, die er in der kleinen Küche seiner Wohnung über dem Kutscherhäuschen der Waverlings herrichtete. Nathan kannte niemanden sonst, der so viel Freude am Essen hatte wie Benjy. Die Kalorien schienen seinen dünnen Armen und Beinen und seinen großen Füßen keine Beachtung zu schenken und geradewegs in seinen dicken Bauch zu wandern, der unter der schicken Weste wie ein Ball aussah. Sein gesunder Appetit – seine Gefräßigkeit, wie Benjy es selbst nannte – war auf Geschichten von Familienmitgliedern, die während der schrecklichen Hungersnot in Irland gestorben waren, zurückzuführen. »Die Fantasie besitzt große Macht, mein Junge«, hatte er Nathan erklärt. »Wenn ich vor meinem geistigen Auge die armen

Seelen sehe, die immer schmaler geworden sind, habe ich das Gefühl, dass es meine Pflicht ist, für sie zu essen.«

Erschöpft sanken Hund und Ire neben Nathan auf die Decke, die dieser zum Essen auf dem frischen Gras ausgebreitet hatte. Zak freute sich immer über die drei Tage in der Woche, an denen er Nathan und Trevor in der Kutsche zur Arbeit begleiten und die er mit seinem Herrn in der Fabrik und im Büro verbringen durfte, denn nun konnte er endlich nach Herzenslust rennen. An den anderen Tagen musste der Hund in dem Stadthaus mit dem kleinen eingezäunten Garten dahinter bleiben. Dann ritt Nathan zur Fabrik, weil Trevor die Kutsche manchmal auch außerhalb der Arbeitszeiten benötigte. Anfangs hatte er sich gefragt, wie er von A nach B gelangen würde. Sollte er jeden Tag mit seinem Vater in der Kutsche zu Waverling Tools fahren? Das konnte für sie beide zur Belastung werden, fand Nathan. Offenbar fürchtete Trevor Waverling das ebenfalls, denn am Tag nach seiner Rückkehr von der Farm hatte er Nathan zu einer Pferdeauktion mitgenommen.

»Such dir eins aus, dann mache ich ein Angebot«, hatte er gesagt. »Solange du hier bist, wirst du dein eigenes Pferd brauchen.«

Solange du hier bist. Hieß das, dass er eine Probezeit durchlief? Doch das galt auch für Trevor Waverling, dachte Nathan. Anders als für seine Schwester und Großmutter. Sie hatten die Probe längst bestanden. Sie würden ihm fehlen wie seine Familie in Gainesville, wenn er ginge, aber bisher hatte er noch nicht das Bedürfnis verspürt, seine Tasche zu packen und sich mit Zak auf den Weg nach Kalifornien zu machen. Er bedauerte nur, dass Zak nicht immer hinauskonnte, auch wenn der Hund nicht ungern bei Rebecca, die ihn vergötterte, und seinem dubiosen Hausgenossen Scat zu bleiben schien, und nicht einmal Lenora schien sich darüber aufzuregen, dass er haarte.

Nathans Mutter hatte sich darüber permanent beklagt. Auch darüber, dass die Haare vom Leder der Kutschensitze auf den dunklen Anzügen seines Vaters landeten, musste er sich keine Gedanken machen, weil Nathan Zak beigebracht hatte, sich in einer Ecke zusammenzurollen. Und diese Ecke säuberte Benjy immer, nachdem Zak mit ihnen zur Arbeit gefahren war.

»Der Köter ist wirklich gut erzogen, Nathan«, bemerkte sein Vater.

Als Nathan Trevor Waverlings Tagesablauf kennenlernte (jeden Mittwoch nach der Arbeit ging er zum Sport), wurde ihm klar, dass sein Vater das Pferd nicht gekauft hatte, um den Kontakt mit ihm zu vermeiden, sondern um ihm die Freiheit zu geben, kommen und gehen zu können, wie er wollte, und nicht von der Kutsche abhängig zu sein. Am Ende legte Trevor sogar seine Besprechungen und Aktivitäten so, dass sie miteinander fahren und übers Geschäft reden konnten.

Nathan musste zugeben, dass er in den drei Wochen, die er nun unter dem Dach seines Vaters – seiner *Großmutter* – lebte, nicht viel an seinem neuen Leben auszusetzen hatte, auch wenn er seinen angeborenen Argwohn nicht loswurde und dem Frieden nicht traute. Besonders genoss er die sich allmählich entwickelnde Freundschaft mit Benjy, in dessen Wohnung über dem Kutscherhäuschen sie oft Zeit miteinander verbrachten.

»Woher kennst du meinen Vater?«, fragte Nathan den Iren eines Tages.

»Das ist eine lange Geschichte, mein Junge.«

»Dann mal raus mit der Sprache«, forderte Nathan ihn auf.

Am 12. August 1890, erzählte Benjy, sei er, ein Einwanderer, ohne Fahrkarte auf einen Zug von New York nach Texas aufgesprungen, weil New York City schmutzig und voller Menschen gewesen sei, die irische Katholiken unfreundlich behandelten. Er habe leben wollen, wo es Platz gab und saubere Luft und ein Bursche wie er sich eine Existenz aufbauen konnte, ohne dass die Leute ihn von oben herab anschauten, und so ein Ort sei Texas, habe er damals gehört. Er habe nicht gewusst, wohin genau der Zug fahren würde, nur, dass er, sobald er Texas erreichte, herunterspringen würde, wo es so aussah, als könnte man gut Arbeit finden. Und das sei zufällig etwa dreißig Meter vom Eingang von Waverling Tools entfernt gewesen, was ihm jedoch nicht aufgefallen sei, weil sich zwei Angestellte der Eisenbahngesellschaft, doppelt so groß wie er selbst, mit Schlagstöcken auf ihn gestürzt hätten. Obwohl er sich mit Händen und Füßen gewehrt habe, sei er überwältigt worden, und er habe schon geglaubt, bald seine Eltern im Jenseits zu treffen, wenn sie ihn weiter bearbeiteten. Dann hätten sie plötzlich von ihm abgelassen, und durch einen Schleier aus Blut, Rotz und Tränen habe er in das Gesicht von Trevor Waverling geblickt. Der Mann habe ihm die Hand hingestreckt und ihn hochgezogen.

»Ich konnte mich kaum auf den Beinen halten, mir brummte der Schädel, und ein paar Sekunden lang dachte ich, ich wär gestorben und an einem Ort, wo die Männer glatt rasiert sind und schicke Anzüge tragen wie Mr Waverling«, erzählte Benjy Nathan. »Aber er war real, und ich lebte, und die Eisenbahnleute lagen bewusstlos am Boden. ›Verschwinde lieber, bevor sie wieder zu sich kommen‹, hat er zu mir gesagt, doch ich wusste nicht, wohin ich verschwinden konnte. Da hat Mr Waverling gemeint, ich soll ihm folgen, und das mache ich seitdem – überallhin.«

»Was für eine Geschichte. Die Eisenbahnleute scheinen Bekanntschaft mit seinen Fäusten gemacht zu haben.«

»Genau. Mit denen weiß der Mann umzugehen. Du solltest ihn im Ring sehen.«

»Bestreitet er nach wie vor Kämpfe?«

»Keine Wettbewerbe mehr, aber er ist trotzdem durchtrainiert. Ich verdanke dem Mann mein Leben, meinen Lebensunterhalt, mein Zuhause und … meine Familie, Nathan. Ich würde alles für deinen Da und seine Mam und seine kleine Tochter tun. Das darfst du mir glauben.«

Das glaubte ihm Nathan, denn Benjys Loyalität Trevor Waverling gegenüber war unerschütterlich. Der Ire hatte Nathan ein Bild von Trevor geliefert, doch höchstwahrscheinlich würde er die Fragen, die ihn am brennendsten interessierten, nicht beantworten. Wusste Benjy, wie, wo und warum Jordan Waverling gestorben war, und glaubte er, dass Nathans Vater an seinem Tod schuld gewesen war?

Nathan biss in sein Sandwich und beobachtete amüsiert wie immer, wie Benjy sorgfältig den Schinken von seinen beiden Scheiben Brot nahm, ihn auf das Stanniolpapier legte und Brot, Salat, Käse und Gürkchen daneben aufreihte. Mit einem gekochten Ei, einem Apfel und einem Keks verfuhr er genauso.

»Nein, Junge, das ist nicht für dich«, warnte Benjy Zak, dessen Schnauze sich der Anordnung gefährlich näherte. »Nicht betteln.« Er schob den Hund weg und begann zu essen, zuerst den Schinken und den Salat, dann das Brot; danach die Gürkchen und das gekochte Ei, gefolgt von dem Apfel und dem Käse und schließlich dem Keks als krönendem Abschluss der Mahlzeit. »An Sandwiches hat man länger was, wenn man sie auseinandernimmt und das, was drauf ist, wie einen jeweils eigenen Gang isst«, behauptete Benjy.

»Funktioniert aber nur, wenn es dem Magen nichts ausmacht zu warten«, wandte Nathan ein.

Da gesellte sich ein groß gewachsener, muskulöser, ziemlich selbstbewusster Kerl mit seinem Henkelmann zu ihnen.

Nathan erkannte ihn als den Eisenwarenhändler, den sein Vater kurz zuvor eingestellt hatte. Sonst verzehrte er sein Sandwich während der Arbeit. Über ihn war nicht sonderlich viel bekannt, nur dass er Junggeselle war und gut mit Metall umgehen konnte. Der Mann meide den Kontakt mit anderen, hatte Nathan gehört, sehr zum Kummer der Sekretärin, die auch Nathan anhimmelte. »Darf ich mich dazusetzen?«, fragte der Neuankömmling.

»Klar«, antwortete Nathan und rutschte ein wenig zur Seite, um im Schatten der Eiche Platz zu machen. Dann streckte er ihm die Hand hin. »Wir sind uns schon mal begegnet, Daniel. Falls Sie sich nicht erinnern: Ich bin Nathan Holloway.«

»Natürlich erinnere ich mich.« Der Mann schüttelte ihm die Hand. »Holloway? Sind Sie nicht der Sohn vom Chef?«

»Ja, doch. Aber ich trage den Namen meines Stiefvaters.«

Daniel Lane nickte. »Ich hatte auch einen, war aber nicht versessen drauf, seinen Namen beizubehalten. Ich bin beide ziemlich schnell losgeworden. Jetzt trage ich den Namen meiner Mutter, obwohl ich auf den auch nicht sonderlich stolz sein kann.«

»Kennen Sie Benjy?«, fragte Nathan den Mann, den er auf Ende zwanzig schätzte.

»Ist der Fahrer vom Chef«, antwortete Daniel. »Wir hatten noch nicht das Vergnügen. Schön, Sie kennenzulernen.«

»Ganz meinerseits«, sagte Benjy. »Woher kommen Sie?«

»Letztlich von überallher, aber zuletzt aus Fort Worth. Dort hab ich meine Arbeit als Helfer des Schmieds hingeschmissen. Die Luft ist mir ein bisschen zu dick geworden.«

Nathan biss in seinen Apfel. »Und wie gefällt Ihnen die Luft hier?«

»Besser. Ist schön, anerkannt zu werden und das Geld zu kriegen, das einem zusteht, ganz zu schweigen vom Respekt.«

»Klingt, als hätten Sie noch ein Hühnchen mit jemandem zu rupfen«, bemerkte Benjy.

Daniel verzog den Mund zu einem Lächeln. »So könnte man es ausdrücken. Ich brauche ein bisschen Zeit und Glück, um mir zurückzuholen, was mir gehört.«

»Und was ist das, wenn ich fragen darf?«, erkundigte sich Nathan.

»Natürlich dürfen Sie fragen, schließlich hab ich das Thema aufgebracht. Eine Frau, die mir weggenommen wurde, weil ihr Bruder der Ansicht ist, dass ich nicht gut genug für sie bin. Ich habe vor, seine Meinung zu ändern.«

»Dann mal viel Glück.« Nathan packte das Stanniolpapier und die Kerngehäuse der Äpfel weg. »Hoffentlich wartet sie auf Sie.«

»Ja, sie wird warten«, stellte Daniel fest.

»Wie können Sie sich da so sicher sein?«, wollte Benjy wissen.

»Kein anderer will sie haben«, antwortete Daniel. »Der Gong. Ich muss wieder an die Arbeit. Ich hab da ein Projekt, mit dem ich den Chef beeindrucken möchte. Schön, Sie kennengelernt zu haben. Bis bald.«

Als Daniel sich entfernte, meinte Benjy: »Für jemanden, der sonst eher maulfaul ist, redet mir der Mann zu viel.«

NEUNUNDZWANZIG

Nach zwei Wochen erschien die Anzeige für den Verkauf der Farm in der Nähe von Gainesville nicht mehr im *Dallas Herald*. Und am letzten Tag im April erhielt Nathan einen Brief von Leon, in dem dieser ihm mitteilte, dass Millicent die Farm, gleich nachdem er gegangen sei, zum Verkauf ausgeschrieben habe und sie fast sofort weg gewesen sei. Sie würden im Mai nach Gainesville ziehen und sich schon dort eingewöhnt haben, wenn Randolph im Juni seinen Highschoolabschluss mache. Leon wisse, dass diese Nachricht Nathan genauso erschüttern würde wie ihn selbst. Er habe keine Ahnung, was er in der Stadt tun solle. Der neue Eigentümer würde die Farm Ende Juni übernehmen, nicht nur für den Weizenanbau, wovon Millicent erst nach der Unterzeichnung des Vertrags erfahren habe.

Allerdings müsse er Millicent in diesem Punkt in Schutz nehmen. Zuerst habe sich ein *landman* an Millicent gewandt, der vorgehabt habe, einen Teil des Grundes für Ölbohrungen zu pachten, aber zum Glück habe seine Frau sich geweigert. Sie habe nicht gewollt, dass ihr Besitz aufgeteilt würde wie anderes Farmland im Oklahoma-Territorium, das an Ölgesellschaften verpachtet worden war. Das sei sie ihrer Familie, ihrem Mann und Nathan schuldig, habe sie gesagt. Ja, auch dir, Nathan, schrieb Leon. Dann sei Mr Burton (der neue Eigentümer) auf sie zugetreten, der ihr das Doppelte des von ihr geforderten Preises geboten habe, wenn sie die Bohrrechte mitverkaufe. Leon habe ihr geraten, sie zu behalten, doch das Angebot sei zu verlockend gewesen, und Nathans Mutter habe unbedingt verkaufen wollen, besonders nachdem der Mann ihr versichert habe, dass er in erster Linie Farmer sei. Erst nach der Unterzeichnung der Verkaufsdokumente habe sie erfahren, dass er ein Vertreter der Standard Oil Company von John D. Rockefeller war. Teil der Übereinkunft, fuhr Leon fort, sei, dass die Holloways bis Ende Juni auf der Farm bleiben, eine letzte Ernte einbringen und ihre Gerätschaften veräußern könnten. Millicent habe bereits ein neues Zuhause in Gainesville für sie erworben, das große zweistöckige Haus mit den weißen Säulen davor, das ihr schon so lange gefalle. Leon glaube, ihre Entscheidung, die Farm zu verkaufen, sei wesentlich davon beeinflusst worden, dass der Eigentümer, ein prominenter Anwalt, gestorben war und sein Domizil zum Verkauf stand. Nathan solle sich keine Gedanken darüber machen, was aus Daisy werden würde. Ihr Nachbar, der sich bereit erklärt habe, sie zu kaufen, würde ihr ein gutes Zuhause geben. Würde Nathan zu Randolphs Highschoolabschlussfeier im Juni kommen? Sein Bruder werde die Festrede halten.

Nathan, der auf einem Schaukelstuhl auf der vorderen Veranda des Stadthauses seiner Großmutter saß, faltete den Brief zusammen und schloss voller Schmerz die Augen. Vor noch nicht allzu langer Zeit hatte er mit Trevor eine Baumwollplantage in der Nähe von Nacogdoches in East Texas besucht, um ein Ölbohrloch zu inspizieren, weil die Ausrüstung des unabhängigen Ölbohrunternehmens von Waverling Tools stammte. Bei ihrer Ankunft hatten sie ein Geräusch gehört, das klang wie ein herannahender Güterzug, und die Männer waren von dem Bohrturm weggestoben. Wenige Minuten später hatte eine gewaltige Explosion den Boden erschüttert, und sie hatten mit großen Augen, die Hände über den

Ohren, beobachtet, wie oben aus dem Bohrturm Unmengen einer pechschwarzen Flüssigkeit dreißig Meter in die Luft geschleudert wurden und in alle Richtungen spritzten. Die Männer, die gerade noch mit dem Leben davongekommen waren, tanzten und jubelten und gratulierten einander dafür, eine Ölquelle angezapft zu haben. Trevor hatte bei dem Anblick sofort gedacht: *Bevor ich in dieses Geschäft einsteige, muss ich ein Dichtungsventil entwickeln, damit nicht so viel Öl nutzlos in die Luft schießt.*

Nathan hatte Abstand gehalten von den Feiernden, mit angesehen, wie die Reihen gesunder, kerzengerader Baumwollpflanzen unter Hunderten von Barrels Öl begraben wurden und dabei nur Übelkeit empfunden. Während die Männer im Regen des »schwarzen Goldes« tanzten, hatte es ihm einen Stich versetzt mitzuerleben, wie die Früchte harter Farmarbeit unter Straßen, Zugtieren und Güterwagenrädern versanken, wie der Boden durch Lecks in Öltanks, Beton- und Zementmischmaschinen sowie durch nicht mehr benötigte Ausrüstung, die einfach verrostete, wo man sie hingeworfen hatte, verschmutzt und die Luft durch das Abfackeln stinkender Gase verpestet wurde. Insgeheim nannte Nathan das »den Schlachtabfall der Ölförderung«.

Die gleiche Übelkeit überkam ihn nun, wenn er sich vorstellte, wie die goldenen Weiten der Barrows-Farm von einer Flut schwarzen Rohöls überschwemmt wurden, und er mochte gar nicht daran denken, wie die unterirdische Quelle vergiftet und das Vieh, die wilden Tiere und die Wälder vernichtet würden, wenn so ein Bohrturm Feuer finge. Für eine Bohrstelle war knapp ein Hektar Grund erforderlich. Selbst wenn man kein Öl fand, war dieser eine Hektar für mindestens eine Generation, möglicherweise sogar dauerhaft für die Landwirtschaft verloren.

Da kam die zweirädrige Kutsche seiner Großmutter in Sicht. Mavis war mit Rebecca zur Geburtstagsfeier von einer Freundin ihrer Enkelin gefahren, falls Rebecca überhaupt so etwas wie Freundinnen hatte. Sie winkten Nathan, der, Scat und Zak zu seinen Füßen, wie immer am Samstagnachmittag auf der Veranda las. Trevor war beim Sport. In dem einen Monat, den Nathan mittlerweile im Haus der Waverlings wohnte, hatte sein Vater ihn nie gebeten, ihn am Mittwoch- und Samstagnachmittag zum Boxtraining zu begleiten. In der offenen Kutsche wirkten Nathans Großmutter und seine Schwester in ihren bunten Festtagskleidern wie Blumen, Mavis in ihrem hauchdünnen altrosafarbenen Gewand wie eine verblühende Rose, Rebecca, die mit ihren langen, spindeldürren Armen fuchtelte, in ihrer weiß-gelben Kreation wie eine Lilie.

Benjy lenkte die Kutsche in die Auffahrt, und kurz darauf kamen »die Mädchen«, wie Trevor sie nannte, ums Haus herum zu Nathan. Unterdessen fuhr Benjy weiter ins Kutscherhäuschen und ging in die Küche, um mit Lenora seinen Nachmittagstee zu nehmen.

»Du hast also einen Brief von zu Hause bekommen, Nathan«, bemerkte Mavis, die auf ihren Stock gestützt die Fliesenstufen hinaufstieg.

»Lass sehen! Lass sehen!«, rief Rebecca aus und hüpfte aufgeregt auf und ab.

»Nein, Rebecca, Liebes. Der Brief gehört Nathan«, ermahnte Mavis sie. »Bitte setz dich auf die Schaukel.«

»Nein! Nein! Ich will den Brief sehen!«, kreischte Rebecca.

»Zak«, sagte Nathan mit ruhiger Stimme zu seinem Hund, der sich erhob und seine Schnauze gegen Rebeccas Hand drückte.

Die Kleine ließ sich bereitwillig von ihm ablenken. »Zak ...«, gurrte sie und streichelte den Hund. Dann setzte sie sich artig auf die Schaukel, und Zak hockte sich vor sie hin und legte den Kopf auf ihren Schoß.

»Erstaunlich«, wunderte sich Mavis. »So etwas habe ich noch nie erlebt. Du und Zak, ihr seid ein Gottesgeschenk für uns, Nathan. Hoffentlich steht in dem Brief nichts Unerfreuliches.«

Nathans Großmutter besaß bemerkenswertes Feingefühl. Seine Geschwister hatten sich immer beklagt, dass seine Gefühle nur schwer zu ergründen seien, und Randolph hatte ihn als »undurchschaubar« bezeichnet. *Wenn du ein Indianer wärst, würdest du den Namen »Steingesicht« tragen*, hatte er einmal gesagt. Wie konnte Mavis Waverling Nathans Kummer erspüren, und woher wusste sie, dass der Brief von seiner Familie stammte? Aber wer sonst sollte ihm schreiben? Nathan hatte keine Ahnung, wie viel Trevor seiner Mutter von Millicent Holloway erzählt hatte. Es wäre ziemlich dumm von ihm gewesen, ihr zu gestehen, dass Millicent Nathan als Frucht einer Vergewaltigung erachtete. So etwas würde kein Mann seiner Mutter beichten, schon gar nicht, wenn sie ohnehin das Schlimmste von ihm annahm.

»Meine Mutter hat unsere Farm an ein Unternehmen verkauft, das Öl fördert«, erklärte Nathan. »Sie und mein Stiefvater ziehen in die Stadt.«

»Und das macht dich traurig?«

»Ja. Durch die Bohrungen könnten viele Hektar Farmland auf Jahre hinaus unbrauchbar werden, selbst wenn kein Öl gefunden wird.«

»Du hattest dir Hoffnungen gemacht, die Farm eines Tages zu kaufen?«

»Das hat dir dein Sohn gesagt?«, fragte Nathan erstaunt.

»Es gibt nicht viel, was er mir über dich nicht gesagt hat. Das habe ich von ihm verlangt.«

Da ihr Blick neutral blieb, vermutete Nathan, dass Trevor ihr die Behauptung Millicents verschwiegen hatte, er habe sie vergewaltigt. Bislang hatte sie ihm von seinem Großvater, den frühen Tagen in Dallas und der fröhlichen Seite von Jordan Waverling erzählt, aber noch nicht von jener anderen Geschichte. *Bis zum heutigen Tag bleibt sein Tod mysteriös*, hatte sie bemerkt. Vielleicht hatte Mavis Waverling es sich anders überlegt, weil sie nicht wollte, dass ihr Enkel schlecht über seinen Vater dachte. Seit Nathan bei ihnen lebte, schien sie sich mehr für Trevor zu erwärmen. Über Jordans dunkle Seite wusste Nathan lediglich, dass er zu extremen Gemütsschwankungen neigte. Möglicherweise habe Rebecca etwas von dem bisweilen erratischen Verhalten ihres Onkels geerbt, der auch in seinen depressiven Phasen niemals gewalttätig oder brutal gewesen sei, hatte Mavis gemeint. Er habe den Fluss so sehr geliebt, weil das Wasser ihn beruhigte. »Ironie des Schicksals, dass er ausgerechnet an dem Ort, an dem er inneren Frieden fand, gestorben ist.« Näher war seine Großmutter einer direkten Äußerung über den Tod Jordans nie gekommen.

Plötzlich stand Rebecca auf. *»Ich muss zurück zum Meer, zum Himmel überm einsamen Meer. / Nur ein Schiff und ein Stern, es zu steuern, sind mein Begehr!«*, zitierte sie.

Mavis erklärte: »Das ist eins ihrer Lieblingsgedichte. John Masefield war Jordans Lieblingsautor. Rebecca will damit sagen, dass sie zum Flussufer hinuntermöchte. Vermutlich weil sie dort schöne Erinnerungen an ihren Onkel hat. Sie standen einander sehr nahe. Er ist mit ihr zum Schwimmen und Angeln an den Steg gegangen, und sie haben einander Gedichte aufgesagt. Die Leidenschaft dafür hat Rebecca von ihm. Würde es dir etwas ausmachen, sie zu begleiten, Nathan? Wir lassen sie nicht allein an den Fluss.«

Nathan bekam eine Gänsehaut. Es war, als hätte Rebecca

seine Gedanken über ihren Onkel erraten. »Zak und ich fühlen uns geehrt.« Er steckte den Brief in das Buch, in dem er gelesen hatte, und nahm Rebeccas Hand.

»Bleibt nicht zu lange, Nathan«, bat Mavis ihn. »Seid zum Tee zurück, bevor Trevor nach Hause kommt. Du und ich, wir haben nicht oft Gelegenheit, allein miteinander zu reden. Und Rebecca, mach dein Kleid nicht schmutzig.«

Als sie die Stufen hinuntergingen, fragte sich Nathan, woher das unheimliche Einfühlungsvermögen seiner Verwandten stammte. Hatte seine Großmutter auch seine Gedanken über Jordan erraten? Würde sie ihm nach seiner Rückkehr vom Fluss endlich erklären, warum sie ihren jüngeren Sohn verdächtigte, seinen Bruder umgebracht zu haben? Ahnte sie, dass die anfängliche Neugierde ihres Enkels sich in tiefe Sorge verwandelt hatte?

Nachdem Nathan das Tor hinter ihnen geschlossen hatte, hüpfte Rebecca mit wippenden dunklen Locken, Zak neben sich, zum breiten Trinity River hinunter. Der gepflegte Rasen, der sich bis zum Ufer erstreckte, gehörte zum Grund seiner Großmutter und bot genug Platz, um für Zak einen Ball werfen zu können. Hohe Hecken zu beiden Seiten trennten das Anwesen von denen der Nachbarn. Ein kleiner Steg ragte ins Wasser hinaus. »Pass auf, Rebecca!«, rief Nathan, als seine Halbschwester mit Zak auf den Holzsteg lief. »Geh nicht zu nah an den Rand.«

»Mach ich nicht«, rief sie zurück. Das überraschte Nathan, der von dem Kind nur selten eine normale Antwort erhielt. Für gewöhnlich sprach die Kleine in Rätseln und Reimen und war in ihrer eigenen Welt der Dichtkunst, der Malbücher, Puppen und imaginären Freunde gefangen. Sie schien keine andere Gesellschaft zu brauchen als ihre Großmutter, Lenora, Benjy und jetzt Nathan und Zak. Hin und wieder erlebte Nathan, wie ihre dunklen Augen klar wurden und sie sich auf das, was um sie herum vorging, konzentrierte. In solchen Momenten lief es ihm kalt den Rücken hinunter. Es war, als erwachte eine Puppe plötzlich zum Leben.

Nathan gesellte sich zu Rebecca auf den Steg, um sie am Arm festhalten zu können, falls sie unachtsam werden und das Gleichgewicht verlieren sollte. »Da«, sagte sie und deutete.

»Da?«, wiederholte Nathan.

»Da!« Sie zeigte auf einen großen Stein, der nahe am Ufer aus dem Wasser ragte.

»Was ist damit, Rebecca?«, erkundigte sich Nathan.

»Da ist es passiert.«

»Was?«

»Da ist mein Onkel ertrunken.«

Nathan stellten sich die Nackenhaare auf. Er zog Rebecca sanft vom Rand des Stegs weg und nahm sie bei den Schultern. »Hast du gesehen, wie dein Onkel ertrunken ist, Rebecca? Von hier aus? Was hast du auf dem Steg gemacht? War sonst noch jemand hier?«

Sie drehte sich von ihm weg und wies auf den Stein. *»Ich muss zurück zum Meer, zum Himmel überm einsamen Meer. / Nur ein Schiff und ein Stern, es zu steuern, sind mein Begehr.«* Rebecca wandte sich wieder Nathan zu. »Das hat er gesagt«, erklärte sie.

»Wer hat das gesagt? Dein Onkel?«, hakte Nathan nach. Die Augen des Mädchens leuchteten. Wieder spürte Nathan, wie er eine Gänsehaut bekam. Doch da wurde ihr Blick auch schon wieder verschwommen, und der Moment der Wahrheit war vorüber. Rebecca schaute auf den Fluss. *»Und das Rucken des Steuers und das Lied des Windes und das Flattern des Segels, / Und in grauer Dämmrung grauer Dunst auf dem Antlitz der See.«*

Nathan lauschte mit großen Augen ihrem Singsang, hinter dem er eine verborgene Botschaft vermutete. Was wollte sie ihm mitteilen? Hatte sie tatsächlich gesehen, wie Jordan Waverling ertrank? Allein oder mit jemandem zusammen? Damals war sie neun Jahre alt gewesen, und bestimmt hatte man noch besser auf sie aufgepasst als jetzt. Er streckte ihr die Hand hin. »Komm, Rebecca. Lass uns zurückgehen. Deine Großmutter wartet mit dem Tee auf uns.«

Ohne seine Hand zu ergreifen, hüpfte sie voraus, Zak neben ihr her. Nathan schüttelte verwundert den Kopf, als Rebecca im Takt zu ihren Sprüngen mit fröhlicher Stimme sang: *»Ihr Tässchen, es ist weiß und dünn; Wohl tausendmal hat sie darin / Ihr Herz erquickt; / Und auf dem Grund erblickt / 'nen Drachen, der zum Gruße grient.«*

DREISSIG

Am Freitag, dem zweiundzwanzigsten Juni, bestieg Nathan den Zug nach Gainesville. Leon hatte ihm geschrieben, wie sein Besuch ablaufen würde. Er würde Nathan vom Bahnhof abholen und ihn zum neuen Zuhause der Familie bringen, in das sie mittlerweile eingezogen waren. Sie würden Randolphs Abschlussfeier am Samstagmorgen beiwohnen, dann zu Mittag essen, und es bliebe ihm überlassen, ob er am abendlichen Abschlussdinner und der Tanzveranstaltung teilnehmen wolle. Nathan war froh, dass er nicht mehr zur Farm musste.

Wie vereinbart erwartete Leon ihn bereits am Bahnhof, als der Zug einfuhr. Er begrüßte und umarmte ihn mit Tränen in den Augen. »Danke, dass du gekommen bist, Nathan. Wir freuen uns alle sehr.«

»Ich freue mich auch«, sagte Nathan. Als er die Einladung zu Randolphs Abschlussfeier gelesen hatte, wäre er noch nicht in der Lage gewesen, das zu behaupten. Was würde er empfinden, wenn er sah, wofür seine Mutter die Farm geopfert hatte? Für das prächtigere Haus und Lilys und Randolphs bessere Kleidung, vielleicht sogar für eines dieser pferdelosen Gefährte, die die *New York Times* »Automobile« nannte. Würde es seiner Familie überhaupt etwas bedeuten, wenn er erschien? Doch Randolph war Leons Sohn, und mit Sicherheit wäre der stolz, ihn in dem goldenen Umhang des Festredners auf der Bühne zu sehen. Das hatte Randolph sich verdient.

Und am Ende war Nathan zu dem Schluss gelangt, dass es ihm selbst wichtig wäre, diese vielleicht letzte Gelegenheit, mit seiner Familie zusammen zu sein, zu nutzen.

»Das hätte ich mir nicht entgehen lassen«, versicherte Nathan Leon, dem die tiefen Falten um die Augen und auf der Stirn einen sorgenvollen Ausdruck verliehen. Beide waren anders gekleidet als bei Nathans Abschied. Sie trugen einen Anzug, ein gestreiftes Hemd mit hohem, steifem Kragen und eine Krawatte. Nathan war von Waverling Tools, wo er sich immer so anzog, gleich zum Bahnhof gegangen, ohne noch in bequemere Reisekleidung zu schlüpfen. Leon trug einen Strohhut und Nathan eine Melone.

»Sind wir nicht feine Pinkel?«, fragte Leon lachend.

»Allerdings. Aber fürs Grobe hab ich eins meiner alten Hemden und eine Jeans dabei«, gestand Nathan.

»Ich zieh meinen Arbeitsanzug an, sobald wir im Haus sind. Millicent mag's nicht, wenn ich in der Stadt damit herumlaufe. Als ob das jemandem auffallen würde. Und selbst wenn: Wen würde das schon interessieren? Hast du was gegessen?«

»Ein Sandwich im Zug.«

»Millicent hat Apfelkuchen und Eis hergerichtet.« Leon legte Nathan einen Arm um die Schultern und drückte ihn. »Du hast mir gefehlt, Sohn.«

»Du mir auch, Dad«, sagte Nathan mit einem Kloß im Hals. Würde er Trevor Waverling jemals mit der gleichen tiefen Empfindung so nennen?

Sie schwiegen eine Weile traurig über das unwiederbringlich Verlorene, als Leon Nathan zu einer nagelneuen sechssitzigen Kutsche aus edlem Holz, mit feinen Ledersitzen, hochglanzpolierter Messingzierleiste und Faltverdeck führte. Davor stand ein prächtiges Pferd. »Die haben wir erst seit ein paar Tagen, sonst hätte ich dir geschrieben, dass ich dich nicht mit der guten Betsy abhole«, erklärte Leon mit einem Blick auf das Fahrzeug, das den wackeligen alten Wagen mit dem Ackergaul ersetzt hatte. »Millicent meint, dass wir jetzt, wo wir in der Stadt wohnen, ein standesgemäßes Fortbewegungsmittel brauchen. Ich hab ihr gesagt, ich nehm das verdammte Ding nicht, wenn sie unsere Lizzy Belle weggibt. Der Wagen wird bald verkauft, weil ich nicht mehr zur Farm und zurück fahren muss. Natürlich hofft Randolph, dass seine Mutter ihm irgendwann eins von diesen sündteuren pferdelosen Fahrzeugen, die sie in Detroit herstellen, kauft.«

»Und, tut sie das?«, fragte Nathan, dessen Freude über seinen Besuch durch diese Neuigkeiten getrübt wurde.

Leon schnalzte mit den Zügeln. »Sie ist ein bisschen übergeschnappt wegen dem ganzen Geld, das sie jetzt hat, aber ich glaube nicht, dass sie eins von diesen neumodischen Dingern kaufen wird. Die sind einfach zu gefährlich. Erzähl doch: Wie läuft's in Dallas? Fühlt Zak sich in der Stadt wohl, und was ist mit der kleinen Rebecca? Mag sie dich? Wie kommst du mit Trevor zurecht, und geben sie dir genug zu essen?«

Während der zehnminütigen Fahrt beantwortete Nathan die Fragen seines Stiefvaters und schmückte seine Schilderungen ein wenig aus, damit dieser sich keine Sorgen machte. Das Land werde ihm immer fehlen, da sei er sich sicher, erklärte er Leon, doch allmählich gewöhne er sich an das Leben mit Innentoilette, elektrischem Licht, fließendem Wasser und Telefon. Und an das, was es in der Stadt zu sehen, zu hören und zu riechen gebe, sowie daran, wie bequem es sei, in der Nähe aller Geschäfte zu wohnen. »Dir wird's genauso gehen, Dad«, versicherte Nathan ihm.

»Solange ich kein Weichling werde«, meinte Leon.

Davor habe er auch Angst, gestand Nathan, aber er sehe eine Lösung für das Problem. Trevor habe früher als Amateurboxer an Mittelgewichtswettkämpfen teilgenommen. Obwohl er jetzt dafür zu alt sei, trainiere er nach wie vor regelmäßig und habe Nathan endlich eingeladen, ihn zum Training zu begleiten, wo er selbst entscheiden könne, ob er mit dem Sport beginnen wolle.

Du und Boxen?, fragte Leon. Den Körperbau habe er immerhin dafür. Seine Muskelkraft fehle ihnen bei der Ernte. Ein paar Wochen stünden ihnen noch bevor, es sehe ganz so aus, als würde es eine Rekordernte werden. Bisher hätten sie einen mehr als fairen Preis für den verkauften Weizen erzielt. Leon habe dafür gesorgt, dass ein Teil des Geldes für Nathans Lohn beiseitegelegt wurde. Interessenten für Pflug, Werkzeug, Sattel- und Zaumzeug und Vieh warteten bereits. Millicent würde Leon seinen Teil des Erlöses geben, den er seinen geheimen Ersparnissen zuführen wolle. Dann hätte er genug Grundkapital für einen Neustart, falls der irgendwann nötig würde. Er habe von gutem Land gehört, das es in Kansas spottbillig gebe.

Nathan sah ihn erstaunt an. »Heißt das, du würdest Mutter verlassen?«

»Nein«, antwortete Leon, »aber es ist gut zu wissen, dass ich es könnte. Ich bleibe bei deiner Mutter, bis der Tod uns scheidet, Nathan. Ich liebe sie, das war immer so und wird auch so bleiben. Kann dir nicht sagen, warum. Ich hab's aufgegeben, mich zu fragen, warum ein Mensch einen anderen Menschen trotz seiner schwarzen Seele liebt, und warum diejenigen, die sie verdient hätten, keine Liebe kriegen. Liebe hat nichts mit Logik zu tun, das wirst du auch noch eines Tages merken. Und einen Trost habe ich, Sohn: In ihrem tiefsten Innern liebt deine Mutter mich, glaube ich. Ohne mich würde sie nicht zurechtkommen, wenn die Kinder aus dem Haus sind.«

»Klingt mir eher nach brauchen als nach Liebe«, meinte Nathan.

»Ja, das macht einen großen Teil ihrer Gefühle für mich aus, und oft reicht das, wenn die tieferen fehlen.«

In dem Moment, als die Kutsche vor dem prächtigen zweistöckigen neuen Zuhause der Holloways hielt, flog die Tür auf. *»Nathan!«*, rief Lily aus und eilte die Stufen hinunter, um die Arme um ihn zu schlingen. Ihr folgten lächelnd Randolph und dann seine Mutter, die schick frisiert und nach der neuesten Mode gekleidet war. Der Haarknoten, das Kattungewand und die Schürze von der Farm gehörten der Vergangenheit an.

Nathan fand ihren herzlichen Empfang rührend, aber dieses Gefühl zerstreute nicht das, aus dem Nest gestoßen worden zu sein, als er in das Haus geführt wurde, das jetzt das Familiendomizil war. Seine Mutter wischte einen Fleck von seiner Melone, bevor sie sie an die Garderobe im Vorraum hängte, und Lily rief aus, wie gut er in seiner Stadtkleidung aussehe. Randolphs Händedruck war fest, und er schien sich aufrichtig über Nathans Geschenk zu seinem Abschluss zu freuen, einen Waterman-Füller, eine deutliche Verbesserung gegenüber seinen bisherigen Schreibfedern. »Ich dachte mir, an der Columbia dürfte es schwierig werden, eine Gans aufzutreiben, der du die Federn ausrupfen kannst«, scherzte Nathan mit einem augenzwinkernden Verweis auf Randolphs derartige Versuche auf der Farm.

Das Gefühl der Entfremdung wurde er bei Apfelkuchen und Eiscreme nicht los, als er sich bemühte, sich an die neuen Gesichter seiner Mutter und seiner Geschwister bei Tisch, an ihre Kleidung, ihr Verhalten und ihre Ausdrucksweise zu gewöhnen. In den etwa zwei Monaten, die er weg gewesen war, hatten sie sich verändert, in diese neue Welt eingefügt, die das Geld ihnen erkaufte. Nathan hatte erwartet, sie schüchtern und befangen, vielleicht sogar ein wenig beschämt über ihren neuen Lebensstandard anzutreffen, weil sie ja wussten, wie er zustande gekommen war. Doch schon nach einer Stunde hatte er das Gefühl, dass sie sich gut an die gesellschaftliche Stellung angepasst hatten, die sie ihrer Ansicht nach mit den Wohlhabenden teilten, und er wunderte sich darüber, wie fehl am Platz sie auf der Farm gewesen waren. Seine kleine Schwester war hübscher geworden und wusste das auch. Sie sprach und gestikulierte im vollen Bewusstsein ihrer Schönheit, erzählte Nathan, sie habe mehrere Verehrer »von beträchtlichem Vermögen«, die sie um den kleinen Finger wickeln könne – »Öl und Baumwolle, weißt du« –, und wolle ihr letztes Schuljahr an einem privaten Institut in Denton absolvieren, wo sie es mit »Leuten unseres Standes« zu tun haben werde.

Der neue Reichtum der Holloways hatte Randolphs Hochmut, der seinem überlegenen Intellekt und seinem guten Aussehen zuzuschreiben war, verstärkt. Nach dem Jurastudium habe er vor, in die Politik zu gehen, erklärte er. Er beabsichtige, eine Kanzlei im Oklahoma-Territorium zu eröffnen, weil das irgendwann ein eigener Staat werden würde, und er wolle an Ort und Stelle sein, wenn es soweit sei. Bei dieser Eröffnung wandte er sich grinsend Millicent zu. »Würdest du nicht gern die Mutter des Gouverneurs von Oklahoma sein?«, fragte er.

Worauf Millicent mit einem stolzen Lächeln reagierte. Sie hatte sich am stärksten verändert, fand Nathan. Seine Geschwister waren einfach nur das geworden, was sie sich immer gewünscht hatten, bei seiner Mutter jedoch war der Charakter noch deutlicher hervorgetreten. Ihr wahres Ich hatte sich hinter einem Haarknoten und einer Schürze über einem

Kattunkleid verborgen. Nathan hatte sie stets für eine schöne Frau gehalten, doch auf der Farm war sie im Vergleich zu dem eleganten Schwan jetzt ein hässliches Entlein gewesen. Nun pflegte sie wieder die Umgangsformen der Klasse, der sie als Mädchen angehört und die sie als Ehefrau eines einfachen Farmers hatte aufgeben müssen. Mit der modischen Kleidung und der schicken Pompadourfrisur, den Perlen in den Ohren und um den Hals sah sie aus wie die Dame der besseren Gesellschaft, die sie ursprünglich hatte werden sollen, und fühlte sich in jedem Salon im Staat zu Hause.

Als es Zeit fürs Bettgehen war, marschierten alle die Treppe zu ihren Zimmern hinauf. Auch Nathan bekam ein eigenes. »Ein *Gästezimmer*! Kannst du dir das vorstellen, Nathan?« Lily klatschte begeistert in die Hände. »Jetzt müssen wir niemanden mehr auf dem Heuboden unterbringen.«

»Was für ein Haufen«, bemerkte Leon, als er Nathan zu seinem Zimmer führte.

»Ja«, pflichtete Nathan ihm bei. »Ich wünsche ihnen alles, was sie sich von dem Verkauf der Farm und dem Umzug in die Stadt erhoffen.«

»Etwas anderes hätte ich von dir nicht erwartet«, sagte Leon.

»Besteht die Gefahr, dass Mutter das Geld durchbringt?«

»Dafür ist sie zu klug. Sie weiß, wie sie aus wenig viel machen kann, sobald sie den Eindruck erweckt hat, dass sie reich ist. Das ist sie zwar nicht, aber es genügt, wenn es so aussieht. Nathan …« Leon suchte nach den passenden Worten. »Um auf das zurückzukommen, worüber wir zuvor gesprochen haben … ich meine, über die Liebe. Egal, wie eingebildet dein Bruder manchmal sein mag und was für ein hirnloses Püppchen deine Schwester ist – sie lieben dich. Leider können sie es nicht zeigen. Obwohl sich für Randolph und Lily alles um sich selbst dreht, machen sie sich wirklich etwas aus dir.«

»Wäre das auch so, wenn sie wüssten, dass ich nur ihr Halbbruder bin?«

»Hoffentlich erfahren sie das nie, denn dann könnten sie das Gefühl haben, dich nicht so sehr zu brauchen. Egal, wie weit sie es im Leben bringen: Sie werden immer zu dir aufblicken und dich benötigen, weil sie in Zukunft nicht vielen von deinem Kaliber begegnen werden. Und sie sollen nie vergessen: Sie haben einen Bruder, der besser ist als die Besten, einen Bruder, der sie nie enttäuschen wird. So sehr sind sie nicht auf sich selbst fixiert, dass sie das nicht erkennen.«

»Wozu brauchen sie mich, wenn sie dich haben, Dad?«

Leon lief unter seinem Backenbart rot an. »Ach, für die bin ich doch bloß ein dummer Bauer.«

»Da täuschen sie sich«, entgegnete Nathan, der glaubte, dass dies nicht die einzige Fehleinschätzung seiner Geschwister bleiben würde. Ihm war klar, worum Leon ihn bat. »Ich werde für sie da sein, wenn sie mich brauchen«, versprach Nathan. »Und was das Thema Liebe angeht …« Er räusperte sich.

Leon knuffte ihn gegen die Schulter. »Genug davon. Ich weiß, was du empfindest. Geh jetzt ins Bett. Wenn Randolph morgen seinen großen Auftritt hat, müssen wir alle frisch und munter aussehen. Schlaf gut, mein Junge.«

»Du auch.«

Nathan blickte Leon nach, wie er den breiten, von elektrischem Licht erhellten Flur zu dem geräumigen Schlafzimmer ging, das er sich mit seiner Frau teilte. Er hatte seinen »Frack«, wie er ihn nannte, nicht abgelegt, um in sein Arbeitsgewand zu schlüpfen. *Leon, doch nicht beim Kuchen im Esszimmer!*, hatte Millicent protestiert, und so hatten Ehemann und Sohn die Anzüge anbehalten. Fast hatte Nathan Mitleid mit seinem Stiefvater. Was würde Leon nun mit seiner Zeit anfangen, da er kein Land mehr zu bestellen hatte? Während Nathans Aufenthalt würden sie kaum Gelegenheit haben, darüber zu reden, weil er nach der Tanzveranstaltung am folgenden Abend den Mitternachtszug nach Dallas erreichen und früh am Sonntagmorgen wieder zu Hause sein wollte. Die Frage würde also unbeantwortet bleiben. Mittlerweile akzeptierte er das Unveränderliche und würde nach Hause zurückkehren, ohne sich über irgendjemanden in Gainesville Gedanken machen zu müssen außer über Leon. Nathans Hand verharrte auf dem Türknauf. Plötzlich wurde ihm bewusst, dass er Dallas in Gedanken gerade zweimal als sein Zuhause bezeichnet hatte.

TEIL ZWEI

EINUNDDREISSIG

Am Freitagmorgen, vier Tage nach ihrer Rückkehr von Gainesville nach Fort Worth, öffnete Mildred Swift die Tür des Stadthauses ihrer Herrin, vor der ein Farmer stand, der wöchentlich seine Waren in der Gegend feilbot. Heute, verkündete er, habe er etwas ganz Besonderes. Feigen – »reif und saftig. Süßer als die ganzen letzten Jahre«. Mildred war verantwortlich für die Lebensmittelausgaben, die Speisekammer und die Keksdose, in der sich ihr monatliches Budget für das Essen befand. Sie selbst hätte für die Feigen wohl eher das Wort »überreif« verwendet und zögerte deshalb, einen Korb voll zu kaufen. Im Vergleich zu anderen Dingen, die sie für das gleiche Geld bekommen konnte, waren sie teuer, und außerdem würden sie bald verderben, aber Estelle liebte sie, und was sie nicht aß, konnte zu Marmelade verarbeitet werden. Am Ende beschloss Mildred, doch einen Korb voll zu nehmen.

Da die Komantschen keine Götter kannten, war Mildred ohne Wissen um einen abstrakten, unsichtbaren Allmächtigen aufgewachsen, und man hatte sie nie zu einer Religion bekehren können. An jenem Morgen jedoch dankte sie allen Göttern, die es möglicherweise gab, dafür, dass der Postbote sofort nach dem Händler auftauchte und ihr einen an Miss Samantha Gordon adressierten Brief in die Hand drückte. Er stammte von Eleanor Tolman Brewster.

Oje, dachte Mildred, die den Namen Tolman sowie seine Bedeutung erkannte und sich sicher war, dass ihre Herrin ähnlich reagieren würde wie sie. Sie hörte Estelle, die immer schon auf die Post wartete, die Treppe heruntereilen. Mildred ließ den Brief für Samantha in der Tasche ihrer Schürze verschwinden. Den Rest dieses Tages und bis zum frühen Samstagnachmittag überlegte sie fieberhaft, wie sie Samantha, die erst am folgenden Wochenende wieder in Fort Worth erwartet wurde, Eleanor Tolman Brewsters Nachricht zukommen lassen könnte.

»Mrs Gordon«, sagte sie, als ihr endlich etwas eingefallen war, »ich wollte fragen, ob es Ihnen recht wäre, wenn ich heute Nachmittag meine Tante besuche. Die hab ich lange nicht gesehen. Dann könnte ich Miss Sam welche von den Feigen vorbeibringen, die ich gestern gekauft habe, bevor sie verderben. Sie wissen ja, wie gern sie die mag.«

»Das ist aber nett, dass du an sie denkst, Mildred. Bestimmt freut deine Tante sich über deinen Besuch. Lass dir Zeit, und wenn du schon auf der Ranch bist, kannst du auch gleich die hellbraunen Schuhe holen, die Samantha in Gainesville dabeihatte. Mal sehen, ob ich sie noch irgendwie sauber bekomme. Keine Ahnung, warum sie so schmutzig sind. Schaut aus wie Schlamm vom Red River.«

»Die Wege waren vom Regen aufgeweicht«, erklärte Mildred.

Die Tante, die einzige noch lebende Verwandte von Mildreds mittlerweile verstorbener Mutter, würde sich mit Sicherheit nicht über einen Besuch von ihr freuen, denn für Tante Lil war Mildred nach wie vor ein Komantschenbastard. Mildred hatte auch gar nicht vor, sie mit ihrer Anwesenheit zu beglücken, aber sie brauchte einen Grund, die Feigen ausliefern zu können, weil Estelle sonst Jimmy geschickt hätte. Nun erhob sich nur noch die Frage, was sie mit dem Brief tun sollte, damit Samantha ihn auch wirklich erhielt, falls es ihr nicht gelänge, ihn ihr persönlich zu geben.

Am Ende legte sie das Schreiben unten in einen Korb und deckte es mit einem dicken Geschirrtuch zu, damit es nicht mit dem Saft der Feigen in Berührung kam. Als Mildred sich am Nachmittag auf den Weg nach Las Tres Lomas machte, fühlte sie sich wie ein Kurier in geheimer Mission. Silbia öffnete ihr die Tür des Ranchhauses und teilte ihr mit, dass Samantha in ihrer Werkstatt sei. Also stellte Mildred den Korb mit den Feigen in der Küche ab, und die beiden Haushälterinnen plauderten eine Weile beim Kaffee. Mildred wurde dabei immer unruhiger, weil sie überlegte, ob es richtig gewesen war, Eleanor Tolman Brewsters Brief unter den Feigen zu verstecken. Was, wenn Samantha ihn nicht fand?

Nachdem Mildred sich die schmutzigen Schuhe hatte aushändigen lassen, bat sie Silbia: »Sag Miss Sam doch bitte, dass ihre Mutter ihre eine Nachricht unter das Tuch gelegt hat.« Mit einem Augenzwinkern fügte sie hinzu: »Nur für sie, wenn du weißt, was ich meine.«

»Ja. Was ihr Papa nicht weiß, macht ihn nicht heiß.«

Wie wahr, dachte Mildred und verabschiedete sich.

Doch Mildreds Plan ging schief.

Wenige Minuten nachdem Mildred sich mit Estelles Wagen entfernt hatte, marschierte Neal in die Küche. »Was wollte Mildred?«, erkundigte er sich besorgt. »Ich habe sie gerade wegfahren sehen. Ist in Fort Worth alles in Ordnung?«

»Sí, patrón«, antwortete Silbia und deutete auf den Korb mit den Feigen. »Sie war da, um Miss Sam die zu bringen und ihre Schuhe zum Saubermachen mitzunehmen.«

»Ah, Feigen«, rief Neal mit leuchtenden Augen aus und steckte eine in den Mund. »Saftig, süß und klebrig. Genau, wie ich sie mag.«

»Lassen Sie lieber die Finger davon, *patrón*. Sie sind für Miss Sam.«

»Sie merkt's bestimmt nicht, wenn eine fehlt.«

Oder zwei, dachte Neal, als er noch einmal durch die Küche kam, nachdem er ein Gewehr aus dem Waffenschrank geholt hatte. Ein Tier, vermutlich ein Luchs, hatte wieder Kälber angefallen, und er, Wayne und ein paar Jungs von seiner und Sloans Ranch wollten sich auf seine Fährte setzen, solange es noch hell war. Der Saft der Feigen trat bereits aus, fiel ihm auf. Wo, zum Teufel, steckte Silbia? Seine Haushälterin hätte die Früchte in einen anderen Behälter geben und in einen kühleren Raum bringen sollen, bevor sie zu Matsch wurden. Seufzend stellte er das Gewehr beiseite, um unter der Arbeitsfläche nach einer Schüssel geeigneter Größe zu suchen. Als er eine gefunden hatte, hob er das Tuch an und gab die Feigen hinein. Dabei entdeckte er zu seiner Überraschung darunter einen verschlossenen Umschlag. Er drehte ihn um und stellte fest, dass er an Samantha gerichtet war. Was hatte ein Brief an seine Tochter in einem Korb mit überreifen Feigen verloren? Sein Blick wanderte zum Absender: *Tolman, Marietta, Oklahoma-Territorium*. Er erstarrte. Wer war Eleanor Tolman Brewster? Dem Namen nach zu urteilen handelte es sich um die Tochter von Dr. Donald Tolman, aber warum schrieb sie Samantha? Wollte sie sicherstellen, dass auch Samantha die Information erhielt, die ihr Vater Neal schriftlich übermittelt hatte? Was mischte die Frau sich ein? Er schob den Daumennagel unter die feuchte Klappe und öffnete den Brief. Darin stand:

Liebe Miss Gordon,
Sie waren schon weg, als ich in den Papieren meines verstorbenen Vaters einen Brief von der Hebamme, über die wir gesprochen haben, entdeckte. Bridget Mahoneys Adresse in San Francisco lautet Canal Street 505, aber bitte berücksichtigen

Sie, dass der Poststempel vom 7. September 1889 stammt. Möglicherweise ist sie seitdem umgezogen oder lebt vielleicht gar nicht mehr. Ich hoffe, dass diese Information Sie einen Schritt weiterbringt bei der Suche nach Ihren leiblichen Eltern und dass das Wiedersehen mit ihnen so verläuft, wie Sie es sich ersehnen.

Mit besten Wünschen,
Eleanor Tolman Brewster

Neal hielt den Brief entsetzt von sich weg. Die Kugel, der er geglaubt hatte, ausgewichen zu sein, hatte ihn mitten ins Herz getroffen. Seine größte Angst war begründet gewesen. Samantha wollte ihre leiblichen Eltern finden. Er und Estelle waren ihr nicht genug. Sie hatten ihre Erwartungen nicht erfüllt.

Durchs Fenster sah Neal Silbia mit wütendem Blick vom Trail Head aufs Haus zustapfen. Sie und Grizzly schienen sich wieder einmal über ihre jeweiligen Kompetenzen gestritten zu haben. Neal legte hastig den Brief dorthin zurück, wo er ihn gefunden hatte, deckte ihn mit dem Tuch zu und leerte die Schüssel mit den Feigen in den Korb. Er hatte die Schüssel kaum unter der Arbeitsfläche verstaut, als Silbia schon hereinmarschierte. »Sie müssen mit Senor Grizzly reden, *patrón*. Er hat …« Sie runzelte die Stirn. »Ist irgendetwas?«

»Nein!«, knurrte Neal. »Ich habe nur keine Zeit, mir dein Gezetere über Grizzly anzuhören. Regelt das unter euch!« Er nahm das Gewehr in die Hand und schob sie beiseite, weil er an die frische Luft, hinaus ins Freie, wollte. Neal merkte, wie ihm der Feigensaft wieder hochkam, und spuckte aus. Sein Pferd wartete gesattelt für die Jagd. Während Neal seine Büchse in die Gewehrtasche schob und in den Sattel kletterte, wich schockierte Ungläubigkeit Wut und Verletztheit.

Silbia war ihm nach draußen gefolgt. »*Patrón?*«, fragte sie, bestürzt über sein seltsames Verhalten. Sie arbeitete schon viele Jahre für den *patrón* von Las Tres Lomas de la Trinidad und kannte seine Launen, aber so hatte sie ihn noch nie erlebt. »Kommen Sie zum Abendessen heim? Vergessen Sie nicht, dass wir die Singleton-Damen erwarten.«

»Auf mich müssen sie verzichten.«

»Was soll ich Miss Sam sagen?«

Neal gab seinem Pferd die Sporen. »Was du willst«, rief er Silbia zu und galoppierte los. Seine Haushälterin starrte ihm nach. *El patrón* war strikt gegen jede Tierquälerei auf der Ranch, aber wenn seine Sporen geschliffen waren, hatten sie das Pferd bestimmt verletzt, und sonst redete er nie in diesem Tonfall über seine Tochter.

Wieder in der Küche, nahm Silbia verwirrt und besorgt eine Schüssel unter der Arbeitsfläche heraus, in die sie die Feigen geben wollte, als Samantha hereinkam. »Daddy ist gerade weggeritten wie von Furien gehetzt«, bemerkte Samantha. »Ich habe ihm zugewinkt, aber er hat nicht reagiert. Bestimmt hat er mich nicht gesehen.«

Silbia betrachtete die schmutzige Schüssel verwundert. »Keine Ahnung, was in Ihren Papa gefahren ist«, sagte sie. »Als ich rausgegangen bin, um ein Wörtchen mit Grizzly zu reden, war noch alles in Ordnung. Der hat nämlich, wie ich im Garten war, den größten Teil von meinem Maismehl gemopst, das ich heute Abend fürs Maisbrot gebraucht hätte. Als ich zurückgekommen bin, war *el patrón* völlig außer sich. Vielleicht liegt's an den Feigen.« Silbia deutete auf den Korb. »Mildred hat sie für Sie gebracht und Ihre Schuhe zum Saubermachen geholt – die mit den Blumen, die Sie in Gainesville anhatten.« Sie wusch die Schüssel unter dem Wasserhahn aus. »Nehmen Sie, so viele Sie möchten. Den Rest stell ich in die Kühlkammer.«

Samantha wählte eine Feige aus. »Wo wollte Daddy denn hin?«

»Dem Luchs nach, der im nördlichen Teil der Ranch sein Unwesen treibt.«

»Hoffentlich kommt er früh genug zurück, um sich fürs Abendessen und unser Kartenspiel mit den Singleton-Schwestern frisch zu machen.« Sloan würde den Samstagabend natürlich wie immer in Gesellschaft von Anne Rutherford verbringen.

»Dazu hat er nichts gesagt«, meinte Silbia ausweichend. Nachdem sie die Schüssel gespült und abgetrocknet hatte, hob sie die Ecken des Tuchs in dem Korb an, um die Früchte in die Schale zu geben. »Ach, das hätte ich fast vergessen: Unter den Feigen ist ein Brief von Ihrer Mama. Nur für Sie, hat Mildred gesagt.« Mit diesen Worten reichte sie Samantha das Schreiben.

ZWEIUNDDREISSIG

Neal führte mit Sloan, der überraschend mit einem seiner Leute aufgetaucht war, einen Trupp von vier Männern und zwei Hunden an. »Ich dachte, du bereitest dich auf einen schönen Abend mit Miss Rutherford in Fort Worth vor«, sagte Neal.

»Heute nicht«, erklärte Sloan.

Neal hatte keine Lust zu reden, und das schienen Sloan, Wayne und die anderen Reiter zu spüren. Dem Herrn von Las Tres Lomas war klar, dass er abweisend wirkte. Und nur wenige Männer wagten es, Neal Gordon in einer solchen Stimmung nahezukommen. Sie kannten seinen Ruf, kein Erbarmen zu zeigen, wenn ihm jemand etwas wegnehmen wollte. Viehdiebe mieden Las Tres Lomas, doch irgendein Raubtier hatte sich auf Neals Grund und Boden vorgewagt und fiel ohne Not Rinder an in einer Zeit, in der es Fressen in Hülle und Fülle gab. Die Fährte wies auf einen großen Luchs hin. Luchse stiegen mit den Hinterpfoten in die Spuren der vorderen, sodass der Eindruck entstand, dass es sich um einen zweibeinigen Räuber handelte. Die Art der Fortbewegung, die Fährte und das Fehlen von Krallenabdrücken, die von den Kadavern wegführten, ließen fast nur den Rückschluss zu, dass es sich tatsächlich um einen Luchs handelte, obwohl solche Raubkatzen sonst eher kleinere Tiere im eigenen Revier angriffen: Mäuse, Kaninchen, Opossums, Dachse, Stinktiere und Rotwild. Sie sprangen ihnen an die Kehle, töteten sie mit einem einzigen Biss, schleiften ihre Beute weg und versteckten sie für ein späteres Festmahl. Doch alle vier Kälber waren auf brutale Weise ausgeweidet und an der Stelle liegen gelassen worden, wo das Schicksal sie ereilt hatte. Ein Zweihundert-Pfund-Kalb hätte selbst für einen wagemutigen Luchs eine Herausforderung dargestellt. Deshalb glaubten die Männer, hinter einem besonders großen männlichen Einzelgänger her zu sein, der aus reiner Mordlust Kälber riss.

Neal wäre gern allein unterwegs gewesen. Wenn er den Brief früher entdeckt hätte, wäre das auch der Fall gewesen. Wie die meisten Männer seines Schlags konnte er seine Gedanken und Gefühle leichter ohne Gesellschaft ordnen. Zum ersten Mal seit Seth Singletons Tod war ihm nach Weinen zumute. Er und Estelle hatten versucht, ihrer Tochter die bestmöglichen Eltern zu sein, ohne sie zu sehr zu verwöhnen, und sie hatte sich ziemlich gut gemacht, fand Neal, ohne sich selbst loben zu wollen. Sie hatte zwanzig Jahre lang ihre Liebe und Fürsorge, ihren Schutz und Beistand genossen. Warum streckte sie jetzt die Fühler nach den Eltern aus, die sie nicht gewollt und weggegeben hatten? Was fehlte ihr bei ihm und Estelle?

Enttäuschtes Vertrauen ... So hätte er seine gegenwärtigen Gefühle beschrieben, und es kostete ihn Mühe, seinen Zorn zu zügeln. Samantha hatte sie hintergangen, sie hatte ihre Bedürfnisse, ihre Neugierde und ihre Einsamkeit – was auch immer sie dazu veranlasste, ihre leiblichen Eltern zu suchen – vor ihm und Estelle verborgen. Aber wie sonst hätte sie es anfangen sollen? Samantha war klar, wie sie auf ihren Wunsch, mehr über ihre Herkunft herauszufinden, reagiert hätten. Neal kam sich vor, als hätte man ihm in den Bauch geschossen. Und Estelle ... Sie würde sich möglicherweise niemals mehr von ihrem Kummer erholen, wenn sie erfuhr, was ihre Tochter während ihres Ausflugs nach Gainesville getrieben hatte.

Neal hatte das Gefühl, von einem Abgrund verschlungen zu werden. Voller Schmerz dachte er an die Nacht, in der Samantha zu ihnen gekommen war. Er hatte schon viele Dinge erlebt, die einem Mann die Menschlichkeit rauben konnten. Neal hatte gegen Komantschen und mexikanische Marodeure und im Bürgerkrieg Mann gegen Mann gekämpft, und das hatte ihm seelische Narben fürs Leben zugefügt und ihn hart gemacht. Doch in der Nacht, in der er zum ersten Mal seine kleine Tochter im Arm gehalten hatte, waren alle Dornen, Stachel und Spitzen in ihm verschwunden. Es hatte Wochen gedauert, bis ihm nicht mehr der Atem stockte, wenn er es ansah, das winzige, vollkommene Mädchen, das nun ganz ihm und Estelle gehörte. Konnte ein leiblicher Vater stärkere Liebe für eine Tochter empfinden? Nein. Ihn selbst überraschte es am allermeisten, dass er so hingerissen war von diesem hübschen Kind. Die einzige Frau, mit der er es bis dahin zu tun gehabt hatte, war seine Gattin gewesen. Seine Mutter war so früh gestorben, dass er sich später nicht mehr an sie erinnerte, und er war in einem Haushalt harter Männer aufgewachsen, von denen er selbst der härteste war.

Das erste Wunder seines Lebens war es gewesen, als Estelle seinen Heiratsantrag annahm, aber er hatte lange gebraucht, seine Frau zu verstehen, und sie hatte so viele Jahre in Männerhemden und -hosen neben ihm geschuftet, dass er sie am Ende überhaupt nicht mehr als Frau sah. Natürlich hatte er auf Söhne gehofft. Ihm war nie in den Sinn gekommen, sich eine Tochter zu wünschen. Als überhaupt keine Kinder kamen, hatte er sich damit abgefunden und versucht, Estelle, die genug von der Arbeit auf der Ranch hatte, einen Ausgleich zu bieten. Nach seinem Tod würde sie Las Tres Lomas de la Trinidad erben, das Anwesen jedoch im Gedenken an Neals besten Freund Seth, den Vater Sloans, Sloan verkaufen. Seth hatte ihn bei der siebentägigen Schlacht bei Gaines Mill in Virginia im Jahr 1862 unter Lebensgefahr gerettet. Deshalb hatte Neal, bemüht, nicht weiter darüber nachzudenken, dass er keinen Erben hatte, der von seiner harten Arbeit und seinen Opfern profitieren würde, die Ranch am Laufen gehalten, nicht nur, um seine eigenen Titanenträume zu verwirklichen, sondern auch, um den Besitz seinem Freund Seth zu Ehren Sloan hinterlassen zu können.

Und dann war das zweite Wunder geschehen, ein Erbe, und es war egal gewesen, dass es sich um ein Mädchen handelte. Kein Sohn hätte ein geeigneterer Nachfolger sein können, und nur eine Tochter war in der Lage gewesen, ihm und Estelle so zärtliche Liebe wie Samantha zu schenken.

Nun erreichten die Reiter einen Teil der Ranch, der als »Windy Bluff« bekannt war. »Da drüben ist Saved«, riss Sloan Neal aus seinen Erinnerungen und deutete auf das stattliche Tier mit den kräftigen Hörnern, das dort auf seinem persönlichen Weidegrund graste. »Wie alt ist er jetzt?«

»Fast fünf«, antwortete Neal.

»Die Farbe an der Spitze seiner Hörner ist verblasst. Sie muss erneuert werden.«

»Wenn Samantha dran denkt«, brummte der trotz seiner Liebe zu den Titanen und Göttern eher nüchterne Neal, der die verblasste Farbe an den Hörnern nun durchaus symbolisch deutete.

»Wieso sollte Samantha nicht dran denken?«, fragte Sloan verblüfft. »Ich habe sie oft hier draußen bei ihm gesehen. Das Vieh scheint sie zu erkennen.«

Ohne auf Sloans Verblüffung zu reagieren, bemerkte Neal:

»Ich gebe dir einen Rat, mein Junge. Leg dir, wenn du heiratest, einen ganzen Stall voll Kinder zu. Dann ist nicht alles verloren, wenn eines dich enttäuscht.«

Ein in die Ferne deutender Finger und der Ausruf *»Da drüben!«* von einem der Männer beendete die Unterhaltung. Die Hunde rannten bellend voraus. Der lang gestreckte Körper eines Tiers mit dickem Schwanz, das fast doppelt so groß war wie ein Luchs, fauchte sie von einem hohen, mit Eichen- und Kieferngestrüpp bedeckten Felsvorsprung aus an. Das Tier lief, Männer und Hunde ihm nach, in ein dicht bewaldetes Gebiet, das mit einem Kliff dahinter die Grenze von Las Tres Lomas markierte. Zehn Minuten später war es wie vom Erdboden verschwunden. Die Hunde jaulten, die Schnauzen an der Fährte, und die Reiter suchten den Abhang mit ihren Pferden vergebens nach dem braunen Fell ab.

»Ein Puma«, identifizierte Wayne Harris das Tier. Es war Jahre her, dass in der Gegend ein Exemplar dieser Art aufgetaucht war. »Vermutlich ein Einzelgänger, der aus seinem Revier vertrieben wurde.«

»Er scheint sich zu gut dazu zu sein, seine Beute zu vergraben, weil es hier genug Nachschub gibt«, bemerkte Neal grimmig. »Durch uns fühlt er sich nicht bedroht. Dem macht die Jagd Spaß. Bestimmt kommt er heute Nacht zurück, und dann hole ich ihn mir.«

Erstauntes Murmeln der Männer. Sloan fragte: »Wie meinst du das, Neal?«

»Ich bleibe. Reitet ihr zurück und freut euch über euren freien Samstagabend. Ich gehe erst hier weg, wenn ich dem Mistvieh das Lebenslicht ausgeblasen habe oder sicher bin, dass es weg ist.«

Sloan senkte die Stimme. »Das ist keine gute Idee, Neal, und das weißt du auch.«

Wayne meldete ebenfalls Bedenken an. »Sie sehen nicht mehr so gut wie früher, Chef, besonders im Dunkeln.«

»Mein Gehör funktioniert aber noch bestens«, entgegnete Neal. »Und ich habe meine Brille dabei. Außerdem muss ich über etwas nachdenken. Allein. Wayne, nimm die Hunde. Ich werde sie nicht brauchen. Macht euch meinetwegen keine Gedanken, Jungs. Ich bin, wo ich hingehöre.«

»Was du da vorhin über enttäuschtes Vertrauen gesagt hast … War damit Samantha gemeint?«, fragte Sloan.

Neals Miene verdüsterte sich. »Vergiss es. Ich habe mich falsch ausgedrückt. Samantha hat nicht das Zeug, jemandes Vertrauen zu enttäuschen.« Und das stimmte, das wusste Neal. Samantha würde ihm und Estelle nie die kalte Schulter zeigen. Neal machte sich eher seiner eigenen Dämonen wegen Sorgen. Seine Eifersucht und seine besitzergreifende Art erlaubten es ihm nicht, jemanden, den er liebte, der jedoch jemand anders liebte, zu halten. Er wollte alles oder nichts. Wie könnte er es ertragen, die Liebe seiner Tochter mit ihrem leiblichen Vater zu teilen? Oder zu hören, wie seine Tochter Millicent Holloway ihre *Mutter* nannte? War der Mann der Frau, dieser Leon, noch am Leben? Würde Samantha dieser Bridget Mahoney in San Francisco einen Brief schicken, und würde ihre Antwort sie zurück zur Barrows-Farm führen? Am meisten ärgerte ihn, dass Samantha es überhaupt für nötig halten würde, der Hebamme zu schreiben!

Aus seiner Erinnerung tauchte ein schreckliches Ereignis auf, ähnlich dem Fall mit dem Hund, den er als Junge geliebt hatte, nur noch schlimmer. Ein Kommandeur in Hoods Brigade hatte einen wunderschönen schwarzen Araberhengst sein Eigen genannt, auf dem nur sein Herr reiten durfte. Das Pferd trug den Namen Hell's Fire, Höllenfeuer. Eines Tages kletterte ein anderer auf seinen Rücken, ein einfacher Junge, der die Offiziere bediente, ihre Stiefel polierte, ihre Latrinen säuberte. Zur Überraschung – und unter dem Applaus – aller trabte das Tier mit dem Jungen artig in der Koppel, doch als er abstieg, hielt der Besitzer dem Pferd den Revolver an den Kopf und erschoss es.

Neal versuchte, dieses grässliche Bild loszuwerden, den säuerlichen Geschmack in seinem Mund. Tiere, die man liebte und die sich gegen einen wandten, waren die eine Sache, aber war er so gestrickt, dass er sein Herz einer Tochter verschließen konnte, die jemand anders liebte?

Wayne startete einen letzten Versuch. »Neal? Lassen Sie uns nach Hause reiten. Samantha wird sich Sorgen machen, wenn Sie nicht heimkommen.«

»Dann ist es eben so«, erwiderte Neal rau. »Ich bleibe.«

Sloan sah Wayne mit gerunzelter Stirn an, der seinerseits eine Augenbraue hob. Keiner der Männer hatte bisher je erlebt, dass Neal so über seine Tochter sprach. »Wie du meinst«, sagte Sloan. »Aber wenn du bis zum Morgen nicht zurück bist, hole ich dich.«

»Keine Sorge, Junge. Zum Frühstück bin ich wieder da«, versprach Neal.

DREIUNDDREISSIG

Schlechte Nachrichten?«, erkundigte sich Silbia, nachdem Samantha den Brief von Eleanor Brewster gelesen hatte.

Samantha musste daran denken, wie Silbia den unvermittelten Stimmungsumschwung ihres Vaters beschrieben hatte, und daran, wie er, ohne auf ihr Winken zu reagieren, zur Jagd galoppiert war. Nun glaubte sie, dass er so getan hatte, als hätte er sie nicht bemerkt. »Mein Vater hat den Brief nicht gesehen, oder?«

Silbia, die das Mehl für die Brötchen durchsiebte, welche es statt des Maisbrots geben würde, antwortete: »Wie sollte er? Er war doch unter den Feigen.«

»Gut«, murmelte Samantha mit einem unsicheren Gefühl. Die feuchte Umschlagklappe wäre bestimmt leicht zu öffnen und wieder zu schließen gewesen, ohne dass jemandem das auffiel. »Den Korb hat niemand angerührt?«

»Nur Ihr Vater. Er hat sich eine oder zwei *higos* gemopst.«

Samantha hob den Brief hoch. »Der bleibt unter uns, ja,?«

»*Sí, querida*. Wie ich Mildred schon gesagt habe: Was Ihr Papa nicht weiß, macht ihn nicht heiß.«

Das war der Lieblingsspruch der Haushälterin, wenn sie sich darauf einigten, dass sie *el patrón* etwas nicht erzählen wollten, aber diesmal wurde Samantha das Gefühl nicht los, dass das Kind schon in den Brunnen gefallen war. Der plötzliche Stimmungsumschwung ihres Vaters wies darauf hin, dass ihn etwas aus der Fassung gebracht hatte. Doch wie hatte er den Brief lesen können, der unter den Feigen verborgen gewesen war? Möglicherweise war seine Konzentration darauf, den Räuber aufzuspüren, der dem Vieh nachstellte, der Grund für seine schlechte Laune, und außerdem waren seine Augen im vergangenen Jahr schlechter geworden. Vielleicht hatte er Samantha tatsächlich nicht aus der Werkstatt kommen sehen. Samantha aß mehrere Feigen, die süß und saftig an ihrem Gaumen zergingen, aber das lenkte sie nicht von ihren unruhigen Gedanken ab, als sie die Treppe hinaufstieg, um sich für ihre Gäste umzuziehen.

Die Haushälterin blickte ihr nach. Silbia hatte keine Ahnung, was in dem Brief stand, nur, dass es etwas sein musste, von dem *el patrón* nichts erfahren sollte, *secretos*, die ihn Miss Sams Ansicht nach aus der Fassung bringen würden. Silbia hatte nicht gelogen, als sie ihrer kleinen Herrin erklärte, niemand habe den Korb mit den *higos* angerührt, aber vielleicht hätte sie die klebrige Schüssel erwähnen sollen, die sie spülen hatte müssen, bevor sie die Feigen hineingab. Sie stellte niemals schmutziges Geschirr in den Schrank. Außerdem konnte sie sich nicht erklären, warum *el patrón* sie angeherrscht hatte, als sie ihn fragte, ob er zum Abendessen zurück sein würde und was sie seiner *hija* sagen solle. »Was du willst«, hatte er zu ihrer Verblüffung gezischt.

Silbia zuckte mit den Achseln. Wie hatte Señor Gordon den Brief lesen können, wenn er nichts von seiner Existenz wusste? Als sie Buttermilch in die Schüssel gab, ärgerte sie sich wieder darüber, dass Grizzly ihr das Maismehl entwendet hatte.

Sloan schickte seinen Ranchhelfer zum Triple S und ritt mit Neals Männern nach Las Tres Lomas zurück, die ihren Chef genauso ungern in der Nähe des Pumas zurückließen wie er, sich seinem Befehl jedoch nicht widersetzen konnten. Inzwischen dämmerte es bereits. Billie June und Millie May würden schon bald zum Essen und Kartenspielen kommen. Sloan musste mit Samantha reden, bevor sie eintrafen.

»Sie ist oben«, teilte Silbia ihm im Eingangsbereich von Las Tres Lomas mit. »Ich sage ihr, dass Sie hier sind.«

»Die Mühe brauchst du dir nicht zu machen«, meinte Sloan. »Ich gehe rauf.«

Entsetzt entgegnete Silbia: »Aber Señor Sloan, sie zieht sich gerade an.«

Sloan grinste. »Keine Sorge. Ich seh sie nicht zum ersten Mal in der Unterwäsche.«

Allerdings war das letzte Mal schon eine Weile her, überlegte er, als sie als Kinder fast nackt im Trinity geschwommen waren und geangelt hatten. In letzter Zeit hatte er öfter an jene unbeschwerten Tage denken müssen, als Samantha seine einzige Spielgefährtin gewesen war. Andere Jungen seines Alters lebten zu weit von seiner Ranch entfernt, um Freundschaft mit ihnen zu schließen. Er und Samantha waren gemeinsam unterrichtet worden, und nach den Stunden hatten sie unter den nicht sonderlich wachsamen Blicken ihrer Väter mehr oder minder tun und lassen können, was sie wollten. Es war eine merkwürdige Verbindung gewesen zwischen Sloan und dem fast vier Jahre jüngeren Mädchen. Von dem Moment an, als Samantha laufen konnte, hatte er sie unter seine Fittiche genommen, was gar nicht lange nötig gewesen war. Und sobald sie mit ihm hatte Schritt halten können, waren sie Freunde geworden. Sloan hatte sie als Schwester betrachtet, allerdings nicht von der mütterlichen Sorte wie Millie May und Billie June, sondern als einen Kumpel, der immer zu Abenteuern aufgelegt war. Einer wie ihr konnte man vertrauen, Dinge erklären, Entdeckungen mitteilen, ohne sie als Mädchen zu sehen.

Doch eines Tages hatte sich das geändert. Sloan erinnerte

sich noch gut daran. Er war fast einundzwanzig gewesen und hatte jeden Tag achtzehn Stunden geschuftet, um in die Fußstapfen seines Vaters zu treten. Samantha war gerade siebzehn geworden, und sie hatten einander nicht mehr so oft gesehen, seit sie unter der Woche in der Stadt wohnte, um die Schule zu besuchen. Nach einem Gespräch mit Neal in der Bibliothek von Las Tres Lomas hatte er Samantha im großen Zimmer gesehen, wie sie vor einem Fenster stand, durch das die Sonne schien. Sie hatte ihre Haare zum Glänzen gebracht und die Konturen ihrer weiblichen Figur nachgezeichnet. Da waren ihm ihre makellos reine Haut und die Farbe ihrer Augen aufgefallen, die grau wie Wolken waren, durch die die Sonne lugt. Es war wie das Wunder eines frisch aus seinem Kokon geschlüpften Schmetterlings gewesen. In dem Moment hätte er seinem Herzen folgen, zu Samantha gehen und sagen sollen: »Ich finde, wir sollten den Bund fürs Leben schließen, meinst du nicht auch?« Wie damals, als er ihr erklärt hatte, er würde ihr jetzt das Schwimmen beibringen.

Doch das hatte er nicht getan. Seine Zeit und Energie waren von der Ranch aufgefressen worden. In einer Dürreperiode hatten Viehdiebe seine Unerfahrenheit ausgenutzt, er hatte sich wegen der Frachtkosten mit den Eisenbahngesellschaften auseinandersetzen müssen, die Preise fürs Vieh und damit der Gewinn waren drastisch gefallen, und außerdem hatte ein Mangel an Ranchhelfern geherrscht, weil die zuverlässigsten und vertrauenswürdigsten Männer seines Vaters nach Kuba gegangen waren, um mit Theodore Roosevelts Rough Riders zu kämpfen. Als er dann endlich ein wenig Luft zum Atmen gehabt hatte, war er ein harter Mann geworden und Samantha eine eigenständige Frau, und die emotionale Nähe hatte sich verflüchtigt, jedenfalls ihrerseits.

Sloan erreichte den Treppenabsatz. Das letzte Mal war er

vor Jahren hier oben gewesen, aber er hatte nicht vergessen, wo sich Samanthas Zimmer befand, nämlich am Ende des Flurs. Bilder tauchten vor seinem geistigen Auge auf: Dame- und Kartenspiele an Regentagen, ein Pappepuzzle vom Zirkus Barnum and Bailey's, das er und Sam auf einem Tablett zusammengesetzt hatten, als Sam mit einem gebrochenen Bein im Bett lag, und ein ganz besonderer Tag, als sie einen Jungvogel, der aus dem Nest gefallen war, unter dem missbilligenden Blick von Mildred Swift in Samanthas Zimmer geschmuggelt hatten. Sie hatten sich gemeinsam darum gekümmert, bis sie den Vogel freiließen. Damals war Sloan etwa zwölf Jahre alt gewesen. Nun klopfte er an ihre Tür.

»Herein!«

»Bist du sicher? Ich bin's, Sloan.«

Er hörte ein Trippeln wie von einer Maus, die in ihr Loch huscht, dann öffnete die Tür sich einen Spalt, und ein Teil von Samanthas Gesicht erschien. »Sloan! Was machst du denn hier?«, fragte sie erstaunt.

»Ich wollte mit dir sprechen. Lass mich rein. Ist mir egal, ob du was anhast oder nicht. Ich hab Schwestern, weißt du. Es ist nicht viel Zeit.«

Sie öffnete die Tür und trat barfuß, im Bademantel, nach Badeseife riechend, einen Schritt beiseite. Die Haare hatte sie mit Klammern nach oben gesteckt. »Warum? Ist irgendwas?«

»Das wollte ich dich fragen. Die Jungs und ich sind gerade von der nördlichen Grenze von Las Tres Lomas zurückgekommen, wo wir einen Puma aufgescheucht haben. Der hat die Rinder angefallen. Neal glaubt, dass er heute Nacht wieder zuschlagen wird.«

»Ein Puma«, wiederholte Samantha und verzog das Gesicht. »Und deswegen kommst du zu mir?«

»Dein Vater ist allein draußen geblieben, um ihn sich zu

holen. Ich hab's ihm nicht ausreden können, Sam – nicht in der Stimmung, in der er war. Irgendwas hat ihn aus der Fassung gebracht. Hast du eine Ahnung, was los ist? Vielleicht kann ich helfen.«

Samantha machte Anstalten, ihren Bademantel auszuziehen. »Ich reite sofort hinaus. Er darf sich nicht allein mit dem Tier anlegen.«

»Nein, das tust du nicht.« Sloan streckte die Hand aus, um ihren Bademantel zu schließen. »Wenn du jetzt rausreitest, verjagst du den Puma, und wie Neal das fände, kannst du dir vorstellen. Außerdem behauptet er, er müsste nachdenken – allein, sagt er.«

»Nachdenken?«

»Über dich, wenn ich mich nicht täusche. Ist da was mit dir und deinem Daddy?« Sloan erwähnte lieber nichts von Neals mysteriöser Bemerkung über den angeblichen Vertrauensbruch.

Samantha zog den Gürtel ihres Bademantels enger und sank in den nächstgelegenen Stuhl. »O Gott …« Sie rieb sich die Stirn und schloss die Augen. Ihre Wimpern wirkten sehr dunkel auf ihrer hellen Haut.

Sloan setzte sich auf den Schemel vor den Stuhl, schob seinen Hut in den Nacken und nahm ihre zur Faust geballte Hand in die seine. »Red mit mir, Sam. Was ist zwischen euch vorgefallen? Wenn ich kann, würde ich gern helfen.«

»Wie kommst du auf die Idee, dass zwischen Daddy und mir etwas vorgefallen ist?«

»Wegen seinem Verhalten heute, und weil du so angespannt bist.«

Die Augen nach wie vor geschlossen, murmelte sie: »Und wieso glaubst du, dass das mit meinem Vater und mir zu tun hat?«

Nun blieb Sloan nichts anderes mehr übrig, als mit der Sprache herauszurücken. Er würde Samantha nie dazu bringen, sich ihm anzuvertrauen, wenn er ihr nicht erzählte, was Neal gesagt hatte. Sloan spürte ihren rasenden Puls. »Er hat mir geraten, viele Kinder zu zeugen, wenn ich heirate, damit nicht alles verloren ist, wenn eines mich enttäuscht.«

Als Samantha die Augen aufschlug, waren darin dunkle Gewitterwolken zu sehen. »Das hat er gesagt?«

»Ja. Ich hätte nie gedacht, jemals so etwas aus dem Mund von Neal Gordon zu hören. Also: Was ist passiert?«

Samantha trat durch die schmale Lücke zwischen Stuhl und Schemel zum Fenster, durch das die im Westen untergehende Sonne noch immer warm hereinschien. Nun war sie sich sicher: Ihr Vater hatte den Brief gelesen. Panik ergriff sie. Sie konnte sich seinen Schmerz und seine Wut gut vorstellen. Wie konnte Samantha ihm das antun … und Estelle, der besten Mutter der Welt? Was sollte sie jetzt tun? Sollte sie ihrem Vater alles gestehen und ihm erklären, wieso Eleanor Brewster ihr den Brief geschrieben hatte? Würde er ihre Neugierde verstehen und ihr glauben, dass diese durch den Besuch in Marietta befriedigt war? Schließlich hatte er ihrer Mutter einmal erklärt, dass gewisse Fragen für ein adoptiertes Kind ganz normal seien. Sie würde am Anfang beginnen und ihm erzählen, wie sie sich Sorgen um seine Gesundheit gemacht und sich an Grizzly gewandt hatte …

Doch nein! Das ging nicht. Egal, was geschah: Sie durfte Grizzly nicht in die Sache verwickeln. Stöhnend schlug sie die Hände vors Gesicht.

Sloan sprang vom Schemel auf und drehte sie zu sich herum. »Sam, erzähl mir, was passiert ist. So schlimm kann's doch nicht sein. Egal, was es ist: Zusammen schaffen wir das.«

Ohne die Hände vom Gesicht zu nehmen, schüttelte Samantha den Kopf und murmelte: »Niemand kann mir helfen, Sloan. In den Augen meines Vaters habe ich etwas Unverzeihliches getan, das ich nicht mehr ungeschehen machen kann. Mehr wirst du von mir nicht erfahren.«

Er zog die Hände von ihrem Gesicht und hielt sie fest. »In Neals Augen könntest du nie etwas Unverzeihliches tun, Samantha.«

»Ich hätte auf Grizzly hören und nicht damit anfangen sollen.«

»Womit anfangen?«

Samantha löste ihre Hände aus Sloans Griff und wandte sich wieder dem Fenster zu. »Bitte sag deinen Schwestern, dass wir heute nicht Kartenspielen.«

»Sam, ich hole dir ein Glas Sherry aus der Bibliothek«, schlug Sloan vor. »Dann kriegst du wieder ein bisschen Farbe, und vielleicht verrätst du mir danach mehr.«

»Nein, ich muss allein sein«, entgegnete sie. »Du kannst mir nicht helfen. Das kann niemand.«

»Lass es mich wenigstens versuchen. Wozu sind große Brüder denn da?«

Samantha drehte sich vom Fenster weg und Sloan mit verzweifeltem, jedoch auch ein wenig verärgertem Gesichtsausdruck zu. Sloan glaubte also, das Unmögliche schaffen zu können wie damals in ihrer Kindheit. Der Junge, aus dem mittlerweile ein Mann geworden war, von dem alle, auch sie selbst, erwartet hatten, dass er sie zur Frau nehmen würde, hatte eine Attraktivere gewählt, die kultivierter und eher bereit war, sich ihm unterzuordnen, eine oberflächliche Schwindlerin. Und trotzdem forderte er nun von ihr, ins Vertrauen gezogen zu werden, als hätte er ein Recht darauf. Doch er besaß lediglich das Recht der Freundschaft, und bei der Freundschaft gab es Grenzen.

Sie trat an die Zimmertür und machte sie auf. »Ich weiß dein Angebot zu würdigen, Sloan, aber das muss ich allein schaffen. Mach dir keine Gedanken über dieses … Missverständnis zwischen meinem Vater und mir. Bestimmt muss ich nicht betonen, dass es mir lieb wäre, wenn du deine Sorge für dich behalten würdest.«

Sie stand mit harter Miene und kühlem Blick an der weit geöffneten Tür. Sloan sah sie erstaunt an, rückte seinen Hut zurecht und sagte: »Als müsstest du mich darum bitten, Sam. Trotzdem werde ich mir weiter Gedanken über dieses *Missverständnis* zwischen dir und deinem Vater machen.« Er ging mit verletztem Blick an ihr vorbei hinaus in den Flur. »Falls du es dir anders überlegen und jemanden zum Zuhören brauchen solltest, weißt du, wo du mich findest. Brüder haben breite Schultern.«

»Du bist nicht mein Bruder, Sloan«, rief sie ihm nach, als er sich in Richtung Treppe entfernte.

Ihre Worte ließen ihn in der Bewegung erstarren, dann drehte er sich langsam um. »Wie bitte?«

»Du bist mein Freund. Nicht mehr und nicht weniger. Ich schätze mich glücklich, einen Freund wie dich zu haben, aber mehr bist du nicht.«

Eine kalte Faust packte Sloans Herz. Wenn er jemals Zweifel an ihren Gefühlen für ihn gehegt hatte, waren sie jetzt bestätigt. »Gut zu wissen, Sam. Danke, dass du mir den Unterschied erklärt hast. Ich werd's im Hinterkopf behalten.«

VIERUNDDREISSIG

Der Vollmond stand bereits am Aprilhimmel, als die Männer in der Dämmerung zu ihren jeweiligen Ranches zurückritten. Bald würden noch die Sterne dazukommen, sodass genug Licht wäre, um die Umrisse des lauernden Pumas zu erkennen. Neal wies seine Männer an, Saved näher zur Ranch und aus der Gefahrenzone zu treiben. Inzwischen bedauerte er seine Bemerkung Sloan gegenüber, dass Samantha kein Interesse mehr an dem Tier zeige, denn sie ritt oft mit Leckereien zu ihm hinaus – Säcken mit bestem Heu, Zuckerstücken oder sogar Pfannkuchen mit Sirup. Zu viel Farbe war wegen des empfindlichen unteren Gewebes schädlich für die Hörner eines weidenden Tieres, weswegen Samantha nur die unempfindlichen Spitzen frisch bepinselte, wenn die alte Farbe kaum noch zu erkennen war. Selbstmitleid hatte Neal dazu verleitet, Samantha Sloan gegenüber schlechtzumachen; er wusste, dass er sich schämen sollte, und tat das auch.

Er band das Pferd lose am Stacheldrahtzaun fest und bezog Stellung im tiefen Schatten zweier riesiger dicht beieinanderliegender Felsblöcke, die einen schmalen Durchgang bildeten, durch den permanent der Wind pfiff. Dieses Geräusch würde jedes von ihm verursachte übertönen, und die Düsternis würde ihn vor der Raubkatze verbergen. Pumas konnten in der Dämmerung sehr gut sehen, nicht aber in völliger Dunkelheit, und während sie ein ausgezeichnetes Gehör besaßen, hatten sie keinen ausgeprägten Geruchssinn. Wenn die Raubkatze vor Neal aus dem Wald käme, würde sie sein Pferd erkennen, doch Neal selbst wäre verborgen, und das Tier würde nicht ahnen, dass es sich im Visier seines Winchester-Repetiergewehrs Modell 1894 befand, mit dem er mehrere Schüsse abgeben konnte, bevor er nachladen musste.

Neal spürte Lust, diese Bedrohung für seinen Besitz auszulöschen, in sich auflodern. Jedenfalls schrieb er die Lust dieser Bedrohung zu, aber war er nicht in Wirklichkeit hier draußen, um stellvertretend die viel größere Gefahr für seine Familie auszuschalten? Dr. Tolman lebte nicht mehr – »die Papiere meines *verstorbenen* Vaters«, hatte Eleanor Brewster in ihrem Brief geschrieben –, und die Tochter des Arztes wusste offenbar abgesehen vom Namen der Hebamme, die damals dabei gewesen war, nichts über Samanthas Geburt. Würde Samantha versuchen, Kontakt mit ihr aufzunehmen? Unter Umständen war die Hebamme ebenfalls tot, und das wäre das Ende von Samanthas Nachforschungen. Was bedeutete, dass Neal und Estelle keine Angst vor Konkurrenz haben mussten.

Doch würde es für ihn je wieder so sein wie früher? Und wie, zum Teufel, hatte Samantha die Verbindung hergestellt zwischen dem Namen Dr. Tolman als dem Absender des Briefs und dem Arzt, der sie den Gordons gebracht hatte? Mithilfe von Grizzly? Nein, unmöglich. Der hätte ihr die Identität des Arztes niemals enthüllt, selbst wenn er sich nach all den Jahren noch an den Namen erinnerte.

Es sei denn …

Neal dachte an den Tag, an dem Samantha ihm den Brief von Dr. Tolman gebracht hatte. Sie hatte vermutet, dass er Auskünfte über seinen Gesundheitszustand enthielt, und war alles andere als überzeugt gewesen von seiner Fantasiegeschichte, das Schreiben stamme von einem Veterinär. Und als sie gesehen hatte, dass er das Schreiben verbrannte, bevor sie es lesen konnte …

Obwohl Neal dadurch riskierte, von der Raubkatze bemerkt zu werden, richtete er sich auf, während er im Geist die Schritte durchging, die Samantha möglicherweise unternommen hatte. In ihrer Sorge über seinen Gesundheitszustand war sie zu den beiden Männern gegangen, die ihn am besten kannten, zu Wayne und Grizzly. Bestimmt hatte sie ihnen von dem Brief mit dem Vermerk »Vertraulich« erzählt, den ihr Vater verbrannt hatte, und sie gefragt, ob sie einen Arzt des Namens Tolman kannten. Wayne wusste nichts über die Nacht, in der Samantha zu ihnen gekommen war, aber Grizzly …

Neal konnte sich zwar nicht vorstellen, dass Grizzly Samantha irgendetwas verriet, das Samantha von Neal und Estelle wegführen würde, aber sein Koch und enger Freund konnte seiner Tochter, die er liebte wie seine eigene, keinen Wunsch abschlagen. Irgendwie hatte Samantha ihm entlockt, wer Dr. Tolman war. Eine andere Erklärung gab es nicht. Und von dort aus ließ sich Samanthas Weg leicht nach Marietta verfolgen, zu einer Flussüberquerung mit der Fähre, die sie bequem an die Zugfahrt nach Gainesville anschließen hatte können. Wusste Mildred von Samanthas Ausflug? Hatte seine Tochter sich ohne ihr Wissen auf den Weg gemacht? Nein, Estelles Haushälterin war bestimmt eingeweiht gewesen, warum hätte sie sonst Eleanor Brewsters Brief in dem Korb unter den Feigen versteckt?

Neal wurde aus seinen Gedanken gerissen, als sein Pferd den Kopf in den Nacken warf. Bedächtig holte er seine Brille aus der Tasche und setzte sie in der Hoffnung auf, dass Mond und Sterne sich nicht in den Gläsern spiegelten und ihn verrieten. Eine lang gezogene, schmale Gestalt bewegte sich geschmeidig aus dem Schutz der Felsen und Bäume ins Licht des Vollmondes. Das Tier blieb stehen, lauschte und richtete den Blick auf Neals Pferd, das am Stacheldrahtzaun festgebunden war. Das wieherte nervös, schien aber auf den Schutz seines Herrn zu vertrauen, den es nicht weit entfernt wusste. Die Raubkatze näherte sich langsam ihrer Beute, bevor sie sich duckte, das Signal für Neal, den Puma ins Visier zu nehmen. Er drückte genau in dem Moment ab, in dem sein Pferd sich losriss und davongaloppierte. Sein panisches Wiehern erklang gleichzeitig mit dem Schuss. Die Wucht der Kugel schleuderte den Puma einige Zentimeter in die Luft, bevor er mit einem dumpfen Schlag auf dem Boden landete. Der Schuss hatte ihn im Nacken getroffen, sah Neal, als er sich der reglos daliegenden, aber noch atmenden Raubkatze näherte. Das Tier sah ihn fauchend aus gelben Augen an, als Neal noch einmal sein Gewehr hob und es in den Kopf schoss.

Dann zog Neal sein Messer aus der Scheide, schnitt den Schwanz des Pumas ab und pfiff seinem Pferd. Den Schwanz würde er als Zeichen seines Siegs über den Feind an den Fahnenmast nageln, damit Menschen und Tiere ihn so lange sahen, bis er von Staub, Wind und Sonne zersetzt wäre. Den Kadaver würde er anderen Räubern überlassen. Neal schob sein Gewehr in die Hülle und schlang den Schwanz eng um seinen blutigen Stumpf, um ihn, erfüllt von der tiefen Befriedigung, die ihn jedes Mal überkam, wenn er erfolgreich eine Gefahr für etwas, das ihm heilig war, beseitigt hatte, in seine Satteltasche zu stecken. Das Geheimnis des Erfolgs lag im geduldigen Warten und darin, eine böse Absicht zu erkennen. Samantha war durch die Sorge um ihren Vater über die Identität von Dr. Tolman gestolpert und neugierig geworden, mehr über ihre Herkunft zu erfahren, und Grizzlys Unterstützung war nicht böswillig erfolgt. Auch Mildred war in der Falle von Samanthas Neugierde gelandet. Sie hatte vermutlich, als sie sich auf den Weg nach Gainesville machten, keine Ahnung gehabt, dass die Tochter ihrer Herrin beabsichtigte, mit der Fähre den Red River zu überqueren.

Deshalb würde Neal ruhig und geduldig warten und sehen, was seine Tochter mit ihrem Wissen anfing. Er würde Grizzly nicht befragen, weil der Mann sich dann möglicherweise vor Scham einen Strick nahm, und auch Mildred nicht zur Rede stellen. Neal konnte sich vorstellen, dass die Frau Samantha von seinen Fragen erzählte. Im Moment ahnte seine Tochter nicht, dass er den Brief von Eleanor Brewster gelesen hatte und von ihrem Ausflug nach Marietta wusste, und er selbst würde die Büchse der Pandora nicht öffnen.

Doch was sollte er in der Zwischenzeit mit seinen Gewissensbissen darüber anfangen, dass er Samantha Informationen über den Aufenthalt ihrer leiblichen Mutter vorenthielt, die in der Lage wäre, ihr etwas über die verbliebenen Mitglieder ihrer Familie zu erzählen?

Als Samantha das aufgeregte Pfeifen und Rufen von Männern hörte, lenkte sie Pony in diese Richtung. Ihre Aufgabe an jenem Morgen bestand darin, die Färsen mit ihren Kälbern in Gassen zu Pferchen zu treiben. Ihr Blick fiel auf ihren Vater, der mit wirbelndem Lasso zu Pferde ein Kalb verfolgte, das dem Brandeisen zu entfliehen versuchte. Im genau richtigen Moment warf er die Schlinge, die sich elegant um den Nacken des Jungtiers legte. Samantha beobachtete, wie sein Quarter Horse stehen blieb, sich einstemmte und an dem Seil zog, während Neal es mit ein paar schnellen Bewegungen um den Sattelknauf schlang. Dann sprang er behände wie ein Rodeoreiter herunter, packte das Kalb, warf es auf die Seite, fesselte seine Beine und verschnürte es für das Brandeisen.

Samantha schüttelte staunend den Kopf. Mit seinen fünfundfünfzig Jahren war Neal Gordon nach wie vor durchtrainiert, auch wenn sein Einsatz nicht mehr ständig gefordert wurde. Allerdings stürzte er sich seit zwei Monaten, seit Eleanor Brewsters Brief, immer wieder ins Getümmel. Wenn der Brief nicht gewesen wäre, hätte er sich an diesem Morgen nicht draußen aufgehalten. Er hätte keine Achtstundentage absolviert, verirrte Rinder aus Bachbetten oder Schluchten geholt, Kälber für den Markt zusammengetrieben oder Vieh zu anderen Weiden gebracht, kurz: die Arbeit eines Helfers verrichtet, der dafür einen Dollar pro Tag bekam. Auch an diesem Tag würde er sich wie jeden Abend, seit er das Schreiben unter den Feigen entdeckt hatte, hundemüde und mit schmerzenden Gliedern nach Hause schleppen, sich in eine Wanne mit heißem Wasser legen und Silbia bitten, ihm seine Muskelsalbe zu bringen. Danach würde er, nachdem er sein Abendessen von einem Tablett in seinem Zimmer verspeist hatte, einschlafen, in der Morgendämmerung aufwachen und sich mit seinen Ranchhelfern treffen, um wieder jene Arbeiten zu verrichten, die er aufgrund seines Alters und seines Status eigentlich Wayne Harris, dem kompetentesten Vorarbeiter im Viehgeschäft, übertragen hätte können.

Diese hektische Aktivität war ein Versuch, Distanz zu ihr zu halten, erkannte Samantha voller Schmerz. Inzwischen befanden sie sich in der dritten Juniwoche, und nichts war mehr so wie früher zwischen ihnen, seit Neal Gordon an jenem Spätnachmittag des vierzehnten April losgeritten war, um den Puma zu stellen. Sein Schwanz flatterte an einem Pfosten, an dem am vierten Juli immer die amerikanische Flagge hing, eine Warnung an all jene, die Neals Besitz bedrohten. Samantha konnte das nicht anders deuten als die Reaktion ihres Vaters auf ihre Fahrt über den Red River.

Nun beendeten sie die Tage nicht mehr mit einem Whiskey und einem Sherry in der Bibliothek. Neal sei »weg vom Alkohol«, behauptete er. Er nahm sein Frühstück und seine Mittagsmahlzeit im Trail Head ein und ließ das späte Essen meist aus, weil er sonst »zu dick werde«. Samantha gegenüber war er stets höflich und liebevoll, er küsste sie nach wie vor auf die Stirn, bevor er sich zum Schlafen zurückzog, doch in seiner Zuneigung lag eine Zurückhaltung, die Samantha in der Seele wehtat. Sie hätte gern seinen Schmerz gelindert, aber aufgrund ihres Versprechens an Grizzly waren ihr die Hände gebunden. In den vergangenen beiden Monaten hatte sie ihren Vater oft sehr nachdenklich gesehen, und sie lebte in der ständigen Angst, dass er ihren Weg zu Grizzly nachverfolgen würde. Wenn sie nur darüber hätten reden können, hätte sie ihm versichert, dass seine Furcht, sie an eine andere Familie zu verlieren, völlig unbegründet war. Sie hatte Eleanor Brewsters Brief weggeworfen und keinerlei Interesse daran, sich mit Bridget Mahoney in Verbindung zu setzen oder weitere Nachforschungen über ihre Herkunft anzustellen. Neal und Estelle Gordon waren ihre Eltern; sie wollte keine anderen.

Pony wieherte, weil er wieder an die Arbeit wollte. Als Samantha mit den Zügeln schnalzte, bekam sie trotz der Juniwärme eine Gänsehaut. Zum ersten Mal in ihrem Leben, mit zwanzig Jahren, fühlte sie sich einsam. Sie hatte ihren besten Freund in die Wüste geschickt und die Verbindung zu ihrem Vater verloren. Zu ihrer Mutter konnte sie nicht gehen, weil diese nichts von den Vorfällen ahnte, und auch an Wayne und Grizzly, die sie nicht in die Angelegenheit hineinziehen durfte, konnte sie sich nicht wenden. Nun kam Samantha sich tatsächlich wie eine Waise vor.

FÜNFUNDDREISSIG

Am folgenden Tag, als Samantha die Fliegenschutztür zum Trail Head öffnete, hörte sie Wayne zu ihrem Vater sagen: »Wollen Sie das wirklich machen, Neal? Bestimmt tut Ihnen der Hintern weh von den vielen Stunden, die Sie in den letzten Monaten im Sattel verbracht haben. Lassen Sie mich fahren. Ich kann den Zug nehmen und in ein paar Tagen wieder da sein. Gönnen Sie sich eine Pause, und genießen Sie das Leben.«

»Er hat recht, Neal. Wir zwei könnten angeln gehen«, meinte Grizzly. »Ich hab gehört, dass sie oben im Norden wie wild beißen. Tag, Samantha.«

Es war früher Morgen, die Ranchhelfer hatten sich bereits auf den Weg zur Arbeit gemacht, und der Speiseraum des Trail Head war bis auf Samanthas Vater, Wayne und Grizzly, die, die Hände um ihre Kaffeetassen gewölbt, am obersten Tisch saßen, leer. Neal und Wayne wandten der Tür den Rücken zu, sodass nur Grizzly Samantha hereinkommen sah. Nun drehte Neal sich herum. Samantha blickte ihn erstaunt an. »Du willst wegfahren, Daddy?«, fragte sie.

Neal kehrte in seine ursprüngliche Position zurück. »Ja, Liebes«, antwortete er und hob die Tasse an die Lippen. »Nach La Paloma. Ich muss den Jungs auf die Finger klopfen und schauen, wie die Dinge dort laufen.«

Samantha ging um den Tisch herum, um ihm in die Augen sehen zu können. »Wann?«

Neal blies in seinen Kaffee. »In ein paar Minuten. Ich wollte es dir noch sagen.«

»Wann? Kurz vor dem Aufbruch?«

»Wenn du zum Frühstück rübergekommen wärst und nachdem ich meinem Vormann die nötigen Anweisungen hinterlassen hätte.« Neal nickte Wayne zu.

Früher hätte er diese Anweisungen ihr gegeben. »Wie lange wirst du weg sein?«

»Ungefähr eine Woche.« Ihrem Vater schien es schwerzufallen, ihr in die Augen zu blicken, und die beiden anderen Männer konzentrierten sich auf ihre Kaffeetassen.

»Weiß Mutter Bescheid?«

Nach einem letzten Schluck Kaffee erhob sich Neal und antwortete: »Ich habe sie gestern vom Triple S aus angerufen und ihr einen schönen Gruß von dir bestellt.«

»Bestimmt hätte sie sich gefreut, dich zu sehen, bevor du dich auf den Weg machst, Daddy. Es ist fast zwei Wochen her, dass du das letzte Mal in Fort Worth gewesen bist.«

Neal nahm seinen Hut von einem Haken, setzte ihn auf und rückte ihn mit einer forschen Bewegung zurecht. »Mir geht vieles im Kopf herum«, erklärte er. »Es hätte sie sicher nicht gefreut, sich das anzuhören.«

Samantha wurde rot. Direkter hatte ihr Vater ihr Problem bisher noch nie angesprochen. Vor jenem Tag in der Küche hätte er ihr all seine Sorgen anvertraut. *Lass uns darüber reden!*, hätte sie ihn am liebsten angeschrien, doch dann wurde ihr bewusst, dass Grizzly anwesend war.

»Kümmert ihr euch mal um alles, während ich weg bin«, sagte Neal, zögerte kurz, sah Samantha an, als wäre ihm plötzlich ein Gedanke gekommen, umarmte sie und küsste sie auf die Schläfe. »Ich liebe dich, Tochter.« Dann ließ er sie los und wandte sich in Richtung Fliegenschutztür.

Das Geräusch, das sie verursachte, als er sie hinter sich zuknallte, vermischte sich mit dem Klappern von Töpfen und Pfannen und mit spanischem Gemurmel aus der Küche, wo Grizzlys Mannschaft das Mittagessen zubereitete. Samantha rührte sich nicht von der Stelle. Es schnürte ihr die Kehle zu, als sie hörte, wie ihr Vater davonritt, und Tränen brannten in ihren Augen. Wayne kippelte auf seinem Stuhl zurück und verschränkte die Arme vor der Brust. »Sonnenschein, das geht jetzt lange genug so. Wird allmählich Zeit, dass Sie uns verraten, was los ist. Ihr Pa hat sich in den letzten Monaten ziemlich verändert, und nicht zum Besseren. Er ist mürrisch wie sonst was.«

Grizzly bedachte sie mit einem langen, gequälten Blick. *Ist es das, was ich denke?*

Samantha antwortete mit einem kaum wahrnehmbaren Kopfschütteln. Soweit sie das beurteilen konnte, verhielt sich Neal Gordon Grizzly gegenüber wie immer, was bedeutete, dass er fürs Erste nichts zu befürchten hatte. Zufrieden über ihre Reaktion, holte Grizzly ein abgegriffenes Schild mit der Aufschrift KÜCHE GESCHLOSSEN. WER HUNGER HAT, MUSS GRAS ESSEN unter der Theke hervor, hängte es an einen Nagel an der Außenseite der inneren Tür, schloss sie und schob den Riegel vor. Als er zurückkam, schenkte er Samantha eine Tasse mit dampfendem Kaffee ein und sagte: »Raus mit der Sprache, Mädchen.«

Samantha wölbte die Finger um die Kaffeetasse. Wenn das so einfach gewesen wäre! »Es ist was Privates«, erklärte sie.

»Wir wollen nicht neugierig sein …«, meinte Wayne.

»O doch!«, fiel Grizzly ihm ins Wort. »Sagen Sie, was Sache ist, Sonnenschein. Was um Himmels willen ist los mit Ihnen und Ihrem Pa?«

»Vielleicht können wir helfen«, meinte Wayne. »Grizzly

und ich kennen Ihren Pa vermutlich besser als Sie, weil wir Männer sind und schon so lange mit ihm befreundet. Wir Männer können unsern Schmerz schlecht ausdrücken. Wir verkriechen uns in tiefe, dunkle Löcher und bleiben da drinnen, bis wir wissen, wie sich unsere Probleme lösen lassen. Und genau da sitzt Ihr Daddy jetzt – in einem tiefen, dunklen Loch –, ganz allein. Würden Sie uns verraten, warum?«

Samantha suchte nach einer Antwort, die ihnen genügen würde, und nahm die erste, die ihr in den Sinn kam und die gar nicht so weit von der Wahrheit entfernt war. »Ich habe Daddy enttäuscht«, erklärte sie, »und es fällt ihm schwer, mir zu verzeihen.«

Wayne löste die Arme voneinander und kippelte vor. »Wie könnten Sie Ihren Pa enttäuschen?«

»Er würde sich wünschen, dass ich mich mehr für Sloan Singleton interessiere, weil er meint, dass er der perfekte Partner für mich und Schwiegersohn für ihn wäre«, antwortete Samantha. »Ohne Sloans und mein Wissen hatten mein Vater und Seth seit unserer Kindheit die Hoffnung, dass wir heiraten und unsere Ranches zusammenlegen würden, aber Sloan und ich haben gestritten, und das hat diese Hoffnung zunichtegemacht.«

Wayne wechselte einen vielsagenden Blick mit Grizzly. »Das erklärt, warum wir Sloan in den letzten zwei Monaten nicht gesehen haben.«

Grizzly nickte, und Samantha fuhr fort: »Daddy macht sich Sorgen, dass Sloan Anne Rutherford heiraten wird und ich als alte Jungfer ende und keinen Erben für die Ranch in die Welt setze.«

Grizzlys Lippen bebten. »Anne Rutherford, die Tochter von einem *Bankmenschen*!«, schnaubte er verächtlich. »Was soll denn die für eine Ranchersfrau abgeben?«

»Daddy sieht leider nicht, dass ich nicht schuld am Scheitern seiner Träume bin. Sloan interessiert sich nicht für mich und scheint in Anne Rutherford verliebt zu sein.« Fast hätte Samantha einen Seufzer der Erleichterung darüber ausgestoßen, dass sie ihr die Geschichte abkauften, die die merkwürdige Distanz ihres Vaters zu ihr und seine schlechte Laune gegenüber seinen Männern erklären konnte, auch wenn sie genauerer Überprüfung vermutlich nicht standhielt. Neal Gordon war in der Tat besorgt, dass sie niemals heiraten und keinen Erben für Las Tres Lomas hinterlassen würde. Welchen Mann kannte sie denn, mit dem sie das Leben verbringen wollte?

»Und welche Gefühle haben Sie für Sloan?«, erkundigte sich Wayne vorsichtig.

Samantha wurde rot. Gütiger Himmel! Sah denn jeder außer Sloan, was sie für ihn empfand? »Wieso sollte das eine Rolle spielen, wenn es für ihn nicht wichtig ist?« Sie rückte mit dem Stuhl vom Tisch zurück und stand auf. »Grizzly, du kannst das Schild wegnehmen. Es gibt nichts mehr zu besprechen. Ich kann nicht in Ordnung bringen, was niemals eine Zukunft hatte. Irgendwann wird Daddy das auch akzeptieren.«

»Um die Diskussion abzukürzen …«, meldete sich Wayne noch einmal zu Wort, »… ich an Ihrer Stelle würde die Hörner von Saved frisch anmalen. Neal ist neulich, als wir hinter dem Puma her waren, aufgefallen, dass die Farbe kaum mehr zu sehen ist.«

»Haben wir noch von der roten Farbe?«

»Soweit ich weiß, ist noch was im Geräteschuppen«, antwortete Wayne.

»Dann mach ich mich auf den Weg zum Windy Bluff«, verkündete Samantha.

SECHSUNDDREISSIG

Auf dem Weg nach Norden wurde Neal bei dem Gedanken an den Abschiedsblick seiner Tochter das Herz schwer. Er hatte sie verwirrt und verletzt zurückgelassen, aber anders ging es nicht. Über kurz oder lang würde sich alles klären, sie würde begreifen, warum er sich in den vergangenen beiden Monaten so verhalten hatte, und ihm möglicherweise verzeihen. Er hatte keine Ahnung, welchen Reim sie sich darauf machte, dass er Abstand zu ihr hielt, aber er hatte Raum gebraucht, um sich eine Strategie zurechtzulegen. Das war nicht leicht gewesen. Mit fünfundfünfzig Jahren meinte er, erwachsen zu sein, doch vermutlich war man sein ganzes Leben lang damit beschäftigt, erwachsen zu werden. Er hatte eine gewisse Reife erlangt, wusste, wer er war und was er wollte, und dann ereignete sich plötzlich etwas, das einen aus dieser Gewissheit herauskatapultierte und auf eine neue Ebene des Erwachsenseins zwang, oder, wie Neal glaubte, in eine höhere Sphäre. Zum Beispiel wenn man das Wohlergehen eines Menschen, den man liebte, über sein eigenes stellen musste, egal, wie schmerzhaft das war.

Und so begab er sich an jenem Dienstagmorgen schweren Herzens auf die längste, unangenehmste Reise seines Lebens. Neal erwartete, in gemütlichem Tempo sieben bis acht Kilometer pro Stunde zurückzulegen, sodass er, wenn er den Zustand der Straßen, das Terrain, die tiefen Bachläufe, die es zu überqueren galt, sowie die Übernachtungen einberechnete, täglich etwa fünfzig Kilometer schaffen und in weniger als drei Tagen Gainesville erreichen konnte. Dort würde er sich irgendwo ein Zimmer suchen oder unter freiem Himmel schlafen. Es konnte nicht so schwierig sein, die Holloway-Farm zu finden, und bestimmt ließe sich seine Mission innerhalb eines Tages beenden. Den Rest der Zeit würde er in La Paloma verbringen, wenn auch nicht aufgrund seines ursprünglichen Vorhabens. Was wollte er mit einer weiteren Ranch, wenn er vielleicht nicht in der Lage war, Las Tres Lomas für künftige Generationen zu bewahren? Diese Sorge beschäftigte ihn fast genauso sehr wie die Gefahr, Samantha an eine andere Familie zu verlieren, die ihre eigenen Pläne für sie hatte. Nacht für Nacht hatte er in den schlaflosen Monaten seit Mrs Brewsters Brief grässliche Szenarien heraufbeschworen. Er stellte sich vor, dass Samantha gemäß dem Spruch agieren würde, dass Blut dicker sei als Wasser, dass sie ihren Bruder – ihren Zwilling! – und andere Geschwister umarmte, falls solche existierten, und sich danach sehnte, bei ihnen zu leben. Er spürte förmlich, wie schmerzlich es für sie wäre, hin- und hergerissen zu sein zwischen den Familien, bis sie ihm eines Tages mit tränenerstickter Stimme erklären würde, dass die Viehzucht doch nichts für sie sei. Sie habe sich nur, weil sie ihm und Estelle etwas schulde, seinen Plänen für sie gefügt, eines Tages die Ranch zu übernehmen.

Vor seinem geistigen Auge tauchte das Bild seiner vor Gram gebeugten Frau und seiner selbst auf, wie er im Alter verbittert wurde, wie er emotional austrocknete wie der Schwanz des Pumas am Fahnenmast. Wenn Sloan diese Bankierstochter heiratete, konnte er sich nicht einmal mehr mit seinem früheren Plan trösten, dass Estelle Sloan die Ranch vermachen würde. Wie könnte dieses eitle Gör aus der Stadt jemals die Zuneigung zu Las Tres Lomas empfinden, die das Anwesen verdiente?

Du denkst immer gleich das Schlimmste, Neal, warf Estelle ihm oft vor, wenn er sich innerlich auf die nächste Katastrophe vorbereitete, aber er wurde das Bild, dass ihre Tochter sie verließ, einfach nicht los, dass sie wegzog und jemanden heiratete, der nicht zu ihnen passte. Dieses Bild war noch schlimmer als die Vorstellung davon, sie an das Lasell Seminary for Young Women in Massachusetts zu verlieren. *Vertraue auf Samanthas Liebe zu uns und der Ranch, Neal,* würde Estelle ihm raten, wenn er ihr seine Verzweiflung gestand. *Sie würde uns nie verlassen.*

Doch in seinem Kampf gegen sein Wesen, sein Gewissen und seine Gefühle war er in den vergangenen dunklen Monaten zu dem Schluss gelangt, dass es letztlich nicht Samanthas Liebe zu Neal und Estelle Gordon war, die zählte, sondern umgekehrt die ihre zu ihr, und so hatte er seine Entscheidung getroffen. Er hatte mit dem Gedanken gespielt, Estelle einzuweihen, um sie auf die düsteren Zeiten vorzubereiten, die ihnen bevorstanden, es sich dann aber wie so oft anders überlegt. Am Ende würde sich vielleicht doch noch alles zu ihren Gunsten fügen, und Estelle würde der Schmerz erspart, den er nun ertragen musste.

Er war unterwegs zur Holloway-Farm, um Millicent Holloway, Samanthas Mutter, und ihren Ehemann Leon aufzusuchen, falls der noch lebte. Er würde sich ihnen als der Adoptivvater der Tochter vorstellen, die sie weggegeben hatten, jedoch nicht enthüllen, wo Samantha jetzt lebte und was sie machte, bevor er keine Antwort auf die Frage hatte, ob sie wieder mit ihrer Tochter vereint werden wollten. Ein Aufleuchten der Augen, ein Aufblitzen der Freude in ihren Gesichtern – oder das Fehlen von beidem – würde ihm verraten, ob er auf der Stelle nach Hause zurückkehren sollte, um Samantha mitzuteilen, dass ihre Suche beendet sei, oder ob er sie nie über die Existenz des Paares aufklären würde, das sich erneut von ihr abgewandt hatte. Neal würde nicht zulassen, dass seine Tochter ein zweites Mal zurückgewiesen wurde.

Nachdem Samantha sich von Grizzly und Wayne verabschiedet hatte, wollte sie hinaus zum Windy Bluff, um die Hörner von Saved frisch anzumalen, doch ein unerwarteter Besuch hielt sie davon ab. Silbia kam ihr entgegen, als sie das Haupthaus betrat, um ihren breitkrempigen Hut für den Ritt zu holen. »Ich wollte grade eins von den Mädchen losschicken, Sie holen, Miss Sam. Im großen Zimmer wartet jemand auf Sie.«

»Wer denn?«

»Miss Anne Rutherford.«

Samantha sah sie erstaunt an. Was hatte Anne Rutherford zu ihr geführt? Sie war ihr in den vergangenen beiden Monaten ziemlich oft mit Sloan bei Festen von Todd Baker und Ginny Warner vor deren Hochzeit begegnet, und dann das letzte Mal bei der eigentlichen Hochzeit, wo sie lediglich ein paar höfliche Worte gewechselt hatten. Sie und Anne waren, obwohl sie sich seit jeher in denselben Kreisen bewegten, nie befreundet gewesen. Samantha wunderte das nicht, weil sie keine gemeinsamen Interessen hatten.

»Anne! Was für eine Überraschung!«, begrüßte sie ihre Besucherin, die auf der Kante eines bequemen Sessels saß, als hätte sie Angst, von ihm verschlungen zu werden. »Was führt dich nach Las Tres Lomas?«

»Sloan Singleton«, antwortete Anne, die sich hastig erhob, als Samantha eintrat, eine anmutige Gestalt in einem hauchdünnen Frühlingskleid, dessen pastellfarbene Blumen ihre Porzellanhaut und die tiefschwarzen Haare gut zur Geltung brachten.

Samantha, die Anne mit einer freundlichen Umarmung begrüßen hatte wollen, verharrte in der Bewegung. »Sloan?«

»Der Grund meines Besuchs wird unter uns bleiben, nicht wahr, Samantha? Ich habe niemanden sonst, an den ich mich wenden kann, und dachte mir, du könntest helfen. Du kennst Sloan, abgesehen von seinen Schwestern, die mich nicht sonderlich mögen, besser als irgendjemand sonst. Sie möchten nicht, dass er mich heiratet.«

Samantha blieb der Mund offen stehen. Annes offene Erklärung – ausgerechnet ihr gegenüber, wo doch bekannt war, dass sie immer genauestens abwog, wem gegenüber sie was erwähnte – schockierte sie. Samantha setzte sich und bot Anne ebenfalls einen Platz an. »Warum nicht?«

Anne zuckte mit den Achseln, als läge das auf der Hand. »Ganz einfach: Sie sind eifersüchtige alte Jungfern, die niemanden in das Haus lassen wollen, in dem sie jahrelang das Regiment geführt haben, aber ich glaube nicht, dass Sloan das beeinflusst. Etwas anderes scheint in den vergangenen Monaten zwischen uns getreten zu sein. Sloan hat sich verändert, und ich habe keine Ahnung, warum. Vielleicht kannst du es mir erklären. Er vertraut dir, das weiß ich, und es macht mir nichts aus, wirklich nicht. Hat er irgendetwas über … uns gesagt?«

Kurz war Samantha zu verblüfft über Annes Unverfrorenheit, um ihr zu antworten. »Nein, aber so intime Dinge würde er auch nicht mit mir besprechen«, erklärte sie schließlich. »Es ist nicht mehr wie in unserer Kindheit.«

Der Blick aus Annes Augen, die die Farbe dunkler Saphire hatten, wirkte nicht überzeugt. »Seit etwa Mitte April – genauer gesagt seit Samstag, dem vierzehnten April – ist er anders. Das weiß ich deshalb so genau, weil ich Tagebuch führe. Da hat es angefangen. Sloan sollte anrufen, um auszumachen, wann er mich am Abend besuchen würde, doch das hat er nicht getan. Auch am nächsten Tag habe ich ihn nicht gesehen. Normalerweise verbringen wir den Sonntag miteinander. Ich habe eine ganze Woche nichts von ihm gehört und ihm geschrieben. Möglicherweise hat eine der Schwestern meinen Brief abgefangen; jedenfalls hat er nicht geantwortet. Als er schließlich aufgetaucht ist, hat er sich damit entschuldigt, dass er am Samstag bei der Jagd auf einen Puma mitmachen musste und hinterher auf der Ranch zu tun hatte, aber ich habe gemerkt, dass da noch etwas anderes war. Weißt du, ob sich am vierzehnten April etwas für Sloan Wichtiges ereignet hat?«

Wie hätte Samantha diesen Tag vergessen können? Das war der Tag gewesen, an dem ihr Vater von ihrer Suche nach ihren leiblichen Eltern erfahren und an dem sie Sloan angeherrscht hatte, er sei nicht ihr Bruder. Aber welchen Bezug hatten diese sehr persönlichen Ereignisse zu Sloans Gefühlen für Anne? »Ich kann bezeugen, dass Sloan an diesem Tag auf die Jagd gegangen ist«, sagte sie, »und du kannst ihm glauben, dass er anschließend auf der Ranch beschäftigt war. Ich habe Sloan noch nie lügen hören, und die Frühlingsmonate sind auf der Ranch die hektischsten. Weiter kann ich dir leider nicht helfen, Anne. Bist du sicher, dass du dir die Veränderung bei Sloan nicht nur einbildest?«

»Samantha!« Anne sprang mit wehenden Röcken auf, faltete die Hände und sprach wie zu einem unsichtbaren Publikum. »Du hast nie … Du hast keine Erfahrung mit Männern, deswegen kennst du die Zeichen nicht, die einer Frau verraten, dass die Leidenschaft ihres Geliebten sich abgekühlt hat …«

»Ihres Geliebten«, wiederholte Samantha. Ein spitzer Schmerz durchzuckte sie, und ihr Gesicht begann ob Annes herablassender Annahme, dass sie sexuell gänzlich unerfahren sei, zu prickeln.

Anne drehte sich in einem Wirbel von Batist und Spitze

herum. »Ja, *Geliebte*!«, rief sie aus. »Oder zumindest so nahe, wie Geliebte einander ohne Ehe sein können. Um zu Geliebten zu werden, sind keine körperlichen Intimitäten nötig.«

»Oh«, sagte Samantha in einem Tonfall, der andeuten sollte, dass man sie zurecht aufgeklärt hatte, und erhob sich. Das Mädchen bildete sich Dinge ein. Anne Rutherford war wirklich etwas Besonderes. Wie konnte irgendein Mann ihr trotz ihrer Geistlosigkeit widerstehen? Samantha war bei den Feierlichkeiten anlässlich Todds und Ginnys Hochzeit nicht aufgefallen, dass Sloan sich weniger um seine Quasiverlobte gekümmert hätte als sonst. Möglicherweise hatte die Hochzeitshektik ihn als potenziellen nächsten Kandidaten nervös gemacht. Doch die Genugtuung, Anne Rutherford das zu erklären, würde sie ihr nicht verschaffen.

Anne, die Samanthas Wink mit dem Zaunpfahl, dass sie den Besuch als beendet erachtete, nicht verstehen zu wollen schien, ließ den Blick über die Deckenbalken, die holzvertäfelten Wände und die breite Eichentreppe zum Obergeschoss wandern. Vermutlich dachte Anne gerade an das Ranchhaus des Triple S, dessen Inneres ähnlich gestaltet war. Samantha war schockiert. Die als gesellschaftlich korrekt bekannte Anne Rutherford stand mitten in Samanthas Zuhause und sah sich ohne Rücksicht auf die Gefühle ihrer Gastgeberin kritisch darin um.

»An ein Haus wie dieses könnte ich mich gewöhnen«, bemerkte Anne.

»Das könnte dauern«, erwiderte Samantha mit einem verkniffenen Lächeln. Die Rutherfords residierten in Fort Worth in einem weißen, palastähnlichen Gebäude, das Zeugnis ablegte vom Wohlstand und Status der Familie.

»Nicht, wenn Sloan mir hilft.« Als Anne Samanthas Miene wahrnahm, bedachte sie sie mit der Andeutung eines Lächelns. »Entschuldige. Ich bin heute nicht ich selbst.«

»Das merke ich.«

Anne zog ein Taschentuch aus ihren weiten Ärmeln und tupfte damit eine Träne ab. »Ich bin außer mir vor Sorge wegen dieser Sache. Ich hatte damit gerechnet, dass Sloan mir einen Heiratsantrag machen und ich mittlerweile bereits einen Ring am Finger tragen würde. Alle warten darauf, dass wir heiraten. Wie soll ich den Leuten noch in die Augen schauen können, wenn das nicht geschieht? Wie würde sich diese Beleidigung auf mich und meine Familie auswirken?«

Samanthas Nackenhaare sträubten sich. Schande und Hohn der Gesellschaft fürchtete Anne also! »Liebst du Sloan?«, fragte sie.

In ihre saphirfarbenen Augen trat ein spöttischer Ausdruck. »Aber natürlich. Wieso sollte ich so viel Zeit mit einem Mann verbringen, den ich nicht liebe?«

»Diese Frage kann ich, fürchte ich, nicht beantworten, weil ich wenig Erfahrung mit Männern habe«, erklärte Samantha. »Und ich würde dir ja Kaffee und einen kleinen Imbiss anbieten, aber leider muss ich die Ranch allein leiten. Daddy ist unterwegs zu unserem Viehcamp in Cooke County.«

Diesmal verstand Anne den Wink mit dem Zaunpfahl und griff nach ihrem Sonnenschirm, nachdem sie das Taschentuch in ihren Ärmel zurückgesteckt hatte. »Ich muss sowieso nach Hause, bevor es zu heiß wird, und außerdem esse ich zwischen den Mahlzeiten nie etwas.« Sie schien sich auf ihre Manieren zu besinnen. »Hoffentlich habe ich dich …«, sie musterte Samanthas Arbeitskleidung, »… nicht bei etwas Wichtigem gestört.«

»Ich habe mich über die Pause gefreut«, sagte Samantha lächelnd. »Heute Morgen kastrieren wir die jungen Stiere.«

Anne wurde blass. »Ich finde den Weg hinaus allein«, murmelte sie.

SIEBENUNDDREISSIG

Am späten Nachmittag führte Samantha Saved an einem lose um seinen Nacken gebundenen Seil, die Hornspitzen leuchtend rot, zu seiner Lieblingsweide am Windy Bluff zurück. Das Tier, das fast so groß wie Pony war, folgte artig wie ein Lamm. Auf dem Weg zur Weide hatte Samantha Zeit und Ruhe zum Nachdenken. Was war über Sloan gekommen? Sie maßte sich nicht an zu glauben, dass Annes Sorge etwas mit ihrer Auseinandersetzung zu tun hatte. Sie hatten sich schon oft gestritten, dabei aber niemals ihre Bruder-Schwester-Beziehung infrage gestellt. Hatte Sloan es sich am Ende tatsächlich anders überlegt mit Anne? »Wenn mein Bruder erst ein paar Jahre älter ist, wird er Annes Spiel durchschauen«, hatte Millie May prophezeit. »Hoffentlich schnappt sie sich ihn nicht zuvor.«

War dieser Tag nun gekommen? In einigen Wochen würde Sloan vierundzwanzig werden.

Samantha erinnerte sich an ihren Streit, der, wie sie sich nun eingestand, bedeutend mehr gewesen war als eine oberflächliche Auseinandersetzung. *Du bist nicht mein Bruder, Sloan.* Seine Verblüffung über diese Worte würde sie niemals vergessen, und dann war etwas anderes in seinem Blick aufgetaucht, eine andere Art von Erstaunen. Zu allem Überfluss hatte sie hinzugefügt: *Du bist mein Freund. Nicht mehr und nicht weniger.* Wie dumm von ihr!

Sie glaubte noch immer, dass Anne sich die Abkühlung ihres

Verhältnisses zu Sloan trotz ihrer »Erfahrung« mit Männern, die Samantha bezweifelte, nur einbildete. Rancher hatten immer Sorgen, manche stellten sich alle gleichzeitig ein wie ein Schwarm Bienen und verdunkelten die Sonne. Möglicherweise hatte Sloan in den vergangenen Monaten eine schlimme Phase durchgemacht. Das Triple S stand finanziell nicht auf einer so soliden Basis wie Las Tres Lomas. Sloan hatte viel Geld in Zuchttiere investiert, um seine Herden zu vergrößern. Braunfäule hatte seine Felder befallen, und im folgenden Winter würde er Futter für sein Vieh zukaufen müssen, weil die Gordons nicht genug erübrigen konnten. Außerdem war die Singleton-Ranch anders als die der Gordons mit einem Darlehen von der Rutherford City Bank belastet. Samantha vermutete, dass dieses als getilgt betrachtet werden würde, wenn Sloan und Anne heirateten.

Sloan war nach wie vor beunruhigt über die Missstimmung zwischen Samantha und ihrem Vater. *Sam, ich habe mir gesagt, dass ich mich aus euren Angelegenheiten heraushalten muss, aber das schaffe ich nicht*, hatte er ihr bei Todds und Ginnys Hochzeitsempfang zugeflüstert, ihre erste und einzige Unterhaltung seit jenem verhängnisvollen Nachmittag im April. *Neulich bin ich Neal in der Stadt begegnet. Er sieht schrecklich aus. Ich mache mir Sorgen wegen ihm. Was auch immer los sein mag mit euch, muss geklärt werden. Es liegt auf der Hand, dass eure Meinungsverschiedenheit nicht ausgeräumt ist.*

Das dürfte nicht für alle auf der Hand liegen, dachte Samantha, aber es interessierte ja auch nicht alle. Nicht einmal ihre Mutter hatte bisher gemerkt, dass etwas nicht stimmte zwischen ihrem Mann und ihrer Tochter. *Du übertreibst*, hatte Samantha gesagt und sich umgeblickt, um festzustellen, ob jemand lauschte.

Das glaube ich nicht, hatte Sloan erwidert.

Bevor sie etwas entgegnen konnte, hatte Anne sich zu ihnen gesellt und Sloans Arm genommen, und Samantha war zum Tisch mit der Bowle gegangen, weil sie Annes Bewunderung für Sloan und sein Lächeln nicht mehr ertrug.

In der Stille, die nur durch das gelegentliche Muhen von Kühen und den Schrei von Raubvögeln unterbrochen wurde, ließ Samantha nun ihrer Fantasie freien Lauf. Später würde sie sich dafür schelten, doch jetzt, da eine sanfte Brise ihr Gesicht umwehte, der Sattel sich unter ihr angenehm warm anfühlte und es ihr die Kehle vor Traurigkeit zuschnürte, stellte sie sich vor, wie es wäre, wenn Sloan sie liebte, nicht wie ein Bruder oder Freund die Tochter seines Ersatzvaters, sondern wie eine Frau. Sie sah ihn schon seit geraumer Zeit in einer Weise, die ihr in ihrer gemeinsamen Kindheit niemals in den Sinn gekommen wäre. Wann waren ihre Erinnerungen an ihre harmlosen Kinderspiele den sexuellen Fantasien einer Frau von einem Mann gewichen? Sie waren in jeder Hinsicht füreinander geschaffen. Sogar ihre Unterschiede ergänzten sich. Einmal hatte sie eine Freundin ihrer Mutter klagen hören, sie bedauere es, einen Mann geheiratet zu haben, den sie ihr ganzes Leben lang kenne, denn so gebe es nichts Neues mehr aneinander zu entdecken. *Wir sind langweilig wie ein Paar alte Schuhe*, hatte sie gesagt. Doch die beiden waren, anders als Sloan und sie, von Anfang an langweilig gewesen. Sloan und sie waren einander vertraut, aber sie konnten noch so viele Höhen und Tiefen miteinander erkunden, so viel unbekanntes Terrain, dass Samantha beim bloßen Gedanken daran eine Gänsehaut bekam.

Vor ihr tauchten die beiden Felsen von Windy Bluff auf. Samantha hatte nie begriffen, warum sie Felsen hießen, weil es sich eigentlich eher um Anhöhen handelte, aber so stand es nun mal in der Übertragungsurkunde, durch die ihre Familie das Eigentum an der Ranch erworben hatte. Als Saved seine Heimatweide erkannte, warf er den Kopf in den Nacken. Samantha verabschiedete sich seufzend von ihrem Tagtraum. »Wir sind da, mein Lieber«, sagte sie, stieg ab, nahm das Seil vom Hals des Tiers und schlenderte mit Pony zu der nahe gelegenen unterirdischen Quelle, wo er seinen Durst stillen konnte.

In der Nacht hatte ein Sturm gewütet und den sandigen, ausschließlich in diesem Teil der Ranch zu findenden Boden mit kargem Gras umgeformt. Es handelte sich um Meeressand, der davon zeugte, dass das Gebiet von Las Tres Lomas vor Millionen von Jahren mit einer gewaltigen Menge Wasser bedeckt gewesen war. Als es sich zurückgezogen hatte, war lediglich dieser Streifen Strand zurückgeblieben, auf dem so wenig Gras wuchs wie Haare auf dem Haupt eines fast Glatzköpfigen.

Da stieß Samantha mit dem Fuß gegen etwas. Sie beugte sich hinunter, um es zu begutachten. Und bekam eine Gänsehaut. Sie kniete nieder und wischte vorsichtig den Sand weg. Kein Zweifel: Der Sturm der vergangenen Nacht hatte etwas freigelegt, das die versteinerte Form eines prähistorischen Tierkopfs zu sein schien, wie sie ihn nur aus Zeitungsartikeln und von Zeichnungen in ihren Paläontologielehrbüchern kannte. Mit angehaltenem Atem scharrte Samantha weiter. Der Rest des Schädels, falls es tatsächlich ein solcher war, lag tief im Boden eingebettet, und sie wagte es nicht weiterzugraben, aus Angst, etwas kaputt zu machen. Wenn ihr erster Eindruck stimmte, hatte sie den intakten Oberkopf sowie das stumpfe Maul und den Kieferknochen eines Dinosauriers vor sich.

Vor Erregung zitternd, erhob Samantha sich und ging, den Blick auf den Boden gerichtet, um eventuell weitere Knochen zu entdecken, zu Pony. Das musste sie Todd Baker zeigen. Sie würde sich sofort mit ihm in Verbindung setzen, damit er herkam und sich ihren Fund ansah. Todd würde als Geologe wissen, was zu tun war und an wen sie sich wegen einer weiteren Analyse wenden musste. Möglicherweise handelte es sich bei Windy Bluff um ein riesiges Feld mit Dinosaurierskeletten wie die, die Ende der 1870er Jahre im Garden-Park-Gebiet in Colorado und in Camp Bluff, Wyoming, entdeckt worden waren.

Aufgeregt öffnete Samantha das Tor, das Las Tres Lomas vom Triple S trennte, und trieb Pony zu schnellem Galopp an. Vom weitläufigen Ranchhaus der Singletons aus würde sie Todd bei Waverling Tools in Dallas anrufen. Beim Gedanken an ihren Fund verflüchtigten sich die Sorgen über ihren Vater, Sloan und Anne Rutherford. In ihrer Schulzeit war die Beschäftigung mit Dinosauriern in der Paläontologie noch relativ neu gewesen. Das erste vollständige Skelett eines solchen Tiers, das seine Existenz bewies und eine Ahnung davon verschaffte, wie es ausgesehen hatte, war im Jahr 1859 in Haddonfield, New Jersey, ausgegraben worden. Diese Entdeckung hatte eine fieberhafte Suche nach weiteren Exemplaren zur Folge gehabt und das eingeläutet, was die Zeitungen das »goldene Zeitalter« der Dinosaurierforschung nannten.

Ihrer Vermutung nach gehörte das Schädelfragment des Tiers einem Angehörigen der Gattung der Sauropoden, den größten bekannten Landbewohnern. Sie hatten riesige Körper, gewaltige lange Hälse und Schwänze sowie winzige Köpfe gehabt, die nur wenig mehr als einen halben Meter maßen. Besonders faszinierte Samantha an diesen Pflanzenfressern, dass sie sich in Herden fortbewegten. Deshalb konnte es gut sein, dass der Schädel vom Windy Bluff nur einer von Hunderten war, die sich dort ausgraben ließen. Die Herden waren mit ziemlicher Sicherheit von den gewaltigen Wassermassen angelockt worden, die früher einmal Las Tres Lomas de la Trinidad bedeckt hatten.

Der Geruch vom Rauch der Brandeisen und der Klang rauer Männerstimmen und muhenden Viehs drangen herüber. Im Triple S arbeitete man heute – wie immer unter Sloans Aufsicht – mit dem Vieh. *Er will sich nach wie vor beweisen*, hätte Millie May gesagt, doch Samantha wusste, dass Sloan es als seine Pflicht erachtete, alles, was auf Triple S geschah, im Blick zu behalten. *Dafür hat man Vorarbeiter, denen man vertraut*, erklärte Samantha dann. Das gehörte zu den Punkten, über die sie sich im Hinblick auf die Führung einer Ranch nicht einigen konnten.

Das rote Dach des Haupthauses, das in einer Senke lag und von Gärten, Nebengebäuden und Korralen umgeben war, kam in Sicht. Das weiße Stuckgebäude leuchtete im Licht der spätnachmittäglichen Sonne, und als Samantha sich näherte, bemerkte sie, wie ein Mann und eine Frau auf der Seite, an der sich die Küche befand, heraustraten. Die beiden gingen zu einem Pferd, das außerhalb der Sichtweite der Fenster festgebunden war. Dort legte der Mann die Hände um das Gesicht der Frau und küsste sie lang und leidenschaftlich. Samantha zügelte Pony. Obwohl sie den Mann nur einige Male gesehen hatte, erkannte sie ihn als Daniel Lane und die Frau in seinen Armen als Billie June Singleton.

Offenbar hatten die beiden den Hufschlag von Pony gehört, denn der Mann reckte den Kopf über den Zaun. Samantha nickte ihm zu und lenkte Pony zur Vorderseite des Hauses. Sie glaubte, beobachtet zu haben, dass Daniel Lane unter seiner tiefen Bräune blass geworden war.

Millie May öffnete die Tür, bevor Samantha die Veranda erreichte. »Ich hab dich heranreiten hören«, sagte sie. »Gott sei Dank bist du das.«

»Hast du jemanden erwartet, den du lieber nicht sehen möchtest?«, erkundigte sich Samantha trocken.

Millie May umarmte sie nervös. »Im Moment ist es ungünstig. Freut mich, dass du kommst, Sam, auch wenn dein Besuch überraschend ist. Was führt dich zu uns?«

»Wenn ihr nichts dagegen habt, würde ich gern von euch aus telefonieren. Ich möchte jemanden in Dallas anrufen. Es ist wichtig.«

»Natürlich«, sagte Millie May. »Heute sitzt Sue Anne in der Vermittlung. Weil der Anruf von hier kommt, wird sie dich schnell weiterleiten.« Milly May lächelte, und dabei kam ein abgebrochener Zahn zum Vorschein, den sie sich bei einem Frauenrechtsmarsch von einer Männerfaust eingehandelt hatte. »Sue Ann ist in Sloan verguckt.«

Welche Frau wäre das nicht?, dachte Samantha.

Schon bald war die Verbindung zu Waverling Tools hergestellt, und erleichtert hörte Samantha Todd sagen: »Todd Baker hier.« Er war ziemlich stolz darauf, dass sein Büro ein eigenes Telefon besaß, während einige seiner Kollegen Gespräche am Empfang entgegennehmen mussten. Da Samantha fürchtete, belauscht zu werden, widerstand sie der Versuchung, den Grund ihres Anrufs zu nennen, und informierte den Geologen lediglich, dass sie ihn so schnell wie möglich wegen einer Sache, in der sie seinen fachmännischen Rat benötige, treffen müsse. Wenn sie ihm verriet, dass sie glaubte, ein Dinosaurierschädelfragment entdeckt zu haben, würde sich das herumsprechen und Neugierige anlocken, die den Fundort möglicherweise zerstörten. Todd, der die Aufregung in ihrer Stimme vernahm, erklärte ihr, dass er frühestens am Samstag Zeit haben würde. Er könne den Zug um sieben Uhr vierzig nach Fort Worth nehmen. Würde Samantha ihn am Bahnhof abholen, und brutzle Grizzly samstags nach wie vor Würstchenpfannkuchen fürs Frühstück?

Als Samantha auflegte, hastete Billie June mit puterrotem

Gesicht durch die Schwingtür der Küche in den Flur, in dem sich das Telefon befand. »Du hast ihn gesehen, stimmt's?«, fragte sie Samantha.

»Wen?«

»Du weißt ganz genau, wen.«

Millie May stand an der Tür des großen Zimmers auf der anderen Seite des Flurs. »Es war riskant, ihn hierherkommen zu lassen, Schwester.«

»Ich weiß, aber es ging nicht anders«, erklärte Billie June. »Er muss eine Weile für Waverling Tools nach Beaumont und wollte mich vor seiner Abreise noch einmal treffen.« Sie bedachte Samantha mit einem flehenden Blick. »Du erzählst Sloan doch nichts von uns, Sam?«

»Wieso sollte ich? Dein Bruder und ich reden momentan sowieso nicht viel miteinander.«

»Ich wünschte, ihr tätet es«, meinte Millie May traurig. »Dann würden wir vielleicht erfahren, was los ist mit ihm und dieser Wohltäterin. Kannst du zum Kaffee bleiben?«

Als Samantha ihren Hut abnahm und ihre Reithandschuhe auszog, empfand sie ein Gefühl der Freude. Also bildete sich Anne das alles doch nicht ein. »Gern«, antwortete sie.

ACHTUNDDREISSIG

»*Verdammt!*«, fluchte Daniel Lane, als er sich, einen weiten Bogen um den Bereich machend, durch den die Ranchhelfer, überwacht von Sloan Singleton, die Herden trieben, vom Triple S entfernte. Das Gordon-Mädchen hatte ihn mit Billie June gesehen. Höchstwahrscheinlich würde Samantha Billie Junes Bruder nichts verraten, aber je weniger Menschen wussten, dass sie sich nach wie vor trafen, desto besser. Jedenfalls fürs Erste. Vor dem Auftauchen von Samantha Gordon war lediglich Millie May eingeweiht gewesen. Obwohl Millie May ihre Affäre nicht recht war, würde sie aus Liebe zu ihrer Schwester, die vielleicht eine Dummheit beging, wenn sie von ihm ferngehalten wurde, den Mund halten. Mit Billie June war nicht zu spaßen, wenn jemand sie auf die Palme brachte.

Das gehörte zu den Dingen, die ihm an ihr gefielen und die es ihm leichter machten, sie zweimal monatlich samstags an einem Bahnhof zwischen Fort Worth und Dallas zu treffen. Dort gab es ein kleines Café mit einem Hof und Bänken dahinter, wo sie Kaffee trinken, Händchen halten und sich hin und wieder küssen konnten. Damit mussten sie sich fürs Erste zufriedengeben, bis sie einen besseren Ort für Zusammenkünfte fanden. Billie June wäre zu sehr viel mehr bereit gewesen, wenn sie einen solchen Ort gewusst hätten, doch er würde warten, bis er den richtigen Zeitpunkt für gekommen hielt.

Heute hatte er sich das erste Mal zur Ranch gewagt. Für den Fall, dass man sie erwischte, hatten sie sich mit Millie May eine Geschichte zurechtgelegt. Millie May würde schwören, dass Daniel Lane in rein beruflicher Mission gekommen sei. Sie kenne niemanden sonst, der die Lieblingssporen ihres Vaters für das Museum in Fort Worth restaurieren könne, wo die Leistungen der örtlichen Rancher für die Rinderzucht gewürdigt werden sollten. Millie May war tatsächlich für den Erwerb von Ausstellungsstücken zuständig.

Die Sporen des alten Mannes lagen unangetastet auf einem Tisch auf der hinteren Veranda. Daniel hatte mit dem Gedanken gespielt, sie mitzunehmen, um sie für den Tag herzurichten, an dem er sie als Kampfansage gegen Sloan Singleton anschnallen würde, doch dann hatte er gedacht: Zum Teufel damit, er wollte ja nicht die Sporen des Vaters tragen, sondern die des Sohnes. Und das würde er schaffen. Zwar wusste er noch nicht, wie, aber er arbeitete daran, und bis jetzt verlief alles nach Plan.

Wenn Billie Junes kleiner Bruder sich nicht in ihre Beziehung eingemischt hätte, wäre er vielleicht trotzdem weiter mit ihr zusammengeblieben. Daniel war nicht hinter ihrem Geld oder einem Anteil an Mr Hochwohlgeborens Ranch interessiert, wie dieser natürlich annahm. Gütiger Himmel, nein. Billie June war hausbacken und fünf Jahre älter als er. Bestimmt hätte sie ihn nach einer gewissen Zeit gelangweilt, und er hätte sich zu neuen Jagdgründen aufgemacht. An dem Tag, an dem Sloan Singleton auf seinem Vollblut bei dem Picknick aufgetaucht war und ihn hatte dumm dastehen lassen, hatte sich Daniel von Billie June nicht mehr erwartet als ein wenig Ablenkung von der Mühsal des Alltags.

Anfangs hatte er Mitleid gehabt mit Billie June, die eines Tages völlig außer Atem bei Chandler hereingeschneit war, ein hektischer kleiner Spatz von einer Frau. Ihr Lieblingspferd habe ein Hufeisen verloren, sie habe Angst, dass sein

Huf gespalten sei oder noch Schlimmeres. »Mr Chandler, bitte helfen Sie Bo«, hatte sie gejammert. »Er ist ausgebüxt und …«

Da war Billie Junes Blick auf Daniel gefallen, wie er mit nacktem Oberkörper, glänzenden Brustmuskeln und prallem Bizeps am Amboss arbeitete, und sie war mitten im Satz verstummt. Das hatte Mr Chandler mitbekommen. »Schau dir doch mal das Problem von Miss Singleton an, Daniel«, hatte er augenzwinkernd gesagt.

Eigentlich war Daniel kein Hufschmied, sondern Eisenwarenhändler und konnte gut mit Metall umgehen, aber er hatte trotzdem den Huf ihres Hengstes begutachtet, ein Steinchen beseitigt und ihn neu beschlagen. Am folgenden Tag war Billie June wiederaufgetaucht. »Ich glaube, ich hab meinen Handschuh hier liegen gelassen«, hatte sie erklärt. »Haben Sie ihn zufällig gefunden?«

»Nein, Miss«, hatte Daniel geantwortet und seinem Chef zugerufen: »Haben Sie Miss Singletons Handschuh gesehen, Mr Chandler?«

Sein Chef hatte amüsiert den Kopf geschüttelt. »Nein, könnte ich nicht behaupten.«

»Ach«, hatte Billie June gesagt und nachdenklich einen Finger an ihre Wange gelegt. »Vielleicht habe ich ihn woanders verloren.« Daniel hatte sich nach Bo erkundigt, weil Billie June in einem Zweisitzer mit einem anderen Pferd gekommen war. »Er scheint immer noch Probleme mit dem Huf zu haben.« Sie hatte ihn hoffnungsvoll angeblickt. »Meinen Sie … Ich will ja nicht lästig sein … aber glauben Sie, Sie … könnten zur Ranch kommen und sich seinen Huf noch mal ansehen?«

»Wäre Ihnen Sonntagnachmittag recht? Da habe ich frei.«

Ihre Augen hatten geleuchtet. »Das würde mir sogar sehr gut passen.«

Später hatte Daniel erfahren, dass Sloan Singleton die Sonntagnachmittage und -abende bei einer Weltverbesserin der guten Gesellschaft namens Anne Rutherford in der Stadt verbrachte. An jenem ersten Sonntagnachmittag auf der Ranch hatte sich Billie June herausgeputzt und geduftet wie ein Rosengarten. Limonade und frisch gebackene Kekse hatten ihn auf der mit einem Fliegenschutzgitter geschützten hinteren Veranda erwartet. Nach der Begutachtung von Bos Huf, dem absolut nichts fehlte, hatten sie sich an dem Tisch auf der Veranda unterhalten. Und nachdem Billie June ihre anfängliche Schüchternheit abgelegt hatte und ihre natürliche Lebhaftigkeit zum Vorschein gekommen war, hatte Daniel zu seiner Überraschung festgestellt, dass sie der interessanteste Mensch war, den er kannte. Weswegen er überhaupt nicht mehr auf ihre ein wenig schiefe Nase, die für das kleine Gesicht zu hohe Stirn und den etwas schrägen Kiefer achtete. Er war fasziniert gewesen von der Art und Weise, wie sie ihre hübsch geformten Hände bewegte, als würde sie einen Chor dirigieren, und er hatte ihr Lachen schön gefunden, das klang wie kleine Glocken, doch vor allen Dingen hatte er ihre Intelligenz zu würdigen gewusst. Sie lasen beide gern – vorausgesetzt, er kam an Bücher heran – und unterhielten sich über ihre Lieblingsromane. Viele der ihren kannte er gar nicht. »Aber die müssen Sie lesen!«, hatte sie ausgerufen. »Ich leihe sie Ihnen gern.«

Am Ende hatte sie ihn mit einer ganzen Satteltasche voller Bücher nach Hause geschickt, und er hatte gefragt: »Wie soll ich Ihnen die zurückbringen?«

»Treffen wir uns doch in zwei Wochen zur gleichen Zeit wieder hier. Dann können wir darüber reden.«

So hatte ihre Freundschaft begonnen, wie Daniel das nannte. Er wusste sehr wohl, dass Billie June sich mehr erhoffte, aber er hatte nicht vor, ihr ihren Wunsch zu erfüllen. Er war einsam. Billie June war einsam. Das war alles. Es gab viele Themen, über die sie sich unterhalten konnten. Billie June interessierte sich dafür, wie er Objekte aus Eisen und Stahl gestaltete – *Kunstwerke!*, erklärte sie –, und er hörte gern ihre Meinung zu allerlei Themen, von gesellschaftlichen Fragen bis zum Klatsch im Ort. Er freute sich auf ihre anregenden Sonntage zusammen, die Abwechslung zur Schmiede boten und ihm einen Grund gaben, sich schick zu machen. Außerdem musste er gestehen, dass es seiner Eitelkeit schmeichelte, sich in einem schönen Haus in Gesellschaft einer Dame aufzuhalten, statt in einem Zimmer über dem Saloon mit einem Flittchen im Bett zu liegen.

Bis zu jenem Picknick am vierten Juli hatte er ihre Beziehung genauso weiterführen wollen wie bisher. Vielleicht war Daniel Lane für den Boss des Triple S lediglich ein verschwitzter Helfer des Schmieds, aber er würde sich von niemandem wie ein Fußabstreifer behandeln lassen. Er würde Sloan Singleton die öffentliche Demütigung heimzahlen. Er würde sich rächen. Billie June war es gewohnt, im Mittelpunkt des Interesses zu stehen, weil sie radikale Ansichten über die Rechte von Frauen und Tieren vertrat, aber das minderte ihr Ansehen in den Augen der Stadtbewohner kein bisschen. Sie war eine Singleton, eine Angehörige des Landadels, und Daniel Lane ein Niemand. Er besaß außer dem bescheidenen Ruf, aus Metall schöne Dinge schaffen zu können, und seiner Würde nichts, und die hatte Sloan Singleton ihm genommen. Daniel würde nicht weiter in Chandlers Schmiede herumschleichen wie ein geprügelter Hund. Er hatte sich auf eine Anzeige von Waverling Tools in Dallas gemeldet, ein Unternehmen, das einen in der Metallverarbeitung erfahrenen Mitarbeiter suchte. Weil der Schmied ihm ein hervorragendes

Zeugnis geschrieben hatte, war er schon wenige Tage später eingestellt worden. Er hatte Billie June mit dem Versprechen verlassen, dass es kein Abschied für immer sei. Bei Waverling Tools hatte er sein persönliches Paradies gefunden.

Das Unternehmen würde es noch weit bringen, und Daniel Lane würde es dabei unterstützen, allerdings nicht als einfacher Metallarbeiter. Als Trevor Waverling merkte, was er aus einem Stück Eisen formen konnte, versetzte er ihn in seine Entwicklungsabteilung. Schon wenige Wochen später hatte Daniel ein verbessertes Gerät ersonnen. Momentan arbeitete er an der Entwicklung eines dickeren Stahlmantels, der verhindern sollte, dass die Wand des Bohrlochs während des Bohrvorgangs einknickte, einer der schlimmsten Albträume der Ölmänner. Sein Chef hatte in seinem Namen Patente angemeldet, und das Unternehmen zahlte dafür. Die einzige Bedingung war, dass Waverling Tools fünf Jahre lang neunzig Prozent sämtlicher aus seinen Erfindungen resultierenden Erlöse erhielt; dann würden sie neu verhandeln. Daniel fand das fair, solange die Patente an ihn zurückfielen.

Obwohl das Unternehmen begann, Bohrtürme und -geräte zu bauen, war es noch nicht bereit, in das Geschäft der Pacht von Bohrrechten und Bohrungen einzusteigen, aber es bewegte sich in diese Richtung. Trevor Waverling ließ sich Zeit, vergeudete sie jedoch nicht. Er lernte und plante, eine Vorgehensweise, die Daniel gefiel, weil sie seiner eigenen ähnelte. Seit dem großen Ölfund des Jahres 1897 in Corsicana hatte sein Chef zu viele Investoren gesehen, die sich Hals über Kopf ins Ölgeschäft stürzten und am Ende mit trockenen Löchern und leeren Taschen dastanden. Zum Aufspüren von Ölvorkommen hatte er einen ziemlich cleveren Geologen namens Todd Baker angeheuert, und als *landman* bildete er gerade seinen Sohn Nathan Holloway aus. Die beiden waren ein kompetentes Team, hatte Daniel festgestellt, als er ihnen eine Einladung zu einem Ausflug nach East Texas entlockte, wo sie eine »Bodenverwerfung« untersuchen wollten, die nach Ansicht eines Farmers ein sicherer Hinweis auf Öl war. Am Ende hatte sich das Ganze als Traum des Farmers herausgestellt. Todd Baker hatte bereits den ersten Bodenspalt als einfachen Riss in der Erde erkannt, verursacht durch die Dürre, und nicht als Hinweis auf ein Ölvorkommen. Angesichts der allgemeinen Hektik, die unter Erdöl- und Erdgasspekulanten herrschte, hätten sich andere Geologen sofort auf das Projekt gestürzt und sich den potenziellen Fund erst später angesehen, und etliche *landmen* hätten anders als Nathan einen Vertrag aufgesetzt, bevor sie noch einen Blick auf das Gebiet geworfen hatten. Diese beiden jedoch wollten weder Zeit noch Geld ihres Chefs verschwenden.

Daniel hatte bei einem Unternehmen angeheuert, von dem zu erwarten war, dass es im Geschäft blieb. Er hatte vor, sich mit Waverling Tools einen Namen zu machen, alles Wissenswerte über das Ölgeschäft zu lernen und aus der Entwicklungsabteilung in die Unternehmensleitung zu wechseln. Er sah seinen Weg klar vor sich. Die Mission, in der sein Chef ihn am Montag in die Holzstadt Beaumont schickte, bestätigte ihn. Dort sollte er sich mit einem gewissen Anthony Lucas treffen, der in ganz Texas und oben im Osten bei den großen Ölgesellschaften unterwegs war, um Investoren und risikobereite Kapitalgeber davon zu überzeugen, dass sich unter einem Salzstock, den die Leute in der Gegend »Spindletop Hill« nannten, Öl befand. Der Mann war Trevor Waverling mit seiner Beharrlichkeit aufgefallen, und das hatte wiederum zu Daniels Auftrag geführt. Er sollte nach Beaumont fahren, um zu beurteilen, ob Lucas ein Hirngespinst zu verkaufen versuchte. Er würde sich über seinen Hintergrund informieren, wenn möglich mit den Investoren sprechen, an die Lucas herangetreten war, und den Salzstock selbst begutachten, um festzustellen, ob etwas dran war an den Behauptungen des Mannes, dass sich darunter noch etwas anderes verbarg.

Daniel hatte den Mut aufgebracht, seinen Chef zu fragen, warum er sich für die Sache interessiere, mit der Begründung, dass diese Information ihm helfen könnte, gezieltere Nachforschungen anzustellen.

»Vielleicht werde ich die Bohrausrüstung von Waverling Tools kostenlos zur Verfügung stellen für einen Anteil am Ertrag, wenn tatsächlich etwas gefunden wird«, hatte Trevor Waverling geantwortet. »In dem Fall werden Sie regelmäßig in das Gebiet fahren, die Wartung vornehmen und Probleme beseitigen, die möglicherweise bei den Geräten auftauchen, aber ich möchte auch, dass Sie die Augen offen halten und mir berichten, was Sie sehen und hören. Ist Ihnen klar, was ich von Ihnen will?«

»Ja, Sir«, hatte Daniel geantwortet. Er sollte Feuerwehr und Spion spielen. Die Ausdrücke gefielen ihm. Sie verbesserten seine Position innerhalb des Unternehmens und erhöhten seinen Status.

»Nehmen Sie sich die ganze Woche Zeit. Wir hören uns dann in der Montagsbesprechung an, was Sie zu sagen haben«, hatte Trevor Waverling erklärt. »Ihr Bericht wird die Grundlage für meine Entscheidung sein, ob ich es als lohnend erachte, nach Beaumont zu fahren und Lucas einen Deal anzubieten.«

»Ich verspreche Ihnen, mir jeden Zahn im Gebiss dieses Pferdes anzusehen«, hatte Daniel ihm versichert. »Ich werde Sie nicht enttäuschen.«

»Das glaube ich Ihnen.«

Wenn man vorhatte, sich an jemandem zu rächen, musste

man ihn mit seinen eigenen Waffen schlagen. Und die von Sloan Singleton waren Reichtum und Macht. Irgendwie würde es Daniel Lane gelingen, ihn von seinem hohen Ross zu stoßen. Ähnlich, wie er sich durch seinen Umgang mit denen, die ihn fördern konnten, alles über das Ölgeschäft aneignen wollte, würde er mithilfe von Billie June mehr über das Geschäft von Sloan Singleton erfahren.

NEUNUNDDREISSIG

Am frühen Samstagmorgen bestieg Todd Baker den Zug der Texas and Pacific, um von Dallas nach Fort Worth zu fahren. Als er zwei Stunden später dort ankam, sah er Samantha bereits am Bahnsteig warten. Schon der erste Blick durchs Abteilfenster sagte ihm, dass es um etwas Wichtiges ging. Sie lief aufgeregt auf und ab, als könnte sie so die Ankunft des Zuges beschleunigen. Todds Braut Ginny, die Samantha sehr mochte und der sie fehlte, hätte ihn gern begleitet und den Tag mit ihnen verbracht, doch Todd hatte ihr das sanft ausgeredet. (Ginny mochte sowieso keine Würstchenpfannkuchen.) »Sam sagt, sie braucht meinen sachkundigen Rat, Schatz. Es klang ziemlich dringend. Wahrscheinlich hat sie in Las Tres Lomas etwas gefunden, das ich für sie analysieren soll – eine Gesteinsformation oder ein Fossil. Du würdest Stunden in der düsteren Ranch warten müssen, wenn du nicht mit uns rausreitest, und …«, er küsste sie lächelnd, »… ich schätze mal, dass du das nicht möchtest.«

Nein, das wolle sie tatsächlich nicht, hatte Ginny gesagt, die nach Todds kurzer geologischer Analyse lieber zu dritt Mittag gegessen und sich über den neuesten Klatsch im Ort ausgetauscht hätte.

Todd war passend für einen langen Ritt zu einem entlegenen Winkel der Ranch gekleidet, und durchs Zugfenster sah er, dass Samantha sich ebenso vorbereitet hatte. Was hatte sie wohl entdeckt? Er war Geologe auf der Suche nach Öl. Hätte

Samantha ihn – einen guten Freund, ja, aber keinen Vertrauten – so dringend zu sich gerufen, wenn sie nicht über etwas gestolpert wäre, das ihn beruflich interessierte? Es konnte sich nicht um aus dem Boden austretendes Öl oder Gas handeln, obwohl Todd wie Trevor Waverling glaubte, dass die Central Plains reich an Erdöl- und Erdgasvorkommen waren, worauf etliches, unter anderem die Schwefelquellen in dem Gebiet, hinwies. Falls Samantha etwas Derartiges auf dem Areal von Las Tres Lomas entdeckt hatte, hätte sie Stillschweigen darüber bewahrt, weil sie strikt gegen Ölbohrungen auf Farm- und Weideland war.

Todd blieb bis zum Aussteigen noch ein wenig Zeit, um Samantha durchs Fenster zu beobachten. Was würde nun, da sie beschlossen hatte, den Weg zu gehen, den ihr Vater für sie gewählt hatte, aus ihr werden? War sie verdammt dazu, ihr Leben in Las Tres Lomas zu verbringen und ihre moralische Verpflichtung als Rancherstochter zu erfüllen? Was für eine tragische Vergeudung von Talent! Samantha war die logischste Frau, die er kannte. Ein solcher Forschergeist erforderte Offenheit gegenüber neuen Ideen, Konzepten und Theorien, die den etablierten Ansichten widersprachen. In der Simmons Preparatory School war Samantha genau dafür bekannt gewesen. Ihre Weigerung, Meinungen einfach zu übernehmen, basierte nicht auf Sturheit, sondern auf dem aufrichtigen Wunsch, der Wahrheit auf den Grund zu gehen. Anders als manche Wissenschaftler, die Todd kannte, war Samantha in der Lage, sich von alten Ansichten zu trennen und neue Erklärungen zu akzeptieren, wenn sie sich beweisen ließen. Todd würde den Tag nie vergessen, an dem ein Experiment im Labor sie dazu gebracht hatte, die gängige Theorie anzuzweifeln, dass Öl seinen Ursprung in den versteinerten Überresten von in uralten Gesteinsschichten eingeschlossenen Meerestieren und -pflanzen habe. Ihre Untersuchungen hatten ergeben, dass Öl möglicherweise nicht aus früher einmal lebendem Material entstand, auch wenn es chemische Elemente enthielt, die in lebender Materie zu finden waren. Weswegen, so ihre Theorie, Erdöl unter Umständen aus einer anderen, noch nicht identifizierten Quelle stamme. Darüber hatte ihr Lehrer nur verächtlich geschmunzelt. Wie erkläre sich Samantha dann, dass Ölvorkommen sich oft auf oder in der Nähe von Überresten prähistorischen Lebens befanden?

Außerdem fragte sich Todd, wie Samantha da draußen auf der Ranch einen intelligenten Mann kennenlernen sollte, der ihrer würdig war, jemanden, der sie lieben und schätzen würde wie er seine Ginny. Der einzige Mann, der ihr seines Wissens das Wasser reichen konnte – und selbst bei ihm hatte Todd Zweifel –, war Sloan Singleton, der leider die oberflächliche Anne Rutherford umwarb. Was Singleton abgesehen von ihrer Schönheit an ihr fand, konnte der pragmatische Todd sich nicht vorstellen. Vielleicht zog er Anne Sam gerade wegen ihrer Oberflächlichkeit vor, weil er sie herumkommandieren konnte. In dieser Hinsicht hätte Samantha tatsächlich nicht zu Sloan gepasst. Todd seufzte. Wie seine Gedichtliebhaberin Ginny sagen würde: War ihre liebreizende und intelligente Samantha wie die Blume in dem Poem von Thomas Gray »geboren, um ungesehen zu erblühen und ihren süßen Duft an Wüstenluft zu verschwenden«?

»Ein *Sauropode*!«, rief Todd wenig später, als Samantha ihm den Grund seines Kommens erklärte, so laut aus, dass sich einige der am Bahnsteig Wartenden nach ihnen umdrehten. »Bist du sicher?«

»Nein, deswegen habe ich dich ja gerufen, aber ich bin mir fast sicher. Ich habe dir ein gesatteltes Pferd mitgebracht. Wir können direkt zum Windy Bluff reiten.«

Todd machte ein trauriges Gesicht. »Was? Noch vor den Würstchenpfannkuchen?«

»Die kriegst du später, wenn du dir meinen Fund angesehen hast. Ich habe lange genug auf dich gewartet.«

Etwas mehr als eine Stunde später ging Todd neben dem Schädelfragment in die Hocke. Er scharrte noch mehr Sand weg und untersuchte es sorgfältig. »Sieht tatsächlich sehr nach einem Dinosaurier aus. Interessant. Die meisten Skelette solcher Tiere, die bisher entdeckt wurden, haben keinen Kopf mehr. Die Schädel der Dinosaurier waren so klein und zerbrechlich, dass sie nach dem Tod meist am schnellsten zerfielen.«

»Und an wen soll ich mich deswegen wenden?«, erkundigte sich Samantha. »An ein naturhistorisches Museum, zum Beispiel das American Museum of Natural History in New York?«

»Das halte ich für die beste Lösung. Und ich setze mich mit einem Freund vom Yaler Peabody Museum in Verbindung. Die haben einen Wirbeltierpaläontologen.« Todd erhob sich und wischte den Sand von seinen Händen. »Wie ich sehe, hast du deine Kodak dabei. Mach Aufnahmen aus allen Perspektiven und schick sie mit einem Brief, in dem du deinen Fund beschreibst, ans Museum. Bis Antwort kommt, sollte man das Areal absperren …« Er verstummte kurz und sah sie an. »Was um Himmels willen ist das denn?«

Um ein Foto mit einer Kodak zu machen, musste man sie auf Taillenhöhe halten, ausrichten und einen Knopf drehen. Samantha, die sich gerade auf diesen komplexen Prozess konzentrierte, fragte: »Was ist was?«

»Das Vieh da drüben«, antwortete Todd und deutete in die Richtung, in die er schaute.

Samantha folgte seinem Blick und schmunzelte. »Ach, das

ist Saved, den ich nach dem Tod seiner Mutter mit der Flasche aufgezogen habe.« Das Tier, dessen Hornspitzen nun feuerrot leuchteten, war herangestapft und beobachtete sie neugierig aus kurzer Distanz. Todds Stute, die Samantha ihrer Sanftmut wegen gewählt hatte, weil Todd als Stadtmensch nicht ans Reiten gewöhnt war, wieherte zur Begrüßung leise und stellte den Schweif auf.

»Wieso hat er Farbe an den Hörnern?«

»Um ihn von anderen Rindern zu unterscheiden, die zum Verkauf zusammengetrieben werden. Das ist eine sehr persönliche Geschichte.«

»Er wirkt furchteinflößend.«

»Er würde keiner Fliege etwas zuleide tun.«

»Wenn das so ist …« Todd wandte sich Samantha zu. »Würdest du für Ginny ein Bild von mir auf seinem Rücken machen? Ich weiß, dass sie das beeindruckend fände.«

Samantha lachte. »Oder amüsant. Natürlich mache ich ein Bild von dir. Das ist das Mindeste, was ich für dich tun kann, wenn ich dich schon hier rausschleppe. Bleib du hier stehen, ich bereite Saved vor.«

Todd hielt Abstand, während Samantha das Tier hinter den Ohren kraulte und leise mit ihm redete. Dann winkte sie den Geologen heran. »Erschreck ihn nicht«, riet sie ihm. »Er kennt dich nicht. Schwing dein Bein vorsichtig über seinen Rücken. Gut. Und jetzt halt still und grins ein bisschen dümmlich, während ich das Foto knipse.«

Als Samantha die Kamera in Position brachte, machte der Ochse plötzlich seinem Unmut mit lautem Brüllen Luft und erschreckte damit Todds Stute. Sie zerrte wiehernd an den Zügeln, die lose um einen Torpfosten geschlungen waren. Die Lederriemen lösten sich, und das gesattelte Pferd schoss über die Weide in Richtung sicherer Stall. Saved reagierte ähnlich, allerdings in die entgegengesetzte Richtung. Samantha sah mit offenem Mund, wie er mit Todd auf dem Rücken wegpreschte, der sich, die langen dünnen Beine in der schwarzen Hose wie bei einer Vogelscheuche starr abstehend, an seinen Hörnern festklammerte. *»Samantha!«*, schrie er voller Panik.

Pony wandte Samantha fragend den Kopf zu. Wenn Samantha Todd mit ihrem Quarter Horse nachritt, rannte Saved möglicherweise weiter oder schüttelte, noch schlimmer, Todd ab. Ihr Freund würde sich nicht mehr viel länger festhalten können. Am Ende folgte Samantha den beiden zu Fuß, in der Hoffnung, dass Todd Saveds Hörner loslassen und einfach von ihm heruntergleiten würde.

Genau das tat der Geologe dann auch, allerdings erst, nachdem er die Hoffnung aufgegeben hatte, dass das Tier irgendwann langsamer werden würde. Er landete mit dem Gesicht nach unten auf dem Boden und hörte, wie Saved wegtrottete und Gras zu fressen begann. Gott sei Dank, dachte Todd, der Angst hatte, von ihm zu Tode getrampelt oder aufgespießt zu werden, und eine Weile regungslos liegen blieb. Als das Gefühl in seine Glieder zurückkehrte, hob Todd den Kopf ein wenig, betrachtete den Boden, schnupperte und presste die Nase noch einmal in die Erde. Diesen Geruch kannte er. *Gütiger Himmel!* Sofort waren der Ritt auf Saved und der Sturz vergessen. Todd sah Samantha auf sich zueilen. Hastig holte er sein Taschentuch hervor und nahm eine Handvoll Erde auf.

»Alles in Ordnung?«, rief Samantha.

»Ja, danke«, antwortete Todd, der mittlerweile aufgestanden war, mit einem Blick auf die Windy-Bluff-Erhebungen, und dabei wurde ihm ziemlich warm ums Herz. Von vorn sahen sie aus wie zwei steil ansteigende, breite Felsen, doch aus dem Winkel, in dem er sich zu ihnen befand, bemerkte er die aufgeworfenen Schichten, die ihre eigene Sprache sprachen.

Als Samantha sich zu ihm gesellte, fragte er sie mit einer Nonchalance, die in krassem Widerspruch zu dem Schmerz in seiner Nase und seiner inneren Erregung stand: »Hast du's geschafft, das Foto zu machen, bevor Saved mit mir losgerannt ist?«

»Ja«, antwortete sie und fing zu lachen an.

»Was ist so komisch?«

»Deine Nase. Sie ist voller Dreck.«

VIERZIG

Du bleibst nicht zu Grizzlys Würstchenpfannkuchen?«, fragte Samantha erstaunt. »Die magst du doch so gern. Er hat sie eigens für dich gekocht. Am dritten Samstag im Monat steht eigentlich Rindergulasch mit Ei auf dem Speiseplan.«

»Nein, Sam, ich habe Ginny versprochen, so schnell wie möglich wieder bei ihr zu sein.« Er rieb sich das Hinterteil. »Würde es dir was ausmachen, mich im Wagen zum Bahnhof zu bringen?«

Als sie sich am Bahnhof verabschiedeten, hoffte Todd, dass Samantha seine körperliche Anspannung nicht spürte und auch nicht warten würde, bis er den Zug zurück nach Dallas bestieg. Sie hatte ihm gesagt, sie wolle den Rest des Tages und die Nacht bei ihrer Mutter verbringen und die Kamera am Montag zur Eastman Kodak Company in Rochester, New York, schicken, wo der Film entwickelt werden würde. Sie würde ihm Abzüge der Bilder zukommen lassen, sobald sie sie hätte, sodass er sie seinem Freund vom Peabody Museum senden könne.

Todd überlegte hastig. Samanthas Beschluss, die Nacht in Fort Worth zu bleiben, passte ihm gut ins Konzept. Mit besorgter Stimme fragte er: »Du gibst doch die Kamera persönlich auf, oder?«

Samantha sah ihn fragend an. »Nein, Todd. Jimmy oder Mildred soll sie zum Postamt bringen. Weil Daddy unterwegs ist, muss ich morgen schon früh zur Ranch zurück.«

Todd tat so, als machte er sich Sorgen wegen der Kamera. »Soll ich die Kodak zur Post bringen?«, schlug er vor. »Ich könnte das gleich am Montagmorgen erledigen, früher als Jimmy und Mildred. So würde es schneller gehen.«

Belustigt reichte Samantha ihm die Kamera. »Wenn du dann ruhiger schläfst.«

Todd drückte die Kodak an die Brust wie einen wertvollen Schatz und erklärte Samantha, sie müsse ihn nicht bis zum Bahnsteig begleiten. »Verbring die Zeit lieber mit deiner Mutter«, sagte er und war erleichtert, als sie seinen Vorschlag annahm, ihn auf die Wange küsste und ihn einen wahren Freund nannte.

Todd empfand die folgenden Stunden als die aufregendsten seines Lebens, aufregender noch als die, als er im Alter von acht Jahren in New York City von seinen Eltern weggelaufen war und diese ihn erst nach einem halben Tag wiedergefunden hatten. Damals hatte er vor Angst gebebt, nun hingegen zitterte er vor Erregung. Er hätte seinen Geologenabschluss darauf verwettet, dass sich unter dem Boden des nördlichen Teils von Las Tres Lomas Öl – möglicherweise ziemlich viel Öl – verbarg. Laboruntersuchungen würden zeigen, ob die Erde in seinem Taschentuch und andere Proben, die er sammeln wollte, während Samantha sich bei ihrer Mutter aufhielt, seinen Verdacht bestätigten. Bei Windy Bluff schien es sich um eine antiklinale, also sattelförmige Erhebung zu handeln, eine Art von geologischer Formation, unter der bisher oft Erdöl- und Erdgasvorkommen gefunden worden waren. Todd konnte sein Glück kaum fassen, dass sich ihm die Gelegenheit bot, noch einmal unbeobachtet in das Gebiet zurückzukehren. Da Samantha und ihr Vater sich nicht auf der Ranch aufhielten und sich außer diesem dummen Ochsen vermutlich niemand in der Gegend um Windy Bluff herumtrieb, würde er das Areal ungestört und ohne Angst vor Entdeckung erkunden können.

In einem Mietstall musste Todd lange warten, bis der Betreiber vom Mittagessen zurückkehrte, und danach hatte er den dichten Verkehr auf der Straße von Fort Worth nach Las Tres Lomas zu bewältigen. Außerdem verlor er viel Zeit, weil er sich nicht mehr so genau an den Weg zur Ranch erinnerte. Erst ein Zaunpfosten mit einem eingeschnitzten kleinen Herzen sorgte schließlich dafür, dass er in die richtige Richtung ritt. Er wusste, dass er den Fünf-Uhr-Zug nach Dallas erreichen musste, weil er sonst Trevor Waverling nicht mehr antreffen würde.

Obwohl Todd Gewissensbisse gegenüber Samantha plagten, beschloss er, zuerst an sich selbst zu denken. Samantha wäre gegen Ölbohrungen an der Fundstelle des Schädels. Bestimmt würden die Fotos ihrer Kodak beweisen, dass es sich dabei um Stirnplatte, Nase und Kiefer eines Dinosauriers handelte, aber er war Geologe. Sein professioneller Ruf und die finanzielle Absicherung seiner Frau und künftigen Kinder hingen davon ab, dass er für seinen Arbeitgeber Öl aufspürte. Bislang hatte er nichts vorzuweisen. Noch lobte Trevor Waverling ihn seiner klugen Zurückhaltung wegen, doch Waverling Tools wollte schon bald in die Ölförderung einsteigen. Das Geld für Bohrungen lag auf der Bank. Sein Chef wartete nur auf das Okay seines Geologen, um seinen *landman* Nathan Holloway loszuschicken, damit dieser mit Grundbesitzern Verträge über Bohrrechte aushandelte. Und nun hatte sein Geologe möglicherweise eine geeignete Stelle entdeckt.

Die späten Samstagnachmittage waren im Triple S Ruhezeiten. Abgesehen von den täglichen Wartungsarbeiten, die am Wochenende nicht unterbrochen werden konnten, waren die

Aufgaben der Woche erledigt, und den Rest des Tages durften die Ranchhelfer nach eigenem Gutdünken verbringen. Die meisten wuschen Schmutz und Schweiß in einem einfachen Badebereich draußen ab, der mit Spiegeln, Rasierschüsseln und Duschen ausgestattet war, putzten ihre Stiefel und lüfteten ihr bestes Hemd und ihre beste Jeans für einen Ausflug in die Stadt. Im Haupthaus bereiteten Millie May und Billie June sich je nach Stimmung auf einen Abend zu Hause oder unterwegs vor. Oft fand im Ort ein Fest statt, oder sie waren zu einer Nachbarranch eingeladen. Wenn sie darauf keine Lust hatten, organisierten die Schwestern selbst Veranstaltungen. Die Bandbreite reichte von Zusammenkünften mit Förderern ihrer Projekte bis zu privaten Musikaufführungen und Kartenspielen. Inzwischen kehrte ihr Bruder schon fast ein Jahr lang am späten Nachmittag ins Haus zurück, badete sich, schlüpfte in seine Stadtkleidung und machte sich auf den Weg zu Anne Rutherford.

An diesem Abend erwarteten die Schwestern Gäste zum Bridge. Billie June, die Stifte, Notizblöcke und Kartensets auf den drei Spieltischen im großen Raum auslegte, hörte die Uhr fünf schlagen und lauschte auf Sloans Schritte im Flur. Sie wollte ihn abfangen und ihm mitteilen, dass sie vorhabe, in der folgenden Woche mit der T & P nach Beaumont zu fahren, um eine Schulkameradin zu besuchen. Da er ihr Treuhandvermögen verwaltete, musste sie ihn um das Geld für die Zugfahrt bitten. Sie spitzte eine ganze Weile die Ohren, bevor sie zu ihrer Schwester in die Küche ging, um sich mit ihr zu beraten. Millie May war gerade dabei, der Köchin beim Herrichten von Tabletts mit Sandwiches und anderen Leckereien für das Bridge-Treffen zu helfen.

»Millie May, hast du Sloan gesehen?«

Am Ende des Tages schaute ihr Bruder gern in der Küche

vorbei, um eine Kleinigkeit zu essen mit nach oben zu nehmen. Seit seiner Kindheit legte Consuela, ihre treue alte Köchin, eine kleine mexikanische Frau, die ihre Pflichten schweigend erledigte, immer etwas für den *joven patrón* – den jungen Herrn – auf eine Ecke des Küchentischs, damit sein Magen bis zum Abendessen *contento* – zufrieden – war. Millie May deutete auf das Stück Käse und die Scheibe Brot, die noch immer unter einem Geschirrtuch lagen.

Billie June warf nervös einen Blick darauf. »Wo steckt er bloß? Um diese Zeit ist er samstags sonst immer zu Hause, und bestimmt erwartet Anne ihn.«

»Eigentlich hätten sie heute mit dem Viehtrieb fertig sein müssen. Irgendetwas scheint dazwischengekommen zu sein«, sagte ihre Schwester.

Das Etwas, das dazwischengekommen war, brachte den Vorarbeiter des Triple S dazu, seinen Chef anzusehen, als hätte er nicht richtig gehört. Während die Schwestern im Haus miteinander sprachen, schwang Sloan sich auf sein Arbeitspferd und erklärte seiner rechten Hand, dass er die Zäune kontrollieren wolle. Wenn Sloan irgendwo Stellen fände, die repariert werden sollten, würden sie sich gleich am Montagmorgen an die Arbeit machen müssen.

»Sie wollen die Zäune kontrollieren, Chef? So spät am Samstagnachmittag? Ich dachte, Sie gehen rauf zum großen Haus.«

»Nicht heute Abend.«

»Welchen Abschnitt?«

»Den Zaun zwischen unserem Grund und dem der Gordons. Schick jemanden zum Haus, der meinen Schwestern sagt, dass es später wird, ja?«

Millie May und Billie June würden sich den Mund über diese Neuigkeit zerreißen, dachte Sloan, als er davontrabte. Sie erwarteten, dass er mit Anne ein Fest besuchte, doch er hatte die Einladung mit der Begründung ausgeschlagen, er habe zu viel Arbeit, was an diesem Tag tatsächlich fast der Wahrheit entsprach. Für einen kurzen Samstag war er ungewöhnlich müde, schmutzig und verschwitzt, und er stank nach Rauch. Eigentlich hätte er einen steifen Bourbon, ein Bad und ein warmes Essen gebrauchen können, aber er musste nachdenken, und das konnte er wie die meisten Rancher am besten im Sattel.

Von seinem Kontrollritt am Zaun erhoffte er sich, Samantha zu sehen, weil er ihr einige Male am Windy Bluff begegnet war, wenn sie Saved eine Leckerei brachte. Er hatte ihr zugewinkt, und sie hatten sich am Stacheldrahttor unterhalten. In den vergangenen Jahren war dieses Tor anders als in ihrer Jugend, als es als offener Durchgang zwischen ihren Ranches diente, verschlossen geblieben.

Er brach mit dem beklemmenden Gefühl auf, das ihn seit dem Tag plagte, an dem Neal den Puma getötet hatte. Sloan betrachtete diesen Tag im April für sich und Samantha als Grenzlinie zwischen Vergangenheit und Gegenwart, vielleicht auch für Neal und Samantha. Sloan war im Geist wieder und wieder die schockierenden Bemerkungen von Vater und Tochter an jenem schrecklichen Tag durchgegangen. Aus Neals Äußerung – *dann ist nicht alles verloren, wenn eines dich enttäuscht* – und der von Samantha – *ich habe etwas Unverzeihliches getan, das ich nicht mehr ungeschehen machen kann* – hatte er geschlossen, dass ihr Zerwürfnis mit einem Mangel an Loyalität von Sam zu tun hatte. Und mangelnde Loyalität konnte Neal Gordon nicht verzeihen. *Loyalität ist die eine menschliche Eigenschaft, die erwidert werden muss*, hatte sein Mentor ihm beigebracht. *Respekt, Bewunderung und sogar Liebe darf man annehmen, ohne sie zu erwidern, aber Loyalität muss mit ihresgleichen vergolten werden.*

Seit wann erwiderte Samantha die Loyalität ihres Vaters nicht mehr? Wie sollte sie ihn enttäuscht haben? Schließlich hatte sie aus Loyalität Neal Gordon gegenüber auf einen Beruf verzichtet, der ihr Freude gemacht hätte.

Neals und Sams Kummer waren an jenem Tag im April deutlich zu spüren gewesen, und Sloan hatte sich hilflos gefühlt wie ein Mann ohne Arme, der vom Ufer aus mit ansehen muss, wie seine Familie ertrinkt. *Du bist nicht mein Bruder, Sloan … Du bist mein Freund … nicht mehr und nicht weniger.* Diese nüchterne Feststellung verletzte ihn noch immer, aber sie zwang ihn auch zu einer Innenschau, die ihn vor dem schlimmsten Fehler seines Lebens bewahrte. Die Entfremdung seiner Schwestern im vergangenen Jahr hatte ihn zermürbt, und er hatte Wärme in den Armen von Anne Rutherford gefunden, einer jungen Frau, die nicht an ihm zweifelte, ihn nicht herausforderte oder mit ihm stritt, sondern ihn lobte, ermutigte und tröstete.

Nachgiebig, nannten seine Schwestern sie. *Du magst sie, weil sie sich deinem Willen beugt, Sloan*, meinten sie, und das verblüffte ihn. Nachgiebig? Nur weil sie nicht zu allem, was er sagte und tat, eine Meinung äußerte? Er hätte das eher als Unterstützung interpretiert, und genau das wünschte sich ein Mann von einer Frau.

Mittlerweile hatte er erkannt, dass seine Schwestern recht hatten und er ein Narr gewesen war. Sloan war Anne, die nur seiner Männlichkeit schmeicheln wollte, auf den Leim gegangen. Er hatte ihr wirkliches Wesen nicht erkannt. Nach und nach, wie Farbschichten, die sich von einem gefälschten Gemälde lösen, hatte er begriffen, wie hinterhältig, kleinlich und insgeheim eifersüchtig auf Samantha Anne war. Sein Vater hatte ihm eingebläut, dass die Motive eines Menschen ihn definierten. »Der Grund für eine Handlung bestimmt, wer und was ein Mensch ist«, hatte er gern gesagt. Und die Motivation hinter Annes eifriger Unterstützung wohltätiger Projekte war nicht, Bibliotheken, die öffentliche Bildung, Armenspeisungen und andere publikumswirksame Aktionen für das Wohlergehen anderer zu fördern, sondern sich selbst in den Mittelpunkt zu stellen. Keiner erwartete von der schönen, privilegierten Tochter eines der reichsten Männer in der Stadt, dass sie sich so sehr für die weniger Glücklichen engagierte. Nun war Sloan klar, dass Annes »Selbstlosigkeit« letztlich nur dazu dienen sollte, sie in den Augen der Öffentlichkeit noch schöner erscheinen zu lassen.

Und das hatten seine Schwestern ihm zu sagen versucht.

Doch selbst wenn er das alles nicht gewusst hätte oder Anne Rutherford so aufrichtig wie eine Nonne gewesen wäre, hätte er sie seiner Gefühle für Samantha wegen nicht geheiratet, und das musste er Anne erklären.

Er näherte sich dem Gebiet von Windy Bluff. Sloan ließ den Blick über den Grund auf der anderen Seite des Zauns schweifen, um möglicherweise ein Paar roter Hörner zu entdecken, sah aber nur ein gesatteltes, an einem Zaunpfosten festgebundenes Pferd. Sein Herz schlug schneller, doch dann erkannte er, dass das nicht Pony war. Der Reiter musste ihn gehört haben, denn Sloan war kaum stehen geblieben, als auch schon ein Mann hinter den Felsen hervortrat. »Todd Baker!«, rief Sloan überrascht aus. »Was machst du denn hier? Und was ist das in deiner Hand?«

EINUNDVIERZIG

Als Sloan am folgenden Morgen die Straße nach Fort Worth entlangritt, hörte er aus der Ferne die einzelne Glocke der kleinen katholischen Kirche läuten. *Vaya con Dios* – »Geh mit Gott« – sagte sie ihm, und er hoffte, tatsächlich mit Gottes Segen zu gehen. Am Abend zuvor hatte er den Beschluss gefasst, die Sache mit Anne zu beenden. Der Zeitpunkt war ungünstig gewählt, weil die Familie vermutlich noch beim Frühstück saß, aber im sonntäglichen Tagesablauf der Rutherfords gab es für ihn keine andere Möglichkeit, mit ihr zu sprechen. Nach der Kirche aßen Anne und ihre Eltern im Worth (Sloan hatte eine Einladung, sich ihnen anzuschließen, ausgeschlagen), und hinterher traf sie sich mit einer Frauengruppe, um Pläne für einen bevorstehenden Wohltätigkeitsball zu diskutieren. Sonntagabends versammelten sich die Rutherfords zum Essen im Haus der Matriarchin der Familie, der Mutter von Noble Rutherford, Annes Vater und Präsident der Bank, bei der Sloan das Darlehen hatte und in deren Geschäftsleitung er saß. An den vergangenen Sonntagen hatte Sloan ähnliche Einladungen ebenfalls ausgeschlagen. Er hätte einen passenderen Zeitpunkt abwarten können, wollte aber möglichst schnell einen Schlussstrich unter die Angelegenheit mit Anne Rutherford ziehen. Dann würde er wieder freier atmen können.

Doch nach seiner Begegnung mit Todd Baker am Nachmittag des Vortages war sein Herz schwerer denn je. Er hatte Todd seiner Überheblichkeit wegen nie sonderlich leiden können und den Geologen nur Samantha zuliebe ertragen. Als er dieses Wiesel zwischen den Felsen am Windy Bluff hervorgescheucht hatte, war ihm gleich klar gewesen, dass der Mann nichts Gutes im Sinn hatte. Der Adamsapfel des Geologen war auf und ab gehüpft wie beim Haut-den-Lukas auf dem Jahrmarkt. Er hatte Sloan nervös von Sams Bitte erzählt, sich das anzusehen, was ihrer Ansicht nach ein Dinosaurierschädel sein konnte, von dem Ritt auf Saved und dem Abwurf, sodass er auf dem Boden landete, wo ihm der Geruch von Öl in die Nase gestiegen war. Todd hatte gestanden, vom Bahnhof noch einmal zum Windy Bluff zurückgekehrt zu sein, um weitere Bodenproben für eine Analyse zu entnehmen. Wenn die Labortests ergäben, dass sich an der Stelle tatsächlich Erdöl befinde, liege beim Windy Bluff mit ziemlicher Sicherheit ein ausgedehntes Ölfeld. Samantha habe er nichts von seiner Vermutung gesagt, weil er wisse, was sie von dem Vorschlag halten würde, in unmittelbarer Nähe einer Stelle nach Öl zu bohren, an der möglicherweise noch mehr prähistorische Skelette ruhten. Das könne Sloan doch verstehen, oder?

Sloan hatte seine Frage ignoriert. »Und was hast du jetzt vor?«

Er wolle seinen Bericht seinem Chef bei Waverling Tools vorlegen, der sich dann wegen der Bohrrechte an der Stelle, an der er mit seiner Nase gelandet war, an Neal Gordon wenden würde.

»Und der Schädel, den du da in der Hand hältst, gehört zu den Bodenproben?«, hatte Sloan sich erkundigt.

Todd hatte das Fossil angestarrt, als wüsste er nicht, wie es in seine Hand gelangt war, und geschluckt, weil ihm dafür offenbar keine Erklärung einfiel.

»Du bist hier rausgeritten, um ihn auszugraben, stimmt's?«, hatte Sloan gefragt. »Das ist der eigentliche Grund, warum du dich noch mal zurückgeschlichen hast – um Sams Entdeckung zu beseitigen, damit sie keinen Beleg gegen die Bohrungen hat.«

»Nein … nein! Ich … Ich … dachte mir, wenn ich schon mal hier draußen bin, nehme ich ihn mit … damit er in Sicherheit ist.«

»Aha«, hatte Sloan gesagt, dem klar war, dass Todd log. Sloan war vom Pferd abgestiegen, an den Zaun getreten und hatte die Hand ausgestreckt. »Gib ihn mir.«

Todd war zurückgewichen und hatte den Schädel an seine Brust gedrückt. »Wie bitte?«

»Du hast mich gehört. Gib ihn mir.«

Todd hatte ihm den Schädel widerwillig gereicht. »Was willst du damit machen?«

»Ich werde ihn Samantha zur Aufbewahrung geben.«

Todd hatte das Gesicht verzogen, jedoch gleichzeitig die Schultern gestrafft und mit fester Stimme erklärt: »Bitte überleg dir das noch mal, Sloan. Hier gibt es Öl, vielleicht reicht das Feld sogar bis hinüber zum Triple S, aber wie groß und ergiebig es ist, werden wir erst wissen, wenn wir zu bohren anfangen. Stell dir vor: keine Geldsorgen mehr wegen Dürreperioden, Erkrankungen des Viehs, sinkenden Rindfleischpreisen oder hohen Transportkosten. Keine schlaflosen Nächte mehr aus Angst davor, die Ranch zu verlieren, weil du die Darlehens- oder Hypothekenzahlungen nicht leisten kannst. Die Entdeckung von Öl würde dich so reich machen, dass du dir nie wieder Gedanken über die Zukunft des Triple S machen müsstest.«

Todd hatte Sloan, der mittlerweile wieder aufgestiegen war, hinterhergeschickt: »Überleg's dir gründlich, ob du den Schädel Samantha gibst. Ohne ihn existiert kein Beweis für ihren Fund.«

»Doch, ihr Wort.«

»Kein *greifbarer* Beweis, den sie der wissenschaftlichen Gemeinde zeigen könnte. Und ohne wird sich kein Archäologenteam nach Las Tres Lomas aufmachen. Aber egal«, hatte Todd gesagt und noch einmal trotzig die Schultern gestrafft. »Wenn die Bodenproben meine Theorie bestätigen, lege ich meinem Chef einen Bericht vor, und er wird sich mit Neal Gordon in Verbindung setzen. Ich denke, wir wissen beide, auf wessen Seite er in der Sache stehen würde.«

»Dir ist klar, dass das ein Vertrauensbruch gegenüber Samantha ist?«, hatte Sloan gefragt und sein Hemd ausgezogen, um den Schädel darin einzuwickeln und an den Sattelknauf zu hängen. Todds kurz auflodernder Widerstand war verglommen.

»Ja, sehr zu meinem Bedauern.«

Sloan hatte Todd niedergeschlagen am Zaun zurückgelassen, und auch er selbst war nicht allzu guter Stimmung gewesen. Wenn Todds Bodenproben seinen Verdacht bestätigten, sah Sloan die Gefahr eines weiteren schwerwiegenden Konflikts zwischen Neal und Samantha. Neal würde bohren wollen, Samantha nicht. Neal würde keinen Sinn darin sehen, auf ein Vermögen zu verzichten, um einen Friedhof ausgestorbener Tiere zu bewahren, der sich möglicherweise auf seinem Land befand. Wieder wäre es eine Frage der Loyalität. Würde Samantha sich am Ende für die Erhaltung einer archäologisch bedeutsamen Fundstelle einsetzen und sich gegen die Sicherung der finanziellen Zukunft von Las Tres Lomas entscheiden?

Als Sloan mit nacktem Oberkörper zur Ranch zurückgeritten war, hatte er gewusst, dass er einen merkwürdigen Anblick bot, weswegen er, als Billie June die Küche betrat, wieder in sein Hemd geschlüpft war und den Schädel hastig unter den Arm geklemmt hatte. Er hatte keine Lust gehabt, sich anzuhören, was sie mit ihm besprechen wollte. »Später«, hatte er gesagt. Es war sinnlos, irgendjemandem von Todds Mauscheleien zu erzählen, bevor er mit Samantha geredet hätte. Er hatte den Schädel in sein Zimmer hinaufgetragen, um am folgenden Tag bei Estelle und Samantha vorbeizuschauen, nachdem er bei Anne gewesen wäre. Und weil der Schädel zerbrechlich wirkte, hatte er ihn fürs Erste in seinem Schrank gelassen.

Nun sah er in etwa dreißig Metern Entfernung eine vertraute Gestalt auf einem Maultier heranschaukeln. Sloan, der den beleibten Grizzly auf dem Rücken seiner langohrigen Delilah erkannte, fielen Samanthas Worte ein: *Ich hätte auf den Rat von Grizzly und Wayne hören und nie damit anfangen sollen …* Sloan überlegte, ob er sich auf ein Gespräch mit dem Koch einlassen und riskieren sollte, dass er zu spät bei den Rutherfords auftauchte und erst zu Estelle kam, wenn Samantha schon nach Las Tres Lomas aufgebrochen war. Vielleicht, dachte er, konnte er Grizzly dazu bewegen, sich über das Zerwürfnis zwischen Sam und ihrem Vater zu äußern, obwohl er das bezweifelte. Grizzly plauderte normalerweise nicht aus der Schule.

»Morgen, Grizzly«, begrüßte Sloan ihn, als der Koch sich zu ihm gesellte.

»Morgen, Sloan.«

»Unterwegs zur Kirche?«

»Ja. Und Sie zu Miss Rutherford?«

»Ja, so könnte man es ausdrücken.«

Sloan meinte, ein verächtliches Geräusch von dem Koch zu hören. »Ist in Las Tres Lomas alles in Ordnung?«, erkundigte er sich.

»Das müssten Sie nicht fragen, wenn Sie öfter vorbeischauen würden«.

»Ach, Grizzly«, seufzte Sloan. »Inzwischen brauche ich dazu eine offizielle Einladung.«

Grizzly blickte ihn von der Seite an. »Von wem?«

»Von Samantha.«

»Seit wann das?«

»Seit sie mich vor zwei Monaten praktisch rausgeworfen hat, etwa zu dem Zeitpunkt, als sie und Neal sich gestritten haben.«

Grizzly sah ihn erstaunt an. »Darüber wissen Sie Bescheid?«

Sloan zuckte mit den Achseln. »Wissen ist zu viel gesagt, aber ihr Verhältnis scheint sich seit dem Tag, an dem Neal den Puma erlegt hat, verändert zu haben.« Er hob eine Augenbraue. »Hast du eine Ahnung, was los ist?«

Grizzly wandte den Kopf ab, um ins Gras zu spucken. »Es steht mir nicht zu, mich darüber zu äußern. Da müssen Sie schon Sonnenschein fragen.«

»Im Moment redet sie nicht viel mit mir, sie zieht mich nicht mehr ins Vertrauen. Deswegen war ich so selten da. Vor ein paar Monaten hat Sam mir klipp und klar erklärt, dass ich mich nicht in ihre Angelegenheiten einmischen soll. Ich habe nicht mehr das Gefühl, in Las Tres Lomas willkommen zu sein.«

»Und wessen Schuld ist das?«, fragte Grizzly erzürnt.

»Meine jedenfalls nicht!«, antwortete Sloan überrascht.

»O doch!«

Sloan brachte sein Pferd abrupt zum Stehen. »Wie das?«

»Ho, Delilah, mein Schatz«, sagte Grizzly und drehte sich auf seinem Sattel herum, um Sloan ins Gesicht zu sehen. »Merken Sie denn nicht, dass Samantha versucht, ihren Stolz zu bewahren, indem sie auf Distanz geht?«

Verblüfft wiederholte Sloan: »Sie versucht, ihren Stolz zu bewahren? Warum denn das?«

Grizzly verdrehte die Augen und stieß einen tiefen Seufzer aus. »Herrgott, wie haben Sie mich nur zu diesem Gespräch verführt, Sloan Singleton? Ich muss mir wohl die Zunge rausschneiden, damit ich nicht noch mehr plappere.«

Sloan verstellte Grizzly und Delilah mit seinem Pferd den Weg. »Grizzly, wenn du mir nicht sofort verrätst, was du meinst, schneide ich dir die Zunge höchstpersönlich raus.«

»Samantha liebt Sie, Sie Einfaltspinsel, aber glauben Sie denn, dass sie Ihnen das zeigt, wenn Sie ständig dieser Miss Rutherford nachrennen? Im Leben nicht! Doch nicht unser Sonnenschein. Miss Rutherford passt zu Ihnen wie die Faust aufs Auge. Gott sei Dank, nun ist es endlich raus. Und jetzt lassen Sie mich durch, sonst komm ich zu spät in die Kirche!«

Sloan gab den Weg frei. »Woher weißt du, dass Sam mich liebt?«

»Fragen Sie sie doch selber!«, antwortete Grizzly und drückte Delilah die Knie in die Flanken, um sie anzutreiben.

»Das werde ich!«, rief Sloan aus und spornte sein Pferd zu vollem Galopp an.

ZWEIUNDVIERZIG

Als er sich der Wohngegend von Fort Worth näherte, in der die Wohlhabenden residierten, spielte Sloan mit dem Gedanken, zuerst zu Estelles Stadthaus nur fünf Straßen entfernt vom Domizil der Rutherfords zu reiten, bevor er zu Anne ging, entschied sich jedoch dagegen. Er musste das Hindernis Anne beseitigen, um den Weg für Samantha frei zu machen, und konnte nur hoffen, dass Grizzly sich Samanthas Gefühle für ihn nicht nur einbildete.

Im Hof des palastähnlichen Gebäudes der Rutherfords sah Sloan, wie Stallburschen zwei weiße Hengste vor die Kutsche spannten, die Anne und ihre Eltern zur Broadway Presbyterian Church bringen würde. Noble Rutherford hatte dieses imposante Ziegelgebäude finanziert und gehörte dem Ältestenrat des Gotteshauses an. Die Stallburschen waren es gewohnt, Sloan auf dem Gelände zu sehen, und begrüßten ihn mit einem Nicken, als er die breite Treppe hinaufstieg, um die moderne Klingel zu drücken, die den früheren Klopfer ersetzt hatte.

Kurz darauf öffnete ein Dienstmädchen die Tür. »Mr Singleton!«, sagte die Frau überrascht. »Wir hatten Sie nicht erwartet, Sir.«

»Entschuldigung, dass ich unangekündigt komme, Bella, aber ich muss mit Miss Rutherford sprechen. Würdest du ihr bitte melden, dass ich da bin?«

Anne, die ihn offenbar durchs Fenster herannahen hatte

sehen, kam mit fliegendem Seidenkleid und offenen Haaren aus dem Esszimmer geeilt. »Nicht nötig, Bella«, sagte sie und lief mit ausgestreckten Armen erfreut auf Sloan zu.

Obwohl einem beim Anblick ihrer Schönheit durchaus der Atem stocken konnte, empfand Sloan keinerlei Bedauern über das, was er vorhatte. »Entschuldige, dass ich mich nicht telefonisch angemeldet habe«, sagte er.

Annes Vater, der eine Hausjacke aus Seide, eine Serviette in den Kragen gesteckt, trug, trat nun ebenfalls in den Flur. Als er Sloan mit einem Händedruck begrüßte, war seine Miene, die von dunklen, buschigen Augenbrauen beherrscht wurde, bedeutend weniger freundlich als die von Anne. Noble Rutherford wusste um den Kummer, den der Vorsitzende seiner Geschäftsleitung seiner Tochter in letzter Zeit bereitete.

»Egal«, sagte Anne und nahm Sloans Arm. »Jetzt bist du ja hier, und nur das zählt. Gerade rechtzeitig zum Frühstück. Daddy, bittest du Bella, noch einen Platz zu decken?«

Sloan legte eine Hand auf die ihre. »Tut mir leid, Anne, aber ich werde nicht bleiben. Könnten wir uns irgendwo unter vier Augen unterhalten?«

Anne löste ihre Finger von seinem Arm. »Natürlich«, antwortete sie mit einem angespannten Lächeln.

Ohne Noble Rutherfords argwöhnisches Stirnrunzeln zu beachten, folgte Sloan Anne ins Morgenzimmer. Nach einer halben Stunde war alles vorbei. Sloan erklärte den Grund seines Besuchs und sah, wie das Strahlen aus Annes Gesicht wich. Doch sie nahm die Nachricht besser auf als befürchtet und wollte nicht einmal wissen, wer oder was für seinen Sinneswandel verantwortlich war. Ihre kerzengerade Haltung und das vorgereckte Kinn verrieten, dass sie das als unter ihrer Würde empfand. Sloan, der dankbar war für ihren Stolz, ahnte sogar, dass sie noch, bevor er mit seinen Ausführungen zu Ende war, darüber nachdachte, wie sie diese demütigende Wendung der Dinge gesellschaftlich am besten für sich nutzen konnte.

Aber beim Verlassen des Zimmers spürte er ihre Verbitterung fast körperlich.

Als Sloan aus dem Haus trat, in dem er fortan nicht mehr willkommen sein würde, wusste er, dass er sich Noble Rutherford zum Feind gemacht hatte, der er lebenslang bleiben würde. Von nun an durfte Sloan keine seiner Darlehensrückzahlungen versäumen, und selbstverständlich würde er seine Position in der Geschäftsleitung der Rutherford City Bank aufgeben. Er bedauerte lediglich seine Blindheit, die ihn in diese unglückliche Lage gebracht hatte. Jetzt musste er sich um die Zukunft kümmern, und zwar schnell.

Sloans Herz schlug wie wild, als er die Stufen zu Estelles Stadthaus hinaufhastete und den Messingklopfer in Form eines Löwenkopfes betätigte. Estelle besuchte die First Methodist Church Ecke Fourth/Jones Street, und vielleicht hatte sie Samantha überredet, sie zum Gottesdienst zu begleiten. Andererseits war es auch gut möglich, dass Estelle an diesem Sonntag zu Hause geblieben war, um ihre Tochter ganz für sich zu haben. Sloan erwartete, dass Mildred die Tür öffnen und sich erkundigen würde, ob er die Bewohner für taub halte, doch plötzlich stand Samantha vor ihm.

»Sloan!«, rief sie erstaunt aus. »Was machst du denn hier?« Sie trug ein Hauskleid, und die Haare fielen ihr in dichten rotgoldenen Locken über die Schultern bis zur Rundung ihrer Brüste. Als Sloan sie so sah, regte sich ein Gedanke in ihm, der ihn so sehr erschütterte, dass ihm fast die Tränen kamen. Was, wenn Grizzly sich täuschte? Was, wenn Samantha ihn nicht liebte?

Samantha legte besorgt die Hand auf sein Gesicht, wie sie

es nach dem Tod seines Vaters getan hatte. »Sloan, was ist los? Ist irgendwas mit deinen Schwestern?«

Er wölbte seine Finger um die ihren. »Nein. Samantha, ich muss dich etwas fragen. Etwas sehr Wichtiges.«

Sie trat mit einer Mischung aus Erleichterung und Neugierde in den Eingangsbereich zurück, und er folgte ihr, ihre Hand nach wie vor in der seinen. »Was willst du mich fragen?«

Mittlerweile war auch Mildred heruntergekommen, um die Tür zu öffnen, und Estelle stand beim Salon, weil sie sehen wollte, wer sie da besuchte. Plötzlich fehlten Sloan die Worte. Bevor die anderen Frauen etwas sagen konnten, wiederholte Samantha: »Was willst du mich fragen, Sloan?«

»Samantha, liebst du mich?«

Estelles Hand huschte zu ihrem Gesicht. »Gütiger Himmel!«

Mildred murmelte etwas in der Sprache der Komantschen.

Über die Schulter gewandt bat Samantha die beiden: »Mutter, Mildred, würdet ihr uns bitte allein lassen?«

Estelle zog sich in den Salon zurück, Mildred machte sich auf den Weg in die Küche.

Samantha drehte sich wieder Sloan zu. »Wie war die Frage noch mal?«

»Ich dachte, ich hätte mich klar ausgedrückt. Liebst du mich?«

Samantha zog abrupt ihre Hand von seinem Gesicht und wich zurück. »Dann habe ich mich also nicht verhört. Soll das ein Scherz sein?«

Sloan trat einen Schritt auf sie zu. »Ich habe eine einfache Frage gestellt, auf die es eine einfache Antwort gibt: Ja oder nein. Liebst du mich?« Er sah, wie es in ihrem Gehirn arbeitete.

»Warum fragst du mich das?«, erkundigte sie sich. »Was ist in dich gefahren?«

Dieses Spiel konnten sie den ganzen Tag spielen, dachte er, doch dazu hatte er weder Zeit noch Lust. Also zog Sloan sie einfach zu sich heran und küsste sie lang und leidenschaftlich. Nach kurzer verblüffter Gegenwehr erwiderte sie seinen Kuss und schlang die Arme um ihn. »Du liebst mich also tatsächlich!«, rief er aus, als sie sich von ihm löste.

Mit rotem Gesicht und Tränen der Verlegenheit stotterte Samantha: »Wie kannst du es wagen, Sloan Singleton? Was versuchst du mir zu beweisen?«

»Ja, genau!«, mischte sich Estelle entrüstet ein, die wieder an die Salontür getreten war, und auch Mildred streckte neugierig den Kopf aus der Küche.

»Dass Grizzly sich Gott sei Dank nicht getäuscht hat, denn dir hätte ich es niemals angemerkt«, antwortete Sloan.

»Was redest du da?«

»Ich liebe dich, Sam. Ich brauche dich wie die Luft zum Atmen.«

Estelle gab ein überraschtes Geräusch von sich, und Mildred stieß einen leisen Pfiff aus, während Samantha Sloan nur erstaunt ansah.

»Ich bin nicht mit Anne verlobt und hatte das auch nie vor«, erklärte er. »Sie war da, als du es nicht warst, das ist alles. Ich bin gerade bei ihr gewesen, um ihr zu sagen, dass es aus ist, was sie sich auch immer erhofft hat. Wegen meiner Gefühle für dich kann ich nicht weiter Zeit mit ihr verbringen.«

Im Eingangsbereich wurde es so still wie in einem Zirkuszelt bei der Trapeznummer. Sloan schob die Daumen unter den Gürtel und verlagerte das Gewicht auf ein Bein, die Haltung, die er einnahm, wenn er geduldig wartete, bis ein Viehtreiber einen Fehler erklärt hatte. »Falls Grizzly sich im Hinblick auf deine Gefühle für mich doch täuschen sollte, musst du einfach nur sagen: ›Ich liebe dich nicht, Sloan‹. Und ich verschwinde ohne ein weiteres Wort.«

Samantha schloss die Augen und schüttelte den Kopf. »Nicht in einer Million Jahren.«

»Tja, dann besiegeln wir es mit einem Kuss.« Sloan nahm die Daumen aus dem Gürtel, und Samantha warf sich in seine Arme.

DREIUNDVIERZIG

Am Sonntagmorgen klingelte Todd Baker an der Tür von Mavis Waverlings Stadthaus, nachdem er am Abend zuvor durch die Verzögerung mit Sloan erst den letzten Zug von Fort Worth nach Dallas hatte nehmen können und zu spät dort eingetroffen war, um seinen Arbeitgeber noch im Büro zu erreichen. Stattdessen hatte er einen Termin für diesen Morgen vereinbart. Nun ließ Trevor Waverling ihn herein und gab dem neuen Dienstmädchen, das herangeeilt war, um die Tür zu öffnen, mit einer Geste zu verstehen, dass es sich entfernen könne. »Gehen wir ins Arbeitszimmer, wo wir ungestört sind«, sagte Trevor. »Meine Mutter und meine Tochter werden bald von der Kirche heimkommen.«

»Ist Nathan schon wieder von der Abschlussfeier seines Bruders in Oklahoma da?«, erkundigte sich Todd.

»Nathan ist gestern spätabends gekommen und hat die Mädchen heute Morgen in die Kirche begleitet. Er gesellt sich zu uns, sobald er zurück ist. Was ist denn so wichtig, dass es nicht bis Montag warten kann?«

»Ich glaube, ich habe ein Ölvorkommen für uns aufgespürt«, antwortete Todd.

Am Abend zuvor hatte Todd es riskiert, den Zorn seines Arbeitgebers auf sich zu ziehen, und ihn von seinem Büro bei Waverling Tools aus zu Hause angerufen. Weil er fürchten musste, bei dem Telefonat während der Vermittlung belauscht zu werden, hatte er nur kurz erklärt, er habe wichtige

Informationen, es sei dringend. Würde Mr Waverling ihn am Morgen empfangen?

Er hatte keine Möglichkeit gehabt, Ginny Bescheid zu sagen, dass er später eintreffen würde, denn in ihrer Wohnung gab es kein Telefon. Als er schließlich nach Hause gekommen war – er hatte noch die Bodenprobe vom Windy Bluff im Labor untersucht –, hatte sie ihn vor Sorge außer sich begrüßt. Ein einfacher Test, bei dem die Erde mit Wasser vermischt wurde, belegte das Vorhandensein von Wasserstoff und Kohlenstoff, den Hauptbestandteilen von Erdöl und Erdgas. Das Öl stieg an die Oberfläche und löste sich in Schwefelkohlenstoff, für Todd ein eindeutiger Hinweis darauf, dass sich unter dem Sandboden am Windy Bluff ein Ölvorkommen befand.

Vom Betreiber des Pferdemietstalls hatte er sich einen kleinen Hammer und einen Meißel ausgeliehen und gerade den Schädel aus dem Boden gelöst, als er hörte, wie sich ein Pferd dem Zaun näherte und stehen blieb, wo er selbst seinen Gaul festgebunden hatte. Die Nackenhaare hatten sich ihm gesträubt. Noch unwohler war ihm geworden, als er Sloan Singleton sah. *Was machst du denn hier?*, hatte der Rancher gefragt, und Todd hatte sich vor Angst fast in die Hose gemacht. Was sollte er darauf antworten? Er war ein erbärmlicher Lügner, und einem selbstsicheren Menschen wie Sloan Singleton gegenüber wäre es ihm unmöglich gewesen, eine plausible Erklärung zu finden, denn er hatte keine Zeit mehr gehabt, den Schädel zu verstecken. Also hatte er ihm alles gesagt.

Was bedeutete, dass er jetzt Sloan Singleton ausgeliefert war. Würde der Mann ihn an Samantha verraten? Wäre das auf lange Sicht wichtig? Er hatte es sich ohnehin mit Samantha verspielt, wenn sie erfuhr, dass er einen *landman* auf das Gelände aufmerksam gemacht hatte, auf dem sich auch seiner Überzeugung nach ein Dinosaurierfriedhof befand. Todd schätzte die Freundschaft mit Samantha, weil sie ihn trotz seiner Schrullen akzeptierte und sich nicht daran störte, dass er sich für etwas Besseres hielt (das war er ja auch!), und außerdem war sie die beste Freundin seiner Frau. Doch diese Überlegungen verblassten angesichts dessen, was auf dem Spiel stand. Er hatte vor, seinen Chef glücklich, die Gordons sehr reich und sich selbst zu einem ziemlich großen Hecht im Ölgeschäft zu machen.

Sie gingen in den hinteren Salon, wo Samantha die Tür mit einem warnenden Blick auf ihre überglückliche Mutter und Mildred schloss, dass sie ja nicht am Schlüsselloch lauschen sollten. Drinnen küssten Samantha und Sloan sich noch einmal lang und leidenschaftlich, bevor sie sich eng umschlungen aufs Sofa setzten.

»Wie lange sind dir deine Gefühle für mich schon bewusst?«, fragte Sloan und strich ihr über die Haare, die ihn seit jeher an golden glänzende Ahornblätter im Frühherbst erinnerten. Bilder von Samanthas Locken blitzten in seinem Gehirn auf wie das Licht der Sonne, das sich glitzernd im Wasser spiegelt. Samantha mit drei Jahren, er mit knapp sieben: Sie hatte sich auf der Kirmes verlaufen, und er war vor Angst um sie fast umgekommen, bis er ihre schimmernden Haare in der Menge entdeckte. Samantha mit zehn: Sie war vom Pferd gefallen und bewusstlos gewesen; der Grashalm in ihren Haaren, der an seiner Wange kitzelte, als er sie aufhob und sie anflehte, nicht zu sterben. Samantha mit sechzehn: Ihre Haare hatten unter dem Graduiertenhut geleuchtet wie ein nagelneuer Penny; sein Herz hatte schneller geschlagen, als sie auf die Bühne der Simmons Preparatory School trat, um ihr Abschlusszeugnis entgegenzunehmen, das er als einen

Pass für eine Zukunft unabhängig von ihren Ranches, von Fort Worth und ihm selbst sah …

»Seit ich laufen kann«, antwortete sie. »Bis Anne in dein Leben getreten ist, bin ich immer davon ausgegangen, dass wir irgendwann heiraten und glücklich bis an unser Lebensende sein würden, wie alle in unseren Familien es erwarteten.«

»Ich wünschte, mein Dad wäre hier und könnte sich mit uns freuen.«

»Der meine wird ganz aus dem Häuschen sein«, sagte Samantha. »Vielleicht schafft er es jetzt, mir zu verzeihen.«

Sloan hob ihr Kinn ein wenig an, damit sie ihm in die Augen blicken musste. »Meinst du nicht, es wird allmählich Zeit, mir zu erklären, was mit dir und Neal los ist? Warum glaubt er, du hättest ihn enttäuscht?«

Samantha stieß einen tiefen Seufzer aus. »Ich wollte meine leiblichen Eltern aufspüren, und Daddy hat's rausgefunden.«

Sloan wurde flau im Magen. Gütiger Himmel!, dachte er. Also ging es tatsächlich um einen Vertrauensbruch. Neal, der die Hand auf allem hatte, was ihm gehörte, und keinerlei Bedrohung für sein Zuhause, seinen Grund und seine Familie tolerierte, interpretierte Samanthas Suche als Verrat, egal, wie sehr er sie liebte. Der Pumaschwanz am Fahnenmast von Las Tres Lomas fiel Sloan ein. Er erinnerte sich gut, wie Samantha Jahre zuvor zu ihm gekommen war, um ihm von dem Gespräch zwischen Neal und Estelle zu erzählen, das sie nach ihrer Rückkehr vom Waisenhaus belauscht hatte. *Ich würde Mutter und Daddy niemals im Stich lassen! Wie kann Daddy das nur glauben!*

Damals war sie zehn Jahre alt gewesen und hatte wie ein Kind gesprochen. Inzwischen war sie zwanzig und handelte als Erwachsene. Neal würde ihren Versuch, mehr über ihre Herkunft zu erfahren, als Ohrfeige verstehen, als Zurückweisung nach all der elterlichen Zuneigung, die er und Estelle ihr geschenkt hatten. Selbst wenn sie die Erkenntnisse nicht nutzte, die sie durch ihren Ausflug über den Fluss gewonnen hatte, würde er ihre Neugierde als unverzeihlich erachten. Somit stand Vater und Tochter ein weiterer schwerwiegender Konflikt bevor.

»Den Brief von Mrs Brewster hab ich weggeworfen«, erklärte Samantha, »weil mir die Informationen darin nicht weiterhelfen. Keine Ahnung, wieso ich die Sache überhaupt verfolgt habe.«

»Mir ist klar, warum«, entgegnete Sloan, um sie zu trösten. »Es ist ganz natürlich, dass es einen interessiert, wo man geboren wurde, von wem, und in deinem Fall, warum man zur Adoption freigegeben wurde. Diesen Wunsch könntest du genauso wenig abschütteln wie deinen Schatten.«

Samantha löste sich aus seiner Umarmung und sah ihn verwundert an. »Wie willst du, der genau weiß, woher er stammt, das verstehen?«

»Genau deswegen«, antwortete Sloan. »Ich bin in dem Bewusstsein aufgewachsen, ein Singleton zu sein. Das hat mir mich selbst erklärt, im Guten wie im Schlechten, und mir einen Rahmen für mein Leben geliefert, mir Ziele gesetzt und einen Anker und einen Kompass gegeben. Keine Ahnung, wie ich die Zeit nach dem Tod meines Vaters ohne all das überstanden hätte. Ich kann deine Unsicherheit nachvollziehen.« Sloan strich über eine Locke ihrer Haare, die auf ihrer Schulter lag. »Ich wünschte, du hättest mich eingeweiht. Ich wäre zu Neal gegangen und hätte ihm gesagt, dass du nicht Anschluss an eine neue Familie suchst, sondern schlicht und ergreifend mehr über dich selbst herausfinden möchtest. Ich hätte ihm gesagt, er darf nicht vergessen, dass du als geborene Wissenschaftlerin neugierig bist und den Ursprung der Dinge erforschen willst.«

Samantha schüttelte beeindruckt den Kopf. »Diese Seite von dir hatte ich völlig vergessen, Sloan Singleton.«

»Welche Seite?«

»Wie gut du meine Gefühle begreifst und die richtigen Worte findest, um mich aufzumuntern. Erinnerst du dich noch an die langen Nachmittage unter der riesigen Esche am Bach, wo wir uns immer alles erzählt haben?«

»Und ob«, antwortete Sloan. Die Esche hatte inmitten eines Löwenzahnfelds gestanden, wo ihre Pferde gern grasten. Der Tod von Sloans Vater hatte den Nachmittagen im Schatten des Baums ein Ende gemacht – den Löwenzahntagen, wie er sie insgeheim traurig nannte. Bald danach hatte der Blitz in den Baum eingeschlagen, und wenn die Erinnerungen nicht gewesen wären, hätte Sloan ihn gefällt. Als Samantha ihm nun mit wachsender Erregung von dem Tierschädel erzählte, den sie am Windy Bluff entdeckt hatte, ertappte sich Sloan dabei, wie er an die verkohlten Reste des Baums dachte. Sie verdeutlichten ihm, dass selbst die stärksten Beziehungen kaputtgehen konnten, wenn die falschen Kräfte darauf einwirkten.

»Ich glaube, ich habe da draußen einen Dinosaurierfriedhof gefunden«, bemerkte Samantha gerade. »Der Schädel wird ein Beleg für meine Theorie sein. Todd hat sich bereit erklärt, Fotos an das Naturhistorische Museum in New York City zu schicken und einen Paläontologenfreund vom Peabody Museum zu kontaktieren, damit der eine Analyse erstellt.«

»Fotos?«

»Von meiner Kodak. Ich habe Bilder von dem Schädel gemacht und die Kamera Todd gegeben, damit er sie am Morgen nach Rochester schickt. Es wird ungefähr einen Monat dauern, bis die Fotos entwickelt sind. Bis dahin möchte ich die Sache für mich behalten. Mein Interesse an Paläontologie behagt Mutter nicht, und …«, Samantha verstummte kurz, »… ich will diese Unstimmigkeiten zwischen Daddy und mir beseitigen, bevor ich ihm von meinem Fund erzähle. Ich glaube nicht, dass er einer Grabung widersprechen würde, weil die Gegend am Windy Bluff kein gutes Weidegebiet ist.«

Sloan erhob sich vom Sofa und ging zum Teewägelchen, um sich ein Glas Wasser einzuschenken, weil er plötzlich einen trockenen Mund hatte. Wenn die entwickelten Fotos zurückkamen, hätte Neal den Pachtvertrag mit Waverling Tools höchstwahrscheinlich bereits unterzeichnet, und die Bohrungen am Windy Bluff hätten schon begonnen. Darauf zählte Todd, dachte Sloan. Nun wäre der geeignete Moment gewesen, die Machenschaften des Geologen zu enthüllen und Samantha von Sloans Rettung des Schädels zu berichten, doch Todds Worte gingen ihm nicht aus dem Kopf: *Wenn die Bodenproben meine Theorie bestätigen, lege ich meinem Chef einen Bericht vor, und er wird sich mit Neal Gordon in Verbindung setzen. Ich denke, wir wissen beide, auf wessen Seite er in der Sache stehen würde.* Und: *Überleg's dir gründlich, ob du den Schädel Samantha gibst. Ohne ihn existiert kein Beweis für ihren Fund.*

Sloan nahm einen großen Schluck Wasser. Wieder einmal war er mit der Frage der Loyalität konfrontiert. Der Schädel stellte eine weitere Prüfung für Samanthas Treue dar – diesmal Las Tres Lomas gegenüber. Neal würde nichts davon abbringen können, das zu tun, was für das Land seiner Väter nötig war. Bisher hatte er Samanthas Interesse an prähistorischem Leben toleriert, jedoch nie wirklich begriffen. Mit Sicherheit wäre er erzürnt über ihr leidenschaftlich vorgetragenes Argument, dass ein Dinosaurierfriedhof wichtiger sei als ein Ölfeld, wenn doch seiner Ansicht nach Ölbohrungen die Erhaltung des Besitzes bedeuten konnten. Dieses Zerwürfnis würde vielleicht in der Spaltung der Familie resultieren. Sloan ertrug den Gedanken nicht, wie niedergeschlagen Estelle sein würde, und ihm war klar, welche Seite er zu unterstützen hatte, nämlich die von Neal. Beim Öl handelte es sich um einen natürlichen Rohstoff, der für das Wohlergehen des Menschen genauso unverzichtbar war wie der Boden für Nahrung und Vieh. Sloan pflichtete seinem Mentor bei, dass man eine Schädigung von einem Teil des Grundes entschuldigen konnte, wenn sich dadurch das Ganze retten ließ. Wenn man ihn also nach seiner Meinung über die Ölbohrungen fragte, würde er sich dafür aussprechen. Doch wie würde das sein Verhältnis zu Samantha beeinflussen? Ohne den Schädel hätte sie, wie Todd richtig bemerkt hatte, keine Argumentationsbasis und würde den Kampf möglicherweise aufgeben, besonders jetzt, da sie heiraten wollten. Die Ehe und irgendwann die Mutterrolle würden sie ausfüllen. Er und Neal würden gemeinsam die zusammengelegten Ranches führen, während Samantha sich um Haus und Herd kümmerte.

Sloan blickte zum Salonfenster hinaus, ohne den strahlenden Sonnenschein draußen wahrzunehmen. Was sollte er tun? Wessen Interessen sollte er an die erste Stelle setzen, welcher Sache sollte er dienen? Die Motivation eines Menschen definiere ihn, hatte sein Vater gesagt, aber was war, wenn besagter Mensch keine Ahnung hatte, ob seine Entscheidungen richtig oder falsch waren?

Unter Umständen würde Neal Samanthas Bitte stattgeben, bis die Fotos einen Beleg für die eine oder andere Seite lieferten. In dem Fall würde sie den Schädel gar nicht brauchen. »Sloan?«, fragte Samantha besorgt. »Worüber denkst du nach?«

Er fasste einen Beschluss. Es war nicht nötig, jetzt eine Entscheidung zu treffen. Er hatte Zeit. Als Sloan sich Samantha im hellen Licht dieses Junimorgens zuwandte, breitete sich ein Lächeln auf seinem Gesicht aus. »Darüber, wie bald wir den Hochzeitstermin festsetzen können.«

VIERUNDVIERZIG

Am späten Nachmittag verabschiedeten sie sich an der Weggabelung zwischen ihren Ranches, nachdem Samantha Sloan vorgeschlagen hatte, sie nach Windy Bluff zu begleiten und die Fundstelle durch einen Zaun zu sichern. Auf Samanthas Bitte hin und ohne Estelles Wissen hatte Mildred ein Seil, Pflöcke und eine Decke organisiert. Zu Samanthas Enttäuschung schüttelte Sloan den Kopf. »Ich muss nach Hause, Sam«, sagte er und küsste sie, bevor er sein Pferd von dem Wagen losmachte, an den er sein Vollblut gebunden hatte. Obwohl es Sonntag, der Tag der Ruhe, war, hatte Samantha Verständnis. Früher einmal hätte sie ihn aus freundschaftlicher Neugierde gefragt, warum er so schnell zum Triple S zurückmüsse, aber jetzt dachte sie, dass es ihr nicht zustehe, ihn um Erklärungen zu bitten, solange sie nicht verheiratet wären.

»Wenn du Lärm hören solltest, sind das bloß die Freudenschreie von Millie May und Billie June«, erklärte Sloan. »Endlich macht ihr kleiner Bruder etwas, das sie gut finden.«

»Ich kann's kaum erwarten, dass Daddy wieder da ist und ich es ihm sagen kann«, meinte Samantha. »Er müsste nächste Woche von La Paloma zurückkommen.«

Sloan schob den Fuß in den Steigbügel. »Gib mir Bescheid, wenn er zurück ist, damit ich förmlich um deine Hand anhalten kann. Schon sehr bald werden wir uns nicht mehr so verabschieden müssen. Dann kannst du mit zu mir reiten, oder ich begleite dich. Je eher, desto besser.«

Samantha seufzte. »Ich wünschte, es wäre schon so.« Sie hatten beschlossen, ihre Verlobung an Sloans Geburtstag in zwei Wochen bekannt zu geben und in der ersten Augustwoche zu heiraten.

»Ich auch.« Sloan beugte sich aus dem Sattel, um sie noch einmal zu küssen. »Sam«, sagte er, als er sich von ihr löste, »du weißt, dass ich niemals eine Entscheidung treffen oder etwas tun würde, das nicht in deinem Interesse ist, oder?«

»Natürlich«, antwortete sie erstaunt. »Warum fragst du das?«

»Nur, damit dir das wirklich klar ist.«

»Das ist es«, versicherte Samantha ihm.

»Ich liebe dich, Samantha Gordon.«

»Auch das weiß ich, Sloan Singleton.«

Als Samantha beim Dahinholpern des Wagens über Sloans Abschiedsworte nachdachte, hätte sie sich gewünscht, dass ihr Vater bereits über Sloans Heiratsantrag informiert wäre. Ihre Mutter war so glücklich über die Nachricht gewesen, dass sie mit Mildred im Salon einen Freudentanz aufgeführt hatte. Wayne und Silbia und besonders Grizzly würden aus dem Häuschen sein, aber auf der Ranch hielt sich im Moment niemand auf, mit dem sie ihre Euphorie hätte teilen können. Wayne war bei seiner Freundin in der Stadt, Silbia hatte wie immer am Sonntag frei, und Grizzly half im Witwen- und Waisenheim der Freimaurer. Samantha lachte. Wahrscheinlich blieb ihr nichts anderes übrig, als Saved von ihrem Glück zu erzählen.

Kurz darauf entdeckte sie die roten Hornspitzen des Tiers in der Gegend, in der Todd von seinem Rücken gefallen war, doch noch bevor sie den Wagen anhielt, bemerkte sie etwas anderes: Die Senke, in der sich der mutmaßliche Dinosaurierschädel hätte befinden sollen, war leer.

*

Seine Mission leitete Neal, der in den vergangenen Tagen die Ebenen und sanften Anhöhen seiner Heimat verlassen hatte und zu den Lehmböden der Blackland Prairies gewechselt war, wie das Licht eines Leuchtturms. Er war an breiten Flüssen und dichtem grünem Gras vorbeigekommen, durch das sandige Gebiet von Eastern Cross Timbers mit kleinen Eichen, Hickory- und Zürgelbäumen, Eschen, Platanen, Pyramidenpappeln, Ulmen und Weiden, das von Oklahoma bis Denton County reichte. Eine Weile folgte er den Gleisen der Missouri-Kansas-Texas Railroad, mit der Samantha und Mildred von Fort Worth nach Gainesville gefahren waren. Wenn Reisende ihm zuwinkten, winkte er zurück. Die Nacht verbrachte er an einem Bach, wo er sich, sein Pferd ganz in der Nähe angebunden, am Lagerfeuer Bohnen mit Speck kochte. In seinem Schlafsack, eine Browning-Pistole Modell 1900 und ein Winchester-Gewehr neben sich, blickte er zu den funkelnden Sternen hinauf. In ihrer unendlichen Weite, dem sanften Plätschern des Wassers und den nächtlichen Geräuschen der Natur fand er endlich so etwas wie Ruhe.

Als er am frühen Nachmittag des dritten Tags Gainesville erreichte, fragte er einen Briefträger nach dem Weg zur Barrows-Farm. Kurz spielte Neal mit dem Gedanken, in dem Gemischtwarenladen am Ortsrand, in dem die Familie höchstwahrscheinlich einkaufte, Erkundigungen über die Holloways einzuholen. Seiner Erfahrung nach konnten Menschen der Versuchung, über ihre Nachbarn zu reden, selten widerstehen. Leute, die die Holloways ihr Leben lang kannten, würden Neal berichten, wie sie waren, und auch, ob Leon Holloway noch lebte.

Doch er zog es vor, sich selbst ein Bild zu machen, weswegen er an dem Gemischtwarenladen vorbeiritt und der Wegbeschreibung des Briefträgers folgte, bis er einen Dreschtrupp in einem Weizenfeld sah. Dort lenkte er sein Pferd zum Zaun. In der Spreu, die der Wind durch die Luft wirbelte, entdeckte ihn ein Mann, der hier das Sagen zu haben schien, nahm kurz seine Kappe ab und wischte sich mit einem Taschentuch, das so groß war wie ein Geschirrtuch, die Stirn trocken, bevor er zu ihm ging. Durch und durch ein Farmer, dachte Neal. Nicht nur die Stoffmütze und der Overall unterschieden ihn vom Rancher, sondern auch der gebeugte Körper und sein Gang wiesen ihn als Menschen aus, der eher mit Hacke und Pflug als mit Pferd und Seil arbeitete.

»Entschuldigung«, rief Neal, um die Dreschmaschine zu übertönen, »ich will Sie nicht bei der Arbeit stören, aber ich suche nach der Barrows-Farm.«

»Die haben Sie vor sich, Fremder«, rief der Mann zurück. »Wenn Sie die kaufen wollen, sind Sie allerdings umsonst hergekommen. Sie ist schon seit April weg.«

»So schnell?«, erkundigte sich Neal, sichtlich enttäuscht.

Der Mann, der inzwischen den Zaun erreicht hatte, nickte. »Ja, leider.«

»Und die Leute, denen sie gehört hat … Die sind wahrscheinlich auch weg, oder?«

»Sind am ersten Juni ausgezogen.«

»Würden Sie mir verraten, wohin?«

»Da müsste ich erst wissen, wer mich das fragt.«

»Neal Gordon. Meine Ranch liegt ungefähr acht Kilometer von Fort Worth entfernt.« Neal nahm seinen Hut ab, um sich ebenfalls die Stirn abzuwischen. »Sind Sie der neue Eigentümer?«

Der Mann trat näher an den Zaun und musterte Neal, als hätte er ihn schon einmal gesehen. »Ich hab sie verkauft oder, besser gesagt, meine Frau. Ich bringe nur noch die Ernte ein. Mein Name ist Leon Holloway.«

Neal hoffte, dass der Mann sein Entsetzen nicht bemerkte. *Gütiger Himmel!* Er blickte also gerade in die Augen von Samanthas Vater! Neal setzte seinen Hut wieder auf. »Ach«, sagte er nur, weil er nicht wusste, was er als Nächstes tun sollte. »Freut mich, Sie kennenzulernen.«

Leon nickte erneut und kniff die Augen zusammen. »Ich glaube, ich hab vor einer Weile Ihre Tochter kennengelernt. Sie war für ihren Vater da, der auf die Verkaufsanzeige meiner Frau geantwortet hatte. Sie und meine Frau waren verabredet, haben sich aber irgendwie verpasst. Samantha, hat sie gesagt, heißt sie. Sie ist mit ihrem Dienstmädchen rausgeritten und hat mit mir geredet, nachdem sie und Millicent nicht zusammengekommen sind. Ich hab auf dem Feld gearbeitet.«

Neal leckte sich die trockenen Lippen. Einen kurzen Augenblick bekam er keine Luft. Samantha war also fast ihrer Mutter begegnet. »Ja, das war meine Tochter. Haben Sie … sich ihr vorgestellt?«

»Nein. Ich glaube, Sie hat mich für einen Farmhelfer gehalten. Warum sind Sie hier, Mr Gordon?«

Neal improvisierte. »Ich dachte mir, vielleicht hat die Sache mit dem Verkauf nicht geklappt, und die Farm ist noch zu haben. Mir gehört das Viehcamp La Paloma südlich von hier, und ich wollte Ihr Land als Durchgangsgebiet zum Fluss erwerben. Konnte ja nicht schaden zu schauen, ob es nicht doch noch zu haben ist, wenn ich sowieso in der Gegend bin.«

»Ja, konnte nicht schaden«, pflichtete Leon ihm bei, nahm seine Kappe ab und kratzte sich am Kopf. »Wenn Sie schon mal von so weit hergekommen sind … von Fort Worth, sagen Sie? … haben Sie vielleicht Lust, sich eine Weile im Haus auszuruhen.« Leon deutete auf eine Reihe von Dächern im Dunst der gelben Spreu. »Das Wasser aus dem Brunnen ist kalt, und die Pfirsiche sind reif. Die neuen Eigentümer sind noch nicht eingezogen, auf der Veranda stehen zwei Stühle, die meine Frau als unpassend für unser neues Heim erachtet. Reiten Sie die Straße am Ende des Zauns entlang, die führt genau darauf zu. Wir treffen uns dort.«

Am liebsten hätte Neal die Einladung ausgeschlagen. Er war ein guter Menschenkenner, und dass es sich bei dem freundlichen Leon Holloway um einen anständigen Mann handelte, lag auf der Hand. Er hatte ein ehrliches, offenes Gesicht – wie konnte sich dahinter ein Vater verbergen, der sich von seiner neugeborenen Tochter trennte, wenn er nicht dazu gezwungen war? Wollte Neal tatsächlich in Gesellschaft eines Mannes »ausruhen«, der ihm möglicherweise seinen Lebenssinn rauben würde?

Doch er war gekommen, um ihn kennenzulernen. Mit einem unguten Gefühl sagte Neal: »Das ist sehr nett von Ihnen. Frisches Quellwasser und Pfirsiche – klingt wunderbar.«

FÜNFUNDVIERZIG

Heiliges Kanonenrohr!, dachte Leon. Konnte die junge Frau, die im April am Zaun aufgetaucht war, Millicents Tochter, also Nathans Zwillingsschwester, sein und der Rancher ihr Vater oder, besser gesagt, der Mann, der sie adoptiert hatte? Seine Ranch befinde sich nicht weit von Fort Worth entfernt, hatte er gesagt, das entsprach dem, was er von Dr. Tolman wusste. Das und die Haarfarbe der jungen Frau – das konnte fast kein Zufall sein. Warum war der Mann hergekommen? Wenn der Grund der war, den Leon vermutete, von wem hatte Neal Gordon dann die nötigen Informationen erhalten? Von Bridget Mahoney? Von Dr. Tolman? Und wieso tauchte er erst jetzt, nach zwanzig Jahren, auf?

Leon schickte den Dreschtrupp wieder an die Arbeit, bevor er auf seinen Wagen kletterte, um zu seinem alten Haus zu holpern. Obwohl das Fuhrwerk so viel Staub und Spreu aufwirbelte, dass er kaum etwas sah, glaubte er zu erkennen, wie der obere Teil eines Stetson über den Hecken in Richtung Haus wippte. Als Leon es erreichte, war der Rancher bereits abgestiegen und führte sein Pferd zum Trog.

Leon ging zum Brunnen, holte einen Eimer mit frischem Wasser herauf, füllte eine Blechkelle und reichte sie Neal. »Wir haben eine Pumpe, aber kein fließendes Wasser«, erklärte Leon. »Nach dem Verkauf hat meine Frau ein Haus in Gainesville erworben, mit sanitären Innenanlagen, und darüber freut sie sich wie ein Schneekönig.«

»Das Zeug aus der Leitung ist längst nicht so gut wie das hier«, bemerkte Neal und trank einen großen Schluck von dem kalten, sauberen Wasser.

»Wie wär's mit einem Pfirsich?«

»Gern.«

»Setzen Sie sich doch auf die Veranda, dann hole ich uns zwei Elbertas.« Leon ging die paar Schritte zum Obstgarten und schnitt zwei große, reife Pfirsiche von den mit Früchten schweren Ästen ab. Als er sie auf die Veranda legte, sagte er: »Der Pfirsich gehört zur Familie der Rosen, wussten Sie das?«

»Nein.«

»Ist verwandt mit Aprikose, Pflaume und Mandel.«

»Tatsächlich?«

»Wer hätte das gedacht, nicht wahr?«

»Ja, schwer vorzustellen«, pflichtete Neal ihm bei und musterte den Farmer, als dieser einen wackeligen Stuhl heranzog. Verbarg sich hinter der kurzen Lektion in Pflanzenkunde eine tiefere Bedeutung? Er blickte zum Obstgarten hinüber. »Schade, dass die schönen Früchte alle verrotten werden. Wird der neue Eigentümer das Anwesen übernehmen, bevor sie verfault sind?«

Leon hielt Neal sein Taschenmesser hin, doch der schüttelte den Kopf und zog sein eigenes aus der Tasche. »Wahrscheinlich nicht. Wir haben die Bäume immer ordentlich abgeerntet. Meine Frau backt den besten Pfirsichkuchen, den man sich vorstellen kann. Wir haben auch Eiscreme draus gemacht, die Speisekammer mit eingemachten Pfirsichen gefüllt und den Rest den Nachbarn gegeben. Von unseren Elbertas ist keiner verkommen.« Leon schnitt einen Schnitz von seinem Pfirsich ab und steckte ihn in den Mund. »Ist gut für alle Dinge und Menschen, wenn sie am richtigen Ort landen.«

Neal bekam ein flaues Gefühl im Magen, weil er nicht so recht wusste, worauf der Farmer mit seinen philosophischen Ausführungen hinauswollte. Es schien fast, als ahnte er, wer er war und weswegen er sich auf den Weg gemacht hatte. Neal entblößte die Klinge seines Messers. »Sie haben Ihre Familie erwähnt. Zu wievielt sind Sie denn?«

»Zu viert. Meine Frau, ich und zwei Kinder, ein Junge und ein Mädchen.«

»Und wie alt sind sie? Ich meine Ihre Kinder«, fügte Neal hinzu. »Meine Frau würde mich umbringen, wenn ich jemandem ihr Alter verrate.«

Leon lachte. »Meine auch. Mein Sohn Randolph ist siebzehn und meine Tochter Lily sechzehn, aber sie hält sich eher für zwanzig. Ich versuche, sie zu bremsen. Älter wird sie meiner Meinung nach noch früh genug.«

Neal schmunzelte. »Mehr Kinder haben Sie nicht?«

»Nein. Der Herr hat meine Frau und mich nur mit zweien gesegnet, und sie sind uns eine große Freude. Meine Tochter ist ausgesprochen hübsch, das muss ich wirklich sagen. Sie und ihre Mutter hoffen, dass sie sich einen reichen Mann angelt und mit ihm glücklich wird, und mein Sohn fängt in ein paar Monaten an der Columbia University in New York City zu studieren an. Er will einer von den ganz großen Anwälten werden. Ich glaube, das schafft er.« Leon saugte an einem Pfirsichschnitz. »Randolph ist gerade mit der Highschool fertig geworden und hält die Rede bei der Abschlussfeier. Die ist übermorgen, am Samstag. Er freut sich schon riesig darauf, den goldenen Umhang tragen zu dürfen. Seine Mutter auch. Sie gibt viel auf solche Äußerlichkeiten.« Er zwinkerte Neal vielsagend zu.

»Gratuliere.« Neal holte tief Luft. Er hätte diesen offenen Mann mit dem ehrlichen Gesicht nicht für einen Lügner gehalten – schon gar nicht bei einem so wichtigen Thema wie seinen Kindern. Aber wenn Dr. Tolman in seinem Brief nicht gelogen hatte – und warum sollte er das? –, war Leon Holloway Vater von Zwillingen gewesen, die er und seine Frau aus welchem Grund auch immer weggegeben hatten, bevor seine anderen Kinder auf die Welt gekommen waren. Was war aus dem männlichen Zwilling geworden? War er wie seine Schwester bei guten, liebevollen Eltern gelandet? Dachte Leon Holloway je an sie? Neal war versucht, ihm einen Kinnhaken zu verpassen. Sein Stolz auf die Kinder, die er behalten hatte, war fast schon unverschämt, auf den Sohn und die Tochter, die er und seine Frau auf dieser Farm geliebt, aufgezogen und versorgt hatten und die in den Genuss der Pfirsichkuchen ihrer Mutter gekommen waren. Neal konnte bei Leon nicht den geringsten Schmerz und auch kein Bedauern über den Verlust seiner Erstgeborenen erkennen, und nach allem, was Neal wusste, hatte auch die Ehefrau nicht gelitten.

»Schade, dass Sie nur zwei Kinder haben«, bemerkte Neal. »Diese Farm ist doch geradezu ideal für Nachwuchs.«

»Wir wollten nie mehr als zwei und hätten auch nicht die Kraft für mehr gehabt«, erklärte Leon. »Weitere hätte meine Frau vermutlich ertränkt.« Er grinste, um zu signalisieren, dass er scherzte, doch dieses Grinsen erreichte seine Augen nicht. »Und Sie? Wie viele Kinder haben Sie?«

»Nur die eine Tochter«, antwortete Neal. »Wir haben lediglich eine … bekommen. Sie ist ein Segen, alles, was wir uns von einem Kind wünschen können.«

»Sie haben sie bekommen …«, wiederholte Leon. »Hübsch ausgedrückt. Wie alt ist sie?«

»Sie ist Ende März zwanzig geworden.« Neal ließ sein Taschenmesser zuschnappen und erhob sich. Er hatte seinen

Pfirsich nicht einmal zerteilt. »Den nehme ich mit«, sagte er und wog die Frucht in seiner Hand. »Als Wegzehrung.«

»Und wie heißt Ihre Ranch?«

»Las Tres Lomas de la Trinidad. Das bedeutet ›Die drei Hügel der Dreifaltigkeit‹, nach dem Fluss Trinity, der sich dort gabelt.«

Leon stand ebenfalls auf. »Klingt gut. Ich wünsche Ihnen eine angenehme Reise. Ich würde Ihnen ja die Hand geben, aber die ist klebrig von dem Pfirsich. Schön, dass Sie da waren, auch wenn Sie umsonst gekommen sind.«

»Ach, umsonst ist selten etwas«, widersprach Neal. »Ich habe erfahren, was ich wissen wollte.«

Leon nickte. »Freut mich zu hören.«

Neal bedankte sich für Wasser und Pfirsich und entfernte sich unter dem wachsamen Blick des Farmers. Nein, er hatte seine Zeit tatsächlich nicht vergeudet, dachte er, sondern alles herausgefunden, was ihn interessierte, wenn auch nicht ganz so wie erwartet. Er hatte sich ein Urteil gebildet und beschlossen, dem Mann nicht die Möglichkeit zu geben, dass er seine Tochter wiedersah, denn es lag auf der Hand: In seiner Familie war kein Platz für Samantha. Leon und Millicent Holloway hatten sie und ihren Bruder damals nicht gewollt, und sie würden sie auch jetzt nicht wollen. Sie würden sich für ihre Zwillinge schämen. Es war fast ein Wunder, dass sie sie seinerzeit nicht ertränkt hatten! Wieder einmal stieg in ihm ein Gefühl der Ungerechtigkeit darüber hoch, dass Leute wie die Holloways mehr Kinder zeugen konnten, als sie wollten, während er und Estelle, die sich so sehnlich welche wünschten, überhaupt keine vergönnt waren.

An der Weggabelung, die vom Haus aus nicht mehr zu sehen war, schleuderte Neal den Pfirsich in ein Feld. Sollten die Vögel ihn sich holen! Dieses ganze Gerede über Früchte und die richtigen Orte hatte nichts zu bedeuten. Dahinter verbarg sich kein tieferer Sinn. Als Neal hörte, wie der Pfirsich mit einem dumpfen Geräusch im Dickicht landete, stutzte er jedoch. Schon merkwürdig, dachte er, dass Leon Holloway ihn nicht gefragt hatte, weswegen er gekommen war und was er gefunden hatte.

Leon ging zum Brunnen und wusch den Pfirsichsaft von seinen Händen. Er hatte nicht den geringsten Zweifel, dass Samantha Gordon Millicents Tochter war und er gerade ihren Adoptivvater kennengelernt hatte. Er hielt ihn für einen guten Mann, diesen Neal Gordon, hart wie Stein, aber er liebte Samantha von ganzem Herzen. Das sah man, wenn er von ihr sprach. Samantha befand sich in einem Alter, in dem sie sich für ihre leiblichen Eltern interessierte – vorausgesetzt sie wusste, dass sie adoptiert war. Und das glaubte Leon. Die junge Frau, der er im vergangenen April am Zaun begegnet war, hatte nicht die geringste Ahnung gehabt, wer er war. Anders als Neal Gordon. Warum wäre er aus dem Nichts aufgetaucht, wenn er nicht mit eigenen Augen sehen wollte, was für Leute Samantha zur Adoption freigegeben hatten? Und welchen Sinn hätte das gehabt, wenn er es dem Mädchen nicht ermöglichen wollte, seine leiblichen Eltern kennenzulernen? *Ich habe erfahren, was ich wissen wollte*, hatte er erklärt, und das hatte er tatsächlich. Leon Holloway, der mutmaßliche Vater von Samantha Gordon, war begutachtet und für ungeeignet befunden worden, genau, wie von Leon beabsichtigt. Er hatte dem Rancher einen ziemlich guten Eindruck von Millicent verschafft. Leon vermutete, dass Neal Gordon das Kind, das er liebte, obwohl es nicht sein Fleisch und Blut war, vor Wissen beschützen würde, das es verletzte. Samantha würde nie von seinen Nachforschungen erfahren.

Leon freute sich darüber, dass seine Tochter in guten Händen war, in besseren als denen, die sie sonst aufgezogen hätten. Er konnte wie Neal Gordon den Rest seiner Tage in der Gewissheit verbringen, dass sie sich am richtigen Platz befand.

In Gainesville ließ Neal sein Pferd in einem Mietstall, wo es gefüttert und versorgt wurde und die Nacht verbringen konnte, bevor er zu Fuß zu einem Harvey-House-Hotel ging, wo auch er den Schmutz der Reise abwaschen und sich umziehen würde. Doch bevor er mit reinem Gewissen nach Las Tres Lomas zurückkehren konnte, musste er noch etwas erledigen. Nachdem er gebadet und sich rasiert hatte und in frische Kleidung geschlüpft war, setzte Neal sich auf eine Bank in einem kleinen, baumbestandenen Park gegenüber dem neuen Zuhause der Holloways. *Sie haben eins der schönsten Häuser in der Stadt gekauft*, hatte der Hotelmanager ihm erklärt, und es war tatsächlich imposant. Es handelte sich um ein gepflegtes, zweistöckiges weißes Schindelhaus mit Mansardenfenstern, die über einer weitläufigen, von einem weißen Palisadenzaun eingefassten Rasenfläche auf den Park gingen. Obwohl Neal eine Zeitung zum Lesen dabeihatte, wandte er den Blick nicht von den Fenstern und Doppeltüren des Gebäudes, um irgendwann seine Bewohner zu sehen. Er richtete sich darauf ein, mehrere Stunden warten zu müssen.

Am Ende wurde seine Geduld belohnt. Hinter dem Haus tauchte eine Kutsche auf, die von einem jungen Mann gelenkt wurde – dem siebzehnjährigen Sohn? Sie blieb am Tor stehen, und kurze Zeit später traten zwei Frauen in luftigen Sommerkleidern durch die Doppeltür heraus und gingen lachend den Ziegelweg hinunter. Die Frauen, ohne jeden Zweifel Mutter und Tochter, waren beide außergewöhnlich hübsch, ihre

Stimmen klangen leicht und sorglos. Neal sah die Ähnlichkeit seiner Tochter mit der Mutter sofort, denn Samanthas Haare hatten die gleiche Farbe wie die ihren. Der Sohn, der einen schicken dunklen Anzug trug, war groß und schlank und saß so kerzengerade auf dem Kutschbock, dass Neal fast lachen musste. Niemand würde ihn und das alberne, modisch gekleidete Mädchen je für die Kinder eines fleißigen Farmers halten. Auch die Frau, die von ihrem Federhut und der Gibson-Girl-Frisur bis zu ihren spitzen weißen Schuhen durch und durch elegant wirkte, entsprach nicht dem Bild einer Farmersfrau. Neal fragte sich, ob Millicent Holloway und ihre Kinder sich ihres Ehemannes beziehungsweise Vaters in seinem schmutzigen Arbeitsanzug und der ausgeblichenen Stoffkappe schämten. Warum, zum Teufel, half der eingebildete Sohn seinem Pa nicht beim Dreschen? Egal. Neal hatte genug gesehen. Selbst aus dieser Entfernung erkannte er sie als oberflächliches Pack, nicht wert, seine Tochter ihre Verwandte zu nennen. Ohne diese Leute war sie besser dran.

Neal rieb seinen Bauch. Er hatte seit Tagen keinen richtigen Hunger mehr gehabt – eigentlich schon seit Monaten –, doch jetzt knurrte ihm der Magen. Ein gutes Zeichen. Er würde sich eine herzhafte Mahlzeit gönnen, eine ordentliche Mütze voll Schlaf, die folgende Nacht in La Paloma verbringen und sich dann auf den Heimweg machen. Er freute sich schon auf zu Hause.

SECHSUNDVIERZIG

In der letzten Juniwoche beschäftigte sich Samantha gerade in der Bibliothek mit den Bankauszügen für die Ranch, als Silbia aufgeregt in die offene Tür trat. »Miss Sam, ich glaube, *el patrón* ist wieder da. Beim Wäscheaufhängen habe ich einen Reiter, der große Ähnlichkeit mit Ihrem Vater hatte, von Norden kommen sehen.«

Samantha ließ den Stift fallen und sprang vom Stuhl auf. »Hoffentlich!«, rief sie aus und eilte über die hintere Treppe zum Dach hinauf, von dem aus man fast fünf Kilometer in alle Richtungen blicken konnte. Da sie ihren Vater erwartete und ihn nicht in Arbeitskleidung begrüßen wollte, trug sie eine weiße Seidenbluse mit Puffärmeln und einen schmal geschnittenen, knöchellangen Rock. Sobald er sich gewaschen und von der Reise ausgeruht hätte, würde sie ihm die Neuigkeiten mitteilen, über die er sicher ganz aus dem Häuschen wäre. Sie konnte nur hoffen, dass das wenigstens einen Teil ihrer Missverständnisse ausräumen würde. Wenn nicht, würde sie zu Grizzly gehen, ihm den wahren Grund für das merkwürdige Verhalten ihres Vaters in den vergangenen Monaten erklären und ihn um Erlaubnnis bitten, offen über die Angelegenheit zu reden, auch wenn das ziemlich viel verlangt war von dem Koch. Doch eine andere Möglichkeit wusste Samantha nicht. Sie und ihr Vater konnten nicht so weitermachen wie bisher.

Vom Dach aus sah sie, dass es tatsächlich ihr Vater war, der da in einer Staubwolke heranritt. Seit er aufgebrochen war, hatte es nicht mehr geregnet, und die sommerliche Hitze ließ das Gras verdorren. Sie winkte, und zu ihrer Erleichterung und Freude nahm er seinen Hut ab und erwiderte ihr Winken. Samantha rannte die Stufen hinunter zu den Ranchhelfern, die ihn ebenfalls entdeckt hatten und begrüßen wollten. Sie war gespannt auf die erste Reaktion ihres Vaters. Daraus würde sie schließen können, ob sich die Distanz zwischen ihnen vergrößert oder verringert hatte.

»Daddy!«, rief sie aus und lief zu ihm. Neal war aus dem Sattel, bevor sie ihn erreichte, und breitete die Arme aus.

»Mein Mädchen!« Er drückte sie fest an sich. »Du hast mir gefehlt.«

Da wusste Samantha, dass zwischen ihnen alles wieder in Ordnung war. In seiner Abwesenheit hatte ihr Vater offenbar seinen Schmerz und seine Verletztheit überwunden und ihr verziehen und war aus seinem tiefen, dunklen Loch aufgetaucht. Für ihn schien die Sache erledigt zu sein. Auch Samantha würde sie auf sich beruhen lassen, denn mit Sloans Hilfe war sie zu folgender Einsicht gelangt: Ihr vorübergehendes Bedürfnis, mehr über ihre Herkunft zu erfahren, war ganz natürlich für ein adoptiertes Kind. In ihrer Neugierde lag keine Sehnsucht, und sie hatte keinen Grund, sich schuldig zu fühlen. Samantha hatte ihre Adoptiveltern, die sie liebten, nicht enttäuscht.

Sie schlenderten Arm in Arm zum Haus. »Willkommen daheim, Daddy. Sloan hast du auch gefehlt. Ich hab eins von den Dienstmädchen losgeschickt, um ihn und seine Schwestern zum Abendessen einzuladen. Er will dich etwas fragen.«

»Sind Sie sicher?«, hatte Trevor Waverling Todd an dem Sonntag gefragt, als dieser ihn aufsuchte, um ihm von seiner Entdeckung zu berichten.

Natürlich konnte Todd nicht *absolut* sicher sein. Das konnte kein Geologe. Die Ölindustrie steckte noch in den Kinderschuhen. Abgesehen von einigen chemischen Analyseverfahren sowie Labor- und Feldausrüstung war noch nichts entwickelt. Die Bibel seines Berufsstandes, das *Erste Buch der Geologie*, war erst 1897 veröffentlicht worden und beschränkte sich auf Ausführungen über Erde, Wasser und Luft, Vulkane sowie die Form von Meer und Land. Zu dem Teilgebiet der Geologie, das sich mit dem Ursprung, dem Vorkommen und der Ausbeutung von Öl und Gas beschäftigte, existierten kaum publizierte Texte. Augenzeugenberichte von Bohrpionieren, Abenteurern und Exzentrikern, die aus dem einen oder anderen Grund glaubten, dass gewisse Zeichen auf das Vorhandensein von Öl hindeuteten, waren das Einzige, wonach ein Geologe sich richten konnte.

Also hatte Todd Mr Waverling an jenem Sonntag geantwortet, nein, er sei sich nicht absolut sicher, aber sicher genug, um die dreißigtausend Dollar seines Chefs für eine Probebohrung riskieren zu wollen.

»Okay«, hatte Trevor gesagt und seinen Sohn Nathan angesehen, der Todds Bericht schweigend lauschte. »Bist du bereit für deinen ersten Pachtvertrag?« Nathan hatte genickt, und zu dritt hatten sie das Angebot diskutiert, das sie für die Bohrrechte machen würden.

Todd war begeistert gewesen, hatte aber auch darauf hingewiesen, dass sie warten müssten, bis Neal Gordon von seinem Viehcamp in Cooke County zurück wäre. Es hätte keinen Sinn, mit seiner Tochter zu verhandeln, die sie abweisen würde, bevor Nathan sein Angebot überhaupt unterbreitete. Warum?, hatten Trevor und Nathan wissen wollen, und Todd hatte erklärt, dass Samantha ein Tierschädelfragment gefunden habe, das ihrer Ansicht nach von archäologischer Bedeutung sein könne. Er stimme ihrer Ansicht nicht zu. Todd erwähnte nichts von den Fotos, die sie mit ihrer Kodak gemacht hatte, denn die Kamera lag in einer Schreibtischschublade in seinem Büro. Wenn Samantha Kamera und Film nicht von der Eastman Kodak Company in Rochester, New York, zurückerhielt … nun, in der Post gingen oft Dinge verloren.

Inzwischen war es Mittwoch, der siebenundzwanzigste Juni, eine Ewigkeit seit jenem Samstag. Todd sah die Nachricht an, die Agatha Beardsley ihm auf den Schreibtisch gelegt hatte. *Als Sie unterwegs waren, hat Ihre Frau angerufen. Sie sagt, eine gewisse Samantha hätte sie gebeten, am Freitag nach Fort Worth zu kommen und ihr bei der Planung ihrer Hochzeit zu helfen, nun, da der Vater dieser Samantha wieder auf der Ranch sei. Sie sagt, Sie möchten ihr bis zum Abendessen eine Antwort zukommen lassen.*

Todd stieß einen Freudenschrei aus. Er hatte sich gefragt, wie er erfahren würde, dass Neal von seinem Viehcamp zurück war. Todd konnte sein Glück kaum fassen. Sowohl seine Frau als auch Samantha würden sich in Fort Worth aufhalten und ihm nicht in die Quere kommen, wenn er und Nathan Neal Gordon aufsuchten, um mit ihm über die Verpachtung seines Grundes für Ölbohrungen zu sprechen – vorausgesetzt natürlich, der Rancher erklärte sich bereit, sie zu empfangen. Inzwischen hatte Samantha Neal bestimmt von ihrer Entdeckung und dem Verschwinden des Dinosaurierschädels erzählt. Todd glaubte, dass der alte Gordon und seine Frau ein schlechtes Gewissen hatten, weil ihre Tochter ihnen zuliebe nicht aufs Lasell Seminary for Young Women gegangen war. Würden diese Schuldgefühle Neal dazu veranlassen, ihre Argumente gegen Bohrungen zu akzeptieren?

Man hatte sich darauf geeinigt, dass Trevors Kontakt in Fort Worth dem Rancher, sobald Nachricht von Neals Rückkehr käme, eine Botschaft überbringen würde, die ihm erklärte, warum Vertreter von Waverling Tools einen Termin mit ihm vereinbaren wollten. Todd würde Trevor den Freitag vorschlagen. Wenn der Rancher kein Interesse hatte, war es gut, das so schnell wie möglich zu erfahren.

Todd hatte lange genug gewartet. Jeden Tag fürchtete er, von der wütenden Samantha beschuldigt zu werden, dass er sie hintergangen und bestohlen habe. Wenn das geschah, würde er den Grund von Las Tres Lomas nicht mehr betreten können, weil Neal Gordon ihn dann einen Kopf kürzer machte, falls das nicht sein Chef zuerst besorgte. Als Todd schließlich von Samantha gehört hatte, war es über Ginny gewesen. »Ich habe heute ein Telegramm von Samantha bekommen«, hatte ihm seine Frau am Montag nach der Arbeit erklärt. »Ich kann's nicht glauben, Todd.«

Er hatte sich innerlich gegen den Schlag gewappnet, der nun kommen würde. »Was kannst du nicht glauben?«, hatte er gefragt und laut gehustet, um seine Angst zu kaschieren.

»Samantha und Sloan wollen heiraten. Sie haben sich vergangenen Sonntag verlobt.«

Ihm war die Kinnlade heruntergefallen. *Herr im Himmel!* Was war mit Anne Rutherford passiert? Hatte Sloan sich Todds Abschiedsworte zu Herzen genommen und die Bankierstochter für eine potenzielle Ölerbin abserviert? Und war er zu dem Schluss gekommen, dass die Ehe mit Samantha ihm irgendwann die Kontrolle über die größte Ranch in Texas verschaffen würde, wenn Triple S und Las Tres Lomas zusammengelegt wurden?

Todd hätte Sloan Singleton nicht so eingeschätzt, aber man lernte Menschen immer erst dann richtig kennen, wenn man ihnen ein verlockendes Angebot machte. Da Todd nichts von der wütenden Samantha gehört hatte, konnte er davon ausgehen, dass Sloan ihr nichts von dem Schädel verraten hatte. Was mit ziemlicher Sicherheit bedeutete, dass besagter Schädel nicht mehr in ihren Händen landen würde. Am Ende würde sich der Rancher vielleicht sogar noch als Verbündeter von Waverling Tools erweisen.

Es waren ziemlich anstrengende Tage gewesen, dachte Todd, aber nun war die Zeit des Wartens vorbei, und er ging guten Mutes zum Büro seines Chefs.

SIEBENUNDVIERZIG

Daniel Lane wölbte die Hand um Billie Junes Brust und ließ die Zunge darübergleiten. Billie June stöhnte voller Lust auf und hob ihm ihren Unterleib entgegen. Seit Billie Junes Ankunft in Beaumont, wo sie eine Woche verbringen wollte, vorgeblich, um eine Freundin aus dem Internat zu besuchen, hatten sie jede Nacht in ihrem Hotelzimmer miteinander geschlafen. Ihre frühere Klassenkameradin ahnte nicht, dass sie sich in der Stadt aufhielt.

Billie June hatte nicht gewusst, wie sie mit Daniel in Kontakt treten sollte, sobald sie in Beaumont wäre, einer Kleinstadt nicht weit vom Golf von Mexiko, aber von solchen Nichtigkeiten hatte sich die Verfechterin von Frauen- und Tierrechten noch nie abhalten lassen. »Wo finde ich das beste Hotel in Beaumont?«, hatte sie sich beim Bahnhofsvorsteher erkundigt.

»Wir haben bloß eins, das Seaway«, hatte er geantwortet.

»Das habe ich mir schon gedacht.« Billie June hatte sich einer Mitreisenden zugewandt, deren Mann sie mit seiner offenen Kutsche abholte. »Darf ich fragen, ob Sie mich zum Seaway Hotel mitnehmen würden?«

Im Hotel hatte sie dann, als sie sich ins Gästebuch eintrug, einen Blick auf die anderen Namen darin geworfen. »Ach, ich sehe gerade, dass ein Freund der Familie, Daniel Lane, ebenfalls hier logiert«, hatte sie dem Mann an der Rezeption erklärt. »Was der wohl in der Stadt macht?«

»Das weiß ich nicht, aber bei seiner Ankunft hat er sich nach dem Weg zum Spindletop erkundigt. Ein paar Narren glauben, dass da draußen unter dem Salzstock Öl ist. Die Gegend hat sich zu einer richtigen Touristenattraktion gemausert.«

»Das würde ich mir gern anschauen. Wie komme ich hin?«

Der Mann an der Rezeption hatte ihr empfohlen, sich von Wally, dem einzigen Droschkenkutscher des Ortes, zum Big Hill bringen zu lassen, wie der Spindletop auch genannt werde. Allerdings solle sie darauf achten, dass er keinen Umweg mache, um mehr Geld verlangen zu können.

Billie June, die ein neues Sommerkleid trug, das ihren Busen und ihre schmale Taille bestens zur Geltung brachte, war in die wackelige Kutsche des zwielichtigen Gesellen geklettert, dem sie nicht weiter als bis zur nächsten Ecke traute und mit dem sie später noch ein Wörtchen über die Versorgung seines armen Gauls reden musste.

»Zum Big Hill, der auch Spindletop genannt wird, bitte«, hatte sie den Kutscher angewiesen, »und kommen Sie ja nicht auf die Idee, mir mehr Geld abknöpfen zu wollen, als die Fahrt wert ist. Wenn Sie das versuchen, verlieren Sie nicht nur den überzogenen Fahrpreis, das können Sie mir glauben. Habe ich mich klar genug ausgedrückt?«

»Ja, Ma'am.«

Billie June, die schon vom mysteriösen Verschwinden alleinreisender Frauen in fremden Städten gehört hatte, fügte hinzu: »Noch eins: Der Inhaber des Hotels, die Rezeption und meine Zofe …«, sie hatte keine dabei, »… wissen alle, wo ich hinwill und wer mich hinbringt. Wenn mir etwas zustoßen sollte, landen Sie am Galgen. Verstanden?«

»Ja, Ma'am.«

Nach etwa sechseinhalb Kilometern hatten sie die öde Marschgegend erreicht, die Wally ihr als Big Hill oder Spindletop vorstellte. Dabei handelte es sich um eine etwas mehr als vier Meter hohe Erhebung mit kargem Grasbewuchs und obenauf weißem Sand. Davor hatte Billie June mehrere Männer in kniehohen Stiefeln gesehen, von denen sie einen als Daniel Lane erkannte. Billie June war von der Kutsche heruntergeklettert. »Warten Sie hier auf mich«, hatte sie den Fahrer angewiesen.

»Wollen Sie zu den Männern, Ma'am? Das geht nur über die Planken da drüben.«

»Ich komme schon zurecht«, hatte Billie June erwidert und wiederholt: »Warten Sie hier.«

Die Männer hatten zu reden aufgehört, als sie Billie June bemerkten, die sich, ihren breitkrempigen Hut festhaltend und ihre Röcke raffend, auf den Holzplanken dem Ort des Geschehens näherte. Daniel Lane, dem vor Überraschung der Mund offen stehen blieb, hatte sich an den Männern vorbeigeschoben, um sie am Ende der Planken zu begrüßen.

»Billie June, was machst du denn hier?«

»Ich wollte dich sehen, Daniel. Offiziell besuche ich meine frühere Zimmergenossin aus der Schule, die hier lebt, aber in Wahrheit bin ich hergekommen, um Zeit mit dir zu verbringen – allein«, hatte Billie June mit einem vielsagenden Blick und vorgerecktem Kinn erklärt. »Ich logiere wie du im Seaway in Beaumont. Kaum zu glauben, welche Zufälle das Leben immer wieder bereithält. Zimmer 213 am Ende des Flurs. Es ist sehr ruhig. Vielleicht schaust du ja heute Abend vorbei.« Sie hatte den Männern zugenickt, die sie anstarrten, den sprachlosen Daniel mit einem Lächeln bedacht und war zu Wally zurückgegangen, der das Ganze von der Kutsche aus beobachtet hatte.

»Zum Hotel bitte, Wally«, hatte sie gesagt, sobald sie saß.

»Ja, Ma'am.«

Daniel war um acht Uhr abends im Seaway Hotel eingetroffen. Billie June hatte einen Morgenmantel und nichts darunter getragen, ihre mausbraunen Haare hatten offen auf ihren Schultern gelegen, als sie sich erkundigte: »Hast du schon was gegessen?«

»Ich will nichts essen«, hatte Daniel geantwortet. »Ich will dich.«

Diese Nacht war nun ihre letzte gemeinsame, bevor Billie June am Morgen mit dem Zug nach Fort Worth zurückfahren würde. »Mein Bruder heiratet«, erklärte sie, vom Liebesspiel erschöpft.

»Die wohltätige Bankierstochter?«

»Nein, Samantha Gordon.«

Daniel stützte sich auf einen Ellbogen und sah sie erstaunt an. »Samantha Gordon! Ich dachte, er ist mit Anne Rutherford verlobt.«

Billie June spielte mit den Haaren auf seiner Brust. »Sie waren nicht richtig verlobt, es haben nur alle damit gerechnet, dass sie heiraten.«

»Was ist passiert?«

»Das weiß ich auch nicht so genau, aber Millie May und ich freuen uns jedenfalls darüber. Wir mögen Samantha und können Anne nicht ausstehen.« Billie June lachte. »Es ist einen Tag nachdem Sloan etwas mit nach Hause gebracht hatte, das ausschaute wie ein Tierschädel, den er wohl Samantha geben wollte, geschehen. Vielleicht war das der Auslöser. Sie hat Fossilien und solche Sachen immer schon faszinierend gefunden.«

»Was für ein Tier?«

»Ich hab das Ding nur kurz gesehen. Keine Ahnung. Sloan hat's unter den Arm geklemmt rauf in sein Zimmer getragen, ohne ein Wort darüber zu verlieren.«

Daniel, der sich für alles interessierte, was mit Mr Hochwohlgeboren zu tun hatte, legte sich auf sein Kissen und griff nach einer Zigarette. Mit dem Gehalt von Waverling Tools konnte er sich Zigaretten leisten, die unter Rauchern als weiblich galten. Richtige Männer rauchten Zigarren oder Pfeife. Doch Daniel mochte weder das eine noch das andere und ließ sich seiner Vorliebe wegen trotzdem nicht als unmännlich schelten. Wer über ihn spottete, wenn er sich Zigaretten drehte, bereute es. Besonders nach dem Sex rauchte er gern. »Warum machen sie so ein großes Geheimnis drum?«, erkundigte er sich.

»Keine Ahnung. Vielleicht wollte er Samantha damit überraschen und dachte, ich lasse die Katze aus dem Sack. Ich kann meinen Mund nicht halten.« Sie schmunzelte. »Nur bei uns ist das anders. Jedenfalls hat er am nächsten Tag, einem Sonntag, mit Anne Schluss gemacht und Samantha gefragt, ob sie seine Frau werden möchte.«

»Ach.« Daniel, der um Samantha Gordons Interesse für Paläontologie wusste, speicherte diese Information und unterdrückte ein spöttisches Grinsen bei der Vorstellung, wie Sloan möglicherweise mit einem Fossil, nicht mit einem Ring um ihre Hand angehalten hatte. Dann legte er die noch nicht angezündete Zigarette für später weg, weil Billie Junes Hand in seinen Schritt gewandert war.

»Natürlich habe ich nichts dagegen, wenn du nach Fort Worth fährst, um ein paar Tage mit Samantha und ihrer Mutter zu verbringen«, sagte Todd am Freitagmorgen am Bahnhof zu Ginny. »Nehmt euch so viel Zeit, wie ihr für die Planung von Samanthas Hochzeit braucht.«

»Ich freue mich so, dass ich ihre Brautjungfer werden soll«, meinte Ginny. »Ich dachte, Millie May oder Billie June würde das machen, aber vermutlich ist es diplomatischer, mich zu bitten. Wie hätte Sam sich für eine von ihnen entscheiden sollen?«

Todd hörte Ginnys Geplapper nur mit halbem Ohr zu, weil er sich fragte, wie begeistert seine Frau noch darüber wäre, als Brautjungfer ausgewählt worden zu sein, wenn Samantha herausfand, dass er schuld war an der Zerstörung ihres Dinosaurierfriedhofs. Verwirrt und aus der Fassung hatte Samantha ihm in einem Brief, der am Mittwoch bei ihm angekommen war, mitgeteilt, dass der Dinosaurierschädel verschwunden sei, was ihm bestätigte, dass Sloan ihn nicht verraten und ihr den Schädel nicht gezeigt hatte. Sie habe keine Ahnung, wie er sich in Luft habe auflösen können, schrieb sie, denn für so etwas interessierten sich weder Raubtiere noch die Hunde auf der Ranch.

Konnte Saved der Übeltäter sein?, hatte er geantwortet. Vielleicht hatte er den Schädel über die Weide gekickt und kaputt gemacht.

Todds Euphorie vom Mittwoch wurde gedämpft durch seine Sorge darüber, wie er sich weiter aus der Sache mit Samantha heraushalten konnte, aber er sah einfach keine Möglichkeit. Samantha war nicht auf den Kopf gefallen. Sie kannte seinen brennenden Wunsch, ein namhafter Geologe zu werden. Wenn sie erfuhr, dass er verantwortlich war für das Interesse des Unternehmens am Windy Bluff und wenn obendrein Kamera und Fotos nicht eintrafen, würde sie das Rätsel um den fehlenden Schädel sehr schnell lösen. Es ließ sich nur damit erklären, dass ihr Freund und ehemaliger Mitschüler auf die Ranch zurückgekehrt war, um den Beweis zu vernichten. Natürlich würde Todd alles abstreiten und seine Bodenproben mit der Begründung verteidigen, dass er es als Geologe und Angestellter von Waverling Tools als seine Pflicht erachtet habe, seine Vermutung, auf dem Areal von Las Tres Lomas befänden sich Ölvorkommen, seinem Chef mitzuteilen. Aber auch er war nicht dumm. Um seine Unschuldsbehauptung zu untermauern, hatte er Vorsichtsmaßnahmen ergriffen.

Ginny nahm den Morgenzug nach Fort Worth, ohne zu wissen, dass ihr Mann ihr mit Nathan eine Stunde später folgen würde. Doch im Gegensatz zu ihr, die das Wochenende dort verbringen wollte, würden sie noch am selben Tag zurückkehren. Neal hatte Samantha, deren Einstellung zu Ölbohrungen auf Weideland er kannte, offenbar nicht über den bevorstehenden Besuch informiert, sonst hätte sie Ginny gegenüber etwas erwähnt. Was bedeutete, dass Todds Beteiligung an der Sache noch eine Weile unbemerkt bleiben würde.

Den Schädel zu beseitigen – zu stehlen – war die schlimmste Sünde, derer Todd sich jemals schuldig gemacht hatte, und bestimmt galt das auch für Sloan Singleton. Allerdings war der Fehltritt des Ranchers noch schwerwiegender als sein eigener. Todd übte Verrat an einer Freundin. Sloan hingegen hinterging die junge Frau, die er heiraten wollte. Samantha hatte Sloan mit Sicherheit vom Fund und Verschwinden des Schädels erzählt. Was würde sie wohl von Sloans Heiratsantrag halten, wenn sie von der zufälligen Begegnung ihres Verlobten mit Todd und vom Inhalt ihres Gesprächs am Windy Bluff am Nachmittag des Tages erfuhr, bevor er sie fragte, ob sie seine Frau werden wolle? Wenn der Mann so klug war, wie Todd glaubte, würde er den Schädel loswerden. Todd war alles andere als wohl bei dem Gedanken, dass er sich nun unversehens mit Sloan Singleton in einer Verschwörung befand. Er kam sich vor wie eine Maus im selben Käfig wie eine Schlange. Todd würde sich nur schützen können, indem er Distanz zu Samanthas Verlobtem hielt.

ACHTUNDVIERZIG

Am Freitagnachmittag lehnte Neal sich auf seinem Stuhl hinter dem riesigen Schreibtisch in der Bibliothek zurück und verschränkte die Hände über der leichten Wölbung seines Bauchs, um den dritten Moment absoluten Glücks in seinem Leben zu genießen. Der erste war gewesen, als Estelle seinen Heiratsantrag angenommen hatte, der zweite in der Nacht, als ihm Samantha in den Arm gelegt worden war. Keine anderen Erinnerungen konnten sich mit seinem Glücksgefühl bei seiner Heimkehr am Mittwochnachmittag vergleichen. Die Freude darüber, wieder auf gleicher Ebene mit seiner Tochter zu verkehren, war schon schön gewesen. Dass ihn noch größeres Glück erwartete, hätte er eigentlich ahnen müssen, als er Grizzly und Silbia, die beiden Streithähne, friedlich in einer Ecke der Küche miteinander flüstern sah. Außerdem war der Esstisch mit Blumen und Extrageschirr aus dem Festtagsschrank gedeckt. »Silbia scheint zu denken, dass wir alle Arbeiter eingeladen haben«, hatte er Samantha gegenüber bemerkt. Aber egal, der Haushalt war ihre Sache.

Neal hatte sich ein ausgiebiges Bad und ein Nickerchen gegönnt und war vom Duft des Willkommensrinderbratens erwacht. Er hatte sich leicht gefühlt, als hätte er etliche Kilo abgenommen, und beim Ankleiden fröhlich vor sich hingepfiffen, während er überlegte, was Sloan ihn fragen wollte. Neal hatte sich auf den Abend mit ihm, seinen Schwestern und natürlich seiner Tochter gefreut. Wenn sich nun auch noch Estelle zu ihnen gesellen würde, hatte er gedacht, wären sie komplett.

Als er aus der Bibliothek Stimmen gehört hatte, war er nach unten gegangen, wo ihn zu seiner Überraschung Samantha und Sloan, der so strahlend wie die goldenen Titanen aus Neals Mythologiebüchern aussah, begrüßten. Bei einem festen Händedruck hatte Neal zu Sloan gesagt: »Du wolltest mich etwas fragen?«

Das war das Stichwort gewesen, auf das Estelle mit einem glücklichen Lächeln den Raum betreten hatte, gefolgt von Millie May und Billie June, Silbia, Grizzly und Wayne. Sie hatten alle vor der Tür gewartet. Sloan war zu Samantha gegangen, hatte den Arm um ihre Taille gelegt und sich Neal zugewandt. »Neal Gordon, darf ich um die Hand deiner Tochter anhalten?«

Etwas Schöneres konnte sich ein Vater wohl kaum wünschen. Neal hatte bei seinem lauten »JA!« an Seth Singleton gedacht, und sie hatten alle einen Mordsspaß gehabt, miteinander getrunken und sich bis in die frühen Morgenstunden amüsiert. Estelle hatte die Nacht bei ihm verbracht, sie hatten das erste Mal seit Langem wieder miteinander geschlafen. Und auch das war ausgesprochen gut gelaufen. »Meine Güte!«, hatte sie ausgerufen. »Du hast nichts verlernt, mein Lieber!«

Ja, das stimmte, und nun würde seine Tochter bald den genau richtigen Mann heiraten. Es würde Enkel geben, die ihm die Sorge um den Erben nahmen, und er würde seinen und Seths Traum Wirklichkeit werden sehen – die Vereinigung der Ranches Las Tres Lomas und Triple S. Darüber hatte er sich am Mittwochabend unter vier Augen mit Sloan unterhalten, und sein Schwiegersohn in spe war einverstanden, ihre Ranches gemeinsam als Einheit zu führen. Zum gegebenen

Zeitpunkt würde Neal sich zurückziehen und Sloan die Leitung des Ganzen überlassen. Es würde so werden, wie er es vorgehabt hatte, bevor Samantha in sein Leben getreten war. Ihm würden noch Jahre für Reisen mit Estelle bleiben, er würde all seinen Mut zusammennehmen und einen Zug besteigen. Sie hatte immer schon New York City sehen wollen. Neal konnte sich eigentlich nur ein Problem vorstellen, das sein Glück überschatten würde: Sams Ablehnung gegenüber Ölbohrungen auf dem Grund von Las Tres Lomas.

Samantha und ihre Mutter, die noch den Donnerstag geblieben war, hatten sich früh am Morgen mit Millie May und Billie June auf den Weg gemacht, um das Wochenende in Estelles Haus zu verbringen und mit Ginny Baker die Pläne für die Hochzeit zu besprechen. Neal hatte Tochter und Frau ziehen lassen, ohne ihnen von dem heutigen Treffen mit dem *landman* und Todd Baker zu erzählen. Zuerst musste er mehr erfahren. Wo genau wollte das Unternehmen bohren? Seine einzige Information stammte von dem Waverling-Tools-Vertreter. Todd, der die Ranch offenbar in Neals Abwesenheit aufgesucht hatte, schien davon überzeugt zu sein, dass sich ein riesiges Erdölvorkommen unter dem Grund von Las Tres Lomas befand.

Es gab etliche Argumente, mit denen sich Samanthas Ablehnung bekämpfen ließ, und außerdem hoffte Neal, seinen künftigen Schwiegersohn auf seine Seite zu ziehen. Sloan würde erkennen, wie sinnvoll solche Bohrungen waren. Die meisten Rancher in Texas beschäftigte permanent der Gedanke, wie sie in der Lage wären, ihren Besitz zu erhalten, wenn sie wieder einmal mit einer langen Dürreperiode konfrontiert waren. Seit dem ersten April hatte es nur einmal kurz geregnet. Mit dem Ölgeld konnten Las Tres Lomas und Triple S es sich leisten, alle weiter zu beschäftigen, Futter für die Herden zu kaufen, wenn die Luzernenfelder verdorrten, und einen jener Wirtschaftsbotaniker anzuheuern, die mit neuen Futterpflanzen experimentierten und Samantha helfen würden, dürreresistente Gräser zu züchten. Von der Idee wäre sie mit Sicherheit begeistert.

Neal wollte noch aus einem anderen Grund nach Öl bohren: Er war vermögend, sehnte sich aber nach Reichtum, denn Geld brachte Einfluss. Geld war wie das Schwert in den Händen der Titanen, die das Universum in seinen Mythologiebüchern beherrschten. In der Lokalpolitik hatte er bereits ein Wörtchen mitzureden, doch er strebte nach Macht und größerem Einfluss in Texas, um das Bestmögliche für diesen Staat herausholen zu können, in dem er geboren war, für dessen Unabhängigkeit seine Familie gekämpft und den er gegen die Angriffe des Nordens verteidigt hatte. Zu viele Männer zweifelhaften Charakters aus anderen Teilen des Landes schlichen sich in führende Positionen, wo sie nur ihre eigenen Interessen verfolgten.

Silbias Klopfen an der Tür zur Bibliothek signalisierte ihm, dass seine Gäste eingetroffen waren. Sie streckte den Kopf herein. »Sie sind hier«, verkündete sie. »Wo soll ich sie hinbringen?«

Neals Puls beschleunigte sich. »Hier herein«, antwortete er und holte tief Luft. Dabei fiel sein Blick auf die Bücher mit den Titanengeschichten der griechischen Mythologie. Die Vorstellung von ihm selbst als mächtigem Titanen von Texas ähnlich den Olympiern der Sagenwelt gefiel ihm. Seit seiner Kindheit träumte er davon, einer von ihnen zu werden. Wer konnte das Schwert der Macht besser schwingen als er? Das Geld von den Ölbohrungen würde helfen, seinen Traum wahr werden zu lassen.

»Guten Tag, meine Herren«, begrüßte er seine Besucher,

als sie den Raum betraten, und erhob sich, um ihnen die Hand zu geben. Die zwei unterschieden sich sehr. Todd Baker war groß und schmal wie eine Vogelscheuche und hektisch. Der andere war zwar genauso groß, aber muskulös, und strahlte Ruhe aus. Neal wandte sich zuerst Todd zu. »Todd, schön dich wiederzusehen. Ist noch gar nicht so lange her, dass du deinem Daddy grade mal bis zu den Knien gereicht hast, und jetzt bist du schon ein richtiger Geologe.« Zu Nathan sagte er: »Und Sie müssen der *landman* sein, den man mir angekündigt hat.« Neal fiel auf, dass die Augen des jungen Mannes weder blau noch grün, sondern eine Mischung aus beiden Farben waren.

»Das ist der Sohn von Trevor Waverling«, stellte Todd Nathan in der Hoffnung vor, dass diese Information etwas bei den Verhandlungen bewirken und Nathan die Sache nicht komplizierter machen würde, indem er seinen Nachnamen nannte.

»Nathan reicht fürs Erste, Mr Gordon.« Nathan streckte Neal die Hand hin. »Schön haben Sie's hier.«

»Danke. Das alte Gemäuer müsste mal renoviert werden, aber es ist gemütlich.«

»Ich meine Ihr Land, Sir. Gehört zu den besten Weidegründen, die ich kenne.«

Neal merkte, dass Todd unbehaglich von einem Fuß auf den anderen trat. »Sprechen Sie aus Ihrer Erfahrung als *landman* oder weil sie auf einer Ranch aufgewachsen sind?«, fragte Neal.

»Weder noch«, antwortete Nathan. »Ich bin neu in der Branche und auf einer Weizenfarm groß geworden.«

Also hatte der Junge möglicherweise Vorbehalte gegen Ölbohrungen auf gutem Land, dachte Neal, der ahnte, dass der *landman* und der Geologe deshalb unterschiedlicher Meinung sein könnten. Samantha würde in diesem jungen Mann einen

Seelenverwandten sehen, und Neal fand ihn ebenfalls sympathisch. Der Junge war geradeheraus, und das gefiel ihm.

Sie setzten sich auf Stühle an dem großen Tisch, der sonst für Neals Pokerpartien genutzt wurde. Todd breitete eine Karte vom Windy Bluff aus, die er bei einem weiteren heimlichen Besuch in der Gegend mithilfe eines Kompasses, eines Maßbandes aus Stahl und anderer Vermessungsgeräte gefertigt hatte.

»Ach, das ist das Gebiet, wo Sie bohren wollen!«, rief Neal erleichtert aus. »Gott sei Dank. Der Grund ist so gut wie nichts wert. Dort gibt es kaum genug Gras, um den Lieblingsochsen meiner Tochter zu ernähren. Wie bist du denn auf die Idee gekommen, dass sich am Windy Bluff Öl befinden könnte, Todd?«

Todd wechselte einen Blick mit Nathan. Neals Frage nach zu urteilen hatte Samantha Neal noch nichts von ihrem Fund erzählt. Todd hätte gern gelogen und behauptet, dass Samantha ihn eingeladen habe, ihren Lieblingsochsen anzusehen. Doch wegen seines Gesprächs mit Nathan und dessen Vater am Sonntag nach Todds Entdeckung ging das nicht. Todd hatte Vater und Sohn daran erinnert, dass sie Samantha Gordon von dem Vortrag über Paläontologie im Frühjahr kannten. Und beiden waren ihre rotgoldenen Haare im Gedächtnis geblieben.

»Tja …« Todd erklärte alles, ohne den Diebstahl des Schädels zu erwähnen. Als er fertig war, schwieg Neal eine Weile und tippte sich nachdenklich ans Kinn. »Hat Samantha Ihnen nichts von ihrem Fund erzählt, Sir?«, erkundigte sich Todd.

Neal richtete sich auf seinem Stuhl auf. Er hätte wissen müssen, dass es Hindernisse geben würde. »Ich bin erst seit zwei Tagen wieder zu Hause, und wir mussten andere wichtige Dinge diskutieren«, antwortete er. »Wie du weißt, will meine Tochter heiraten. Ihre Mutter war hier, und zur Feier des Tages hatten wir Gäste. Bestimmt hätte Samantha mir noch davon erzählt.«

»Dann soll ich mit meinen Recherchen erst beginnen, wenn Sie unseren Vorschlag mit Ihrer Tochter besprochen haben?«, fragte Nathan mit ruhiger Stimme.

Neal trommelte mit den Fingern auf den Tisch. »Meine Tochter glaubt also, dass sich am Windy Bluff ein Dinosaurierfriedhof befindet? Was meinst du, Todd? Du hast den Schädel gesehen.«

»Es war nur der Teil eines Schädels, ich war mir nicht sicher.«

»War?«

Todd wurde nervös. »Ja. Er ist nicht mehr dort. Samantha hat mir geschrieben, dass er verschwunden ist.« Todd spürte Nathans Blick auf sich. Er würde einfach behaupten, er habe vergessen, das zu erzählen, da er Samanthas Brief erst Tage nach seinem Bericht am Sonntag erhalten habe, dachte er.

»Hmmm«, brummte Neal. »Folglich gibt es keinen Beweis für die Existenz eines solchen Dinosaurierfriedhofs am Windy Bluff?«

»Vielleicht doch«, widersprach Todd zögernd, Nathans Blick nach wie vor auf sich. Bei ihrem Sonntagstreffen hatte Todd verschwiegen, dass Samantha Fotos mit ihrer Kodak gemacht hatte, die nun in einer Schublade seines Schreibtischs lag. Da die Sache mit der Kamera irgendwann doch ans Licht kommen würde, war es das Beste, sie jetzt zu erwähnen.

Beobachtet von Nathan, berichtete Todd über das fehlende Puzzleteil. Als er fertig war, fragte Neal: »Und wo ist die Kamera jetzt?«

»Unterwegs nach Rochester, New York, damit die Bilder entwickelt werden, Sir«, antwortete Todd, ohne eine Miene zu verziehen.

»Die Fotos werden die Sache klären?«

»Ja, Sir, aber ich glaube nicht, dass wir uns Gedanken machen müssen. Meiner Meinung nach werden die Bilder zeigen, dass der Schädel von einem Tier neueren Datums stammt.«

Neal wandte sich Nathan zu. »Um wie viele Hektar geht es, mein Junge?«

»Um knapp einen, Sir.«

»Nur um einen. Das dürfte kein Problem sein. Ihr könnt ja ein Stück weit weg von dem Ort bohren, an dem das Ding gefunden wurde, oder?«

Nathan und Todd wechselten einen Blick, und Nathan antwortete: »Nein, Sir. Ein Bohrturm muss dort errichtet werden, wo die Bodenproben auf Öl hinweisen. Schon ein paar Meter zu weit links oder rechts bringen möglicherweise nichts mehr.«

»Verstehe …«, murmelte Neal und sah Todd an. »Aber wenn du recht hast und Samantha sich im Hinblick auf diesen Schädel täuscht, sehe ich keine Schwierigkeiten wegen dem Pachtvertrag. Ich habe die zum Nachweis der Eigentumsverhältnisse nötigen Dokumente, weiß jedoch, dass diese, bevor man über die Nutzungsrechte verhandeln kann, mit den Behördenregistern abgeglichen werden müssen. Stimmt's, Nathan?«

»Ja, Mr Gordon.«

Todd richtete sich auf. »Heißt das, wir sind uns einig?«

»Es heißt, dass Nathan mit seinen Recherchen beginnen kann. Und nun sollten wir das fragliche Gebiet genauer eingrenzen.«

NEUNUNDVIERZIG

Am Montagmorgen, dem ersten Werktag im Juli, saß Trevor Waverling mit Nathan, Daniel Lane, dem Geologen des Unternehmens, dem Fabrikvorarbeiter und dem Buchhalter am Konferenztisch. Er hatte das Wochenende in Gesellschaft einer Dame verbracht und war erst zum Baden und Umkleiden nach Hause zurückgekehrt, als sein Sohn sich schon in die Arbeit aufgemacht hatte, sodass er ihn nicht mehr über das Gespräch mit dem Eigentümer von Las Tres Lomas de la Trinidad befragen konnte. »Sie zuerst, Todd. Wie ist es bei Neal Gordon gelaufen?«

Todd rutschte unruhig auf seinem Stuhl hin und her. »Sicher bin ich nicht, aber optimistisch. Immerhin hat er uns nicht gleich abgewimmelt, und er hat Nathan erlaubt, die Behördenregister zu überprüfen. Da dürfte es keine Probleme geben. Mr Gordon sagt, das fragliche Land ist seit 1820 im Besitz seiner Familie. Seitdem hat es keinen Eigentümerwechsel gegeben, also rechnen wir hinsichtlich der Bohrrechte nicht mit Schwierigkeiten.«

»Warum zögert er dann noch? Ich dachte, er stürzt sich auf unser Angebot.«

»Wegen seiner Tochter«, antwortete Nathan. »Sie hat Vorbehalte gegen Ölbohrungen auf Weide- und Farmland. Bei unserem Treffen mit Mr Gordon wusste sie noch nichts von unserem Besuch. Sie war das Wochenende über nicht auf der Ranch, und bis zu ihrer Rückkehr heute kann er uns keine Antwort geben.«

»Mr Gordon sagt, der Grund, auf dem wir Bohrungen vornehmen wollen, sei als Weideland wertlos, weswegen ich mir nicht vorstellen kann, dass er etwas dagegen hat«, erklärte Todd.

Nathan blickte Todd skeptisch an. »Nein? Abgesehen davon, dass es in der Nähe der fraglichen Stelle eine unterirdische Quelle gibt, glaubt Mr Gordons Tochter, am Windy Bluff einen Dinosaurierfriedhof entdeckt zu haben.«

Daniel Lane meldete sich zu Wort: »Und wieso glaubt sie das?«

Todd winkte ab. »Ach, Samantha hat den Teil eines Schädels gefunden, der an den eines Dinosauriers erinnert, und nun meint sie, dass dort vor ein paar Millionen Jahren eine ganze Herde gelebt haben und gestorben sein könnte.«

»Das ergibt Sinn«, sagte Nathan. »Bei dem Boden des Gebiets handelt es sich um Meeressand, was darauf hinweist, dass es einmal von einer großen Wasserfläche bedeckt war, die mit Sicherheit Dinosaurier anlockte.«

»Woher wissen Sie so viel über Dinosaurier?«, fragte Todd ein wenig verärgert.

»Ich lese gern.«

Trevor sah zuerst seinen Geologen, dann seinen Sohn an. Spürte er da Spannungen zwischen den beiden? Hoffentlich nicht, dachte er, denn er war froh, dass sie so gut als Truppe funktionierten, in der jeder unbeeindruckt vom anderen seine Meinung äußerte. Bisher hatten ihre Einschätzungen in sämtlichen eingereichten Berichten übereingestimmt, was sein Vertrauen in ihre Analysen stärkte.

»Sie haben den Schädel untersucht, Todd«, sagte Trevor. »Was denken Sie? Gehört er einem Dinosaurier?«

Todd zuckte mit den Achseln und wiederholte die Antwort, die er Neal Gordon gegeben hatte. »Meiner Ansicht nach nicht, aber mit letzter Sicherheit werden wir das wohl nie erfahren. Er ist verschwunden, bevor er von Fachleuten begutachtet werden konnte.«

»Verschwunden?«, fragte Daniel Lane.

»Sam konnte ihn nicht mehr finden, als sie zu der Stelle zurückgekehrt ist. Ihr Lieblingsochse treibt sich in der Gegend rum. Ich vermute, dass das Vieh den Schädel zertreten hat. Jedenfalls ist er nicht mehr dort.«

Daniel hob eine Augenbraue. »Ach.«

»Dann gibt es also abgesehen von Ihnen, Todd, keine Zeugen und Belege für ihre Behauptung?«, meinte Trevor.

Bevor der Geologe etwas sagen konnte, meldete sich Nathan zu Wort: »Miss Gordon hat Fotos von dem Fossil gemacht, die müssten Hinweise geben. Sie hat ihre Kodak Todd anvertraut, damit er sie zum Entwickeln wegschickt. Stimmt's, Todd?«

Todd, der rot wurde und es sich nicht verkneifen konnte, Nathan bei dem Wörtchen »anvertraut« einen wütenden Blick zuzuwerfen, erklärte: »Ja. Ich habe die Sache mit der Kamera nicht für wichtig genug gehalten, um sie Ihnen gegenüber zu erwähnen, Mr Waverling. Meiner Expertenmeinung nach werden die Fotos Samanthas Erwartungen zunichtemachen.«

»Wann ist die Kamera in die Post gegangen?«, wollte Nathan wissen.

»Am achtzehnten Juni«, antwortete Todd, ohne ihn anzusehen.

Wieder bemerkte Trevor die Spannungen zwischen den beiden. Hatte Todd es absichtlich versäumt, die Kamera zu erwähnen, oder glaubte er einfach nur, dass die Fotos sich als unerheblich erweisen würden? Darüber würde er später mit seinem Geologen reden. »Sie scheinen die Familie zu kennen, Todd. Haben die Gordons noch andere Kinder?«, erkundigte er sich.

»Nein, Sir. Samantha ist das einzige. Sie wurde, als sie ein paar Tage alt war, von den Gordons adoptiert.«

»Es gibt also keine Geschwister, die Bohrungen in dem Gebiet widersprechen könnten. Wessen Seite neigt Neal Gordon sich euer beider Ansicht nach zu? Der von Waverling Tools oder der von seiner Tochter?«

»Meiner Meinung nach ist seine Unterschrift schon so gut wie auf dem Pachtvertrag«, antwortete Todd.

»Glaubst du das auch, Nathan?«

»Leider ja.«

»Warum leider?«

Nathan überlegte mit einem Stirnrunzeln, das Trevor an das seines eigenen Vaters erinnerte. »Weil ein möglicherweise dort existierender Dinosaurierfriedhof durch Ölbohrungen zerstört würde, ganz zu schweigen von der Kontamination der unterirdischen Quelle, die den Wasserbedarf von Las Tres Lomas in jenem Teil der Ranch noch eine weitere Generation decken könnte. Eine solche Quelle ist Manna für einen Mann, der sich seinen Lebensunterhalt durch die Nutzung seines Landes verdient.«

»Wenn wir dort Öl finden, wird Gordon für seinen Lebensunterhalt nicht mehr wie jetzt von seinem Grund und Boden abhängig sein«, entgegnete Todd.

»*Wenn* wir Öl finden«, konterte Nathan.

Trevor musterte seinen Sohn. Eignete sich der Junge wirklich zum *landman*? Welcher seiner Vorfahren war verantwortlich für seine Achtung vor dem Land und dem Wasser? Natürlich Nathans Großvater mütterlicherseits. Millicents Vater war ein Mistkerl gewesen, aber er hatte Respekt vor den »Segnungen der Natur« gehabt, wie er sie nannte.

»Ja, die Unsicherheit besteht immer«, pflichtete Trevor ihm bei. »Wie will Neal Gordon uns informieren, wenn er unser Angebot annimmt?«

»Auf seiner Ranch gibt es kein Telefon«, antwortete Todd. »Er wird von seinem Nachbarn aus in unserem Büro anrufen.«

»Von Sloan Singletons Ranch aus?«, fragte Daniel Lane.

Die anderen wandten sich ihm verwundert zu. »Ja«, bestätigte Todd. »Kennen Sie ihn?«

»Ja«, sagte Daniel.

»Sloan und Neals Tochter wollen heiraten«, erklärte Todd. »Ich hoffe, dass er sich auf unsere Seite schlägt und Samantha überredet, Bohrungen zuzustimmen. Seine Ranch und die der Gordons liegen direkt nebeneinander, weswegen das, was der einen nützt, auch gut für die andere ist.«

Trevor fiel Todds spöttischer Gesichtsausdruck auf. »Haben Sie dem etwas hinzuzufügen, Daniel?«

»Nein, Sir«, antwortete dieser.

Das war das Ende der Besprechung. Trevor wandte sich Nathan zu: »Komm doch bitte noch in mein Büro.«

Die anderen sammelten ihre Unterlagen mit verstohlenen Blicken Richtung Nathan ein, weil sie sich fragten, ob der Sohn des Chefs Probleme bekommen würde. Bei Trevor Waverling wusste man das nie. Hinter seiner Aufforderung konnte sich eine Einladung zum Mittagessen oder eine laute Rüge im Büro verbergen. Er lobte oder schalt nie jemanden vor anderen Angestellten. Unter Umständen würde Nathan sich eine Gardinenpredigt zum Thema Loyalität anhören müssen, denn alle außer ihm, dem Farmjungen aus Gainesville, Texas, wollten auf dem Land des Ranchers Ölbohrungen durchführen. Todd ging in der Hoffnung, dass der Chef seinem Sohn die Leviten las, wie er es verdiente, zu seinem Büro, um auf den Anruf von Neal Gordon zu warten. Todd und Nathan entwickelten sich auseinander. Warum wollte Nathan ein *landman* sein, wenn er nicht bereit war, das, was sich auf dem Land befand, für das, was darunter lag, zu opfern?

Der Mistkerl!, dachte Daniel auf dem Weg zu seinem Arbeitsraum über Sloan Singleton. Als Billie June ihm erzählt hatte, dass ihr Bruder einen Tierschädel in sein Zimmer im Triple S geschmuggelt habe – Daniel stellte sich diesen Schädel sehr weiß, zerbrechlich wie Porzellan und scharfkantig vor –, hatte Daniel überlegt, was der Grund dafür sein mochte. Jetzt kannte er ihn. Sloan hatte ihn an sich genommen, um den Beweis zu beseitigen, der Ölbohrungen auf dem Boden von Las Tres Lomas im Weg stand, und anschließend hatte er Anne Rutherford den Laufpass gegeben und Miss Gordon einen Heiratsantrag gemacht. Wie Todd so richtig sagte: Was dem einen nützt, ist auch gut für den anderen. Samantha Gordon hatte Besseres verdient. Daniel konnte an den Fingern einer Hand abzählen, wie viele Menschen freundlich zu ihm gewesen waren, und Samantha Gordon gehörte zu ihnen. Bei dem Schmied hatte er eines Tages unter einem schlimmen Husten und Halsschmerzen gelitten, es sich jedoch nicht leisten können, sich einen Tag unbezahlt freizunehmen. Samantha war vorbeigekommen, um eine von ihm reparierte Pferdetrense abzuholen, hatte die Rechnung bezahlt und war wieder gegangen. Eine halbe Stunde später war sie mit Halsbonbons zurückgekehrt, die sie für ihn in der Apotheke erworben hatte. »Ich hoffe, die lindern den Husten ein bisschen, Mr Lane«, hatte sie gesagt. Nur wenige Menschen nannten ihn je »Mr« oder schenkten ihm etwas ohne jede Gegenleistung. Außerdem hatte sie sich bei Sloan für ihn eingesetzt, wusste er von Billie June, und offenbar hatte sie dem Rancher nicht verraten, dass Daniel sich mit seiner Schwester traf. Was würde Samantha wohl vom Heiratsantrag ihres Verlobten halten, wenn sie erfuhr, wer den Schädel hatte verschwinden lassen? Nun besaß Daniel Wissen, das es ihm irgendwann ermöglichen würde, sich an dem arroganten Mr Hochwohlgeboren zu rächen.

Doch damit würde er noch warten. Daniel kannte zwei Menschen, die er als Verbündete auf seine Seite ziehen konnte: Was dachte Anne Rutherford jetzt über Sloan Singleton, nachdem er sie sitzen gelassen hatte? Oder noch wichtiger: Was hatte ihr *Vater* Noble Rutherford über den Vorsitzenden der Geschäftsleitung seiner Bank zu sagen? Der Mann war kein Mensch, der eine solche Demütigung seiner Tochter einfach so hinnehmen würde. Das würde Daniel Lane im Hinterkopf behalten.

FÜNFZIG

Setz dich, Junge, es könnte eine Weile dauern«, sagte Trevor und schloss die Tür zu seinem Büro hinter sich.

»Beschäftigt dich etwas?«, erkundigte sich Nathan.

»Immer. Willst du einen Kaffee?« Ohne auf eine Antwort zu warten, schenkte Trevor zwei Tassen aus der Kanne ein, die Jeanne gerade gebracht hatte, und reichte eine Nathan. Sobald sie saßen, meinte Trevor: »Du hast also Bedenken, auf der Gordon-Ranch nach Öl zu bohren?«

»Wenn Miss Gordon hinsichtlich des Dinosaurierfriedhofs recht hat, wäre das eine Schande.«

Trevor gab Zucker in seinen Kaffee. »Dir ist klar, dass wir auf solche Erwägungen keine Rücksicht nehmen können?«

»Ja. Ich stelle nur Tatsachen fest.«

»Die Tochter der Gordons. Erinnerst du dich an sie?«

»An ihre Haare.«

»So ein hübsches Mädchen und das einzige Kind … Bestimmt hört ihr Vater auf sie. Du wirst dich gegen sie durchsetzen müssen. Glaubst du, du schaffst das?«

Nathan überlegte, während er einen Schluck Kaffee nahm. »Das kann ich nicht beurteilen«, antwortete er. »Schätze, es wird darum gehen, was stärker ist: Mr Gordons Wunsch, seiner Tochter zu gefallen, oder die Liebe zu seiner Ranch. Ein Rancher hört wie ein Farmer nie auf, sich Sorgen über seine finanzielle Situation zu machen. Im einen Jahr kann man noch wohlhabend sein, im nächsten schon arm.«

»Doch *deine Ansichten* werden bei den Verhandlungen keine Rolle spielen, oder? Das würde ich gern von dir hören, Nathan.«

»Du hast mein Wort, dass ich mein Bestes für Waverling Tools geben werde, aber vielleicht darf ich es zuerst mit einem Kompromiss versuchen.«

»Erklär mir, was dir vorschwebt.«

Die Karte der Gegend am Windy Bluff lag auf Trevors Schreibtisch. Nathan schob Papiere und Kaffeekanne beiseite, um sie auszurollen. »Wenn Neal Gordon uns die Erlaubnis zum Bohren gibt, würde ich mir die Stelle, die Todd vorschlägt, gern genauer ansehen. Natürlich hängt alles vom Urteil der Fachleute ab, doch möglicherweise könnte man den Bohrturm hier errichten …«, er deutete auf einen Punkt jenseits des Orts, wo Todd von Saved heruntergefallen war, »… weit genug westlich von dem Gebiet, in dem der Schädel entdeckt wurde.«

Trevor beugte sich vor und betrachtete die Karte genauer. »Was ist mit der unterirdischen Quelle?«

»Die könnte darunter leiden.«

»Schade.« Trevor lehnte sich auf seinem Stuhl zurück. »Gut, wenn wir die Zustimmung von Mr Gordon erhalten sollten, hast du meine Erlaubnis, den Grund nach einer anderen zum Bohren geeigneten Stelle abzusuchen. Du musst sowieso zum Gericht in Fort Worth, da könntest du zwei Fliegen mit einer Klappe schlagen. Aber nimm Todd nicht mit. Der würde dir bestimmt Knüppel zwischen die Beine werfen. Mach dich allein auf den Weg, komm mit deiner Einschätzung zurück, und dann besprechen wir deinen Vorschlag mit ihm.«

»Okay. Ist das alles?«

»Nein. Ich möchte noch eine Familienangelegenheit mit dir bereden.«

»Eine Familienangelegenheit?«

Trevor, ein guter Menschenkenner, ahnte, dass das Wort bei seinem grundehrlichen Sohn eine Saite anschlug. Familie bedeutete ihm viel. Ihm fehlten die Familie in Oklahoma, die nicht ganz die seine war, das Haus, die Farm, die Leute und der Ort, in dem er aufgewachsen war. Gelegentlich spürte Trevor sein Heimweh. Doch abgesehen davon machte der Junge sich inzwischen viel aus seiner neuen Familie in Dallas, aus seiner Schwester und seiner Großmutter. Was er von seinem Vater hielt, wusste Trevor nicht so genau. Mittlerweile schien Nathan sich in seiner Gesellschaft wohler zu fühlen, sogar Hochachtung vor ihm zu haben, obwohl die Sache mit Jordans Tod nach wie vor nicht geklärt war. Das Herz des Jungen gehörte dem Mann, der ihn aufgezogen hatte. Diese zwanzig Jahre fehlten Trevor.

Mit einem Anflug von Eifersucht zog Trevor einen vergilbten Umschlag aus einer Schublade und sagte: »Nathan, bitte lies diesen Brief, aber bevor du das tust, musst du mir versprechen, mit niemandem darüber zu reden. Du musst das Wissen um das, was darin steht, genau wie ich mit ins Grab nehmen.«

Nathan richtete sich ein wenig auf. »Geht es um diese Familienangelegenheit?«

»Ja. Habe ich dein Wort?«

»Darf ich den Brief lesen, bevor ich dir mein Versprechen gebe?«

»Nein.«

»Warum soll ich ihn lesen?«

»Weil ich möchte, dass du die Wahrheit erfährst. Wir wollen alle Karten offen auf den Tisch legen, das haben wir uns gegenseitig versprochen, weißt du noch? Aber ich bestimme, wem ich sie zeige.«

Nathan kam sich vor wie ein an sein Schweigegelübde gebundener Geistlicher oder Anwalt, der gleich ein Schuldbekenntnis hören würde.

»Ich verspreche es.«

Trevor schob ihm den Umschlag hin, Nathan öffnete ihn und nahm ein einzelnes Blatt Papier heraus. Die steile Handschrift, die er auf zahllosen Dokumenten des Unternehmens gesehen hatte, erkannte er sofort.

Er begann zu lesen:

Lieber Bruder,
ich bete darum, dass Du die Familie dazu bringen wirst, mir den Entschluss, mein Leben zu beenden, zu verzeihen. Ich kann nicht länger mit den Dämonen, Schatten und Stimmen leben, die mich die ganze Zeit über, egal, ob ich wache oder schlafe, verfolgen. Ich kann der Welt nicht länger vormachen, dass mit mir alles in Ordnung ist, während die Dämonen bedrohlicher, die Schatten länger und die Stimmen lauter werden. Mir graut vor der Morgendämmerung und vor dem Herannahen der Nacht. Ich muss Frieden finden. Heute werde ich hinunter zum Fluss gehen, an die Stelle, an der ich immer am ruhigsten und glücklichsten gewesen bin, und mich seinen Tiefen anvertrauen. Wie der Dichter vernehme ich den Lockruf des Wassers, und so muss ich »zurück zum Meer, zum Himmel überm einsamen Meer. Nur ein Schiff und ein Stern, es zu steuern, sind mein Begehr.« Mein Schiff und mein Stern werden mich nach Hause geleiten.

Bitte erklär meiner Verlobten, dass sie mich nicht vor dem, was ich tun werde, bewahren hätte können. Mutter wird es das Herz brechen, das weiß ich, und Rebecca wird sich möglicherweise an jenen dunklen Ort zurückziehen, den sie wie ich ererbt hat, und auf ewig dort bleiben. Du, mein Bruder, wirst Trauer empfinden, die Dich vielleicht künftig begleiten wird, aber zum Trost bleibt Dir Waverling Tools. Mir ist klar, dass Du das Unternehmen mit Hingabe und Geschick leiten wirst, viel besser, als ich es je könnte, auch wenn ich vollkommen gesund wäre. Ich hinterlasse Dir und der Familie meine ganze Liebe und Hingabe,

Jordan Bartholomew Waverling, Juli 1897

Nathan sah seinen Vater mit Tränen in den Augen an. »Du hast diesen Brief deiner Mutter nie gezeigt? Du hast zugelassen, dass sie glaubt, du hättest Schuld am Tod deines Bruders gehabt? Warum?«

»Weil die Wahrheit sie kaputt gemacht hätte. Egal, wie sehr Jordan darauf beharrt hätte, dass ihm nicht zu helfen sei, meine Mutter hätte geglaubt, ihn vor dem Selbstmord bewahren zu können. Das Gleiche gilt für seine Verlobte. Sie hat nie geheiratet.«

Entsetzt stellte Nathan fest: »Aber durch das Verschweigen der Wahrheit hast du bewusst auf ihre Liebe verzichtet. Möchtest du wirklich, dass deine Mutter noch im Tod das Schlimmste von dir denkt?« Verwirrt legte Nathan den Brief zurück auf den Schreibtisch.

Trevor nahm einen Schluck Kaffee. »Genau so wird es sein. Sie würde niemals verstehen, warum Jordan sich ihr und Rebecca entzogen hat, und es ihm auch nicht verzeihen. Meine Tochter war ganz vernarrt in ihn. Jordans Selbstmord hätte Mutters Erinnerung an ihn verzerrt. Sie hätte sein Bild niemals auf den Kaminsims gestellt, weil der Schmerz zu groß gewesen wäre. Mutter mit der ungetrübten Erinnerung an ihren Lieblingssohn leben zu lassen, ist wichtiger, als das bisschen Wärme und Zuneigung zu retten, das sie mir entgegenbringt.«

»Und du liebst sie genug, um das vor ihr zu verbergen, vor

einer Mutter, die dich des Mordes verdächtigt?« Nathan sah seinen Vater ungläubig an.

»Ja. Ich habe die Erwartungen deiner Großmutter öfter, als ich sagen kann, enttäuscht, aber ich enthalte ihr diesen Brief nicht aus schlechtem Gewissen vor. Ich möchte nur, dass sie die letzten Jahre ihres Lebens mit tröstlichen Erinnerungen verbringt. Jordan war ihr Ein und Alles, ich eher die dunkle Seite des Mondes. Das ist das Mindeste, was ich für sie tun kann.«

Nathan schüttelte den Kopf. *Verwandte!* Sie waren wie Samenkörner. Obwohl sie alle aus derselben Packung stammten, gab es immer ein oder zwei Keime, die abseits der anderen Wurzeln schlugen. »Warum glaubt Großmutter, dass du am Tod deines Bruders beteiligt warst?«

Trevor schob den Brief in den Umschlag, legte ihn zurück in die Schreibtischschublade und verschloss sie wieder. »An dem Tag, an dem Jordan ertrank, wütete ein heftiger Sturm. Am Morgen hatten wir uns lautstark über ein Problem im Unternehmen gestritten. Ich habe ihm erklärt, dass ich ihn eher umbringen als Waverling Tools dem Untergang weihen würde. Das hat Mutter gehört. Am Nachmittag bin ich spät vom Sport nach Hause gekommen, nur Lenora war da. Mutter war zum Tee eingeladen und Jordan vermutlich bei seiner Verlobten, aber wo steckte Rebecca? Lenora dachte, sie sei in ihrem Zimmer, doch da war sie nicht. Also habe ich draußen nach ihr gesucht. Ich ahnte, wo sie sein konnte. Sie war trotz unseres Verbots zum Steg gegangen und vom Regen überrascht worden. Rebecca ist mir vom Fluss entgegengelaufen und hat gerufen: ›Rette ihn, Daddy, rette ihn!‹

Mir war die Situation sofort klar – oder zumindest glaubte ich das. Jordan war in den vom Sturm brodelnden Fluss gefallen. Entweder war er ausgerutscht, was für einen Mann mit seiner Seefahrterfahrung ungewöhnlich gewesen wäre, oder er hatte wegen Rebecca das Gleichgewicht verloren. Sie ist sich der Gefahren nicht bewusst und war vielleicht dem Wasser zu nahe gekommen. Jedenfalls konnte ich keine Spur von Jordan entdecken. Ich habe versucht, Rebecca zu befragen, aber sie hat nur die ganze Zeit diese verdammten Zeilen aus dem Lieblingsgedicht ihres Onkels aufgesagt.«

Trevor schloss die Augen und rieb sie sich, als könnten seine kräftigen manikürten Finger den Schmerz jenes Tages wegmassieren. »Als meine Mutter von der Teeeinladung nach Hause kam, hat sie mich bis auf die Knochen durchnässt vorgefunden. Ich hatte Rebecca abgetrocknet und ins Bett gesteckt, war jedoch selbst nicht mehr dazu gekommen, mich umzuziehen. Am nächsten Vormittag hat man Jordans Leiche gefunden. Nach Ansicht des Leichenbeschauers war er am Nachmittag zuvor ertrunken, ein Unfall. Den Blick meiner Mutter, als wir den Bericht erhielten, werde ich nie vergessen. Zu dem Zeitpunkt hatte ich bereits den Brief meines Bruders auf dem Schreibtisch in meinem Büro entdeckt und kannte die Wahrheit, aber ihr ist nie in den Sinn gekommen, dass es Selbstmord gewesen sein könnte. Sie hatte vielmehr den Verdacht, ich hätte irgendwie Jordans Tod verursacht.«

Nathan wurde flau im Magen. Es war die gleiche Übelkeit, die er empfunden hatte, als ihm die wahren Gefühle seiner Mutter für ihn klar geworden waren. Leon hatte ihm gesagt, dass Millicent sich durchaus etwas aus ihm mache, Randolph und Lily ihr allerdings wichtiger seien. Trevor fuhr mit leiser Stimme fort: »Du weißt, dass deine Großmutter eine wunderbare Frau ist, Nathan. Wenn du noch immer Liebe für *deine* Mutter empfindest, nachdem sie die Farm – dein Erbe – verkauft hat, um die Zukunft ihrer anderen Kinder zu sichern, kannst du bestimmt auch meine Liebe zu meiner Mutter verstehen. Nun möchte ich von dir hören, dass du ihr niemals verraten wirst, was du heute hier erfahren hast. Mir ist es egal, was sie glaubt. Mir ist nur wichtig, dass du Bescheid weißt.«

»Ich verspreche es«, sagte Nathan. »Wenn du mich jetzt entschuldigen würdest …« Er verließ hastig den Raum, weil ihm Tränen in die Augen traten.

EINUNDFÜNFZIG

Am Montag lauschte Neal nach der Rückkehr seiner Tochter zur Ranch in der Bibliothek geduldig Samanthas fröhlicher Schilderung des Wochenendes in Fort Worth, bei dem ihre Mutter und Brautjungfern die Details der bevorstehenden Hochzeit unter Dach und Fach gebracht hatten. Der Termin war für den vierten August festgesetzt, einen Monat nachdem Samantha und Sloan ihre Verlobung beim Fest zum Independence Day und zu Sloans vierundzwanzigstem Geburtstag zwei Tage später verkündet hatten. Neal hätte sich gern von der Begeisterung seiner Tochter anstecken lassen, wenn da nicht die Neuigkeiten gewesen wären, die mit Sicherheit ihre gute Laune dämpften und ihre neu gewonnene Harmonie gefährdeten. Er hatte wenig Hoffnung, dass sie die Information, ihr Dinosaurierfriedhof könnte ein Ölbohrgebiet werden, in ihrer Euphorie wohlwollender aufnehmen würde.

»Daddy, du bist mit den Gedanken woanders«, bemerkte Samantha.

»Das stimmt, aber das bedeutet nicht, dass deine Mutter und ich angesichts deiner bevorstehenden Hochzeit nicht die glücklichsten Eltern der Welt wären, Liebes.«

»Was ist los? Du siehst aus, als wolltest du mir ein Loch in die Hochzeitstorte schlagen.«

Was für ein treffender Vergleich, dachte Neal. »So falsch liegst du da gar nicht. Ich muss dir etwas sagen. Setz dich

für alte Knochen und andere Relikte längst vergangener Zeiten zu verstehen. Warum interessierte sich überhaupt jemand für das Alter der Erde? Daran ließ sich ohnehin nichts ändern. Irgendwann war ihm aufgegangen, dass ihr Wunsch, die prähistorischen Relikte zu bewahren, sehr ähnlich dem seinen war, die Ranch Las Tres Lomas de La Trinidad, das Erbe seiner Väter, nicht nur für die Zukunft, sondern der Vergangenheit wegen zu schützen. Trotzdem war ihm das Land seiner Vorfahren wichtiger.

»Dir ist klar, wie sehr der Ertrag aus dem Öl der Ranch nützen würde?«, fragte Neal Samantha.

»Vorausgesetzt man findet Öl«, entgegnete Samantha. »Wenn nicht, haben wir bloß ein großes Loch im Boden.«

»Wie bei archäologischen Ausgrabungen«, konterte Neal.

»Stimmt, aber ich bin überzeugt davon, dass das meine nicht sinnlos ausgebuddelt würde.«

»Genauso überzeugt ist Todd von seiner Theorie.«

Samantha lehnte sich zurück und verschränkte die Arme. Sackgasse, dachte Neal. Doch seine Tochter wusste, wer am Ende das letzte Wort haben würde: ihr Vater. Es war sein Land, aber noch eine Familienkrise wie die soeben bewältigte wollte er nicht erleben. Sloan würde sich diplomatisch auf seine Seite schlagen, doch Neal hatte nicht die Absicht, die Ehe der beiden schon am Anfang zu belasten. Er beugte sich vor und legte die Hände auf dem Schreibtisch ineinander. »Ich erkläre dir jetzt, was ich bestenfalls tun kann, Samantha. Wenn Todd so sicher ist, dass sich unter Windy Bluff Öl befindet, könnte es gut sein, dass anderswo in Las Tres Lomas ebenfalls welches ist, weit genug von deinem Dinosaurierfriedhof entfernt, um ihn nicht zu beschädigen. Ich warte mit der Verpachtung des Gebiets an Waverling Tools, bis die entwickelten Fotos da sind. Wenn sie deine Vermutung stützen, bohren wir nicht an der Stelle, wenn nicht, machen wir es. Und es wird auch keine Ausgrabungen dort geben, um weitere Belege für deine Theorie zu finden, verstanden? Die Fotos sind deine einzige Chance. Eine fairere Lösung sehe ich nicht.«

»Danke, Daddy!«, rief Samantha erleichtert aus und eilte um den Schreibtisch herum, um ihn zu umarmen. »Das ist fair genug.«

»Gut. Dann reite ich zum Triple S rüber und rufe bei Waverling Tools an, um Todd meine Entscheidung mitzuteilen.«

*

Todd erhielt den Anruf auf nüchternen Magen. Es war der erste Morgen in seinem kurzen Eheleben, an dem seine Frau ihm kein Lunchpaket hergerichtet hatte, weil ihr Frauenprobleme zu schaffen machten, und er hatte es nicht gewagt, das Büro zu verlassen, um den Anruf von Neal Gordon nicht zu verpassen. Sein Magen knurrte, als das Telefon klingelte – außer Trevor Waverling hatte nur er eines in seinem Büro. Er hielt den Hörer ans Ohr. »Ja?«, fragte er und hörte den Geheimcode, den er mit Neal Gordon vereinbart hatte, um mögliche Lauscher abzulenken. »Was!«, rief er auf Neals Satz *Tut mir leid, der Vogel wird sich nicht in die Lüfte erheben* aus. »Warum nicht?«

Schweigen. Der Rancher suchte offenbar nach einer Möglichkeit, seine Antwort zu erklären, ohne den Grund des Anrufs zu verraten. Schließlich sagte Neal: »Der Ort passt der Schwester nicht.«

Herrgott!, dachte Todd ungläubig. Samantha hatte ihren Kopf durchgesetzt! Gegen alle Erwartungen hatte der alte Rancher sich mit seiner Tochter verbündet. »Ist das Ihr letztes Wort?«, fragte Todd verzweifelt. »Heißt das, dass wir uns woanders umsehen müssen?«

»Nicht unbedingt. Wir warten noch auf ein Paket, das Sie nach New York geschickt haben. Wenn besagtes Paket die Schwester umstimmt, beginnen wir dort. Wenn nicht, muss es andere Teile des Grundes geben, auf dem wir Ihre Bäume pflanzen können.«

Wenn jemand sie belauschte, der Bescheid wusste über die Geschäfte von Waverling Tools, konnte er sich zusammenreimen, worüber der alte Narr redete, dachte Todd. Wie groß war die Ranch der Gordons? Viertausend Hektar oder mehr? Jedenfalls riesig, und der Chef würde sich niemals darauf einlassen, Bodenproben von einem so großen Gebiet zu nehmen. Sicher würde er zu einem aussichtsreicheren wechseln wollen.

Das »Paket« hatte er in der untersten Schublade seines Schreibtischs eingeschlossen.

»Würde es Ihnen etwas ausmachen, wenn wir sicherheitshalber trotzdem den Ort Ihrer Schwester überprüfen?«, erkundigte sich Todd.

»Es ist *Ihre* Zeit«, antwortete der Rancher.

»Ich habe das Paket am Montag, dem achtzehnten Juni aufgegeben«, log Todd. »Heute haben wir den zweiten Juli, zwei Wochen später. Sie müssten die Ergebnisse eigentlich bis Ende der Woche bekommen, dann wissen wir mehr.«

»Ich halte Sie auf dem Laufenden«, versprach Neal und legte auf.

Todd versuchte, ruhig zu überlegen. Er hatte gezögert, die Kodak zu vernichten, doch nun musste er sie loswerden. Eine verschlossene Schreibtischschublade schrie geradezu danach, mit einer Haarnadel geöffnet zu werden. Die Mittagspause war vorbei, und alle waren an ihre Schreibtische und zu ihren jeweiligen Aufgaben im Unternehmen zurückgekehrt. Eigentlich durfte niemand mehr zwischen Gebäude und Fluss unterwegs sein. Todd musste etwas finden, in dem sich die

Kamera verbergen ließ, dann würde er zum Trinity hinunterschlendern, vorgeblich, um sich bei einer Pfeife eine Pause von der Schreibtischarbeit zu gönnen. Wenn er nur seinen Henkelmann dabeigehabt hätte!

Am Ende entfernte er die Erde aus dem großen Übertopf einer Spathiphyllum, die seine Frau ihm für sein düsteres Büro geschenkt hatte, als er von Waverling Tools eingestellt worden war. Todd legte die Kamera in den Übertopf und stellte die Pflanze darauf.

»Ich geh runter zum Fluss, die Pflanze wässern«, erklärte er Jeanne, als er sich an ihrer offenen Tür vorbei zum hinteren Ausgang bewegte. Jeanne hob erstaunt den Blick. Normalerweise goss Todd sie mit Wasser aus einem Krug im Büro.

Da der Metallübertopf ziemlich viel wog, atmete Todd schwer, als er das Ende des Stegs erreichte, das man vom Büro und den Fenstern der Fabrik aus nicht sehen konnte. Nachdem er sich hastig umgeblickt hatte, ließ er die Kamera ins Wasser fallen, stellte die Pflanze zurück in den Topf und trottete die leichte Anhöhe zum Bürogebäude wieder hinauf.

Hätte er ein wenig länger gewartet, wäre ihm Zigarettenrauch in die Nase gestiegen. Daniel Lane stand im kühlen Schatten einer Zypresse, wo er oft eine Zigarettenpause machte, weil das Rauchen in der Fabrik verboten war. Er hatte beobachtet, wie Todd Baker verstohlen etwas in den Fluss warf, und als er sicher war, dass der Geologe ihn nicht mehr sehen konnte, eilte er hin, um sich die Sache genauer anzuschauen.

Er erkannte sofort, dass es sich um eine Kamera handelte, deren Riemen sich an Schlingpflanzen verfangen hatte und die die leichte Strömung langsam von dem Steg wegtrieb. Daniel watete ins Wasser, ergriff das Paddel von dem dort vertäuten Boot und zog damit die Schlingpflanzen so nahe heran, dass er die Kamera aus ihrem feuchten Grab befreien konnte.

Dann wischte er sie mit einem Taschentuch ab und begutachtete die Kodak, für die mit dem Spruch »Sie drücken auf den Knopf – wir besorgen den Rest« geworben wurde. Es schien keine Feuchtigkeit eingedrungen zu sein. War der Film noch zu retten?, fragte er sich. Das würde er herausfinden.

ZWEIUNDFÜNFZIG

Wieder in seinem Büro, schob Todd schwitzend die Erde, die er aus dem Übertopf entfernt und auf Zeitungspapier gegeben hatte, zurück, setzte die Pflanze darauf, wässerte sie aus seinem Toilettenkrug und wusch sich die Hände in der Schale. Noch war nicht alles verloren, die Sache verzögerte sich nur. Todd würde zwei Wochen warten, und wenn die »Ergebnisse« bis dahin nicht eintrafen, würde er beginnen, Druck auszuüben. Er würde dem Rancher mitteilen, dass Waverling Tools weder die Zeit noch die Mühe investieren könne, auf einem so großen Gebiet wie seiner Ranch Bodenproben zu nehmen. Das Unternehmen habe eine andere potenzielle Bohrstelle gefunden – nicht ganz so vielversprechend, aber man wolle dort anfangen und könne sich nur die Errichtung eines Bohrturms leisten. Für welchen Ort soll Waverling Tools sich entscheiden, Mr Gordon?

Doch zuerst musste Todd seinen Chef über den Anruf des Ranchers informieren. Was würde er sagen? Es war nicht ganz gelogen, dass das Unternehmen sich für eine andere Bohrstelle interessierte. Wenn Trevor Waverling von dem Grund für die Verzögerung erfuhr, würde er mit Sicherheit nicht riskieren wollen, dass die Kodak-Fotos Samanthas Behauptung bestätigten und ihr Vater sie unterstützte. Er würde nicht länger warten und sich die Gelegenheit nicht entgehen lassen, einen Pachtvertrag in einem Gebiet an der Golfküste zu schließen, auf das er aufmerksam geworden war. Sobald andere Investoren Wind davon bekamen, würden sie sich Pachtverträge sichern, so schnell sie sich Geld borgen konnten. Lediglich sein Vertrauen in Todds Meinung, dass es auf dem Grund von Las Tres Lomas Öl gab, hatte Trevor davon abgehalten, ihn und Nathan nach West Texas zu schicken. Todd musste sicherstellen, dass Trevor Waverling nicht das Interesse an dem Ölvorkommen unter den Felsen verlor, das sein Geologe bereits das Windy Bluff Field nannte.

Als Todd das Büro seines Arbeitgebers betrat, sah er dort Nathan sitzen, der kurz zuvor mit nachdenklicher Miene an seinem Büro vorbeigeeilt war. Sein Vater schien ihm eine ordentliche Gardinenpredigt gehalten zu haben, hatte Todd schadenfroh gedacht. Jetzt war er hier, mit geröteten Augen zwar, aber er wirkte nicht, als hätte er den Schwanz eingezogen. Auch die Haltung seines Chefs überraschte Todd. Wenn er mit Ginny allein war, nannte er Trevor Waverling seines muskulösen und geschmeidigen Körpers wegen den »Puma«. Und besagter Puma lümmelte nun entspannt auf seinem Stuhl.

Todd deutete das als ungünstig für ihn. Er hatte den Eindruck, dass Nathan Holloway plötzlich kein einfacher Angestellter von Waverling Tools mehr war, sondern der Sohn des Unternehmenseigners. Zwischen dem Chef und dem Farmerssohn war eine innere Verbindung entstanden.

Das Licht in Nathans ungewöhnlich blauen Augen verschwand bei seinem Anblick, den Augen, die Todd immer wieder so intensiv musterten, seit sie bei der Rückfahrt von Dallas am Freitagnachmittag in dem Zugabteil gegenüber voneinander gesessen hatten. Todd fragte sich mit einem unbehaglichen Gefühl, ob das Landei seinem Vater schon zuvor die Sache mit Samanthas Kamera verraten hatte. Offenbar nicht, denn dann hätte der Chef das Thema sicher bei der Besprechung von sich aus angeschnitten.

»Neal Gordon hat angerufen«, verkündete Todd.

»Dann lassen Sie mal hören, was er gesagt hat«, meinte Trevor.

»Und zwar *alles*«, zischte Nathan.

»Man kann schon mal was vergessen«, erwiderte Todd, der sofort in die Defensive ging.

»Sollte man aber nicht, wenn man die Aufgabe hat, sich zu erinnern.«

Trevor runzelte die Stirn. »Worum geht's da gerade?«

»Schnee von gestern, Dad«, antwortete Nathan. »Zumindest diesmal.«

Dad?, dachte Todd, und auch Nathans Warnung entging ihm nicht. Er war froh, sich endlich setzen zu können, weil seine Knie sich immer noch wackelig anfühlten von der Anstrengung, den schweren Topf zum Fluss getragen zu haben, und seine Nerven flatterten. Er hatte das Gefühl, hilflos von einer Strömung fortgerissen zu werden. Nathan wusste, wie viel Todd die Ölbohrungen am Windy Bluff bedeuteten, und nun war dem Sohn des Chefs, der mittlerweile näher an seinen Vater herangerückt zu sein schien, auch klar, dass der Geologe des Unternehmens nicht davor zurückschreckte, gewisse Informationen zurückzuhalten, um dieses Ziel zu erreichen. Erst einmal Stillschweigen darüber zu bewahren, dass Samantha Fotos von ihrem Fund gemacht und ihm die Kamera »anvertraut« hatte, damit er sie einschickte, war ein Fehler gewesen. Wenn die entwickelten Bilder nicht eintrafen, musste Trevor ja fast das Schlimmste von ihm annehmen. Und ein Verdacht war für Trevor Waverling genauso gut wie gesichertes Wissen. Er würde Todd feuern, bevor dieser auch nur ein Wort zu seiner Verteidigung vorbringen konnte. Pachtverträge mussten vor dem Gesetz jedes Merkmal des betroffenen Grundes aufführen. Dem Eigentümer das Vorhandensein einer potenziellen archäologischen Fundstätte vorzuenthalten, würde Waverling Tools möglicherweise ein Gerichtsverfahren einbringen, weil das den Grundbesitzer geologischer Informationen beraubte, die ihn vielleicht dazu veranlasst hätten, dem Unternehmen die Bohrerlaubnis zu verweigern. Aber der Fehler ließ sich nicht mehr rückgängig machen. Samanthas Kamera lag auf dem Grund des Trinity River, und niemand konnte beweisen, dass er die Kodak nicht weggeschickt hatte.

»Und?«, fragte Trevor. »Was hat Neal Gordon gesagt?«

»Dass wir noch Geduld haben müssen. Er wartet auf die Fotos seiner Tochter aus Rochester. Sie werden erweisen, ob Windy Bluff zu einem Ölfeld oder einer archäologischen Grabungsstätte wird.«

»Und wie lange wird das dauern?«

»Maximal noch zwei Wochen.«

»Apropos Fotos, Todd«, sagte Trevor. »Warum haben Sie nicht gleich erwähnt, dass Miss Gordon die zur Untermauerung ihrer These über den Schädel gemacht hat?«

Todd hoffte, dass sein Adamsapfel sein nervöses Schlucken nicht verriet. »Wie bereits in der Besprechung erläutert, sind sie meiner Ansicht nach wertlos, Sir. Es handelt sich nicht um einen Dinosaurierschädel, wie sehr Samantha sich das auch wünscht. Ich habe die Fotos nicht für erwähnenswert gehalten, weil sie nichts beweisen werden, und außerdem dachte ich, Sie wollten so schnell wie möglich mit den Bohrungen beginnen.«

»Dann haben Sie sich getäuscht, Todd. Ich stürze mich nie ohne gewissenhafte Vorbereitung in Projekte, und diese Fotos hätten erwähnt werden müssen, weil sie Ihre professionelle Meinung entweder bestätigen oder widerlegen«, erklärte Trevor, und dabei nahmen seine meergrünen Augen einen kühlen Ausdruck an. »Wir hätten bereits einen Vertrag über eine andere Stelle aushandeln können, für den Fall, dass wir uns sinnlos Hoffnungen gemacht haben. Soweit ich weiß, hat Miss Gordon sich eingehend mit Fossilien und ähnlichen Dingen beschäftigt, weswegen ihre Meinung genauso relevant sein dürfte wie die Ihre. Offenbar habt ihr beide Mr Gordons Vaterliebe unterschätzt.«

»Das glaube ich nicht, Dad«, widersprach Nathan. »Natürlich liebt Mr Gordon seine Tochter, aber er liebt auch seine Ranch. Außerdem wirkt er auf mich wie ein Mann, der gern beides hätte. Und ich habe das Gefühl, dass er einen Weg finden wird, beides zu realisieren.« *Besonders wenn es uns gelingt, die archäologische Fundstätte zu erhalten*, schien sein Blick auf Trevor zu sagen.

Trevor wandte sich Todd zu. »Noch einmal: Wie lange, glauben Sie, wird es dauern, bis die Fotos eintreffen?«

»Ich schätze, nicht länger als zwei Wochen, vielleicht sogar weniger, aber das Warten wird sich lohnen, Mr Waverling, das kann ich Ihnen fast versprechen«, sagte Todd, dankbar dafür, dass Nathan ihm den Rücken gestärkt hatte. Vor Erregung bekam er rote Wangen. »Bitte ziehen Sie Ihr Angebot an Mr Gordon nicht zurück. Wenn die Fotos Samanthas Behauptungen nicht belegen – und das tun sie nicht –, schließt er den Pachtvertrag mit uns, und Sie werden es nicht bereuen.«

Trevor betrachtete Todd nachdenklich. »Gut, Todd, ich widerspreche ungern einem Menschen, wenn er wirklich überzeugt ist. Fürs Erste werde ich kein Geld in ein anderes Projekt investieren, allerdings sind zwei Wochen für mich das Limit. Wenn wir die Fotos bis dahin nicht haben, sehen wir uns woanders um.«

»Danke, Sir.« Todd erhob sich mit wachsweichen Knien.

Trevor gab ihm mit einem Nicken zu verstehen, dass er sich

entfernen könne, und als Todd das Zimmer verließ, hörte er ihn fragen: »Junge, wollen wir jetzt was essen gehen?« Todd fand, dass er sich eigentlich ausgeschlossen hätte fühlen müssen, weil Trevor dem Landei die Frage stellte, ehe er, Todd, noch richtig aus der Tür war, doch das war nicht der Fall. So sehr sein Magen auch knurrte: Beim Gedanken an Essen wurde ihm übel. Abgesehen davon hatte der Chef ihn ohnehin noch nie zum Essen eingeladen, und er musste zurück in sein Büro und um ein Wunder beten.

Der vierte Juli war heiß und schwül. Fächer kühlten verschwitzte Gesichter, und Lippen lächelten, als Sloan Samantha zu sich heranzog, ein Glas Champagner zur doppelten Feier des Unabhängigkeitstages und seines vierundzwanzigsten Geburtstages hob und verkündete, dass Samantha Gordon – »für euch Sam«, fügte er hinzu, um seine Gäste zum Lachen zu bringen – seinen Heiratsantrag angenommen habe. Applaus und ein paar anzügliche Bemerkungen von beschwipsten männlichen Gästen waren die Reaktion auf den Kuss des Paares. Neal und Estelle verfolgten das Ganze mit der glücklichen Miene von Eltern, deren lebenslanger Traum für ihre Tochter in Erfüllung gegangen war. Fragen, in wessen Haus das Paar wohnen würde, wie die beiden ihre Zeit zwischen den Haushalten aufteilen wollten, wer das Sagen hätte in der weitläufigen Hacienda Triple S und welche Rolle Samantha als Beistand Neals bei der Führung von Las Tres Lomas de la Trinidad haben würde, waren besprochen worden, und dabei hatten sich einige überraschende Dinge herausgestellt.

Billie June hatte verkündet, sie wolle sich in einem Frauenwohnheim in Dallas einquartieren und Musik an der Sarah B. Morrison Academy studieren, und Millie May hatte gesagt, sie werde sich im Herbst für Kurse am Houston Museum of Fine

Arts einschreiben und Ölmalerei erlernen. Sie überließen ihre Position als gemeinsame Herrscherinnen über den Haushalt nur zu gern Samantha. Neal pflichtete Estelle bei, dass es angemessen sei, wenn die Braut im Haus ihres Mannes wohne, obwohl er sich dann im Haupthaus fühlen werde »wie ein Walrosss auf dem Trockenen«. Worauf Estelle ihn erinnerte, dass er noch nie ein Walross gesehen habe.

Bei einem vorhochzeitlichen Frühstück, das Estelle zu Ehren der beiden Familien in ihrem Stadthaus organisierte, merkte Samantha, dass sich ihre Einstellung in einer Sache, die für sie bis dahin äußerst wichtig gewesen war, geändert hatte. Neal verkündete, er wolle mit Estelle nach Galveston fahren und im Tremont House, dem feinsten Hotel von Texas, übernachten, wo schon Berühmtheiten wie Sam Houston, Ulysses S. Grant, Clara Barton und Buffalo Bill logiert hatten.

Voller Hoffnung fragte Estelle: »Mit dem Zug?«

»Mit der Kutsche«, antwortete Neal und sah Sloan am anderen Ende des Tisches an, bevor er sagte: »Ich hoffe, du hilfst Wayne in meiner Abwesenheit bei der Führung der Ranch, Sloan.«

Es war genau so, wie Samantha es vorhergesehen hatte. Sie würde aus der Leitung von Las Tres Lomas hinausgedrängt. Zwar war sie die Erbin der Ranch, aber da sie mit einem fähigen Mann wie Sloan verheiratet sein würde, erwartete ihr Vater von ihr, dass sie ihrem Gatten das Steuer überließ. Eigentlich hätte sie das wütend machen sollen. Schließlich hatte sie ihren Traum, Paläontologin zu werden, für Las Tres Lomas geopfert. Und jetzt, da ihr Vater Sloan an seiner Seite wusste, wurden ihre Dienste nicht mehr benötigt. Obwohl es *ihre* Entscheidung hätte sein sollen, ob sie die Zügel ihrem Mann übergab, stellte Samantha fest, dass ihr das nicht mehr wichtig war. Sie wollte keinen weiteren Konflikt mit ihrem Vater heraufbeschwören, und von ihm war es mehr als fair gewesen, ihre Gründe gegen Ölbohrungen zu akzeptieren. Sie würde sich weiter um die Buchhaltung kümmern, und es würde ihr nichts ausmachen, Stiefel und Hose gegen Salonkleidung zu tauschen, das Leben als verheiratete Frau zu genießen und irgendwann – innerhalb eines Jahres, hoffte sie – Mutter zu werden. In der Zwischenzeit würde Samantha, weil Sloan die Verantwortung für die Führung beider Anwesen mit ihrem Vater teilte, genügend Zeit haben, die Ausgrabungen an der archäologischen Fundstelle zu überwachen, die sich ihrer festen Überzeugung nach unter dem Windy Bluff befand.

DREIUNDFÜNFZIG

Sind alle bereit?«, fragte Trevor Waverling und streckte den Kopf in die Concord-Kutsche hinein. Seine Tochter und Zak saßen auf dem einen Sitz. Der gegenüber war beladen mit einem Picknickkorb, einem Wasserkrug, geologischen Geräten, einer Büchertasche und einer beige-rot gestreiften Segeltuchtasche der französischen Marke Louis Vuitton. Eine Puppe aus mattem Biskuitporzellan, ebenfalls aus Frankreich, deren dunkelblaue Augen und realistischer Teint in den Schatten der mit Samt gepolsterten Kutsche auf unheimliche Weise lebendig aussahen, thronte obenauf.

»Bereit, Daddy!«, rief Rebecca und legte den Arm um den Hals des Deutschen Schäferhunds. »Hab ich recht, Zak?«

»Drück ihn nicht so fest, Rebecca«, ermahnte Trevor sie. »Zak ist schon warm genug. Siehst du nicht, wie ihm die Zunge raushängt? Am Ende beißt er dich noch.« Dann wandte er sich Nathan zu. Sie standen vor dem Stadthaus in Turtle Creek, Mavis und Lenora schauten von der Veranda herüber, Benjy saß bereits auf dem Kutschbock. »Möchtest du Rebecca wirklich mitnehmen, Junge?«, fragte Trevor Nathan leise. »Du weißt, wie anstrengend sie sein kann.«

»Die Fahrt nach Fort Worth wird ihr guttun«, antwortete Nathan. »Sie braucht Tapetenwechsel, etwas, worüber sie nachdenken und an das sie sich in ihrer eigenen kleinen Welt erinnern kann, und Zak hilft mir, auf sie aufzupassen.«

»Die Fahrt dürfte nicht länger als sieben Stunden dauern.

Ruf uns von dem Telefon im Worth aus an, sobald du dort bist. Mutter macht sich jetzt schon Sorgen.«

»Wir kommen zurecht. Ist alles mit Mr Gordon besprochen?«

»Ja. Er erwartet euch, und vielleicht hat seine Tochter ja inzwischen die Kamera. Hoffentlich hat Todd im Hinblick auf die Fotos recht, sonst sind diese Fahrt und deine Nachforschungen Zeitverschwendung.«

»Heute ist der neunte, zweiundzwanzig Tage, seit Todd die Kamera weggeschickt hat«, bemerkte Nathan. »Bis Ende der Woche wissen wir mehr. Kodak entwickelt und schickt Filme normalerweise innerhalb des versprochenen Zeitraums zurück.« Nathan streckte ihm die Hand hin. Von seiner Großmutter hatte er sich bereits mit einer Umarmung verabschiedet. »Bis bald, Dad.«

Trevor zögerte kurz, bevor er seinen Sohn zu sich heranzog, um ihn an sich zu drücken. »Pass auf dich auf, Junge. Du wirst uns fehlen«, sagte er und klopfte Nathan auf den Rücken. Dann löste er sich von ihm und rief zu seinem Kutscher hinauf: »Benjy! Fahr vorsichtig, ja?«

Benjy blickte zu Trevor hinunter. Seine Winteruniform war durch eine weniger förmliche Ausstattung für den Sommer ersetzt worden; mit seiner Baumwolljacke und der Stoffmütze sah er nicht mehr ganz so pittoresk aus. »Habe verstanden, Mr Waverling. Ich bringe Ihnen Ihre Kinder sicher wieder zurück, keine Sorge.«

Auf der anderen Seite von Zak war genug Platz für Nathan frei, sollte es nötig werden, Rebecca zu beruhigen, doch er würde die Fahrt neben Benjy beginnen. Nathan kletterte zu ihm auf den Kutschbock, und als Benjy mit den Zügeln schnalzte, winkte Nathan seiner Großmutter ein letztes Mal zu.

Trevor gesellte sich zu seiner Mutter auf der Veranda. »Ich hab die Umarmung gesehen«, bemerkte Mavis. »Du hast ihn lieb gewonnen, stimmt's?«

Trevor nickte, ohne den Blick von der sich entfernenden Kutsche zu wenden. »Könnte man sagen, ja.«

»Dem Herrn sei Dank dafür«, meinte Mavis. »Schön, dass du außer dir selbst noch jemanden lieben kannst.«

»Ja, Mutter«, pflichtete Trevor ihr bei.

Am folgenden Morgen, einem Dienstag, wartete Samantha an dem Bibliotheksfenster, das auf die Auffahrt zur Ranch ging. Von ihrem Vater wusste sie, dass der *landman*, der den Geologen begleitet hatte, um sich einen ersten Überblick über Windy Bluff zu verschaffen, bald noch einmal kommen würde.

»Wozu?«, hatte Samantha argwöhnisch gefragt. »Wir haben uns doch darauf geeinigt, dass in dem Gebiet keine Ölbohrungen stattfinden werden, wenn meine Fotos meine Vermutung bestätigen – selbst wenn es dort Öl geben sollte.«

Neal hatte beschwichtigend die Hände gehoben. »Genau deshalb kommt der junge Mann ja, Liebes, und außerdem war es nicht meine Idee, sondern die von Nathan Waverling. Er möchte feststellen, ob sie – falls deine Fotos deine Theorie untermauern – trotzdem in dem Gebiet nach Öl bohren könnten, ohne die Stelle zu berühren, wo du den Schädel entdeckt hast. Das kann doch nicht schaden, oder?«

Nein, hatte Samantha ihm um des lieben Friedens willen beigepflichtet, doch sie hätte hinzufügen können, dass der *landman* seine Zeit vergeudete. Wenn sich tatsächlich ein Dinosaurierfriedhof dort befand, umfasste er den gesamten nördlichen Teil der Ranch, und es wäre kein Platz für Bohrungen. Ihr war klar, dass die Erregung ihres Vaters über potenzielle Ölvorkommen auf dem Grund von Las Tres Lomas seit ihrer Vereinbarung wie eine frisch gesetzte Pflanze gewachsen war. Sie hatte ihn dabei beobachtet, wie er »The Derrick Page«, einen Sonderteil über Ölbohrungen, der seit Neuestem der *Fort Worth Gazette* beilag, las, während er sich früher lediglich für Nachrichten übers Vieh interessiert hatte. Er begann, Zeitschriften mit Artikeln über Erdöl zu abonnieren, über die er sich dann mit Sloan unterhielt, wenn dieser zum Essen kam, und gab Bemerkungen von sich wie: »Man munkelt, dass Henry Ford ein benzingetriebenes Auto entwickelt, das sich dann jeder in Amerika leisten kann. Stellt euch vor, was für einen Bedarf an Erdöl das geben wird.« Oder: »Wisst ihr, dass Frankreich der führende Automobilhersteller der Welt ist? Aber es wird prognostiziert, dass die Vereinigten Staaten das Land bis 1905 überflügeln werden.«

Ihr Vater war mit dem Erdölvirus infiziert. Sogar Grizzly und Wayne schienen sich damit abgefunden zu haben, dass auf dem Land von Las Tres Lomas de la Trinidad nach Öl gebohrt werden würde. Es war nur eine Frage der Zeit. Samantha stellte sich angewidert aufgeblähte Viehkadaver neben der vergifteten unterirdischen Quelle vor, schwarzes Rohöl, das im üppig grünen Gras versickerte, Zugangsstraßen, die sich brutal durch Weidegründe schnitten, Bohrlärm und das laute Holpern von Pferdefuhrwerken, die die Rinder in die Flucht schlugen.

Samantha gab sich Mühe, sich die Hochzeitsvorbereitungen nicht verderben zu lassen, obwohl diese Gedanken ihr Glück trübten. Die Freude über die Versöhnung mit ihrem Vater, die sich am deutlichsten am Abend des Fests gezeigt hatte, war mittlerweile abgekühlt. Ihre Überzeugung, dass niemals mehr etwas zwischen sie treten könnte, war nicht mehr so stark. Neal Gordon würde Wort halten – daran glaubte sie fest, aber konnte er ohne Ressentiments ihr gegenüber leben, wenn das einzige Ölvorkommen von Las Tres Lomas an derselben Stelle wie ihr Dinosaurierfriedhof lag?

»Welche Laus ist dir denn über die Leber gelaufen, Sam?«, hatte sich Sloan erkundigt. »Irgendetwas geht in deinem hübschen Kopf vor, das sehe ich.«

Vom Rand eines der Korrale des Triple S aus hatten sie den neu gekauften Bullen begutachtet, der wohlbehalten aus dem englischen Liverpool geliefert worden war, was Sloan als Beweis seiner Zähigkeit deutete, die er durch ihn in seine Herde einzubringen hoffte. Sloan hatte hinter Samantha gestanden, die Hände auf dem Geländer, sie in dem Raum zwischen ihm und dem Zaun. Hin und wieder hatte Samantha gespürt, wie Sloans Kinn ihren Kopf berührte. In solchen Momenten wurde ihre Sehnsucht nach ihm fast unerträglich, und sie wusste, dass er das Gleiche empfand. Dann knabberte er an ihrem Ohr und flüsterte: »Bald, Liebes. Bald.«

Sie hatte ihm ihre Gedanken erklärt, worauf Sloan fragte: »Wärst du bereit, deinen Teil der Abmachung noch einmal zu überdenken, um eine weitere Auseinandersetzung mit deinem Vater zu vermeiden?«

Sie hatte sich entsetzt zu ihm umgedreht. »Du meinst, ich soll eine archäologische Ausgrabungsstätte, die bisher ungeahnte prähistorische Schätze zutage fördern könnte, für Bohrungen nach *Öl* opfern? Nein. Abgemacht ist abgemacht. Daddy würde von mir erwarten, dass ich mich an meinen Teil der Vereinbarung halte, und das Gleiche erwarte ich von ihm. Er wusste, worauf er sich einlässt.«

»Und du weißt, was auf dem Spiel steht, wenn er verliert.« Was Sloan damit meinte, war klar. Hatte sie sich überlegt, was Neal Gordon empfinden würde, wenn irgendwann einmal eine Katastrophe über Las Tres Lomas hereinbrach, die sich durch das Geld von der Ölförderung hätte beheben lassen? Ja, das hatte sie, und genau deswegen machte sie sich Sorgen. Sie hatte nachdenklich genickt.

»Ich finde, das solltest du im Hinterkopf behalten, wenn keine andere Ölquelle gefunden wird, Sam«, hatte Sloan sie ermahnt und sie fester an sich gedrückt. »Aber machen wir uns keine Gedanken über ungelegte Eier. Neals Optimismus ist vermutlich begründet. Ich schätze, auf dem gesamten Grund der Ranch befindet sich Öl.«

Samantha hätte nie gedacht, dass sie das auch einmal hoffen würde.

Das Verschwinden des Schädels bereitete ihr ebenfalls Kopfzerbrechen. Was war damit geschehen? Wie hatte er sich in Luft auflösen können? Welches Tier würde in den alten Knochen schon etwas Essbares sehen? Die Hunde waren wohlgenährt, und Raubtiere interessierten sich eher für das Fleisch von lebenden Tieren. Samantha hatte vorsichtig an der Stelle gegraben, an der sie den Schädel entdeckt hatte, jedoch keine weiteren Knochen gefunden. Welche Erdbewegung hatte ihn wohl von seiner uralten Begräbnisstätte nach oben gedrückt? Sie brannte darauf, ein archäologisches Team auf die Ranch zu holen.

Da hörte Samantha, wie holpernd eine Kutsche nahte. Ein Blick aus dem Bibliotheksfenster bestätigte, dass ihr Gast eingetroffen war. Sie wollte Silbia mit der Glocke herbeirufen, damit sie jemanden ausschickte, um Samanthas Vater vom Trail Head zu holen, ließ die Hand aber wieder sinken. In der Küche hatte die Haushälterin die Kutsche bestimmt nicht gehört. Das war gut, dachte Samantha, die Zeit haben wollte, sich allein, ohne Neal Gordon, ein Urteil über Nathan Waverling zu bilden. Sie wusste, dass dieser Besuch die Idee des *landman* war, dass er den Wunsch der Rancherstochter, ihre archäologische Fundstätte zu bewahren, nachvollziehen konnte. Das schuf eine gute Grundlage für ein angenehmes Treffen. Samantha fragte sich, ob er wieder ihre Haare anstarren würde.

Als die Kutsche mit den beiden Pferden den Pflock, an dem sie festgebunden werden würden, erreichte, wartete Samantha bereits auf der Veranda. Sie erkannte Nathan Waverling von ihrer kurzen Begegnung im vergangenen März. Er saß neben dem Fahrer, einem merkwürdigen kleinen Mann, der die kräftigen Rösser geschickt lenkte. Ein dunkelhaariges Mädchen streckte den Kopf zum Fenster des Fahrzeugs heraus. »Hallo«, rief die Kleine. »Wer bist du? Bist du auch Niemand?«

Im Inneren der Kutsche bellte ein Hund.

»Hallo«, sagte Nathan und sprang vom Kutschbock, ohne Notiz zu nehmen von Samanthas Haaren, die sie wie immer im Sommer nach oben gesteckt trug. »Ich bin Nathan Holloway. Wir kennen uns.«

Verblüfft ergriff Samantha die Hand, die er ihr hinstreckte. »Ich erinnere mich«, sagte sie. »Aber wieso Holloway? Ich dachte, Sie sind Trevor Waverlings Sohn.«

»Der bin ich auch.« Nathan schmunzelte über ihre Verwirrung. »Die Sache ist kompliziert. Ich habe meine kleine Schwester und meinen Hund dabei. Hoffentlich stört Sie das nicht.«

»Nein, natürlich nicht.« Samantha schenkte dem Mädchen ein Lächeln. »Hallo.«

»Das ist Rebecca«, stellte Nathan die Kleine vor und öffnete die Tür der Kutsche. »Und das mein Hund Zak, und der dämlich grinsende Mann da oben ist Benjy, mein Freund und Fahrer der Familie.«

»Guten Tag«, sagte Samantha mit einem höflichen Nicken. »Kommen Sie rein. Ich glaube, unsere Köchin hat gerade frische Limonade gemacht.«

»Danke, aber wir haben im Hotel gefrühstückt.«

»Wirklich, Nathan?«, fragte Benjy vom Kutschbock aus.

»Ja, Benjy.«

Rebecca, die mittlerweile auf Samantha zugegangen war, streckte staunend die Hand aus und strich über eine Strähne von Samanthas Haaren, die sich gelöst hatte. *»O Helen hold und unvergleichlich, 'nen Kranz aus deinem Haare flecht ich«*, zitierte sie.

Samantha sah Nathan fragend an.

»Rebecca, Liebes, bitte fass die Haare von der Lady nicht an. Komm mit Zak zu mir«, wies Nathan sie leise an.

»Das ist schon in Ordnung«, sagte Samantha, der klar wurde, was los war: Seine entzückende kleine Schwester war geistig behindert. Samantha wandte sich ihr lächelnd zu: »Deine Haare gefallen mir auch, besonders das hübsche Band.«

»Ich sag dir, wie die Sonn' aufging, Band um neues Band. Die Türme badeten im Blau des Amethyst, und alles Neue schnell wie Mäuse floh«, begann Rebecca, doch da nahm Nathan ihre Hand.

»Entschuldige, Rebecca«, sagte er mit sanfter, aber fester Stimme. »Die nette Lady und ich wollen etwas besprechen. Setz dich doch mit Zak auf die Veranda und geh aus der Sonne. Machst du das für mich?«

»Ja, Nathan«, antwortete Rebecca. »Komm, Zak. Und du auch, Benjy.«

»Ja, Kleines.« Benjy sprang auf seinen kurzen Beinen flink vom Kutschbock, um Rebeccas Hand zu ergreifen.

»Sie scheinen mir ein netter und geduldiger Bruder zu sein«, bemerkte Samantha.

»Meine Schwester ist gut zu haben. Sie wird uns bei dem Rundgang begleiten. Würden Sie mich zu der Stelle führen? Ich erinnere mich nicht mehr so genau, wie man hinkommt.

Und ist Mr Gordon da? Ich könnte mir vorstellen, dass er ebenfalls dabei sein möchte.«

»Da vermuten Sie richtig, aber mein Vater ist … unpässlich. Ich bringe Sie selbst hinaus nach Windy Bluff. Mein Pferd ist bereits gesattelt.«

»Dann mal los«, sagte Nathan. »Wir folgen Ihnen.«

Mädchen gelauscht hatte. Während des Rundgangs war Rebecca still in der Kutsche gesessen und hatte ihrer Puppe aus einem der Bücher in der Tasche vorgelesen. Jetzt rannte die Kleine zu Samantha und schlang die Arme um ihre Taille. »Bitte bleib«, bettelte sie.

Samantha überlegte kurz. Wenn ihr Vater sie nicht zu Hause antraf, nahm er bestimmt an, dass der Gast eingetroffen und mit Samantha ohne ihn zum Windy Bluff aufgebrochen war. Bestimmt würde er bald wütend herangaloppiert kommen. Sie war froh, dass er nicht dabei war. Neal Gordon würde nicht hören wollen, was Nathan Holloway zu sagen hatte. Und der Himmel allein konnte ihnen helfen, wenn Todds Nase keine weitere Stelle zum Bohren aufspürte. Doch nun sah die Kleine sie mit ihrem hübschen Gesichtchen an, und ihr Blick war unwiderstehlich. »Gern«, antwortete Samantha.

Sie setzten sich in den Schatten einer ausladenden Pyramidenpappel in der Nähe der unterirdischen Quelle, und Nathan und Samantha lehnten sich mit dem Rücken an den Stamm. Nathan hatte das Picknick im Hotel nach Vorschlägen von Benjy zusammenstellen lassen. Sie sahen zu, wie der Kutscher eine Decke ausbreitete und einen Korb mit Brathähnchen, Maisbrot, Zwiebeln, eingelegten Okraschoten, einer Schale mit Kidneybohnen und gekühltem Bananenpudding darauf stellte. Abgesehen von Saved wagte sich das Vieh nicht so weit nach Norden vor, sodass ihnen der Geruch und Anblick von Kuhfladen erspart blieb, der ihnen den Appetit verdorben hätte. Und heute ließ sich auch der Ochse nicht blicken.

»Wie lange sind Sie schon *landman*?«, erkundigte sich Samantha.

»Noch nicht lange genug, um mich als solcher bezeichnen zu können«, antwortete Nathan und erklärte, ohne zu viele Einzelheiten zu verraten, dass er mit zwanzig bei seinem

Vater zu arbeiten angefangen habe. Nun wohne er bei ihm, seiner Großmutter und Schwester in Dallas und nable sich allmählich von der Weizenfarm in Gainesville ab, auf der er aufgewachsen sei.

Samantha schmunzelte. »Ich war vor Kurzem in Gainesville. Schönes Farmland. Dann gewöhnen Sie sich also an das Leben in der Stadt?«

»Ich versuche es.«

Samantha gefiel der Klang seiner Stimme. In seiner Gesellschaft fühlte sie sich wohl, er strahlte Ruhe aus wie ein breiter, träger Fluss. Während sie sich unterhielten, planschten Rebecca und Zak in der Quelle. Die Kleine raffte ihre Röcke und kreischte vor Vergnügen, wenn der Hund sich schüttelte und sie mit Wasser vollspritzte. Eine kühle Brise linderte die Hitze, und lediglich der Ruf eines Vogels oder das ferne Muhen von Kühen durchbrach gelegentlich die mittägliche Stille.

Samantha spürte, wie die Anspannung vorübergehend aus ihrem Körper wich. Sie ertappte sich dabei, dass sie an den Vater des jungen Mannes dachte und ihr Gespräch bei dem Vortrag über Paläontologie im vergangenen Frühjahr rekonstruierte …

Ich hatte den Eindruck, dass Sie mich zu kennen glauben, Mr Waverling. Habe ich recht?

Die Farbe Ihrer Haare erinnert mich sehr an jemanden, den ich einmal kannte.

Hoffentlich angenehme Erinnerungen.

Unvergessliche.

Samantha musterte Nathan. Kannte er die Frau, an die Samanthas Haare seinen Vater erinnerten, die Frau, die er nie vergessen hatte? Egal. Es interessierte sie nicht mehr, wer sie gewesen sein könnte, sie sehnte sich nicht länger nach einer zufälligen Begegnung mit einer Person, die sagen würde: *Sie kommen mir so bekannt vor, besonders die Farbe Ihrer Haare. Sind Sie mit Soundso verwandt?*

Benjy riss sie aus ihren Gedanken. »Nathan«, sagte er, »sorg dafür, dass Zak sich ordentlich schüttelt, bevor er sich zu uns setzt. Komm, Rebecca, ich richte dir einen Teller.«

Sie nahmen auf der Decke Platz, unter der sich die Erde warm anfühlte. Samantha bemerkte, das Hähnchen sehe köstlich aus, auf einer Rinderranch esse man nicht oft Geflügel. Eigentlich mochte sie Picknicks auf dem Boden nicht, weil sie Mücken und Ameisen hasste und ihren Teller ungern in der Hand hielt, aber diese Ärgernisse fielen ihr heute in Gesellschaft der unterhaltsamen kleinen Truppe nicht auf.

»Benjy!«, rief Rebecca herrisch. »Bitte den Nachtisch!«

»Möchtest du nicht zuerst das Hähnchen essen, Rebecca?«, schlug Nathan vor.

»Zuerst den Nachtisch, dann das Hähnchen«, beharrte Rebecca und fügte mit lauter Stimme hinzu: *»Benjy! Wo ist mein Löffel?«*

»Lass dir von dem guten Benjy etwas über Löffel erzählen«, sagte der Kutscher, gab Bananenpudding auf Rebeccas Teller und nahm einen Löffel in die Hand. »Mit dem Löffel schaufelt man zu viel auf einmal in den Mund, siehst du?« Benjy demonstrierte es ihr und ergriff dann eine Gabel. »Mit der Gabel reicht das Essen länger, wenn du nur die Spitzen reintauchst wie ich.«

Rebecca nahm mit skeptischem Blick die Gabel, die er ihr reichte. Alle sahen zu, wie sie vorsichtig ihre Spitzen in den Nachtisch tauchte und zitierte: *»›Pudding und Kuchen‹, sagt Jane. ›Was soll ich versuchen?‹ / ›Was magst du lieber?‹, fragt ihr Vater mit 'nem Nasenstüber. / ›Beides‹, ruft Jane, ganz mutig und ohne Kinderein.«*

Samantha sah Nathan fragend an.

»Meine Schwester antwortet in Reimen. Das ist ihre Art der Kommunikation.«

»Ich finde diese Art reizend«, erklärte Samantha. »Sie muss einen klugen Kopf haben, wenn sie sich all die Verse merken kann.«

»Sie ist ein Genie«, schwärmte Benjy, der an seinem Hühnerbein nagte. »Sie denkt nur einfach anders als wir.«

Da hörten sie einen Reiter vom Ranchhaus heranpreschen. Samantha stieß einen Seufzer aus. »Mein Vater, Neal Gordon«, sagte sie, wischte Krümel von ihrem Schoß und bereitete sich innerlich auf seine Vorwürfe vor.

Als Neal die ausgebreitete Picknickdecke sah, brachte er sein Pferd ein wenig davon entfernt zum Stehen, damit keine Erde und Grasbüschel auf dem Essen landeten, stieg ab und näherte sich mit ausgestreckter Hand Nathan. »Guten Tag. Tut mir leid, dass ich Sie erst so spät begrüße, aber …«, er bedachte Samantha mit einem verärgerten Blick, »… niemand hat mir mitgeteilt, dass Sie da sind.«

»Ich wollte ein bisschen Zeit allein mit Nathan verbringen, bevor du übernimmst, Daddy«, erklärte Samantha. »Ich hielt das für das Beste, und ich fühle mich bestätigt.«

»Setzen Sie sich doch zu uns, Mr Gordon«, lud Nathan ihn ein.

»Ach, Nathan!«, protestierte Benjy leise.

»Es ist genug da«, sagte Nathan zu Neal, ohne auf Benjys Einwurf zu achten.

Doch Neal Gordon interessierte sich nicht für das Essen. »Eigentlich würde ich lieber Ihre Meinung hören, Mr Waverling. Können wir diesen angeblichen Knochenfriedhof …«, er deutete zum Windy Bluff, »… verschonen, wenn wir da drüben nach Öl bohren?« Er zeigte in die Richtung der unterirdischen Quelle.

»Nein, Sir«, antwortete Nathan. »Und Mr Gordon: Ich trage den Familiennamen Holloway, nicht Waverling. Holloway ist der Name meines Stiefvaters. Er hat mich aufgezogen. Ich lebe und arbeite erst seit Kurzem bei meinem leiblichen Vater.«

Neals Arm sank herab, und er starrte Nathan an, als hätte der ihn plötzlich mit einer Waffe bedroht.

»Aber wie ich bereits bei unserem ersten Treffen gesagt habe, reicht Nathan.«

Als Neal ihn weiter anstarrte, nahm Samantha seinen Arm. »Daddy? Was ist mit dir?«

»Ich … Ich weiß es nicht«, antwortete Neal und fuhr sich mit der Hand übers Gesicht. »Ich war mit den Gedanken woanders. Wahrscheinlich haben mich die enttäuschenden Neuigkeiten aus dem Gleichgewicht gebracht.« Nein, das war nicht möglich, dachte er. Im wirklichen Leben passierten solche Dinge nicht. Der junge Mann, den er zu einem Besuch eingeladen hatte, war Samanthas Zwillingsbruder, und das bedeutete, dass Trevor Waverling ihr Vater war.

FÜNFUNDFÜNFZIG

»Holloway, sagen Sie?«, fragte Neal, der keinerlei Zweifel an der Identität des Jungen hatte. Nathan hatte erzählt, er sei auf einer Weizenfarm aufgewachsen. Sein Stiefvater war der Leon Holloway aus Dr. Tolmans Brief, der Neal auf seiner Veranda erklärt hatte, seine Frau und er seien nur mit zwei Kindern gesegnet gewesen, einem Sohn und einer Tochter. Holloway hatte die Wahrheit gesagt. Vage nahm Neal die Anwesenheit eines kurzbeinigen Mannes, eines kleinen Mädchens sowie eines Deutschen Schäferhundes wahr, die ihn alle von der Decke aus anstarrten, als hätten sie Angst, dass er gleich auf ihr Essen fallen würde.

Samantha hielt mit besorgtem Blick seinen Arm. »Daddy? Vielleicht solltest du dich lieber setzen.«

»In die Kutsche, Sir«, schlug Nathan vor und öffnete hastig die Tür des Fahrzeugs. »Wir holen Ihnen Wasser.«

»Nein, nein, alles in Ordnung«, wehrte sich Neal, der sich wieder fing. »Ich hatte nur kurz das Gefühl, keine Luft mehr zu bekommen. Keine Ahnung, was plötzlich los war.« Er zwang sich, ruhig zu klingen, legte einen Arm um Samanthas Schultern und hoffte, dass sie sein Zittern nicht spürte. »Dann wäre das also geklärt«, sagte er zu Nathan. »Auf diesem Gebiet der Ranch wird es keine Ölbohrungen geben.« Er rieb Samanthas Schulter. »Freust du dich, Liebes?«

»Mich überrascht eher, dass du keine Einwände zu haben scheinst.«

Nathan meldete sich zu Wort. »Nur, damit ich weiß, was ich in meinen Bericht schreiben soll, Sir: Darf ich das folgendermaßen verstehen: Waverling Tools erhält, wenn Miss Gordons Fotos belegen, dass es sich nicht um eine prähistorische Fundstätte handelt, die Erlaubnis zum Bohren?«

»Hm«, antwortete Neal. »Ich habe mir die Sache mit den Ölbohrungen insgesamt überlegt. Meiner Tochter ist dieser Boden heilig, also ist es letztlich egal, was die Bilder zeigen. Sie könnten gut und gern lügen. Deswegen werde ich, bevor keine Fachleute das Land unter die Lupe genommen haben, mein Einverständnis zu der Pacht nicht geben. Und das könnte Jahre dauern, meint meine Tochter.«

Samantha löste sich von Neal und sah ihn ungläubig an. »Daddy! Ist das dein Ernst?«

»Ja.« Neal streckte Nathan die Hand hin. »Junger Mann, tut mir leid, dass Sie sich die Mühe gemacht haben herzukommen, und übermitteln Sie Ihrem Vater bitte meine Entschuldigung dafür, dass ich seinem Unternehmen die Zeit gestohlen habe, doch mir ist soeben klar geworden, was ich verlieren könnte, wenn Ihr Unternehmen hier nach Öl bohrt.«

Nathan drückte Neals Hand. »Mein Vater und Todd werden enttäuscht sein, aber ich kann Ihre Ansicht verstehen, dass ein Ölfeld ein armseliger Ersatz für das wäre, was sich vielleicht unter diesem Boden verbirgt.« Er blickte Benjy an, der die Unterhaltung essend mitverfolgt hatte, während Rebecca Stückchen für Stückchen Fleisch von einem Hühnerbein zupfte und Zak damit fütterte. »Benjy, ich glaube, wir sollten unsere Siebensachen zusammenpacken«, sagte Nathan. »Wir haben unseren Auftrag erledigt, und Großmutter wird sich nicht vom Fenster wegbewegen, bis wir daheim sind.«

»Nathan, können wir nicht wenigstens noch zu Ende essen?«, jammerte Benjy.

»Sie können so lange bleiben, wie Sie wollen«, bot Samantha ihnen an, »aber ich bringe lieber meinen Vater nach Hause.« Sie stieß Neal im Scherz in die Rippen. »Die Sonne scheint seinem Gehirn nicht gutzutun.«

»Nein!«, rief Rebecca aus und sprang so plötzlich auf, dass sie Zak und die beiden Amseln, die auf der Suche nach Krümeln herumstolzierten, aufschreckte. Dann stürzte sie zu Samantha und schlang die Arme um sie. »Du darfst nicht gehen! Nein, nein! *Komm, leb mit mir und sei mein Lieb' / Und find mit mir der Freuden Lied / Das Hügel, Tal und Feld / und all die kargen Berg erhellt.*«

Nathan wollte Rebeccas Arme von Samantha lösen, doch diese wölbte sanft die Hände um das Gesicht des Kindes. »Ich muss gehen, Rebecca«, sagte sie, »aber du kannst mich jederzeit besuchen und mir Gedichte vortragen. Würde dir das gefallen?«

Besänftigt nickte Rebecca und ließ sie los. »Nathan kann mich herbringen.«

»Wir müssen zum Haus zurück, Samantha«, mischte sich Neal ein. »Mir ist ein bisschen schwindlig. Vielleicht tut mir die Sonne wirklich nicht gut.«

Samantha entschuldigte sich mit einem Blick bei Nathan, als Neal zu seinem Pferd marschierte. »Solche Kehrtwendungen sind untypisch für meinen Vater, Nathan. Noch heute Morgen hat er gehofft, Sie würden keine Gründe finden, die *gegen* Ölbohrungen in diesem Gebiet sprechen, und ich bin mir sicher, dass er auch gehofft hat, meine Fotos würden die Gegend nicht als prähistorische Fundstätte ausweisen. Ich weiß nicht, was in ihn gefahren ist.«

Nathan schmunzelte. »Vielleicht die Vaterliebe? Wie er ganz richtig gesagt hat: Ihm ist klar geworden, was er verlieren könnte, wenn Sie recht haben. Doch ich hätte da noch eine Frage, bevor Sie aufbrechen.« Er strich Rebecca über den Kopf, die sich an ihn schmiegte. »Wann haben Sie gemerkt, dass der Schädel weg ist? Wie viele Tage, nachdem Todd hier herausgekommen war, um ihn sich anzusehen?«

Erstaunt antwortete Samantha: »Gleich am nächsten Tag. Er ist zwischen Samstagmittag, nachdem ich Todd zum Zwei-Uhr-Zug nach Dallas gebracht habe, und Sonntag, als ich am späten Nachmittag am Windy Bluff war, verschwunden. Warum fragen Sie?«

»Ach, aus reiner Neugierde.«

»Samantha!«, rief Neal ungeduldig, der bereits im Sattel saß. *»Nun mach endlich!«*

Samantha streckte Nathan die Hand hin. »Auf Wiedersehen, Nathan. Hoffentlich sehen wir uns tatsächlich bald wieder. Was ich zu Rebecca gesagt habe, war ernst gemeint.«

»Das weiß ich.« Nathan ergriff ihre Hand. »Wenn Ihr Fund sich tatsächlich als das erweist, was Sie dahinter vermuten, würde ich gern kommen und mir die Ausgrabungen ansehen.«

»Ich schicke Ihnen eine persönliche Einladung, und Sie können Rebecca mitbringen.«

Nathan lächelte. »Also dann bis bald.«

»Daddy, bitte sag die Wahrheit«, verlangte Samantha, als sie wieder im Haus waren. »Fühlst du dich unwohl?«

Ja, er fühlte sich tatsächlich unwohl, dachte Neal. Mehr als unwohl. »Nein, nein«, antwortete er. »Mir war nur ein bisschen schwindlig. Vielleicht hast du recht mit der Sonne. Da draußen ist es furchtbar heiß.« Er sehnte sich danach, allein zu sein, weil er sich vorkam, als wäre der Himmel auf ihn herabgestürzt. Er war zwei Kugeln ausgewichen, und nun das. »Das kleine Mädchen …«, hob er an. »Wer ist sie?«

»Sie heißt Rebecca und ist Nathans Schwester.«

»Dann hat er also noch eine andere Schwester?«

»Von einer *anderen* Schwester weiß ich nichts, Daddy.« Samantha musterte ihn mit wachsender Sorge. »Ich habe das Gefühl, dass ich nicht zur Schneiderin gehen und dich allein lassen sollte …«, begann sie, doch Neal fiel ihr ins Wort.

»Doch, mach das!«, bellte er. »Deine Mutter möchte dich unbedingt bei der letzten Anprobe deines Hochzeitskleids sehen. Silbia kann sich um mich kümmern, und Sloan schaut nach der Arbeit auf einen Bourbon bei mir vorbei.«

»Gut, aber wenn ich in der Stadt bin, mache ich einen Termin für dich aus bei Dr. Madigan. Den nimmst du wahr, und wenn Sloan und ich dich persönlich hinschleifen müssen, ja?«

»Ja.« Neal ließ sich von Samantha in seinen Sessel in der Bibliothek setzen, stand jedoch sofort wieder auf, als die Tür sich hinter ihr geschlossen hatte. Im Sitzen konnte er nicht nachdenken. Er lief wie ein Tiger im Käfig auf und ab, um seine Gedanken zu sortieren und das Kribbeln auf der Haut loszuwerden. Ganz hielt er göttliches Eingreifen nicht für unmöglich. War das Auftauchen des netten jungen *landman* das Werk des Allmächtigen, um einen Missgriff des Schicksals zu korrigieren und an Neals Gewissen zu appellieren? Von Trevor Waverling hatte er über Todd Baker erfahren, und der hatte Neal den Eindruck vermittelt, dass der Mann eine Kreuzung aus dem Hunnenkönig Attila und Jesus Christus war. Besagter Trevor Waverling war eine bekannte Größe in Dallas, wohlhabend und gebildet, einflussreich, ein Angehöriger des alten Stadtadels und Vater eines wohlgeratenen Sohnes sowie eines hübschen kleinen Mädchens, das bedauerlicherweise nicht ganz richtig im Kopf zu sein schien. Nachdem Neal eine Weile in dem Raum herumgelaufen war, sank er erschöpft, verwirrt und voller Angst wieder in seinen tiefen

Sessel. Trevor Waverling hatte alles, was Neals Tochter weglocken konnte.

Neal dachte an sein Gespräch mit Leon Holloway im vergangenen Monat. Der Farmer hatte gewusst, wer Neal Gordon war und warum er ihn aufgesucht hatte, daran bestand kein Zweifel. Leon Holloway war klar gewesen, dass der Rancher, der ihn fragte, ob die Farm noch zum Verkauf stehe, der Adoptivvater des Kindes war, das er und seine Frau weggegeben hatten, eine Tochter, die nicht von Leon, sondern von Trevor Waverling stammte. Der Farmer hatte etwas davon gesagt, dass es immer gut sei, wenn Menschen und Dinge am richtigen Ort landeten. Zu dem Zeitpunkt war Neal diese Bemerkung seltsam erschienen, doch nun wurde ihm ihre Bedeutung klar. Durch die Unterhaltung mit Neal hatte Leon Holloway für sich entschieden, dass Samantha sich am richtigen Ort befand.

Zur Beruhigung zündete sich Neal eine Zigarre an und überlegte, wer was wusste. Dass Trevor Waverling Nathans Vater war, stand fest, aber ahnte Waverling, dass er eine weitere Tochter hatte, die Zwillingsschwester von Nathan? Neal hielt das für unwahrscheinlich, denn dann hätte er sich ihr doch bestimmt vorgestellt, oder? Offensichtlich wusste auch Nathan nichts von Samanthas Existenz. Die Holloways hatten ihre Geburt genauso vor Trevor verborgen wie vor ihm. Vermutlich war Millicent mit den Zwillingen schwanger gewesen, als Leon sie heiratete. Warum sonst hätte eine schöne, vermögende Frau einen so einfachen Mann wie Leon Holloway ehelichen sollen? Egal, ob Trevor von ihrer Schwangerschaft gewusst hatte oder nicht: Er hatte nichts unternommen, um alles ins Lot zu bringen. Hatte Leon seiner Frau von Neals Besuch auf der Farm erzählt und dass es sich bei dem Mädchen, das im April nach der Anzeige zu ihnen gekommen war, um ihre verloren geglaubte Tochter handelte? Wenn Neal auch nur einen Funken Menschenkenntnis besaß, musste er diese Frage nach seinem Gespräch mit Leon mit Nein beantworten.

Was bedeutete, dass ihn wieder die alten Sorgen und Ängste plagten, und erneut stellte sich ihm die Frage: Was sollte er mit seinem Wissen anfangen? Sollte er nichts sagen? Nichts tun? Das Geheimnis bewahren, um das nur er und Leon Holloway wussten, und sein Leben weiterführen wie bisher? Wer würde den Unterschied schon bemerken? Die Holloways hatten ihre Familie; Trevor Waverling hatte die seine. Die Gordons würden keine eigene Familie mehr haben, wenn die Wahrheit ans Licht kam. Wieder einmal stellte er sich voller Grauen vor, wie es sein würde, wenn die anderen sich eingliederten, ganz ähnlich fremdem Vieh, das sich auf das Land des Ranchers verirrte, sich mit dem seinen vermischte, die Herde veränderte. Er wollte Estelle das Leid ersparen, die Tochter, die sie immer als die ihre erachtet hatte, mit einer anderen Mutter teilen zu müssen. Wenn er seine Frau in ihrer Euphorie darüber sah, dass ihre Tochter Sloan heiraten würde, den auch sie für sie gewählt hätten, dass sie selbst bald Großmutter werden würde … wie konnte er diese Freude zerstören? *Ob das erste Kind wohl ein Junge oder ein Mädchen wird?*, hatte sie erst neulich geschwärmt. *Ach, Neal, mein alter Pumajäger, sind wir nicht die glücklichsten Eltern der Welt?*

Er selbst musste nicht mehr überlegen, ob seine Liebe zu Samantha erkalten würde, wenn sie sich von ihm und Estelle abwandte und sich für ihre leibliche Familie entschied. Sein Herz würde einfach zu schlagen aufhören, da war er sich sicher.

Gewissensbisse ließen ihn von seinem Sessel aufstehen. Besaß er das Recht, Samantha von ihrem Zwillingsbruder fernzuhalten? Sie hatten einander sofort sympathisch gefunden, das lag auf der Hand. Der Junge würde ihr ein guter Bruder sein und diese gähnende Leere in ihr füllen. Doch mit ihm würden auch der reiche Trevor Waverling und das kleine Mädchen kommen, und Nathan hatte eine Großmutter erwähnt. Unter Umständen würden sich noch Millicent und der Sohn und die Tochter, die sie so sehr zu lieben schien, dazugesellen. Man konnte nicht endlos Scheiben vom Braten abschneiden; am Ende stand der Koch ganz ohne da.

Neal trat an den kalten Kamin, in dem sich noch die Asche des Winters befand, und blickte hinein. Sein Entschluss war gefasst. Das, was er zu Nathan Holloway gesagt hatte, war sein Ernst gewesen. Egal, was Samanthas Fotos zutage förderten: Waverling Tools würde niemals einen Bohrturm am Windy Bluff oder auf irgendeinem anderen Teil von Las Tres Lomas errichten. Es gab auch andere Ölfördergesellschaften, folglich bestand kein Grund, warum seine Tochter und der *landman* sich wiedersehen sollten. Neal würde seine neuen Erkenntnisse für sich behalten. Die Zeit war wie ein breiter, träger Fluss. Am Ende trug sie die Dinge weit mit sich fort und hinterließ keinen Hinweis auf ihre Existenz.

SECHSUNDFÜNFZIG

Todd sah Trevor Waverling ungläubig an. »Was soll das heißen: Neal Gordon hat beschlossen, keine Bohrungen am Windy Bluff vornehmen zu lassen? *Niemals*?« Es war Donnerstagmorgen, der zwölfte Juli, der Tag nach Nathans Rückkehr aus Fort Worth.

»Das hat er gesagt«, antwortete Nathan für seinen Vater. »Mr Gordon ist es egal, was die Fotos zeigen. Seine Tochter glaubt, dass sich unter diesem Gebiet ein Dinosaurierfriedhof befindet, und das reicht ihm als Grund.«

»Aber die Ausgrabungen könnten *Jahre* dauern!«, rief Todd aus.

»So habe ich das auch verstanden.«

Todd presste die geballte Faust gegen die Stirn. »Mein Gott! Der Mann verzichtet auf ein Vermögen!«

»Todd, setzen Sie sich, bevor Sie vor Aufregung einen Schlaganfall kriegen«, wies Trevor ihn an. »Das ist nicht das Ende der Welt. Wir werden andere Orte zum Bohren finden.«

Todd sank verblüfft auf einen Stuhl vor Trevor Waverlings Schreibtisch. Nathan saß auf der anderen Seite neben seinem Vater. »Ist das zu fassen?«, stöhnte er. »Ich begreife das nicht, Nathan. Neal Gordon war doch ganz versessen darauf, dass wir einen Bohrturm auf diesem Teil des Grundstücks aufstellen, Fundstätte hin oder her.«

»So hat es jedenfalls ausgesehen«, pflichtete Nathan ihm bei.

Die Krähenfüße um Todds Augen vertieften sich. Plötzlich kam ihm ein Gedanke. »Nathan, Sie haben es Mr Gordon nicht zufällig ausgeredet – Sie mit Ihrer heiligen Hochachtung vor Gottes grüner Erde?«

Trevor lehnte sich auf seinem Schreibtischstuhl zurück und verschränkte die Finger über seiner Seidenweste, ein Signal für Todd, dass er sich zu weit vorgewagt hatte.

»Nein, Todd, das habe ich nicht«, antwortete Nathan. »Dafür hat sein Respekt vor den Gefühlen seiner Tochter gesorgt. Und Sie scheinen davon überzeugt zu sein, dass ihre Fotos ihre Theorie nicht stützen werden. Warum?«

»Das habe ich Ihnen doch gesagt. Ich habe den Schädel gesehen.« Todd seufzte entnervt. »Wenn Sie nur auch *meine* Gefühle verstehen würden, Nathan. Sie können sich doch denken, wie enttäuscht ich bin.« Er wandte sich hilfesuchend an seinen Arbeitgeber. »Es gibt Öl am Windy Bluff, Mr Waverling, jede Menge davon, das *weiß* ich. Mir vorzustellen, dass das alles im Boden bleibt wegen irgendwelcher alter Knochen, die niemandem außer ein paar Paläontologen etwas bedeuten, fällt mir schwer.«

»Und Samantha Gordon«, fügte Nathan ruhig hinzu.

Todds Augen funkelten. »Herrgott noch mal! Sie will *heiraten*. Sloan Singleton, diesen Herzensbrecher. Seine Ehefrau und die Herrin über zwei Ranches zu sein, die so groß sind wie kleine Länder, sollte einer Frau doch eigentlich genügen. Samantha hat ihre Chance, sich mit Archäologie zu beschäftigen, mit ihrem Nein zu dem Angebot, am Lasell Seminary in Massachusetts zu studieren, vertan.«

»Das wissen Sie, weil Sie zusammen in der Schule waren?«, erkundigte sich Trevor.

Todd nickte mit wütend zusammengepressten Lippen. »Der Schulleiter hat mich in sein Büro gerufen, um mir den

Brief des Seminary zu zeigen, weil er hoffte, dass ich sie umstimmen kann. Lediglich eine von zehn Bewerberinnen wurde damals angenommen. Samantha war eine hervorragende Schülerin und hätte eine brillante Wissenschaftlerin werden können. Ich war schockiert, als ich erfahren habe, dass sie zu Hause bleiben und ihrem Alten bei der Führung der Farm helfen will. Sie ist die Alleinerbin.«

»Sie halten ihre Entscheidung also für falsch«, stellte Trevor fest.

»Natürlich, und das habe ich ihr auch gesagt. Und jetzt wirft sie mir in meinem Beruf Knüppel zwischen die Beine!«

Trevor griff nach einem Blatt Papier. »Sie haben nur einen vorläufigen Rückschlag erlitten, Todd, das ist alles. Ich weiß, Sie sind enttäuscht, aber beschäftigen Sie sich mit diesem Bericht von Daniel hier und überlegen Sie, ob es sich lohnt, einen Blick auf das Land am Golf von Mexiko zu werfen.«

Todd nahm den Bericht zögernd entgegen. »Herrgott«, fluchte er, »ich könnte Samantha erwürgen.«

»Immer mit der Ruhe«, sagte Trevor. »Wenn die Fotos eindeutig beweisen, dass Miss Gordon sich irrt, setzt sich vielleicht doch noch die pragmatische Seite ihres Vaters durch, und wir hören von ihm, bevor wir uns für etwas anderes entscheiden. Soweit ich weiß, soll diese Kamera ja bis morgen kommen.«

»Unter Umständen hat Dad im Hinblick auf Mr Gordon recht, Todd«, meldete sich Nathan zu Wort. »Bei ihm weiß man nie, woran man ist.« Er hatte seinem Vater beschrieben, wie der Rancher nach Windy Bluff geprescht war, wütend darüber, dass man ihn nicht über Nathans Ankunft informiert hatte, und wild entschlossen zu bohren, egal, ob dabei ein »angeblicher Knochenfriedhof« zu Schaden kam. Dann hatte er innerhalb weniger Minuten eine Kehrtwende vollzogen und war ganz und gar gegen Bohrungen auf dem, wie er es nannte, für seine Tochter »heiligen Grund« gewesen.

»Was ist, wenn die Kamera nicht eintrifft?«, fragte Todd.

Nathan sah Todd an. »Warum sollte sie nicht?«

Todd zuckte mit den Achseln. »Keine Ahnung. In der Post ist schon manches verloren gegangen.«

»Nicht so pessimistisch, Todd.« Trevors Tonfall signalisierte, dass die Besprechung für ihn beendet war. »Jungs, raus mit euch. Ich habe zu tun. Nathan, vergiss nicht, dass wir heute nach der Arbeit zum Training gehen.«

»Darauf freue ich mich schon«, erklärte sein Sohn.

Nathan suchte das Büro von Jeanne gleich nebenan auf, wo sich die Buchhaltungsunterlagen des Unternehmens befanden. Als er eintrat, hob die Sekretärin den Kopf und begrüßte ihn mit einem koketten Lächeln. »Wollen Sie mir einen Heiratsantrag machen?«

Nathan schmunzelte. Er konnte Jeanne gut leiden. Sie war drei Jahre älter als er und hatte ihm unumwunden zu verstehen gegeben, dass sie durchaus interessiert an ihm wäre, wenn er sich umgekehrt für sie interessierte. Nathan war klar, dass das lediglich nette Flirtversuche waren. Wenn er sie ernst nähme, wäre es aus mit dem Spaß, und ihnen beiden war der Spaß lieber. »Sobald ich mir den Ring leisten kann«, antwortete er und nahm vor ihrem Schreibtisch Platz. »Ich möchte Sie um einen Gefallen bitten.«

»Nur zu, mein Hübscher.«

»Bezüglich der Buchführung.«

Jeanne legte die Hand aufs Herz. »Gern.«

»Könnte ich Todd Bakers Spesenabrechnung für Samstag, den sechzehnten Juni, sehen?«

Jeanne hob die Augenbrauen. »Darf ich fragen, warum?«

»Das wäre Zeitverschwendung.«

»Na dann …« Jeanne drehte sich auf ihrem Stuhl zu einem Holzschrank hinter ihr herum, in dem sich Schubladen mit nebeneinander sortierten Akten befanden. Diese erst kürzlich eingeführte Struktur war ihr persönliches Reich, über das sie mit Stolz und Hochachtung vor einem Arbeitgeber herrschte, der erkannte, wie wichtig zeitsparende Neuerungen waren. Bis zur Erfindung des vertikalen Ordnungssystems im Jahr 1898, das schnellen Zugriff auf bestimmte Informationen ermöglichte, wurden geschäftliche Unterlagen in Umschlägen und Fächern aufbewahrt. Jeanne zog eine Schublade heraus, ging die Ordner, eine weitere Innovation, durch und hatte bereits wenige Sekunden später einen mit der Aufschrift »Todd Baker« in der Hand. »Hier«, sagte sie und reichte ihn Nathan. »Aber es wäre mir lieb, wenn er dieses Büro nicht verlassen würde.«

»Ihr Wunsch ist mir Befehl.«

Nathan sah den Inhalt des Ordners an einem Tisch mit besserem Licht durch. Waverling Tools war durchaus bereit, Spesen für Dinge zu zahlen, die dem Unternehmen nutzten, auch dann, wenn es sich um private Vergnügungen außerhalb der Geschäftszeiten handelte. Nathan und Jeanne scherzten gern, dass Todd keinen Posten als zu gering erachtete, um ihn nicht geltend zu machen. »Er würde sogar noch den Kaugummi angeben, wenn er ihn bei der Arbeit kaut!«, hatte Jeanne eines Tages lachend bemerkt.

Nathan fand die Information, die er suchte, auf einer Spesenabrechnung mit dem Datum Samstag, sechzehnter Juni, dem Tag, an dem Todd mit dem Zug zu Samantha gefahren war, um ihren Fund zu begutachten. Beigelegt waren seine Hin- und Rückfahrkarten. Samantha hatte erzählt, sie habe Todd zum Bahnhof in Fort Worth gebracht, damit er den

Zwei-Uhr-Zug nach Dallas erreichte, doch sein Rückfahrticket war erst am Abend um acht Uhr abgestempelt worden. Das bestätigte Nathans Vermutung: Der Geologe des Unternehmens hatte ausreichend Zeit gehabt, nach Windy Bluff zurückzukehren, den Schädel, der Samantha Gordons Behauptung untermauerte, auszugraben und verschwinden zu lassen. Nathan fiel auf, dass ein Spesenbeleg fehlte. In den Unterlagen befand sich keine Postquittung für die Kamera, die Todd behauptete, am achtzehnten Juni weggeschickt zu haben.

Im Restaurant des Worth ließ Samantha sich die Speisekarte von der Kellnerin geben, während sie Sloan ihre Überlegungen zu der Frage erklärte, die Nathan ihr vor seiner Abfahrt am Dienstag gestellt hatte. Sloan hatte an diesem Donnerstagvormittag mit ihr in der Stadt den Termin bei dem Fotografen wahrgenommen, der ihr Verlobungsfoto für die örtlichen Zeitungen machen sollte.

»Wieso sollte Nathan mich fragen, wann der Schädel verschwunden ist, wenn er nicht Todd verdächtigen würde, ihn beseitigt zu haben?«, meinte Samantha. »Je länger ich überlege, desto überzeugter bin ich, dass Todd für sein Verschwinden verantwortlich ist. Am Bahnhof hatte er es ziemlich eilig, sich von mir zu verabschieden. Ich denke, er hat es irgendwie nach Windy Bluff zurückgeschafft und den Schädel entwendet, um Belege, die *seinen* Behauptungen widersprechen, zu beseitigen.«

»Deine Fotos werden Beweis genug sein«, erinnerte Sloan sie.

»Das ist es ja gerade, Sloan!«, rief Samantha aus. »Was, wenn Todd auch die Kamera verschwinden hat lassen?«

Ein Muskel in Sloans Gesicht zuckte, wie immer, wenn er unsicher war oder ein schlechtes Gewissen hatte. Sloan hielt den Blick auf die Speisekarte gerichtet. Er konnte sich durchaus vorstellen, dass Todd die Kamera beseitigt hatte. Es war dumm von Sloan gewesen, das nicht vorherzusehen, als Samantha ihm von Todds Angebot, sie für sie nach Rochester zu schicken, erzählte. Doch Neals plötzlicher Beschluss, Windy Bluff nicht für Bohrungen zur Verfügung zu stellen, egal, was Samanthas Fotos zeigten, hatte dem Jungen einen Strich durch die Rechnung gemacht. Eigentlich hätte Sloan erleichtert sein müssen, da Schädel und Fotos nun keine Rolle mehr spielten, aber das war er nicht. Samantha brauchte greifbare Beweise, um ein Archäologenteam nach Windy Bluff locken zu können.

Nun wäre der Moment gewesen, ihr zu gestehen, dass er den Schädel hatte, und ihr zu erklären, wie er daran gekommen war. Samantha würde ihm glauben, wenn er ihr erzählte, dass er ihn Todd abgenommen und ihr nichts davon gesagt habe, weil er fürchtete, dass das die Distanz zwischen ihr und Neal vergrößern würde. Aber würde sie sich nicht fragen, warum er ihn nicht schon früher zurückgegeben hatte und ihr damit viel Ungemach erspart hätte, besonders nach der Beilegung der Missstimmigkeiten zwischen ihr und ihrem Vater? Konnte es sein, dass Sloan den Schädel behalten hatte, um für Waverling Tools den Weg zu Bohrungen gleich nebenan vom Triple S freizumachen? Samantha wusste Bescheid über die prekäre finanzielle Situation des Triple S und was eine Ölquelle für das Anwesen bedeuten würde. Außerdem war da noch die Tatsache, dass er Anne ziemlich unerwartet den Laufpass gegeben und Samantha gleich nach seinem Gespräch mit Todd den Heiratsantrag gemacht hatte.

Würde Samantha ihn einer solchen Hinterhältigkeit für fähig halten?

»Was bist du so vertieft in die Speisekarte?«, erkundigte

sich Samantha. »So interessant ist die auch wieder nicht. Hast du mir überhaupt zugehört?«

»Ja, natürlich«, antwortete Sloan und sah sie über den Tisch hinweg an. Nie hatte er Samantha schöner gefunden. Der Fotograf war entzückt gewesen und hatte sich schier überschlagen, um ihr gelbes Kleid mit dem Spitzenleibchen, das ihre Rundungen bestens zur Geltung brachte, vor einem sommerlichen Hintergrund abzulichten. Obwohl Sloan einen neuen maßgeschneiderten Anzug trug, hatte der Fotograf ihn kaum wahrgenommen.

Eines Tages werden wir Farbfotos machen können, hatte der Mann gesagt, dem es offenbar leidtat, dass er die leuchtende Farbe von Samanthas Haaren nicht auf Film bannen konnte.

Sloan legte die Speisekarte weg. »Eigentlich hätte ich viel mehr Lust auf dich als aufs Essen«, stellte er fest. »Wir sind in einem Hotel, und du bist wunderschön. Ich wünschte, ich könnte dich auf der Stelle mit nach oben nehmen.«

Samantha wurde rot. »Ein verführerischer Gedanke. Doch du musst dich noch vierundzwanzig Tage gedulden.«

»Warum vierundzwanzig?«

»Sloan ... Willst du etwa vorschlagen ...?«

»Wir wollen heiraten, Sam. Warum sollen wir warten?«

»Aber wo? Auf unseren Ranches können wir nirgendwo für uns sein, und bei Mutter schon gar nicht.«

»Am übernächsten Samstag, also am einundzwanzigsten, findet in Dallas eine Pferdeauktion statt. Wollt ihr nicht für Las Tres Lomas neue Pferde erwerben? Die Ankündigung für die Auktion lässt auf ein breites Angebot schließen.«

»Hmm«, murmelte Samantha und spielte verlegen mit dem Band am Ausschnitt ihres Kleids. »Könnte bei der Auktion auch etwas Interessantes für dich dabei sein?«

»Ein paar Quarter Horses würde ich mir gern anschauen.«

»Und wenn Daddy mitkommen möchte?«

»Meinst du denn, er würde sich von der Ranch entfernen, wenn die Hälfte der Belegschaft weg ist? Das kann ich mir bei deinem Vater nicht vorstellen.«

»Würden unsere Familien nicht ahnen, was wir in Dallas vorhaben?«, fragte Samantha.

»Wir sagen es ihnen einfach nicht. Meine Schwestern müssen ja nicht erfahren, dass du zu der Auktion willst. Und deine Eltern muss man auch nicht darüber informieren, dass ich hinfahren möchte. Außerdem glaube ich, es würde keiner der Familien etwas ausmachen, wenn sie wüssten, dass wir zusammen sind, am allerwenigsten meinen Schwestern. Denen ist völlig egal, was wir machen, solange wir heiraten. Wahrscheinlich fragen sie sich ohnehin schon, wie wir es schaffen, so lange die Finger voneinander zu lassen. Und deine Eltern … Ich bezweifle, dass sie viel einzuwenden hätten gegen etwas, dessen sie sich selbst vor der Hochzeit schuldig gemacht haben, falls ›schuldig‹ der richtige Ausdruck dafür ist. Wir könnten uns am Freitag am Bahnhof treffen, mit dem Zwei-Uhr-Zug nach Dallas fahren und uns im Strathmore einquartieren. Ich reserviere zwei Zimmer für uns, das deine unter dem Namen Sam Gordon. Dann sind wir einfach zwei Rancher aus Fort Worth, die die Pferdeauktion in Dallas besuchen wollen. Was könnte man sich Unverfänglicheres vorstellen?«

»Die Zimmer würden sich selbstverständlich im selben Stockwerk befinden, oder?«

»Nebeneinander.«

Samanthas Augen begannen zu leuchten. »Sloan, ich weiß nicht, was ich sagen soll.«

»*Ja* wäre eine gute Antwort.«

»Ja«, flüsterte sie.

»Bist du sicher, Samantha?«

»Sloan Singleton! Ich begehre dich, seit ich dich das erste Mal in einer langen Hose gesehen habe. Natürlich bin ich sicher!«

Sloan streckte die Hand nach ihr aus, und sie legte ihre in die seine. »Dann darf ich dich nicht enttäuschen«, meinte er.

Sloan beschloss, ihr den Schädel zu einem günstigeren Zeitpunkt zurückzugeben. Unter Umständen würde es sogar überhaupt nie nötig werden. Kurz zuvor hatte die Entdeckung von Fossilien in Utah die Aufmerksamkeit des Carnegie Museum of Natural History allein durch die Aussage des Finders auf sich gezogen. Vielleicht würde Samantha genauso viel Glück haben. Er liebte diese junge Frau, die in der Kindheit seine beste Freundin gewesen war und nun seine Geliebte und Gattin werden würde, von ganzem Herzen und würde nichts riskieren, das sie an seiner Liebe zu ihr zweifeln lassen könnte.

SIEBENUNDFÜNFZIG

Daniel Lane verließ das Morris-Keaton-Brownie-Kamerageschäft im Zentrum von Dallas mit einem zufriedenen Grinsen. Er hatte nicht gewusst, ob der Inhaber, der ihm als Fachmann für die Rettung von beschädigten Filmen empfohlen worden war, jedoch einfachere und billigere Kameras verkaufte, in der Lage sein würde, die Filmrolle in Samantha Gordons Kodak zu retten. Daniel hatte befürchtet, dass er sie nach Rochester schicken und einen Monat auf die Fotos warten müsste, aber der Fachmann war seinem Ruf gerecht geworden.

»Ist nichts sonderlich Interessantes drauf«, hatte das Urteil des Mannes gelautet, als er Daniel die entwickelten Fotos überreichte. »Nur Aufnahmen von einem Tierschädel und einem dürren Kerl auf einem ziemlich großen Ochsen.«

»Könnte trotzdem für jemanden interessant sein«, hatte Daniel entgegnet. »Vielen Dank. Sie sind ein wahrer Lebensretter.«

Ganz stimmte das nicht, dachte Daniel beim Verlassen des Ladens. Diese Fotos konnten Todds Leben, zumindest sein Berufsleben, zerstören. Todd hätte Samantha Gordons Kodak nach Rochester schicken sollen, stattdessen hatte er sie aus ziemlich offensichtlichen Gründen in den Trinity River geworfen. Die Bilder würden die Behauptung der jungen Frau, dass sich ein Dinosaurierfriedhof auf dem Gelände befand, auf dem Todd so gern nach Öl bohren wollte, untermauern. Sein und Sloan Singletons Motiv, Stillschweigen über den Schädel zu bewahren, war identisch, was bedeutete, dass sie vermutlich unter einer Decke steckten. Die ganze Zeit über hatte Daniel sich gefragt, wie Sloan in den Besitz des Schädels gelangt war. Er war nicht der Typ, der nach so etwas graben würde, nicht einmal, um Samantha zu gefallen. Todd musste ihn ihm gegeben haben. Der Geologe hatte an dem Tag, an dem er am Windy Bluff auf dem Ochsen fotografiert worden war, von Samanthas Entdeckung erfahren. Daniel wusste nicht, wann die beiden sich zusammengetan hatten, aber Sloan hatte Samantha den Heiratsantrag einen Tag nachdem Billie June ihm in der Küche mit dem Schädel begegnet war, gemacht, also unmittelbar nach dem Datum auf den Fotos.

Tja …

Der Vater von Samantha Gordon hatte seine Zustimmung zu dem Pachtvertrag für die Ölbohrung zurückgezogen, eine Entscheidung, die den Diebstahl des Schädels sinnlos und Todds Versuch, einen Bohrturm aufzustellen, aussichtslos machte. Den Gerüchten im Büro zufolge war es unerheblich, was die Fotos belegten; der Rancher würde keine Bohrungen auf dem Grund gestatten, den seine Tochter für heilig hielt, und die Bilder schienen ihre Überzeugung zu bestätigen. Daniel war kein Paläontologe, aber die Aufnahmen sahen tatsächlich so aus, als zeigten sie den Teil eines Dinosaurierschädels.

Er musste herausfinden, ob Sloan Singleton den Schädel noch hatte, und das konnte er möglicherweise am folgenden Tag, einem Samstag. Billie June wollte morgens den ersten Zug von Fort Worth nehmen, um zum Frühstück in Dallas zu sein. Als sie ihm mitgeteilt hatte, dass sie nach Dallas ziehen würde, um Musik an der Sarah B. Morrison Academy zu studieren, war er in Panik geraten. Im Beruf lief es prima. Er hatte eine gemütliche Wohnung, eine wachsende Garderobe, ein zuverlässiges Pferd und einen Zweisitzer, den er gebraucht erworben und so hergerichtet hatte, dass er wie neu aussah. Außerdem war es ihm gelungen, einen nicht unerheblichen Geldbetrag beiseitezulegen. Das hatte er einer Gehaltserhöhung und seinem zehnprozentigen Anteil an den Verkäufen seiner Erfindung zu verdanken. Er hatte es bewusst langsam angehen lassen, sparsam gelebt, sich bei Waverling Tools etabliert, sich über Investitionen informiert und in Dallas orientiert, bevor er etwas riskierte. Wenn er sich sicherer fühlte, würde er sich einen feudaleren Lebensstil leisten, in dem auch Frauen vorkamen.

Und nun platzte Billie June in diesen wohlbedachten Plan. Dass Billie June in Dallas wohnen und ihn vermutlich jeden Tag sehen wollen würde, passte ihm nicht ins Konzept.

Daniel musste allerdings auch zugeben, dass sie ihm fehlte, wenn er jede zweite Woche von ihren samstäglichen Treffen in einem Hotel auf halber Strecke, wo sie eine feste Reservierung hatten, zurückkehrte. Dann ertappte er sich dabei, dass er noch Tage später an sie dachte. Wenn er etwas in einem Schaufenster sah, überlegte er, ob es Billie June gefallen könnte. Er schätzte ihren Sinn für Humor, die Unterhaltungen mit ihr und ihre Leidenschaft und stellte immer wieder fest, dass sein Blick unbewusst zum Kalender wanderte, um zu überprüfen, wie viele Tage es noch waren, bis er sie wiedersehen würde. Er genoss ihre Gesellschaft so sehr, dass er bisweilen vergaß, warum er sie anfangs gesucht hatte. Seine Rachsucht schwächte sich ab. Schließlich war Sloan Singleton Billie Junes Bruder, und trotz ihrer Differenzen liebte sie ihn.

Sloan Singletons Zusammenwirken mit Todd erneuerte Daniels Wunsch, Mr Hochwohlgeboren von seinem hohen Ross zu holen, auch wenn es ihm leidtat, Billie June dazu benutzen zu müssen. Er mochte die Frau, und ihm graute schon vor dem Tag, an dem er nicht zu einem ihrer Treffen auftauchen, ihre Briefe nicht mehr beantworten oder ihre Anrufe nicht mehr entgegennehmen würde. Wenn er alles von ihr hatte, was er brauchte, würde er ihr den Laufpass geben und seinen Plan in die Tat umsetzen. Doch damit, dass Billie June vor seiner Tür auftauchen würde, hatte er nicht gerechnet.

Als Samantha das Scheppern der Messingklappe am Briefkasten hörte, öffnete sie die Tür, bevor der mit einer blau-grauen Uniform bekleidete Briefträger etwas einwerfen konnte. Zwei schwarze Sterne an seinem Ärmel zeugten davon, dass er seit zehn Jahren Post für das U. S. Postal Department austrug, immer in der Straße, in der sich das Stadthaus von Samanthas Mutter befand, und in dieser Zeit war er zu einem Freund der Familie geworden. Heute war Freitag, der Tag, an dem der Briefträger Samantha zuliebe seine Route abänderte und die Post bereits vormittags, nicht erst nachmittags, zu ihr brachte.

»Kein Päckchen für mich, Mr Mason?«, fragte sie.

Er reichte ihr die Briefe, die er für sie hatte, und schüttelte den Kopf. »Erwarten Sie eines, Miss Gordon?«

»Ja, schon seit Tagen«, antwortete Samantha. Heute war der zwanzigste Juli. Wenn Todd ihre Kodak über einen Monat zuvor aufgegeben hatte, wie er behauptete, hätte sie inzwischen wieder bei ihr sein müssen.

Auf dem Gesicht des Mannes unter der Militärkappe, die durch Teddy Roosevelts Rough Riders so populär geworden war, breitete sich ein bedauernder Ausdruck aus. »Tut mir leid, Sie enttäuschen zu müssen. Vielleicht kommt es am Montag.«

»Das bezweifle ich, Mr Mason, aber danke trotzdem.«

Als Samantha die Tür schloss, wurde ihr klar, dass ihre Fotos niemals eintreffen würden. Es würde auch kein Team vom

American Museum of Natural History in New York oder von einer archäologischen Fakultät einer Universität nach Las Tres Lomas kommen, das bereit wäre, eine Ausgrabungsmannschaft sowie die Kosten dafür über mehrere Jahre zu tragen. Auf Unterstützung vom Peabody Museum brauchte sie ebenfalls nicht zu hoffen, da Todd nie mehr etwas davon erwähnt hatte, dass er sich mit seinem Freund, der dort arbeitete, in Verbindung setzen würde. Die Ausgrabungen privat zu unternehmen wäre zu teuer, selbst wenn sich ein Expertenteam fände, das man anheuern konnte. Und: Es existierten keine Fotos, die das Opfer ihres Vaters für sie rechtfertigten, nämlich seine Weigerung, Bohrungen am Windy Bluff zu gestatten.

Mildred kam den Flur entlang, um die Briefe für Estelle entgegenzunehmen und ihr nach oben zu bringen. »Was machen Sie denn für ein langes Gesicht?«, fragte sie. »Was ist los?«

»Ein guter Freund hat mich hintergangen«, antwortete Samantha.

»Das schmerzt. Kann man was dagegen tun?«

»Ja.« Es war nicht richtig, voreilig Schlüsse zu ziehen und Todd ohne Beweise zu beschuldigen, aber sie wurde den Verdacht einfach nicht los, dass ihre Kodak Dallas nie verlassen hatte. Es gab nur eine Möglichkeit, mehr herauszufinden. Sie musste Todd zur Rede stellen. Egal, was sein Mund sagte: Seine Augen würden ihr die Wahrheit verraten. Wenn er log, flackerte sein Blick, und seine Ohren bewegten sich etwas nach hinten; das fand auch Ginny gerade heraus. »Ich merke, wenn er mir gegenüber nicht ganz ehrlich ist, und das ist gut zu wissen für eine Ehefrau«, hatte sie Samantha schmunzelnd erklärt, »aber in wichtigen Angelegenheiten würde Todd mich niemals anschwindeln.«

Nun, das würde sich herausstellen, dachte Samantha. Sie würde sich nicht die Mühe machen, ein teures Ferngespräch nach Rochester, New York, zu führen, mit einem Angestellten zu reden, der sie warten lassen würde, während er die fraglichen Unterlagen heraussuchte und überprüfte, und obendrein zu riskieren, dass das Gespräch unterbrochen wurde, weil Fernverbindungen immer eine unsichere Sache waren. Nein, sie würde ihre Antwort einfacher, schneller und genauer von Todd Baker selbst erhalten.

»Mildred, sag doch bitte Jimmy, dass er die Pferde anspannen und mich zum Bahnhof bringen soll. Ich möchte schon den Elf-Uhr-Zug nach Dallas nehmen … und du könntest mir auch einen Gefallen tun.«

»Welchen, Miss Sam?«

Samantha würde Sloan mitteilen müssen, dass sie sich nicht wie geplant um zwei Uhr am Bahnhof mit ihm treffen werde. Sie konnte nicht riskieren, diese Nachricht telefonisch Millie May oder Billie June zu übermitteln, weil diese nicht wussten, dass Samantha ebenfalls zu der Auktion wollte und sich mit ihrem Bruder am Bahnhof verabredet hatte. Also würde sie Mildred mit einer Nachricht zu ihm schicken. Sie würden sich im Hotel treffen. Wenn sie den späteren Zug nach Dallas nähme, konnte Samantha die Büros von Waverling Tools nicht mehr vor Feierabend aufsuchen. Sie zog es vor, Todd an seinem Schreibtisch zur Rede zu stellen, nicht am Samstag bei sich zu Hause, in Gegenwart von Ginny. Ihrer Brautjungfer war bereits aufgefallen, dass sich das Verhältnis zwischen ihrem Ehemann und ihrer besten Freundin abkühlte. »Du kannst Todds Enttäuschung darüber doch sicher verstehen, dass dein Vater sich die Sache mit den Ölbohrungen anders überlegt hat, oder, Samantha?«, hatte Ginny sie ein wenig frostig gefragt. »Todd war praktisch *zugesagt* worden, dass er sein Fachwissen über die Ölvorkommen auf eurer Ranch unter Beweis stellen könnte, und dann hat man ihm einfach den Boden unter den Füßen weggezogen …«

Als Samantha Mildred ihre Bitte erklärte, fragte diese erstaunt: »Mr Sloan will auch mit dem Zwei-Uhr-Zug nach Dallas?«

»Ja«, antwortete Samantha, »aber meine Mutter soll das nicht erfahren.«

»Von mir wird sie das auch nicht. Hoffentlich haben Sie das hübsche Nachthemd eingepackt, das Sie zum Geburtstag gekriegt haben.«

Samantha brachte die Post ins Zimmer ihrer Mutter, wo diese die letzten Einladungen zur Hochzeit mit Adressen versah, und teilte ihr mit, dass sie beschlossen habe, einen früheren Zug nach Dallas zu nehmen, um Todd vor Feierabend in seinem Büro aufzusuchen. Da sie am Samstag zu der Auktion gehe, habe sie an diesem Tag keine Zeit dafür. »Vor der Hochzeit will ich noch etwas zwischen uns klären«, sagte sie.

»Gute Idee.« Ihre Mutter hatte die Spannungen zwischen ihrer Tochter und dem Geologen nur am Rande wahrgenommen, weil Samantha und Neal ihr die meisten Dinge, die sich um die Ranch drehten, vorenthielten, wogegen sie auch nichts hatte. Sie interessierte letztlich nur, dass Las Tres Lomas überhaupt weiterexistierte.

Samantha steckte noch einige Dinge in ihren bereits gepackten Koffer und brachte ihn nach unten. Auch das hübsche neue Nachthemd befand sich zusammengelegt darin. Eigentlich, dachte Samantha, hätte sie eher angesichts der bevorstehenden Nacht mit Sloan aufgeregt als wütend über die drohende Auseinandersetzung mit Todd sein sollen. Sie hatte sich auf die Fahrt mit Sloan im Zug gefreut, weil sie nur selten Zeit, Raum und Gelegenheit fanden, auf ihren Ranches allein zu sein. Die nie enden wollende Arbeit sowie die Anwesenheit seiner Schwestern, ihres Vaters, der Bediensteten und der Viehtreiber machten ein Tête-à-tête fast unmöglich. Aber sie musste die Sache mit ihrer Kamera klären, sonst würde sie sich in der Nacht nicht in Sloans Armen entspannen können. Bis dahin würde sie wissen, was aus den Fotos geworden war, und das würde ihre Entscheidung beeinflussen, ob sie ein ähnliches Opfer für ihren Vater zu bringen bereit war wie er für sie. Wenn sie erfuhr, dass es keinerlei Belege mehr für ihre Entdeckung gab, würde sie ihren Widerstand gegen Ölbohrungen am Windy Bluff aufgeben.

ACHTUNDFÜNFZIG

Samantha stellte sich der Dame am Empfang von Waverling Tools, auf deren Messingnamensschild AGATHA BEARDSLEY stand, vor. »Ich würde gern mit Todd Baker sprechen«, sagte sie, »aber es wäre mir lieb, wenn Sie mich nicht ankündigen. Wir sind befreundet. Ich möchte ihn überraschen.«

Die mit einem marineblauen Kleid mit weißem Kragen gewandete Miss Beardsley, eine Frau mittleren Alters, hatte schon vor der Einrichtung der Telefonzentrale hinter dem Empfang für Trevor Waverlings Vater gearbeitet. Sie war heimlich in Edwin verliebt gewesen und hatte sich nie ganz von Jordan Waverlings Tod erholt. Miss Beardsley kannte den Namen Gordon und wusste, dass er wesentlich dazu beitrug, den aufstrebenden Geologen des Unternehmens in seinem Drang nach oben zu bremsen. Sie zögerte, Samanthas Bitte stattzugeben, kam dann jedoch zu dem Schluss, dass Miss Gordon möglicherweise ein Friedensangebot unterbreiten wollte. Also schlug sie einen Kompromiss vor.

»Ich fürchte, das wäre Mr Waverling nicht recht, aber ich könnte Sie zu Mr Bakers Büro bringen, statt ihn hierherzurufen.«

»Gute Idee«, sagte Samantha.

Samantha folgte der groß gewachsenen Miss Beardsley, die sich kerzengerade hielt, umweht vom Duft der Gardenien auf ihrem Schreibtisch. Wo um Himmels willen fand man Mitte

Juli Gardenien?, fragte Samantha sich. Das schneeweiße Arrangement, das sich aus einer grünen Vase auf den Mahagonitisch ergoss, verlieh dem gediegenen Empfangsraum Eleganz. Samantha, die bereits vom Äußeren des Gebäudes beeindruckt gewesen war, hätte nicht erwartet, so viel Stil im Bürotrakt eines Industrieunternehmens vorzufinden. Als sie an einem feudal eingerichteten Raum vorbeikam, sah sie zu ihrer Überraschung hinter der offenen Tür den Mann, der ihr im vergangenen März als Trevor Waverling, Nathan Holloways Vater, vorgestellt worden war. Er hob den Kopf, und als ihre Blicke sich kurz trafen, erinnerte Samantha sich an seine ungewöhnlich blauen Augen, die denen seines Sohnes so sehr ähnelten. Sie nickte. Ob er sich auch an sie erinnerte? Samantha folgte der Empfangsdame weiter zum Büro von Todd Baker.

Trevor trat neugierig an die Tür und schaute Samantha nach. Sie trug ein leichtes Sommerreisekostüm und einen kleinen Hut, unter dem ihre Haare gut zu sehen waren. Er beobachtete, wie sie hinter Miss Beardsley stehen blieb, als diese an der Tür von Todds Büro klopfte, und dabei fiel ihm die merkwürdig vertraute Form von Nase und Kinn der jungen Frau auf. Nun erkannte er sie. Samantha Gordon war ihm seit dem Abend mit dem Vortrag über Paläontologie im Gedächtnis geblieben, warum, wusste er nicht so genau. Sie war zu jung, um ihn körperlich zu interessieren. Ihm waren reife Frauen lieber, und dieses Mädchen wirkte kaum älter als Nathan. Ihre Haare und ihre Haut erinnerten ihn an Millicent Barrows, bevor sie Millicent Holloway geworden war, doch ihre Haltung und ihr Gang ähnelten jemand anders, dessen Gesicht und Namen er momentan nicht zuordnen konnte.

Todd ließ sich Zeit, auf das Klopfen zu reagieren – er konnte schrecklich arrogant sein, dachte Trevor –, dann rief er überrascht aus: »Sam! Was machst du denn hier?« Das fragte auch Trevor sich. Er hatte geglaubt, sie habe alles Nötige mit dem Geologen besprochen. Trevor hatte gerade sein Büro verlassen wollen, um Nathan abzuholen, als ihm eingefallen war, dass er einen Bericht mit nach Hause nehmen wollte. Wenn er den vergessen hätte, wäre ihm der Besuch Samanthas entgangen. Seine Mutter gab am Abend eine Esseneinladung, die ausschließlich dem Zweck diente, ihren Enkel einer jungen Dame vorzustellen, die sie für geeignet hielt, Mrs Nathan Holloway zu werden. Trevor hatte nichts dagegen. Er kehrte an seinen Schreibtisch zurück und setzte sich, und dabei musste er an Millicent denken.

Mit ihr hatte er den tollsten Sex überhaupt erlebt. Er hatte sie mehrmals davor gewarnt, dass sie schwanger werden könnte, doch sie hatte geantwortet, das sei ihr egal. *Ich will Kinder von dir, Trevor, und sie sollen alle aussehen wie du.*

Das hatte ihn gewundert, so verliebt, wie Millicent in ihre eigene Schönheit war. Trevor hatte versucht, seine Begierde nach ihr zu vergessen, weil er keine so oberflächliche Frau heiraten wollte, das aber erst geschafft, als er einen Grund hatte, sie zu verlassen. Er konnte es ihr nicht verdenken, dass sie ihn hasste. Sie hatte geglaubt, ihn zu lieben, und mittlerweile war Trevor davon überzeugt, dass sie das tatsächlich getan hatte. Nur aus Liebe konnte ein so starker Hass erwachsen wie der, den Millicent für ihn empfand.

Wenn er von ihrer Schwangerschaft gewusst hätte, als er sich von ihr trennte, wäre ihrer beider Leben anders verlaufen. Er hätte sie geheiratet und den Rest seiner Tage mit ihr verbracht. Als Trevor von Nathans Existenz erfuhr, hatte er erwartet, dass sein Stiefvater Leon ihn schlecht behandeln würde, nicht seine Mutter. Es war ihm nie in den Sinn gekommen, dass Millicent diejenige sein würde, die emotional auf Distanz zu dem Jungen ging. Das Kind stammte schließlich von Trevor Waverling, der Liebe ihres Lebens. Trevor war so dumm gewesen, nicht zu erkennen, dass Liebe bei einem so narzisstischen Menschen wie Millicent sich in Hass verwandeln kann, und wenn da nicht die Liebe seines Stiefvaters gewesen wäre, hätte Nathan nichts zu lachen gehabt. Nathan hatte gesagt, Samantha Gordon sei eine anständige, intelligente junge Frau, die Rebecca ausgesprochen nett und sanft behandelt habe. In dieser Hinsicht konnte Trevor nicht die geringste Ähnlichkeit mit Millicent entdecken.

Ein Klopfen an Trevors offener Tür riss ihn aus seinen Gedanken. Er drehte sich auf seinem Stuhl vom Fenster weg und seinem Sohn zu. »Fertig?«, fragte Nathan. »Der Himmel helfe uns, wenn wir zu Großmutters Fest zu spät kommen.«

»Samantha Gordon ist drüben in Todds Büro«, teilte Trevor ihm mit. »Ich glaube, ich werde noch ein bisschen bleiben, um zu erfahren, warum.«

»Samantha!«, rief Todd aus. »Was für ein unerwartetes Vergnügen. Komm doch rein.«

Samantha nickte Miss Beardsley über die Schulter zu. Obwohl diese ein wenig pikiert die Augenbrauen hob, entfernte sie sich. Samantha sah Todd an. »Meine Kamera ist immer noch nicht da.«

»Die kommt schon noch, da bin ich mir sicher.«

»Und ich bin mir sicher, dass sie nicht kommt.« Todds ausweichender Blick und die sich ein wenig nach hinten bewegenden Ohren verrieten Samantha die Wahrheit. Sie trat einen Schritt auf ihn zu. »Todd, ich muss dir nicht erklären, wie wichtig diese Fotos für die Wissenschaft sind. Wo ist die Kamera?«

Todd wich zurück. »Wie kommst du auf die Idee, dass ich wissen könnte, wo sie ist?«

»Weil du sie nie weggeschickt hast. Wo ist meine Kodak?«

»Samantha, keine Ahnung, was du meinst. Ehrlich.«

»Deine Augen und deine Ohren verraten, dass du lügst.«

»Wie bitte?« Todd hob den Blick, und als er über ihre Schulter sah, blieb ihm der Mund offen stehen. »O Gott!«

Was hatte ihn so erschreckt? Samantha drehte sich um. Trevor Waverling hatte den Raum betreten. »Was ist hier los?«, fragte er. »Kann ich irgendwie helfen?«

»Möglicherweise«, antwortete Samantha. Todd blieb stumm.

Mit einer höflichen Geste lud Trevor Samantha ein, auf dem Stuhl vor Todds Schreibtisch Platz zu nehmen, während Todd auf den seinen sank. Trevor merkte, noch bevor Samantha damit fertig war, ihren Verdacht zu erläutern, und Todd damit, ihn zu leugnen, dass sein Geologe log. Nathan hatte hinsichtlich des Verbleibs der Kamera Zweifel geäußert, offenbar zu Recht, wie sich jetzt herausstellte. Todd war so versessen darauf gewesen, auf dem Grund der Gordons nach Öl zu bohren, dass er die Aufnahmen, die er anscheinend für beweiskräftig hielt, beseitigt hatte. Möglicherweise war er auch für das Verschwinden des Schädels verantwortlich.

Trevor war sich unsicher, wie er mit der Situation umgehen sollte. Sein erster Impuls war es, den Geologen zu feuern, weil er das Unternehmen in eine juristisch prekäre Lage gebracht hatte, aber welche Beweise hätte er dafür gehabt? Sein Wort stand gegen die Vermutungen der jungen Frau, und Todds Mauscheleien hatten zu nichts geführt. Neal Gordon hatte seiner Hoffnung, sich durch Ölbohrungen auf dem Grund von Las Tres Lomas einen Namen zu machen, ein Ende gesetzt und Todd seinen gerechten Lohn erhalten. Außerdem erhob sich die Frage, ob Trevor einen fleißigen, fähigen Geologen ziehen lassen wollte, der obendrein frisch verheiratet war. Sollte er es nicht eher so sehen, dass er durch diesen Zwischenfall bereits früh in seiner Laufbahn eine Lektion lernte und sein Chef ihn von nun an im Auge behalten würde? Die Kamera war dahin, der Schädel offenbar verschwunden. Daran ließ sich nichts mehr ändern.

»Gehen wir der Sache auf den Grund, und rufen wir bei der Eastman Kodak Company an, um herauszufinden, wann die Kamera dort weggeschickt wurde«, schlug er schließlich vor.

»Oder ob sie sie je erhalten haben«, fügte Samantha mit einem Blick auf Todd hinzu.

»Was für einen Absender haben Sie angegeben, Todd?«, wollte Trevor wissen.

Todds Adamsapfel bewegte sich hektisch auf und ab. Trevor fiel auf, dass der Mann weiß wie die Wand war. »Den des Unternehmens.«

»Miss Beardsley soll sich gleich darum kümmern. Miss Gordon, warten Sie doch in meinem Büro. Dort ist es bequemer für Sie, und ich lasse Ihnen von meiner Sekretärin eine Erfrischung bringen. Todd, Sie bleiben hier, bis die Sache geklärt ist, verstanden?«

»Ja, Sir«, antwortete Todd, der noch tiefer in seinen Stuhl sank.

Samantha erhob sich ohne ein weiteres Wort und folgte Trevor aus dem Büro des Geologen, wo sie noch einen Blick auf das Hochzeitsfoto ihrer lächelnden Brautjungfer neben ihrem Ehemann erhaschte.

Trevor bot ihr einen der tiefen Bürosessel an und ließ sie mit Nathan zurück, um seiner Empfangsdame Anweisungen zu geben und Jeanne zu beauftragen, dass sie Eistee und Kekse brachte. Als er zurückkehrte, verfolgte er, ohne selbst etwas zu sagen, das Gespräch zwischen seinem Sohn und der hübschen Tochter von einem der prominentesten Rancher von

Fort Worth mit. Trevor fielen ihre Hände auf, die Form ihrer Finger und ihre schmalen Handgelenke, als sie Nathan erklärte, dass sie sich in Dallas aufhalte, um an einer Pferdeauktion teilzunehmen, und im Strathmore übernachten werde. Höflich erkundigte sie sich nach Rebecca und Zak, und Nathan fragte seinerseits, wie es mit ihren Hochzeitsplänen vorangehe.

»Wenn das, was ich von Todd vermute, wahr ist, werde ich wohl keine Brautjungfer mehr haben«, seufzte Samantha. »Sie ist Todds Frau.«

»Schade, dass Sie keine Schwestern haben, die einspringen könnten«, bemerkte Trevor höflich. »Wie ich gehört habe, sind Sie ein Einzelkind.«

»Ja, Mr Waverling. Zumindest weiß ich nichts von Schwestern. Ich wurde im Alter von vier Tagen adoptiert.«

»Tatsächlich? Normalerweise frage ich eine Dame nicht nach ihrem Alter, aber Sie müssen mir erlauben, das Ihre zu schätzen. Sie dürften zwanzig sein wie mein Sohn.«

Samantha nickte. »Ich bin letzten März zwanzig geworden.«

»Ich auch«, sagte Nathan. »Am dreiundzwanzigsten.« Er bedachte Trevor mit einem spöttischen Blick. »Den Tag werde ich nie vergessen.«

»Das ist auch mein Geburtstag!«, rief Samantha aus. »Was für ein Zufall!«

»Ja, das ist tatsächlich ein Zufall«, meinte Trevor und musterte die junge Frau genauer. Dabei spürte er, wie sein Herz schneller zu schlagen begann. Gerade war ihm etwas aufgegangen: Samantha erinnerte ihn an seine Mutter. »Verzeihen Sie meine Neugierde, Miss Gordon«, fiel er ihr ins Wort, als sie Nathan eine Frage stellte, »aber haben Sie eine Ahnung, wo Sie zur Welt gekommen sind?«

»Äh … nein«, stotterte Samantha überrascht über diese ziemlich intime Frage. »Über das Thema haben meine Adoptiveltern nie mit mir gesprochen.« Sie schwieg kurz, bevor sie fortfuhr: »Dem wenigen, was ich weiß, entnehme ich, dass ich vermutlich im Norden geboren wurde, irgendwo am Red River.«

»Und woher wissen Sie das, wenn ich fragen darf?«

»Ich habe Grund zu der Annahme, dass der Arzt, der mich entbunden hat, in Marietta, im Oklahoma-Territorium, ganz in der Nähe der Grenze, praktizierte.«

Trevor nickte. »Den Ort kenne ich. Wissen Sie den Namen des Arztes?«

»Ja …«, antwortete Samantha sichtlich verwirrt. »Dr. Donald Tolman.«

Sie wurden unterbrochen von Miss Beardsley, die berichtete, dass in der Eastman Kodak Company in Rochester, New York, keinerlei Aufzeichnungen über den Erhalt einer Kamera existierten, die von Waverling Tools in Dallas, Texas, auf den Weg gebracht worden sei.

»Schicken Sie mir Todd«, wies Trevor sie an.

Als Todd ziemlich blass und nervös eintrat, bedachte er Samantha mit einem vorwurfsvollen Blick.

»Leider haben wir schlechte Nachrichten für Sie, Todd«, verkündete Trevor. »Sagen Sie es ihm, Miss Beardsley.«

Todd lauschte weiter erbleichend, bis seine Wangen vor Wut rot anliefen. »Es ist nicht meine Schuld, dass das Paket nicht angekommen ist. Ich hab die verdammte Kamera aufgegeben, und das kann ich beweisen!«, fauchte er.

Ungläubiges Schweigen. Todd suchte hektisch in der Brusttasche seines Anzugs und nahm schließlich einen gelben Posteinlieferungsschein heraus. Mit zutiefst verletzter Miene reichte er ihn Trevor. Der las, was darauf stand, und sah Todd erstaunt an. »Und warum haben Sie uns den nicht schon früher gezeigt?«

»Weil ich ihn gerade erst wieder gefunden habe, Mr Waverling. Ich … ich hatte Angst, dass ich, wenn ich behaupten würde, ich hätte einen Postbeleg für das Päckchen, und ihn dann nicht finden könnte, in Ihren Augen noch schlechter dastehen würde.«

Nathan meldete sich zu Wort. »Warum haben Sie den Beleg nicht in Ihre Spesenabrechnung gegeben, Todd?«

Todd blinzelte. »Sie haben meine Spesenabrechnung überprüft?«

Trevor klopfte seinem Geologen auf die Schulter. »Schweifen wir nicht ab. Todd, wir schulden Ihnen eine Entschuldigung. Dieser Beleg löst das Rätsel, und ich hoffe, er klärt alle Missverständnisse zwischen Ihnen und Miss Gordon.«

Samantha erhob sich. »Das würde ich gern glauben.« Ihre versteinerte Miene und ihr kühler Blick verrieten jedoch Zweifel.

Todd neigte den Kopf verletzt. »Wenn Sie mich entschuldigen würden. Ich muss wieder an die Arbeit.«

Auf dem Weg zu seinem Büro verkniff Todd es sich, Freudensprünge zu machen. Es hatte funktioniert, er hatte die Genugtuung gehabt, sie dumm dastehen zu lassen. Deswegen hatte er ihnen den Beleg erst gezeigt, als sie von seiner Schuld überzeugt gewesen waren. Da er sich schon gedacht hatte, dass er das Verschwinden der Kamera würde erklären müssen, hatte er Vorkehrungen getroffen. Am Montag, dem achtzehnten Juni, hatte er tatsächlich dem Angestellten im Postamt die verpackte Kodak mit der Adresse in Rochester überreicht, achtzig Cent Porto bezahlt und war gegangen. Wenig später war er an den Schalter zurückgekehrt. »Tut mir leid«, hatte er gesagt, »aber ich habe es mir anders überlegt. Könnten Sie mir mein Päckchen zurückgeben? Ich will es jetzt doch nicht wegschicken.« Dann hatte er die achtzig Cent zurückerhalten und mit der Quittung eingeschoben, die ihn von jedem Verdacht freisprechen würde. Er hatte lediglich bedauert, dass er die achtzig Cent nicht als Spesen abrechnen konnte. Das wäre zu dreist gewesen.

In Trevors Büro fragte Samantha: »Mr Waverling, darf ich Ihre Empfangsdame bitten, mir eine Droschke zu bestellen, die mich zum Hotel bringt?«

»Meine liebe Miss Gordon, nach allem, was wir Ihnen zugemutet haben, lasse ich Sie selbstverständlich nicht mit einer Droschke fahren. Nathan und mir wird es eine Freude sein, Sie zu Ihrem Hotel zu bringen.«

NEUNUNDFÜNFZIG

Was beschäftigt dich, Dad?«, fragte Nathan in der Kutsche, die sich holpernd vom Strathmore Hotel entfernte.

»Alles und nichts«, antwortete Trevor.

»Du gibst gern rätselhafte Antworten, was?«

»Ich versuche es mir abzugewöhnen, besonders bei dir. Freust du dich darauf, heute Abend Miss Charlotte Weatherspoon kennenzulernen?«

»Nicht besonders. Ist sie hübsch?«

»Das musst du selbst beurteilen, doch ich kann dir versichern, dass sie eine angesehene junge Frau ist.«

Aha, dachte Nathan, der sie sich vorstellen konnte: Der Jane-Eyre-Typ, nett und freundlich, jedoch hausbacken. »Sie ist also reich.«

»Sogar sehr, aber lass dich davon nicht abschrecken. Mit ›angesehen‹ meine ich, dass sie eine junge Dame mit Charakter ist, sonst würde deine Großmutter sie nicht zum Abendessen einladen. Ihr Sohn mag vielleicht Frauen von zweifelhaftem Ruf ehelichen, doch bei ihrem Enkel wird sie das nicht zulassen.«

Nathan spürte, wie so etwas wie Groll in ihm aufstieg. Obwohl seine Großmutter es gut meinte, fand er es anmaßend, dass sie es als Pflicht der Familie erachtete, ihm eine Partnerin zu präsentieren. Er würde seinen Umgang und seine zukünftige Ehefrau selbst wählen, das musste er ihr klarmachen. An diesem Abend würde er bei den Kuppelversuchen seiner Großmutter noch mitspielen, doch danach würde er sich nicht mehr darauf einlassen.

Der Esstisch war mit dem feinsten Geschirr aus der Vitrine gedeckt. Sterling-Silber glänzte, Kristallglas funkelte, Damast schimmerte schon ohne den Strahl der Kerzen im Kandelaber, die erst später angezündet werden sollten. Spiegelschalen mit alten Rosensorten warfen das Licht in allen Regenbogenfarben in die Winkel des Raums und erfüllten das Haus mit ihrem Duft. Beim Anblick dieser Pracht fragte Nathan seine Großmutter: »Erwarten wir den König von England?«

»Nein, mein Lieber, die junge Frau, die hoffentlich die Königin deines Herzens werden wird.«

Nathan blieb fest bei seinem Entschluss, sich nicht in eine Beziehung drängen zu lassen, bis Charlotte Weatherspoon und ihre Eltern den Salon betraten. Sie war groß gewachsen und gertenschlank, hatte dunkle Haare und braune Augen, war atemberaubend schön und von Anfang an nicht im Geringsten an ihm interessiert. Sie wirkte resigniert. Ähnlich wie Nathan, bei dem es allerdings eher daran lag, dass es ihm an Worten mangelte, so beeindruckt war er von ihr. Nur mit Mühe gelang es ihm, ihre Hand zu schütteln und sie ohne zu stottern zu begrüßen. »Guten Tag, Miss Weatherspoon. Schön, Sie kennenzulernen.«

»Woher wollen Sie das wissen?«, erkundigte sie sich mit gelangweiltem Blick. »Wir sind einander doch gerade erst vorgestellt worden.«

»Meine Einschätzung wurde durch meine Vorfreude beeinflusst, die, wie ich nun erkenne, voreilig war.«

Charlotte hob elegant eine Augenbraue. Sie war es also nicht gewöhnt, es mit gleicher Münze heimgezahlt zu bekommen, dachte Nathan. »Ich bezweifle, dass der Abend diese Einschätzung verbessern wird«, sagte sie.

Nathan verbeugte sich leicht, um zu signalisieren, dass er ihr nicht widersprechen würde.

»Hab Mitleid mit dem armen Jungen, Charlotte«, rügte ihre Mutter sie mit einem missbilligenden Stirnrunzeln, während Mavis schmunzelnd den Blick auf ihr Sherryglas senkte.

Trevor hasste lange Reisen, egal, ob zu Pferd, mit der Kutsche oder dem Zug. Doch ähnlich wie die Fahrt mit der Kutsche im März, um seinen Sohn zu holen, war auch diese die Zeit und die Unannehmlichkeiten wert. Früh am folgenden Morgen, einem Samstag, erwarb er ein Erste-Klasse-Ticket nach Gainesville. Er hatte seine Tasche bereits am Abend zuvor gepackt, war vor der Morgendämmerung aufgestanden und hatte sich leise aus dem Haus geschlichen, nicht, ohne seiner Mutter einen Zettel zu hinterlassen, auf dem er ihr mitteilte, dass er eine Geschäftsreise unternehme und in ein paar Tagen zurückkomme. Benjy, dem es gelungen war, die Pferde anzuschirren, ohne irgendjemanden aufzuwecken, hatte ihn zum Bahnhof gebracht.

Dort erwartete ihn eine Überraschung. Er hatte Benjy weggeschickt und stand mit seiner Tasche am Bahnsteig, als er ein Stück entfernt Daniel Lane entdeckte, der offensichtlich jemanden abholen wollte. Obwohl Trevor keine Lust hatte, sich schon so früh am Morgen mit einem Angestellten zu unterhalten, war seine Neugierde geweckt. Er trat hinter einen Laternenpfahl, von wo aus er beobachten konnte, ohne selbst gesehen zu werden, und kurze Zeit später stieg eine kleine, gut gekleidete Frau aus dem Zug und schlang die Arme um Daniel. Als sie händchenhaltend zu den Droschken gingen, schwang Daniel ihren Koffer so fröhlich, als wollte er gleich zu tanzen beginnen, und ihr Lachen drang bis zu Trevor herüber.

Hmm, dachte Trevor, doch als er es sich in seinem Abteil bequem machte und über das nachdachte, was er möglicherweise in Marietta im Oklahoma-Territorium herausfinden würde, vergaß er die Sache mit Daniel und seiner Freundin.

*

Sloan schlug als Erster die Augen auf, löste sanft Samanthas Arm von seinem Körper und erhob sich leise. Als er in seinen Morgenmantel schlüpfte, widerstand er dem Impuls, ihr die Haare aus der Stirn zu streichen und ihr Gesicht weiter im Schlaf zu betrachten. Wie vertrauensvoll und verletzlich sie aussah! Wie arglos und unschuldig. Wenn ihn nicht sein schlechtes Gewissen geplagt hätte, wäre er zu ihr ins Bett zurückgeschlüpft und hätte sie wach geküsst. Sloan trat auf den kleinen Balkon hinaus, um die frische Morgenluft zu atmen, die die Sonne bald schwül werden ließ, und um zu überlegen, wie er nun vorgehen sollte. War es zu spät, Samantha von dem Schädel in seinem Schrank zu erzählen? Hatte er den Punkt bereits überschritten, an dem es noch möglich gewesen wäre, ihn ihr zu geben?

Tags zuvor war er bei Samanthas Ankunft schon im Hotel gewesen. Er hatte sich wenige Minuten zuvor ins Gästebuch eingetragen und den Schlüssel zu seinem Zimmer in der Hand gehalten, als eine prächtige Concord-Kutsche vor dem Hotel vorgefahren und Samantha ausgestiegen war, begleitet von zwei Herren, die wieder in der Kutsche verschwanden, als der Türsteher sich Sloans Zukünftiger angenommen hatte. Sie hatte den Blickkontakt zu ihm gesucht, während er dem Gepäckträger zu seinem Zimmer neben dem ihren folgte. Warum sie mit dem früheren Zug gekommen war, hatte sie ihm erst erläutert, nachdem das geschehen war, wozu sie die Zimmer reserviert hatten.

»Ich glaube nicht, dass Todd die Kamera abgeschickt hat, auch wenn er den Einlieferungsschein vorweisen kann«, hatte sie erklärt. »Nathan glaubt es auch nicht.«

»Und Trevor Waverling?«

»Schwer zu sagen. Man weiß nicht so recht, was sich hinter seiner charmanten Art verbirgt.«

»Ich habe gesehen, wie attraktiv er ist«, hatte Sloan ihr beigepflichtet. »Und auch dass er dich intensiver gemustert hat, als es sich für einen Mann seines Alters schickt.«

Sie hatte eine Augenbraue gehoben. »Bist du etwa eifersüchtig? Weiter so. Das gefällt mir.«

Indem sie ihm von Todds Verrat erzählte, hatte Samantha Sloan noch eine – seine letzte – Chance verschafft, ihr mitzuteilen, dass nicht alles verloren sei, weil in seinem Schrank eine Überraschung auf sie warte. Doch dann hatte sie gemeint: »Also habe ich nach langem, gründlichem Überlegen beschlossen, Daddy zu sagen, dass er es am Windy Bluff mit dem Öl versuchen kann.«

Sloan hatte sie verständnislos angesehen. »Was soll das heißen, Sam?«

»An dem Tag, an dem Daddy Nathan Holloway mitgeteilt hat, dass es an meiner Fundstätte keine Bohrungen geben würde, habe ich gesehen, wie niedergeschlagen er war bei der Aussicht, möglicherweise auf ein Vermögen zu verzichten, um seine Tochter glücklich zu machen. Genauso niedergeschlagen wie ich, als ich über deine Frage nachgedacht habe, Sloan: Wie würde ich mich fühlen, wenn wieder einmal eine Katastrophe hereinbräche und unsere Rücklagen dahin wären? Ich bin zu dem Schluss gekommen, dass die Welt ohne das Wissen um die Schätze leben kann, die vielleicht unter Windy Bluff verborgen sind, ich aber nicht mit meinen Schuldgefühlen oder Daddys Groll, wenn Las Tres Lomas – oder das Triple S – sich jemals in finanziellen Schwierigkeiten befände, die sich mit Geld aus einem Ölfund hätten beheben lassen.« Sie hatte traurig gelächelt. »Das Land gehört Daddy, nicht mir. Der Boden ist mit dem Blut seiner Vorfahren getränkt, nicht mit meinem. Ich habe kein Recht, etwas meinen Willen aufzuzwingen, das ihm übertragen wurde, damit er es bewahrt. Mir genügt es zu wissen, dass er mir zuliebe alles geopfert hätte.«

Sloan ahnte, was es sie gekostet hatte, zu diesem Beschluss zu gelangen. Er kannte sich nur mit Rindern und dem harten Geschäft der Viehzucht aus und war schon oft über das Skelett irgendeines Tieres geritten, das in der Sonne ausbleichte und zerfiel, ohne sich jemals Gedanken über seine Herkunft zu machen. Samantha hingegen … Sie hielt den Blick permanent auf den Boden gerichtet, um nur ja nichts Ungewöhnliches zu übersehen. Er hatte sich vergewissern müssen, dass er sie richtig verstand. »Was genau willst du damit sagen, Sam?«, hatte er wiederholt.

»Dass ich meine Chance hatte. Jetzt kriegt Daddy seine. Ich werde mich nicht dagegen stellen, dass Waverling Tools seine Maschinen zum Windy Bluff bringt. Es ist ohnehin kein gutes Weideland. Außerdem kennen Mr Waverling und sein Sohn meine Befürchtungen hinsichtlich der Zerstörungen, die Ölbohrungen anrichten. Sie werden Rücksicht nehmen und den anderen Grund nicht antasten. Mr Waverling wird sich am Montagmorgen mit Daddy in Verbindung setzen. Ich werde ihm sagen, dass er um zehn Uhr im Triple S sein soll, um den Anruf entgegenzunehmen.«

Nun ging die Sonne auf und sandte ihre starken Strahlen auf die Stadt aus. Vormittags würde die Temperatur über schwüle achtunddreißig Grad steigen. Sloan füllte seine Lunge mit einem weiteren Zug frischer Luft. Welchen Sinn hatte es, Samantha jetzt etwas über den Schädel zu sagen? Sie hatte ihre Entscheidung getroffen, und diese Entscheidung war gut. Möglicherweise würde Neal das Angebot von Trevor Waverling doch noch ablehnen und bei seinem Entschluss bleiben, am Windy Bluff keine Bohrungen zu gestatten. In dem Fall musste Samantha nichts von dem Schädel erfahren. Sloan konnte mit einem schlechten Gewissen leben, jedoch nicht mit Zweifeln, die seine geliebte Samantha ihm gegenüber hegte.

Da öffnete sich die Balkontür, und Samantha trat, verschlafen die Augen reibend, in ihrem lose gebundenen Morgenmantel hinaus, unter dem sich schon lange nicht mehr ihr Geburtstagsnachthemd befand. Als er sie so sah, überkam Sloan heftige Begierde. »Guten Morgen«, begrüßte er sie. »Wie geht's meinem Mädchen oder, besser gesagt …«, er grinste, »… meiner jungen Frau?«

Samantha lachte. »Von wegen deine Frau! Wie geht's meinem Mann?«

»Komm her, dann zeig ich's dir.«

»Perfekt«, sagte Billie June und ließ den Blick ein letztes Mal über die Wohnung schweifen, das dritte Angebot, das sie und Daniel aus dem Anzeigenteil des *Dallas Herald* besichtigten. »Die nehme ich.«

Daniel fächelte sich mit seinem Hut Luft zu. Aufgrund der geschlossenen Fenster war es in dem Raum stickig und heiß. Billie June hatte das Oberteil ihres Kostüms ausgezogen. Unter ihren Armen und zwischen ihren Schulterblättern befanden sich kleine Schweißflecken, doch ansonsten sah ihre Batistbluse mit dem Rüschenkragen aus, als hätte sie sie gerade erst angezogen. Das gefiel Daniel an ihr: In der Öffentlichkeit wirkte Billie June immer kühl und frisch. Was für ein Gegensatz zu ihrer Leidenschaft im Bett!

Während sie Schränke aufmachte und das Innere von Schubladen inspizierte, begutachtete Daniel Billie June. Ihm hatte vor diesem Tag gegraut, an dem er mit ihr Mietwohnungen anschauen musste, hauptsächlich deswegen, weil er fürchtete, seinen Unmut darüber zu verraten, dass sie nun dauerhaft in seiner Nähe leben würde. Sie würde nicht in einem Frauenwohnheim mit strikten Regeln, sondern in einem Apartment wohnen, wo sie kommen und gehen und empfangen konnte, wen sie wollte. Natürlich hatte sie ihrem Bruder das nicht mitgeteilt. Billie June behauptete, sie würde lieber in einer Obdachlosenunterkunft nächtigen als in einem Stall voll gackernder Weiber.

»Wird dein Bruder, wenn er die Rechnung kriegt, nicht merken, dass du nicht in einer Pension wohnst?«, hatte sich Daniel erkundigt.

»Er mag sich nicht die Mühe machen, jeden Monat Schecks für meine Auslagen auszustellen«, hatte Billie June geantwortet. »Deshalb wird er für mich ein Konto bei seiner Bank eröffnen, von dem ich Geld abheben kann.«

»Hast du tatsächlich vor, Musik an der Sarah B. Morrison Academy zu studieren?«

»Natürlich. In dieser Hinsicht will ich ihm nichts vormachen.«

Nun sah Daniel ihr zu, wie sie sich durch den Raum bewegte. Sie hatte eine wunderbare Figur, von den kleinen, festen Brüsten bis zu ihrem runden Po und den wohlgeformten Beinen. Obwohl es zu heiß war für Sex, ertappte er sich dabei, dass er gern mit ihr ins Bett gegangen wäre. Und das, obwohl er doch eigentlich vorgehabt hatte, sie so schnell wie möglich loszuwerden. Er hatte ihr mitgeteilt, dass sie nicht in seiner Wohnung bleiben könne. Dort gebe es keinen Strom, weil irgendein Idiot den Generator ausgeschaltet habe. Außerdem sei eine Leitung undicht, sodass er auch kein fließendes Wasser habe. Überdies habe die schwüle Luft einige der Schlafzimmerfenster verzogen, weswegen es unerträglich heiß sei.

»Schon recht«, hatte sie gesagt. »Dann übernachte ich im Strathmore, aber dich muss ich reinschmuggeln, weil man die Singletons dort kennt. Das ist das Hotel, in dem meine Familie in Dallas immer wohnt.«

So war er, statt sich zu wünschen, dass sie wieder abreiste, eher froh darüber, dass sie bis Sonntagnachmittag bleiben und erst den Vier-Uhr-Zug zurück nach Fort Worth nehmen würde. Daniel hatte von dem tollen Restaurant im Strathmore gehört; er wollte sie dort zu einem feinen Essen mit Champagner einladen und hinterher in einen Klub zum Tanzen ausführen. Darauf freute er sich schon. Irgendwann im Lauf des Abends würde er den Schädel erwähnen, allerdings musste er dabei vorsichtig vorgehen. Billie June hatte von sich aus kein Wort mehr davon gesagt. Wusste sie, wie wichtig er für Samantha war und dass sie ihn nicht mehr hatte? Wusste sie von Samanthas Kamera? Wäre so etwas nicht Thema von Frauengesprächen? Schützte Billie June ihren Bruder, weil sie, clever, wie sie war, zwei und zwei zusammengezählt hatte und zu der einzig plausiblen Erklärung gelangt war, warum der Schädel sich bei Sloan befand? Doch eigentlich konnte Daniel sich nicht vorstellen, dass Billie June Sloan bei etwas unterstützte, was man letztlich nur Diebstahl und Betrug nennen konnte, denn ihr Gerechtigkeitssinn war genauso stark wie ihr gerader Rücken, und Mr Hochwohlgeboren würde ziemlich in der Bredouille stecken, wenn seine Schwester jemals erfuhr, welche Bedeutung dieser Schädel besaß.

Nein, Daniel hätte gewettet, dass es auf Folgendes hinauslief: Samantha vertraute Billie June ihre Sorge nicht an, weil diese mit Daniel Lane schlief, einem Beschäftigten von Waverling Tools, also praktisch dem Feind, und sie nicht wollte, dass besagte Sorgen Thema von intimen Gesprächen und später Diskussionen im Konferenzzimmer wurden.

SECHZIG

Trevor Waverling erreichte Gainesville kurz nach Mittag, buchte ein Zimmer im Harvey House, ohne sich Zeit für ein Essen zu nehmen, mietete ein Pferd, machte sich damit auf den Weg und erreichte zwei Stunden später den Red River, die Grenze zwischen Texas und Oklahoma. Zum Glück waren am Samstag nicht so viele Fähren und Passagiere unterwegs, sodass er ohne Verzögerung auf die andere Seite gelangte. Drüben brach er sofort nach Marietta auf, wo er nach einer halben Stunde, mitten am Nachmittag, ankam. In einem kleinen Hotel mit dem hübschen Namen Wayfarer Inn erkundigte sich Trevor beim Geschäftsführer nach der Adresse der Praxis von Dr. Tolman.

Der Mann wirkte überrascht. »Sie sind jetzt schon die zweite Person innerhalb von ein paar Monaten, die nach dem Doc fragt, und Ihnen muss ich das Gleiche sagen wie der Frau. Er lebt nicht mehr. Ist um den ersten April gestorben.«

»Eine Frau?«

»Ja, eine nette junge Frau. Wir haben jetzt einen neuen Arzt, wenn Sie zu dem möchten. Er hat die Praxis von Dr. Tolman übernommen.«

Trevors Herz schlug schneller. »Wissen Sie noch, wie die nette junge Frau hieß?«

Der Geschäftsführer schüttelte den Kopf. »Sie hat mir ihren Namen nicht verraten.«

»Glauben Sie, er steht im Gästebuch?«

»Sie hat kein Zimmer bei uns genommen, sondern nur ihre Bedienstete bei uns gelassen, während sie zu Dr. Tolman gegangen ist. Danach hat sie sie abgeholt, weil sie mit ihr zur Fähre wollte.«

»Wie hat sie ausgesehen? Ich meine die nette junge Frau.«

Das erntete einen berechnenden Blick. »Daran erinnere ich mich nicht.«

Trevor holte einen großen Geldschein aus seiner Brieftasche. »Hilft das Ihrem Gedächtnis auf die Sprünge?«

Der Geschäftsführer machte Anstalten, den Schein zu nehmen, doch Trevor hielt ihn fest. »Hübsch, rötliche Haare, gute Ausdrucksweise«, beschrieb er sie schließlich.

»Hat sie erwähnt, woher sie war?«

»Nein.«

Trevor gab ihm den Geldschein. »Wo finde ich die Praxis des verstorbenen Dr. Tolman?«

Zehn Minuten später betrat Trevor das rustikale Holzhaus und stellte sich der korpulenten Frau mit freundlichem Gesicht am Empfang vor. »Möglicherweise bin ich umsonst hier«, erklärte er mit einem charmanten Lächeln, »doch ich würde gern etwas über ein kleines Mädchen herausfinden, das um den dreiundzwanzigsten März 1880 geboren und Dr. Tolman überlassen wurde, damit er eine Adoption arrangiert. Es könnte sein, dass die Kleine mit mir verwandt ist. Ich weiß, er lebt nicht mehr, aber glauben Sie, es gibt Aufzeichnungen über ihre Geburt und deren Umstände?«

Die Frau lauschte ihm andächtig. Trevor war klar, dass nicht jeden Tag ein attraktiver Mann wie er in dieser Praxis auftauchte. »Na so was«, sagte sie, »Sie sind jetzt schon die zweite Person, die sich nach einem kleinen Mädchen erkundigt, das ungefähr zu der Zeit auf die Welt gekommen ist.«

Wieder beschleunigte sich Trevors Puls. »Eine hübsche

junge Frau mit rötlichen Haaren. Erinnern Sie sich an ihren Namen und daran, wann sie hier war?«

»Ich bin ihr nicht persönlich begegnet. An dem Tag habe ich meinen Neffen in Ardmore besucht, aber das klingt nach der jungen Frau, die Dr. Tolmans Tochter mir beschrieben hat. Ich habe Dr. Tolman bis zu seinem Tod als Hebamme assistiert. Eleanor war damals da, um den Nachlass ihres Vaters zu regeln. Das war vergangenen April. Ich glaube nicht, dass sie den Namen der jungen Frau erwähnt hat.«

»Es würde mich freuen, wenn Sie mir alles erzählen, woran Sie sich erinnern«, meinte Trevor. »Dr. Tolmans Tochter lebt nicht hier, oder?«

Die Hebamme schüttelte den Kopf. »Nein, in Oklahoma City. Eleanor hat gesagt, die junge Frau wollte etwas über ihre leiblichen Eltern und mögliche Geschwister erfahren. Sie vermutete, dass sie in dieser Gegend oder auf der anderen Seite des Flusses in Texas zur Welt gekommen ist. Ich war in der Zeit, für die sie sich interessierte, nicht die Hebamme von Dr. Tolman. Sie und Eleanor sind gemeinsam die Unterlagen durchgegangen, haben jedoch keine Aufzeichnungen über die Geburt eines kleinen Mädchens finden können, bei denen das Datum gepasst hätte.« Der Blick der Hebamme veränderte sich; hatte sie zu viel verraten? »Sie sind mit ihr verwandt?«

»Ich bin vielleicht ihr Vater.«

Der Hebamme verschlug es die Sprache. »Ach …«

»Hat Eleanor erzählt, wie die junge Frau aussah?«

»Nur, dass sie sehr hübsch und sehr freundlich war und eine ziemlich ungewöhnliche Haarfarbe hatte. Weder richtig rot noch richtig blond, eher eine Mischung aus beidem. Sagt Ihnen diese Beschreibung etwas?«

»Allerdings«, antwortete Trevor. »Und sagt Ihnen der Name Samantha Gordon etwas?«

»Leider nein.«

»Hat sie Eleanor verraten, woher sie kam und wo sie lebt?«

»Das habe ich Eleanor auch gefragt. Sie meinte, aus Fort Worth, Texas. Die junge Frau hat ihr eine Adresse in der Stadt hiergelassen für den Fall, dass Eleanor weitere Informationen entdeckt. Ich bezweifle allerdings, dass sie etwas herausgefunden hat.«

Trevor holte tief Luft. »Fällt Ihnen noch etwas anderes ein, das Eleanor gesagt hat?«

»Ja. Dass die junge Frau – ich wünschte, ich wüsste ihren Namen – schrecklich enttäuscht aussah, weil Eleanor ihr nicht helfen konnte. Sie hat ihr leidgetan. Obwohl sie so hübsch und gut gekleidet war, hat sie auf Eleanor verloren gewirkt. Tut mir leid, dass ich Ihnen nicht behilflich sein kann, Sir, aber ich wünsche Ihnen wirklich, dass Sie sich finden.«

Wieder zückte Trevor seine Brieftasche und zog mehrere Geldscheine heraus, die er in eine Blechdose auf ihrem Schreibtisch mit der Aufschrift FÜR CHICKASAW-WAISEN steckte, bevor er sich mit folgenden Worten verabschiedete: »Sie haben mir mehr geholfen, als Sie ahnen.«

Die Sonne war noch nicht untergegangen, als Trevor den Mietstall in Gainesville erreichte, wo er das Pferd zurückgab. Er war müde und hungrig, und er schwitzte. Bevor er sich in sein Zimmer zurückzog, um ein Bad zu nehmen, erkundigte er sich im Harvey House nach der Adresse der Holloways.

»Die wohnen noch nicht lange hier«, teilte ihm der Mann an der Rezeption mit. »Sie haben das Billings-Haus gekauft. Netter Kerl, dieser Mr Holloway.«

»Und Mrs Holloway?«, erkundigte sich Trevor.

Der Angestellte zögerte. »Hübsch wie eine Rose, aber ein bisschen … stachelig. Bitte nehmen Sie mir die Äußerung nicht übel, falls Sie mit ihr verwandt sind.«

»Keine Sorge.«

Nachdem er gebadet und sich im Speisesaal des Hotels gestärkt hatte, schrieb Trevor eine kurze Notiz und fragte an der Rezeption, ob es jemanden gebe, der sie überbringen könne. Er würde die Person entlohnen, wenn sie mit einer Antwort zurückkäme. Das Angebot wurde von einem Schuljungen namens Jeeper angenommen, der samstags in dem Hotel die Toiletten sauber machte und die Böden wischte. Er stellte Mopp und Eimer beiseite, um über den Gemeindeanger zu einer Straße zu laufen, die an einen Park angrenzte. Dort betätigte er die moderne Klingel am Haus der Familie Holloway. Der Mann, dem er die Nachricht aushändigen sollte – »Nur ihm, niemandem sonst« –, öffnete die Tür, eine Serviette im Kragen, weil der Junge ihn beim Essen störte. Der Mann las, was auf dem Zettel stand, zog die Serviette aus dem Kragen und griff nach seiner Stoffmütze, die an der Garderobe im Eingangsbereich hing.

»Leon?«, erklang eine Frauenstimme aus dem Esszimmer. »Wer ist da?«

»Niemand«, antwortete ihr Mann und zwinkerte dem Boten zu. Dann trat er hinaus, schloss leise die Tür hinter sich und folgte dem Jungen zum Hotel.

Trevor, der auf einer Bank davor auf Jeepers Rückkehr wartete, war überrascht, Leon Holloway im Schlepptau des Jungen zu sehen. In der Nachricht hatte er ihn gebeten, sich am Morgen in der Hotelhalle mit ihm zu treffen. Trevor erhob sich, drückte Jeeper eine Münze in die Hand und begrüßte Leon. »Danke, dass Sie gekommen sind.«

»Geht's um Nathan?«, fragte Leon schwer atmend. »Ist alles in Ordnung mit ihm?«

»Ja, keine Sorge. Er weiß nicht, dass ich hier bin.«

»Und warum sind Sie hier?«

»Wollen wir an die Bar gehen, Mr Holloway?«, schlug Trevor vor. »Wir werden beide eine Stärkung brauchen.«

Während des Tages hatten sie das Essen aufs Zimmer bestellt, aber am Abend zogen Samantha und Sloan sich für den Speisesaal des Hotels an. Sie würden getrennt hinuntergehen, Sloan zuerst. Samantha würde ihm wenig später folgen, und wenn der Oberkellner sie hereinführte, würde Sloan Singleton, ein alter Freund der Familie, der sich der Pferdeauktion wegen in der Stadt aufhielt, sie entdecken, freudig überrascht von seinem Tisch aufstehen und sie zu sich bitten.

Sloan verlangte einen Tisch am Fenster, von dem aus er einen guten Blick auf den Eingangsbereich hatte. Obwohl er nicht erwartete, Gäste zu sehen, die er kannte, passte er doch auf, ob irgendjemand aus seinem Bekanntenkreis in dem Hotel übernachtete. Leute, die sich für die Auktion interessierten, kamen für gewöhnlich näher beim Auktionsort unter.

Deswegen glaubte er, als er aus dem Fenster schaute, zu halluzinieren. Draußen half der Portier seiner Schwester Billie June aus einer zweisitzigen Kutsche. Sloan war so verblüfft, dass er kurz gar nicht auf den Fahrer achtete, der um die Kutsche herumging, um Billie June seinen Arm zu reichen, nachdem er das Fahrzeug einem Stallburschen des Hotels übergeben hatte. Als er ihn schließlich wahrnahm, sprang Sloan auf, stieß dabei sein Wasserglas um und warf seine Serviette auf den Tisch.

Ein Kellner eilte herbei. »Mr Singleton, Sir? Alles in Ordnung?«

»Nichts ist in Ordnung!«, knurrte Sloan und marschierte zum Eingang. Er stand groß und furchteinflößend an der Drehtür des Hotels, als seine Schwester mit Daniel Lane eintrat.

»O Gott«, murmelte Billie June.

Leon nahm einen Schluck Scotch. Sonst trank er nur Bier, und auch das nur sehr selten und nie nach dem Abendessen, aber Trevor Waverling hatte recht. Diese Situation erforderte eine Stärkung. Leon hatte Trevor schweigend gelauscht, während dieser ihm darlegte, warum er vermutete, dass Samantha Gordon seine Tochter und Millicent ihre Mutter sei. Millicent habe ein Zwillingspärchen zur Welt gebracht, ein Mädchen und einen Jungen, den Sohn behalten und die Tochter weggegeben. Sie habe den Mann, der die zwei gezeugt hatte, genug gehasst, um beide loszuwerden, jedoch eines der Kinder bei sich aufziehen müssen, weil ihre Schwangerschaft allgemein bekannt gewesen sei.

Leon sträubten sich die Nackenhaare. Trevor Waverlings Ausführungen trafen in allen Punkten zu. Leon hätte dem Mann bestätigen können, dass Millicent tatsächlich ein Zwillingspärchen, einen Jungen und ein Mädchen, geboren hatte. Auch er glaubte, dass Samantha Gordon ihre Tochter war, doch davon ahnte Millicent nichts, und Leon wollte, dass es so blieb. Seinethalben konnte der Mann von der Maschinenfabrik weiter ohne gesichertes Wissen in seinem eigenen Saft schmoren. Samantha Gordon hatte einen Vater und eine Mutter, die sie liebten, und ein gutes Zuhause. Und Trevor Waverling hatte die schwangere Millicent im Stich gelassen. Ob die Zwillinge die Frucht einer Vergewaltigung oder beiderseitigen Einverständnisses waren, hatte keinerlei Einfluss auf das, worum es hier ging, nämlich um Leons Versprechen an Millicent, niemals zu verraten, dass sie ein Kind zur Welt gebracht und dann weggegeben hatte. Außerdem wusste Leon, wie es war, wenn einem der Junge, den man wie seinen eigenen liebte, entrissen wurde. Trevor Waverling hatte vor, Neal Gordon genau diesen Schmerz zuzufügen, einem Mann, der keine leibliche Tochter mehr hätte lieben können als die reizende junge Frau, die zur

Barrows-Farm gekommen war. Trevor Waverling verdiente es nicht, die Wahrheit zu erfahren. Schlafende Hunde sollte man nicht wecken. Falls Leon es überhaupt bedauerte, die Wahrheit irgendwann mit ins Grab zu nehmen, dann deswegen, weil er Nathan die Schwester vorenthielt, mit der er in Millicents Bauch herangewachsen war.

»Mir ist klar, dass ich viel von Ihnen verlange, Mr Holloway«, sagte Trevor, als Leon schwieg, »aber als Vater können Sie sicher verstehen, warum ich es erfahren möchte. Sind mein Sohn und Samantha Gordon Zwillinge? Ist sie meine Tochter?«

Leon merkte schnell, dass dieser Mann Dingen durch scharfe Beobachtung auf den Grund ging. Deswegen musste er vorsichtig sein. Und tatsächlich gelang es ihm, dem forschenden Blick Trevor Waverlings augenscheinlich gleichmütig standzuhalten. »Mr Waverling, ist das Ihr erster Drink?«, erkundigte er sich.

Kurz wirkte Trevor verwirrt, doch dann beugte er sich vor, und dabei spannte der Stoff seines teuren Gehrocks über seinen breiten Schultern. »Ich versichere Ihnen, dass ich nicht betrunken bin, Mr Holloway, und Sie haben meine Frage nicht beantwortet.«

»Das ist mein gutes Recht«, meinte Leon. Eigentlich hätte er aufstehen und gehen sollen, dachte er, aber am Ende wandte sich dieser Mann vielleicht direkt an Millicent, und der würde der Gaul durchgehen. In ihrem Zorn würde sie ihm die Wahrheit ins Gesicht schleudern. Und das musste er verhindern. Leon nahm Tabaksbeutel und Pfeife heraus, stopfte sie sorgfältig, drückte den Tabak mit dem Zeigefinger fest, steckte die Pfeife in den Mund und zündete die starke Mischung an, die er immer von einem alten Komantschenhäuptling kaufte. Als die Pfeife richtig zog, erklärte er ganz ruhig:

»Ich war bei der Geburt nicht dabei. Ich war in Oklahoma City. Und als ich nach Hause gekommen bin, war Nathan da.«

»Entbunden von einem Dr. Tolman.«

Leon biss auf den Stiel seiner Pfeife, um seine Überraschung darüber zu kaschieren, dass der Mann von Dr. Tolman wusste. »Nein«, entgegnete er. »Eine Hebamme hat ihm auf die Welt geholfen.«

»Wie hieß sie?«

»Daran erinnere ich mich nicht mehr, falls ich es je gewusst habe. Ist lange her.«

»Glauben Sie, sie hat den anderen Zwilling mitgenommen?«

Leon nahm die Pfeife aus dem Mund. »Was für einen anderen Zwilling? Wenn Millicent mit Zwillingen schwanger gewesen ist, hat sie das selber nicht geahnt und war vermutlich ziemlich schockiert darüber. Ich kann Ihnen bloß sagen, dass sie mir gegenüber nichts von Zwillingen erwähnt hat. Da hätte ich ja vielleicht auch ein Wörtchen mitzureden gehabt, oder?«

Trevor beobachtete ihn genau, doch Leon gab sich keine Blöße. »Wenn die Hebamme da war, als Sie gekommen sind, müssten Sie doch eigentlich gesehen haben, ob sie das Kind mitgenommen hat.«

»Dazu kann ich nichts sagen. Sie saß schon im Wagen und wollte grade losfahren, als ich aufgetaucht bin. Und Millicent hat Nathan gestillt.«

Trevor Waverling lehnte sich zurück und zupfte ungeduldig am Revers seines Gehrocks. »Ich habe Grund zu der Annahme, dass die Hebamme mit einem Arzt aus Marietta, einem gewissen Donald Tolman, zusammenarbeitete.«

»Keine Ahnung.«

»Was wissen Sie überhaupt?«, fragte Trevor verärgert.

»Welcher Arzt hat Millicent bei den anderen Kindern betreut?« Er beugte sich über das fast noch volle Glas mit Scotch, um dessen Fuß sich eine Pfütze gebildet hatte.

Leon zündete seine Pfeife neu an und blies den Rauch über den Tisch. »Ein Dr. Bledsoe. Der ist in dem Sommer nach Gainesville gekommen, in dem mein Sohn geboren wurde.«

»Die Hebamme hat also solo gearbeitet, ohne einen Arzt?«

»Keine Ahnung.«

Trevor stieß einen entnervten Seufzer aus und nahm einen kleinen Schluck von dem Scotch. »Sonderlich gut haben Sie sich nicht über die Frau informiert, die Nathan entbunden hat, was? Das zu glauben fällt mir schwer.«

»Ihr Problem.«

Trevor erhob sich und streckte ihm die Hand hin. »Trotzdem danke für das Gespräch, Mr Holloway. Ich hoffe, ich habe Sie nicht vom Essen abgehalten.«

»Doch«, sagte Leon und richtete sich auf, »aber ich war schon satt.« Er klopfte die Asche aus der Pfeife, verstaute sie so in der Brusttasche seines Hemds, dass der Kopf herausschaute, und ergriff Trevors Hand. »Freut mich, wenn ich Ihnen helfen konnte. Ich wünsche Ihnen eine gute Heimreise.« Dann setzte er seine Stoffkappe auf. Bevor er sich zum Gehen wandte, fragte er unvermittelt: »Haben Sie keine Tochter, Mr Waverling?«

»Ja, doch«, antwortete der überrascht.

»Sie heißt Rebecca, stimmt's? Nathan hat uns von ihr erzählt. Er ist ganz vernarrt in seine Halbschwester. Sie soll ausgesprochen hübsch sein.«

Was Leon damit sagen wollte, war klar: *Du hast eine Tochter. Gib dich damit zufrieden.* Leon winkte zum Abschied kurz über die Schulter. »Richten Sie Nathan einen schönen Gruß von uns aus. Er soll uns schreiben.«

Sloan, Billie June und Daniel Lane blieben wie versteinert stehen. Billie June löste sich als Erste aus ihrer Erstarrung. »Sloan, es ist nicht so, wie du denkst«, beteuerte sie und hob die Hände. »Daniel hat freundlicherweise mit mir geeignete Unterkünfte für meine Zeit in der Musikschule besichtigt.«

»Was macht er in Dallas?«, fragte Sloan.

»Ich arbeite hier«, antwortete Daniel.

Sloan schenkte ihm keine Beachtung. »Und was habt ihr beide in diesem Hotel verloren?«

»Sie möchte ein Zimmer für die Nacht reservieren. Oder wäre es Ihnen lieber, wenn sie bei mir schläft?«, erklärte Daniel.

Sloan trat einen Schritt auf Daniel zu, der nicht zurückwich. In dem Moment deutete Billie June in Richtung Treppe. »Samantha! Was macht *die* denn hier?«

»Da sollte jemand vor der eigenen Haustür kehren«, murmelte Daniel und sah Sloan in die Augen.

Sloan wandte sich seiner Schwester zu. »Wir sind wegen der Pferdeauktion in der Stadt.«

»Aha. Und ich bin der Kaiser von China«, erwiderte Daniel.

Samantha, die sie mittlerweile entdeckt hatte, eilte mit einem flackernden Lächeln, das ein wenig an das Licht einer Glühlampe mit Wackelkontakt erinnerte, auf die Gruppe zu. »Hallo alle«, begrüßte sie sie. »Billie June, was für eine nette Überraschung. Schön, dich zu sehen. Sie auch, Mr Lane. Fühlen Sie sich wohl in Ihrer neuen Stellung?«

»Ja, Miss Gordon. Danke der Nachfrage. Sie passt gut zu mir.«

»Freut mich zu hören. Billie June, weswegen bist du denn in der Stadt?«

»Um eine Unterkunft zu finden für das Semester, in dem

ich Musik an der Sarah B. Morrison Academy studieren möchte. Daniel chauffiert mich zu den Wohnungen, die ich besichtige.« Sie bedachte Sloan mit einem trotzigen Blick. »Vielleicht gefällt mir Dallas am Ende so gut, dass ich ganz hierherziehe, wenn du mit Sloan verheiratet bist, Samantha.«

»Darüber unterhalten wir uns später unter vier Augen, Billie June«, presste Sloan hervor.

Samantha ging dazwischen. »Wir wollten gerade zu Abend essen. Gesellt euch doch zu uns, wenn euch unsere Unterhaltung nicht zu langweilig ist. Sloan und ich hatten vor, unsere Notizen zur Auktion zu vergleichen.«

Auge in Auge, mahlender Kiefer an mahlendem Kiefer, sagte Sloan zu Daniel: »Die Einladung gilt nur für Billie June, Lane.«

Daniel fragte, ohne mit der Wimper zu zucken: »Mr Singleton, könnten wir uns kurz zu zweit unterhalten?«

»Ich wüsste nicht, was Sie mir zu sagen haben sollten.«

»Einiges, glauben Sie mir.«

»Bitte, Sloan«, flehte Billie June.

Zögernd und mit grimmigem Gesicht folgte Sloan Daniel zu einem Bereich mit Topfpalmen. »Was wollen Sie?«

»Ich weiß etwas über den Schädel.«

»Wie bitte?«

»Über den Schädel, den Sie von dem Dinosaurierfriedhof Ihrer Verlobten mitgenommen haben, um jeden Beleg für ihre Behauptung zu beseitigen. Ja, genau den, Mr Hochwohlgeboren. Billie June hat gesehen, wie Sie ihn rauf in Ihr Zimmer gebracht haben, aber sie weiß nichts über seine Bedeutung, jedenfalls glaube ich das, und Sie können nur hoffen, dass das auch so bleibt.«

»Worauf wollen Sie hinaus, Lane?«

»Ich denke, das wissen Sie.«

»Klären Sie mich auf.«

»Ich weiß, warum Sie den Schädel an sich genommen haben.«

»Sie wissen nichts.«

»O doch. Und Miss Gordon wird's auch erfahren, wenn ich es ihr verrate. Dann zählt sie zwei und zwei zusammen. Sie und Todd Baker haben sich zusammengetan, um Beweise zu vernichten, die ihren Daddy daran hindern würden, auf Land zu bohren, unter dem sich nach Todds Ansicht Öl befindet. Sie haben den Schädel verschwinden lassen, und Todd hat Miss Gordons Kodak vernichtet.« Daniel schnippte mit den Fingern. »Und plötzlich gibt es nichts mehr, was gegen Ölbohrungen spricht. Dann geben Sie noch Miss Rutherford den Laufpass und machen Miss Gordon einen Heiratsantrag. Immerhin haben Sie mit dem Ring nicht gewartet, bis das Öl sprudelt. Das wäre wirklich zu offensichtlich gewesen.« Als Sloan schwieg, fragte Daniel: »Was? Sie streiten nichts ab?«

»Was wollen Sie, Lane?«, erkundigte sich Sloan mit verkniffenem Gesicht.

»Das weiß ich noch nicht so genau, aber fürs Erste sollten Sie Folgendes nicht vergessen: Ich habe Sie, Miss Gordon, ihren Vater und Ihre Schwestern in der Hand. Dass der alte Gordon es sich mit Rücksicht auf die Wünsche seiner Tochter anders überlegt hat mit den Ölbohrungen, spielt dabei keine Rolle. Möglicherweise werden der Schädel und die Fotos dadurch unwichtig, doch das gilt nicht für Ihre Rolle in dem Stück. Wie gesagt, vergessen Sie das nicht. Außerdem möchte ich, dass Sie sich nicht mehr in die Angelegenheiten Ihrer Schwester einmischen. Sie ist eine erwachsene Frau und hat das Recht, sich die Männer, mit denen sie ausgeht, selbst auszusuchen, ohne dass ihr kleiner Bruder ihr dreinredet.«

»Ihr Geld befindet sich in einem Treuhandvermögen, das

ich verwalte; ich kann Auszahlungen nach Gutdünken verweigern«, erklärte Sloan. »Die Ranch ist auf meinen Namen eingetragen, meinen Schwestern gehört kein einziger Grashalm. Wenn Sie also vorhaben, Billie June zu heiraten, um dadurch an einen Teil vom Triple S zu gelangen, sollten Sie sich lieber woanders umschauen.«

Daniels Augen verengten sich. »Wie ich sehe, hat sich Ihre Meinung über mich nicht verändert. Das ist gut, denn das macht es mir leichter, mein Ziel ohne Reue zu verfolgen.«

»Was für ein Ziel?«

»Das Ziel, das ich hiermit zu meiner Lebensmission erkläre.« Daniel bedachte ihn mit einem Lächeln. »Wollen wir zu den Damen zurückgehen?«

TEIL DREI

DIE TITANEN

EINUNDSECHZIG

Auf Las Tres Lomas und Triple S verstummten alle Gespräche außer dem über die bevorstehende Hochzeit von Samantha und Sloan am vierten August. Neal, der ohnehin nicht viel mit den hektischen Vorbereitungen zu tun hatte, zog sich zurück, um insgeheim einen Plan für die Errichtung eines Bohrturms in Las Tres Lomas ohne die Beteiligung von Waverling Tools auszuarbeiten, nun, da Samantha ihren Widerstand gegen die Ölförderung schweren Herzens aufgegeben hatte. Er glaubte, eine Lösung gefunden zu haben, die die »Integrität« der Ranch, wie Samantha das nannte, erhalten würde, während sich gleichzeitig die sprudelnden Ölquellen anzapfen ließen, die sich vielleicht unter dem Grasland verbargen. Die Wolken schienen sich verzogen zu haben, und er konnte seinen neu gewonnenen inneren Frieden genießen. Seine Tochter würde einen Mann ihres Kalibers heiraten, aus einer Familie, die letztlich nur eine Erweiterung ihrer eigenen war. So drohte keine Gefahr von Rivalitäten. Sie würde Erben zur Welt bringen. Endlich konnte Neal Estelle erklären, was sich in den vergangenen Monaten ereignet hatte – natürlich nicht alles. Ihre Geduld wurde zurzeit auf eine harte Probe gestellt, weil sie ihre ganze Kraft in diese Hochzeit steckte, die so »denkwürdig« werden sollte, dass sie der Gesellschaft von Fort Worth dauerhaft im Gedächtnis bleiben würde.

Wie sich herausstellen sollte, wurde sie tatsächlich denkwürdig. Die extravagante Feier bot den Einwohnern von Fort

Worth Ablenkung von den üblichen Sommergesprächen über die schlimme Hitze, die Viehpreise und in diesem Jahr den Präsidentschaftswahlkampf, bei dem mehrere Kandidaten hofften, den republikanischen Amtsinhaber William McKinley zu stürzen.

Die zu erwartenden hohen Temperaturen im August erforderten, dass die Hochzeit am Vormittag stattfand, wenn die Luft in der First Methodist Church von Fort Worth noch nicht so stickig wäre und die weißen Amaryllis noch nicht die Köpfe hängen ließen. Danach gäbe es im Ballsaal des Worth Hotels einen Empfang mit Hummersalat und Champagner. Gegen die Hitze hatte Estelle eine Schar Grundschüler angeheuert, die von den Seiten der Kirche aus den Hochzeitsgästen mit großen weißen Federfächern Luft zufächeln sollten. »So etwas hat es noch nie gegeben. Es wird originell und stilvoll wirken«, erklärte sie nervös, weil sie nicht wusste, ob die Kiste mit den Fächern, die sie in einem Spezialgeschäft in Florida geordert hatte, rechtzeitig eintreffen würde. Sie hatte eigens mit den Kindern geübt, um sicher zu sein, dass sie die Fächer gleichzeitig bewegten, und lange, die Geduld strapazierende Sitzungen mit den Müttern ertragen, damit die lieben Kleinen am Ende einheitlich gekleidet waren und halbwegs ähnlich aussahen.

Samantha und Mildred schüttelten nur den Kopf. Warum drücken wir nicht einfach jedem Gast einen Fächer in Grün und Weiß, den Farben der Hochzeit, in die Hand?, schlug die Haushälterin vor, und Samantha pflichtete ihr bei. Weil das Gefächle in den Bänken die Leute von der Zeremonie ablenkt, erklärte Estelle. Und am Ende landete bei der Enge in der Kirche noch ein Fächer in jemandes Auge.

So wurden die weiblichen Gäste in großen, blumengeschmückten Hüten und die männlichen in Anzügen und gestärkten Hemden von einem Regiment Zehnjähriger empfangen, die in ihren gebügelten weißen Oberteilen, schwarzen Hosen und hochglanzpolierten Schuhen, die Federfächer in den Händen, auf das Signal zum Fächeln warteten.

Als es schließlich kam, regneten Teile der weißen Federbüsche, die sich während der Übungseinheiten gelöst hatten, auf die Gäste hernieder wie Schneeflocken, was das eine oder andere Niesen und Kichern zur Folge hatte. Im Lauf der Zeremonie ermüdeten die dünnen Arme allmählich und wurden langsamer, und einer nach dem anderen sanken die Fächer herunter. Nun zückten die Damen doch noch die Handfächer aus ihren Taschen, deren Einsatz die Mutter der Braut hatte vermeiden wollen. Estelle war das schrecklich peinlich. Am Altar gaben Samantha und Sloan einander das Jawort, ohne den Grund für die Unruhe zu bemerken, weil sie nur Augen füreinander hatten.

Beim Empfang wurde Estelles Vorhaben, die Hochzeit ihrer Tochter zu einem denkwürdigen Ereignis zu machen, zusätzlich durch das Eintreffen von Anne Rutherford unterstützt. Sie kam als Letzte, und alle Gäste wandten sich ihr, Champagnergläser in Händen, zu. Beeindrucktes und bewunderndes Gemurmel erhob sich, die Mitglieder der kleinen Kapelle kamen kurz aus dem Takt. Die frühere Angebetete von Sloan war aus Höflichkeit und in der Erwartung eingeladen worden, dass sie absagen würde. Auch Annes Eltern waren geladen, doch die hatten ihr Bedauern darüber ausgedrückt, nicht kommen zu können. Atemberaubend schön in ihrem saphirblauen Kleid, das die Farbe ihrer bemerkenswerten Augen bestens zur Geltung brachte, segelte Anne mit ausgestreckter Hand und strahlendem Lächeln auf Braut und Bräutigam zu.

»Sloan, ich kann dir gar nicht sagen, wie sehr ich mich

freue, dir zu deiner Heirat mit Samantha gratulieren zu können. Und dir, Samantha, meine Liebe, wünsche ich alles nur erdenkliche Eheglück.«

»Wir freuen uns genauso sehr wie du«, bemerkte Millie May mit der bloßen Andeutung eines Lächelns.

»Danke, dass du uns an diesem Freudentag Gesellschaft leistest«, meinte Samantha und drückte mit ihrem Satinschuh gegen den schwarzen Lacklederschuh ihrer älteren Schwägerin. Mit Annes Auftauchen war der Braut die Schau gestohlen. Außer beim Toast des Bräutigams auf Samantha ruhten von da an die Augen der Gäste fast nur noch auf Anne. Es war, als wäre alles ausschließlich für sie organisiert worden. Die Männer scharten sich um sie, überschütteten sie mit Komplimenten, stritten sich darum, wer ihr ein Glas Champagner bringen durfte, wessen Tisch sie zieren würde, wer sie nach Hause geleiten sollte. Die Gäste tuschelten, wie schön es doch sei, dass sie Sloan nichts nachtrage, obwohl sie allen Grund dazu gehabt hätte, aber so sei Anne nun mal – ein Mädchen mit einem großen Herzen.

Estelle war außer sich vor Wut.

Neal Gordon hingegen schwebte auf Wolke sieben. Estelle grollte ihm wegen seiner guten Laune, besonders nachdem Samantha und Sloan in die Flitterwochen nach Galveston aufgebrochen waren, wo sie sich in den Fluten des Golfs von Mexiko abkühlen wollten. Sie war müde, enttäuscht und gekränkt über all das, was bei der generalstabsmäßig geplanten Hochzeit ihrer Tochter nicht geklappt hatte, und spürte die Leere, die Mütter stets empfinden, wenn ihr einziges Kind heiratet und das Elternhaus verlässt. Weil sie sich einsam fühlte, wartete sie in Las Tres Lomas auf die Rückkehr der Frischvermählten und genoss dort den Wind, der von den Nebenflüssen des Trinity herüberwehte, sowie die behaglichen Temperaturen, die dank der dicken Mauern im Ranchhaus herrschten.

»Trevor, was ist los mit dir?«, fragte Mavis. »In letzter Zeit bist du so gar nicht du selbst. Laufen die Geschäfte schlecht?«

»Doch, doch, Mutter«, versicherte ihr Trevor hastig. »Es könnte gar nicht besser gehen. Ich suche sogar nach einem weiteren Standort für die Produktion. Ich habe zusätzliche Leute eingestellt, und wir erwarten eine große Stahllieferung.«

»Was ist es dann, Junge? Sag jetzt bloß nicht, dass nichts ist. Ich merke immer, wenn dich etwas beschäftigt«, erklärte Mavis.

Tatsächlich?, dachte Trevor. Es war Sonntagnachmittag, der Tag, nachdem Samantha Gordon und Sloan einander das Jawort gegeben hatten. Nathan ging gerade mit Rebecca und Zak am Fluss spazieren.

»Machst du dir Sorgen wegen Rebecca?«, erkundigte sich Mavis und fächelte sich Luft zu. Sie und Trevor saßen im Schatten eines Ahornbaums hinter dem Haus, wo eine sanfte Brise vom Trinity herüberwehte, und auf dem Tisch zwischen ihnen standen Gläser und ein Krug mit kalter Limonade. »Ich mache mir nämlich welche«, gestand sie. »Ich weiß, dass Nathan und Zak auf sie aufpassen, aber es ist schwierig, sie im Auge zu behalten. Rebecca zieht es so stark zum Fluss, was ja auch nicht weiter verwunderlich ist nach der Sache mit ihrem Onkel. Der Satz, den sie ständig wiederholt … ›Ich muss zurück zum Meer …‹ Das war das Lieblingsgedicht von Jordan.«

Trevor schwenkte die Eiswürfel in seinem Glas. »Ja, ich weiß, und es ist tatsächlich meine Tochter, die mich beschäftigt«, sagte er, doch er meinte Samantha Gordon.

»Ich habe Rebecca allerdings noch nie glücklicher erlebt, und dafür sollten wir dankbar sein. Nathan und der Hund haben frischen Wind in ihr Leben gebracht.«

»Das stimmt«, pflichtete Trevor ihr geistesabwesend bei.

»Was ist es dann, Trevor?«, hakte seine Mutter nach. »Du wirkst traurig, obwohl du zufrieden sein solltest.«

Trevor schenkte sich ein weiteres Glas Limonade ein. »Interpretier nicht zu viel in meine Miene hinein, Mutter. Ich vertrage die Hitze nicht mehr so gut wie früher und bin gestern spät nach Hause gekommen. Ich habe nicht lange geschlafen.«

»Unsinn!«, rief Mavis aus. »Du bist größere Hitze gewöhnt und kannst nach Nächten mit deinen Flittchen tagelang ohne Schlaf auskommen. Was ist also los? Ich kann mir nicht vorstellen, dass es nur um Rebecca geht. Sag's mir.«

Trevor nahm einen Schluck Limonade. »Ich liebe jemanden, der mir nie gehören wird.«

»O nein, Trevor, nicht schon wieder! Ich vermute, sie ist verheiratet.«

»Ja.«

»Dann musst du sie dir aus dem Kopf schlagen, Junge. Bist du denn immer noch nicht schlauer geworden?«

»Doch. Deswegen werde ich auch auf sie verzichten.«

O Gott, stöhnte Nathan, als er Charlotte Weatherspoon vor einem Haus, an dem er mit Rebecca und Zak vorbeimusste, aus einer Kutsche steigen sah. Er hatte vergessen, dass sie in dieser Straße wohnte oder, besser gesagt: Er wollte sich nicht daran erinnern. Den langen Weg zum Stadthaus seiner Großmutter hatte er in der Hoffnung gewählt, dass die Wärme Rebeccas Rock und seine Hose zumindest teilweise trocknen würde, bis sie daheim wären. Seine Stiefschwester war zu tief in den Fluss gewatet, bevor er sie zurückziehen konnte. Bestimmt hätte seine Großmutter es nicht gut gefunden, dass er es Rebecca erlaubte, aus Strümpfen und Schuhen zu schlüpfen, um die Zehen ins Wasser zu strecken, dachte Nathan. Beruhigt hätte sie vermutlich nur, dass Nathan ebenfalls die Hosenbeine hochgerollt hatte, obwohl diese Vorsichtsmaßnahme nur wenig fruchtete, weil er, als er Rebecca ans Ufer zurückgeholt hatte, wie Zak völlig durchnässt gewesen war.

Charlotte blieb bei seinem Anblick abrupt stehen und hob die elegant geschwungenen Augenbrauen. »Nathan, sind Sie das?«, rief sie unter ihrem Sonnenschirm und dem breitkrempigen Hut hervor.

»Genau der«, antwortete Nathan, erstaunt darüber, dass sie sich an seinen Namen erinnerte. Er fand sie atemberaubend, jedoch auch herrisch und ziemlich herablassend. Wie ein Stachel, den er sich so tief eingezogen hatte, dass er sich nicht entfernen ließ, ging sie ihm nicht aus dem Kopf, warum, verstand er nicht. Eigentlich war sie nicht der Typ Mädchen, der ihm gefiel, selbst wenn sie umgekehrt vielleicht etwas an ihm fand, was sie ihm aber eindeutig nicht signalisiert hatte. In ihren Augen war er der Bastard von Trevor Waverling, egal, wie prominent der in der Stadt war. Seine Großmutter hatte sich mit ihrer Annahme getäuscht, dass sich zwischen ihnen etwas entwickeln könnte. Nathan wollte Charlotte einen guten Tag wünschen und weitergehen, ohne sich mit ihr zu unterhalten.

Er tippte an seinen Hut und machte Anstalten, ihrem Sonnenschirm auszuweichen, als Charlotte sagte: »Rebecca! Bist du das, Liebes? Dich habe ich Ewigkeiten nicht mehr gesehen! Meine Güte, bist du gewachsen. Erinnerst du dich an mich? Ich bin Charlotte.«

Rebecca, die sich nicht an sie zu erinnern schien, streckte ihr höflich die Hand hin. »Charlotte … Wie Charlotte Brontë?«

»Genau so«, antwortete Charlotte lachend. »Ist das dein Hund?«

»Der von meinem Bruder«, erklärte Rebecca. »Er heißt Zak. Und mein Bruder heißt Nathan.«

»Wir kennen uns«, meinte Nathan. »Lass uns gehen, Rebecca. Einen schönen Tag noch, Miss Weatherspoon.«

Als wäre sie ein Wachposten und ihr Sonnenschirm eine Waffe, mit der man jemandem den Weg versperren konnte, senkte Charlotte seine Spitze. »Moment noch.« Ihr Blick wanderte zu Nathans nasser Hose, dann zum Saum von Rebeccas Kleid. »So könnt ihr nicht zu Mavis. Ich denke, es wäre das Beste, wenn ihr zum Trocknen reinkommt.« Sie schenkte Rebecca ein Lächeln und hielt ihr die Hand hin. »Und ich glaube, wir haben auch noch Limonade da.«

Nathan gehorchte und folgte ihr.

ZWEIUNDSECHZIG

Neal bat Estelle, Samantha und Sloan zu der Besprechung in die Bibliothek von Las Tres Lomas, die er immer wieder hinausgeschoben hatte, bis gewisse Ziele erreicht und Hindernisse beseitigt waren. Diese Besprechung würde keine demokratische Abstimmung werden. Er hatte das letzte Wort und die einzige Stimme, doch Neal wusste, dass Taktgefühl und Sensibilität vonnöten waren, um keine Ressentiments zu erzeugen, und das waren Eigenschaften, die er nicht im Übermaß besaß. Estelle interessierte sich nicht sonderlich für Ranchangelegenheiten, reagierte jedoch verärgert, wenn sie sich ausgeschlossen fühlte, und Neal musste Samanthas Abneigung gegen das berücksichtigen, was auf Las Tres Lomas geschehen würde. Ihm wurde übel bei der Aussicht darauf, die wiederhergestellte Harmonie zu gefährden, aber er würde nicht klein beigeben. Schließlich gehörte die Ranch immer noch ihm. In der Nacht war eine belebende Kaltfront herangezogen, die den ersten Tag im September des Jahres 1900 einläutete und Erleichterung von der Augusthitze brachte. Mildred hatte Estelle prophezeit: *Der Herbst wird früh kommen und kalt werden. Dieses Jahr wird's keinen Altweibersommer geben.*

Später Samstagnachmittag. Die Arbeit war getan, auf der Ranch herrschte Ruhe. Im Haupthaus waren die Nickerchen nach der deftigen Mahlzeit im Trail Head beendet, wo die drei Angehörigen der Gordon-Familie und Sloan sich zur Freude von Grizzly und zur Überraschung der Ranchhelfer an den Tisch in der Mitte gesetzt hatten. Es war lange her, dass Estelle das Trail Head das letzte Mal betreten hatte, und seit ihrer Rückkehr aus den Flitterwochen wohnte Samantha in der Hazienda des Triple S und aß dort mit Sloan. Billie June studierte in Dallas Musik, und Millie May besuchte in Houston Kunstkurse.

»Was ist los, Neal?«, erkundigte sich Estelle. »Du willst uns doch schon seit Wochen was sagen.«

Neal räusperte sich. Er hatte alle gebeten, rund um den Kamin Platz zu nehmen, und stand selbst mit dem Rücken zur verloschenen Glut. »Liebe Familie«, begann er förmlich, als wollte er die Mitglieder der Rinderzüchtervereinigung bei ihrer Jahresversammlung zur Ordnung rufen. »Ich habe euch heute herbestellt, um euch über bevorstehende Veränderungen zu informieren, die Las Tres Lomas betreffen. Schatz«, er wandte sich seiner Frau zu, »auf der Ranch haben sich in letzter Zeit Dinge ereignet, über die ich nicht mit dir gesprochen habe.«

Estelle hob eine Augenbraue. »Ist das was Neues?«

»Das hast du dir selber zuzuschreiben, meine Liebe«, erinnerte Neal sie trocken und fuhr fort: »Vergangenen Juni, als ich in La Paloma war, hat Todd Baker die Ranch besucht und Hinweise auf Ölvorkommen im Gebiet um Windy Bluff gefunden.«

»Ach.« Estelle spitzte die Ohren. »Interessant.«

»Freut mich, dass du so darüber denkst«, meinte Neal mit einem hastigen Seitenblick auf Samantha. Er zählte auf Estelles Unterstützung. Sie würde einem Pachtvertrag zustimmen, weil das Geld ihre permanente Sorge um die Finanzen mindern konnte, und die Vorstellung von einem Bohrturm auf Las Tres Lomas gefiel ihr bestimmt. »Ich stehe in Verhandlungen mit einem Ölförderunternehmen«, erklärte er. »Und ich will am Windy Bluff mit dem Bohren anfangen.«

»Anfangen?«, wiederholte Samantha.

Neal sah Sloan an, was Samantha bemerkte. »Was läuft da?«, fragte sie.

»Erklär du es, Sloan«, forderte Neal seinen Schwiegersohn auf.

Sloan, der neben seiner Frau auf dem Sofa saß, legte beschwichtigend eine Hand auf die ihre. »Dein Vater und ich haben diskutiert, wie man die Ölvorkommen, die sich möglicherweise unter dem Boden von Las Tres Lomas befinden, nutzen könnte, ohne das Wesen der Ranch zu verändern. Und Neal hat einen Plan, wie sich das Hauptgeschäft von Las Tres Lomas erhalten und gleichzeitig seine anderen Schätze heben lassen.«

Nun übernahm Neal. »Sloan hat meinem Vorschlag zugestimmt, den Zaun zwischen unseren Ranches zu entfernen und sie zu einer zusammenzulegen. Sobald die Bohrungen beginnen, treiben wir unser Vieh auf die freien Weiden des Triple S und führen unsere Ranchgeschäfte wie bisher fort.« Um Samantha, die verärgert darüber war, nicht in diese Entscheidung einbezogen worden zu sein, den Wind aus den Segeln zu nehmen, fügte er grinsend hinzu: »Weil wir wussten, dass du dich freuen würdest, wenn der Zaun abgerissen wird, haben wir diese Information bis heute für uns behalten, um dich zu überraschen, Liebes.«

Samantha entzog Sloan argwöhnisch die Hand. »Erklär mir doch bitte, was du mit diesem ›mit den Bohrungen anfangen‹ meinst. Warum müssen wir unser Vieh auf das Gelände des Triple S treiben, wenn Windy Bluff im Moment nur als Weidegrund für Saved genutzt wird?«

Neal holte tief Luft. »Auch andere Gebiete sehen vielversprechend aus, so vielversprechend, dass weitere Bohrtürme aufgestellt werden, wenn sich unter Windy Bluff tatsächlich Öl befindet.«

Samantha sah ihn verblüfft an. »Ach. Soweit ich Nathan Waverling verstanden habe, interessiert sich Waverling Tools nur für dieses eine Gebiet. Hat Todd noch mal Bodenproben genommen, als Sloan und ich in den Flitterwochen waren?«

Der Moment, vor dem Neal gegraut hatte, war gekommen. »Nach den Mauscheleien, derer du Todd verdächtigst?«, rief er aus. »Nie im Leben! Meiner Ansicht nach ist der Junge das genaue Ebenbild des Mannes, für den er arbeitet, und Trevor Waverling traue ich nicht über den Weg.« Neal wandte sich ab, um eine dünne Zigarre aus dem Humidor auf dem Kaminsims zu nehmen. In gewissen Situationen nützte eine gute Panatela einem Mann mehr als ein Jim Beam, und für einen Bourbon war es ohnehin noch zu früh.

»Was für Mauscheleien?«, wollte Estelle wissen. »Was hat Todd angestellt?«

Sloan meldete sich zu Wort. »Sam hat den Verdacht, dass Todd ihre Kodak vernichtet hat, in der Fotos von ihrem Dinosaurierfriedhof waren.«

»Was für ein Dinosaurierfriedhof?« Estelle blickte verwirrt von ihrem Mann zu ihrer Tochter. »Was geht hier vor?«

Während Samantha schwieg, erzählte Sloan chronologisch, was zu den Zweifeln an Todds Integrität geführt hatte.

Estelle sah Samantha an. »Und du bist nicht auf die Idee gekommen, deiner Mutter zu sagen, dass du einen Dinosaurier gefunden hast?«

»Keinen Dinosaurier, Mutter, lediglich den Teil von einem Schädel, der meiner Ansicht nach zu einem gehören könnte. Ich habe dir gegenüber nichts erwähnt, weil du dich ungern mit Dingen beschäftigst, die mit Paläontologie zu tun haben«, antwortete Samantha.

Estelle wurde rot. »Und jetzt, da dein Beweisstück auf mysteriöse Weise verschwunden ist, hast du deinen Segen dazu gegeben, diesen Teil des Landes zu verpachten als Gegenleistung für das Opfer, das dein Vater für dich zu bringen bereit war? Das ist sehr nobel von dir, Liebes, und die richtige Entscheidung. Ich halte es für einen guten Tausch: alte Knochen gegen die Aussicht, Öl zu fördern …«

Samantha schüttelte müde den Kopf und blickte ihren Vater an. »Du willst den Grund nicht an Waverling Tools verpachten?«

Neal zündete ein Streichholz an und hielt es ans Ende der Zigarre. »Nein, an die Corsicana Oil Development Company. Das Unternehmen hat eine sehr gute Erfolgsstatistik vorzuweisen und mehr Erfahrung im Ölgeschäft als Waverling Tools. Deshalb habe ich beschlossen, mit diesen Leuten zu arbeiten.«

Wut, Bestürzung, Enttäuschung und das bittere Gefühl, hintergangen worden zu sein, überkamen Samantha. Aus Zeitungsartikeln kannte sie Fotos, auf denen zu sehen war, wie das Unternehmen, für das sich ihr Vater entschieden hatte, Baumwollfelder im Navarro County dem Erdboden gleichmachte. »Daddy, das ist nicht fair«, sagte sie mit bebender Stimme. »Nathan Holloway hat die Recherchen bei den Behörden erledigt, und du hast Waverling Tools den Pachtvertrag versprochen. Todd muss mit seinen Sünden leben, darauf haben wir keinen Einfluss. Mr Waverling hingegen ist wie sein Sohn ein guter und anständiger Mensch. Sie werden unsere Weideflächen nicht antasten, und Billie June sagt, Daniel arbeitet an einem Gerät, das verhindern soll, dass aus dem Bohrturm unnütz Öl heraussprudelt. So eine Vorrichtung steht Corsicana nicht zur Verfügung.«

Neal nahm die Zigarre aus dem Mund. Dass Samantha Trevor Waverling lobte, gefiel ihm nicht. Alle sahen ihn an. Estelle, die sichtlich verwirrt war über die Diskussion, blinzelte wie immer, wenn sie wusste, dass er etwas im Schild führte. Auch Sloan, der ebenfalls davon ausgegangen war, dass das Unternehmen, für das Todd arbeitete, die Bohrungen vornehmen würde, bedachte ihn mit einem merkwürdigen Blick. »Woher kennst du Trevor Waverling?«, fragte Neal Samantha.

»Ich habe ihn bei einem Paläontologievortrag im Frühjahr kennengelernt und an dem Tag, an dem ich Todd bei Waverling Tools konfrontiert habe, Zeit mit ihm verbracht. Ich finde ihn nett und rücksichtsvoll und halte ihn für aufrichtig.« Samantha schwieg kurz. »Und völlig unabhängig von meiner persönlichen Meinung über Todd: Er hätte für alle möglichen Ölfirmen im Osten arbeiten können, hat sich aber für Waverling Tools entschieden. Das zeugt von seinem Vertrauen in das Unternehmen.«

»Das zeugt nur davon, dass Todd Baker eine Arbeitsstelle nicht weit weg von zu Hause wollte«, konterte Neal, der sich fühlte, als hätte ihm jemand einen Schlag in die Kniekehle versetzt. Samantha hatte ihm zwar von ihrem Verdacht gegen Todd erzählt, nicht aber, dass sie Trevor Waverling kannte.

»Warum hast du etwas dagegen, Neal?«, fragte Estelle mit einem argwöhnischen Blick auf ihren Gatten, bevor sie sich Samantha zuwandte. »Erklär mir bitte noch mal, warum du unbedingt möchtest, dass Waverling Tools die Bohrungen durchführt, Liebes.«

»Weil ich dem Unternehmen vertraue, dass es nicht unnötig Weideland zerstört.«

»Hmm«, meinte Estelle und sah wieder ihren Mann an. »Du hast den Pachtvertrag noch nicht unterzeichnet, oder, Neal?«

»Nein, aber ich habe es vor«, antwortete Neal und zog heftig an seiner Zigarre. »Ich glaube, dass die Leute von Corsicana die Richtigen sind für diese Arbeit, und ich habe ihnen mein Wort gegeben …«

Estelle winkte ab. »Du wirst dich anders entscheiden und den Pachtvertrag mit Waverling Tools unterschreiben müssen. Ich sehe keinerlei Grund, der dagegen spricht.«

Neal hatte das Gefühl, von einem Bullen zu stürzen, den er geglaubt hatte, beherrschen zu können. Er zeigte mit seiner Zigarre auf seine Frau. »Estelle, das ist allein meine Entscheidung. Die Sache ist unter Dach und Fach. Ich habe der Corsicana Oil Development Company mein Wort gegeben, basta!«

»So geht das nicht«, widersprach Sloan, dessen ruhige Stimme in dem Raum wie Donnerhall klang. »Waverling Tools bekommt den Zuschlag, Neal, sonst fällt der Zaun zwischen unseren Ranches nicht. Das ist mein letztes Wort.« Er nahm die Hand seiner Frau wieder. »Dem von Samantha favorisierten Unternehmen die Bohrungen zu erlauben ist das Mindeste, was wir tun können, um ihr einen Ausgleich für den Verlust der archäologischen Fundstätte zu bieten.«

Neal spürte, wie sein Gesicht so grau wurde wie die Asche, die auf die Vorderseite seines Hemds gefallen war. »Aber … Sloan … Estelle, ihr versteht nicht …«

»Was gibt es da zu verstehen?«, fragte Estelle. »Wirklich, Neal, manchmal bist du mir ein Rätsel. Dein uralter Traum wird wahr. Der einzige Unterschied ist das Unternehmen, das ihn verwirklicht.«

»Estelle, du weißt nicht …«, hob Neal an, doch Panik ließ ihn verstummen.

Am Montagmorgen hörte Trevor Waverling zu seinem Erstaunen von Miss Beardsley, dass Mrs Sloan Singleton am Apparat sei. Könne Mr Waverling das Gespräch annehmen? Natürlich, antwortete Trevor seiner Vorzimmerdame.

Sie rufe für Las Tres Lomas an, erklärte Samantha. Ihr Vater habe es sich wegen der Ölbohrungen am Windy Bluff anders überlegt und wolle die Verhandlungen noch einmal aufrollen. Könne Mr Waverling Todd Baker und Nathan Holloway zu ihr, ihrem Vater und ihrem Mann schicken?

Sie brauche ihm nur zu sagen, wann und wo, erklärte Trevor, und er würde gern mitkommen, um selbst einen Blick auf das Gelände zu werfen, das für so viel Verwirrung sorge.

Natürlich, meinte die Anruferin. Sei der folgende Tag zu früh, und würde es ihm etwas ausmachen, zur Ranch zu fahren? Eine Kutsche würde sie am Bahnhof abholen und wieder hinbringen. Wenn nicht, könnten sie sich auch später in der Woche in Fort Worth an einem Ort seiner Wahl treffen.

Die Ranch sei ihm recht, sagte Trevor, und auch der folgende Tag. Um wie viel Uhr?

Las Tres Lomas habe den besten Ranchkoch von ganz Texas, teilte Samantha ihm mit einem Schmunzeln in der Stimme mit. Könne sie ihn locken, mittags da zu sein?

Er und seine Jungs würden pünktlich erscheinen, antwortete er.

Trevor legte auf und lehnte sich angenehm überrascht auf seinem Schreibtischstuhl zurück. Er hatte nicht erwartet, jemals wieder etwas von seiner Tochter zu sehen oder zu hören, und geglaubt, sich mit seinen wenigen Erinnerungen an sie zufriedengeben zu müssen. Doch es wirkte ganz so, als hätte sich das Schicksal auf seine Seite geschlagen. Trevor warf einen Blick auf seinen schwarzen Schreibtischkalender aus Metall, der Monat und Tag mit Zahlen in runden gelben Ausbuchtungen anzeigte. Heute war der dritte September. Er fragte sich, ob er den morgigen Tag, wenn er auf den vierten weiterdrehte, als einen guten oder schlechten in Erinnerung behalten würde.

DREIUNDSECHZIG

Als Neal den Blick über den langen Tisch im Trail Head wandern ließ, wunderte er sich, wie sein schlimmster Albtraum Realität hatte werden können. Die Welt und Texas waren so groß! Wie war es da möglich, dass ausgerechnet die Tochter, die er adoptiert und als seine eigene aufgezogen hatte, mit ihrem Vater und ihrem Zwillingsbruder in ihrem eigenen Zuhause an einem Tisch aß, ohne dass irgendeiner von ihnen eine Ahnung von der wahren Identität des anderen hatte? Welche Macht hatte sie zusammengeführt und hierhergebracht?

»Da wären wir, Leute«, sagte Grizzly und stellte eine große Schüssel mit dampfendem Eintopf auf den Tisch. »Ich hoffe, es schmeckt.«

»Uns schmeckt's immer, Grizzly«, sagte Samantha in der Hoffnung, dass das herzhafte Essen die Anspannung lockern würde. Die Anwesenden hatten samt und sonders ein Hühnchen miteinander zu rupfen. Obwohl stillschweigend Waffenstillstand zwischen den Parteien herrschte, war die Stimmung nach wie vor ziemlich unterkühlt zwischen Sloan und Daniel, ihr und Todd, Neal Gordon und Trevor Waverling. Aus ihr unerfindlichen Gründen – es sei denn, ihr Vater war ein schlechter Verlierer – schien er den Inhaber von Waverling Tools nicht zu mögen. Und Nathan Holloway, der sonst mit allen auskam, hielt Distanz zu Todd. Samantha erhob sich von ihrem Platz. »Ich verteile das Essen«, erklärte sie.

Als Samantha den Rindereintopf in die Teller schöpfte, murmelten einige der Anwesenden, sie hätten einen Bärenhunger. Grizzly hatte, als er erfuhr, dass zum Mittagessen Gäste erwartet wurden, Anweisung gegeben, den Haupttisch auf eine Seite des Raums zu schieben, weg vom Lärm und der Hektik der ums Essen Anstehenden. Dann hatte er den Tisch höchstpersönlich mit einer Tischdecke, Besteck und Servietten, Salz- und Pfefferstreuern, Gläsern und Krügen mit Eistee versehen.

»Wenn jemand noch Butter fürs Maisbrot will, kann ich gern welche bringen«, sagte der Koch, der eine frische Schürze trug. Es kam nicht jeden Tag vor, dass er Männer in Anzügen im Trail Head verköstigte, denn sonst wurden die wichtigen Gäste im Haupthaus versorgt.

»Danke, Grizzly, fürs Erste haben wir genug«, entgegnete Samantha.

»Melden Sie sich, wenn Sie den Nachtisch wollen«, meinte Grizzly. »Heute gibt's Pekannusskuchen.«

Das schien alle bis auf Neal zu freuen, der in düsterem Schweigen am einen Ende des Tischs saß.

Als sie die Gabeln hoben, verkündete Trevor: »Ich habe Daniel, meinen Mann für Notfälle, heute dazugebeten, weil er die Oberaufsicht über die Stelle haben wird, die Todd für den Bohrturm ausgesucht hat. Er wird dafür sorgen, dass die Männer sich bemühen, Ihre Fundstätte nicht anzutasten, Mrs Singleton.«

Samantha schenkte ihm ein Lächeln. »Sagen Sie doch Samantha zu mir, Mr Waverling. Mrs Singleton klingt so hochtrabend.«

»Gern.« Trevor erwiderte ihr Lächeln. »Und vielleicht möchten Sie Trevor zu mir sagen.«

Neal brummte: »Gebt mir mal die Butter. Mein Maisbrot wird kalt.«

Doch am Ende des Besuchs schienen alle zufrieden zu sein. Trevor hatte Neal ein attraktiveres finanzielles Angebot gemacht als die Corsicana Oil Development Company, doch das ging niemanden außer ihm selbst etwas an. Wenn sie tatsächlich eine Ölquelle auftaten, würde sein Anteil am Ertrag die großzügigen Pachtgebühren noch übertreffen. Der Vertrag enthielt Klauseln, die eine willkürliche Beschädigung des Grunds, des Viehs und des Wassers unter Strafe stellten und eine geringstmögliche Beeinträchtigung des Ranchbetriebs zusicherten. Um Samantha die Angst davor zu nehmen, dass sich Öl auf weite Flächen außerhalb des eigentlichen Bohrgebiets ausbreitete, bestätigte Daniel ihr, dass er gerade ein Ventil entwickle, das vermutlich einsatzbereit wäre, wenn die Bohrungen auf dem Gelände von Las Tres Lomas begännen. Sogar Sloan wirkte beeindruckt, das fiel Samantha auf. Er musste zugeben, dass Waverling Tools – und Daniel –, wenn dieses Ventil funktionierte, eine Menge Geld machen würde.

Am späten Nachmittag, als die geschäftlichen Fragen geklärt waren, hätte es die Gastfreundschaft eigentlich geboten, den Männern einen Drink zu kredenzen, bevor Jimmy sie zurück zum Bahnhof brachte, doch Neal begleitete seine Gäste zur Tür und wünschte ihnen eine gute Reise zurück nach Dallas. Samantha schämte sich für ihren Vater, aber sie war in Abwesenheit ihrer Mutter nicht mehr die Hausherrin. Ihr Zuhause war jetzt das Triple S. Sie ließ Sloan bei ihrem Vater zurück und begleitete die Männer zur Kutsche, wo sie jedem die Hand schüttelte. Als Nathan an der Reihe war, sagte sie: »Ich wünsche Ihnen viel Glück mit Charlotte.«

»Das kann ich gebrauchen, danke. Und danke auch für Ihren Rat. Ich habe vor, ihn zu beherzigen.«

Bei der vorherigen nochmaligen Begutachtung der Schädelfundstätte hatte sie bemerkt: »Entschuldigen Sie, wenn ich das nach so kurzer Bekanntschaft mit Ihnen schon festzustellen wage, Nathan, aber Sie wirken heute sehr ruhig.«

»Ich bin ein ruhiger Mensch.«

»Heute ganz besonders, finde ich.« Sie hatte das Gefühl, Nathan schon ihr ganzes Leben zu kennen.

»Ist das so offensichtlich?«

»Vielleicht nur für mich.«

»Wenn Sie mich so fragen: Ich muss immerzu an ein Mädchen denken, das mir keinerlei Grund dazu gibt.«

»Ach«, hatte Samantha gesagt. »Und warum hat die Gute nichts in Ihrem Kopf verloren?«

»Sie ist hochnäsig und rechthaberisch und hält zu viel von sich selbst.«

»Aber sie ist hübsch, und Sie fühlen sich zu ihr hingezogen«, hatte Samantha grinsend hinzugefügt.

Er war rot geworden. »Ist das auch so deutlich zu sehen?«

»Wie haben Sie sich kennengelernt?«, hatte sie sich schmunzelnd erkundigt.

Nathan hatte ihr den Abend geschildert und den Eindruck, den Charlotte auf ihn machte, dann ihre zufällige Begegnung auf dem Gehsteig vor ihrem Haus, als sie ihn mit Rebecca und Zak hereingebeten hatte. Charlotte habe Rebecca Gedichtbände zu lesen gegeben und nichts dagegen gehabt, dass Zak sich mit seinem nassen Fell auf den Läufer im Frühstückszimmer legte, während sie Nathan beschäftigte. Bis seine Hose trocken sei, könne er sich nützlich machen, habe sie gesagt, und ihn angewiesen, seine Hände mit ausgestreckten Fingern vor sich zu halten. Dann habe sie Wolle in Achterform um seinen Daumen und Zeigefinger gewunden, sodass die Fäden sich nicht ineinander verhedderten. »Anschließend haben wir Knäuel gewickelt«, hatte Nathan erklärt. »Als ich gegangen bin, war der Korb voll.«

»Dabei haben Sie sich doch sicher unterhalten. Wie war das Gespräch?«

»Merkwürdigerweise hat es sich hauptsächlich um mich gedreht, und ich habe nur wenig über sie erfahren. Eigentlich hätte ich erwartet, dass sie die ganze Zeit nur über sich selbst redet, aber sie wollte etwas über meine Arbeit wissen, wie ich Zak gerettet habe und wie ich Dallas finde.« Nathan hatte den Kopf geschüttelt. »Am Ende hat sie mich sogar dazu gebracht, vom Weizenanbau zu erzählen.«

»Hmm ...«

»Was hat das zu bedeuten?«

»Könnte es sein, dass Sie sich in ihr täuschen? Vielleicht hat Charlotte nur einfach etwas gegen die Bemühungen ihrer eigenen Familie und Ihrer Großmutter, Sie miteinander zu verkuppeln. Möglicherweise verbirgt sich hinter ihrer Überheblichkeit und ihrem Snobismus Eigensinn.«

»Ja, eigensinnig ist sie allerdings!«, hatte Nathan ausgerufen.

»So gleichgültig kann sie Ihnen gegenüber nicht sein, wenn sie Sie hereinbittet«, hatte Samantha gesagt. »Werden Sie Gelegenheit haben, sie wiederzusehen?«

»Sie hat mich zu einem Fest bei ihr zu Hause eingeladen«, hatte Nathan ein wenig unsicher geantwortet. »Denken Sie, ich soll hingehen?«

Samantha hatte ihn spielerisch gegen die Schulter geknufft. »Natürlich! Warum nicht? Bei dem Fest werden Sie sich einen besseren Eindruck von ihr verschaffen können.«

»Was ist, wenn sie mich bloß blamieren will?«

»Ich könnte mir vorstellen, dass Sie durchaus in der Lage sind, sich zur Wehr zu setzen. Betrachten Sie den Abend als eine Möglichkeit, sich auf die eine oder andere Weise eine Meinung über sie zu bilden.«

»Sie haben recht. Warum nicht?«

Nun merkten sie, dass Trevor Waverling schon eine ganze Weile bei ihnen stand. »Zeit zu gehen, Junge«, sagte er leise. »Wir haben erledigt, weswegen wir gekommen sind.«

*

Von seinem Zimmer im Obergeschoss aus beobachtete Neal Gordon, wie die Familienkutsche, gelenkt von Jimmy, durch das Tor seiner Ranch hinausholperte. Er wandte sich niedergeschlagen ab, obwohl er eigentlich vor Freude aus dem Häuschen hätte sein sollen. Doch er empfand nicht halb so viel Begeisterung wie nach der Begutachtung des Grundes durch die Leute von Corsicana. Neal hatte noch nie einen Menschen so euphorisch erlebt wie Todd Baker, als sie die Stelle erreichten, wo er von Samanthas Lieblingsochsen gefallen war. Neal hätte sich nicht gewundert, wenn der Geologe auf seinen dürren Beinen wie ein Frosch auf und ab gehüpft wäre. Todd hatte den Kopf in den Nacken geworfen, die Arme ausgebreitet und ausgerufen: »Hier ist es! Hier! Ich bin mir ganz sicher: hier!«

Das hätte genügen sollen, um Neals Herz ebenfalls schneller schlagen zu lassen, besonders als das Gespräch sich dem schier endlosen Bedarf an Erdöl im Amerika der Zukunft zuwandte. »Sobald sich das Modell T von Henry Ford erst einmal durchsetzt, wird's keine Familie mehr geben, die sich kein Automobil anschafft«, hatte Daniel Lane prophezeit. Die Männer von Waverling Tools hatten keine Zeit gehabt, auch die anderen Teile der Ranch zu begutachten, die vom Corsicana-Geologen inspiziert worden waren, aber Todd hatte Neal zugezwinkert und gesagt: »Keine Sorge, Mr Gordon. Wir werden noch Gelegenheit genug haben, uns weitere mögliche Bohrstellen auf Ihrer Ranch anzusehen. Es würde mich nicht wundern, wenn sich unter dem Grund von Las Tres Lomas eines der größten Ölfelder im Land befände.«

Nun hatte Neal seinem Schwiegersohn gesagt, er solle sich einen Bourbon nehmen, er würde sich in Kürze wieder zu ihm und Samantha gesellen. Sloan hatte ihn beiseitegenommen. »Ich hoffe, du bist mir nicht böse, Neal, und kannst verstehen, dass ich mich nicht gegen meine Frau stellen und mit dir gegen Waverling Tools stimmen konnte.«

»Natürlich kann ich das verstehen. Von einem Sohn Seth Singletons und dem Mann, der meine Tochter geheiratet hat, würde ich nichts anderes erwarten. Ich bin gleich wieder bei euch.«

Als er die Treppe hinaufgestiegen war, hatte er sich gefühlt, als hätte er etwas sehr Schweres gehoben. Er hätte selbst gern einen Bourbon getrunken, brauchte aber Zeit allein zum Nachdenken. Die Männer von Waverling Tools wollten am folgenden Montag wiederkommen, um die Bohrstelle abzustecken und die Plattform zu errichten. Anschließend würde man eine Zugangsstraße für die Gerätschaften anlegen und den Bohrturm aufstellen. Es würde noch einige Wochen dauern, bis die Bohrungen tatsächlich beginnen konnten.

»Inwieweit werden Sie selbst an der Aktion beteiligt sein, Mr Waverling?«, hatte Neal sich erkundigt.

»Ich werde lediglich eine untergeordnete Rolle spielen. Einer meiner Leute wird die Oberaufsicht über die Bohrstelle haben, und Daniel Lane, Todd und Nathan werden hier sein, bis alles läuft. Ich werde nur hin und wieder vorbeischauen.«

»Ach«, hatte Neal erleichtert bemerkt. »Sie müssen uns sagen, wann wir Sie zu erwarten haben, damit Grizzly den Eintopf kocht, der Ihnen so gut geschmeckt hat.«

Dann hatte er erklärt, dass Las Tres Lomas über keine Schlafstätten für die Bohr- und Aufsichtscrew verfüge und er seinen Koch nicht bitten könne, in dem engen Speisesaal zusätzliche Mahlzeiten zu servieren. Die Männer würden ihre eigenen Schlafzelte, ihr eigenes Essen und Trinkwasser mitbringen müssen. Trevor Waverling könne doch sicher verstehen, dass dies auch für Nathan, Todd und Daniel Lane gelte. Trevor hatte genickt. Selbstverständlich würde er Mr Gordons Belegschaft keine zusätzliche Arbeit aufhalsen oder Unterkünfte für seine Männer erwarten. Sie würden im Bereich des Arbeitsgebiets essen und schlafen.

Neal wusch sich das Gesicht. Nach der Besprechung mit Trevor Waverling und Nathan plagte ihn wieder das schlechte Gewissen. Er konnte Einwände gegen Samanthas leibliche Mutter und ihre albernen Stiefgeschwister in Gainesville erheben, aber gegen Ihren leiblichen Vater und ihren Zwillingsbruder fiel Neal nichts ein – jedenfalls nichts, was gerechtfertigt hätte, dass er ihr nicht verriet, wer sie wirklich waren. Die Waverling-Männer schienen anständig zu sein; Trevor war wie der Traum einer jeden Tochter. Er war charmant, weltmännisch, kultiviert, clever und für sein Alter erstaunlich durchtrainiert – er würde einen wunderbaren Großvater abgeben. Wieder einmal glaubte Neal, das Wirken des Schicksals hinter den Ereignissen des Tages zu spüren. Würde dieses Schicksal Samantha die Identität von Trevor Waverling und Nathan Holloway enthüllen und Neal Gordons Verbrechen, sie ihr vorenthalten zu haben, offenbaren? Im Vergleich dazu würde sich Todds Verrat bescheiden ausnehmen.

Neal trocknete sein Gesicht ab und betrachtete sich im Spiegel. Natürlich konnte es gut sein, dass er sich umsonst quälte. Die meisten Sorgen waren unbegründet. Doch um sicher zu sein, musste er Zusammentreffen zwischen Samantha und den Waverling-Männern verhindern. Und er würde sich über Trevor Waverling informieren. Vielleicht war der Mann gar nicht so blütenrein, wie er auf den ersten Blick aussah, und möglicherweise würde das, was Neal über ihn herausfand, sein Gewissen erleichtern. Er bürstete seine Haare und zog die Hose hoch. Als er die Treppe zu Samantha und Sloan hinunterging, rieb er sich lächelnd die Hände, als wäre er der glücklichste Mensch der Welt.

VIERUNDSECHZIG

Am Abend des vierten September 1900 schrieb Nathan einen der beiden Briefe, die er monatlich an Leon schickte. Obwohl er diese immer auch an seine Mutter richtete, galten seine Gedanken und die Berichte über sein Leben doch seinem Stiefvater. Er wusste gar nicht, wo er anfangen sollte, so viel Neues hatte sich seit seinem letzten Brief von Mitte August ereignet.

Ich habe eine ungewöhnliche und ausgesprochen attraktive junge Dame namens Charlotte Weatherspoon kennengelernt. Sie stammt aus einer prominenten Familie in Dallas, die schon lange gut mit den Waverlings bekannt ist. Wir sind uns bei einer Abendeinladung im Haus meiner Großmutter vorgestellt worden, die sie eigens zu diesem Zweck gegeben hat. Auf den ersten Blick fand ich sie sehr einnehmend, auf den zweiten weniger. Ich halte sie für snobistisch, aber vielleicht werde ich meine Meinung ändern müssen.

Nathan beschrieb die Umstände seiner zweiten Begegnung mit Charlotte, dass es ihr nichts ausgemacht habe, als Zak sich auf einen Wilton-Teppich legte und Rebecca mehrere Bände aus ihrem Bücherregal herausnahm, ohne um Erlaubnis zu bitten. Ihm gegenüber habe sie sich jedoch eher herrisch verhalten. Er berichtete von dem gemeinsamen Aufwickeln der Wolle, während seine Hose trocknete, und wie entsetzt sie über sein mangelndes Wissen über diese Technik gewesen sei. »Sie hat mich gefragt, ob Du strickst, Mutter, und ich habe mit Nein geantwortet, dass mir die Sache fremd ist. Daraus haben sich sehr angenehme zwei Stunden entwickelt.«

Nathan fuhr fort, auf den Rat einer weiteren neuen Bekannten habe er die Einladung zu einem Fest in Charlottes Haus am kommenden Sonntag, dem neunten September, angenommen. Seine Großmutter habe darauf bestanden, ihm für diesen Anlass einen neuen Anzug schneidern zu lassen – *»einen Smoking!«*. Nathan beschrieb die Satinaufschläge und dass es sich zum Glück nicht um einen Schwalbenschwanz handle. Dabei schmunzelte er, weil er sich vorstellen konnte, wie seine Mutter ausrief: »Mein Gott! Nathan dürfte doch klar sein, dass wir wissen, was ein Smoking ist.«

Nathan erwähnte noch andere Dinge, von denen er glaubte, dass sie Leon und vielleicht auch seine Mutter interessieren könnten, darunter das Boxtraining und die gesellschaftlichen Veranstaltungen, die er besucht hatte. Für den Schluss hob er sich die Nachricht auf, dass Waverling Tools schon bald den ersten Bohrturm auf einer Ranch in der Nähe von Fort Worth mit dem Namen Las Tres Lomas de la Trinidad, »Die drei Hügel der Dreifaltigkeit«, errichten werde. Als Teil der Crew werde er einige Monate von Dallas weg sein.

Ich habe Gelegenheit gehabt, mich mit der Tochter des Ranchers, der bereits erwähnten Bekannten, zu treffen. Sie heißt Samantha Gordon – oder, besser gesagt: inzwischen Mrs Sloan Singleton. Ich habe sie im Juli kennengelernt, als der Geologe unseres Unternehmens und ich die Ranch besuchten, um die Stelle zu überprüfen, unter der Todd Baker Öl vermutet. Um diesen Besuch rankt sich eine lange Geschichte, aber die kann bis zu meinem nächsten Besuch warten. Jeden-

falls scheint Samantha eine Frau zu sein, mit der man über alles reden kann. Ich habe ihr gestanden, wie widersprüchlich meine Gefühle für Charlotte Weatherspoon sind – dass ich sie einerseits faszinierend finde und andererseits abschreckend –, worauf sie mir erklärt hat, Charlotte schätze es möglicherweise nicht, wenn ich ihr als potenzieller Heiratskandidat aufgedrängt werde. Stellt Euch das vor! Ich, Nathan Holloway, ein geeigneter Heiratskandidat für eine Debütantin!

Nathan las seinen Brief noch einmal, um zu überprüfen, ob er nichts vergessen hatte. Leon, der sich immer schon auf die Nachrichten von ihm freute, würde postwendend antworten und auf jeden einzelnen von Nathan erwähnten Punkt eingehen, weil es in seinem eigenen Leben so wenig Berichtenswertes gab. In seinem letzten Brief hatte Leon geschrieben, dass Randolph an der Columbia University studiere und Lily kurz davor stehe, in dem Mädchenpensionat in Denton anzufangen. Er selbst spiele jeden Mittwochnachmittag auf dem Rasen vor dem Gerichtsgebäude mit dessen Hausmeister, einem ehemaligen Eisenbahnangestellten, der von Marietta über den Red River per Fähre zu ihnen komme, sowie einem Veteranen des Spanisch-Amerikanischen Kriegs, in dem er auf Kuba ein Bein verloren habe, Dame. »Die Jungs vom Gericht« seien die einzigen Freunde, die er in der Stadt gefunden habe. Er und Millicent besuchten nun eine nagelneue Kirche, deren Prediger Leon allerdings nicht ausstehen könne. Draußen auf der Farm hätten sie mit dem Bohren begonnen. Er würde Nathan Bescheid geben, falls sie auf Öl stießen, aber mit eigenen Augen würde er sich das nicht ansehen. Weil Millicent glaube, mehr Geld für ihren Lebensstil zu benötigen, habe Leon sich erboten, für Farmer in der Gegend zu arbeiten, doch davon wolle Millicent nichts hören. Wohlhabende

Herren arbeiteten nicht körperlich, habe sie ihm erklärt. Wie Nathan wisse, sei er weder ein Herr noch wohlhabend, aber er lasse Millicent die Illusion. Nathan sei, wann immer er Lust auf einen Besuch habe, mehr als willkommen.

Nathan adressierte den Umschlag und steckte seinen Brief hinein. Er würde ihn am folgenden Tag aufgeben.

*

Trevor Waverling zog sich traurig und nachdenklich in seinem Zimmer aus. Zur Verbesserung seiner Stimmung hatte er einen Scotch mit Sodawasser mitgenommen, doch der Alkohol zeigte noch keine Wirkung. Seine Mission war beendet. Er hatte seine Tochter in ihrer ureigensten Umgebung gesehen und diese als geeignet empfunden. Sie wurde geliebt und beschützt, für sie war gesorgt. Er konnte ihr nichts bieten, was sie nicht schon gehabt hätte. Wenn er sich ihr weiter aufdrängte, würde er es mit Neal Gordon zu tun bekommen. Der Rancher hatte ihn den gesamten Besuch über nicht aus den Augen gelassen, als mutmaßte er, dass Trevor Waverling sich, sobald Gelegenheit dazu wäre, auf seine Tochter stürzen würde. Sollte er ihn ruhig für einen Wüstling halten. Vor Neal Gordon hatte er keine Angst, lediglich davor, dass die Wahrheit ans Licht käme, wenn er das Glück zu sehr strapazierte.

Wenn er nur etwas gegen dieses tiefe Gefühl des Verlusts hätte tun können! Trevor habe bereits eine Tochter, hatte Leon Holloway ihn erinnert. Außerdem hatte er einen Sohn, einen wunderbaren Jungen, der, obwohl er das noch nicht ahnte, irgendwann wohl mit Charlotte Weatherspoon, einem reizenden Mädchen, zusammenkommen würde. Sie würden Kinder haben, und er würde Großvater werden, worauf er sich bereits freute. Vor Nathan war ihm die Familie nicht so wichtig gewesen. Er hatte sogar versucht, sich von seinem

Wunsch nach Familie zu distanzieren, weil Familien Schmerzen verursachten. Er hatte Jahre gebraucht, um den plötzlichen Tod seines Vaters und den Selbstmord seines Bruders zu überwinden. Seine Mutter mochte ihn nicht, und seine Ehen waren gescheitert. Aus einer war ihm eine geistig behinderte Tochter geblieben, deren Anblick ihn mit besonders tiefem Schmerz erfüllte.

Was war so großartig an Familien?

Doch dann war Nathan in sein Leben getreten, der ihn gelehrt hatte, wie es sich anfühlte, Vater zu sein. Nun war das Domizil seiner Mutter ein Zuhause, nicht bloß ein Ort, wo er seinen Hut an den Haken hängte. Und seine Mutter und seine Tochter waren nicht mehr nur Leute, mit denen er zusammenwohnte, sondern seine Familie.

Aber ein wichtiges Mitglied dieser Familie fehlte.

Trevor rückte einen Stuhl ans Fenster und setzte sich darauf, um in die sternenklare Nacht hinauszuschauen. Hier saß er nachts oft, um über geschäftliche Probleme nachzudenken. Er hatte sich angewöhnt, diese in ihre Einzelbestandteile zu zerlegen und gesondert zu betrachten. Trevor fällte keine Entscheidungen aufgrund eines ersten Eindrucks. Erst wenn alle Teile oder zumindest ausreichend viele zur Summe passten, war er bereit, einen Beschluss zu fassen. Ganz ähnlich bewahrte er Eindrücke von Menschen, die er kennenlernte, mental in getrennten Fächern auf, damit er sie voneinander unabhängig begutachten konnte, bevor er sich ein Gesamtbild von ihnen machte.

So war es auch bei Samantha gewesen.

Er hatte lediglich viermal Gelegenheit gehabt, sie zu beobachten: bei dem Vortrag über Paläontologie in Fort Worth, in seinem Büro bei Waverling Tools, bei ihrer Hochzeit (er hatte in der Kirche ganz hinten gesessen) und heute in ihrem

Zuhause, auf ihrer Ranch Las Tres Lomas. Aus diesen Einblicken in ihr Leben hatte er geschlossen, dass sie glücklich und zufrieden war, dass sich an ihrer Situation kaum etwas verbessern ließ. Sie wohnte in einem imposanten, behaglichen Haus, umgeben von Menschen, denen sie wichtig war – liebevolle Eltern, ein Ehemann, der sie vergötterte, und Ranchhelfer, die alles für sie getan hätten. Wieso sollte er sich ihr zu erkennen geben, Samantha Gordons Leben durcheinanderbringen und den Leuten Schmerz bereiten, die ihr ein gutes Zuhause gegeben hatten? Was würde die Neuigkeit mit Nathan anstellen, mit seiner Liebe zu seiner Mutter, an der er trotz deren Gleichgültigkeit festhielt, aber noch wichtiger: mit seinen Gefühlen für Leon, wenn Trevor Waverling ihm enthüllte, dass sie seine Zwillingsschwester nach der Geburt weggegeben hatten?

Wenn Trevor von der Hebamme nichts über Samanthas Besuch bei Dr. Tolman erfahren hätte, wäre er an diesem Abend nicht hier gesessen und hätte jeden Atemzug wie einen heißen Stich empfunden. Er hätte die Praxis des Arztes ohne eindeutigen Beweis, aber in dem fast sicheren Wissen verlassen, dass Samantha Gordon seine Tochter und Nathans Zwillingsschwester war, und das wäre dann das Ende der Geschichte gewesen. Er hätte die Sache auf sich beruhen lassen wie damals, als er von Nathans Existenz gehört hatte, hätte aus der Ferne ein Auge auf sie gehabt und den Verlust eines Kindes gespürt, das er nie kennenlernen würde, getröstet durch die Tatsache, dass in ihrem Leben alles in Ordnung war. Doch dann hatte Samantha sich auf die Suche nach ihrer eigentlichen Familie gemacht – nach Millicent, nach Nathan … nach ihm. Er würde nie vergessen, wie Dr. Tolmans Tochter die Reaktion der Hebamme beschrieben hatte, dass Samantha in ihrer Enttäuschung ziemlich »verloren« auf sie gewirkt habe.

Er hatte nicht zu ihr gehen und sagen können: *Hier bin ich, liebste Tochter*. Genauso wenig, wie er heute zu Nathan und Samantha hatte sagen können: *Du redest mit deiner Schwester, Sohn. Samantha ist deine Zwillingsschwester.*

Als Trevor einen großen Schluck Scotch nahm, traten ihm Tränen in die Augen. Die Sache war nun einmal, wie sie war, und er durfte sich nicht einmischen. Samantha führte ein glückliches Leben. Die Sehnsucht, die sie nach Marietta geführt hatte, würde im Lauf der Jahre verblassen. Nathan würde irgendwann seine eigene Familie gründen, ohne jemals zu erfahren, wie er mit der jungen Frau, die Haare wie seine Mutter hatte, verbunden war, weswegen ihm auch nie etwas fehlen würde. Er als Vater der beiden konnte nur hoffen, dass er, wenn die geschäftlichen Beziehungen seines Unternehmens mit Las Tres Lomas de la Trinidad beendet wären, hin und wieder durch Daniel etwas über seine Tochter erfahren würde. Denn mittlerweile wusste Trevor, dass die Frau, die Daniel Lane am Bahnhof so stürmisch umarmt hatte, die Schwester von Sloan Singleton war.

Trevor nahm einen weiteren Schluck Scotch. Immerhin konnte er Befriedigung aus folgendem Wissen ziehen: Seine reizende, intelligente und freundliche Tochter würde niemals erfahren, dass Millicent Holloway ihre Mutter war.

»Du wirst die Nächte nicht in einem Zelt verbringen und dich von Bohnen aus der Dose und Trockenfleisch ernähren, wenn du im Triple S essen und schlafen kannst!«, erklärte Billie June Daniel an jenem Abend.

»Leider doch, Schatz«, erwiderte Daniel. »Dein Bruder wird mich nicht bei sich unterbringen.«

»Da hat er nichts mitzureden. Im Testament meines Vaters steht, dass ich lebenslanges Wohnrecht in der Hazienda des Triple S genieße.«

Daniel sah sie mit großen Augen an. »Soll das heißen, dass du wieder im Triple S leben willst?«

Billie June drehte sich vor dem Spiegel. Sie hatte ein neues Kleid erworben und führte es Daniel vor. »Ich möchte in der Zeit, in der nach Öl gebohrt wird, nach Hause zurück und dich mitnehmen. Wenn du mein Gast bist, kann Sloan dich wohl genauso wenig rauswerfen wie mich.«

Daniel rieb sich das stoppelige Kinn. »Billie June, ich weiß nicht. Dein Bruder hätte jedes Recht, sich querzustellen, wenn wir in seinem Haus miteinander schlafen.«

Billie June knöpfte das eng anliegende Oberteil ihres neuen Kleids auf. »Du hast mir nicht richtig zugehört. Ich spreche nicht davon, dass wir miteinander schlafen. Du wirst als mein Gast in einem unserer freien Zimmer logieren.« Sie schenkte ihm ein verschmitztes Lächeln. »Natürlich kannst du, wenn alle schlafen, immer gern zu mir schleichen.«

»Als ob dein Bruder sich das nicht denken könnte«, seufzte Daniel.

Billie June schlüpfte aus dem Kleid. »Soll er doch«, sagte sie. »Er wird schon nicht ins Zimmer stürzen. Das wäre doch zu peinlich für uns alle! Und Samantha würde das sowieso nicht zulassen.«

»Was ist mit deinem Musikunterricht?«

»Mit dem kann ich auch später noch weitermachen. Außerdem habe ich Heimweh nach Sloan, Samantha und der Ranch. Im Herbst, wenn die Kühe kalben, ist es im Triple S am schönsten. Ich füttere die kleinen verwaisten Kälber so gern mit der Flasche. Und …«, Billie June bedachte ihn mit einem koketten Blick, »… du würdest mir fehlen, wenn ich ganz allein hier bin.«

Eigentlich hätte Daniel sich über ihre Feststellung, dass sie nicht getrennt voneinander sein konnten, ärgern sollen. Als sie nach Dallas gezogen war, hatte er sich geschworen, ihr Folgendes klarzumachen: Er hatte auch andere Interessen und kannte andere Leute, und sie würde sich ebenfalls andere Beschäftigungen suchen müssen, um ihre Zeit zu füllen, doch dazu war er nie gekommen. In Billie Junes Haus gab es im Flur ein Telefon, wo er sie für gewöhnlich gegen fünf Uhr von seinem Büro aus anrief. Die anderen Bewohner, die inzwischen wussten, dass er sich immer um diese Zeit meldete, ließen Billie June rangehen. Da er das nicht zur Gewohnheit werden lassen wollte, hatte er anfangs an manchen Nachmittagen absichtlich nicht angerufen. Er war in eine Kneipe oder zum Pferderennen gegangen, hatte sich ein schönes Abendessen oder einen Besuch im Kabarett gegönnt und dabei auch immer Ausschau nach hübschen Mädchen gehalten, doch statt Freude zu empfinden, hatte sich ein hohles Gefühl in ihm ausgebreitet. Ihm war klar geworden, dass Billie June ihm fehlte. Und sie würde ihm auch fehlen, wenn er wochenlang weg wäre, die Zeit ausschließlich in Gesellschaft von Männern verbrachte, am Lagerfeuer aus einem Blechnapf aß und in einem kalten Zelt beim Heulen der Kojoten einschlief. Andererseits würde es ihm nicht behagen, im selben Haus wie Sloan Singleton zu wohnen und zuzusehen, wie seine Schwester ihm eine lange Nase machte. Außerdem musste er berücksichtigen, wie unangenehm diese Situation vermutlich für Samantha wäre.

Billie June trug mittlerweile nur noch Schnürmieder und Strümpfe, und er glaubte, sie nie verführerischer gesehen zu haben. Wenn er es recht überlegte, war ihre Idee gar nicht so schlecht. Als Sloan Singletons Erzfeind in seinem prächtigen Haus zu wohnen, an seinem Esstisch zu sitzen und in seinen tiefen Sesseln zu lümmeln, war ein Vergnügen, das er sich nicht entgehen lassen sollte. Daniel hatte bisher noch keinen Fuß ins Innere der Hazienda gesetzt.

»Gut, Schatz«, sagte er. »Wenn du die schlechte Laune deines Bruders aushältst, soll's mir recht sein. Und jetzt lass dir aus dem Mieder helfen.«

FÜNFUNDSECHZIG

Drei Tage später, am siebten September, nahm Leon Holloway Nathans Brief aus seinem Postfach in Gainesville. Er öffnete ihn, sah voller Freude die zwei – *zwei!* – Seiten darin und begann schon beim Verlassen des Postamts zu lesen. Auch ein Schreiben von Randolph aus New York City war gekommen, doch das würde er zu Hause Millicent geben, damit sie es laut vorlas. Sie wohnten nicht weit vom Postamt weg, und er genoss seinen täglichen Spaziergang hin und zurück, besonders an sonnigen, frischen Tagen wie diesem.

Als er den Park erreichte, war Leon mit dem Brief fertig und setzte sich auf die Bank, auf die er sich oft flüchtete, wenn es ihm im Haus zu eng wurde. Er ließ den Kopf nach hinten sinken und blickte hinauf in das sich allmählich verfärbende Blätterdach des Ahornbaums, der im Sommer Schatten spendete. In dem Brief waren ihm zwei Informationen ins Auge gestochen: *Samantha Gordon* und *Las Tres Lomas de la Trinidad*. Gott im Himmel! Nathan hatte seine Zwillingsschwester kennengelernt! Was für ein Schock! Während sich sein Puls normalisierte, fragte sich Leon, warum ihn das so aus der Fassung brachte. Es hatte Zeiten gegeben, in denen er sich Sorgen darüber machte, dass der Allmächtige die Zwillinge irgendwie zusammenbringen würde. Dallas und Fort Worth waren nicht so weit voneinander entfernt und solche merkwürdigen Begebenheiten nichts Unbekanntes. Er hatte von einem Soldaten gehört, der, als er die Taschen eines von ihm getöteten Yankees durchging, darin ein Foto von seinen eigenen Eltern entdeckte. Der Mann hatte seinen Bruder getötet.

Ein andermal hatte eine Frau aus Millicents Nähzirkel eine kranke Nachbarin besucht und einen Leberfleck hinten am Bein der Frau bemerkt, an der gleichen Stelle und von der gleichen Größe wie bei ihrer kleinen Adoptivschwester. Am Ende hatte sich herausgestellt, dass die beiden Geschwister waren. Sie hatten über zwanzig Jahre lang nur zwei Häuserblocks voneinander entfernt in Gainesville gelebt.

Wieso also sollte Leon Holloway bezweifeln, dass göttliche Fügung die Zwillinge zusammengeführt hatte? Eine erste Ahnung von der Macht des Schicksals hatte er bereits bekommen, als Neal Gordon und Trevor Waverling unerwartet vor seiner Tür aufgetaucht waren. Leon hatte sich Gedanken darüber gemacht, dass Nathan und Samantha, wenn sie sich tatsächlich einmal begegnen sollten, erotisches Interesse aneinander finden könnten. Doch zum Glück war Samantha Gordon verheiratet, und es klang ganz so, als hätte Nathan sich in Charlotte Weatherspoon verguckt, eine junge Frau, die Millicent sehr recht wäre.

Was sollte er also tun? Er musste nachdenken. Leon kannte als Einziger das gesamte Puzzle, von dem alle anderen nur ein Teilchen besaßen. Neal Gordon wusste von Samanthas Herkunft und glaubte, dass Leon ihr Vater war, was der Rancher offenbar für sich behalten hatte. In Trevor Waverling war der Verdacht aufgekommen, dass Samantha seine Tochter und die Zwillingsschwester seines Sohnes sein könnte, aber er hatte Nathan gegenüber nichts erwähnt und sich auch Samantha nicht zu erkennen gegeben, sonst hätte der Junge Leon das sicher in seinem Brief mitgeteilt. Nathan wusste nichts über seine Herkunft, außer dass er von einem anderen Mann gezeugt worden war als dem, den er so lange für seinen Vater gehalten hatte. Millicent war natürlich klar, dass Nathan eine Zwillingsschwester hatte, jedoch nicht, wer oder wo sie war. Und Samantha ahnte nichts von dem Vater und dem Zwillingsbruder, die praktisch vor ihrer Nase lebten, jedenfalls noch nicht.

Was für ein Durcheinander!

Leon würde sich nicht einmischen. Als er den Brief in die Tasche seines Arbeitsanzugs schob, hörte er förmlich schon Millicents erfreuten Ausruf, wenn er mit der Post nach Hause kam: *Wie ich sehe, hast du Nathans Brief bereits gelesen. Dann lass uns jetzt den von Randolph aufmachen.* So war es jedes Mal. Nathan kam für seine Mutter immer an letzter Stelle. Ach, Millie, altes Mädchen, dachte Leon, der Himmel möge dir beistehen, wenn du dich je für das verantworten musst, was du deinen Erstgeborenen angetan hast. Aber vielleicht steckte dahinter auch die Macht, die ein Auge auf Nathan und Samantha gehabt hatte. Eines stand jedenfalls fest: Den Zwillingen ging es bei den Leuten, die sie bei sich aufgenommen hatten, besser als bei ihr. Leon hätte sich nur gewünscht, an ihrem Leben teilhaben zu können.

Sloan richtete sich zu seiner vollen Größe auf und schob den Schädel in der Sackleinenhülle vorsichtig hinter eine Schachtel mit Christbaumkugeln. Es war früh am Freitagnachmittag, Heuernte. Sein Vorarbeiter würde sich sicher fragen, wo er steckte, denn der Chef entschied, in welchen Abschnitten der Felder das Heu zu Ballen gerollt wurde. Braunfäule hatte mindestens die Hälfte der Futterpflanzen vernichtet, weswegen das, was übrig war, unbedingt eingebracht werden musste, bevor es zu trocken wurde oder das Wetter umschlug und auch den Rest ruinierte. Obwohl an der Küste Regen erwartet wurde, der ins Landesinnere ziehen konnte, hatte Sloan nach dem Mittagessen im Haus bleiben müssen, bis Samantha nach Las Tres Lomas aufgebrochen und Millie May auf ihrer Stute ausgeritten war. Seine ältere Schwester, die nur fürs Wochenende aus Houston angereist war, wollte ihren Aufenthalt nun, da Billie June sich wieder zu Hause befand – »solange Daniels Dienste an der Bohrstelle benötigt werden«, hatte sie Samantha am Telefon mitgeteilt –, verlängern.

Die Nachricht, dass Billie June am Sonntag mit Daniel Lane eintreffen und ihn im besten Gästezimmer unterbringen würde, war harte Kost gewesen. Die Frauen hatte es überrascht, dass Sloan nicht voller Wut vom Tisch aufgesprungen war und verkündet hatte, das würde er niemals zulassen, aber leider hatte er diesem Mann nichts entgegenzusetzen. Daniel Lanes Rat, Sloan solle nicht vergessen, dass er ihn selbst, Samantha, ihren Vater und Sloans Schwestern in der Hand habe, ging ihm nicht aus dem Kopf. Noch wusste Sloan nicht, wie er den Spieß umdrehen konnte.

»Und bevor du auf die Idee kommst, Daniel deswegen Vorwürfe zu machen«, hatte Samantha beim Essen gesagt, als hätte sie seine Gedanken erraten, »es war Billie Junes Einfall.«

»Aufgrund von Dads Testament kannst du es ihr nicht verbieten, Sloan«, hatte Millie May ihn erinnert.

»Aber in Dads Testament steht nichts davon, dass seine Tochter ein Gästezimmer für erotische Begegnungen mit dem Helfer des Schmieds nutzen darf!«, hatte er wütend erwidert.

»Wäre dir ein Prinz lieber?«, hatte Samantha mit leiser Stimme gefragt.

Das war ihr erster Ehekrach gewesen, hatte Sloan voller Scham festgestellt. Er war kein Snob, sondern achtete Menschen, die hart arbeiteten. Und Daniel Lane war in Fort Worth als fleißiger und gewissenhafter Arbeiter bekannt gewesen. Außerdem verdiente er sich seinen Lebensunterhalt nicht mehr am Amboss. Billie Junes Aussage nach war er inzwischen bei Waverling Tools unentbehrlich. Doch Samantha und seine Schwestern wussten nicht, dass Daniel Lane ihn ruinieren wollte und er Billie June dazu benutzen würde.

Das macht es mir leichter, mein Ziel ohne Reue zu verfolgen.

Was für ein Ziel?

Das Ziel, das ich hiermit zu meiner Lebensmission erkläre.

Die Erinnerung an diese rätselhaften Äußerungen sorgte immer noch dafür, dass Sloan eine Gänsehaut bekam, doch er zwang sich, nicht mehr daran zu denken. Er war zu beschäftigt, um über Daniel Lanes »Lebensmission« nachzugrübeln. Sloan hatte seine Serviette auf den Tisch geknallt und war mit dem Stuhl zurückgerückt. »Du drehst mir die Worte im Mund herum, Samantha. Das hat nichts mit Snobismus zu tun; es steckt Bedacht dahinter. Daniel Lane hat nichts Gutes im Sinn mit meiner jüngeren Schwester.«

»Solltest du das Urteil darüber nicht Billie June selbst überlassen?«, hatte Millie May gefragt.

»Sie ist mit Blindheit geschlagen«, hatte Sloan erwidert. »In Dallas kann ich ihr nicht helfen, hier in meinem eigenen Haus schon.«

»Es ist ihr Leben, Sloan«, hatte Samantha ihn in ihrem ruhigen, vernünftigen Tonfall erinnert.

Am Ende war es darauf hinausgelaufen, dass Daniel Lane am Sonntag Quartier im Haupthaus des Triple S beziehen würde, was bedeutete, dass Sloan ein neues Versteck für den Schädel finden musste. Es wäre gar nicht so leicht gewesen, den Frauen zu erklären, warum er in dem Wandschrank im Obergeschoss herumwühlte, wenn er doch angeblich zu Hause geblieben war, um Schecks zur Begleichung der monatlichen Rechnungen auszustellen. In ihrer Abwesenheit hatte er das erste Mal Gelegenheit gehabt, ins Gästezimmer zu gehen, in dem sich der Schädel befand. Nach der Heirat hatte er ihn vom großen Schlafzimmer, in das er nach dem Tod seines Vaters gezogen war, dorthin gebracht. Morgen würden die Bediensteten das Gästezimmer für Daniel sauber machen und die Schubladen und Schränke lüften. Sloan war wenig Zeit geblieben, über einen Ort nachzudenken, an dem der Schädel trocken, vor Schaden und möglicher Entdeckung sicher lagern konnte. Es war nie nötig gewesen, im Haus Schlösser anzubringen. Und außerhalb des Hauses wollte er den Schädel nicht verstauen. Sosehr er sich das Gehirn auch zermarterte und soviel Platz in der Hazienda auch war: Sloan fiel kein anderer Ort ein, an dem er das Ding deponieren konnte als der Schrank mit den Christbaumkugeln, der immer erst in der Vorweihnachtszeit geöffnet wurde. Obwohl er direkt gegenüber vom Gästezimmer stand, hielt Sloan ihn für das beste momentan verfügbare Versteck. Wegen des verzogenen Rahmens ließ sich die Tür nur schwer und laut knarrend öffnen. Falls Daniel sich auf die Suche nach dem Schädel machen sollte, konnte Sloan davon ausgehen, dass der Lärm das gesamte obere Stockwerk aufschreckte. Doch er durfte Daniel keinesfalls allein im Haus lassen.

Wenn er das verdammte Ding nur loswerden hätte können!, dachte er. Aber daran hinderte ihn sein Gewissen. Der Schädel gehörte Sam, es konnte sich um einen paläontologischen Schatz handeln. Wenn er kaputtging, würde vielleicht nie wieder ein solches Fundstück auftauchen.

Seine Frau und seine Schwester hatten ihn angefleht, sich Daniel gegenüber zu mäßigen. Samantha war bereits verärgert über die Weigerung ihres Vaters, Nathan Holloway und Todd Baker im Haupthaus von Las Tres Lomas unterzubringen, während sie die Bohrstelle absteckten. Die Männer würden ein Zelt aufschlagen und sich am Lagerfeuer Essen warm machen müssen. Am Montag würden sie mit dem Zug eintreffen. Immerhin hatte Neal sich bereit erklärt, sie mit einem Wagen vom Bahnhof abholen zu lassen.

»Ich verstehe gar nicht, warum Daddy so wenig gastfreundlich ist«, hatte Samantha sich beklagt. »Jetzt, wo ich aus dem Haus bin, möchte man doch meinen, dass er sich über die Gesellschaft der Männer freuen würde und hören möchte, wie sie am Windy Bluff vorankommen.« Auch Sloan begriff Neals Entscheidung nicht. Im Haus der Gordons ließen sich viele Gäste unterbringen, man hätte Daniel leicht dort einquartieren können.

»Wenn alles zu eng wird, können wir unter der Woche immer noch nach Las Tres Lomas ausweichen«, hatte Samantha vorgeschlagen. »Daddy wäre das bestimmt recht.«

Und Daniel das Haus überlassen?, hatte Sloan gedacht. Niemals! »Ich werde mich nicht von einem Mann, dem ich unehrenhafte Absichten meiner Schwester gegenüber unterstelle, aus meinem Haus vertreiben lassen, Samantha. Wir bleiben«, hatte er die Diskussion beendet.

Als Sloan die Tür des Schranks mit der Schulter zudrückte, wurde ihm bewusst, dass es auch Vorteile hatte, den Geliebten seiner Schwester unter seinem Dach zu haben. Daniel Lanes Anwesenheit würde ihm Gelegenheit verschaffen, sich ein genaueres Bild von dem Mann zu machen, der behauptete, Sloan sei seine »Lebensmission«.

»Hier drin sollte jetzt lieber keiner ein Streichholz anzünden«, meinte Jeanne, als sie ihren Platz am Konferenztisch von Waverling Tools mit Notizblock und Stift einnahm. »Die Atmosphäre ist explosiv.«

»So kann man das auch ausdrücken«, sagte Todd mit einem

nehmen bevorstanden, und die anderen hatten genickt. Trevor hatte erklärt, dass Waverling Tools zwar den größten Teil der für die Bohrung nötigen Geräte selbst lieferte, zusätzlich jedoch hohe Kosten für Arbeitskräfte, Pipeline und Zugangsstraßen, Tankmieten und Transporte mit Wagen und Zug von der Bohrstelle zur Raffinerie in Corsicana entstehen würden, ganz zu schweigen von den Ausgaben für die Versorgung und Unterbringung der etwa ein Dutzend Männer, die am Bohrturm arbeiteten.

Außerdem gab es keinerlei Garantie dafür, dass sie tatsächlich auf Öl stoßen würden.

Doch alle hatten mit Begeisterung reagiert, weil sie Todds Analyse vertrauten und davon ausgingen, dass sich im Dezember ein Extrabonus in der Weihnachtslohntüte befinden würde. Trevor konnte nur hoffen, dass niemand sein Schlucken bemerkt hatte, als er die neue Kostenübersicht seines Buchhalters betrachtete. Die Gebühren für die Beförderung mit der Eisenbahn waren gestiegen; Texas and Pacific verlangte mehr für die begehrten Tankwagen. Das Fuhrunternehmen, das Trevor angeheuert hatte, um das Öl an seinen Bestimmungsort zu bringen, bestand auf einer Klausel im Vertrag, die Entschädigungszahlungen für verletzte Tiere vorsah. Der Hersteller der Lagerwannen hatte die Preise erhöht. Bis tatsächlich Öl am Windy Bluff sprudelte, spielte all das noch keine Rolle, doch auch Trevor hatte wie seine Beschäftigten große Erwartungen. Wie viel diese Erwartungen damit zu tun hatten, dass seine Tochter auf dem Land lebte, auf dem er Bohrungen vornehmen wollte, und er somit Gelegenheit hätte, sie wiederzusehen, konnte er nicht sagen, aber in seiner Stimme schwang ein gerüttelt Maß Optimismus mit, als er sich nun an die Versammelten wandte.

»Meine Herren und eine Dame«, sagte er mit einem Nicken in Richtung Jeanne, »ich weiß, dass der Freitagnachmittag ein ziemlich später Zeitpunkt für eine Besprechung ist, doch meiner Ansicht nach markiert der heutige Tag, der siebte September 1900, das Ende von Waverling Tools, wie wir das Unternehmen bisher kannten. Am Montag beginnt für uns eine neue Ära. Wie Todd richtig bemerkt, steigen wir ins Ölgeschäft ein. Wir stellen nicht mehr nur die Ausrüstung her, sondern bohren selbst. Ich glaube, dass wir uns an einem Wendepunkt der texanischen Geschichte befinden, der den Staat in dieser Form, vielleicht sogar unser aller Leben verändern wird. Wenn Sie Bericht erstattet haben, bringt Miss Beardsley Champagner, um auf unseren Neuanfang anzustoßen. Wir haben allen Grund, das Glas zu erheben.«

Als der letzte Tagesordnungspunkt besprochen war, trat Miss Beardsley wie angekündigt mit einem Tablett voller Gläser ein. Trevor hob das seine. Später würde er nie wieder Champagner trinken, ohne sich an seine Prophezeiung zu erinnern.

SECHSUNDSECHZIG

Am achten September, einem Samstagmorgen, wurde Nathan von einer inneren Unruhe geweckt, deren Ursache er nicht kannte. Auf der Farm hatte er so etwas noch der besonderen Sensibilität des Landmannes zuschreiben können. Irgendetwas rollte da heran, das lag in der Luft. Hagel, Sturm, Flut? Heuschrecken? Feuer? Ungemach für Mensch oder Tier? Wenn ein solches Gefühl ihn plagte, war er früher, die Daumen in die Träger seines Arbeitsanzugs eingespreizt, hinausgegangen, um auf den Wind zu lauschen, zum Himmel hochzublicken und den Boden zu begutachten. Bisweilen hatten sich seine Vorahnungen als falsch erwiesen. Aber auch wenn sie ihn manchmal in die Irre führten, tat er sie niemals ab. Wenn Katastrophen nicht über sie hereinbrachen, bedeutete das nicht, dass sie nicht grundsätzlich drohten. Sie waren einfach nur vom Kurs abgewichen, wie die Klapperschlange, die in die Büsche gleitet, bevor ein ahnungsloser Mensch darauftritt.

Das ist eine Art sechster Sinn, der vom angeborenen Misstrauen des Farmers gegenüber Mutter Natur herrührt, Sohn, besonders wenn das alte Mädchen sich in letzter Zeit von seiner wohlwollenden Seite gezeigt hat, war Leons Erklärung gewesen. *Die wogenden Weizenfelder, die wir heute hier sehen, könnten morgen schon durch ihre Hand abgeknickt sein.*

Doch in der Nähe dieses Hauses, durch dessen offene Fenster der samstägliche Verkehrslärm der Stadt hereindrang, gab es keine Weizenfelder. Um sich abzulenken, dachte Nathan an Charlotte, die er am folgenden Abend bei dem Fest sehen würde, und an den Sparringskampf mit seinem Vater am Vormittag. Nathan schmunzelte. Er kannte Charlotte so gut wie gar nicht, aber hätte sie seine Gedanken erahnt, hätte sie ihre hübschen Hände sicher in die schmalen Hüften gestemmt und mit gespieltem Entsetzen ausgerufen: *Nathan Holloway! Soll das heißen, dass ich für dich in die gleiche Kategorie gehöre wie verschwitzte Boxhandschuhe?* Er träumte davon, sie in die Arme zu nehmen und zu erwidern: *Nur weil ihr beide eine ähnliche Schlagkraft besitzt.*

Zak leckte ihm das Gesicht. Es war Zeit aufzustehen. Als Nathan den Hund durch die Tür hinausließ, die auf eine Außentreppe führte, hörte er das laute Kreischen von Vögeln. Und als er draußen den Blick hob, sah er eine große Schar Möwen Richtung Norden fliegen. Auch Benjy war im Unterhemd, die Hosenträger an den Hüften und das Gesicht voller Rasierschaum, auf den kleinen Balkon seiner Wohnung über dem Kutscherhäuschen getreten und rief zu Nathan hinüber: »Sie müssen von der Küste gekommen sein. Was da wohl los ist?«

»Wahrscheinlich ein Tropensturm«, rief Nathan zurück. »Letzte Woche waren die Telegrafen- und Telefonleitungen in Florida und Louisiana unterbrochen.«

Also hatte ihn sein Farmerinstinkt nicht getrogen, dachte Nathan und kehrte in sein Zimmer zurück. Der September war um den Golf von Mexiko die Hurrikansaison, deren Ausläufer manchmal bis zum Panhandle in Texas und zum Oklahoma-Territorium reichten. Ihm fiel ein, dass Sloan Singleton in der vergangenen Woche mit der Heuernte angefangen hatte. Nathan konnte nur hoffen, dass er bereits damit fertig war. Wenn es bis Montag noch nicht geregnet hatte und die Heuernte noch nicht beendet war, würde er zum Triple S hinübergehen und seinen Männern helfen.

Nathan beeilte sich mit dem Waschen und Anziehen. Seine Sportausrüstung hatte er schon am Abend zuvor zurechtgelegt: leicht gepolsterte Handschuhe, hohe Schnürschuhe, Boxershorts und den Lederschutzhelm, der beim Sparring seit Kurzem getragen wurde. Sein Vater bestand auf Sicherheitsvorkehrungen im Ring, trotz des spöttischen Einwands von Nathans Großmutter, dass es wohl keinen Schutz geben könne für »zwei Männer, die einander k. o. schlagen wollen«.

»Darum geht es dabei nicht, Mutter«, hatte Trevor ihr zu erklären versucht. »Ich trainiere mit Nathan nicht für einen Wettbewerb, sondern bringe ihm das Boxen bei.«

»Was ist der Unterschied?«

»Die Absicht.«

Nathans Großmutter hielt nichts von den Boxstunden am Samstagvormittag. Sie verstärkten die Differenzen zwischen ihr und ihrem Sohn. Ihre tragische Beziehung stimmte Nathan traurig. Die Tage seiner Großmutter waren gezählt, und er wollte nicht, dass sie starb, ohne vom Opfer ihres Sohnes zu erfahren, der für sie das Bild ihres Lieblingssohnes bewahrte. Nathan wollte auch nicht, dass sein Vater weiterleben musste, ohne jemals die Liebe seiner Mutter gespürt zu haben. Den Schmerz darüber, sie nicht zu kennen, konnte Nathan nachvollziehen. Trevor Waverling war ein anständiger Mensch und ein hingebungsvoller Sohn. Vielleicht konnte er seiner Tochter seine Gefühle nicht so gut zeigen, aber das lag daran, dass sich seine Persönlichkeit nicht dazu eignete. Sah Nathans Großmutter denn nicht, als wie große Last er diesen Mangel begriff? Es war schrecklich, intensiv zu lieben und diese Liebe nicht ausdrücken zu können. Bisweilen schaffte Nathan es fast nicht, sein Wissen für sich zu behalten.

Trevor, ich toleriere deine Liebe zu diesem barbarischen Sport, aber musst du auch noch meinen Enkel mit deiner Lust zu verletzen und verletzt zu werden, anstecken?, hatte Mavis wütend gefragt, als sie erfuhr, dass ihr Sohn Nathan zum Boxtraining mitnehmen wollte. Nathans Vater hatte argumentiert, dass der Sinn des Sparrings nicht darin bestehe, körperliche Verletzungen zuzufügen. Es gehe vielmehr darum, Kopf- und Beinarbeit sowie Ausweichtechniken und Gegenattacken einzuüben. Sparring lehre einen Mann zu improvisieren, unter Druck zu denken und seine Gefühle im Zaum zu halten.

Mavis hatte erwidert, sie habe nicht die geringste Ahnung, was er meine. Er solle ihr lieber erklären, wozu ihr Enkel die Fähigkeiten brauche, »zu improvisieren, unter Druck zu denken und seine Gefühle im Zaum zu halten«.

Es sei immer gut, wenn ein Mann wisse, wie er mit einem schnellen, kräftigen und entschlossenen Angreifer umgehen müsse, hatte Nathans Vater gesagt.

Nathan hatte ihren Zorn ein wenig abgemildert, indem er ihr erläuterte, dass es sich beim Sparring eigentlich um Boxtraining handle, das so lange ungefährlich sei, wie die Partner einander nichts Böses wollten. Er liebte den gegenseitigen Schlagabtausch, und noch mehr begeisterte es ihn zu lernen, wie man Schlägen auswich, und allmählich zeigte der Sport körperliche Wirkung. Er hatte sich selbst immer für eher ungelenk und unbeholfen gehalten. Das Training hatte sein Gleichgewichtsgefühl und seine Koordination verbessert, seine Muskulatur gestärkt, seine Taille schmaler gemacht und seine Energie gesteigert. Nathan erzählte seiner Großmutter lieber nicht, dass Beobachter am Ring seinem Vater beipflichteten, der meinte, Nathan sei für diesen Sport wie geschaffen. Er besaß den breiten Oberkörper und die stämmigen Beine, die man fürs Boxen brauchte. Kraftvolle Schläge und Bewegungen kamen aus Waden, Oberschenkeln und Hüften wie den seinen.

Seine Schilderung der positiven Seiten dieser Samstagsübungen hatte lediglich ein verächtliches Geräusch von Mavis Waverling geerntet, die sich eine letzte Spitze nicht verkneifen konnte. *Du bist in jeder Hinsicht das Ebenbild deines Großvaters, Nathan, und zum Glück hat SEIN Vater nicht die Notwendigkeit gesehen, ihn zu seiner Förderung »Beinarbeit im Ring« auszusetzen*, hatte sie bemerkt.

Nachdem Nathan sich angezogen hatte, nahm er seinen Sportbeutel. Vielleicht würden sein Vater und er es schaffen zu frühstücken, bevor ihre Großmutter sie mit ihrem üblichen missbilligenden Stirnrunzeln verabschieden konnte. Lenora würde Zak hereinlassen und ihm etwas zu fressen geben. Sein Hund, der allmählich alt wurde, begnügte sich mittlerweile damit, den Vormittag zusammengerollt mit Scat zu verbringen und sich von Rebecca Gedichte vorlesen zu lassen.

Abgesehen davon, dass Nathan den Sport mochte, freute er sich auch auf die Gesellschaft seines Vaters. Sie fuhren mit der Kutsche, weil Benjy gern in einem kleinen irischen Café in der Nähe des Boxrings, in dem sie ihre Sparringsstunden absolvierten, frühstückte. Die Kellnerin habe ein Auge auf ihn, erklärte er, sie gebe ihm immer einen Extrapfannkuchen mit Apfelmus, ohne mehr zu verlangen, wenn sein Teller leer sei. Die Zeit, die Nathan allein mit seinem Vater in der Kutsche verbrachte, war ihm wichtig, weil sie ihm Gelegenheit gab, mehr über Trevor Waverling zu erfahren. Nun kam Nathan der Gedanke, dass sein Vater diese samstäglichen Ausflüge mit ihm seinerseits genoss, denn sie ermöglichten es auch ihm, seinen Sohn besser kennenzulernen.

Unterwegs fragte Trevor unvermittelt: »Bist du glücklich bei uns, Nathan?«

Nathan blickte ihn erstaunt an. Sein Vater wirkte niedergeschlagen. Schon beim Frühstück hatte er nachdenklich und geistesabwesend ausgesehen. Wie sollte Nathan auf seine Frage antworten? Über Glück hatte er nie viel nachgedacht. Eher über Zufriedenheit. Was Zufriedenheit bedeutete, wusste er.

»Ich glaube schon«, sagte Nathan.

»Fehlen dir dein Halbbruder und deine Halbschwester?«

»Fehlen ist, glaube ich, der falsche Ausdruck. Ich denke oft an sie und überlege, wie sie ohne mich zurechtkommen. Früher war ich immer für sie da.«

»Meinst du, du fehlst ihnen?«

»Bestimmt. Das heißt, bis sie jemand anders mit breiten Schultern finden, an den sie sich anlehnen können«, antwortete Nathan schmunzelnd.

»Man muss schon ein ganz besonderer Mensch sein, um immer ein Bruder zu bleiben. Bei den meisten Männern ergeben sich im Erwachsenenalter andere Loyalitäten und Pflichten, die an die Stelle der Geschwisterliebe treten. Ehefrauen, Kinder, die Arbeit, private Interessen, ganz zu schweigen von der Entfremdung durch Distanz, können Geschwister zu Fremden machen. Aber bei einem Mann wie dir habe ich das Gefühl, dass es heißt: Einmal Bruder, immer Bruder, und das tröstet mich.«

»Ich werde stets für Rebecca da sein, Dad, hab keine Angst.«

»Habe ich auch nicht. Ich würde mir nur wünschen …«

Sein Vater verstummte und wandte den Kopf ab, um zum Fenster der Kutsche hinauszusehen. Was war nur an diesem Morgen mit ihm los?, fragte sich Nathan. Seit der Inspektionsfahrt nach Las Tres Lomas wirkte er niedergeschlagen. »Was würdest du dir wünschen, Dad?«

Sein Vater schüttelte den Kopf. »Nichts Besonderes, Junge. Nur, dass die Dinge sich anders entwickelt hätten.«

Er meint Rebecca, dachte Nathan. Vermutlich grübelte er, was aus ihr werden würde, sobald ihre Großmutter und ihr Vater nicht mehr wären. Wer würde sich dann um sie kümmern? Und war es fair, sie Nathans Obhut zu überlassen, des Sohnes, den er erst seit sechs Monaten kannte, und die Frau, die er irgendwann heiraten würde, mit einer zurückgebliebenen Halbschwester zu belasten? Nathan beugte sich vor und tippte seinem Vater aufs Knie. »Du musst dir wegen Rebeccas Zukunft keine Sorgen machen, Dad. Ich gebe dir mein Wort, dass ich, egal, was passiert, auf Rebecca aufpassen werde, solange sie lebt.«

Als Trevor ihn ansah, erkannte Nathan zu seiner Verwunderung Tränen in den Augen seines Vaters, die dieser hastig wegblinzelte. »Danke, Nathan. Von meinem Sohn hätte ich nichts anderes erwartet.«

*

Als die Waverlings am Sonntagmorgen in ihrer Kirchenbank saßen, begann es zu regnen. Heftige Windböen brachten den Klöppel der Glocke gerade in dem Moment ins Schwingen, als der Chor das Kirchenlied »Fairest Lord Jesus« beendete, wodurch der schöne Schluss des Liedes und der Erfolg von einwöchigen Proben zunichte waren. Das unkontrollierte Läuten der Glocke dauerte während der Kollekte an, und unruhiges Gemurmel war von denen zu hören, die zu Fuß zum Gottesdienst gekommen waren oder deren Kutschendächer den Regen nicht abhielten. Man hatte die Bürger von Dallas nicht vor dem Sturm gewarnt. Die Concord-Kutsche der Waverlings war wasserdicht, aber Mavis, Trevor und Nathan machten sich Sorgen wegen Rebecca. Sie hofften, dass die Glocke endlich verstummen würde, bevor sie die Kleine aus der Lektüre ihres neuen Gedichtbands aufschreckte. Den hatte Charlotte ihr mit einer Nachricht geschickt, die Nathans Herz schneller schlagen ließ: *Ich freue mich schon, Sie heute Abend zu sehen.* Stürme ertrug Rebecca nicht. Sanftes Nieseln störte sie nicht, aber heftige Regenschauer brachten sie aus der Fassung, weil ihr gelieber Onkel in einem Gewitter gestorben war.

Das besorgte Gemurmel verstärkte sich, als ein Diakon durch eine Seitentür zum Altar hastete und dem Geistlichen, der gerade zur Kanzel wollte, etwas ins Ohr flüsterte. Der Geistliche nickte und trat ans Rednerpult.

»Meine lieben Freunde«, hob er an, »ich habe soeben erfahren, dass Galveston gestern von einem schweren Hurrikan heimgesucht wurde, der gewaltige Schäden angerichtet und Menschenleben gefordert hat. Die Telegrafen- und Telefonleitungen sind unterbrochen, und in dem Gebiet verkehren keine Züge mehr. Die Ausläufer des Sturms erreichen nun uns. Ich schlage vor, dass wir unmittelbar nach dem Segen enden und heimkehren, um unsere Häuser wetterfest zu machen und unsere Tiere in Sicherheit zu bringen. Sprechen wir zuvor noch ein Gebet für die zerstörte Stadt Galveston und ihre Bürger.«

Der Segen fiel kurz aus. Gleich danach erhoben sich alle bis auf Rebecca. Der Gedichtband lag aufgeschlagen auf ihrem Schoß, und sie hielt sich die Ohren zu, um das Läuten der Glocke und das Wüten des Sturms nicht zu hören. *»Herr des Windes!«*, zitierte sie, *»Ich spür dich nahn / Deinen brennenden Atem im Orkan! / Und warte bang / Auf deinen Donnerklang!«*

»Gütiger Himmel!«, murmelte Trevor.

»Ich dachte, sie hat's nicht gemerkt«, seufzte Mavis und legte ihrer Enkelin hastig einen Umhang um die Schultern.

»Doch«, sagte Nathan. »Bringen wir sie nach Hause zu Zak.«

SIEBENUNDSECHZIG

Die Fahrt in der Concord zum Stadthaus in Turtle Creek verlief angespannt. Alle waren, als sie zur Kutsche rannten, bis auf die Knochen nass geworden – besonders Nathan und Trevor, da sie Benjy mit den Pferden helfen mussten –, und Rebecca ließ sich einfach nicht beruhigen. Während von der Krempe ihrer Matrosenmütze das Wasser tropfte, sagte sie, vor- und zurückwippend, immer wieder die Anfangszeilen von John Masefields Gedicht vor sich hin, bis Nathan sich fast entnervt die Ohren zuhielt. Nach einer Weile herrschte Trevor Rebecca an, sie solle mit der grässlichen Litanei aufhören. Mavis fragte, warum er dem Kind das Zitieren von Gedichten verbiete, die ihrem Onkel wichtig gewesen seien. »Tage wie der heutige erinnern sie an ihn«, stellte sie fest.

»Mich auch, Mutter. Deswegen ertrage ich den Singsang nicht mehr«, entgegnete Trevor.

Zu Hause zogen die Männer sich in ihre jeweiligen Zimmer zurück, um aus ihren maßgeschneiderten Anzügen und handgemachten Schuhen zu schlüpfen, während Mavis und Lenora versuchten, Rebecca aus ihrer nassen Kleidung zu schälen und in eine Decke zu hüllen. Doch die Kleine wehrte sich mit wildem Blick und leierte weiter die Gedichtzeilen herunter, bis ihr Vater mit Nathan die Küche betrat, um die durchnässten Sachen zum Trocknen im Vorraum aufzuhängen. *»Rebecca, hör endlich damit auf!«*, schrie er sie an. »Du treibst uns noch in den Wahnsinn.«

Rebecca, die mittlerweile nur noch ihre Unterwäsche trug, verstummte mitten im Satz und blinzelte ihren Vater an, als hätte sie Mühe, ihn zu erkennen. Dann sprang sie plötzlich auf ihn zu, rief: »Daddy, Daddy, rette ihn!«, und schlang die Arme um ihn.

Betretenes Schweigen. Alle wussten, von wem sie sprach. Nathan senkte den Blick, und Lenora und Mavis sahen einander hilflos an. Sogar Zak, der bis dahin neben ihnen gehockt war, sank mit traurigem Winseln auf den Boden. Nach kurzem Zögern legte Trevor schützend die Arme um die schmalen Schultern seiner Tochter. »Ich wünschte, das wäre mir gelungen, Kleines«, sagte er leise. Mavis wandte sich abrupt ab, um Rebeccas Kostümjacke unnötig heftig über der Spüle auszuschütteln.

Lenora beugte sich zu Rebecca hinunter. »Du Arme. Trink die heiße Schokolade, die Lenora für ihren kleinen Engel gemacht hat.«

Doch Rebecca ließ sich nicht von ihrem Vater wegziehen. Sie vergrub das Gesicht an seinem Körper und schluchzte in sein frisches Hemd. »Ganz ruhig«, murmelte Trevor und löste sich aus Rebeccas Umklammerung, um sie hochzuheben. »Komm, wir gehen in dein Zimmer und sehen uns deine Puppen an.«

»Ich komme gleich nach, sobald ich mich umgezogen habe«, rief Mavis, als Trevor, gefolgt von Zak, seine Tochter aus der Küche trug.

Nathan berührte ihren Arm. »Sie brauchen Zeit für sich«, bemerkte er, ein wenig verärgert darüber, dass seine Großmutter sich in diesem Moment einmischte, obwohl sie so oft darüber klagte, Trevor widme Rebecca nicht genug Zeit. »Rebecca muss jetzt mit ihrem Vater allein sein.«

Als Mavis sich ihm erstaunt zuwandte, erwartete Nathan

eine Zurechtweisung, weil es ihm nicht zustand, seiner Großmutter vorzuschreiben, wann sie sich um ihre Enkelin kümmern sollte. Doch Mavis tätschelte lächelnd seine Wange. »Mein lieber Junge. Du bist klüger, als dein Alter es vermuten lässt. Wahrscheinlich weil du auf dem Land aufgewachsen bist. Ja, sie brauchen Zeit für sich. Trevor liebt Rebecca … auf seine Art. Das vergesse ich manchmal. Lenora, ich gehe hinauf, mich umziehen, und hinterher würde ich gern mit Nathan im Salon eine heiße Schokolade trinken.«

Als sie zurückkehrte, hatte Nathan den Kamin angezündet. Inzwischen war es so kühl, dass seine Großmutter ein Tuch um die Schultern zog und mit einem tiefen Seufzer auf ihrem Sessel Platz nahm. »Die Wärme tut meinen alten Knochen gut. Danke, Nathan. Danke für alles. Du hast mehr Wärme in unser aller Leben gebracht, als du selbst ahnst.«

Nathan setzte sich schweigend ihr gegenüber auf einen Stuhl. Es sah ganz so aus, als hätte dieser stürmische Tag traurige Erinnerungen geweckt. »Alles hat mit Jordan zu tun, weißt du«, stellte Mavis fest. »Es ist jetzt drei Jahre her, aber Rebecca hat den Tod ihres Onkels nicht verwunden. Er war ihr bester Freund. Sie waren sich sehr ähnlich, und er fehlt ihr schrecklich. Regen wie der heute …«, sie deutete auf die Salonfenster, an denen das Wasser herunterlief, »… erinnert sie an den Tag, an dem er gestorben ist.« Ihre Lippen wurden schmal. Das Kaminfeuer spiegelte sich in ihren blaugrünen Augen, die das Alter trübe gemacht hatte, und Nathan sah die Verbitterung darin, die die Jahre nicht verblassen hatten lassen. Traurigkeit über die Dinge, die ihr den Schmerz hätten nehmen können, wenn sein Vater ihr nur alles gesagt hätte, erfüllte Nathan. Vielleicht würde sie ihn überraschen, vielleicht würde die Wahrheit die Liebe zu ihrem zweiten Sohn wecken und nicht die Erinnerung an ihren ersten beeinträchtigen. Doch Nathan hatte sein Wort gegeben, und er würde es halten.

Als Lenora die heiße Schokolade brachte, nahm Nathan die Tasse dankbar entgegen. Mavis musterte ihn. »Was geht dir im Kopf herum, Nathan? Dein Großvater besaß genau die gleiche Fähigkeit wie du zu schweigen, wenn er viel zu sagen gehabt hätte. Heraus mit der Sprache. Was ist los?«

Nathan stellte seine Tasse auf die Untertasse. Dem scharfen Blick seiner Großmutter entging nichts. Er räusperte sich und schaute ins Feuer. Von Leon wusste er tatsächlich, dass es sinnvoll war zu schweigen, wenn man viel zu sagen hatte. »Ich behalte lieber für mich, was mir nicht zu verraten zusteht, Großmutter«, antwortete Nathan.

»So ein Unsinn!« Mavis klopfte mit ihrem Stock auf den Boden. »Dies ist dein Zuhause, du gehörst zur Familie. In diesem Haus gibt es nichts, was einem zusteht oder nicht. Wahre Gefühle sollten nicht verborgen bleiben. Du willst doch nicht werden wie dein Vater, oder?«

»Warum nicht? Ich kann nichts Negatives an ihm entdecken.«

Ein überraschter Ausdruck trat auf ihr Porzellangesicht. »Wie ich sehe, hat er dich für sich gewonnen. Das ist gut. Ihr habt eine Vater-Sohn-Beziehung aufgebaut. Darauf hatte ich gehofft. Trevor wird also nicht ohne Familie dastehen, wenn ich sterbe.«

Woraus zu schließen war, dass Rebecca für ihren Sohn nicht als Familie zählte, und in diesem Punkt musste Nathan seiner Großmutter recht geben. Obwohl Nathans Vater Rebecca liebte, füllte diese für einen Mann wie Trevor Waverling, dem körperliche und geistige Gesundheit so wichtig waren, die Tochterrolle genauso wenig aus wie ein Haustier.

»Ich wollte nur sagen, dass dein Vater seine Gefühle unter

Verschluss hält«, erklärte Mavis. »Schon immer. Jordan hingegen war in jeder Hinsicht offen.«

»Nein, das war er nicht«, rutschte Nathan heraus, und er spürte, wie er rot wurde. »Ich meine …« Er biss sich auf die Lippe.

Mavis lachte über seine Verlegenheit. »Ich weiß, was du meinst, mein Lieber. Mein älterer Sohn hätte seiner Mutter nicht *alles* sagen können. Schließlich war er ein Mann.«

Da hörten sie Trevor die Treppe herunterkommen und Lenora erklären, dass Rebecca die heiße Schokolade nun trinken würde. »Sie hat sich mit Zak hingelegt«, teilte Trevor seiner Mutter und Nathan mit. »Ich habe ihr etwas Laudanum gegeben, sie wird bald einschlafen. Wenn sie aufwacht, ist der Sturm hoffentlich vorbei, und sie hat die Sache in der Küche vergessen. Nathan, bitte komm mit mir ins Arbeitszimmer. Ich möchte vor dem Essen noch einige geschäftliche Fragen mit dir besprechen.«

Nathan, der sich erleichtert erhob, spürte die Enttäuschung seiner Großmutter darüber, im Salon allein gelassen zu werden, wo ihr nur die Geräusche des Sturms und das Feuer im Kamin Gesellschaft leisteten an diesem Tag, der so sehr dem ähnelte, an dem ihr Sohn gestorben war.

Später klingelte immer wieder das Telefon; Informationen über die Verwüstungen in Galveston trudelten ein. Ausführliche Berichte über das Ausmaß der Schäden würde es allerdings erst geben, wenn die Kommunikation wiederhergestellt wäre. Beaumont, das etwa fünfundsechzig Kilometer entfernt von Galveston lag, war Trevors Ansicht nach betroffen, und er dankte dem Schicksal, dass die Stahllieferung, die eigentlich schon mit dem Zug zum Spindletop hätte gebracht sein sollen, wegen mangelnden Waggonraums noch nicht weitertransportiert worden war. Der Salzstock lag praktisch direkt am Golf von Mexiko. Bei jedem Klingeln des Telefons erwartete Nathan zu hören, dass Charlotte ihr Fest absagte.

Die Angehörigen des Haushalts schauten abwechselnd nach Rebecca. Zak wachte neben ihrem Bett, und nach dem Essen gesellte sich Mavis auf ein Schläfchen zu ihr. Da der Regen nicht nachließ, war Nathan erleichtert, dass Rebecca ruhte. Am Nachmittag rief er Charlotte an, deren Familie nach der Kirche auf dem Weg zur Kutsche ebenfalls durchnässt worden war. Nathans Befürchtung bestätigte sich: Das Fest musste abgesagt werden. Doch Charlotte schlug vor, sich zum Kartenspielen zusammenzusetzen, sobald das Wetter besser sei. Solchermaßen aufgemuntert, diskutierte Nathan den Rest des Tages mit Trevor im Arbeitszimmer Geschäftliches. Am Nachmittag legte sich der Wind endlich, und aus dem heftigen Regen wurde leichtes Nieseln. Die Unterhaltung drehte sich um Trevors Pläne für die neue Produktionsstätte und das Vorstellungsgespräch mit Jarvis Putnam, dem erfahrenen Mann, den er für seine erste Ölbohrstelle engagiert hatte. Nathan, Todd und Daniel waren bei dem Gespräch zugegen gewesen, und Todd hatte Jarvis gefragt, ob es seiner Ansicht nach viel Öl in Texas gebe.

»Klar!«, hatte der salzerfahrene Veteran geantwortet. »In Texas gibt's richtige Ölseen, so viel wie Wasser. Tief unten, seit Tausenden von Jahren, die warten bloß drauf, angezapft zu werden. Die ganze Erdgeschichte ist da unten eingeschlossen in Schichten, die älter sind als die Menschheit. Man muss Fachleute finden und die nötigen Geräte zum Ausgraben entwickeln. Und man darf nicht das eine zerstören, um an das andere zu kommen.«

Trevor und Nathan hatten einander angesehen. Samantha würde dieser Mann gefallen. Trevor hatte ihn vom Fleck weg angeheuert.

Als sie sich bei Sonnenuntergang auf Trevors abendlichen Scotch mit Sodawasser zurückziehen wollten, hörten sie an der geschlossenen Tür des Arbeitszimmers hektisches Scharren und Winseln. Nathan eilte hin und öffnete sie. Und wurde mit einem Paar nasser Pfoten auf der Brust begrüßt. »Was ist denn los, Zak?«, fragte er und kraulte den feuchten Nacken des Hundes. Da durchzuckte es ihn wie ein Blitz. Zak rannte bellend in Richtung Treppe. »Schauen wir lieber nach«, sagte Nathan zu Trevor. »Ich glaube, es geht um Rebecca.«

Trevor sprang auf und folgte Nathan und dem Hund ins obere Stockwerk, wo Mavis verschlafen auf den Flur trat. »Was ist denn los? Warum bellt Zak? Wo ist Rebecca?«

»Sie ist nicht bei dir?«, fragte Trevor.

»Nein. Bis eben hat sie noch tief und fest neben mir geschlafen.«

Trevor sah Nathan an. »Sie ist zum Fluss runter.«

Sie hasteten Zak nach, der jaulend an der weit offenen Tür nach draußen auf sie wartete. Als die Männer um die Ecke bogen, zeigten ihnen die Wasserpfützen auf dem Boden, was passiert war. Rebecca war mit Zak hinaus in den Regen gelaufen, und Zak hatte Alarm geschlagen. Der Hund rannte die Außentreppe hinunter und zur Anlegestelle, Nathan und Trevor ihm nach. Trevor rief voller Panik *»Rebecca!«*. Nathan stimmte ein, obwohl er ahnte, dass es zu spät war. Rebecca hatte ihren Onkel finden wollen. Fast konnte er in der beginnenden Abenddämmerung ihren Singsang hören: *Ich muss zurück zum Meer, zum Himmel überm einsamen Meer. / Nur ein Schiff und ein Stern, es zu steuern, sind mein Begehr.*

Benjy, der den Lärm mitbekommen hatte, holte sie am überfluteten Steg ein. Nathan hatte Angst, dass Zak in den schäumenden Fluss springen würde, doch der kreiste winselnd um das Ende des Stegs, bevor er wieder das Ufer hinauflief. »Wir sollten Zak folgen«, schlug Nathan Trevor vor, der mit aschfahlem Gesicht nickte.

Am Ende fand Zak sie. Die Strömung hatte sie nicht flussabwärts zur Mündung des Trinity River getragen. Sie lag mit dem Gesicht nach unten zwischen zwei großen Felsen am Ufer, die langen, dunklen Haare und das Nachthemd im Wasser um sie ausgebreitet. Der Hund berührte sie winselnd mit der Pfote, bis Nathan ihn wegzog, sodass Trevor hineinwaten und seine Tochter herausheben konnte. Als Benjy Anstalten machte, ihm zu helfen, sagte Trevor: »Ich hab sie. Ich habe mein kleines Mädchen.«

Mavis stand schmal und zerbrechlich, das Tuch um die Schultern, auf der Anhöhe über dem Steg. Von unten wirkte sie mit ihren weißen Haaren und dem hellen, duchnässten Gewand wie ein uralter Geist, der dem Wasser entstiegen war. Ihr nasses Gesicht verriet keine Gemütsregung, als die Männer, Trevor mit der tropfnassen Rebecca auf dem Arm, sie erreichten. Nicht einmal ihre Wimpern zuckten unter dem Gewicht der Regentropfen.

»Geh rein, Mutter, bevor du dir den Tod holst«, wies Trevor sie sanft an.

Mavis folgte ihm wortlos. Sie betraten das Haus durch die hintere Tür, die zur Treppe führte. Dort wartete Lenora schon nervös im Flur, und Mavis sagte zum ersten Mal etwas. »Ich hab's gewusst, dass der Fluss sie eines Tages kriegen würde. Leg sie aufs Bett, Trevor. Ich hole Decken.«

Der Arzt sei mit seiner Assistentin in Galveston, erfuhr Nathan, als er in der Praxis anrief. Es sei das Beste, die Polizei zu benachrichtigen, die den Leichenbeschauer informieren würde.

Sie warteten im Salon auf die Beamten. Mavis saß, die Lippen schmal, Scat zusammengerollt auf ihrem Schoß, in ihrem

Ohrensessel, als trauerte sie um einen geliebten Menschen, den sie vor langer Zeit verloren und für den sie bereits alle Tränen vergossen hatte. Lenora weinte in einer Ecke leise vor sich hin, und in einer anderen ließ Benjy stumm seinen Rosenkranz durch die Finger gleiten. Trevor brütete in seinem angestammten Sessel am Fenster mit starrer Miene vor sich hin. Nathan hatte sich, Zak zu seinen Füßen, auf dem Stuhl gegenüber dem seiner Großmutter ausgestreckt.

»Warum?«, fragte Mavis, ohne irgendjemanden anzusehen. »Ich wusste, dass das Kind von dem Fluss fasziniert war, aber wir hatten Rebecca so oft gesagt, dass sie nicht ohne Begleitung hingehen soll. Warum nur ist sie runter?«

Nathan blickte seinen Vater an. Nur er und Trevor kannten die Antwort. Rebecca hatte beobachtet, wie ihr Onkel ertrunken war. Des Sturmes wegen hatten sich ihre Gedanken in der Erinnerung an jenen Tag verfangen, und sie war zum Steg hinuntergelaufen, um ihn zu retten. Das hatte Nathans kleine Halbschwester ihnen zu sagen versucht, doch keiner hatte ihr zugehört. Ihm fiel sein Versprechen an seinen Vater ein: *Ich gebe dir mein Wort, dass ich, egal, was passiert, auf Rebecca aufpassen werde, solange sie lebt*. Nathan schaute zu seiner Großmutter hinüber, und zu seiner eigenen Überraschung hörte er sich antworten: »Rebecca hat gesehen, wie ihr Onkel ins Wasser gegangen ist, um sich umzubringen, und ist zum Fluss runter, weil sie ihn retten wollte.«

ACHTUNDSECHZIG

Billie June und Daniel, die mit dem ersten Nachmittagszug nach Fort Worth gefahren waren, erreichten das Triple S gerade, als Regen und Wind über Dallas hinwegfegten. Der Schaffner hatte beim Kontrollieren der Fahrkarten erzählt, dass Galveston von einem schrecklichen Sturm, der vom Golf von Mexiko heraufgezogen sei, heimgesucht worden war und vermutlich auch die Central Plains gestreift werden würden. »Hoffentlich hat Sloan das Heu noch eingebracht«, hatte Billie June bemerkt. »Das Winterfutter wird knapp, wenn er's nicht geschafft hat, und wenn es zu Überschwemmungen kommt, wird er sich wie Neal Gordon große Sorgen ums Vieh machen. Rinder bewegen sich instinktiv vom Wasser weg, aber auf beiden Ranches gibt es nicht viele Hügel, auf die sie sich retten könnten, und außerdem besteht bei Blitzen immer die Gefahr einer Stampede, wenn die Tiere dicht gedrängt stehen.«

»Was passiert, wenn sie es nicht auf höher gelegenes Gebiet schaffen oder es nicht genug Platz gibt?«, hatte Daniel gefragt.

»Dann geht ein Teil der Herden und ziemlich viel Geld verloren«, hatte Billie June mit düsterer Miene geantwortet. »Rinderzucht ist keine leichte Methode, sich den Lebensunterhalt zu verdienen, weil sie so stark vom Wetter abhängt. Wenn dieser Sturm heftig wird und lange dauert, könnte das Triple S Probleme bekommen.«

Daniel, der glaubte, dass eine Ranch von der Größe des Triple S jeden Sturm überstehen konnte, hatte das gewundert. »Das Triple S und Probleme? Wieso das?«

Billie June hatte ausgesehen, als bedauerte sie es, ihm so viel verraten zu haben. Daniel ermutigte sie, von Familienangelegenheiten zu erzählen, weil er hoffte, etwas über Sloan zu erfahren, das ihm nutzen konnte, doch in den vergangenen Monaten hatte er Billie June nur wenig über ihren Bruder entlockt, und ausschließlich Positives. Daniel vermutete fast, dass sie ihn nicht nur seiner eigenen Behaglichkeit wegen zum Triple S eingeladen hatte. Möglicherweise hegte sie die Hoffnung, dass ihr Bruder und Daniel, wenn sie einander erst einmal besser kennenlernten, das Kriegsbeil begruben. Aber das konnte sie vergessen. Sloan Singleton repräsentierte die Sorte Mann, die Daniel zutiefst verachtete, die Sorte, die sich selbst aufgrund ihrer Herkunft für etwas Besseres hielt. Daniel kam von ganz unten, hatte jedoch fast von dem Moment an, als er den Windeln entwachsen war, einen Drang zu Höherem entwickelt. Noch hatte er nicht allzu viel vorzuweisen, und in gewisser Hinsicht verdankte er es sogar Sloan Singleton, dass es mit seinem Leben aufwärtsging. Wenn Mr Hochwohlgeboren ihn an jenem Tag nicht gedemütigt hätte, wäre Daniel jetzt unter Umständen nicht dort gewesen, wo er war. Allerdings bedeutete das nicht, dass er vergeben und vergessen konnte. Der Mann war und blieb ein eingebildeter Schnösel. Selbst wenn es sonst keinen Grund gäbe, würde er Sloan den Schmerz heimzahlen, den Samantha erlitt, wenn sie erfuhr, warum er sie geheiratet hatte.

Billie June machte sich große Sorgen, die sie bestimmt nicht lange für sich behalten konnte. Daniel wunderte sich, dass sie seine Motive dafür, sich weiter mit ihr abzugeben, noch nicht durchschaut hatte. Er hatte mit ihr nicht über Liebe gesprochen. So weit war er nie gegangen. Dass er sie begehrte und bewunderte und lieber mit ihr zusammen war als mit irgendeiner anderen Frau, konnte er ihr ohne zu lügen sagen, doch nicht, dass er sie liebte.

»Warum würde das Triple S bei einem heftigen Sturm Probleme kriegen?«, hatte er nachgehakt.

Billie June hatte nervös am Ärmel ihrer Jacke gezupft. »Sagen wir mal so: Im Moment wird jede Kuh gebraucht, um die Rechnungen zahlen zu können«, hatte sie geantwortet und kurz darauf hinzugefügt: »Besonders die Zinsen für Sloans Darlehen von der Rutherford City Bank.«

Daniel war fast die Kinnlade heruntergefallen. *Sloan Singleton war von der Rutherford City Bank abhängig?* Nachdem Sloan seiner Tochter den Laufpass gegeben hatte, würde Noble Rutherford nicht zögern, die Tilgung des Darlehens zu verlangen, wenn Sloan die Zinsen nicht zahlen konnte. »Aber die Schulden deines Bruders sind bestimmt nicht so hoch, dass er sich Sorgen machen muss, oder?«

Billie Junes traurige Miene hatte ihm genug verraten. »Dein Bruder war doch nicht etwa so d …«, er hatte sich gerade noch auf die Zunge gebissen, bevor er »dämlich« sagen konnte, »deprimiert, dass er die Ranch belastet hat?«

Wieder dieser sorgenvolle Ausdruck auf Billie Junes Gesicht. »Leider schon. Wir haben die Dürre nicht so gut überstanden wie die Gordons, und Sloan hat Geld für Zuchttiere gebraucht, die im Fall einer neuerlichen Dürre besser für unser Klima und Land geeignet sind. Er hatte damit gerechnet, dass sich unser Bestand innerhalb von ein paar Jahren verdoppelt, und unsere Herden waren auf dem besten Weg dazu. Sloan hätte die Ranch niemals verpfändet, wenn ihm das zu riskant erschienen wäre.«

Natürlich war das zu dem Zeitpunkt kein Risiko gewesen,

dachte Daniel. Da hatte er noch vorgehabt, Anne Rutherford zu heiraten, deren Daddy nicht zugelassen hätte, dass seine Tochter mit dem Stigma einer Zwangsvollstreckung leben müsste. Nach der Heirat hätte Noble Rutherford Sloan die Schuld höchstwahrscheinlich erlassen – sozusagen als Hochzeitsgeschenk. Doch Sloan hatte alles auf die Karte Samantha gesetzt, die potenzielle Ölerbin und als Ranchersgattin weit geeignetere Frau. Mit dem gleichen Hintergedanken, dass auch Neal Gordon das Triple S nicht untergehen lassen würde. Was für ein durchtriebener Mistkerl dieser Sloan war! Und gleichzeitig dumm. Er hatte nicht den nötigen Weitblick besessen, andere Katastrophen als eine Dürreperiode vorherzusehen, die ihn vernichten konnten, bevor bei den Gordons Öl gefördert würde – falls es dazu überhaupt jemals kam –, und nun hatte der Banker ihn am Wickel. Geschah ihm recht. Daniel waren das »wir« und das »unser« in Billie Junes Ausführungen nicht entgangen. Sie war immer noch sehr eng mit der Ranch verbunden. »Jetzt soll ihm bestimmt das Treuhandvermögen von dir und deiner Schwester aus der Bredouille helfen«, hatte Daniel festgestellt.

Billie June hatte sich ihm mit einem vernichtenden Blick zugewandt, der Daniel signalisierte, dass er zu weit gegangen war. Blut war einfach doch dicker als Wasser. Billie June hatte ihm sogar die Hand entzogen, die er bis dahin hielt.

»Nur zu deiner Information: Sloan würde *niemals* auch nur einen Cent aus dem Treuhandvermögen von mir oder meiner Schwester entnehmen. Wir haben ihm angeboten, ihm etwas zu leihen, als klar war, dass er Geld braucht, aber er hat sich geweigert. Er würde diese Absicherung unseres Dads für den Fall, dass wir nicht heiraten, nie antasten.«

Jede andere Frau hätte nach diesem Satz vermutlich vielsagend eine Augenbraue gehoben, doch Billie June hatte ihren wütenden Blick auf das Abteilfenster gerichtet. Daniel, den plötzlich das schlechte Gewissen plagte, hatte versucht, ihre Hand wieder zu ergreifen. »Tut mir leid, wenn es sich so angehört hat, als wollte ich deinen Bruder schlechtmachen.«

»Du kennst ihn nicht«, hatte Billie June gesagt.

O doch, hatte Daniel ihr insgeheim widersprochen. Warum sollte Sloan sich etwas von seinen Schwestern borgen, wenn er vorhatte, die Tochter eines Bankers zu heiraten oder den ganzen Stolz eines Ranchers, auf dessen Grund sich möglicherweise Öl befand? Mr Hochwohlgeboren hatte nicht damit gerechnet, dass ihm ein Hurrikan einen Strich durch die Rechnung machte. Es würde interessant werden zu beobachten, wie – ob – er aus diesem Schlamassel wieder herauskam. Daniel hatte sich schmunzelnd gegen das Lederrückenpolster seines Sitzes gelehnt. Ihm hatte Billie Junes weiche Hand in der seinen gefehlt, und dass sie ihm die kalte Schulter zeigte, war nicht schön gewesen, aber wenn der Sturm möglicherweise zur Verwirklichung seiner Lebensmission beitrug, war ihm das Trost genug.

Millie May öffnete mit Samantha die Haustür für ihre Schwester und Daniel, die die Kutsche vom Bahnhof abgeholt hatte. Als Sloan in den Regen hinausrannte, um beim Entladen des Gepäcks zu helfen, beklagte er sich, dass seine Schwester offenbar bis auf den Kühlschrank alles aus ihrer Wohnung in Dallas mitgebracht habe. Schon bald stapelten sich im Eingangsbereich des Hauses nicht nur Daniels große Werkzeugtasche, sondern auch mehrere Koffer, Reisetaschen, Hutschachteln und ein Schrankkoffer. Die Männer gaben einander nicht die Hand. So wenig Notiz wie Sloan von Daniel nahm, hätte dieser gut und gern ein Teil der Wand sein können. »Herrgott, Billie June, das ist mehr Zeug, als du von zu

Hause mitgenommen hast!«, fluchte Sloan. »Wo sollen wir denn die ganzen Sachen unterbringen?«

»Oben im Flur ist doch dieser Schrank mit dem Christbaumschmuck«, schlug Billie June vor. »Da können wir alles reinstellen.«

»Nein!«, protestierte Sloan so vehement, dass es ihn genauso überraschte wie seine Frau, seine Schwestern und – verdammt! – Daniel Lane. Eines der Lider des Eisenwarenhändlers senkte sich nachdenklich, während die Frauen Sloan erstaunt ansahen. »Ich meine … Das ist keine gute Idee, Billie June. Der Schrank ist bis obenhin voll, und außerdem sind zerbrechliche Kugeln von unserer Mutter drin.«

»Stimmt«, pflichtete seine Schwester ihm bei. »Wir schaffen Raum in der Kammer hinter der Treppe, und unsere Reisetaschen schieben wir unter die Betten.«

Nachdem die Gepäckfrage geklärt war, berichtete Billie June von dem Hurrikan in Galveston und dass seine Ausläufer ins Landesinnere unterwegs zu sein schienen. »Vermutlich müssen die Bohrungen dann verschoben werden«, sagte Sloan in der Hoffnung zu Daniel, dass der Mann den Wink mit dem Zaunpfahl verstehen und nach Dallas zurückkehren würde. Er konnte diesen Daniel Lane nicht frei in seinem Haus herumlaufen lassen, während er selbst und seine Männer draußen gegen den Sturm kämpften.

»Ich muss abwarten, wie das Wetter am Montag wird. Mein Chef ruft heute oder morgen mit neuen Anweisungen an. Unter Umständen schickt Mr Waverling mich an die Küste, damit ich Schäden an anderen Bohrstätten überprüfe. In der Zwischenzeit könnte ich mich auf Ihrer Ranch nützlich machen«, schlug Daniel vor.

Billie June, deren Zorn mittlerweile verraucht war, tätschelte Daniels Arm und stellte voller Stolz fest: »Daniel sitzt nur still, wenn er liest. Er muss immer was Sinnvolles machen. Du findest doch sicher eine Beschäftigung für ihn, oder, Sloan?«

Sloan nahm das Angebot erstaunt an. Als er von dem Hurrikan gehört hatte, war ihm flau im Magen geworden. Der Regen hatte den letzten Teil des Heus erwischt, das noch nicht zu Ballen gerollt war, was einen unerwarteten und möglicherweise einschneidenden finanziellen Verlust bedeutete. Wenn der Sturm tatsächlich so heftig und lang ausfiel, wie Sloan befürchtete, war das Heu von allen Ranchern in den North Central Plains betroffen. Dann stand nur noch wenig zum Verkauf, und das wenige wurde zu astronomischen Preisen angeboten, doch darüber würde er sich Gedanken machen, wenn es so weit wäre. Schlimmer war seine Angst vor dem hochgefährlichen Rauschbrand, der durch im Boden lebende Bakterien verursacht wurde. Sie gelangten nach heftigen Regenfällen an die Oberfläche. Dazu kamen ansteckende Krankheiten wie Fußfäule oder Lungenentzündung, Folge von lang anhaltendem feuchtem Wetter und gefluteten Weiden. Irgendwie musste er es schaffen, sein Vieh auf höheren Grund zu bringen. Außerdem war der Wind so stark wie seit Jahren nicht, weswegen die Zäune in den folgenden Tagen permanent auf mögliche Schäden überprüft werden mussten. Sobald sich das Wetter besserte, würde man zudem die Weiden nach Metallgegenständen wie Nägeln oder Zaunstücken absuchen, damit diese nicht von den Rindern gefressen wurden und zu inneren Verletzungen führten. Gestrüpp und besonders die giftigen Blätter und Äste der amerikanischen Traubenkirsche, die sich nicht ausrotten ließ, mussten entfernt und ertrunkene Tiere in eine Kalkgrube gehievt und verbrannt werden. Es gab jede Menge Arbeit, zu der noch der ganz normale Alltag mit den Rindern kam, die den Sturm überlebt hatten.

»Haben Sie schon mal im Sturm nach Vieh gesucht?«, fragte Sloan.

Obwohl Daniel in seinem Leben alles Mögliche gemacht hatte, war er zum Arbeiten noch nie auf einer Ranch gewesen. »Ich kann reiten und mit dem Lasso umgehen«, antwortete er.

Sloan war es egal, ob er ein Pferd von einem Lasso unterscheiden konnte, solange der Mann seinem Haus fernblieb. »Kommen Sie mit«, forderte er ihn auf.

Als sie auf ihren Pferden aufbrachen, war es des heftigen Regens und Windes wegen dunkel, sodass es ihnen große Mühe bereitete zu erkennen, woher die Geräusche kamen, die das Vieh in Not von sich gab: Kälber, die nach ihren Müttern schrien, Kühe, die nach ihren Jungen muhten, brüllende Bullen. Im Wüten des Sturms waren Ächzen und Stöhnen zu hören, doch sehen konnte man nichts. Sloan und seine Männer, unter ihnen Daniel, waren Seite an Seite in Regenjacken, die Hosenbeine über den Stiefeln, losgeritten, um verirrte oder verletzte Kühe aufzuspüren, aber die Regenwand war stärker als die Wand aus Männern und machte es ihnen unmöglich zu lokalisieren, wo die Tiere sich aufhielten. Sloan und seine Crew näherten sich praktisch blind den tiefen, schmalen Schluchten mit den steilen Wänden, in die die Rinder in ihrer Panik gefallen waren. Leider mussten sie feststellen, dass ihr Instinkt sie nicht getrogen hatte: Vom Rand eines Abgrunds aus muhte eine Kuh nach ihrem Kalb, das hinabgestürzt war und aus knietiefem Wasser heraufschrie. Ranchhelfer sprangen hinunter, wickelten ein Lasso um die Vorderbeine des unglücklichen Tieres und schoben es mit den Schultern hinauf, während die Cowboys oben sich abmühten, es an Seilen heraufzuziehen.

Daniel meldete sich als Erster freiwillig, doch der Wind riss ihm das Lasso fast aus den Händen, und auf dem rutschigen Boden am Rand des Abhangs konnte sich sein Pferd mit dem Gewicht des Kalbs am Seil nicht richtig halten. Sosehr Daniel sich auch anstrengte: Seine Bemühungen fruchteten nichts.

»Wir können das Kleine doch nicht einfach ertrinken lassen«, brüllte Daniel Sloan zu, als der das Seil losließ, um sein Pferd zu retten.

»Leider müssen wir das«, rief Sloan überrascht über Daniels gequälten Blick zurück. »Auch andere Tiere sind in Not. Tut mir leid, Lane.«

Niedergeschlagen bliesen die Männer die Aktion wenig später ab. Sloan und Daniel kehrten ins Haupthaus und die Helfer in den Speisesaal der Ranch zurück, um sich auszuziehen, in Decken zu hüllen und ihre Arbeitskleidung vor dem riesigen Kamin zu trocknen. Auf Anordnung ihres Chefs würden sie den Rest des Tages dort verbringen und in der Nacht auf dem harten Boden schlafen, statt auf dem Weg zur Schlafbaracke noch einmal durchnässt zu werden. Sloan konnte es sich nicht leisten, dass seine Männer sich zu allem anderen Unglück eine Grippe holten.

Samantha brachte ihm trockene Kleidung, half ihm aus den schlammverschmierten, vom Wasser aufgequollenen Stiefeln und flößte ihm heißen Kaffee ein, aber ohne die Worte des Trostes, die andere Frauen ihren Männern gespendet hätten, denn sie war auf einer Ranch aufgewachsen. Samantha wusste nur zu gut, welche Verheerungen ein solcher Sturm anrichten konnte, und gegen die halfen auch die liebevollsten Tröstungsversuche nichts. Beide Ranches hatten schon früher Überschwemmungen erlebt, allerdings im Sommer, wenn Boden und Gras schnell wieder trockneten. Jetzt im Frühherbst jedoch hatten die Weiden die gespeicherte Wärme bereits abgegeben, und Mildreds Vorhersage erwies sich als richtig: Dieses Jahr würde es keinen Altweibersommer geben. Der Boden würde lange feucht bleiben und sich zu einer Brutstätte für die grässlichen Krankheiten entwickeln, die eine Herde innerhalb von zwölf bis achtundvierzig Stunden auslöschen konnten.

Samantha und Sloan hielten einander in ihrem Zimmer schweigend umschlungen, weil dies die einzige Möglichkeit war, sich gegenseitig über das finanzielle Desaster und die Zerstörung ihres Besitzes, die sie erwarteten, hinwegzutrösten. Wenn das Wetter aufklarte, würden sie zu den Weiden, Schluchten und Abwassergräben hinausreiten, die voll von aufgeblähten Kadavern ertrunkener Rinder wären. Ihre Zahl konnten sie nur schätzen. Sie würden feststellen, dass ihr Weideland sich in einen Sumpf mit heruntergestürzten Ästen verwandelt hatte, dass die Dächer von den Scheunen gerissen und die Zäune umgeworfen waren, dass der Draht sich mit Gestrüpp verheddert hatte, die Heufelder ruiniert und die Geländer an den Koppeln und Pferchen zerbrochen waren, nachdem die Rinder sich in ihrer Panik hinausgeflüchtet hatten. Und es wären lange, harte Arbeit und viel Geld nötig, um alles wieder in Ordnung zu bringen.

»Könnte gut sein, dass wir ruiniert sind«, stellte Sloan fest.

»Sag das nicht. Ich habe eigenes Geld, und Daddy greift uns bestimmt unter die Arme.«

Sloan hatte Samantha das Ausmaß seiner Verschuldung verschwiegen. Irgendwann würde er es ihr gestehen, doch nicht jetzt, da es noch einen Funken Hoffnung gab. *»Nein!«*, entgegnete er mit rauer Stimme. »Das Geld gehört dir, und ich lasse mir nicht von deinem Vater aus der Patsche helfen. Ich bin selbst schuld und muss auch selbst damit fertigwerden. Außerdem hat er genug Ausgaben.«

»Wenn nötig, kannst du dir Geld von unserer Bank leihen. Daddy bürgt bei der Cattleman's Bank für dich.«

»Kommt nicht infrage.« Erst am bitteren Ende, wenn sein Schwiegervater ihm tatsächlich den Rücken stärken müsste, würde er Neal Gordon erklären, wie er in diese missliche Lage geraten war, dachte Sloan.

»Du kannst es bei einer anderen Bank versuchen.«

»Noble Rutherford würde seinen Einfluss gegen mich geltend machen.«

Samantha gab ein Geräusch von sich, das sich anhörte wie eine Mischung aus Kichern und verächtlichem Grunzen. »Und wie würde das zum menschenfreundlichen Ruf seiner Tochter passen? Wenn wir durchhalten, bis das Öl sprudelt, muss sich keine der Ranches mehr Sorgen über Geld machen. Die Hälfte unserer Anteile am Förderertrag wird mir gehören, weißt du.« Darauf hatte Neal bei der Unterzeichnung des Vertrags mit Waverling Tools bestanden. Die Pachtgebühren würden in die Kasse von Las Tres Lomas fließen, die Ertragsanteile jedoch zwischen ihm und seiner Tochter aufgeteilt, wenn sie tatsächlich auf Öl stießen. »Am Ende wandert sowieso alles in denselben Topf«, hatte er mit einem Augenzwinkern in Richtung Samantha und Sloan festgestellt.

»Bis Öl sprudelt, wird es noch eine ganze Weile dauern, Schatz«, entgegnete Sloan.

Samantha fuhr ihm mit den Fingern durch die feuchten Haare. »Ich wünschte, ein Kuss könnte alles gutmachen.«

»Einen Versuch ist es wert«, meinte Sloan.

Müdigkeit und Anspannung, verursacht durch den Wind und den Regen, die unerbittlich gegen die Fenster schlugen, machten alle Bemühungen, während des Essens ein Gespräch aufrechtzuerhalten, zunichte. Um die düstere Stimmung ein wenig aufzuhellen, schlug Millie May vor, Bridge zu spielen, doch dazu waren vier Leute nötig. »Ohne mich«, sagte Daniel. »Ich bin kein guter Kartenspieler.«

»Doch, Sie machen für mich mit, Lane«, widersprach Sloan. »Ich bestehe darauf.« Er konnte nicht zulassen, dass der Geliebte seiner Schwester im Haus herumschlich, während er am Kartentisch saß.

»Sie können gern drauf bestehen, doch ich sage trotzdem Nein«, erklärte Daniel und wandte sich Samantha zu. »Gibt's hier irgendwas, was ich reparieren könnte? Leider habe ich mich heute als schlechter Helfer Ihres Mannes erwiesen, aber wenn ich irgendwelche Reparaturen ausführen kann, bevor ich mich an meine eigene Arbeit machen muss, erledige ich die gern. Ich kann ganz gut mit Werkzeug umgehen.«

Bevor Samantha antworten konnte, meldete Billie June sich stolz zu Wort. »Du solltest sehen, wie wunderbar Daniel meine Wohnung in Schuss hält, Sam. Da gibt es keine quietschenden Angeln, losen Türklinken oder schiefen Schranktüren wie hier.«

Ohne Sloans wütenden Blick in Richtung Daniel zu beachten, sagte Samantha: »Das ist sehr nett von Ihnen, Daniel. Wir hätten tatsächlich einige Dinge, um die Sie sich kümmern könnten, nicht wahr, Mädchen?«

»Soweit ich weiß, haben Sie *mich* gefragt, ob ich Hilfe brauche, Lane«, mischte sich Sloan ein. »Und die brauche ich durchaus. Wenn der Regen morgen nachlassen sollte, müssen wir Zäune reparieren. Dabei könnten Sie mir und meinen Männern zur Hand gehen.« *Verdammt!* Er durfte nicht zulassen, dass der Mann mit Hammer und Säge in seinem Haus herumlief, während er selbst draußen auf der Ranch beschäftigt war.

»Gern«, antwortete Daniel mit einem freundlichen Lächeln. »Sobald ich die Liste Ihrer Frau abgearbeitet habe.«

NEUNUNDSECHZIG

Lenora, bitte geh aus dem Zimmer und schließ die Tür – und zwar richtig«, wies Trevor die Bedienstete an. »Und Benjy, reit zu Todd Baker und sag ihm, dass er und Nathan morgen nicht mit dem Zug nach Fort Worth fahren. Die Vorarbeiten für die Bohrungen in Las Tres Lomas werden verschoben.«

»Soll ich ihm erklären, warum, Chef?«, fragte der Kutscher mit leiser Stimme.

»Ja.«

Mavis, die aus ihrer Erstarrung erwacht war, sah Nathan an. »Was war das eben, Nathan?«

Trevor stand, die Hände seitlich vom Körper zu Fäusten geballt, auf. »Es reicht, Nathan. Bitte ruf im Triple S an, um Daniel mitzuteilen, was passiert ist. Er soll dort bleiben, bis ich ihn hole.«

Nathan schluckte, sein Puls raste. Nun war die Katze aus dem Sack. »Erst wenn ich Großmutter die Wahrheit gesagt habe, Dad. Zak und ich sind bis zum Morgen verschwunden, aber ich gehe hier nicht weg, bevor deine Mutter nicht die Wahrheit über ihre Söhne weiß – über beide. Nur so werdet ihr Rebeccas Tod ertragen.«

Mavis' erstaunter Blick wanderte von ihrem Enkel zu ihrem Sohn. »Was für eine Wahrheit, Trevor? Was hast du mir vorenthalten? Was ist es diesmal? Und warum redet Nathan davon, dass er fortgehen will?«

Auf Trevors Wangen breitete sich Zornesröte aus. »Weil er sein Wort nicht gehalten hat.«

»Er hat sein Wort nicht gehalten?« Mavis erhob sich unsicher von ihrem Sessel, wobei Scat von ihrem Schoß rutschte, und ergriff mit zitternder Hand ihren Gehstock. Sie wandte sich Nathan zu. »Was für eine Wahrheit, Nathan? Sag's deiner Großmutter.«

»Nathan ...« Trevors Tonfall klang drohend, doch Mavis brachte ihn mit einer Bewegung ihres Stocks zum Verstummen.

»Mein Vater war nicht schuld am Tod seines Bruders, Großmutter«, antwortete Nathan. »Dein Sohn Jordan ist ins Wasser gegangen, er hat Selbstmord begangen. Das steht in einem Brief, den er meinem Vater geschrieben hat. Ich habe ihn gelesen. Rebecca ist Zeuge geworden, wie ihr Onkel sich umgebracht hat. Das erklärt, warum sie immer diese Gedichtzeilen aufgesagt hat, die sie von ihrem Onkel kannte und die auch in seinem Brief stehen. Sie hat ihn zum Steg hinuntergehen sehen – ›zurück zum Meer‹ –, ohne zu ahnen, dass er sich das Leben nehmen wollte, falls sie zu einer solchen Vorstellung überhaupt fähig war. Als ihr dann schließlich klar geworden ist, dass er ertrinkt, war es zu spät, ihn zu retten. Der Sturm heute hat das alles wieder in ihr hochgespült, und sie ist zum Fluss hinuntergelaufen in der Absicht ...«, Nathan versagte fast die Stimme, »... ihn diesmal zu retten.«

Die feinen roten Äderchen in Mavis' Augen hoben sich deutlich vom Weiß ab. Sie drehte sich zu Trevor, der stocksteif an einem Fenster stand, gegen das der Regen prasselte.

»Stimmt das, Trevor?«

Ein Muskel in Trevors Gesicht zuckte. »Ja, Mutter, es stimmt.«

Mavis trippelte näher zu ihm und musterte ihren Sohn, als

bemühte sie sich, im Dunkeln einen Schatten zu erkennen. »Warum? Warum hast du mir das nicht gesagt?«

»Dir sagen? Mutter, fragst du mich das wirklich?« Trevor lachte verbittert. »Das musste ich dir doch verheimlichen. Der Sohn, den du vergöttert hast, der Inbegriff deiner mütterlichen Träume, hatte Selbstmord begangen. Damit war die Zukunft verloren, wie du sie dir ausgemalt hast – dass Jordan das Unternehmen so leiten würde, wie Dad es sich deiner Ansicht nach gewünscht hätte, dass er die Frau heiratete, die du gutgeheißen hättest, dass er dir die gesunden Enkel geschenkt hätte, nach denen du dich sehnst.« Trevor schloss die Augen. »Und noch wichtiger«, fuhr er nach einer Weile weniger heftig fort, nachdem er die Augen wieder geöffnet hatte, »er wusste, welchen Kummer es dir bereitet hätte zu wissen, dass deine ganze Mutterliebe nicht reichte, um ihn vor sich selbst zu schützen. Sag: Hättest du damit leben können?«

Nur das fröhliche Knistern der Flammen im Kamin war zu hören. Nathan beobachtete, wie die fein geschnittenen Lippen seiner Großmutter stumm Worte formten. Speichel sammelte sich in ihren Mundwinkeln. Am Ende presste sie mit rauer Stimme hervor: »Ich habe euch beide geliebt, Trevor, nur unterschiedlich, und du hast zugelassen, dass ich glaube … Himmel, warum hast du das getan?«

»Das habe ich dir gerade erklärt, Mutter. Und wie üblich hast du mir nicht zugehört. Du weißt genau, warum. Weil ich dich immer enttäuscht habe, wollte ich wenigstens das unbefleckte Bild von Jordan für dich bewahren.«

»Wieso?«

»Rate mal.«

»Sag es mir.«

»Also gut. Weil ich dich liebe.«

»Nicht weil dein Vater es so gewollt hätte?«

»Mein Vater hätte niemals zugelassen, dass du mich verdächtigst, für den Tod meines Bruders verantwortlich zu sein.«

Mavis wankte, als hätte ein Schlag sie getroffen, und Nathan eilte herbei, um sie aufzufangen, doch mithilfe ihres Stocks hielt sie sich mühsam aufrecht. Ihre Stimme klang wie trockener Weizen, durch den der Wind weht. »Und du dachtest, es wäre leichter für mich, mit diesem Verdacht zu leben als mit dem Wissen, dass dein Bruder Selbstmord begangen hat? Wie konntest du dich nur so täuschen, Junge! Gütiger Himmel, nein.« Tränen traten ihr in die Augen. »Wie wenig wir doch voneinander wissen, von der Liebe, die wir füreinander empfinden.«

Trevors Miene wurde sanfter. »Meinst du, es ist zu spät, noch zu lernen?«

»Für eine Mutter ist es nie zu spät, egal, wie alt sie ist. Sie wird immer vergeben können, unabhängig davon, wann ihr die Erkenntnis kommt.«

Trevor trat mit ausgestreckten Armen auf seine Mutter zu, und Nathan sagte zu seinem Hund: »Komm, Zak.«

»Wo willst du hin?«, fragte Trevor von der Tür zu Nathans Zimmer aus. Die Polizei war da gewesen und hatte die Aussagen aller aufgenommen; inzwischen war es Nacht. Mavis ruhte. Die Vorbereitungen für die Beerdigung konnten bis zum folgenden Tag warten.

»Ich breche morgen früh nach Kalifornien auf«, antwortete Nathan und legte seine Hemden zusammen. »Der schlimmste Teil des Sturms ist vorbei.« Er hoffte, dass sein Vater ihm den Abschied nicht schwermachen würde. »Da wollte ich immer schon mal hin.«

»Und was ist mit Charlotte?«

Nathan hob erstaunt den Blick. »Was soll mit ihr sein? Ich kenne sie doch kaum.«

Trevor reichte ihm einen feuchten Umschlag. »Den hat der Butler der Weatherspoons gebracht. Der arme Mann ist unterwegs fast abgesoffen.«

Nathan öffnete das Kuvert, auf dem in feiner Schrift sein Name stand: *Mr Nathan Holloway.*

Mein lieber Nathan,
ich habe vom Tod Ihrer Schwester erfahren und wäre gern bei Ihnen, um Sie in diesen schweren Zeiten so weit zu trösten, wie ich es mir aufgrund unserer noch jungen Freundschaft erlauben darf.

Ganz egoistisch glaube ich, dass Sie umgekehrt auch mir Trost spenden könnten. Ich habe Rebecca nicht sonderlich gut gekannt, meine aber, dass ich sie genauso wenig vergessen kann wie den Geruch von Rosen. Darf ich Ihren Besuch erwarten?

Mit besten Grüßen,
Ihre treue Freundin Charlotte

Trevor runzelte die Stirn, als Nathan die Nachricht gelesen hatte. »Und?«

»Und«, wiederholte Nathan, dem Tränen der Dankbarkeit in die Augen traten, und steckte den Brief in die Hemdtasche.

»Nathan, du gehst nirgendwohin. Leg die Sachen zurück, wo sie hingehören.«

Nathan sah Trevor fragend an. »Ich bin also nicht gefeuert?«

»Als mein Sohn oder als *landman*? Ein Vater kann seinen Sohn wohl kaum feuern, und als *landman* hast du mir keinen Grund gegeben, dich rauszuwerfen.«

Nathan packte weiter. Seine Anzüge und guten Schuhe würde er dalassen, weil seine Tasche sonst zu schwer zum Tragen wäre. »Als Sohn allerdings schon. Ich habe dir mein Wort gegeben und es nicht gehalten.«

»Du hast getan, was deiner Ansicht nach richtig war, und so, wie die Dinge stehen, hattest du recht, und ich habe mich getäuscht. Man sollte sich nicht an ein Versprechen klammern, das sich als falsch erweist.«

»Du klingst wie Leon.«

»Ich finde, er ist ein gutes Vorbild. Ich werde mich weiter an ihm orientieren.« Trevor, dessen Augen inzwischen ebenso feucht waren wie die von Nathan, trat um das Bett herum und wölbte die Hand um das Gesicht seines Sohnes. »Bitte geh nicht, Nathan. Ich könnte es nicht ertragen, auch noch meinen Sohn zu verlieren, wenn ich schon meine zwei …« Er verstummte, löste die Hand von Nathans Wange und nahm ein Tuch aus seiner Jackentasche.

»Zwei was?«, hakte Nathan nach.

Trevor schnäuzte sich. »Ein Versprecher. Vergiss es. Ich habe an ein anderes Kind gedacht, das ich als das meine erachtet und ebenfalls verloren habe. Das ist lange her, vor Rebecca. Die Tochter eines Freundes.«

»Das tut mir leid«, sagte Nathan, der stutzte. *Vergiss es.* Das Gleiche hatte er von Leon an dem Tag, als die Welt für ihn zusammenbrach, in der Scheune gehört, als sein Stiefvater ihm erklärte, dass er keine weiteren Geheimnisse vor ihm haben wolle. Als Nathan sich erkundigte, was für Geheimnisse, hatte Leon geantwortet, er solle vergessen, was er gesagt habe. Es habe nichts mit ihm zu tun.

Sie hatten nie mehr über dieses Thema geredet, doch Nathan erinnerte sich, dass Leons Miene undurchdringlich geworden war, ein sicheres Zeichen dafür, dass hinter der Geschichte mehr steckte, als er sagen wollte. Das gleiche Gefühl hatte Nathan jetzt bei Trevor.

»Es gibt keinerlei Grund, warum du gehen solltest, Nathan«, sagte Trevor. »Kein Vater könnte stolzer auf seinen Sohn sein, als ich es heute auf dich bin. Du ahnst nicht, wie viel du für deine Großmutter und mich getan hast.«

Doch, dachte Nathan, der selbst vermutlich nie eine solche Versöhnung mit seiner Mutter erleben würde. »Ich bleibe gern.« Nathan zwang sich, ruhig zu klingen. »Zak und mir wäre es sehr schwergefallen, wieder einem Zuhause den Rücken zu kehren.«

»Für uns wäre es noch schwerer gewesen, dich ziehen zu lassen.« Trevor legte den Arm um Nathans Schultern und schob ihn aus dem Zimmer. »Lenora soll deine Sachen wieder einräumen. Schauen wir mal, ob wir deine Großmutter überreden können, einen Happen zu essen. Außerdem«, fügte er hinzu, »wäre ich dir dankbar, wenn du im Triple S anrufst und Neal Gordon sagst, dass die Bohrungen sich verzögern.«

Als Nathan im Triple S anrief, erreichte er Samantha. Merkwürdigerweise hatte sie seit dem frühen Nachmittag selbst immer wieder an den *landman* gedacht, während sie Billie June auspacken half, das Brot fürs Essen aufschnitt oder ihre Punkte beim Kartenspiel zusammenrechnete. »Hoffentlich versinken Sie in Dallas nicht in den Fluten«, bemerkte sie. »Hier ist es fast schon so weit.« Kurzes Schweigen. Sie schien zu spüren, dass sie etwas Unpassendes gesagt hatte. »Nathan? Alles in Ordnung?«

»Nein«, antwortete Nathan. »Rebecca … Sie ist heute Nachmittag ertrunken.«

Langes Schweigen. »Samantha? Sind Sie noch dran? Ich weiß, das ist ein Schock.«

»Ja, ich bin dran, Nathan.« *Ich sag dir, wie die Sonn' aufging, / Band um neues Band …* »Wie ist es passiert?«

»Sie ist zum Fluss runter, als wir nicht aufgepasst haben, und hinterm Haus meiner Großmutter im Trinity River ertrunken. Ich rufe an, um Ihrem Vater mitzuteilen, dass die Bohrungen sich verzögern werden. Wir können nichts machen, bis der Boden trocken genug ist, um Rohre zu verlegen und Zelte und den Bohrturm aufzustellen. Der Regen gehört zu den Ausläufern eines Hurrikans, der gestern Galveston heimgesucht hat. Daniel soll bei Ihnen bleiben, bis er von uns hört, wahrscheinlich erst nach der Beerdigung später in der Woche.«

Nathan leierte die Punkte herunter, als würde er sie von einer Liste ablesen. »Nathan«, sagte Samantha, »kann ich irgendetwas für Sie und Ihre Familie tun?«

»Behalten Sie Rebecca einfach nur im Gedächtnis.«

»Von nun an werde ich bei jeder Gedichtzeile, die ich lese, an sie denken.«

»Danke. Das würde ihr gefallen.«

Samantha legte auf. Obwohl sie Nathan Holloway kaum kannte und seine kleine Schwester nur einmal gesehen hatte, war sie so erschüttert, als würde sie sie schon ihr ganzes Leben begleiten. Sie blieb so lange an dem Tischchen unter dem Wandtelefon sitzen, dass Sloan schließlich zu ihr trat. Als er ihre Tränen sah, nahm er sie bestürzt in den Arm. »Sam, Liebes, was ist denn passiert? Wer hat angerufen?«

»Nathan Holloway. Seine kleine Schwester ist heute ertrunken.«

SIEBZIG

Samantha schrieb das letzte Wort ihres Kondolenzschreibens an Nathan Holloway und seine Familie und nahm ihr Büchlein mit Adressen aus der Schreibtischschublade. Sie kannte nur die von Waverling Tools. In Zeiten wie diesen war ein solcher Brief nicht viel, aber immerhin befriedigte er ihr Bedürfnis, ihr Mitgefühl auszudrücken. Sie hätte gern Rebeccas Beisetzung beigewohnt, doch anders als in Galveston, wo der Himmel am Sonntagmorgen aufklarte und der Hurrikan nach Norden abzog, hörte der Regen nicht auf. Die Straßen waren unbefahrbar, und außerdem kannte Samantha weder Ort noch Zeit der Beerdigung. Sie wusste nicht einmal, wann es draußen trocken genug sein würde, um den Brief aufgeben zu können.

Düstere Stimmung senkte sich so grau wie dieser vierte Tag unablässigen Regens auf sie herab, ohne dass sich am Horizont gute Nachrichten abgezeichnet hätten. Ihre Mutter hatte ihr am Telefon – die Leitungen waren durch den Sturm wunderbarerweise nicht beschädigt worden – Berichte der *Fort Worth Gazette* über zahlreiche Todesfälle, hohen Sachschaden und Plünderungen in Galveston vorgelesen. Freunde und Verwandte waren umgekommen, ihre Häuser zerstört, das Flitterwochenhotel von Samantha und Sloan war weggeschwemmt worden. Anne Rutherford hatte eine Hilfskampagne ins Leben gerufen, an der auch Estelle sich beteiligte, und Freiwillige einen Zugwaggon mit Lebensmitteln, Kleidung, Decken und Arzneimitteln in die zerstörte Stadt geschickt.

Die Verluste des Triple S erwiesen sich als so schlimm wie befürchtet, und die Ranchhelfer arbeiteten rund um die Uhr, um zu retten, was zu retten war. Las Tres Lomas hatte noch größere Verluste erlitten, weil es tiefer lag als das Triple S. Bei Überschwemmungen floss das Wasser eher nach unten, als dass der Boden es aufgesogen hätte. Sloan war in dieser kurzen Woche um Jahre gealtert. Sein Vollblut hatte sich ein Bein gebrochen und eingeschläfert werden müssen, und von Saved fehlte jede Spur.

Einen kleinen Lichtblick gab es jedoch: Sloans Feindseligkeit gegenüber Daniel hatte sich zumindest vorübergehend abgeschwächt, weil Daniel bereitwillig bei den harten Aufräumungsarbeiten mit anpackte. Dabei kamen ihm seine Erfahrungen aus Schmiede, Eisenwarenhandel und Schreinerei zugute. Er hatte mehrere kaputte Flaschenzüge repariert, die nötig waren, um Heuballen in den oberen Teil der Scheune zu hieven, Zaunpflöcke eingeschlagen und zwei Futterkrippen wiederaufgebaut. Außerdem hatte er etliche Punkte auf Samanthas Liste für das Haus abgearbeitet, die Ofentür richtig eingehängt, eine Schutzwandung für ein Leck in der Küche gehämmert und ein neues Regal für die Speisekammer gebaut.

»Faul ist er nun wirklich nicht, das muss man ihm lassen«, hatte Sloan gesagt.

Überdies hatte Daniel sich als angenehmer Gesellschafter entpuppt, obwohl Sloan das niemals zugegeben hätte. An manchen Abenden saßen sie zu fünft im großen Raum um den Kamin; die Frauen nähten oder strickten, und die Männer streckten, nach einem harten Arbeitstag zu müde, um sich aufs Kartenspielen zu konzentrieren, einfach die Beine aus.

Von ihnen allen war Daniel der Belesenste und am besten informiert über Aktuelles, doch das ließ er sich nicht wie manch anderer in Gesellschaft vermeintlich Gebildeterer anmerken. Von Daniel hatten sie erfahren, dass zwei Brüder aus North Carolina einen Gleitflugapparat konstruiert hätten, den sie bald schon testen wollten, um ihre Theorie zu beweisen, dass der Mensch fliegen und Fluggeräte beherrschen könne, die sich der Schwerkraft widersetzten.

»Ich bin fest davon überzeugt, dass sie es schaffen«, hatte Daniel erklärt. »Vielleicht noch nicht diesmal, aber irgendwann werden wir Menschen mit Flugmaschinen in der Luft sehen, da bin ich mir sicher.«

Samantha hatte erwartet, dass Sloan diesen Gedanken als absurd abtun würde, doch er hatte sich interessiert vorgebeugt. »Wann soll dieser Test denn stattfinden?«

»Irgendwann im Oktober, in Kitty Hawk in North Carolina. Die Gebrüder Wright – Orville und Wilbur – experimentieren schon seit Jahren mit ihrer Idee von einem Flugapparat.«

»Das werden wir im Auge behalten müssen«, hatte Sloan gesagt. »Wär das nicht was? Eine bemannte Flugmaschine! Wie sind die Brüder auf die Idee gekommen?«

Daniel hatte geschildert, wie die Wrights Luftströmungen studiert, Raubvögel im Flug beobachtet und Drachen konstruiert hätten, mit denen sich ihre Flügelbewegungen imitieren ließen. Obwohl Samantha Daniels Ausführungen aufgrund ihrer Sorge um das Schicksal der Ranch nicht allzu aufmerksam folgte, hatte sie Billie June, erfreut darüber, dass ihre Männer sich zu vertragen schienen, über ihre Näharbeit hinweg zugezwinkert.

Nun schlug Samantha die Seite ihres Büchleins auf, auf der sie Trevor Waverlings Büroadresse notiert hatte. Darüber befand sich der Abdruck von Bridget Mahoneys Name und Adresse in San Francisco, die ihr Radiergummi nicht ganz entfernt hatte. Ihr war völlig entfallen, dass sie die Adresse notiert und dann auszuradieren versucht hatte, nachdem Eleanor Brewsters Brief im Papierkorb gelandet war. Der vierzehnte April erschien ihr angesichts dessen, was seitdem passiert war, sehr weit weg. Sie hörte die Schritte Sloans, der die Treppe heraufkam, dann sein müdes Seufzen, als er das Schlafzimmer betrat, und spürte schließlich, wie er ihren Nacken küsste. »Wie schön, etwas Sauberes und Frisches zu berühren«, sagte er. Er hatte ihr nicht erlaubt, bei den Aufräumarbeiten mitzuhelfen. »Männersache«, hatte er gemurmelt, und Samantha hatte nicht widersprochen. Ihre Aufgabe war es, mit Sloans Schwestern jeden Tag die mutterlosen Kälber mit der Flasche zu füttern. Consuela und die anderen Hausangestellten durften während des Regens bei ihren Familien bleiben, weswegen die Frauen auch den Haushalt versorgten. Samantha zog Sloans Kopf an ihre Wange. Er roch nach Schlamm und Regen.

»Wem schreibst du?«, erkundigte er sich.

Als Samantha es ihm sagte, meinte er: »Traurige Sache, aber zur Abwechslung habe ich gute Nachrichten.«

»Endlich. Raus mit der Sprache.«

Sloan knöpfte sein Hemd auf. »Ich hab heute mit Wayne geredet. Neals Leute haben Saved gefunden. Und weißt du, wo?«

»Keine Ahnung«, antwortete Samantha, die das Schlimmste befürchtet hatte, erleichtert.

»Der Kerl muss beim ersten Donnern zur Ranch gerannt sein und sich in einer der Scheunen verkrochen haben. Da haben sie ihn gesund und munter gefunden. In dem Heuschober hatte er Fressen in Hülle und Fülle.«

Samantha lachte. »Klingt ganz nach dem verwöhnten Vieh. Hast du Wayne gefragt, wie's Daddy geht?«

»Er macht sich Sorgen wie wir alle. Bei ihm ist der Schaden größer als befürchtet. Neal kann nur hoffen, dass sie tatsächlich auf Öl stoßen.«

Sloan bereitete Samantha darauf vor, von ihrem Vater, den sie am folgenden Tag besuchen würde, ihrer ersten Gelegenheit dazu nach dem Sturm, noch schlimmere Nachrichten zu erhalten als von Sloan und dem Triple S. Immerhin hatte Neal Geld auf der Bank, um die Verluste auszugleichen, aber durch die unerwarteten Ausgaben würden die Rücklagen aufgefressen und Las Tres Lomas befände sich wieder auf der Grenze zwischen roten und schwarzen Zahlen, ein Zustand, den ihr Vater hasste.

Sloan entfernte Samanthas lange Haare aus seiner schmutzigen Kleidung, in der sie sich verfangen hatten. »Ich leg mich in die Wanne. Tu dir keinen Zwang an und schrubb mir ruhig den Rücken, wenn die Lust dich überkommt.«

»Von wegen«, sagte Samantha und adressierte den Umschlag an Nathan Holloway bei Waverling Tools fertig. Einer von den Jungs konnte ihn am folgenden Tag zum Postamt in Fort Worth bringen. Sie verschloss das Tintenfass und legte Stift und Papier weg, weil es Zeit war, ihren Schwägerinnen bei der Zubereitung des Abendessens zu helfen. Als Samantha ihr Adressbüchlein zuklappen wollte, fiel ihr Blick noch einmal auf Bridget Mahoneys Namen. Samantha musste an Rebecca und ihren überraschenden Tod denken. Hatte es Dinge gegeben, die ihre Familie ihr sagen oder für sie tun wollte, aber aufgeschoben hatte, weil sie glaubte, dass einem so jungen Menschen noch viel Zeit blieb? Bedauerten sie nun, Gelegenheiten nicht genutzt zu haben? Samantha schnürte es die Kehle zu. Die Hebamme war ihre letzte Möglichkeit, etwas über ihre Herkunft zu erfahren. Lebte die Frau noch? Mittlerweile wäre sie alt. Wohnte sie noch in San Francisco, oder war sie umgezogen? Oder war die Uhr auch für Bridget Mahoney abgelaufen? Würde Samantha es eines Tages bereuen, sich nicht mit der Hebamme in Verbindung gesetzt zu haben, solange es möglich gewesen wäre?

Samantha nahm Stift und Papier wieder zur Hand. Jetzt konnte sie der Frau schreiben, ohne fürchten zu müssen, dass die Antwort in die Hände ihres Vaters oder ihrer Mutter gelangte. Bridget Mahoneys Brief würde im Postfach der Singletons landen, nicht in dem der Gordons, und auch nicht an das Stadthaus ihrer Mutter ausgeliefert werden. Ihre Eltern mussten nichts von ihrer Korrespondenz mit der Frau erfahren, die ihr auf die Welt geholfen hatte. Wie groß waren die Chancen, dass ihr Schreiben sie überhaupt erreichte? Oder dass sie antwortete? Samantha schraubte hastig, bevor sie es sich anders überlegen konnte, das Tintenfass noch einmal auf und tauchte den Füllfederhalter in die schwarze Flüssigkeit. »Liebe Mrs Mahoney«, begann sie.

Sie hatte den Brief fertig geschrieben und gefaltet, als sie vom anderen Ende des Flurs Hämmern hörte. Sloan, der tropfend aus dem Bad kam, schlang ein Handtuch um die Hüfte. »Was, zum Teufel, ist das denn für ein Lärm?«

Samantha befeuchtete die Gummierung des Umschlags. »Ach, das ist bloß Daniel. Er repariert die Tür von dem Schrank mit den Weihnachtssachen. Dann können wir ihn vielleicht endlich wieder ohne Stemmeisen aufmachen.«

»Wie bitte?«

Bevor Samantha merkte, wie wütend er war, hatte Sloan bereits die Schlafzimmertür aufgerissen und stapfte mit nackten Füßen den Flur entlang. »Lane, was machen Sie da?«

»Wonach sieht's aus?«

Samantha sprang auf, um dazwischenzugehen, bevor die Situation eskalierte. Was war nur in Sloan gefahren? Als sie auf den Flur hastete, sah sie, dass auch Billie June mit verwunderter Miene aus ihrem Zimmer gekommen war. Millie May, die sich bereits unten aufhielt, um das Abendessen vorzubereiten, hörte ihren Bruder bestimmt von der Küche aus. Als Samantha die beiden Streithähne erreichte, sahen sie aus, als wollten sie sich gleich aufeinanderstürzen.

»Wer hat Ihnen die Erlaubnis gegeben, diese Tür zu reparieren?«, herrschte Sloan Daniel an.

Daniel entfernte sich, den Hammer in der Hand, einen Schritt von dem Schrank. »Ihre Frau. Die Tür steht auf ihrer Liste.«

Billie June stemmte verärgert die Hände in die Hüften. »Herrgott, Sloan«, sagte sie. »Eigentlich solltest du Daniel danken, nicht ihn runterputzen. Die Tür müsste seit Jahren gerichtet werden, und du hast dafür nie Zeit gehabt!« Ihr Blick wanderte zu seiner Taille. »Was machst du eigentlich nur im Handtuch hier draußen?«

Mittlerweile stand Millie May am Fußende der Treppe. »Was ist denn da oben los?«, rief sie hinauf.

Plötzlich sah Sloan aus wie ein Mann, der k. o. geschlagen und mit kaltem Wasser aus der Bewusstlosigkeit geholt worden war. Er schüttelte benommen den Kopf. »Tut mir leid«, entschuldigte er sich. »Ich habe … überreagiert.«

»Allerdings«, fauchte Billie June.

»Es ist nur … Billie June, du weißt, dass da drin der Engel ist, den Mutter für mich gemacht hat … und noch andere zerbrechliche Sachen von ihr. Ich hatte Angst, dass sie durch das Gehämmere kaputtgehen. Tut mir leid, Daniel.« Sloan streckte ihm die Hand hin. »Danke, dass Sie die Tür repariert haben. Das war … nett von Ihnen.«

»Gern geschehen«, sagte Daniel und ergriff Sloans Hand. »Ich habe nur den Rahmen gerichtet und glaube nicht, dass mein Hämmern die Sachen von Ihrer Mutter beschädigt hat.«

»Aber jetzt sind Sie fertig, oder?«

»Ja.«

»Gut.« Sloan öffnete und schloss die Tür mit großer Geste. Sie ließ sich ohne Widerstand oder Knarren in beide Richtungen bewegen. »Prima. Gute Arbeit. Gehen wir doch auf einen Drink vor dem Essen runter, ja?«

»Meinetwegen, aber … so?« Daniel sah das Handtuch um Sloans Hüfte an.

Sloan blickte ebenfalls an sich herunter. »Ach so. Dann bis später.« Verlegen und übertrieben würdevoll schritt er den Flur hinunter, auf dem er feuchte Spuren hinterließ, und ohne ein Wort oder Nicken an Millie May vorbei, die inzwischen zum oberen Ende der Treppe gekommen war. Sie sah ihm verwundert nach.

»Was war denn das eben?«, fragte sie die anderen.

Billie June erklärte es ihr, und Samantha sagte: »Über diesen Engel würde ich gern mehr erfahren. Ich kann mich nicht erinnern, ihn je an eurem Christbaum gesehen zu haben.«

»Weil wir ihn schon Jahre nicht mehr aus dem Schrank genommen haben. Er ist aus Pappmaschee und wahrscheinlich inzwischen fast zu Staub zerfallen. Unsere Mutter hat ihn für Sloan gemacht, in ihrem letzten Lebensjahr, als er vier war. Er bedeutet ihm viel.«

»Könnte ich ihn sehen, bevor er ganz zerfällt?«

»Natürlich«, antwortete Millie May. »Wir müssen den Schrank sowieso ausräumen und entscheiden, was wir behalten und was wir wegwerfen, falls …« Sie senkte die Stimme. Schweigen, weil alle wussten, was das »falls« bedeutete. Nach einer Weile meinte Millie May: »Wir gehen die Sachen morgen früh durch, wenn wir die Kälber gefüttert haben. Keine Ahnung, was alles da drin ist.« Sie wandte sich Daniel zu. »Es war sehr nett, dass Sie die Tür repariert haben, Daniel. Vielen Dank.«

»Gern geschehen«, sagte Daniel mit einem nachdenklichen Blick auf den Schrank, bevor er sein Werkzeug zusammenpackte.

EINUNDSIEBZIG

Im großen Raum, in dem sich alle nach einem Abendessen fast ohne Gespräche versammelt hatten, wurde die Düsternis der Sorge, der Traurigkeit und der Verlegenheit über die Sache mit dem Weihnachtsschrank kurz aufgehellt durch einen unerwarteten Sonnenstrahl, der sich ins Zimmer stahl, bevor die Dämmerung hereinbrach.

Billie June ließ den Kopf auf die Rückenlehne ihres hohen Stuhls zurücksinken und schloss die Augen, unter denen sich dunkle Ringe abzeichneten. Ihr schien die drohende Gefahr einer Zwangsvollstreckung am meisten zu schaffen zu machen. »Gott sei Dank. Hoffentlich bedeutet diese kurze Ahnung von Sonnenlicht, dass der Regen endlich aufhört«, seufzte sie.

»Ich hätte nie gedacht, dass ich das einmal über Regen sagen würde, aber ich hoffe das auch, Billie June«, pflichtete Samantha ihr bei.

Daniel betrat den Raum nach einem Anruf von Trevor Waverling. »Du hast die Ahnung eines schönen neuen Tages verpasst, Daniel«, bemerkte Billie June.

»Deswegen hat mein Chef angerufen. Der Regen wird aufhören, heißt es in der Wettervorhersage. Ich soll morgen zur Bohrstelle rausgehen, schauen, wie's aussieht, und ihm Bericht erstatten. Wenn ich meine, dass der Boden bis Montag trocken ist, kann das Team mit der Arbeit an der Plattform anfangen.« Er legte die Hände ineinander und hob sie wie ein siegreicher Boxer vor der jubelnden Menge. »Je eher wir den Bohrturm aufstellen, desto besser.«

Was er damit meinte, war klar. Je schneller Öl gefördert würde, desto schneller würden sich ihre finanziellen Probleme verflüchtigen, doch sein Versuch, Optimismus zu verbreiten, schlug fehl. Auf den Gesichtern der Anwesenden war keine Hoffnung zu erkennen. Sloan, der zusammengesunken in seinem Sessel saß, war überrascht darüber, dass Daniel sich etwas aus dem Schicksal des Triple S machte. Daniel hatte ihn in vielerlei Hinsicht überrascht. Zum Beispiel mit diesem Sessel. Sloan hatte erwartet, dass der Parvenü ihn sofort mit Beschlag belegen und sich ohne seine Erlaubnis bei seinen teuren Zigarren bedienen würde, aber er hatte weder das eine noch das andere getan. Des Weiteren hatte Sloan sich vorgestellt, dass Daniel seine Schwester nicht viel besser behandeln würde als ein lüsterner Cowboy ein Saloon-Mädchen, doch auch im Hinblick darauf hatte er sich getäuscht. In Anwesenheit der anderen hatte Daniel Billie June gegenüber stets höflichen Respekt bewiesen. Außerdem hätte Sloan nicht gewusst, was sie im Triple S in den vergangenen Tagen ohne Daniels Hilfe und Können angefangen hätten.

Aber es konnte alles eine List sein, damit er Daniels Drohung, ihn zu ruinieren, vergaß. Sloan rieb sich müde die Stirn. Möglicherweise würde der Sturm Daniel helfen. Noble Rutherford würde das gesamte Geld haben wollen, das Sloan der Bank schuldete, und das war im Moment unmöglich. Sloan konnte keinen Aufschub und keine Gnade erwarten. Er hatte mit dem Banker ausgehandelt, das Darlehen vierteljährlich mit Zinsen zurückzuzahlen. Wenn die Ranch im einen Monat nur wenig abwarf, konnte er das mit den anderen ausgleichen, doch in diesem Vierteljahr würde er das Geld nach so großen Verlusten unter den Kälbern und wegen der zu erwartenden hohen Kosten für das Futter, das er für die überlebenden Tiere zukaufen musste, nur dann haben, wenn er die Hälfte seiner Helfer ausstellte, und das war eine sehr bittere Pille. Einige der Männer hatten bereits für seinen Vater gearbeitet, und eine solche Maßnahme zögerte lediglich das Unvermeidliche hinaus. Annes Vater würde die Schuld einfordern, ohne ihm Zeit für eine Neuordnung seiner Finanzen zu gewähren, und das Triple S würde der Bank gehören.

Sloan verfluchte sich selbst dafür, dass er überstürzt so viele importierte Zuchttiere auf einen Schlag erworben hatte. Eine schlechte Entscheidung. Die Transportkosten waren astronomisch gewesen, doch er hatte Zeitpunkt und Preis für richtig gehalten. Nun stand er unmittelbar davor, die Ranch aufgrund dessen zu verlieren, dass er sie als Sicherheit für ein weit geringerwertiges Darlehen eingesetzt hatte. Sein Vater würde sich im Grab umdrehen. Die nächste Zahlung war am ersten Oktober fällig, aber es käme einem Wunder gleich, wenn es ihm gelänge, das Geld bis dahin aufzutreiben. Morgen musste er Samantha und seinen Schwestern die traurige Wahrheit gestehen. Davor graute ihm. Samantha und er würden in Las Tres Lomas leben müssen, und er würde fortan für Neal Gordon arbeiten. Egal, wie sein Schwiegervater ihre Partnerschaft sah und wie sehr sie einander mochten: Auf einem Schiff konnte es keine zwei Kapitäne geben, schon gar nicht, wenn der eine das seine gerade versenkt hatte.

Im Moment war es wichtiger, den Schädel loszuwerden, bevor die Frauen am Morgen den Weihnachtsschrank ausräumten. Wenn er das nicht schaffte, verlor er am Ende auch noch Samantha. Fast hätte er vor Schreck seine Gabel verschluckt, als sie ihre Absicht am Essenstisch kundgetan hatten. Warum nur hatte er ein solches Theater wegen dem Schrank gemacht? Müdigkeit, Sorge und Schlafmangel hatten ihn die Kontrolle verlieren lassen. Und wenn der schlaue Daniel schon zuvor geahnt hatte, was sich hinter der Tür verbarg, war er jetzt sicher. Sloan, der hoffte, dass er ihm die Geschichte mit dem Engel abgekauft hatte, würde den Schädel jedoch auf jeden Fall in der Nacht, wenn alle schliefen, entfernen. Das brachte mehrere Probleme mit sich: Irgendwie musste es ihm gelingen aufzustehen, ohne Samantha zu wecken. Er musste den Schädel aus dem Schrank nehmen, ohne dass Daniel das in seinem Zimmer auf der anderen Seite des Flurs merkte, und die Treppe hinunterschleichen, ohne dass eine der Stufen knarrte. Und wo würde er das verdammte Ding am Ende verstecken?

Daniel Lane lag wach. Es war nach Mitternacht. Er wäre gern im Bett bei Billie June gewesen, eigentlich nur, um sie zu trösten. Sie fehlte ihm. Er machte sich ihretwegen Sorgen, weil sie sich die mögliche Zwangsversteigerung der Ranch mehr zu Herzen nahm als erwartet. Nur wenig von dem, was sie aß, konnte sie bei sich behalten, und sie war sehr still und nachdenklich. Am Abend hatte er eine erste Falte an ihrer Wange bemerkt, die er gern mit dem Finger nachgezeichnet hätte. Sie war dreiunddreißig, fünf Jahre älter als er. Genau das richtige Alter, dachte er, denn jedes Jahr jünger wäre ihm zu jung gewesen. Sie war intelligent, vernünftig und selbstsicher, aber in unschuldigen Belangen, die ihm fremd waren, noch sehr kindlich. Sie konnte kleine Dinge genießen, sich freuen, glauben, vertrauen und lieben. Daniel hatte all diese Gefühle aus Sicherheitsgründen schon vor Langem zugeschüttet wie einen verlassenen Brunnen. Doch Billie June, die so viel mutiger war als er, öffnete sich solchen Emotionen im vollen Wissen um die Gefahren, die sie mit sich brachten. Das galt auch für ihre Liebe zu ihm.

Daniel schob sich seine Kissen in den Rücken und lehnte sich gegen das Kopfteil des Betts, um auf das Schlagen der Uhr im unteren Stockwerk des Hauses zu lauschen. Es war nur eine Frage der Zeit, bis Sloan die Schranktür öffnen würde. Der Schädel, der Beweis, der seiner Frau als Argument gegen die Bohrungen hätte dienen können, befand sich darin, da war Daniel sich sicher. Warum nur hatte Sloan Singleton den Schädel behalten? Jedenfalls war es gut, dass er ihn nun loswurde. Wenn Samantha ihn am Morgen fände … Dieser Verrat konnte das Ende ihrer Ehe bedeuten.

Und das wünschte Daniel keinem von beiden, weil er nun sah, dass Sloan seine Frau aufrichtig liebte, sie vergötterte. Daniel hatte den Rancher besser kennengelernt, und er traute ihm nicht so viel Hinterhältigkeit zu, den Beleg für ihren Dinosaurierfriedhof mutwillig zu zerstören, um die Bohrungen auf Las Tres Lomas sicherzustellen. Inzwischen war Daniel bereit zu glauben, dass Sloan einen anderen Grund gehabt hatte, den Schädel zu beseitigen, aber würde der Samantha genügen? Das hing von ihrem gegenseitigen Vertrauen ab. Daniel wusste, wie zerbrechlich Vertrauen sein konnte, und er wollte nichts mit der Zerstörung einer Ehe von zwei Menschen zu tun haben, die füreinander bestimmt waren. Mr Hochwohlgeboren brauchte keine Angst vor ihm zu haben. Daniel Lane hatte nicht vor, ihn vor seiner Frau bloßzustellen.

Daniel war zu einer weiteren Erkenntnis gelangt: Er wollte Sloan Singletons Ranch nicht. Gütiger Himmel, nein! Vier Tage zuvor war er noch, besessen von seiner Lebensmission, Mr Hochwohlgeboren die Ranch zu nehmen, im Triple S angekommen. Er hatte sich an der Vorstellung ergötzt, sie ihm abzuluchsen, Sloans Sporen zu tragen, mit seinem Vollbluthengst über den Besitz zu reiten, der einst Sloan Singleton gehört hatte. In der Dunkelheit spürte Daniel, wie er ob dieses infantilen Gedankens errötete.

Mittlerweile waren ihm seine Rachegelüste Sloan Singleton gegenüber einerlei. Was für eine Zeit- und Energieverschwendung, und wozu? Die Rancharbeit musste man im Blut haben, und die vergangene Woche härtester Plackerei hatte ihm gezeigt, dass sie nichts für ihn war. Seinetwegen konnte Sloan Singleton das Triple S gern behalten; von Daniel Lane drohte ihm keine Gefahr. Trotzdem konnte es gut sein, dass ihm die Ranch nicht mehr lange gehören würde, was Billie June so zu schaffen machte. Und genau deswegen hatte sich Daniels Besessenheit verflüchtigt.

Ein leises Geräusch ließ ihn die Ohren spitzen. Fast hätte er es nicht gehört. Er richtete den Blick auf den schmalen Spalt unter seiner Tür, und tatsächlich: Im Licht vom Flur war ein Schatten zu sehen. Daniel schwang die Beine geräuschlos über die Bettkante, schlich auf Zehenspitzen zur Tür und presste das Ohr dagegen. Obwohl alles still war, konnte er die Anwesenheit eines Menschen auf der anderen Seite förmlich spüren. Sloan lauschte an Daniels Tür. Daniel hielt den Atem an. Wenige Sekunden später entfernte der Schatten sich. Daniel widerstand seinem Drang hinauszuschauen, denn das würde Sloan erschrecken, der möglicherweise den Schädel fallen ließ, sodass der in tausend Teile zersprang, und im Haus würde die Hölle losbrechen. Daniel vermutete, dass Sloan ihn weit hinten versteckt hatte, wo die Frauen ihn nicht erreichen konnten. Seiner Einschätzung nach würde er nicht länger als eine Minute brauchen, um ihn herauszuholen. Nach dreien öffnete Daniel die Tür einen Spalt und sah Sloans blonden Schopf im Licht des Wandleuchters, wie der Mann mit einem Bündel die Treppe hinunterschlich.

Guter Junge!, dachte Daniel. Eine Sorge weniger.

Am folgenden Tag, einem Freitag, wagte sich die Sonne hervor und sandte ihre Strahlen auf die durchweichten Weiden von Las Tres Lomas und Triple S. Kein Wölkchen trübte den Himmel, es herrschten wieder sommerliche Temperaturen. Die Besitzer und Helfer beider Ranches jubelten trotz der Arbeit, die sie nun erwartete. Sie hatten nach dem Abziehen des Sturmtiefs mit kalten, feuchten Tagen gerechnet, die das Trocknen der Böden verzögern würden. Daniel war über die Inspektion der Bohrstelle weniger glücklich.

»Sieht so aus, als müsste das Gebiet noch bis nächste Woche trocknen, bevor wir uns an die Arbeit machen können«, teilte er seinem Chef mit und war enttäuscht, nach Dallas zurückgerufen zu werden, wo er sich am Montag wieder an seinem Schreibtisch einfinden sollte. Eine weitere Enttäuschung erwartete ihn, als Billie June ihm verkündete, dass sie nicht mit ihm zurückkehren wolle.

»Mein Platz ist hier«, erklärte sie. »Ich muss meinem Bruder und meiner Schwester helfen, das Haus für die Räumung vorzubereiten.«

An jenem Nachmittag holte Millie May in Anwesenheit von Samantha, Billie June und Daniel vorsichtig ein Päckchen aus dem Schrank mit den Weihnachtssachen und entfernte das Papier. Darunter verbarg sich ein kleiner Pappmaschee-Engel. Beeindrucktes Schweigen begleitete die Enthüllung der Figur. Ein winziger Cowboyhut saß keck auf dem Heiligenschein des Engels, ein ebenso winziges Tuch lag um seinen Hals, und ein aufgewickeltes Minilasso hing von einem Flügel. »Ursprünglich hat er noch Stiefelchen angehabt, aber die sind schon vor Langem zerfallen«, erklärte Billie June, in deren Stimme Trauer darüber mitschwang, dass sie vermutlich nie wieder Weihnachten in diesem Haus würden feiern können. Am Morgen hatte Sloan seine Frau und seine Schwestern ins Arbeitszimmer gerufen. Sie hatten es mit besorgtem Blick, aber trockenen Auges betreten. Herausgekommen waren sie weinend, und Daniel war merkwürdig schwer ums Herz geworden.

ZWEIUNDSIEBZIG

Am Donnerstag, dem zwanzigsten September, trat Nathan mit Zak und Todd Baker an die schwere Tür des Ranchhauses von Las Tres Lomas. Sie waren mit dem Zug nach Fort Worth gekommen und hatten dort ein Pferdefuhrwerk gemietet, auf das sie aus einem Waggon die Ausrüstung luden, die für das Abstecken der Stelle nötig war, an der der Bohrturm am Windy Bluff errichtet werden sollte. Neal war telefonisch übers Triple S informiert worden, wann sie eintreffen würden, und Samantha erwartete sie bereits.

Todds deutlich sichtbare Überraschung verriet, dass er nicht damit gerechnet hatte, ihr zu begegnen. Mit eifrigem Tonfall versuchte er, die Spannungen zwischen ihnen zu kaschieren. »Bald geht's los, Sam. Wir machen uns auf den Weg zum Windy Bluff und schlagen dort unser Lager auf.«

»Hoffentlich nicht, bevor ihr nicht eine Tasse Kaffee getrunken und Silbias Zimtbrötchen probiert habt«, meinte Samantha an Nathan gewandt.

»Ich glaube nicht, dass dazu Zeit ist«, entgegnete Todd. »Wir sind schon elf Tage im Verzug.«

»Solche Verzögerungen ergeben sich nun mal, wenn so unwichtige Dinge wie ein Todesfall in der Familie des Arbeitgebers oder ein Hurrikan passieren, Todd«, bemerkte Samantha spitz. »So betrachtet ist eine halbe Stunde mehr für einen Kaffee und ein Zimtbrötchen doch bestimmt kein Weltuntergang, oder?«

Nathan räusperte sich diplomatisch und setzte seinen Hut ab. »Klingt verlockend, Samantha. Es war ein langer Vormittag. Wir nehmen gerne an, nicht wahr, Todd?«

»Okay«, antwortete Todd.

»Dann kommt mal ins Haus«, lud Samantha sie ein. »Du auch, Zak.«

Die Männer stampften den Dreck von ihren Stiefeln und folgten ihr in den großen Raum. »Danke für Ihren freundlichen Brief«, sagte Nathan zu Samantha. »Er bedeutet meiner Großmutter und besonders meinem Vater viel. Er hat ihn wieder und wieder gelesen.«

»Darf ich fragen, wie es den beiden geht?«, erkundigte sich Samantha.

»Besser als befürchtet«, erklärte Nathan. »Die Tragödie hat sie einander nähergebracht, und sie trösten sich gegenseitig.«

»Und Sie? Wie fühlen Sie sich, Nathan?«

»Zak und mir fehlt sie.« Nathan richtete den Blick auf seinen Hund. »Deswegen habe ich ihn mitgebracht. Er ist ganz verloren ohne sie, ich konnte ihn nicht zu Hause lassen.«

»Das kann ich verstehen.« Samantha tätschelte Zaks Kopf. »Setzt euch doch bitte hin. Ich sage Silbia, dass ihr da seid.«

Sie hatten bereits eine Tasse Kaffee getrunken und die Zimtbrötchen probiert, als Neal eintrat, den Silbia aus der Scheune geholt hatte. »Du hättest mich sofort rufen sollen«, rügte Neal seine Haushälterin.

»Tut mir leid, *patrón*. Ich dachte, es macht nichts, wenn ich zuerst die Gäste versorge.«

O doch, entgegnete Neal für sich, dem es schon nicht recht gewesen war, dass Samantha darauf bestanden hatte, anwesend zu sein, wenn die Männer eintrafen. Er hatte gehofft, unnötige Gespräche zwischen Nathan und seiner Tochter verhindern zu können.

Neal verharrte an der Tür zum großen Raum, als er sah, wie sich Samantha und Nathan, ein Hund zu ihren Füßen, leise unterhielten. Todd saß starr ein wenig abseits, ausgeschlossen, und seine Haltung sagte: *Packen wir's endlich an!* Wieder plagten Neal Gewissensbisse. Samantha hatte ihm von Nathans Verlust erzählt, und Neal war klar gewesen, wie tief der Tod des kleinen Mädchens sie berührte. Sie war an dem Morgen, nachdem sie davon gehört hatte, zu ihm nach Las Tres Lomas geritten – wie er sich gefreut hatte, sie zu sehen! –, um ihm von der Tragödie zu berichten, und hatte fast sofort zu weinen begonnen. »Liebes«, hatte er gesagt, »du hast die Kleine doch kaum gekannt. Warum nimmt dich das so mit?«

»Keine Ahnung … Ich kann mir das auch nicht erklären, aber Nathan und seine Familie tun mir so leid, als hätte ich selbst jemanden verloren.«

Natürlich musste sie so empfinden, hatte Neal gedacht. Das kleine Mädchen war ihre Halbschwester gewesen, und Nathan war ihr Zwillingsbruder. Sam und Nathan waren im selben Leib herangewachsen. Als Neal die beiden miteinander beobachtete, fragte er sich wieder, was sie heute hier zusammengeführt hatte. Wenn Samantha Dr. Tolmans Brief an jenem Tag nicht von der Post geholt hätte, wäre Neal Gordon nicht bewusst gewesen, dass der junge Mann, der da mit seiner Tochter in seinem Haus Kaffee trank, ihr Bruder war, und der Mann, der auf seinem Boden nach Öl bohren wollte, ihr Vater. Dann hätte ihn nicht jeden Tag diese Angst gequält, dass Samantha ihm auf die Schliche kommen und ihn für seine Heimlichtuerei verachten würde. Was für ein Segen das gewesen wäre! Er räusperte sich.

Todd sprang erleichtert auf. *Endlich ein Verbündeter!* Neal streckte den Männern die Hand hin, Nathan herzlich, Todd eher kühl. »Na, Jungs, seid ihr bereit für Windy Bluff?«

»Ja, Sir«, antwortete Todd. »Ich kann's kaum erwarten.«

Samantha deutete auf den Korb mit den Zimtbrötchen. »Ich bitte Silbia, die für uns einzupacken.«

Erstaunt fragte Neal: »Für uns?«

»Ich komme auch mit«, erklärte Samantha. »Ich möchte sehen, wo die Plattform errichtet wird.«

»Warum?«

»Weil ich mich vergewissern will, dass die versprochenen Grenzen eingehalten werden und die Stelle, an der ich den Dinosaurierschädel entdeckt habe, nicht angetastet wird. Hast du was dagegen?«

»Nein«, antwortete Neal. Und dachte: *Verdammt.*

Daniel war nervös. Und wütend auf seinen Chef. Statt mit Nathan und Todd zum Triple S zurückzufahren, musste er am Morgen eine Ladung Bohrmaterial nach Beaumont begleiten, das die durch den Hurrikan zerstörte Ausrüstung am Spindletop ersetzen sollte. Nun war er schon vier Tage von Billie June getrennt, seit Sonntag. Er verstand selbst nicht, was mit ihm los war. Früher hätte er sich darüber gefreut, dass sie sich nicht in der Stadt aufhielt, weil er sich dem einen oder anderen erotischen Abenteuer hätte hingeben können, doch jetzt war ihm nicht danach. Billie June fehlte ihm wie die Abende vor dem Kamin in der Hazienda der Singletons. In ihrem Haus hatte er das erste Mal in seinem Leben das Gefühl gehabt, daheim, bei einer Familie zu sein. Außerdem sorgte er sich wegen Billie Junes Gesundheit. Er hatte sie jeden Tag angerufen und ihr zugeredet, einen Arzt aufzusuchen, worauf sie ihm versicherte, mit ihr sei alles in Ordnung. Sie mache sich lediglich Gedanken über die Zukunft des Triple S. »Ich weiß nicht, was wir tun und wo wir hinsollen«, sagte sie.

Die Aussicht, dass die Ranch, auf der Billie June zur Welt

gekommen war, möglicherweise nicht länger der Familie gehören würde, betrübte ihn. Singleton blieben nur noch wenige Tage, das Geld aufzutreiben, sonst wäre das Triple S verloren, und er und seine Familie stünden praktisch auf der Straße. Sloan und Samantha würden in das Haus von Las Tres Lomas ziehen – dem alten Neal Gordon würde das gefallen! –, aber wo sollten Millie May und Billie June hin? Was würde mit dem Hausrat und den Familienerbstücken geschehen?

Weil Daniel zu niedergeschlagen gewesen war, um in seine leere Wohnung zu gehen, hatte er an den vergangenen drei Tagen noch bis spät abends bei Waverling Tools gearbeitet und an den letzten Details des Ventils gefeilt, das verhindern sollte, dass sinnlos Öl aus dem Förderturm spritzte. Das Patent dafür war bereits zuerkannt, und er hoffte, dass das Ventil rechtzeitig für die Bohrungen am Windy Bluff hergestellt werden konnte. Das würde Samantha gefallen. Daniel war genauso überzeugt davon, dass sie auf Öl stoßen würden, wie Todd.

Als er seinen Arbeitstisch aufräumte, fiel Daniels Blick auf seine Entwürfe, und plötzlich kam ihm eine Idee. *Ja, genau!* Das war es, so ließ sich das Triple S retten! Er eilte aus seinem Büro zu dem seines Chefs.

An jenem Nachmittag brachte man dem Kurator des American Museum of Natural History in New York City eine Schachtel mit der Aufschrift LIBBY'S GRÜNE BOHNEN. Ohne Absender. Als er sie öffnete und den in Geschirrtücher eingewickelten Inhalt auspackte, fiel ihm die Kinnlade herunter. Er hielt etwas in Händen, das er auf den ersten Blick als das Fragment eines Dinosaurierschädels erkannte. »Wo kommt der denn her?«, fragte er den Mitarbeiter, der ihm die Schachtel gebracht hatte.

»Das weiß ich nicht, Sir«, antwortete dieser. »Aber es ist ein seltener Fund, nicht wahr?«

In der Canal Street 505 in San Francisco, Kalifornien, schob der Postbote die Briefe durch die Metallklappe des Briefkastens und ließ sie absichtlich laut herunterfallen. Das machte einen solchen Lärm, dass er damit die Witwe nebenan aus ihrem Nachmittagsschläfchen aufgeschreckt hätte, wenn die nicht daran gewöhnt gewesen wäre. Der Postbote, dem der Duft frisch gebackener Plätzchen in die Nase stieg, blieb kurz stehen, vorgeblich, um Briefe zu sortieren. Schon hörte er, wie sich Schritte aus dem Inneren des Hauses näherten, und er schmunzelte. Seine Strategie hatte wie üblich funktioniert. Die Hausherrin öffnete die Tür.

»Guten Tag, Mr Kilburn«, begrüßte sie ihn, und das gerollte »R« zeugte von ihrer irischen Herkunft. »Sie kommen gerade rechtzeitig zu meinen Schokoladenplätzchen, die mag Mr Mahoney besonders gern.«

Bridget Mahoney erwähnte immer den Namen ihres Mannes, wenn sie den Postboten verwöhnte, damit dieser nicht vergaß, dass er es mit einer verheirateten Frau zu tun hatte. Sie buk jeden zweiten Nachmittag um diese Uhrzeit, und der Briefträger achtete darauf, die Post immer genau dann auszuliefern, wenn sie das Blech aus dem Ofen nahm.

»Ich will Ihnen keine Umstände machen«, entgegnete er wie stets.

»Unsinn. Warten Sie hier, ich hole Ihnen welche.«

»Dann lassen Sie mich Ihre Post wieder aus dem Briefkasten nehmen«, sagte er, ebenfalls wie immer. »Wir wollen doch nicht, dass Sie sich an der Metallklappe verletzen, nicht wahr?«

Als Mrs Mahoney zurückkehrte, tauschten sie ihre Gaben.

»Wie ich sehe, ist ein Brief aus Texas mit dem Poststempel vom dreizehnten September dabei. Er wurde also vor sieben Tagen abgeschickt«, bemerkte der Postbote kauend. »Erstaunlich, dass er bei den Verwüstungen, die der Hurrikan angerichtet hat, überhaupt befördert werden konnte.«

»Ich kenne niemanden in Texas, der mir schreiben würde«, bemerkte Bridget und warf einen Blick auf den Absender.

»Schöne Schrift. Aber egal, ich muss weiter«, meinte der Postbote. »Danke für die Plätzchen. Köstlich wie immer.«

Bridget schenkte dem Lob keine Beachtung. Den Blick nach wie vor auf den Absender gerichtet, setzte sie sich in die Schaukel auf der Veranda ihres hübschen Häuschens. Das hatten sie stolz mit dem Geld erworben, das ihr Mann seit der Ankunft der Mahoneys in San Francisco 1885 mit seinem Fährgeschäft verdiente. Der Briefträger stieg gerade die Stufen zur Veranda des Nachbarhauses hinauf, in dem die Witwe wohnte, als er Mrs Mahoney ausrufen hörte: »Herr im Himmel!«

DREIUNDSIEBZIG

Am Ende eines langen Tages verabschiedete sich der Sommer nach einem kurzen Zwischenspiel. Als mit der untergehenden Sonne die Wärme verschwand, blieb die Ahnung, dass der folgende Tag herbstlich kühl und stürmisch werden würde. Keiner von denen, die zur Bohrstelle hinausgeritten waren – Samantha, Neal, Nathan und Todd – hatte sich eine Pause gegönnt. Als Erstes hatten sie das Fuhrwerk mit dem Werkzeug und der Ausrüstung ausgeladen, dann hatten sich die Waverling-Männer daran gemacht, die Bereiche für die Latrinen und die Leitungsgräben zu der unterirdischen Quelle abzustecken.

Samantha hatte darüber gewacht, wo die Tanks, die Dampfmaschine und der Dampfkessel sowie die Zugangsstraße und das Camp der Arbeiter untergebracht werden sollten, und einige Male ihrer Ansicht nach günstigere Standorte vorgeschlagen.

»Herrgott, Sam, lass die Männer ihre Arbeit machen!«, hatte Neal gestöhnt.

»Ich mische mich nicht ein, Daddy. Ich sorge nur dafür, dass sie sich an die vertraglichen Abmachungen halten und so viel von unserem Grund unangetastet bleibt wie möglich.«

Samantha hatte alles über den Bohrvorgang erfahren wollen, vom Bohren des Lochs, in das der Förderturm gesetzt werden sollte, bis zur Funktionsweise sämtlicher Maschinenteile, die in den Boden eindringen würden, um Öl zutage zu fördern. Kein Fachbegriff, den Nathan oder Todd erwähnte, entging ihr.

Nach vielen Stunden harter Arbeit ließen sie es nun endlich gut sein. Nathan rief Todd zu: »Schlagen wir die Zelte auf.«

»Bin gleich da«, rief Todd zurück.

Als Samantha, die sich ganz in der Nähe aufhielt, das hörte, sagte sie: »Heute ist es dafür zu spät, Nathan. Sie und Todd können im Triple S schlafen. Und für dich haben wir auch Platz, Zak.«

Nathan ließ den Blick über den Bereich mit jeweils etwa einhundert Metern Seitenlänge wandern, den sie mit Draht und Pflöcken für die Plattform unter dem Bohrturm abgesteckt hatten. Nathan hatte niemandem seinen Verdacht mitgeteilt, dass Todd verantwortlich war für das Verschwinden von Samanthas prähistorischem Fund, und er würde auch kein Wort darüber verlieren, wenn der Geologe ihm keinen weiteren Grund dafür gab. Todd hatte Trevor Waverling nicht völlig davon überzeugen können, dass Samanthas Kamera durch die Schuld der amerikanischen Post nicht von der Kodak Company in Rochester zurückgekommen war. Deswegen würde Trevor ihn im Auge behalten, solange er bei ihm beschäftigt bliebe. Außerdem hatte Todds Kehrtwende in seiner Beurteilung des Schädels, also sein Verrat an Samantha aus egoistischen Motiven, ihre lebenslange Freundschaft kaputt gemacht, was der Geologe, das ahnte Nathan, zutiefst bedauerte. Es hatte also zumindest teilweise Gerechtigkeit gewaltet, ohne dass Nathan sich einmischen musste. Doch er würde Samantha nicht Todds Gesellschaft aussetzen, um selbst mit Zak ihre Gastfreundschaft genießen zu können. Nathan machte gerade den Mund auf, um dankend abzulehnen, als von Neal ein vernehmliches »Nein!« erklang, so laut, dass auch Todd darauf aufmerksam wurde.

Neal hatte Samanthas Einladung gehört, als er zu ihnen getreten war, um ihr Gespräch zu beenden. Verärgert darüber, dass sie den ganzen Tag über bei den Männern geblieben war und er deswegen nicht nach Las Tres Lomas zurückkehren konnte, hatte er einfach losgebrüllt, ohne nachzudenken. »Ich meine … Ich wollte Sie und Todd gerade einladen, bei mir zu übernachten, Nathan. Diese Woche habe ich mich verdammt einsam gefühlt und mich darauf gefreut, endlich Gesellschaft zu haben. Wir könnten einen Happen essen, einen Bourbon trinken, Karten spielen.«

»Das ist sehr nett von Ihnen, Mr Gordon, aber wie Sie sehen, habe ich meinen Hund dabei, und der bleibt in der Nacht bei mir.«

Neal winkte ab. »Der kann auch mitkommen. Mir macht's nichts aus, wenn er im Haus ist.«

Samantha sah ihren Vater erstaunt an. In sein Haus durften grundsätzlich keine Hunde. Sie hatte am Morgen sogar befürchtet, dass er Zak aus dem großen Raum hinauswerfen würde, und während der Vertragsverhandlungen hatte er sich standhaft geweigert, Nathan, Todd und Daniel bei sich unterzubringen und zu versorgen. Diese ständigen verblüffenden Kehrtwendungen begannen ihr Sorgen zu machen. Todd, der sich mittlerweile zu ihnen gesellt hatte, strahlte bei der Aussicht darauf, im Haus schlafen zu können, und sagte sofort: »Das klingt doch viel verlockender als der kalte Boden und die noch kälteren Bohnen, Nathan.«

»Gut, dann mal los«, meinte Neal. »Packen Sie ein, was Sie brauchen, dann gehen wir zum Haus.«

»Daddy, wir wollten dich heute Abend zum Essen bei uns einladen«, mischte sich Samantha ein. »Die Mädels haben dich lange nicht gesehen.«

»Danke, Liebes, ich mag nicht im Dunkeln heimreiten.

Kommt, Jungs.« Wie immer küsste er sie zum Abschied auf die Wange.

Samantha schüttelte den Kopf. Bisher hatte ihr Vater nie Bedenken gehabt, in der Dunkelheit vom Triple S nach Hause zu reiten.

*

Am folgenden Morgen wartete Daniel Lane in seinem besten Sonntagsstaat, die Beine übereinandergeschlagen und die Melone auf dem Knie, im Vorzimmer von Noble Rutherford darauf, von ihm empfangen zu werden. Er hatte seine Fingernägel sorgfältiger gereinigt als sonst (Billie June liebte saubere Fingernägel), und merkte, dass die Dame am Empfang, die ein Auge auf ihn geworfen hatte, ihr Interesse nicht zu offensichtlich zeigen wollte. Sie war selbst nicht zu verachten, fand er. Daniel wusste, dass er ein prächtiger Bursche war. Das dachten die meisten Damen, ohne dass Billie June das jemals aus der Fassung gebracht hätte. Andere hausbackene Frauen, die von einem jüngeren Mann mit seinem Aussehen umworben wurden, hätten sich in Anwesenheit hübscher Damen unsicher gefühlt, doch das galt nicht für Billie June. Sie nahm einfach eine Zeitschrift in die Hand und ließ der Rivalin das Vergnügen, Daniel anzusehen, solange sie wollte, ohne auch nur mit der Wimper zu zucken. Niemand auf der Welt besaß mehr Stolz als Billie June, und deswegen war er hier.

Die Glocke an der Wand hinter der Frau erklang. »Mr Rutherford hat jetzt Zeit für Sie«, verkündete sie.

Daniel folgte ihr zu dem feudal eingerichteten Büro des Bankiers. Noble erhob sich widerwillig von seinem riesigen Schreibtisch und reichte Daniel lustlos die Hand, ohne sich die Mühe zu machen, dass er das Jackett zuknöpfte. Seine fast schon unhöfliche Begrüßung weckte Daniels Zorn. Noble Rutherford stand auf der Liste der Männer, die er verachtete, ganz oben. Wie hatte er Sloan Singleton nur mit jemandem wie ihm vergleichen können?

Noble setzte sich wieder und gab Daniel zu verstehen, dass er es ihm gleichtun solle. »Ich muss schon sagen, ich bin erstaunt, Lane. Warum wollten Sie mit mir persönlich sprechen? Wenn Sie ein Darlehen brauchen, könnte Ihnen doch sicher auch einer meiner Mitarbeiter behilflich sein.«

»Bei dem Darlehen, um das es geht, nicht, Mr Rutherford.«

»Ach. Und um welches Darlehen handelt es sich?«

»Ich bin nicht hier, weil *ich* ein Darlehen brauche, sondern möchte eines von Ihnen übernehmen, das jemand bei Ihrer Bank hat, Mr Rutherford. Sie dürften daran interessiert sein, es mir zu überlassen.«

Noble Rutherford sah Daniel verwundert an. »Und wessen Darlehen wäre das?«

»Das von Sloan Singleton.«

Am Nachmittag ritt Daniel auf einem gemieteten Pferd hinaus zum Triple S, wo er nicht zum Haupthaus ging, sondern einen der Helfer fragte, wo er den Chef finden könne. Im Speisesaal, antwortete der Mann.

Daniel traf das Objekt seiner früheren Rachegelüste beim Kaffee mit dem Ranchkoch an; Sloan wirkte um Jahre gealtert, vom Schicksal gezeichnet. Als Daniel den Speisesaal betrat, machte der Koch gerade seinem Ärger über einen rätselhaften Zwischenfall Luft, der sich in der vergangenen Woche ereignet hatte. Jemand hatte sich nachts in die Speisekammer geschlichen und einen Karton an sich genommen, in dem sich Dosen mit grünen Bohnen befanden. »Wer bloß den Karton geklaut und die Dosen auf dem Boden stehen gelassen hat und mit der Hälfte meiner Geschirrtücher abgehauen ist?«, ereiferte sich der Koch. »Zuerst dachte ich, die Kiste ist für einen Wurf Hunde oder Katzen, aber die haben schon Jahre keinen Nachwuchs mehr. Außerdem hätte der Kerl doch bloß fragen müssen.«

»Das ist tatsächlich seltsam«, pflichtete Sloan ihm bei, blickte über die Schulter und entdeckte Daniel. »Was machen Sie denn hier? Billie June hat gesagt, Sie würden heute zur Küste aufbrechen.«

»Ich musste noch was hier in Fort Worth erledigen. Etwas, das mit Ihnen zu tun hat. Könnten wir uns unter vier Augen unterhalten?«

Sloan sah seinen Koch an, der sich sofort vom Tisch erhob. »Setzen Sie sich, Lane. Mit mir? Wie das?«

»Lesen Sie sich das mal durch«, antwortete Daniel und reichte Sloan einen Umschlag, aus dem dieser ein Blatt Papier nahm. Als Sloan sah, was darauf stand, entgleisten ihm die Gesichtszüge, und er blickte Daniel ungläubig an. »Was ist das? Hier heißt es, dass mein Darlehen von der Rutherford City Bank ganz getilgt ist.«

»Genau.«

»Das verstehe ich nicht. Wie? Und wieso haben Sie die Mitteilung?«

»Das hier erklärt alles.«

Daniel nahm ein Dokument aus einem anderen Umschlag und schob es Sloan über den Tisch zu. Sloan las es und schloss kurz die Augen. Er schüttelte den Kopf und presste die Lippen zusammen. Dann machte er die Augen wieder auf, schaute Daniel an und meinte resigniert: »Sie haben der Bank das Darlehen abgekauft. Jetzt gehört Ihnen das Triple S.«

Daniel nahm das Dokument wieder an sich. »Sieht ganz so aus.«

Sloans Gesicht war aschfahl. »Das wollten Sie schon die ganze Zeit, oder? Meine Ranch.«

»Anfangs ja. Aber …«, Daniel kratzte sich nachdenklich am Nacken, »… jetzt hätte ich gern was anderes von Ihnen. Und dafür bin ich bereit, Ihnen Ihre Ranch sofort zurückzugeben, ohne Bedingungen und ohne Wenn und Aber, und hinterher müssen wir kein Wort mehr darüber verlieren.«

»Und was um Himmels willen?«

»Ihren Segen, wenn ich Billie June einen Heiratsantrag mache.«

VIERUNDSIEBZIG

Wie hast du das geschafft?«, fragte Billie June und schmiegte sich an Daniel.

»Ich habe meinem Chef das lebenslange Nutzungsrecht am Patent für mein Ventil angeboten, wenn er mir das Geld für die Tilgung des Darlehens deines Bruders gibt«, antwortete Daniel und lachte. »Der rachsüchtige Mistkerl Noble Rutherford hat sich förmlich auf meinen Vorschlag gestürzt, weil er dachte, dass ich noch mehr drauf aus bin, Sloan Singleton zu ruinieren, als er.« Daniel äffte den Tonfall des Bankiers nach. »›Lane, ich werde mir selbst das Vergnügen einer Zwangsversteigerung versagen und sie Ihnen überlassen. So kann niemand behaupten, dass ich das Triple S als Rache für die Demütigung meiner Tochter an mich genommen habe. Was sollte ich auch mit einer Ranch, noch dazu einer, die am Rande des Abgrunds steht?‹«

Billie June schmunzelte. »Dir ist klar, worauf du verzichtest?«, fragte sie.

»Das arbeite ich wieder rein. Ich hab da eine Idee für ein neuartiges Bohrkonzept und ein paar revolutionäre Werkzeuge, und außerdem reicht mein Geld noch, um dir einen hübschen Ring zu kaufen.« Daniel löste sich von ihr, sah sie an und bat sie: »Und gehst du jetzt bitte zum Arzt?«

Billie June schmiegte sich seufzend wieder an ihn. »Okay, aber ich weiß, was mit mir los ist.«

»Ach. Und was?«

»Ich bin schwanger«, antwortete Billie June.

Zwei Wochen später, am sechsten Oktober, wurden Billie June und Daniel Lane von einem langjährigen Freund der Singletons standesamtlich getraut. Die Zeremonie, der lediglich Samantha, Millie May sowie Sloan als Daniels Trauzeuge beiwohnten, fiel schlicht aus, aber Daniels neu gewonnener Schwager kratzte sein letztes Geld zusammen, um ihm ein großes Fest zu spendieren, das Millie May und Samantha organisierten. Es fand im Foyer der Oper statt, die die Wandlung von Fort Worth von einem Viehzüchterkaff zu einer modernen Stadt markierte und sich als idealer Ort für die Unterbringung der zahlreichen Gäste erwies. Grizzly und Wayne, Claude Chandler, die Ranchhelfer des Triple S, Billie Junes und Millie Mays Aktivistenfreundinnen sowie Daniels Kollegen von Waverling Tools, unter ihnen sein Arbeitgeber, waren mit vielen anderen eingeladen, die schon an Sloans und Samanthas Hochzeit teilgenommen hatten. Anne Rutherford stand nicht auf der Gästeliste, und Todd Baker schlug die Einladung aus.

Leon suchte auf seiner Parkbank in Randolphs Brief nach Informationen zwischen den Zeilen. Das Schreiben war auf den zehnten Oktober datiert, trug jedoch den Poststempel des dreiundzwanzigsten. Es war, als hätte Randolph es sich, nachdem er den Brief geschrieben hatte, anders überlegt und ihn erst abgeschickt, als er dazu gezwungen gewesen war. Seine sonst so akkurate, steile Schrift kippte ein wenig, und die Zwischenräume zwischen den Wörtern waren unregelmäßig. Einige der i-Punkte waren verschmiert, als wäre er ausgerutscht. In dem Brief stand sehr wenig über seine Kurse, Noten, Lehrer und Freunde, also die Dinge, die Millicent interessierten. Es ging hauptsächlich darum, dass Randolph Geld brauche.

Leon verstand das nicht. Wie alle Eltern der Studienanfänger hatten sie von der Columbia University eine Liste der Gebühren und sonstigen Auslagen erhalten. Daraufhin hatte Millicent in Randolphs Namen ein Konto bei einer Campus-Bank eröffnet, auf das sie monatlich einzahlen würde. Als Randolph den Brief verfasst hatte, in dem er um zusätzliches Geld bat, waren im Oktober erst zehn Tage vergangen. Wie konnte er so schnell pleite sein?

»Ich möchte einer studentischen Verbindung beitreten, und die Gebühr dafür ist sofort fällig«, schrieb er. »Mehrere Häuser auf dem Campus reißen sich um mich, ohne dass ich mich beworben hätte. Dich, Mutter, wird das freuen, denn das sind alles Söhne von Tycoons, Diplomaten, Politikern und ähnlichen wichtigen Persönlichkeiten. Solche Leute zu kennen, schadet nie. Wer weiß, was sie später mal für mich tun können?«

Aufgeblasener kleiner Schnösel, dachte Leon. Obwohl Leon selbst nicht gebildet war und letztlich nicht so genau wusste, was er sich unter einer »studentischen Verbindung« vorzustellen hatte, konnte er sich anhand des Briefs zusammenreimen, worum es ging, und ihm erschien das alles ziemlich dubios. Randolph war während seiner Schulzeit in Gainesville bei seinen Klassenkameraden nicht sonderlich beliebt gewesen. Wie konnte der arrogante Sohn eines einfachen Farmers aus einem kleinen Ort in Texas plötzlich so begehrt bei den Söhnen von Tycoons und Diplomaten sein? Intelligenz allein reichte nicht, dazu musste auch eine einnehmende Persönlichkeit kommen, und die fehlte Randolph leider.

»Leon, genau so habe ich mir das für unseren Sohn erträumt!«, schwärmte Millicent, als sie das Schreiben gelesen hatte. »Natürlich schicken wir ihm das Geld!«

Leon fragte sich, was das »Wir« sollte. Seine Frau mochte ihn wegen der Ausgaben konsultieren, doch das letzte Wort hatte sie. Schließlich war es ihr Geld, und auf den Schecks stand nur ihr Name. Allerdings hatte Leon ohne ihr Wissen selbst ein Konto bei einer Bank im Ort, auf das er von seinem Taschengeld hin und wieder etwas einzahlte.

»Millicent, du musst deine Dollars zusammenhalten«, riet er ihr. »Der Erlös aus dem Verkauf der Farm wird nicht ewig reichen. Was machst du, wenn er aufgebraucht ist?«

»Das wird nicht passieren«, herrschte sie ihn an. »Wenn … nicht mehr so viel da ist, wird Randolph so weit sein, dass er uns unter die Arme greifen kann.«

Leon machte sich auch Sorgen, weil seine Tochter Millicents Erwartungen enttäuschte. Sie besuchte mittlerweile das Mädchenpensionat in Denton und hatte jede Menge Verehrer, über die ihre Mutter sich freuen konnte. In letzter Zeit vermittelte sie ihren Eltern jedoch den Eindruck, dass sie das Interesse an ihnen verloren hatte und sich eher mit ihren Studien beschäftigte.

»Was ist nur in sie gefahren?«, fragte Millicent Leon. »Sie hat doch noch nie gern gelernt.«

Leon hätte ihre Frage beantworten können, aber er tat es nicht. Er ahnte, was los war. Bei einer Fahrt nach Denton, die er kurz zuvor allein unternommen hatte, um Lily einige Dinge von zu Hause zu bringen, hatten die beiden Gelegenheit gehabt, sich zu unterhalten. Seine Tochter vertraute ihm von jeher Dinge an, die sie ihrer Mutter verschwieg. Bei einem Eis in einem örtlichen Drugstore hatte sie ihm ihre Bewunderung für ihren Geschichtslehrer gestanden, den Leon und Millicent von der Einschreibung Lilys kannten. »Er ist so gebildet, eine richtige Inspiration«, hatte Lily begeistert ausgerufen. Außerdem war er ledig, gut aussehend, nicht viel älter als sie selbst und ausgesprochen begehrt, vorausgesetzt eine junge Frau interessierte sich für den Angehörigen eines

Berufsstandes, mit dem sie in gepflegter Armut leben würde. Vermutlich waren alle anderen Schülerinnen des Instituts genauso verschossen in den Mann wie Lily; es handelte sich um eine Schulmädchenschwärmerei, die sich höchstwahrscheinlich bald von selbst erledigen würde. Leon fand, dass es keinen Sinn hatte, Millicent darüber aufzuklären, warum sich die Noten ihrer Tochter in letzter Zeit deutlich verbesserten.

Er seufzte. Wie sehr er sich doch nach der Farm sehnte! Trotz der Ungewissheiten dort war es um etliches leichter, Pflanzen als Kinder aufzuziehen.

*

Bridget Mahoney las ihr Antwortschreiben auf Samantha Gordons Brief, das auf den siebenundzwanzigsten Oktober 1900 datiert war. Sie hatte über einen Monat gebraucht, um zu entscheiden, ob sie überhaupt reagieren wollte. Das arme Mädchen konnte ohnehin nicht sicher sein, ob der Brief sie erreichen würde, und hatte wahrscheinlich die Hoffnung auf eine Antwort bereits aufgegeben. Bridget hatte sich den Kopf zerbrochen über ihre moralische Verpflichtung dem Neugeborenen gegenüber, das sie zwanzig Jahre zuvor gestillt hatte und das jetzt eine erwachsene Frau war. Sollte sie Samantha Gordon weiter über die Umstände ihrer Herkunft im Unklaren lassen und einfach nicht auf ihre Fragen reagieren?

Dem Schreiben der jungen Frau entnahm sie, dass diese das große Los gezogen hatte. Sie sei von einem Paar aufgezogen worden, das sie aus ganzem Herzen liebe, was umgekehrt genauso gelte. Die beiden hätten gut für sie gesorgt, in ihrer Obhut habe es ihr an nichts gemangelt. Sie sei glücklich mit einem Mann verheiratet, den sie schon ihr ganzes Leben liebe. Sie lebe in einem gemütlichen Haus auf der Ranch ihres Mannes und genieße die Gesellschaft seiner beiden Schwestern, die sie als ihre Familie betrachte. Sie habe diesen Brief nicht geschrieben, weil sie ihr Leben für unvollkommen halte, sondern weil sie ihre Neugierde befriedigen wolle, und Bridget Mahoney sei die Einzige, die das könne. Wisse Bridget, wer ihre leiblichen Eltern seien und ob sie noch lebten? Wisse sie, ob sie Geschwister habe? Könne sie ihr sagen, warum man sie zur Adoption freigegeben habe? Samantha würde sich über alles freuen, was Bridget ihr über ihre Herkunft mitteilen könne. Bridget solle sich keine Sorgen machen, dass sie aus dem Nähkästchen plaudern würde oder ihre Informationen irgendjemandem schaden könnten. In diesem Punkt müsse sie Samantha vertrauen.

Aber konnte sie das?, fragte sich Bridget. Was würde sie ins Rollen bringen, wenn sie ihr verriet, was sie wusste? Sie hatte die Sache mit Mr Mahoney besprochen, der wie erwartet sagte: »Mach, was du für richtig hältst, Schatz.«

Am Ende war sie zu dem Schluss gelangt, dass es das Beste war, auf Samantha Gordons Brief zu antworten und ins Rollen zu bringen, was sich nicht aufhalten ließ. Bridget war ziemlich stolz auf das, was sie geschrieben hatte:

Liebe Miss Gordon,
ich habe Ihr Schreiben vom dreizehnten September erhalten und hoffe, dass Sie und Ihre Familie vom Galveston-Hurrikan verschont geblieben sind. Sie sind am 23. März 1880 zur Welt gekommen, als Tochter von Leon und Millicent Holloway, die damals eine Weizenfarm in Gainesville, Texas, bewirtschafteten. Ich habe keine Ahnung, ob sie noch leben. Sie haben einen Zwillingsbruder. Ich kenne seinen Namen nicht und weiß auch nicht, ob er noch lebt. Aus einem mir nicht bekannten Grund wollte Ihre Mutter Sie nicht beide behalten und hat Ihren Vater angewiesen, einen der

Zwillinge wegzugeben. Da Mr Holloway sich nicht entscheiden konnte, hat er dem Tisch, auf dem Sie mit Ihrem Bruder lagen, den Rücken zugewandt und über die Schulter gezeigt. Der Zwilling, auf den er deutete, sollte der sein, den sie behalten würden. Und er deutete auf Ihren Bruder. Ihr Vater hat Sie mir gegeben, damit ich Sie Dr. Tolman bringe, einem guten Arzt in Marietta, im Oklahoma-Territorium, mit dem ich damals zusammenarbeitete. Schon wenige Tage später hatte er Sie bei einem kinderlosen Paar in Fort Worth, Texas, untergebracht, bei den Leuten, die jetzt Ihre Eltern sind. Mehr weiß ich nicht. Ich habe oft an das kleine Mädchen gedacht, das ich gestillt habe, weil seine Mutter sich weigerte, es zu füttern, und kann Ihnen gar nicht sagen, wie sehr ich mich darüber freue, dass es Ihnen gut geht. Möge Gott Sie und die Ihren segnen.

Mit freundlichen Grüßen,
Bridget Mahoney

Ja, dachte Bridget, der Brief war ziemlich gut, ehrlich und schnörkellos. Sie hatte es sich verkniffen, ein Urteil über die Mutter des Kindes abzugeben. Das würde sie ihrer Tochter überlassen.

FÜNFUNDSIEBZIG

Am Morgen des siebenundzwanzigsten Oktober erhielt Daniel im Triple S einen Anruf von Trevor Waverling, der ihm mitteilte, dass er mit dem Zug nach Beaumont, Texas, fahren solle. Die Hamill-Brüder wollten an jenem Tag am Spindletop mit den Bohrungen beginnen, und Daniel solle dafür sorgen, dass die Maschinen von Waverling Tool reibungslos funktionierten. »Haben Sie ein gutes Gefühl, Mr Waverling?«, erkundigte sich Daniel.

»Ja«, antwortete sein Chef.

»Und ich habe ein gutes Gefühl beim Windy Bluff«, sagte Daniel.

»Wollen wir hoffen, dass wir einen Doppeltreffer landen.«

Als Samantha am Frühstückstisch von Daniels bevorstehender Abreise erfuhr, blickte sie den Veränderungen, die der Spätherbst für sie bringen würde, mit Sorge entgegen. Daniels häufige Aufenthalte im Triple S wären damit zu Ende, denn die Bohrungen am Windy Bluff kamen unter der erfahrenen Leitung des alten Haudegens Jarvis Putnam gut voran. Der Bohrturm stand, und sämtliche Geräte funktionierten. Nach seiner Rückkehr aus Beaumont würde Daniel wieder an seinem Arbeitstisch bei Waverling Tools sitzen, weil sein Chef eine Idee für eine neue Sandpumpe hatte, die Daniel für ihn entwickeln sollte.

Billie Junes Schwangerschaft war mittlerweile so weit fortgeschritten, dass sich allmählich die Frage erhob, ob sie eher im Triple S oder in Daniels Wohnung bleiben sollte, wo sie tagsüber, während er arbeitete, allein wäre. Die künftigen Eltern wollten nicht voneinander getrennt leben, was bedeutete, dass auch Billie June das Triple S noch in dieser Woche verlassen würde. Millie May hatte einen Platz in einem Fortgeschrittenenkurs für Aquarellmalerei am Houston Museum of Fine Arts ergattert und würde bald die nächste Etappe ihres lebenslangen Traums beginnen, als Künstlerin tätig zu sein. Und Nathan Holloway war mit Todd Baker längst zu neuen Aufträgen abgereist.

Als Millie May Samanthas nachdenkliche Stimmung bemerkte, fragte sie: »Wann kommt Sloan zurück, Samantha?«

»Nächste Woche, am ersten«, antwortete sie. »Wenn eine Staubwolke am Horizont auftaucht, weiß ich Bescheid.«

Inzwischen war der Boden tatsächlich wieder trocken und staubig. Die unberechenbare Mutter Natur hatte seit Mitte September keinen Tropfen Regen herniedergeschickt, nachdem der Sturm nach Norden abgezogen war, in das Gebiet von La Paloma. Wegen einer Grippeepidemie lagen fast alle Ranchhelfer im Krankenhaus von Gainesville, und Sloan war mit Neal losgeritten, um seine verbliebenen Rinder zusammenzutreiben und über den Fluss zu bringen, wo sie mit der Bahn zum Viehmarkt transportiert würden. Neal spielte mit dem Gedanken, La Paloma zu verkaufen. Aus Samantha unerfindlichen Gründen mochte er das Camp nicht mehr und wollte sich, wenn er sich in dem Gebiet aufhielt, nach möglichen Käufern umsehen. Billie June drückte Samanthas Arm tröstend. »Tut uns leid, dass wir dich allein lassen.«

»Immerhin gibt's einen Lichtblick«, sagte Samantha. »Am Montag kommen die Leute von Bell und legen eine Telefonleitung nach Las Tres Lomas. Dann kann ich sowohl mit meiner Mutter als auch mit meinem Vater telefonieren.«

Mein Vater … meine Mutter. Samantha war froh, Sloan nichts von dem Brief erzählt zu haben, den sie Bridget Mahoney Mitte September geschrieben hatte. Er war nicht zurückgekommen, jedoch auch nicht beantwortet worden. Sloan hätte sich bestimmt Sorgen über das neuerliche Erwachen ihrer Neugierde gemacht. Sie hatte doch eine Familie! Bald würden sie sogar Onkel und Tante werden. Genügte ihr das nicht? Als Sloan mit ihrem Vater aufgebrochen war, hatte sie für sich akzeptiert, dass der letzte dünne Faden in die Vergangenheit gerissen war.

Den ersten Teil der folgenden Woche verbrachte Samantha damit, Billie June und Millie May beim Packen zu helfen. Die Schwestern würden am Donnerstag, dem ersten November, nach Dallas fahren, bevor Millie nach Houston weiterreiste. Einen Tag früher wollten sie in Fort Worth eintreffen, um zum Abschied Zeit mit Estelle zu verbringen und miteinander zu essen. Auf dem Heimweg würde Samantha ihre Schwägerinnen zum Bahnhof chauffieren. Während des Mittagessens im Worth bat Estelle ihre Tochter, noch eine Nacht zu bleiben. »Du siehst müde aus, Liebes. Schlaf dich aus und lass dich von deiner Mutter verwöhnen.«

Fast hätte Samantha Ja gesagt, aber sie erwartete Sloan an diesem oder dem folgenden Tag zu Hause, und außerdem rief die Pflicht sie zur Ranch. Ein Kalb ließ sich nur von ihr mit der Flasche füttern, und sie musste in Las Tres Lomas nach dem Rechten sehen. Als sie den Schwestern, die mit ihren Taschentüchern zum Zugfenster herauswedelten, vom Bahnsteig aus nachwinkte, hatte Samantha schon fast beschlossen, nicht zum Postamt zu fahren. Sie war tatsächlich sehr müde und hatte eigentlich keine Lust, das Pferdefuhrwerk durch den Stadtverkehr zu lenken. Sie würde in Las Tres Lomas Silbia bitten, einen Blick in ihr Postfach zu werfen, wenn sie später ohnehin in der Stadt die Post ihres Vaters abholte. Denn die erwartete er auf seinem Schreibtisch, wenn er zurückkam. Aber gerade als sie den Beschluss gefasst hatte, den Wagen in Richtung Ranch zu lenken, überlegte Samantha es sich anders, denn heute würde vermutlich der Katalog von Sears and Roebuck eintreffen. Sie war gespannt auf das Weihnachtsangebot und wollte ihre Bestellung aufgeben, solange noch Zeit war.

Eine halbe Stunde später empfand sie Erleichterung darüber, dass sie die Post doch selbst abgeholt hatte, denn in ihrem Fach lag ein Schreiben mit einem kalifornischen Poststempel und dem Absender von Bridget Mahoney. Wenn sie heute nicht zum Postamt gefahren wäre, hätte ihr Vater diesen Brief erhalten.

»Nathan, ich habe einen Verwandten von Ihnen namens Leon Holloway am Apparat. Es ist ein R-Gespräch«, verkündete Miss Beardsley. Ihr Stirnrunzeln und die Betonung auf »R-Gespräch« drückten ihre Missbilligung über Mitarbeiter aus, die vom Unternehmen erwarteten, dass es die Kosten für Privatunterhaltungen übernahm.

Nathan wusste sofort, dass etwas nicht in Ordnung war. Leon hätte ihn nie bei Waverling Tools angerufen, wenn es sich nicht um einen Notfall handelte. »Das ist mein Stiefvater. Stellen Sie ihn bitte durch, und ziehen Sie die Gebühren von meinem Gehalt ab«, sagte er.

Leon entschuldigte sich dafür, dass er Nathan im Büro störe und er auch noch für den Anruf zahlen müsse, doch Nathan fiel ihm ins Wort. »Mach dir darüber keine Gedanken. Was ist los?«

»Es geht um deinen Bruder Randolph. Er steckt in Schwierigkeiten.«

»Was für Schwierigkeiten?«

»Randolph hat … ein Problem. Er hängt in Opiumhöhlen rum. Hat schon seit mehr als einem Monat keine Kurse mehr besucht. Wir haben gestern einen Brief von seiner Uni erhalten. Sie weisen uns auf seine Fehlzeiten hin und teilen uns mit, dass er kein Stipendium mehr kriegt. Und eine Freundin von ihm hat uns geschrieben, wir sollen kommen, bevor er ganz den Boden unter den Füßen verliert. Soll ich dir den Brief vorlesen? Ich will nicht, dass deine Telefonrechnung zu hoch wird.«

»Lies«, bat Nathan ihn.

Als er fertig war, sagte Leon: »Deine Mutter ist verzweifelt. Ich hab mir nicht anders zu helfen gewusst, als dich anzurufen. Könntest du … nach New York City fahren und ihn heimholen?«

»Ich mache mich auf den Weg, sobald hier alles geregelt ist«, versprach Nathan. »Hast du irgendwelche Anhaltspunkte, wo ich mit der Suche beginnen könnte?«

Nathan notierte sich Randolphs Wohnheimadresse, den Namen seines Zimmergenossen, den seines Tutors, den des Mädchens, das seinen Eltern den Brief geschrieben hatte, und den des Cafés, in dem die junge Frau arbeitete.

»Mir war klar, dass was nicht stimmt, als er seine Mutter immer wieder um Geld angehauen hat«, erklärte Leon. »Millicent hat ihm gegeben, was sie konnte, aber sie muss auch an Lily denken. Wenn er süchtig ist und sich kein Opium mehr beschaffen kann, weiß der Himmel allein, was aus ihm wird.« Nathan hörte die Enttäuschung und die Sorge in Leons Stimme. »Tut mir leid, dass wir dir das zumuten, Nathan. An Thanksgiving hättest du bestimmt was Besseres vor, als in den Opiumhöhlen von New York nach deinem Bruder zu suchen.«

»Das ist keine Zumutung. Sag Mutter, dass ich Randolph zeitig genug nach Hause bringe, damit er ihr beim Truthahnrupfen helfen kann.« Nicht dass Randolph jemals auch nur einen einzigen Truthahn gerupft hätte ... Das war immer Aufgabe des großen Bruders gewesen, dachte Nathan und ging zu seinem Vater, um ihm zu erklären, dass er nach New York City müsse.

Trevor lauschte ihm wortlos. Als Nathan fertig war, fragte er: »Was soll ich Charlotte sagen?«

»Die Wahrheit«, antwortete Nathan. »Sie wird's verstehen.«

Trevor seufzte. »Sie wird enttäuscht sein, dass du sie nicht zum Chrysanthemenball begleitest, aber natürlich musst du fahren.« Er schloss eine Schreibtischschublade auf, holte einen kleinen kurzläufigen Revolver heraus und reichte ihn Nathan. »Den kann man gut verdeckt tragen«, erklärte er. »Und du brauchst Geld.«

»Nein, lass mal, ich komme zurecht. Aber die Waffe nehme ich.« Nathan steckte den Revolver in die Jackentasche.

»Ich bestehe darauf.« Trevor schob ihm ein Bündel Scheine hin. »Nimm das Geld, mir zuliebe. Und pass auf dich auf. Ich will von dir hören, wenn du in New York ankommst und wenn du dich auf den Heimweg machst. Versprochen?«

»Versprochen. Todd und ich wollten morgen zum Windy Bluff, und Daniel ist in Beaumont. Wen schickst du für mich?«

»Ich geh selber. Und jetzt mach dich mal lieber auf den Weg. Je eher du aufbrichst, desto früher kommst du zurück und desto weniger lang müssen deine Großmutter, ich und Charlotte auf dich warten.«

Nathan nahm die Scheine. »Sag Charlotte bitte, dass wir ein andermal ausgehen. Und danke für das Geld.«

»Wozu sonst sind Väter gut?«

Ja, wozu, als ihre Kinder zu lieben, dachte Trevor, als die Tür zu seinem Büro sich schloss. Millicents blonder Sohn, den sie immer Nathan vorgezogen und in den sie all ihre Hoffnungen gesetzt hatte, war also drogensüchtig. Als Nathans Vater hätte Trevor spotten können, dass ihr das recht geschah, doch als Vater allgemein brachte er das nicht fertig. Für Eltern gab es kaum etwas Schmerzlicheres als Enttäuschungen über ein Kind, es sei denn, man musste über sich selbst enttäuscht sein. Trevor hatte bei Rebecca versagt. Bei Nathan und Samantha würde er nicht versagen. Die Frage, wie er das am besten bewerkstelligen konnte, raubte ihm allerdings nachts den Schlaf. Versagte er den Kindern gegenüber, wenn er ihnen nicht verriet, dass sie mit ziemlicher Sicherheit Geschwister waren? Nathan konnte Leon fragen. Sein Stiefvater würde ihm die Wahrheit nicht vorenthalten. Oder war es besser, Stillschweigen zu bewahren, sodass sie ihr Leben unabhängig voneinander führen konnten? Welcher Kurs war der beste für sie? Der richtige Kurs war nicht immer der klügste. Trevor schaute auf den Trinity River hinaus, der nun friedlich dahinfloss, und spürte Groll in sich darüber aufsteigen, dass dem Fluss das Leben, das er gefordert hatte, so gleichgültig war. Bei Flüssen war es wie bei manchen Menschen gefährlich, zu nahe zu kommen. Würde er ein Risiko eingehen, wenn er morgen Nathan vertrat und sich auf das Terrain seiner Tochter vorwagte?

SECHSUNDSIEBZIG

Beim Anblick des Absenders verschlug es ihr den Atem. Der Mann am Postfach neben ihr sah zu ihr herüber. »Alles in Ordnung, Ma'am? Wollen Sie sich setzen?«

Als Samantha sich ihm zuwandte, wurde ihr so schwach zumute, dass ihr der Katalog von Sears and Roebuck mit der anderen Post aus den Händen fiel.

»Ich helfe Ihnen«, sagte der Mann und bückte sich, um alles aufzuheben. »Vielleicht sollten Sie sich doch hinsetzen. Sie sind weiß wie die Wand.«

Das Gesicht des Mannes tanzte vor ihren Augen, als er ihr die aufgesammelte Post reichte. Sie blinzelte kurz. »Danke, ich komme zurecht.«

Draußen merkte sie, dass sie doch nicht so leicht zurechtkam, und sank auf eine Bank, statt auf ihren Wagen zu klettern. Der Wind hatte aufgefrischt, es dämmerte bereits. Wenn sie sich nicht bald auf den Weg machte, wäre es dunkel, bevor sie nach Hause kam, und sie hatte Sloan versprochen, nach Sonnenuntergang nicht mehr unterwegs zu sein. Am liebsten hätte sie den Umschlag auf der Stelle aufgerissen, aber eine Bank vor dem Postamt war nicht der geeignete Ort dafür. Sie würde warten, bis sie wieder im Triple S wäre.

*

Im großen Raum waren nur die Pendelbewegungen der altehrwürdigen Großvateruhr zu hören. Samantha saß reglos auf ihrem Sessel vor dem Kamin, den Brief in der Hand. Mehrere Minuten vergingen, bis ihr klar wurde, was sie gelesen hatte: Millicent Holloway war ihre Mutter … Nathan Holloway ihr Bruder, ihr Zwillingsbruder … und Trevor Waverling somit ihr Vater …

Samantha stieß einen Schrei aus.

»Was ist, Señora?«, fragte Consuela, die alte Köchin der Singletons, als sie hereinkam und sah, dass Samantha die geballte Faust gegen den Mund presste. »Haben Sie ein Gespenst gesehen?«

Samantha wandte sich ihr zu. Erst jetzt wurde ihr bewusst, dass sie von dem Sessel aufgestanden und vom Kamin und der Lampe weg in einen dunklen Winkel des Raums gegangen war. »Was? Ja, das habe ich, Consuela.«

Die Frau bekreuzigte sich. »Gott schütze Sie«, sagte sie auf Spanisch. »Señora, Ihr Gesicht hat die Farbe von Milch.« Sie nahm Samanthas Hand. »Soll ich Ihnen etwas bringen? Einen kleinen Brandy vielleicht?«

»Ja, danke«, antwortete Samantha benommen und ließ sich von der Köchin zum Sessel zurückführen.

»Und eine Kleinigkeit zu essen auf einem Tablett?«

»Ja, auch«, meinte Samantha, damit sie Ruhe gab. Als Consuela sich entfernt hatte, las Samantha den Brief noch einmal. Sie musste die Sache wie ein wissenschaftliches Problem angehen. Samantha hatte keinerlei Veranlassung, an Bridget Mahoneys Aussagen zu zweifeln. Da war jene wunderbare Nachricht: Nathan Holloway, dieser angenehme junge Mann, war ihr Bruder … ihr Zwillingsbruder! Nathan hatte ihr nie einen Hinweis darauf gegeben, dass er etwas von ihrer verwandtschaftlichen Beziehung ahnte, weswegen Samantha glaubte, dass die Holloways es ihm vorenthalten hatten. Das fand sie verwunderlich und ziemlich grausam.

Wusste Trevor Waverling, dass Samantha Gordon Singleton seine Tochter war? Nathan hatte ihr erzählt, dass er bis vergangenen März nichts von der Existenz Trevor Waverlings geahnt habe, als sein Vater an seinem Geburtstag plötzlich bei den Holloways aufgetaucht sei und geschworen habe, er wisse erst wenige Jahre von seinem Sohn. Hätte es nicht Sinn ergeben, sich auch seiner Tochter zu offenbaren?

Aber …

Samantha nahm einen großen Schluck Brandy und dachte an ihre wenigen Begegnungen mit Trevor Waverling zurück. Ihr waren sein merkwürdiges Interesse an ihr bei dem Vortrag über Paläontologie im April und seine Bemerkung nicht aus dem Kopf gegangen, dass die Farbe ihrer Haare ihn sehr an jemanden erinnere, den er einmal gekannt habe. Vermutete er, dass Samantha Gordon Millicent Holloways Tochter war?

Danach hatte Samantha Trevor Waverling nur dreimal gesehen. Einmal an dem Nachmittag, an dem sie mit Nathan in Waverlings Büro auf Nachricht über ihre Kamera gewartet hatte. Nathan und sie hatten sich über ihren Geburtstag unterhalten, festgestellt, dass es derselbe Tag war, und Trevor hatte sie mit Fragen nach ihrer Adoption überrascht. Wieso interessierte ihn die? Das zweite Mal waren sie in Las Tres Lomas zusammengekommen, wo Samantha Trevor Waverlings diskrete, jedoch intensive Blicke wahrgenommen hatte. Auch ihr Vater hatte sie bemerkt und war wütend darüber gewesen.

Das letzte Mal hatten sie sich dann bei der Hochzeitsfeier von Billie June und Daniel getroffen, wo Daniel über die Anwesenheit seines Arbeitgebers ganz aus dem Häuschen gewesen war. Er hatte es kaum glauben können. *Ich hab ihn eingeladen, hätte aber nie gedacht, dass er tatsächlich kommt*, hatte er gesagt. *Man möchte meinen, dass jemand wie Trevor Waverling wichtigere Dinge zu tun hat, als zur Hochzeitsfeier eines Angestellten zu gehen, der noch gar nicht so lang für ihn arbeitet.*

Er ist da, weil er weiß, wie unentbehrlich du fürs Unternehmen bist, Daniel, das sage ich dir doch die ganze Zeit, hatte Billie June ihm erklärt.

War Trevor Waverlings Interesse an Samantha unschicklich, wie ihr Vater vermutete? Samantha hatte es nicht so interpretiert und Trevor Waverling stets nur charmant, freundlich und höflich erlebt. Doch da war Billie Junes Bemerkung während eines Gesprächs nach Samanthas und Sloans Hochzeit: *Ich glaube, ich hab Daniels Chef ganz hinten in der Kirche gesehen.* Und Nathan hatte erwähnt, dass sein Vater ihr Kondolenzschreiben wieder und wieder gelesen habe.

Konnte Trevor Waverling herausgefunden haben, wer sie war, und behielt er es für sich? Noch wichtiger fand sie die Frage, was sie nun fühlte, da sie um Trevor Waverlings Vaterschaft wusste.

Samantha erhob sich von ihrem Sessel, um die Hände am Kamin zu wärmen. Was spielte das langfristig schon für eine Rolle? Wenn ihr leiblicher Vater vermutete, dass sie seine Tochter war, und das für sich behielt, hatte er sicher seine Gründe dafür, und was hätte es für einen Sinn, ihm die Wahrheit zu enthüllen, wenn er ihre Identität *nicht* kannte? Ihre Neugierde war befriedigt, die Fragen über ihre Herkunft waren geklärt. Was würde es bringen, das, was sie aus Mrs Mahoneys Brief erfahren hatte, den Betroffenen mitzuteilen? Samantha stellte sich lieber nicht vor, wie die Reaktion ihrer Adoptiveltern ausfallen würde. Sie verspürte nicht das Bedürfnis, ihre leibliche Mutter oder ihre Stiefgeschwister kennenzulernen. Bridget Mahoneys Schreiben war eindeutig zu entnehmen, dass Millicent Holloway sie hätte verhungern lassen, wenn Mrs Mahoney nicht als Amme eingesprungen wäre.

Ihren Bruder Nathan würde Samantha aus der Distanz lieben und ihm eine treue Freundin sein. Er würde nicht erfahren müssen, warum sie am selben Tag geboren waren, und auch nicht, dass sie dieselben Eltern hatten.

Samantha steckte den Brief in ihre Rocktasche. Was darin stand, würde ihr Geheimnis bleiben. Nicht einmal Sloan würde davon erfahren, denn er würde ihr raten, sich innerlich von der Vergangenheit zu lösen. Sie waren glücklich, ihre Familie war komplett. Wenn man durch Neues Gleichwertiges verlor, gewann man nichts, würde Sloan sagen und damit seinen Vater zitieren.

Emotional ausgelaugt setzte Samantha sich wieder und lehnte den Kopf zurück. Als Consuela wenig später mit dem Tablett eintrat, fand sie sie mit tränenüberströmtem Gesicht vor.

SIEBENUNDSIEBZIG

In New York City lag knöcheltief Schnee, als Nathan seinen Halbbruder endlich, drei Tage nach seiner Ankunft, fand. Nach Abwägung der Informationen von Leon hatte er beschlossen, sein Glück zuerst bei Randolphs Freundin zu versuchen, die in einem Café gleich außerhalb des Campus der Columbia University kellnerte. »Leticia Draper arbeitet nicht mehr hier«, teilte ihr der Inhaber des Cafés mit, der sich gerade mit einem Studenten über eine unbezahlte Rechnung stritt. Als Nathan sich erkundigte, wo er sie finden könne, verzog der Inhaber des Cafés das Gesicht und fragte, ob er aussehe wie ein Telefonbuch. Nathan, der das als Nein interpretierte, verließ das Café. Eine Kellnerin ergriff hastig ihren Mantel, schlüpfte hinein und lief ihm nach.

»Was wollen Sie von Leticia?« Sie zog den Mantel enger um sich.

Nathan erzählte ihr von dem Brief, den sie an seine Eltern geschickt hatte.

»Dann sind Sie Randolphs Bruder?«

»Ja«, antwortete Nathan, ohne sie über die genauen Verwandtschaftsverhältnisse aufzuklären. »Kennen Sie Randolph?«

»Ja. Leticia hat wegen ihm den Job verloren.«

»Warum?«

»Der Chef ist ziemlich kleinlich. Er hat sie erwischt, wie sie Ihrem Bruder was zu essen zugesteckt hat, und sie gefeuert. Leticia ist heim zu ihren Eltern. Die leben auf 'ner Farm draußen in Albany, keine Ahnung, wo genau.« Die junge Frau trat von einem Fuß auf den anderen und schlang die Arme um den Leib.

Nathan streckte ihr seine behandschuhte Hand hin. »Vielen Dank, Miss. Ihnen ist kalt, gehen Sie rein. Am Ende feuert Ihr Chef Sie auch noch.«

Sie schüttelte seine Hand mit einem matten Lächeln. »Sie sind viel netter als Ihr Bruder. Bitte nehmen Sie mir das nicht übel, aber ich versteh nicht, was Leticia an ihm findet.«

»Ich frag sie«, sagte Nathan grinsend.

Inzwischen war es zu spät, um noch mit dem Zug nach Albany zu fahren, und vielleicht, dachte er, konnte er sich den Weg überhaupt sparen, wenn Randolphs Zimmergenosse ihm half. Also holperte Nathan, um nicht so viel Zeit zu vergeuden, mit einer Droschke die zehn Blocks nach Morningside Heights, in das Viertel im oberen Manhattan, in dem sich die Columbia University befand. Als er vor dem John-Jay-Wohnheim ausstieg, fühlte Nathan sich von der hehren Atmosphäre erdrückt. Er blickte sich auf dem imposanten, efeubewachsenen Campus um, auf dem Studenten mit Büchern und Professoren in wehenden schwarzen Roben durch Nebel und Schnee hasteten, und fragte sich, wie sein Bruder sich das hatte kaputt machen können. Hier hätte Randolph sich doch mit seiner Arroganz und Intelligenz in seinem Element fühlen müssen, auch wenn er keinen Stammbaum vorzuweisen hatte.

»Randolph? Den hab ich seit einer Woche nicht mehr gesehen«, teilte sein Zimmergenosse Nathan nicht sonderlich interessiert mit. Es war Freitag, und Nathan störte ihn beim Packen fürs Wochenende. Vermutlich wollte er mit einer der Kutschen, die draußen warteten, zum Zug.

»Er scheint sich in Opiumhöhlen rumzutreiben. Haben Sie eine Ahnung, wo die sind?«

Der Zimmergenosse, ein schlanker junger Mann mit überheblichem Gehabe – das Pendant zu Randolph, dachte Nathan –, musterte ihn mit einem ähnlichen Blick wie der Inhaber des Cafés. *Sehe ich, der Sohn von Soundso, aus, als würde ich etwas über Opiumhöhlen wissen?* Der Zimmergenosse nahm seinen Koffer in die Hand. »Tut mir leid, nein. Wenn Sie mich jetzt entschuldigen würden, ich muss den Zug nach Connecticut erreichen. Meine Eltern wohnen dort.«

Nathan trat beiseite. »Klar.«

Am folgenden Tag erreichte Nathan nach einer wegen des vielen Schnees, der von den Gleisen weggeschaufelt werden musste, ungewöhnlich langen Zugfahrt Albany, New York, und stapfte durch aufgeweichte Straßen, um sich in Geschäften nach der Draper-Farm zu erkundigen. Am Nachmittag hielt Nathans Droschke dann endlich vor einem heruntergekommenen Farmhaus mit durchhängendem Dach und schneebedeckter Veranda, auf der sich Holz und allerlei Müll aus dem Haus stapelten. Die träge herumliegenden Hunde bellten bei Nathans Erscheinen, machten sich aber in der Kälte nicht die Mühe, seinetwegen aufzustehen. Zu seiner Erleichterung öffnete Leticia selbst die Tür. Aufgrund des Hauses, in dem sie wohnte, und des fehlerhaften Briefs, den Leon ihm am Telefon vorgelesen hatte, überraschte Nathan ihr Aussehen nicht. Sie war spindeldürr, ungepflegt und hausbacken und anscheinend hingerissen von Randolph, der sie, das ahnte Nathan, an der Nase herumführte. Sie riet ihm, sich in der Mott und in der Pell Street in Chinatown umzusehen, und bat ihn, als er sich von ihr verabschiedete: »Bitte sagen Sie Randy, dass ich ihn liebe.«

Das versprach er ihr, auch wenn das seinen Bruder nicht die Bohne interessieren würde.

Spät am folgenden Tag spürte Nathan ihn in der dritten feucht-muffigen Opiumhöhle auf, die er betrat. Der Keller unter einer von Chinesen geführten Wäscherei war sorgfältig abgedichtet, damit keine verräterischen Dämpfe hinausgelangten. Nathan hatte erwartet, dass das Opium süßlich wie Weihrauch riechen würde, doch ihm schlug überall dichter brauner Rauch entgegen, der an brennenden Teer erinnerte. Er entdeckte Randolph, der seinen Opiumrausch inmitten anderer Raucher ausschlief, auf einer schmutzigen Pritsche an der Wand, die aussah wie eine Koje in einem Sklavenschiff. Daneben standen Tischchen mit Opiumpfeifen. Beim Klang von Nathans Stimme schlug Randolph benommen die blutunterlaufenen Augen auf.

»O Gott«, murmelte er.

»Nein, nur dein Bruder, der dich nach Hause bringt«, erwiderte Nathan.

»Millicent, ich setz ein Stellengesuch in die Zeitung wegen Farmarbeit. Was anderes kann ich nicht«, verkündete Leon.

»Ich versinke vor Scham im Boden, wenn du das tust«, entgegnete Millicent.

»Ist besser als Verhungern.«

Millicent rang die Hände. »Was sollen unsere Freunde denken?«

»Was sollen *deine* Freunde denken? Meine werden finden, dass ich endlich das einzig Sinnvolle tue. Sei doch vernünftig, Millicent. Schätze, du bist so gut wie pleite. Wenn wir unseren Lebensstil aufrechterhalten, Lilys Schule und Randolphs Behandlung zahlen wollen, muss ich arbeiten gehen.«

»Nathan hat gesagt, dass er die Kosten für Randolphs Behandlung übernimmt.«

Leon sah seine Frau mit offenem Mund an. Manchmal verstand er selbst nicht, warum er sie noch liebte und brauchte.

»Du sagst das, als wär's keinerlei Problem für Nathan, den Sohn, den du nie beachtet und weggeschoben hast, für deinen andern Sohn zu zahlen, von dem du dachtest, dass er uns mal unter die Arme greifen könnte. Nun sieh dir an, was aus ihm geworden ist!«

Millicent hielt sich die Ohren zu. »Sag das nicht. Er wird ein neuer Mensch sein, wenn er aus dem Sanatorium in Dallas wieder raus ist.«

»Meinst du?« Leon verzog spöttisch den Mund. »*Ich* erwarte mir gar nichts von Randolph. Ich setz die Anzeige in die Zeitung, und dann zahlen *wir* dafür, dass unser Sohn wieder in Ordnung kommt. Als Erstes verkaufen wir deine alberne Kutsche.«

Auf sein Stellengesuch erhielt er am fünften Tag des Jahres 1901 postalisch Antwort. Als Leon das Schreiben ungläubig auf seiner Parkbank las, kamen ihm die Tränen. Er hatte schon von den neuen landwirtschaftlichen Großunternehmen gehört, die im Osten entstanden, und war sich nicht sicher, ob er die gut finden sollte, aber immerhin boten sie einen Ausweg für viele glücklose Farmer, die ihren Besitz verkaufen wollten. Investorengruppen erwarben riesige Anbauflächen, um Preise, Lebensmittelverarbeitung und Saatproduktion kontrollieren zu können. Leons Angebot stammte von einem solchen Unternehmen, das eine ehemalige Weizenfarm etwa acht Kilometer außerhalb von Gainesville von der Standard Oil Company gekauft hatte. Das Unternehmen wollte auf dem Grund, auf dem erfolglos nach Öl gebohrt worden war, wieder Weizen produzieren. Ob Leon Interesse daran habe, die Regeneration des Bodens zu überwachen und als Verwalter zu arbeiten? Auf dem Grundstück befinde sich ein Haus, das er nutzen könne. In dem Brief seien die Kontaktdaten angegeben, über die er das Unternehmen per Telegramm erreichen könne.

Leon schob das Schreiben in die Tasche, damit der Wind es ihm nicht aus den kalten Fingern riss, bevor er das Büro der Western Union an der Main Street erreichen konnte. Anschließend genehmigte Leon sich zur Feier des Tages eine Limonade im Drugstore nebenan. Dann kehrte er durch dichtes Schneetreiben zu dem Haus zurück, in dem er mit seiner Frau wohnte. Manchmal, dachte er, konnte einem Mann gar nichts Besseres passieren, als wieder dort zu landen, wo er angefangen hatte.

Millicent schälte gerade an der Arbeitsfläche in der Küche Kartoffeln, als er zur hinteren Tür hereinstapfte. Die Köchin und das Dienstmädchen hatten sie schon vor Längerem entlassen müssen. »Du wirkst glücklich«, stellte sie ein wenig verärgert fest. »Warum grinst du?«

»Ich hab 'nen Job«, antwortete er.

Ihre Miene wurde hart. »Ach. Und was für einen?«

»Ich soll eine Weizenfarm führen.«

»Du würdest dich dazu herablassen, für jemand anders Weizen anzubauen?«

»Hab ich das nicht immer gemacht?«

Millicent verstummte und schälte die Kartoffeln mit heftigen Bewegungen. Nach einer Weile fragte sie: »Wo?«

»Auf unserer alten Farm. Standard Oil hat kein Öl gefunden. Ich geh zurück nach Hause.«

ACHTUNDSIEBZIG

Zu Beginn des neuen Jahres waren alle in Sorge um Samantha – Sloan, seine Schwestern und Daniel, Neal und Estelle, die Bediensteten und Mannschaften beider Ranches. Seit dem ersten November hatte sie sich sehr verändert. Sie wirkte geistesabwesend, nachdenklich und traurig. »Sam, Schatz, es wird alles gut. Die Ranch hat das Schlimmste überstanden«, sagte Sloan. »Wir können dankbar sein, dass wir keine Fälle von Rauschbrand hatten und es uns gelungen ist, die Tiere mit Lungenentzündung rechtzeitig von der Herde abzusondern.« Er zählte weitere Lichtblicke auf: Es sehe ganz so aus, als würden im Frühjahr mehr Kälber als erwartet geboren werden, und die Überschwemmung habe Teile des Anwesens nutzbar gemacht, die bis dahin für Weiden zu trocken gewesen waren. Außerdem verkaufe der Erbe einer Ranch im Bexar County – ein Anwalt, der kein Interesse an der Viehzucht hatte – den Besitz seines Vaters und habe sich bereit erklärt, dem Triple S seine Heuvorräte zu einem anständigen Preis zu überlassen. So würden sie ausreichend Futter für den Winter haben.

Samantha zwang sich zu lächeln und weiterzumachen wie immer, doch in ruhigen Momenten grübelte sie, und manchmal traten ihr sogar Tränen in die Augen. Sie hatte abgenommen und vergaß vieles. Sie verlegte Dinge und zeigte kaum noch Interesse am Lesen, Kartenspielen und Nähen und an anderen Beschäftigungen, die ihr früher am Ende eines Tages mit ihrem Mann Freude bereitet hatten. Wenn sie den Blick hob, ertappte sie Sloan bisweilen dabei, wie er sie über seine Zeitung hinweg voller Sorge musterte. Und wenn er nachts im Bett die Hand nach ihr ausstreckte, reagierte sie nicht. »Schatz, hab ich was falsch gemacht?«, fragte er dann. Nein, versicherte sie ihm. Es liege nicht an ihm, sondern an ihr selbst. Sie sei niedergeschlagen. Sie könne ihm nicht sagen, warum. Er müsse Geduld mit ihr haben. Sie liebe ihn sehr, er wisse gar nicht, wie sehr. Vielleicht solle sie zum Arzt gehen, schlug er vor. Sie werde noch ein bisschen warten, erwiderte Samantha. Wenn sich ihre Stimmung dann nicht verbessere, werde sie einen Termin bei Dr. Madigan vereinbaren.

Sloan war ihr Mann, sie waren ein Paar. Eigentlich sollte es keine verschlossenen Türen zwischen ihnen geben. Es gab Tage, an denen Samantha ihm fast ihre Gedanken verraten hätte, doch welchen Sinn hätte das gehabt? Sie wusste kein Mittel gegen ihren Kummer, der tagsüber in den Hintergrund trat, in den frühen Morgenstunden jedoch monströse Ausmaße annahm. Sie hatte gedacht, dass sie den Schock über Bridget Mahoneys Brief in der ersten Januarwoche endlich überwunden hätte. Obwohl die Frau, die sie zur Welt gebracht hatte und sie hätte verhungern lassen, sie nicht interessierte, fragte sie sich, was für eine Mutter sich weigerte, ihren Säugling zu stillen, was für eine Mutter ihr Kind bereitwillig weggab und warum. Wenn Leon Holloways Finger in eine andere Richtung gezeigt hätte, wäre Nathan von den Gordons aufgezogen worden. Wusste ihre Mutter, wo sie war, kannte sie den Namen der Menschen, die sie bei sich aufgenommen hatten? Beschäftigte sie das überhaupt? Und was für ein Verhältnis war das zwischen ihr und Trevor Waverling gewesen?

Samantha musste die ganze Zeit an ihn denken. Mittlerweile war sie überzeugt davon, dass er ahnte, wer sie war. Warum sonst wäre er zu ihrer Hochzeit gekommen? Samantha hatte von Gästen erfahren, dass ein attraktiver älterer Mann anwesend gewesen sei, ein Fremder mit blaugrünen Augen, in einer der hinteren Bänke der Kirche. Samantha war zu Tränen gerührt gewesen darüber, dass ihr leiblicher Vater sich wie ein Schatten am Rand ihres Lebens bewegte. Sie stellte sich vor, wie er, Nathan und seine Großmutter in ihrem Haus in Dallas um Rebecca trauerten und sie ähnlich wie er bei ihrer Hochzeit von außen durchs Fenster auf diese Familienszene blickte.

Trevor Waverling, dem nicht mitgeteilt worden war, dass es inzwischen in Las Tres Lomas ein Telefon gab, hatte im November im Triple S angerufen und die Nachricht für Neal Gordon hinterlassen, dass er das Windy Bluff am folgenden Tag anstelle seines *landman* aufsuchen werde. Samantha hatte das Gespräch entgegengenommen und einen kurzen Augenblick mit dem Gedanken gespielt, ihn auf einen Kaffee zu sich einzuladen, bevor er sich auf den Weg zur Bohrstelle machte, doch ihr Entschluss, die Sache auf sich beruhen zu lassen, hatte sie zurückgehalten. Wie sollte eine Tochter so tun, als wüsste sie nicht, dass der Mann, der mit ihr Kaffee trank, ihr Vater war? Und wie konnte er seine Gefühle verbergen, wenn *er* es wusste?

Sie hatte Nathan gebeten, ihr von seiner Großmutter zu erzählen, und er hatte ihr den Gefallen getan, ohne nach dem Grund ihres Interesses zu fragen. Anders als über seine Mutter sprach er gern von Mavis Waverling. Er liebte diese Frau, in deren Haus er mit seinem Vater, dem Hund und der Katze lebte. Als Samantha das hörte, kam sie sich wieder wie ein kleines Mädchen vor, das von außen durchs Fenster hineinschaut.

Eines Tages, als Nathan mit Sloan über Getreidesorten sprach, hatte sie noch etwas Schockierendes erfahren: Die Barrows-Farm gehörte den Holloways, Millicent Holloway war die Eigentümerin dieser Farm in der Nähe von Gainesville, auf deren Verkaufsanzeige Neal Gordon geantwortet hatte. Die hektische, von Kopf bis Fuß gegen die Sonne eingemummte Frau, die kurz in das Bahnhofscafé geschaut hatte, in dem Samantha und Mildred auf den Vertreter der Barrows-Farm warteten, war also ihre Mutter und die Frau des Mannes am Zaun, der sich selbst als Farmhelfer vorgestellt hatte – Leon Holloway. Samantha spürte, wie das Blut aus ihrem Kopf wich. Sie war ihrer leiblichen Mutter bis auf wenige Meter nahe gekommen, ohne es zu wissen.

Samanthas Bedürfnis, alles über ihre Geburt und Adoption zu erfahren, schwächte sich im Lauf der Zeit nicht ab. Warum hatte ihre Mutter sie nicht gewollt? Hatte diese Zurückweisung etwas mit Trevor Waverling zu tun? War es moralisch falsch von Samantha, ihre Identität dem Bruder, dem Vater und der Großmutter zu verheimlichen, die nicht weit von ihr weg lebten?

Am Ende gelangte sie zu dem Schluss, dass sie Antworten brauchte, um endlich Frieden zu finden.

Am Abend des sechsten Januar sagte Samantha: »Sloan, was hältst du davon, wenn ich morgen allein nach Gainesville fahre?«

Sloan blickte sie über den Rand seiner *Fort Worth Gazette* hinweg an. »Wie bitte?«

»Du hast mich gehört. Ich muss dort jemanden treffen.«

Sloan senkte die Zeitung. »Wen?«

»Meine Mutter.«

»Wo ist Sam hingefahren?«, erkundigte sich Neal. »Einer von den Ölmännern hat gesehen, wie sie in einen Zug gestiegen ist, als er am Bahnhof Geräte von Waverling Tools abgeholt hat.«

Sloan löste die Gurte des Sattels und hob ihn über den Kopf seines Pferdes, sodass sein Schwiegervater sein Gesicht nicht sah. Ausweichende Antworten waren nicht seine Art, und wenn er dazu gezwungen war, merkte man ihm das an. »Sie macht einen Ausflug«, sagte er und legte den Sattel auf den dafür vorgesehenen Balken in der Scheune.

»Ihrer Mutter oder mir gegenüber hat sie nichts von einem Ausflug erwähnt. Will sie nach Dallas oder Houston, eins der Mädels besuchen?«

»Nein«, antwortete Sloan, nahm ein Tuch aus einem Fach und fing an, den schweißnassen Rücken des Pferdes zu trocknen und zu säubern. Er gehörte nicht zu den Ranchern, die ihr Pferd nach einem harten Arbeitstag von einem Stallburschen striegeln und füttern ließen.

»Verdammt, Sloan, muss ich wirklich betteln? Wo ist sie?«

Sloan hielt in der Bewegung inne. »Neal, ich möchte ja nicht unhöflich sein, aber das geht dich nichts an.«

»Will sie zum Arzt?«, erkundigte sich Neal besorgt.

»Nein, da kann ich dich beruhigen. Sie wollte nur eine Weile weg. Mehr kann ich dir nicht sagen.« Sloan ließ das Tuch über Kopf und Hals des Tieres gleiten.

»Weißt du nicht mehr oder willst du mir nicht mehr verraten?«, bohrte Neal weiter.

»Lass mir meine Ruhe, Neal. Ich hab dir alles gesagt.«

»Samantha wollte eine Weile weg?«, fragte Neal ungläubig. »Das sieht ihr überhaupt nicht ähnlich. Habt ihr … Probleme? Ich mische mich nur ein, weil ihre Mutter und ich uns Sorgen machen, Sloan. Sie ist in letzter Zeit nicht sie selbst, das weißt du auch. Wir haben Angst, dass sie krank ist …« Er zuckte mit den Achseln und schob die Hände in die Taschen. »Alle Ehepaare streiten sich mal.«

Sloan warf das Tuch in eine Tonne und machte sich daran,

die Flanke des Pferds mit einer Bürste zu striegeln. »Ich kann dir versichern, dass das auch nicht der Fall ist, Neal. Sam und ich verstehen uns besser denn je.«

Wütend nahm Neal Sloan die Bürste aus der Hand. »Herrgott, Junge, ich bin ihr Vater. Sag mir sofort, was mit ihr los ist, wo sie steckt und wie lange sie wegbleiben will – *bitte*!«

»Neal, gib mir die Bürste zurück. Ich sage es dir nicht, weil ich es deiner Tochter versprochen habe.«

Neal reichte ihm verlegen die Bürste. »Sorry, Junge. Ich hab mich vergessen. Aber du kannst doch verstehen, wie ich mich fühle, oder?«

»Ja, Neal, das kann ich. Geh jetzt nach Hause und hab Geduld. Sie kommt bald zurück. Alles wird gut, da bin ich mir sicher.«

Neal nickte skeptisch und trottete mit den Händen in den Taschen hinaus. Sloan blickte ihm nach. Ob ihn seine Worte getröstet hatten? Bestimmt war Neal aufgefallen, dass Sloan ihn nicht auf eine Mahlzeit und einen Bourbon zu sich eingeladen hatte. Er hätte Neals Gegenwart an diesem Abend einfach nicht ertragen. Sein Puls hatte sich beschleunigt, als sein Schwiegervater mit fragendem Blick in die Scheune gekommen war. Sloan hatte den Schock über Bridget Mahoneys Brief selbst noch nicht überwunden. Er hatte seine zitternde Frau mit Hass auf ihre leibliche Mutter in den Armen gehalten und konnte nicht verstehen, warum Samantha sie aufsuchen wollte. Sollte die Hexe doch in der Hölle schmoren, ohne jemals zu erfahren, was für einer wunderbaren Tochter sie das Leben geschenkt hatte! Doch als Samantha ihm erklärte, dass die Ablehnung ihrer Mutter gegen sie und Nathan ihrer Ansicht nach auf Trevor Waverling zurückzuführen sei, hatte er Verständnis gehabt.

»Ich muss es wissen, Sloan. Trevor ist Teil unseres Lebens.

Er weiß von mir und macht sich etwas aus mir. Was hat er getan, wie hat er meine Mutter dazu gebracht, mich wegzugeben und Nathan wie ein Stiefkind zu behandeln?«

»Und davon wird abhängen, ob du ihn innerlich als deinen Vater akzeptierst? Was ist mit Neal? Du kennst seine Angst davor, dich an deine leiblichen Eltern zu verlieren, besonders an Trevor. Er kann den Mann nicht leiden.«

»Er wird mich nicht verlieren. Das muss ich ihm begreiflich machen. Neal und Estelle Gordon sind meine Eltern. Sie liebe ich, und sie werde ich den Rest meines Lebens Mutter und Daddy nennen. Aber damit beschäftige ich mich, wenn es so weit ist. Zuerst muss ich alles über meine Geburt erfahren.«

Sloan hatte sie angefleht, sie begleiten zu dürfen, doch sie hatte es ihm nicht gestattet. Und gegen Samanthas Dickkopf kam man nicht an. Sie müsse das allein machen, hatte sie gesagt, sie schaffe das schon. Außerdem könne er nicht einfach die Ranch verlassen. Vergiss die Ranch, hatte er erwidert. Nur Samantha sei wichtig, sie sei sein Leben. Sie hatte seine Wange gestreichelt. »Ich weiß. Deswegen komme ich gesund und heil zu dir zurück.« Sie war am Morgen des siebten Januar aufgebrochen und würde mit dem letzten Zug zurückkommen. Sloan hatte noch zwölf harte Stunden vor sich, bevor er sie wieder in die Arme schließen konnte.

NEUNUNDSIEBZIG

Neal ritt nicht nach Las Tres Lomas zu seinem Kamin, seinem allabendlichen Bourbon und seinem Essen zurück, sondern zum Bahnhof in Fort Worth. Die T & P führte Buch über die verkauften Fahrkarten und die Zielorte der Reisenden am jeweiligen Tag. Er würde die Nacht bei Estelle verbringen und sie morgen zur Ranch mitnehmen. Er wollte sie bei sich haben, wenn er auf die Rückkehr seiner Tochter von dem wartete, wovor er sich so lange gefürchtet hatte. Neal hatte den Blick in Sloans Augen gesehen, als er brüllte: *Herrgott, Junge, ich bin ihr Vater!* Die Auskunft am Bahnhof würde seine Ängste bestätigen oder zerstreuen.

»Ja, Mr Gordon, sieht ganz so aus, als hätten wir heute drei Tickets nach Gainesville verkauft.«

»Sind Sie schon den ganzen Tag am Schalter?«

»Ich hab gerade erst angefangen, zuvor war Marvin hier. Wollen Sie mit ihm reden? Er ist noch da.«

Neal seufzte erleichtert. »Ja, bitte.«

Marvin bestätigte: »Ja, Mr Gordon, Ihre Tochter hat heute Morgen den ersten Zug nach Gainesville genommen. Will Sie Verwandte besuchen?«

Neal bekam weiche Knie. »Ja, so könnte man es ausdrücken.«

Millicent reichte Leon das Telegramm mit aschfahlem Gesicht und sank in einen Sessel. »Ist das zu fassen? Wie konnte sie uns das antun?«

Leon las den Text des Telegramms: MUTTER / DADDY. STOPP. FRISCH VERHEIRATET. STOPP. BIN JETZT MRS JOSEPH HAYMAKER. STOPP. KOMME BALD NACH HAUSE. STOPP. ALLES LIEBE, LILY.

»Wer ist Joseph Haymaker?«, fragte Millicent Leon fassungslos.

»Ihr Geschichtslehrer«, antwortete Leon, der sich nur mit Mühe ein Lachen verkneifen konnte. »Wir haben ihn bei der Einschreibung von Lily kennengelernt. Scheint ein ganz netter Kerl zu sein.«

»Ein Geschichtslehrer. O Leon …« Sie sprang auf und presste das Telegramm an ihre Brust. »Meine Tochter hat einen *Geschichtslehrer* geheiratet?«

»Bitte nicht schreien, Millicent«, bat Leon sie. »Das ist nicht gut für deine Stimmbänder.«

Millicent zerknüllte das Telegramm. »Wie kann sie es wagen, sich unseren Hoffnungen und Träumen für ihr Glück zu widersetzen? Wir haben so viel geopfert für ihre Zukunft.«

»Offensichtlich hat Lily ihre eigenen Vorstellungen von ihrem Glück und ihrer Zukunft«, entgegnete Leon, ohne das »wir« und »uns« zu korrigieren. »Freuen wir uns lieber für sie, Millicent.«

Zornesröte stieg ihr ins Gesicht, was sie merkwürdigerweise noch attraktiver machte. »Niemals!«, kreischte sie. »Wie könnte ich mich für sie freuen? Das Mädchen hat mich enttäuscht – uns! Beide Kinder haben uns enttäuscht!« Sie sank zurück in den Sessel und fing zu weinen an. Kurz darauf zog sie ein spitzenbesetztes Tuch aus der Tasche ihres Kleids und tupfte damit ihre Augen ab. »Denk nur an all die Mühe, die wir in sie investiert haben, damit sie mal bekommen, was wir nie hatten. Du hast so hart gearbeitet, damit die Farm Gewinn abwirft, und …« Millicents Stimme wurde leiser, »... dann heiratet unsere Tochter einfach einen mittellosen Geschichtslehrer.« Sie presste das Tuch gegen ihr Gesicht.

Leon betrachtete traurig seine hemmungslos schluchzende Frau. Arme Millicent. Sie hatte auf die falschen Pferde gesetzt, und jetzt war das Rennen vorbei; sie hielt nur noch die Abrisse ihrer Wettscheine in der Hand. Nun war nicht der richtige Zeitpunkt, sie daran zu erinnern, dass es noch andere Rennen geben würde, die ihr Sohn und ihre Tochter gewinnen konnten.

Er zog sie in seine Arme. »Millie, altes Mädchen. Verkaufst du endlich dieses Haus und kommst mit mir auf die Farm?«

»Was bleibt mir anderes übrig?«, schniefte sie an seiner Schulter. »Was soll ich noch mit dem Haus?«

Samantha traf mittags in Gainesville ein und ging zu dem Harvey-House-Hotel, in dem sie im April des vergangenen Jahres, vor einer Ewigkeit, abgestiegen war. Der Mann an der Rezeption erkannte sie wieder. »Miss Gordon, nicht wahr?«, fragte er.

Samantha lächelte überrascht. »Sie erinnern sich an mich?«

»Den Namen einer hübschen Frau vergesse ich nie.«

»Ich bin jetzt Mrs Singleton«, teilte sie ihm mit.

»Mr Singleton ist zu beneiden. Willkommen im Harvey House, Mrs Singleton. Benötigen Sie ein Zimmer?«

»Nur einige Informationen und eine Tasse Kaffee in Ihrem Restaurant – ich muss mir Mut antrinken. Wissen Sie die Adresse der Holloways?«

Durch den Kaffee gestärkt und ausgestattet mit der Information des Mannes an der Rezeption, machte Samantha sich auf den Weg zum Haus der Holloways. Es war ein kalter, sonniger, fast windstiller Morgen. Samantha hatte sich warm angezogen für den Fußmarsch, bei dem sie Gelegenheit hätte zu überlegen, was sie sagen würde, wenn sie Millicent Holloway gegenüberstünde. *Mrs Holloway? Ich bin Samantha Singleton, frühere Samantha Gordon. Unsere Wege haben sich einmal gekreuzt, allerdings ohne dass wir einander erkannten. Ich bin Ihre Tochter. Sie sind meine Mutter.*

Samantha hatte keinerlei Vorstellung, wie das Gespräch weitergehen würde. Sie war nur gekommen, um alles über ihre Geburt und ihre Verstoßung zu erfahren, und verspürte kein Bedürfnis, Teil des Lebens dieser Frau zu werden, die ihrem kleinen Mädchen die Brust verweigert hatte, das würde Samantha ihr klarmachen. Sie hatte eine Mutter, von der sie stets gut versorgt worden war. *Mrs Holloway, wenn Sie mir nur einfach meine Fragen beantworten würden.*

Der Spaziergang zum Park war angenehm, es fiel Samantha nicht schwer, den Pfützen vom geschmolzenen Schnee auszuweichen. Die Sonne schien, und die Vögel, die nicht in den Süden geflogen waren, zwitscherten auf den Ästen der kahlen Bäume. Sie fand das Haus auf Anhieb und entdeckte gegenüber einen kleinen Park mit einer Bank, auf der sie Platz nahm, um sich innerlich vorzubereiten. Sie würde das Gebäude eine Weile beobachten, vielleicht einen Blick auf eine Frau mit rotgoldenen Haaren erhaschen.

Da trat ein Mann mit einer Zeitung unter dem Arm heraus. Er blieb kurz stehen, blinzelte in den Himmel, um zu sehen, wie sich das Wetter entwickeln würde, nahm seine Lesebrille aus der Tasche und setzte sie auf. Samantha beobachtete, wie er sich dem Park näherte. Er trug eine Stoffkappe, eine Baumwolljacke und einen Arbeitsanzug und war so in die Schlagzeilen vertieft, dass er die Bank schon fast erreicht hatte, als er Samantha bemerkte. Er blieb verblüfft stehen.

»Hallo, Mr Holloway«, begrüßte Samantha ihn.

Seine Augen weiteten sich, und er nahm seine Kappe ab. »Miss Gordon! Was machen Sie denn hier?«

»Ich bin gekommen, um meine Mutter zu treffen – noch einmal«, antwortete sie.

ACHTZIG

Leon blinzelte kurz, bevor er neben Samantha Platz nahm. Dann setzte er seine Kappe wieder auf und legte die Zeitung neben sich. »Ach«, sagte er. »Und wie haben Sie sie gefunden?«

Er war Samantha schon bei ihrer ersten Begegnung sympathisch gewesen, und Nathan liebte und vertraute ihm. Das sollte ihr genügen. Samantha öffnete ihre Handtasche und nahm den Brief von Bridget Mahoney heraus. »So.«

Leon las das Schreiben und gab es ihr zurück. »So ist es leider gewesen, muss ich zu meiner Schande gestehen.«

»Erzählen Sie mir noch den Rest«, forderte Samantha ihn auf. »Warum wollte meine Mutter meinen Zwillingsbruder und mich nicht?«

Leon massierte sein Knie. »Das hatte mit dem Mann zu tun, der sie geschwängert hat. Ich bin nicht Ihr Vater, Samantha.«

»Das ist mir klar. Trevor Waverling ist mein Vater und Nathan Holloway mein Zwillingsbruder. Keiner von beiden ahnt, dass ich das weiß. Woher, muss Sie nicht interessieren.«

Leon hob die Augenbrauen. »Dann kennen Sie ja den größten Teil der Wahrheit schon.«

»Nicht den Teil, der mich interessiert.«

»Gut, ich erklär's Ihnen. Millicent verachtet Ihren Vater – Ihren leiblichen Vater. Sie behauptet, er hätte sie vergewaltigt. Ich glaube das nicht. Meiner Ansicht nach hat er sie *zurück-*

gewiesen. Er war ihre erste Liebe, sie hat ihm alles gegeben – ihr Herz, ihren Körper und ihre Seele –, und er hat sie einfach sitzen gelassen.«

»Ahnte mein Vater, als er sie … zurückgewiesen hat, dass sie schwanger war?«

»Das glaub ich nicht. Er hat angeblich schon von Nathan gewusst, bevor er bei uns aufgetaucht ist, um Anspruch auf ihn zu erheben, aber da war Nathan kein kleines Kind mehr. Ich würde meinen letzten Arbeitsanzug drauf verwetten, dass er nichts von Ihnen geahnt hat. Bis jetzt.«

Samanthas Herz setzte einen Schlag aus. »Wie meinen Sie das?«

»Er hat sich ohne Millicents Wissen mit mir verabredet und ist eines Sonntags letzten Juli hergekommen. Bei dem Gespräch hat er mir seine Theorien über Sie und Ihre Geburt erklärt, und ich sollte sie bestätigen. Aber das hab ich nicht getan. Ich habe meiner Frau versprochen, niemals jemandem zu sagen, dass Nathan einen Zwilling hat …«

»Einen von uns musste sie behalten, weil ihre Schwangerschaft im Ort bekannt war«, fiel Samantha ihm ins Wort, deren Wangen vor Zorn rot wurden. »Sonst hätte sie Nathan auch noch weggegeben.«

»Ja, das hat Trevor Waverling sich anhand von Fakten und Beobachtungen über Sie zusammengereimt.«

»Was für Fakten und Beobachtungen?«

Leon beantwortete ihre Frage, so gut er konnte. Da waren die ungewöhnliche Haarfarbe Samanthas, der Zufall, dass Nathan und sie am selben Tag Geburtstag hatten, die Ähnlichkeit von Samanthas Gesten und manchen Gesichtszügen mit denen von Trevors Mutter. Irgendwie war er auf den Namen des Arztes gestoßen, der sie entbunden hatte. Eigentlich war das, wie Samantha nun wusste, Bridget

Mahoney gewesen, doch Dr. Tolman hatte die Adoption arrangiert. Trevor Waverling sei mit der Fähre über den Red River nach Marietta im Oklahoma-Territorium gefahren und habe in Dr. Tolmans Praxis vorbeigeschaut. Dort habe er mit einer Hebamme gesprochen, die ihm mitteilte, eine junge Frau sei da gewesen, um sich nach ihren leiblichen Eltern zu erkundigen. Trevor habe der Hebamme gesagt, er sei möglicherweise der Vater dieser jungen Frau. Sie habe ihm die Adresse nicht nennen können, sich jedoch daran erinnert, dass die junge Dame in Fort Worth lebe. Die Hebamme sei sehr stolz darauf gewesen, dass sie möglicherweise dazu beigetragen hatte, den attraktiven Herrn aus Dallas, Texas, mit dem hübschen Mädchen aus Fort Worth zusammenzubringen.

»Das weiß ich alles vom Mann der Hebamme«, erklärte Leon. »Der kommt jeden Mittwoch mit der Fähre zum Damespielen rüber.« Er sah Samantha über den Rand seiner Lesebrille hinweg an. »Natürlich habe ich meiner Frau das nicht erzählt.« Leon schlug die Beine übereinander und löste sie wieder. »Leider schaffe ich es einfach nicht, Trevor Waverling zu mögen; wahrscheinlich bin ich neidisch. Ihm wird immer ein Teil von meiner Frau gehören, der nie der meine sein wird, und jetzt hat er auch noch den Jungen, den ich aufgezogen habe, aber ich kann ihn verstehen. Es gibt nichts Schlimmeres, als ein Kind aus der Ferne zu lieben, das man nicht als das seine beanspruchen darf.«

Samantha holte tief Luft. »Also ist mein Vater lediglich Opfer eines fragwürdigen Vorwurfs?«, fragte sie.

»So sehe ich das jedenfalls. Er hat versucht, seinen Fehler bei Nathan auszubügeln.«

»Nathan liegt ihm am Herzen«, sagte Samantha, der fast die Tränen kamen. »Und umgekehrt ist es genauso.«

»So, wie es sich gehört.« Leon setzte die Brille ab und nahm ein großes gefaltetes Taschentuch aus der Gesäßtasche seines Arbeitsanzugs. Es war frisch gebügelt, fiel Samantha auf. *Von seiner Frau?* Das hoffte sie. Wenigstens diesen kleinen Akt der Fürsorge hatte der Mann, der Millicent Holloway schon so viele Jahre ertrug und liebte, verdient, dachte Samantha. Leon putzte seine Brille mit dem Tuch. »Ihr Vater war auch bei mir.«

Vor Schreck verschluckte sich Samantha. »Mein Adoptivvater Neal Gordon? Wann?«

»Im Juni, in der Erntezeit. Er ist eines Tages am Zaun aufgetaucht, fast genau an der Stelle, wo Sie damals auch stehen geblieben sind, dieser harte texanische Rancher auf seinem Pferd. Ich hab sofort geahnt, wer er ist und was er will, noch bevor er mir seinen Namen gesagt hat. Den hab ich von damals gewusst, als Sie wegen der Anzeige hier waren, genau wie mir klar war, dass Sie Millicents Tochter sind.«

Samantha bekam eine Gänsehaut. »Tatsächlich?«

»Ja. Doch zurück zu Ihrem Pa. Er hat sich erkundigt, ob die Farm noch zum Verkauf steht, aber ich wusste, dass er aus einem andern Grund da war. Er wollte sehen, was für Leute die Holloways sind, die ihre kleine Tochter weggegeben haben.« Als Leon seine Brille fertig geputzt hatte, setzte er sie wieder auf. »Vermutlich hatte er einen Grund, uns unter die Lupe zu nehmen, oder?«

»Ja …«, musste Samantha zugeben, der es die Kehle zuschnürte. »Er hatte sogar ziemlich viele Gründe. Ich bin die junge Frau aus Fort Worth, die der Hebamme Fragen über ihre leiblichen Eltern gestellt hat. Ich war an einem Punkt angelangt, an dem ich wissen wollte, woher ich stamme, wer meine leibliche Familie ist. Deshalb habe ich insgeheim Nachforschungen angestellt, und das hat mein Vater gemerkt.

Es hat ihn zutiefst verletzt. Und sein Ausflug zu Ihnen … Ich denke, er hatte beschlossen, mich ziehen zu lassen, wenn Sie seine Billigung fänden, egal, was das für ihn und meine Mutter bedeutet hätte.«

Leon nickte und steckte die Pfeife, die er aus seiner Jackentasche genommen hatte, wieder zurück. »Das Gefühl hatte ich auch. Wenn ihm Ihre leiblichen Eltern gut genug für Sie erschienen wären, hätte er auf Sie verzichtet. Aber den Zahn hab ich ihm ziemlich schnell gezogen. Sie waren bei den Menschen, die Sie verdienten und Sie liebten. So viel hätten wir Ihnen auf der Holloway-Farm nicht bieten können.« Leon grinste. »Wie Ihr Vater gegangen ist, war klar, dass er es eher mit einer ganzen Komantschenbande aufnehmen würde, als Sie uns zu überlassen. Natürlich hat er mich für Ihren Vater gehalten.«

Samantha kämpfte gegen die Tränen an. Nein, sie durfte nicht weinen, ihre Gedanken durften nicht durch Tränen verwässert werden. Sie konzentrierte sich darauf, die Ereignisse zu sortieren. Dr. Tolman, der krank war und ahnte, dass er bald sterben würde, hatte Neal Gordon einen Brief mit Informationen über Samanthas Herkunft geschickt. Daher wusste ihr Vater, dass sie als der eine Teil eines Zwillingspärchens zur Welt gekommen war, außerdem den Namen und Wohnort des Paares, das sie weggegeben hatte. Weil seine Tochter das nicht erfahren sollte, hatte er den Brief vernichtet, bevor sie ihn lesen konnte. Und er hatte sie wegen der Anzeige zur Barrows-Farm geschickt, ohne zu ahnen, dass Millicent Holloway die Eigentümerin war.

Doch dann hatte Neal Gordon Eleanor Brewsters Brief in dem Korb mit Feigen entdeckt, der ihm bewies, dass seine Tochter Nachforschungen über ihre Herkunft anstellte. Diese Entdeckung erklärte die schlimmen Monate danach sowie

Neals Ritt nach La Paloma, der ihn in Wahrheit zu den Holloways geführt hatte. Samantha erinnerte sich voller Schmerz an den Tag, als er sich am Trail Head von ihr verabschiedete. Er hatte ihr mit dem Blick eines Kriegers, der fürchtet, nicht mehr heimzukehren, gesagt, dass er sie liebe. Dann war da noch das Picknick am Windy Bluff gewesen, als Neal erfahren hatte, dass Nathans Familienname »Holloway« lautete. Das bedeutete, dass der *landman* der Zwillingsbruder seiner Tochter und Trevor Waverling ihr Vater war.

Somit war nun fast alles klar. Samantha hatte die Antworten, derentwegen sie gekommen war, und die Erklärung für die rätselhafte Feindseligkeit ihres Vaters Trevor Waverling gegenüber sowie für seine ungeschickten Versuche, sie und Nathan getrennt zu halten. In was für ein Netz aus Schuldgefühlen und Angst er sich da versponnen hatte! Samantha wusste, dass sie ihn hätte hassen sollen, doch das tat sie nicht. Er hatte genug gelitten. Sie konnte seine Motive verstehen und verzieh ihm. *Der Mensch wird durch seine Motive definiert* – das war das Mantra, nach dem Seth Singleton gelebt hatte und an dem sich auch Sloan orientierte. Neal Gordons Motive waren seine Vaterliebe und seine Verlustängste gewesen. Samantha bedauerte nur, dass er der Liebe seiner Tochter nicht vertraut hatte.

Nun traten ihr tatsächlich Tränen in die Augen, und Leon legte seine raue Hand auf die ihre. »Wenn ich uns Holloways nicht in ein so schlechtes Licht gerückt hätte, wären Sie wieder mit Ihrem Zwillingsbruder zusammengekommen, und das wäre gut gewesen, aber ich musste tun, was ich für das Beste hielt.«

»Zerbrechen Sie sich deswegen nicht den Kopf, Mr Holloway«, sagte Samantha. »Nathan und mir bleiben noch viele Jahre, um verlorene Zeit nachzuholen.«

»Dann haben Sie also vor, sich ihm zu erkennen zu geben?«, fragte Leon nicht sonderlich überrascht.

»Ja.«

»Und Trevor Waverling?«

»Ihm auch.« Ein Eichhörnchen huschte einen Baumstamm hinauf und beäugte sie von einem Ast aus. »Aber meiner Mutter … nein. Ich bin hergekommen, um sie kennenzulernen, doch das ist jetzt nicht mehr nötig. Kann dieses Gespräch unter uns bleiben? Mir wäre es lieb, wenn sie nie erfährt, dass ich hier gewesen bin.«

»Ich werde kein Wort darüber verlieren. Ich finde es klug, dass Sie sie nicht treffen möchten. Das ist das Beste für Sie beide. Wie Millicent sagen würde: ›Was hätte das für einen Sinn?‹ Gehen Sie nach Hause zu den Menschen, die Sie lieben und für sich behalten wollen, Samantha, und vergessen Sie die Mutter, die Sie nicht wollte.«

»Und meine Großeltern mütterlicherseits? Wo sind die?«

»Tot. Beide verachtenswerte Menschen. Nathan erinnert sich an sie. Sie können froh sein, sie nie kennengelernt zu haben.«

Samantha nickte und erhob sich. Leon löste die Beine voneinander und stand ebenfalls auf. »Mr Holloway, ich nehme Ihren Rat an und fahre nach Hause.« Sie streckte ihm die Hand hin.

Leon nahm sie zwischen die seinen. »Und was wollen Sie daheim mit all den Katzen machen, die Sie aus dem Sack gelassen haben?«

»Die lasse ich frei herumlaufen«, antwortete Samantha. »Ich will keine Geheimnisse mehr und nichts mehr unter den Teppich kehren. Wir sind Teil einer Familie und haben abgesehen von unseren Fehlentscheidungen samt und sonders das

Herz am rechten Fleck. Und darin ist Platz für alle. Außerdem …«, sie löste ihre Hand aus den seinen, um sie auf ihren Bauch zu legen, »… möchte ich, dass wirklich alle Katzen aus dem Sack sind, wenn mein Kind zur Welt kommt.«

EINUNDACHTZIG

Sloan drückte Samantha am Bahnhof lange und fest an sich. »Deine Mutter ist mit Neal im Triple S«, sagte er. »Er kann's kaum erwarten, dass du zurückkommst.«

»Du hast ihm nichts verraten?«

»Nein, aber sie wissen Bescheid. Dein Vater hat rausgekriegt, wo du hingefahren bist und warum. Und so, wie deine Mutter ausschaut, hat er ihr alles erklärt. Ihre Augen sind ganz rot vom Weinen, und dein Daddy macht dieses versteinerte Gesicht wie beim Poker, wenn er ein schlechtes Blatt hat.«

»Schätze, er wird seine Karten erst auf den Tisch legen, wenn er meine gesehen hat.«

Die Gordons empfingen Samantha im großen Raum, ihr Vater stocksteif, ihre Mutter schlaff wie ein Kopfkissen ohne Füllung. Estelles Augen schimmerten in der Tat rot. Neals Gedanken, die sich hinter seinem harten Blick verbargen, waren so leicht zu erraten wie damals, als er die weiten braunen Flächen seines Grunds in der Angst begutachtet hatte, dass sein Besitz verloren gehen würde.

Sie streckte ihnen die Hände entgegen. »Mutter, Daddy, setzen wir uns. Wir müssen über etwas reden.«

Samantha begann ganz am Anfang.

Als die Wahrheit heraus war, als sie ihre Gefühle erklärt, die falschen Eindrücke korrigiert, die Verletzungen verziehen und die Tränen getrocknet hatten, verließ Samantha das Zimmer und trat auf die vordere Veranda, um Luft zu schnappen. Neal und Estelle blieben im großen Raum zurück, ihre Mutter wegen der Aussicht auf ein Enkelkind deutlich munterer als zuvor, ihr Vater erschöpft, jedoch bereit zu neuen Taten. Er würde Trevor Waverling nie völlig trauen, das wusste Samantha. Neal Gordon würde aufpassen wie ein Luchs, dass Trevor sich nicht zu weit in sein Revier vorwagte, genauso wie er seinen Grund und Boden noch Jahre nach dem Friedensschluss wachsam vor mexikanischen Marodeuren und Komantschen geschützt hatte. Er konnte einfach nicht anders.

»Wie wirst du zu ihm ... Trevor Waverling ... sagen?«, hatte er Samantha gefragt.

Samantha hatte kurz überlegt. »So, wie mein Kind ihn nennen wird.«

Es war eine dunkle, kühle Nacht, und Samantha fror. Plötzlich spürte sie, wie jemand ihr ein Wolltuch um die Schultern legte. Dann schloss Sloan von hinten die Arme um sie, zog sie zu sich heran und stützte sein Kinn auf ihren Kopf. »Magst du dir, da es die Nacht der Geständnisse zu sein scheint, auch noch das meine anhören?«

Endlich, dachte sie. Im Oktober war in der Monatszeitschrift *The Archeologist* ein Artikel mit dem Titel »Dinosaurierknochen in Bohnenkarton gefunden« erschienen. Das mysteriöse und amüsante Auftauchen des Fundstücks hatte bei den Wissenschaftlern des Landes hohe Wellen geschlagen. Beim Anblick des Fotos war es Samantha kalt den Rücken hinuntergelaufen. Ohne die Beschreibung des Kartons und der Geschirrtücher hätte sie Todd hinter dem Diebstahl und dem Päckchen an das American Museum of Natural History in New York vermutet, doch der Übeltäter war Sloan. Paläontologen hatten das Schädelfragment als das eines Sauropoden identifiziert.

Mit wild pochendem Herzen hatte Samantha sich in der Hoffnung, klarer denken zu können, in ihre Werkstatt zurückgezogen und den Tag, an dem der Schädel verschwunden war, noch einmal Revue passieren lassen. Sie und Sloan hatten sich nach seinem Heiratsantrag am Sonntagmorgen an der Weggabelung zwischen ihren Ranches voneinander verabschiedet. Zu ihrer Enttäuschung hatte er sich geweigert, mit ihr zu der Fundstätte zu reiten, und ihr eine merkwürdige Frage gestellt: *Sam, du weißt, dass ich niemals eine Entscheidung treffen oder etwas tun würde, das nicht in deinem Interesse ist, oder?*

Als sie sich nach dem Grund für seine Frage erkundigt hatte, war seine Antwort gewesen: *Nur damit dir das wirklich klar ist.*

Das ist es.

Ich liebe dich, Samantha Gordon.

Auch das weiß ich.

Und das wusste sie tatsächlich, nun und den Rest ihrer Tage. Zu dem Zeitpunkt hatte Sloan den Schädel bereits an sich genommen, von Todd, an dem Nachmittag, als dieser heimlich zum Windy Bluff zurückgekehrt war. Von jenem Punkt ihrer Überlegungen aus konnte Samantha nur noch Hypothesen aufstellen, aber sie glaubte, dass Sloan Todd beim Diebstahl des Schädels erwischt und ihn ihm abgenommen hatte, um den Verräter daran zu hindern, dass er ihn wie ihre Kodak beseitigte. Inzwischen war Samantha klar, wie Todd sich als unschuldig hingestellt hatte. Möglicherweise wusste auch Trevor Waverling Bescheid, ohne Todd etwas nachweisen zu können.

Sloan wollte ihr den Schädel zurückgeben, doch dann hatte sie ihm die Ursache für die Missstimmigkeiten mit ihrem Vater erklärt. Und Sloan war davon ausgegangen, dass der Fund des Schädels diese noch verschlimmern würde. Neal Gordon würde auf Ölbohrungen bestehen, sie für ihren Dinosaurierfriedhof kämpfen. Der Mann, der sie beide liebte, hatte es als das Beste erachtet, den Schädel selbst zu behalten, bis er entscheiden konnte, was damit geschehen sollte.

Samantha ging alle Gelegenheiten durch, die sich Sloan geboten hätten, ihr zu gestehen, dass der Schädel bei ihm war, und konnte keine finden, die seiner Ansicht nach nicht ihre Verlobung und Ehe gefährdet hätte. Er ahnte nichts von Annes Besuch bei Samantha, bei dem diese Samantha nach einer Erklärung für Sloans schwindendes Interesse gefragt hatte. Annes Sorge war berechtigt gewesen. Sloan Singleton liebte Samantha Gordon, und zwar schon immer. Annes Verunsicherung war der beste Beweis, dass er in der Sache mit dem Schädel nur Samanthas Bestes gewollt hatte. Ähnlich wie ihr Vater hatte er ihrer Liebe zu ihm nicht vertraut und gefürchtet, dass sie das Offensichtliche glauben würde – dass er sie nur geheiratet hatte, weil er meinte, unter dem Boden des Nachbargrunds von Triple S befinde sich ein riesiges Ölfeld.

Der Schädel war in dem Schrank mit den Weihnachtssachen gewesen, darauf deutete alles hin: Sloans Reaktion auf Billie Junes Vorschlag, ihr Gepäck dort zu verstauen, seine Bemühungen, Daniel aus dem Haus herauszuhalten, und dann noch die Badehandtuchepisode, als Daniel die Tür des Schranks reparierte. Sloan hatte den Schädel in der Nacht beiseitegeschafft, als ihm klar geworden war, dass der Schrank am folgenden Morgen ausgeräumt werden sollte. Er hatte sich aus dem Haus geschlichen, den Bohnenkarton aus der Küche genommen und diesen sowie die Geschirrtücher als Verpackungsmaterial für den Schädel verwendet. Die Adresse des Museums kannte er aus der Zeitschrift

The Archeologist. Er hatte es nicht übers Herz gebracht, der Nachwelt diesen Schädel vorzuenthalten. *Der Mensch wird von seinen Motiven definiert*. Wie wahr! Und die von Sloan waren nicht egoistisch gewesen. Er hatte aus Liebe zu seiner Frau gehandelt und aus dem unbedingten Willen heraus, ihre Ehe zu retten, doch das musste Samantha aus seinem eigenen Mund hören.

»Der Beichtstuhl ist noch in Betrieb«, sagte sie.

Samantha verließ Sloan ein weiteres Mal. Sie müsse das allein machen, erklärte sie ihm. Am folgenden Morgen, dem zehnten Januar, bestieg sie den Zug nach Dallas. Vom dortigen Bahnhof fuhr sie mit der Droschke zum Gebäude von Waverling Tools, wo der Empfang durch Agatha Beardsley eher kühl ausfiel. »Erwartet Mr Waverling Sie?«, erkundigte sie sich.

»Nein. Ich bin in der Hoffnung hergekommen, ihn hier anzutreffen und nicht zu stören.«

»Er ist da, aber zu dem zweiten Punkt kann ich leider nichts sagen. Mr Waverling ist sehr beschäftigt und muss in einer Stunde einen Zug erreichen. Ich frage ihn, ob er Zeit für Sie hat. Bitte setzen Sie sich, ich hole ihn.«

»Natürlich.« Samantha nahm artig Platz.

Miss Beardsley verschwand, und wenige Sekunden später marschierte Trevor ins Vorzimmer. »Mrs Singleton – Samantha! Was für ein unerwartetes Vergnügen! Ist alles in Ordnung?« Er streckte ihr die Hand hin.

Samantha erhob sich, um sie zu ergreifen. »Ja, und bald wird alles noch besser sein, glaube ich«, antwortete sie lächelnd. »Soll ich später wiederkommen? Sie haben viel zu tun und wollen zum Zug.«

Trevor schüttelte den Kopf und bedachte Miss Beardsley mit einem verärgerten Blick. »Beides kann warten. Es gibt auch spätere Züge nach Beaumont. Kommen Sie in mein Büro. Und Miss Beardsley: Sorgen Sie bitte dafür, dass wir nicht gestört werden.«

Etwas mehr als eine Stunde später rief Trevor seine Vorzimmerdame herein. Bestürzt sah sie seine roten Augen, gleichzeitig hatte sie ihn jedoch noch nie so glücklich erlebt. Auch die Augen von Mrs Singleton, die ein Taschentuch in der Hand hielt, waren verquollen und rot gerändert, aber um ihre Lippen spielte ein Lächeln. *Was war da los?*

»Miss Beardsley, wo ist mein Sohn?«, fragte Trevor.

»Im Sanatorium, Sir. Er besucht seinen Bruder.«

»Rufen Sie dort an, und lassen Sie Nathan ausrichten, sein Vater erwarte ihn im Haus seiner Großmutter. Es ist sehr wichtig, er soll kommen, so schnell er kann. Sagen Sie Benjy, er soll die Concord vorfahren, und teilen Sie meiner Mutter mit, dass wir gleich bei ihr sind.«

»Ähm, Mr Waverling, und was ist mit Ihrer Fahrt nach Beaumont? Mr Lane hat mir telefonisch mitgeteilt, dass sie am Spindletop auf Öl gestoßen sind. Er ist sehr aufgeregt und lässt fragen, wann Sie eintreffen.« Miss Beardsley schaute auf ihre Taschenuhr. »Es ist zwölf. Ich habe mir erlaubt, mich über den nächstmöglichen Zug nach Beaumont zu erkundigen. Wenn Sie sich beeilen, können Sie den um eins noch erreichen.« Sie sah Trevor erwartungsvoll an, ohne den Störenfried Samantha eines Blickes zu würdigen.

»Das klingt tatsächlich alles aufregend, Miss Beardsley, aber ich habe selbst aufregende Nachrichten für meine Familie. Wenn Sie bitte den Rest des Tages die Stellung für mich halten würden … Meine Tochter und ich machen uns jetzt auf den Weg.«

»Wie bitte?«

»Sie haben ganz richtig gehört. Miss Beardsley, darf ich

Ihnen meine Tochter Samantha Gordon Singleton vorstellen? Sie ist Nathans Zwillingsschwester.«

Miss Beardsley stand der Mund immer noch offen, als Trevor mit Samantha zur wartenden Kutsche hinausging.

EPILOG

Im April 1901 heiratete Nathan Holloway Charlotte Weatherspoon zwei Wochen nach seinem einundzwanzigsten Geburtstag. Für die Gesellschaft von Dallas war es *die* Hochzeit des Jahres. Die Trauung wurde in der First Baptist Church of Dallas von dem hoch angesehenen George W. Truett, dem führenden Geistlichen seiner Zeit, vollzogen. Über fünfhundert Gäste waren anwesend. Trevor Waverling war Nathans Trauzeuge, Nathans Bruder Randolph und Daniel Lane standen ihm zur Seite. Mavis, Samantha und Sloan wurden mit Neal und Estelle Gordon sowie Leon und Lily, begleitet von ihrem Ehemann, zu den für die Familie des Bräutigams reservierten Bänken geführt. Millicent war nicht mit von der Partie. Nathan hatte den Kontakt zu seiner Mutter abgebrochen.

»Der April ist genau die richtige Zeit für eine Hochzeit«, stellte Mavis fest. »Der Monat des Neubeginns. Eigentlich sollte das neue Jahr im April anfangen, nicht im Januar, finde ich. Was haben sich die Leute nur beim gregorianischen Kalender gedacht?«

Für die Ranches Las Tres Lomas de la Trinidad und Triple S markierte der April tatsächlich einen Neuanfang. Eines Vormittags in der dritten Aprilwoche klopfte Jarvis Putnam vom Bohrturm Eins am Windy Bluff an der Tür des Ranchhauses von Las Tres Lomas. Als Silbia sie öffnete, wich sie entsetzt einen Schritt zurück.

Jarvis nahm seinen ölverschmierten Schutzhelm ab und

wischte sich mit einem großen Taschentuch das schwarz gesprenkelte Gesicht ab. »tschuldigung, Ma'am. Ich weiß, ich schau fürchterlich aus, aber dürfte ich bitte Ihr Telefon benutzen? Ich muss mit Mr Gordon sprechen.«

Silbia kannte Jarvis Putnam nicht, doch seinem Aussehen nach zu schließen, gehörte er zu der Truppe rauer Männer, die draußen am Windy Bluff bohrten. Schmutzig, wie er war, wollte sie ihn nur ungern ins Haus lassen. »Warum?«, fragte sie.

»Um Mr Gordon und meinem Chef zu sagen, dass wir auf Öl gestoßen sind.«

Bohrturm Nummer Eins sollte der erste einer ganzen Reihe weiterer auf dem riesigen Gelände der vereinten Ranches werden, aus deren Sand- und Kalksteinschichten im Boden Millionen von Barrel Öl gefördert wurden. Der Einfachheit halber änderten Triple S und Las Tres Lomas de la Trinidad ihre Namen nicht, sondern agierten unter einem gemeinsamen, der ihren Zusammenschluss signalisierte. Der Name der größten zusammenhängenden Ranch von Texas lautete nun S/S/S/. Es war Samanthas Idee, die drei Schrägstriche als Symbol für die drei Nebenflüsse des Trinity River einzusetzen. Trotz der offensichtlichen Präsenz der Bohrtürme behielten Las Tres Lomas und Triple S ihren ursprünglichen Charakter. Hier ging es nach wie vor um Rinderzucht. Neue Rassen wurden eingeführt, um eine höhere Qualität des Fleisches und eine bessere Anpassung an die Gegebenheiten in Central Texas zu gewährleisten, als der Staat sich, motiviert durch die Erdölfunde überall, beherzt ins neue Jahrhundert stürzte. Experimente mit unterschiedlichen Grassorten führten zu ergiebigeren Weiden, auf denen gesunde Santa Gertrudis, Herefords und Beefmasters friedlich neben Bohrtürmen und Erdölpumpen weideten.

Mit den Mitgliedern der Familie, die auf der Seite des Bräutigams saßen oder während der Trauung neben Nathan standen, meinte es Fortuna finanziell besonders gut. Nach einigen Jahren meldete Waverling Tools ein Patent für einen von Daniel entworfenen Bohraufsatz an, der es ermöglichte, in erstaunlicher Geschwindigkeit durch harte Gesteinsschichten zu stoßen. Dieser Bohraufsatz revolutionierte die Branche, spülte Millionen Dollar in die Kassen des Unternehmens und Daniels Taschen und machte Waverling Tools zu einer der weltweit führenden Firmen in der Entwicklung und Herstellung von Erdölfördergeräten.

Nathan arbeitete weiter als *landman* mit Todd Baker zusammen und stieg stillschweigend zum Nachfolger des Chefs auf, während der Geologe sich in seiner Zunft einen Namen erwarb. Todd spürte das Öl auf, und Nathan handelte die Bohrrechte in den texanischen Counties aus, deren Ölfelder in die Geschichte eingehen sollten: Sour Lake und Batson-Old in Hardin County, Humble und Goose Creek in Harris, Mission in Bexar, Piedras Pintas in Duval, Panhandle Osborne in Wheeler. Zu Beginn seiner Karriere hatte Todd in seinem Büro Besuch von Daniel mit einem Umschlag vom Morris Keaton Brownie Shop bekommen. Nachdem Daniel ihn mit dem Kuvert und den Kodak-Fotos wieder verlassen hatte, versuchte der Geologe nie mehr Mauscheleien, für die er ohnehin keine Begabung besaß. Aufgrund besagter Mauscheleien zählte Todd niemals zum engeren Zirkel von Waverling Tools, genauso wenig, wie er und Ginny zu den miteinander verquickten Kreisen der Singletons, Waverlings und Lanes gehörten. Sehr zu Ginnys Verdruss, die ahnte, dass irgendein Fehlverhalten ihres Mannes im Unternehmen daran schuld war, stand der Name Baker nicht auf den Gästelisten der Soireen, die die Familien veranstalteten und über die die Zeitungen von Fort Worth und Dallas regelmäßig in ihren Klatschspalten berichteten.

Randolph verbrachte sein Berufsleben als Kassierer einer Bank in Ardmore, Oklahoma, und wurde schließlich zum Vizefilialleiter ernannt, ein Titel, den er sich mit fünf anderen Angestellten teilte. Er heiratete ein Mädchen aus der Gegend, das Nathan an Randolphs Exfreundin, die Kellnerin in New York City, erinnerte. Seine Frau gebar ihm zwei Söhne, denen er das Streben nach Reichtum und Ruhm einzuimpfen versuchte, zu denen er selbst nie gelangt war. Lily lebte mit ihren drei Töchtern und ihrem Geschichtslehrerehemann glücklich und zufrieden in einem Haus nur vier Straßen von dem ihres Bruders entfernt. Die Haymakers und Randolph Holloways trafen sich jeden Sonntag nach der Kirche abwechselnd in ihren jeweiligen bescheidenen Heimen zu Brathähnchen. Die Leon Holloways waren immer eingeladen, aber für gewöhnlich kam nur Leon.

Es gab auch gute Nachrichten, die nichts mit Geld zu tun hatten. Samanthas und Sloans erstes Kind, ein Junge, wurde auf den Namen Seth Gordon Singleton getauft. Er nannte Neal Granddaddy und Trevor Pop, wie auch Samantha von nun an liebevoll zu ihm sagte. Eine Tochter und ein Sohn folgten. Billie June und Daniel, die einen Sohn und Spielkameraden für S. G., wie der Erstgeborene der Singletons bald heißen sollte, erwarteten, wurden stolze Eltern von drei Töchtern. Charlotte brachte zwei Söhne und eine Tochter zur Welt. Millie May heiratete nie, genoss aber ihre Rolle als Tante für ihre Neffen und Nichten. Die Familien der Gordons, Singletons, Waverlings und Lanes verschmolzen zu einer großen. Das Automobil ermöglichte regelmäßige Treffen in ihren Domizilen, die sich im Lauf der Zeit zu riesigen Anwesen auswuchsen, wo es immer viel zu lachen, mehr als genug zu essen, fröhliche Spiele und generell viel Lärm mit den neun Kindern und zehn Erwachsenen gab.

»Ich komme mir vor wie eine *piñata*«, sagte Neal nach einer solchen Familienzusammenkunft in Las Tres Lomas zu Estelle.

»Wie eine *piñata*?«

»Ja. Ich habe mein Leben wie eines von diesen mit Süßigkeiten gefüllten Pappmascheetierchen geführt, die man bei Kinderfesten hoch oben aufhängt. Ich habe Angst gehabt mitzumachen und meine Leckereien für mich behalten, bis mir plötzlich jemand mit einem großen Stock einen Schlag versetzt hat. Gott sei Dank. Du weißt, was ich meine, oder, Schatz?«

»Allerdings, Neal. Liebe ist immer schöner, wenn man sie mit anderen teilt.«

Am Ende des Jahrzehnts erschien in *The Forum*, einer der angesehensten Zeitschriften in Amerika, ein dreiseitiger bebildeter Artikel mit dem Titel TITANEN. Neal Gordon wurde darin genauso erwähnt wie Trevor Waverling.

»Nun bist du also endlich ein Titan, Daddy«, bemerkte Samantha. »Und, wie fühlt sich's an?«

Neal runzelte die Stirn. »Nicht so gut, wie ich dachte«, antwortete er. Samantha nickte. Estelle war im Jahr zuvor gestorben, doch ihr Tod war nicht der einzige Grund für Neals gedämpfte Reaktion. Am Nachmittag zuvor hatte ihm sein Enkel S. G. das Fragment eines langen, merkwürdig geformten Beinknochens, den er in dem mit tiefen Kratern übersäten Gebiet des früheren Bohrturms Eins entdeckte, gezeigt. Aus unerfindlichen Gründen übte dieser Ort eine unheimliche Faszination auf seine Enkel aus. »Granddaddy, zu was für einem Tier gehört der?«, hatte er gefragt.

DANK

Mein Dank geht wie immer an all diejenigen, die dieses Buch möglich gemacht haben: an meinen literarischen Agenten David McCormick von der McCormick Literary Agency; an Deb Futter, Cheflektor bei Grand Central Publishing; an die Freunde und Fans, deren Begeisterung für und Freude an meinen früheren Büchern mich angespornt haben weiterzuschreiben. Doch während des Entstehungsprozesses hatte ich auch Verluste zu beklagen, weswegen ich ein freundliches, aber auch trauriges Adieu sowie ein Dankeschön für seine Unterstützung an Clint Rodgers schicken möchte, der jahrelang sofort auf jedes SOS reagiert und meinen Computer von seinen zahlreichen Wehwehchen kuriert hat. Gott segne dich, Clint. Du warst der beste Arzt im Haus. Ein trauriges Auf Wiedersehen auch an Dr. Charles Melenyzer, den Cyberspace-Crack, der mich gerettet hat. Charles, du ahnst nicht, wie viel ich dir schulde. Nur mit deiner Hilfe ist es mir gelungen, die Arbeit an diesem Manuskript zu bewältigen.

Außerdem verdanke ich Dr. Beverly Alcot, meiner Nachbarin und Freundin, die mein Computerunwissen jedes Mal, wenn ich sie voller Panik zu mir geholt habe, mit Ruhe und Geduld parierte, mehr, als ich sagen kann. Bev, aus tiefstem Herzen danke, dass du da warst, als ich dich brauchte.

Manchmal reichen Worte nicht aus. Deshalb einfach nur danke dir, Arthur Richard Meacham III, meinem geliebten Ehemann, und dir, Ann Ferguson Zeigler, meiner lieben

Freundin, die mich wieder einmal tagtäglich, Woche für Woche, begleitet haben. Und posthum danke an Sara Lynn Robbins für ihre sachkundige Unterstützung bei den umfangreichen wissenschaftlichen Recherchen zu diesem Buch. Mehr noch danke ich ihr für all die gemeinsamen Erlebnisse in unserer sechsundsechzigjährigen Freundschaft. Ruhe in Frieden, Sara Lynn.

Autorin

Leila Meacham arbeitete als Lehrerin, bevor sie sich ganz dem Schreiben widmete. Sie lebt in San Antonio, Texas, wo sie an ihrer nächsten großen Saga schreibt.

Leila Meacham im Goldmann Verlag:

Die Erben von Somerset. Roman
Land der Verheißung. Roman
Sturmtage.Roman

(alle auch als E-Book erhältlich)

Unsere Leseempfehlung

680 Seiten
Auch als E-Book
und Hörbuch
erhältlich

Als der berühmte Schauspieler Sir James Harris in London stirbt, trauert das ganze Land. Die junge Journalistin Joanna Haslam begegnet auf der Beerdigung einer alten Dame, die ihr ein Bündel vergilbter Dokumente übergibt – darunter auch das Fragment eines Liebesbriefs voller mysteriöser Andeutungen. Doch wer waren die beiden Liebenden? Joanna beginnt zu recherchieren, doch noch kann sie nicht ahnen, dass sie sich damit auf eine gefährlich Mission begibt, die auch ihr Herz in Aufruhr versetzt – denn Marcus Harris, der Enkel von Sir James Harris, ist ein ebenso charismatischer wie undurchschaubarer Mann ...